HEYNE <

Das Buch

Der charmante, leider etwas chaotische Rechtsanwalt Steve Solomon und die unwiderstehliche Staatsanwältin Victoria Lord bekriegen sich in bester Manier, während sie einen höchst delikaten Mordfall in der High Society zu lösen haben, der mit dem Bau eines Luxus-Unterwasserhotels in einem heiß umkämpften Korallenriff in Zusammenhang steht. Die Situation wird noch brisanter, als Victorias Onkel Hal Griffin als Hauptverdächtiger in Untersuchungshaft wandert und auch noch ihr Cousin Junior seine hübsche Nase in den Fall steckt. Junior, ein wahrer Prachtkerl und zudem der Jugendschwarm von Victoria, sorgt bei dem Anwaltsdoppel ganz schön für Trouble. Eine knifflige Angelegenheit und große Bewährungsprobe für Victoria und Steve!

»Ein außergewöhnlicher, mitreißender und unglaublich witziger Gerichtsthriller.« *Chicago Sun-Times*

Die Autorin

Die Autorin, eine erfolgreiche Anwältin, wurde mit den Jake-Lassiter-Romanen in den USA berühmt und ist auch in Deutschland durch ihre Drehbücher zur Erfolgsserie »JAG – Im Namen der Ehre« bekannt. Ihre Solomon-vs.-Lord-Gerichtsthriller wurden für den International-Thriller-Award und den Edgar-Allan-Poe-Award nominiert. Sie lebt mit ihrer Familie in Kalifornien. Ihr erster Solomon-vs.-Lord-Roman »Liebe lebenslänglich« erschien ebenfalls bei Heyne.

Lieferbare Titel

Liebe lebenslänglich

Polly Levine

Liebe auf Bewährung

Roman

Aus dem Englischen
von Anne Groß

WILHELM HEYNE VERLAG
MÜNCHEN

Die Originalausgabe THE DEEP BLUE ALIBI erschien 2006
bei Bantam Dell, New York

FSC
Mix
Produktgruppe aus vorbildlich bewirtschafteten Wäldern und anderen kontrollierten Herkünften
Zert.-Nr. SGS-COC-1940
www.fsc.org
© 1996 Forest Stewardship Council

Verlagsgruppe Random House
FSC-DEU-0100
Das für dieses Buch verwendete
FSC-zertifizierte Papier *München Super*
liefert Mochenwangen Papier.

Vollständige deutsche Erstausgabe 11/2007

Printed in Germany 2007
Umschlagfoto: © Picture Press / CAMERA PRESS / Sam Jones / More
Umschlaggestaltung: Eisele Grafik-Design, München
Satz: KompetenzCenter, Mönchengladbach
Druck und Bindung: GGP Media GmbH, Pößneck
ISBN: 978-3-453-40242-3

www.heyne.de

Eins

Die reichsten Hummer der Welt

»Sex im Meer? Nein danke, Steve.«

»Ach komm«, drängte er. »Hab dich nicht so.«

»Das ist schamlos und unhygienisch. Und vielleicht sogar illegal.«

»Wir sind auf den Keys, Vic. Hier ist alles erlaubt.«

Steve Solomon und Victoria Lord wateten durch eine seichte Bucht auf dem Sunset Key. Die blutrote Sonne hing bereits tief über dem Golf von Mexiko.

»In diesem Licht siehst du einfach überirdisch schön aus«, sagte er.

»Netter Versuch, Süßer. Den Bikini behalte ich trotzdem an.«

Dabei musste sich Victoria eingestehen, dass das warme Wasser, die salzige Brise und die Glut der untergehenden Sonne durchaus etwas Erotisches hatten. Und Steve sah mit seiner bronzefarbenen Haut und dem nass glänzenden dunklen Haar wirklich zum Anbeißen aus.

Wenn ich nur heute Abend nicht die Bombe platzen lassen müsste.

»Es würde dir gefallen.« Er schlang die Arme um ihre Taille. »So eine heiße Nummer im Salzwasser kann ziemlich prickelnd sein.«

Gütiger Himmel. Hat der Mann, den ich liebe, tatsächlich gerade ›heiße Nummer‹ gesagt?

»Vergiss es. Außerdem sind wir nicht allein.«

In etwa zwanzig Metern Entfernung strampelte ein junges Paar in einem Tretboot vorbei. Die beiden hatten den typischen Blick von Frischverliebten: völlig ineinander versunken und völlig ahnungslos. Am Strand flanierten Hotelgäste, Plastikbecher mit Drinks in den Händen. Von der Strandbar wehte Musik herüber. André Toussaint sang ›Island Woman‹.

Merkte Steve denn nicht, dass sie nicht in Stimmung war? Wie konnte jemand, der mit traumwandlerischer Sicherheit die richtigen Geschworenen für einen Strafprozess auswählte, so wenig Gespür für die Gefühle seiner Partnerin haben?

Sie löste seine Hände von ihren Hüften. »Hier gibt es Seetang, Seepocken und Seeigel.« Weitere Seeungeheuer fielen ihr auf die Schnelle nicht ein. »Verschieben wir es doch auf später, wenn wir wieder im Hotelzimmer sind.«

»Wie langweilig.«

»Soll das heißen, du findest unser Sexleben öde?«

»Das habe ich nicht gesagt.«

Victoria schlug denselben Tonfall an wie in einem Kreuzverhör. »Ist es nicht so, dass alle Ihre bisherigen Freundinnen Sie nach wenigen Monaten langweilten?«

»Bis auf diejenigen, die mich abserviert haben.«

»Ist Ihnen bewusst, dass Sie unter einer Art Beziehungs-ADS leiden?«

»Was immer das ist, ich streite es ab.« Steve zog sie an sich, und sie spürte deutlich, wie erregt er war. »Unser Sexleben ist bombastisch und unser Hotelzimmer kein schlechter Ort dafür. Saubere Laken. Klimaanlage. Schöne Aussicht. Lass uns reingehen und loslegen.«

Loslegen? Das klang, als wolle er die Küche putzen.

»Geh schon mal vor und fang ohne mich an.«

»Ach komm! Den Sonnenuntergang können wir uns auch vom Balkon aus ansehen.«

Victoria blickte zum Horizont, wo sich dünne Wolkenbänder langsam violett färbten.

»Wenn wir jetzt reingehen, verpassen wir ihn.«

Sie wollte auf keinen Fall versäumen, wie das Meer den roten Feuerball verschlang. Sie liebte den immer wiederkehrenden Wechsel von Tag und Nacht, die Sonnenaufgänge über dem Atlantik und die Sonnenuntergänge über dem Golf von Mexiko. Tag für Tag. Jahr für Jahr. Absolute Verlässlichkeit. Steve verstand das garantiert nicht. Wenn es nach ihm ginge, würde die Sonne in wildem Zickzack über den Himmel taumeln und sich zwischendurch in Islamorada ein Bier genehmigen.

Es gab aber einen weiteren Grund dafür, mit dem Sex noch ein bisschen zu warten.

Die Bombe.

Der Gedanke daran hatte Victoria während der ganzen Fahrt nach Key West beschäftigt. Wie eine lästige Mücke surrte er durch ihren Kopf. Sie wollte Steve den Abend nicht verderben, aber sie musste es ihm sagen, und zwar bald.

»Okay. Ich gebe auf«, sagte Steve. »*Coitus postponus.* Wann treffen wir uns eigentlich mit deinem Onkel?«

Victoria ließ sich auf dem Rücken treiben, auf Augenhöhe mit dem Horizont. Die Sonne schien auf der Wasseroberfläche zu schweben, durch ein feuriges Band mit ihrem Spiegelbild verbunden. »Um neun. Und wie ich schon sagte, eigentlich sind wir gar nicht verwandt.«

»Ich weiß. Der gute alte Hal Griffin war der Partner deines Vaters und machte dir, als du noch eine verwöhnte Göre warst, hübsche Geschenke.«

»Nicht verwöhnt. *Privilegiert.* Onkel Grif ist derjenige, dem meine Mutter den Beinamen ›The Queen‹ verdankt.«

»Und dich nannte er ›Prinzessin‹.«

Steve hatte ihr also tatsächlich zugehört. »Findest du, der Name passt zu mir?«

»Mindestens so gut wie deine Manolos.«

Victoria drehte sich um und begann, auf die untergehende Sonne zuzuschwimmen. Mit kraftvollen Zügen teilte sie das orangerot schimmernde Wasser. Steve versuchte mitzuhalten. »Ich verstehe bloß nicht, warum sich dieser Hal Griffin erst jetzt wieder bei dir gemeldet hat.«

Dieselbe Frage hatte sich Victoria auch schon gestellt. Zuletzt hatte sie Onkel Grif bei der Beerdigung ihres Vaters gesehen. Damals war sie zwölf gewesen. Doch vor kurzem hatte er sie plötzlich aus heiterem Himmel angerufen. »Ich weiß nur, dass er Arbeit für mich hat.«

»Du meinst für *uns*.«

»Von dir konnte er ja noch nichts wissen.«

»Aber du hast ihn aufgeklärt, oder? Solomon und Lord.«

»Selbstverständlich.«

War das nun der Anfang vom Ende? Eine harmlose kleine Lüge, der bald größere, schwerwiegendere folgen würden?

Himmel, wie unwohl sie sich fühlte! Sie musste Steve die Wahrheit sagen. Aber wie?

Er strampelte sich wie wild neben ihr ab. Abgesehen von seiner Technik beim Schwimmen – viel Geplantsche, wenig Tempo – war Steve ein Sportass. Während seiner Highschoolzeit war er ein begnadeter Leichtathlet gewesen, hatte an der University of Miami Baseball gespielt und vor allem durch seine Schnelligkeit überzeugt.

»Solomon spurtet los ... und macht den Punkt für seine Mannschaft!«

Keine schlechte Vorbereitung für eine Anwaltskarriere, dachte Victoria. Den Werfer in die Irre führen, den Fänger verunsichern und dann den Punkt machen. Steve hätte gegen diese Beschreibung sicher nichts einzuwenden gehabt. Doch wie viele andere Athleten kannte auch er seine Grenzen nicht. Er glaubte, er sei auf jedem Gebiet ein Ass. Poker. Autoreparatur. Sex. Okay, er war gut im Bett. Seit sie ihm beigebracht hatte, einen Gang runterzuschalten und nicht gleich von Anfang an einen Sprint Richtung Ziel hinzulegen, sogar sehr gut.

Etwa hundert Meter vom Strand entfernt drehte sich Victoria wieder auf den Rücken und wartete auf ihn.

»Wo essen wir eigentlich?«, schnaufte er.

Typisch Steve. Er dachte schon beim Lunch ans Abendessen.

»Onkel Grif hat in Louie's Backyard einen Tisch für uns reserviert.«

Steve pfiff anerkennend. »Da gibt's die tollsten Muschelplatten. Außerdem schwarzen Zackenbarsch als Vorspeise und Mango-Mousse als Dessert.«

Sex und Essen. Victoria seufzte. Dachte dieser Mann eigentlich nie an etwas anderes?

»Wenn wir danach rechtzeitig wieder im Hotel sind, können wir uns noch *Sports Center* anschauen.«

Womit ihre Frage beantwortet war.

Bildete er sich das ein, oder wirkte Victoria tatsächlich ein wenig bedrückt? Steve war sich nicht ganz sicher. Schon auf der Fahrt über den Overseas Highway war sie so schweigsam gewesen und hatte nur versonnen auf den Golf von Mexiko hinausgeblickt, wo rote Korallenriffe das flache türkisblaue Wasser durchzogen. Er hatte sie gefragt, wie ihre Fälle liefen. Sie hatten die Arbeit in *ihre, seine* und *gemeinsame* Fälle aufgeteilt. Aber Victoria blieb einsilbig. Er stimmte einen alten Jimmy-Buffet-Song an. Doch sie hatte keine Lust, ein Lied über einen verlorenen Salzstreuer mitzusingen.

Jetzt versuchte er, sich einzureden, alles sei in Ordnung. Schließlich hielt er Victoria in den Armen, und sie trieben gemeinsam im warmen Wasser. Das orangerote Licht machte sie noch schöner. Ihre Haut schimmerte wie Gold, der Pferdeschwanz, zu dem sie ihr blondes Haar zusammengebunden hatte, betonte ihre Wangenknochen. Dazu kleine Brüste, lange Beine und ein geschmeidiger, schlanker Körper. Steve verspürte eine angenehme Erregung. Er war mit der Frau zusammen, die er liebte. Mit der Frau, die diese Liebe aus unerfindlichen Gründen erwiderte.

Nach seinen Berechnungen blieb ihnen noch genügend Zeit für eine kleine Nummer im Hotelzimmer, bevor sie sich bei Louie's mit Griffin treffen mussten. Vielleicht konnten sie es auch unter der Dusche tun und so zwei Fliegen mit einer Klappe schlagen. Das war die Solomon'sche Auffassung von Multi-Tasking. Er wünschte nur, die Sonne würde einen Zahn zulegen und endlich Feierabend machen.

In der Nähe drehten zwei Windsurfer eine letzte Runde. Kreischende Wasservögel ließen sich von der Brise tragen. Aus den Lautsprechern der Strandbar tönte Salsamusik herüber. Celia Cruz sang »Vida es un Carnaval«.

Wie passend. Steve hatte das Gefühl, dass auch sein Leben ein nicht enden wollender Karneval war. Eine sonnendurchflutete Strandparty. Ein Bierwerbespot. Das hier war eindeutig noch besser, als bei einem Prozess gegen einen Versicherungskonzern eine siebenstellige Entschädigungssumme herauszuschlagen. Nicht dass er je einen solchen Fall gehabt hatte, aber er konnte es sich gut vorstellen. Sogar besser als ein spektakulärer Punkt bei einem Baseballspiel. So wie der, den er damals für seine Mannschaft im Finale gegen die Florida State University gemacht hatte. Obwohl sein Team verloren hatte, würde er sich stets an diesen wahrhaft großen Augenblick erinnern.

»Steve, wir müssen reden«, sagte Victoria.

»Kein Problem.« Das violette Wolkenband wurde langsam

grau. Der untere Rand der Sonne versank im Meer. Am Strand johlten und klatschten die Touristen, als hätten sie zu diesem allabendlichen Schauspiel beigetragen. »Worum geht's denn?«

»Um uns.«

Oje.

Wenn eine Frau über *uns* reden wollte, steuerte Steves Erfahrung nach der Karneval des Lebens mit Riesenschritten dem Aschermittwoch entgegen. In Windeseile versuchte er, sich die Liste seiner möglichen Regelverstöße ins Gedächtnis zu rufen. Er hatte ihre Mutter zuvorkommend behandelt, obwohl Ihre königliche Hoheit ihn nicht ausstehen konnte, und er hatte seit mindestens zwei Wochen nicht mehr vergessen, die Klobrille runterzuklappen. Er hatte auch nicht mit einer anderen Frau geflirtet, noch nicht einmal mit der exotischen Tänzerin, die er gerade in einer ziemlich delikaten Sache vertrat.

»Was habe ich denn jetzt wieder verbrochen?« Er ging bereits in die Defensive.

Victoria schlang die Arme um seinen Hals und verschränkte ihre Finger miteinander. Sie strampelten beide gleichmäßig, um sich über Wasser zu halten. »Du behandelst mich, als sei ich deine Anwaltsgehilfin.«

Ach, daher wehte der Wind. Wenigstens war es nichts, was ihn den Platz in ihrem Bett kosten konnte.

»Gar nicht wahr. Ich bin doch nur dein Seniorpartner.«

»Genau darum geht es. Du behandelst mich wie eine Untergebene.«

»Jetzt mach mal halblang, Vic. Bevor du bei mir eingestiegen bist, gehörte die Firma ganz allein mir.«

»Welche Firma? Solomon *und Partner* war doch nur fingiert. Eine Firma gibt es erst, seit es Solomon *und Lord* heißt.«

»Okay. Ich werde in Zukunft mehr darauf eingehen ...« Ja, worauf denn? Er hatte diese Floskel im Fernsehen bei Dr. Phil aufgeschnappt oder bei Oprah oder in irgendeiner Frauenzeitschrift beim Zahnarzt gelesen.

»Ich werde mehr darauf eingehen …«

Wenn die Freundin sauer war, sollte man versuchen, sie mit Worten zu besänftigen. Allerdings konnte es dabei nichts schaden, wenn man wenigstens eine grobe Vorstellung hatte, was man sagen wollte. »Welche Bedürfnisse du hast«, setzte er triumphierend hinzu. »Ja genau. Ich werde mehr auf deine Bedürfnisse eingehen.«

»Eine gute Anwältin werde ich aber nur, wenn ich völlig selbstständig arbeiten kann.«

»Wie soll ich das denn verstehen?«

»Nun raste nicht gleich aus. Ich möchte einfach auf eigenen Füßen stehen. Auf unsere Beziehung wird das keinerlei Einfluss haben.«

»Und wie stellst du dir das vor?«

»Ich möchte eine eigene Kanzlei eröffnen.«

»Und die Firma verlassen?« Verblüfft hörte Steve auf zu strampeln und ging prompt unter. Victoria zog ihn an den Haaren wieder zu sich herauf. »Aber wir sind doch ein gutes Gespann«, stieß er hervor und spuckte dabei Wasser wie eine Brunnenfigur.

Steve konnte es nicht glauben. Kannte sie etwa nicht den Spruch: *Never change a winning team*?

»Wir sind zu verschieden. Ich halte mich an die Gesetze. Du schreibst sie um.«

»Und genau das ist unsere Stärke, Vic. Unsere Synergie. Du verteilst die Bussis, ich die Tritte in die Eier.« Steve strampelte wie wild mit den Beinen, um nicht erneut unterzugehen, nahm Victoria an den Schultern und zog sie zu sich heran. »Wenn du darauf bestehst, ändere ich eben meinen Stil.«

»Du bist, wie du bist. Und bei Solomon und Lord werde ich

immer die zweite Geige spielen. Ich muss mir selbst einen Namen machen.«

In diesem Augenblick hätte er es fast gesagt. *»Wie wäre es denn mit Mrs Victoria Solomon?«*

Aber das hätte geklungen, als wolle er sie mit aller Macht an sich binden. Abgesehen davon waren sie beide zu einem solchen Schritt noch nicht bereit.

»Ich werde dich nicht zum Bleiben überreden«, sagte er stattdessen brüsk. »Wenn du glaubst, dass dich das glücklich macht, musst du es eben solo versuchen.«

»Sauer?«

»Nein. Ich lasse dir eben mehr Freiraum.« Noch eine Floskel, die er irgendwo aufgeschnappt hatte. »Ich zeige dir, dass ich dich respektiere und ...«

Ein Brummen und Grollen in der Ferne.

Was hatte dieses Geräusch zu bedeuten?

Quälte da jemand einen Jetski? Eigentlich gehörten die Dinger verboten. Steve suchte mit den Augen die Wasseroberfläche ab. Das Geräusch kam näher. Kein Jetski. So röhrten nur PS-starke Dieselmotoren.

Ein Powerboot bretterte in Richtung Strand – und wenn es nicht vorher abdrehte, führte sein Weg direkt über sie hinweg.

Steve konnte die Größe und die Geschwindigkeit des Bootes unmöglich abschätzen. Aber ein Motor, der sich anhörte, als donnere eine Lawine heran, deutete darauf hin, dass es groß und schnell sein musste. Eine echte Kampfmaschine von einem Boot, mit dem man die Schwertfische und die Segelfische jagen konnte, die in der blauen Tiefe hausten. Nicht dafür geeignet, um gemütlich zwischen Gummibooten, Schwimmern und Wassertretern hindurchzutuckern.

Steve sah noch keinen Grund zur Panik. Der Idiot würde an der Boje mit dem Verbotsschild abdrehen und einen eineinhalb Meter hohen Mini-Tsunami an den Strand werfen, woraufhin die Leute an Bord einander lachend zuprosten würden.

Okay. Mach schon. Dreh ab.

»Steve ...«

»Keine Angst. Das ist irgendein Cowboy, der ein bisschen angeben will.«

Aber das Boot drehte nicht ab und es wurde auch nicht langsamer. Stattdessen pflügte es durch das Wasser auf sie zu, den Bug gen Himmel gereckt. Es war noch etwa vierhundert Meter von ihnen entfernt.

Steve wurde nervös.

Kurz darauf flog das Boot über eine Reihe niedriger Wellenkämme, krachte wieder aufs Wasser und raste dann weiter. Die Gischt schäumte bis hoch auf das Deck. Das Röhren schwoll an, bis es wie der kehlige Sound eines ganzen Dutzends von Ferrari-Motoren klang. Dieser Arsch hatte mindestens vierzig Knoten drauf!

Noch immer hielt das Boot direkt auf sie zu. In zwanzig Sekunden würde es über sie hinwegdonnern. Die Windsurfer rauschten davon. Schwimmer kreischten auf und kraulten ans rettende Ufer. Am Strand flüchteten die Menschen aus ihren Liegestühlen. Ein Rettungsschwimmer stieß in seine Trillerpfeife. Doch der Pfiff ging beinahe im Brüllen des Motors unter.

Steve starrte dem Boot entgegen, doch das Licht der untergehenden Sonne blendete ihn. Er konnte niemanden auf der Brücke entdecken. Ein Boot ohne Skipper.

»Komm mit!«, schrie Victoria. Sie schwamm hektisch parallel zum Strand davon.

Doch Steve packte sie am Fußgelenk und riss sie zurück. Ihnen blieben nur fünf Sekunden, und sie waren nicht schnell genug.

»Tauchen!«, befahl er.

Victoria riss die Augen auf und holte tief Luft.

Mit kräftigen Zügen tauchten sie in die Tiefe.

Unter Wasser hörte Steve die Schrauben. Ihr hohes Jaulen übertönte fast noch das Röhren des Dieselmotors. Steve hatte das Gefühl, sein Brustbein würde mit einem Dampfhammer bearbeitet. Einen Sekundenbruchteil später hörte er das Klicken eines Flaschennasen-Delfins. Doch dann wurde ihm bewusst, dass es sich um das Sonar des Bootes handelte, das ihn mit unsichtbaren Wellen bombardierte. Plötzlich packte ihn der Sog der Schrauben, riss ihn nach oben und drückte ihn dann wieder in die Tiefe. Unfreiwillig schlug er wilde Purzelbäume, prallte mit der Schulter gegen den sandigen Meeresgrund und verdrehte sich schmerzhaft den Nacken. Mit weit aufgerissenen Augen fuhr er herum und hielt verzweifelt Ausschau nach Victoria. Doch er sah nur den aufgewirbelten Sand. Endlich entdeckte er ihren Fuß weit über ihm. Er stieß sich ab und folgte ihr.

In dem Augenblick, als sie die Wasseroberfläche durchbrachen, wurde der Strand für das Boot zu einer Art Startrampe. Mit wild kreisenden Schrauben erhob es sich in die Lüfte. Steve hörte Schreie, sah Menschen in wilder Flucht. Das Boot flog über die erste Reihe Liegestühle, rasierte das mit Palmwedeln gedeckte Dach der Strandbar ab und krachte schließlich auf eine Hütte. Mit einem Geräusch wie von tausend zersplitternden Baseballschlägern teilte sich der hölzerne Rumpf der Länge nach und blieb wie die beiden Hälften einer ordentlich geknackten Walnuss liegen.

»Vic? Alles klar?«

Sie schwamm bereits auf den Strand zu.

Victoria ignorierte Steves Rufe. Sie konnte jetzt nicht auf ihn warten. Ihr *Seniorpartner* musste allein zurechtkommen. Denn bevor sie untergetaucht waren, hatte sie den Namen des Bootes lesen können: *FORCE MAJEURE IV*. Das konnte kein Zufall sein. An die erste *FORCE MAJEURE* erinnerte sie sich noch allzu gut.

Was hatte das zu bedeuten?

An einem Ort, wo Boote meist pseudowitzige Namen wie *Queasy Rider* oder *Wet Dream* trugen, ließ der ungewöhnliche Name auf einen ganz bestimmten Besitzer schließen. Eine *force majeure* war unkontrollierbar. Es war eine unantastbare, übergeordnete Macht, eine höhere Gewalt. In diesem Fall wurde sie durch eine PS-starke Jacht repräsentiert ... aber auch durch deren einflussreichen Besitzer. Steve schrie noch immer, sie solle auf ihn warten. Doch sie stolperte schon an den Strand und rannte zu dem zerstörten Boot. Die Brücke lag auf der Seite im Sand, das Steuer aus Chrom hatte die Form einer Brezel angenommen. Glasscherben, zerrissene Sitzpolster, verbogenes Metall so weit das Auge reichte. Der Angelsitz hatte sich von seinem Sockel gelöst und steckte aufrecht im Sand, als warte er auf einen Petrijünger.

Ein halbes Dutzend Florida-Hummer krabbelte umher. In der Nähe lag eine zerbrochene Fischbox aus Plastik. Irgendetwas steckte auf dem Fühler eines Hummers. Victoria brauchte einen Augenblick, bis sie den bizarren Anblick registrierte und erkannte, was der Hummer davontrug.

Eine Hundertdollarnote. Der dünne lange Fühler des Krebstieres ragte direkt aus Benjamin Franklins Nase.

Dann sah sie die anderen Geldscheine. Wie grüne Schmetterlinge flatterten sie über den Strand.

»Der Mann atmet noch! Aber es hat ihn schlimm erwischt.«

Der Rettungsschwimmer des Hotels beugte sich über einen dünnen Mann in Cargoshorts und Polohemd. Er lag bewegungslos auf der Seite, mit grotesk verdrehten Armen und Beinen, wie eine zerbrochene Puppe. Vorsichtig drehte der Rettungsschwimmer den Mann auf den Rücken und rang gleich darauf erschrocken nach Luft. Aus der Brust des Verletzten ragte ein metallener Speer.

»O Mann!«

Victoria erhaschte einen Blick auf das Gesicht des Ohnmächtigen.

Gott sei Dank. Er ist es nicht.

»Hier liegt noch einer! Hier bei mir!« Die Stimme einer Frau.

Victoria bahnte sich einen Weg durch die zersplitterten Teakplanken des Decks. Die Kellnerin aus der Strandbar beugte sich über einen kräftigen Mann in einer weißen Guayabera. Aus einer Stirnwunde floss Blut in seine Augen. »Nicht bewegen«, sagte die junge Frau. »Wir bringen Sie ins Krankenhaus.«

Der Mann grunzte. Er war etwa Mitte sechzig, hatte einen kräftigen Hals und schütteres graues Haar. Seine Augen waren geschlossen.

Victoria schob sich näher heran.

Konnte es möglich sein?

»Wir sollten ihm einen Druckverband anlegen«, sagte sie.

Der Mann öffnete die Augen. »Onkel Grif!«, schrie Victoria auf.

»Hallo, Prinzessin.« Hal Griffin zog eine gequälte Grimasse und schob die Kellnerin beiseite. »Lassen Sie mich in Frieden. Ich muss mit meiner Anwältin sprechen.«

Solomons Gesetze

§ 1 Wenn die Fakten nicht zum Gesetz passen ... dann ändere sie.

Zwei

Höhere Gewalt

Zum Krankenhaus, dem Lower Keys Medical Center, war es nicht weit, doch die Straßen waren verstopft. Überall Insulaner auf Fahrrädern, Teenager in Flip-Flops und von der karibischen Sonne geröstete Kreuzfahrtpassagiere. Victoria saß auf dem Beifahrersitz, Steve am Lenkrad. Im Augenblick steckten sie hinter einem Key West Taxi in Kinderhustensirup-Pink fest. Steve hupte, doch der Taxifahrer störte sich nicht daran. Warum auch? Auf einem Aufkleber über der Stoßstange war zu lesen: *»Bloß kein Stress. Wir sind nicht auf dem Festland.«*

Sie waren mit der Fähre von Sunset Key nach Key West gefahren und hatten sich dort in Steves rostigen orangefarbenen Eldorado Baujahr 1976 gesetzt, den er am Mallory Square abgestellt hatte. Das einstmals samtige Röhren des Caddy-Motors, das Steve immer ein wenig an das Blubbern einer Kaffeemaschine erinnert hatte, war längst dem Husten und Keuchen eines schwindsüchtigen Pensionärs aus dem Sand & Surf-Rentnerdomizil gewichen.

»Wer war eigentlich der andere Kerl auf dem Boot?«, fragte Steve.

»Keine Ahnung. Ich weiß nur, dass Onkel Grif noch jemanden mit zum Essen bringen wollte.«

Steve hupte einen bärtigen jungen Mann an, der plötzlich direkt vor dem Caddy über die Straße schlenderte. Über seinen nackten Rücken wanden sich tätowierte Schlangen. »Und eben am Strand hat er es dir auch nicht gesagt?«

»Nun, es war nicht unbedingt der geeignete Augenblick für

eine förmliche Vorstellung.« Victoria versuchte, Steve schon jetzt den Wind aus den Segeln zu nehmen, denn sie ahnte, dass er rund um den Bootsunfall einen Auftrag witterte.

Da ist sicher was drin, Steve. Aber das wird mein Fall, nicht deiner.

»Und wie kam der Kerl zu dem Speer in seiner Brust?« So schnell gab er nicht auf. Er wühlte im Schlick wie ein Hafenbagger.

»Ich weiß nicht mehr als du, Steve.«

»Es gibt drei Möglichkeiten«, fuhr er unbeeindruckt fort. »Erstens: ein Unfall. Griffin zeigt dem Kerl die Harpune, und das Ding geht los. Zivilklage. Wir übernehmen die Verteidigung.«

Wir, dachte sie. Ihr Herz sank. Hatte er denn nicht zugehört?

»Zweitens: Die beiden hatten Streit. Der Kerl geht auf Griffin los, der feuert den Speer ab. Das wäre gefährliche Körperverletzung – falls der Kerl stirbt, vielleicht sogar Mord. Wenn Griffin allerdings um sein Leben fürchten musste, könnten wir auf Notwehr plädieren.«

Wenn du mir diesen Fall wegnimmst, bist du derjenige, der um sein Leben fürchten muss, Süßer.

»Drittens: technisches Versagen. Die Steuerung des Bootes war defekt. Dann verklagen wir den Hersteller oder den Mechaniker. Damit ist die Sache mit dem Speer zwar nicht geklärt, aber …«

»Vielleicht sollten wir erst einmal in Erfahrung bringen, wie es Onkel Grif geht«, unterbrach Victoria ihn eisig, »bevor wir ans Geschäft denken.«

»Klar. Aber den Fall können wir uns trotzdem sichern.«

Uns. Schon wieder. In einer angespannten Situation empfand man die lästigen Angewohnheiten des Partners als besonders ärgerlich. Und dieser Ärger sammelte sich wie Zinseszins auf einem Sparkonto. Wieder einmal hörte Steve Victoria nicht zu, scherte sich weder um den Ton in ihrer Stimme noch um ihre Gemütsverfassung.

Verdammt, Solomon! Du kannst jedes Wimpernzucken eines Zeugen deuten. Warum verstehst du mich *immer erst, wenn ich schreie?*

Sie fuhren am Garrison-Bight-Bootsanleger vorbei, wo uralte Hausboote im Wasser dümpelten. Hippies lungerten auf den Decks herum und tranken sich durch die Nacht.

Jetzt beanspruchten zwei Touristen auf Motorrollern die ganze Fahrbahnbreite. Steve lehnte sich erneut auf die Hupe. Auf Höhe der College Road bog er links ab, fuhr an einer stinkenden Mülldeponie und einem Schuttabladeplatz vorbei und gelangte schließlich über eine von Palmen gesäumte Einfahrt auf den Krankenhausparkplatz. Gerade ging ein Hubschrauber geräuschvoll auf dem Landeplatz vor der Notaufnahme nieder. Doch offensichtlich handelte es sich nicht um einen medizinischen Notfall, sondern um einen journalistischen. Der Helikopter trug das Logo von Channel 4 aus Miami.

Großartig. Wunderbar. Steve liebt den Medienrummel.

Quer vor dem Krankenhauseingang parkte ein Wagen mit der Aufschrift Monroe County Sheriff. Auf der Motorhaube posierte ein weißer Ibis wie eine langbeinige Kühlerfigur. Wenn Victoria abergläubisch gewesen wäre, hätte sie das als schlechtes Omen gedeutet. Der starre Blick des Vogels folgte ihnen bis in die Eingangshalle. Victoria beachtete ihn nicht. Sie hatte den Kopf voller Erinnerungen.

Warum hatte Onkel Grif sie nach all den Jahren plötzlich angerufen?

Die Lords und die Griffins.

Victoria dachte an die Glanzzeiten der Lord-Griffin-Baugesellschaft in ihrer Kindheit. Die beiden Familien waren unzertrennlich gewesen. Nelson und Irene Lord, Harold und Phyllis Griffin. Dinnereinladungen, Bridge-Abende, Urlaubsreisen. Bevor Victorias Welt in sich zusammenstürzte, hatte sie aus Kindermädchen, Kreuzfahrten, Tennisstunden und Shetlandponys bestanden – und aus Hal Junior, ihrem liebsten Spielkameraden. Als sie vier Jahre alt gewesen war und er sechs, hatten sie Doktor gespielt, und später – sie war zwölf, er vierzehn – hatten sie sich zum ersten Mal richtig geküsst. Diese Unschuld. Diese Unbekümmertheit. Bis ihr Vater vom Dach eines Lord-Griffin-Apartmentgebäudes gesprungen war. Es folgten Prozesse, der Konkurs und ein Untersuchungsausschuss. Dabei ging es um Bestechung und Unterschlagung im Zusammenhang mit Immobiliengeschäften. Hal Griffin zog mit seiner Familie nach Costa Rica und zog sich für ein paar Jahre aus der Öffentlichkeit zurück.

Man verlor sich aus den Augen. Irgendwann hörten Victoria und ihre Mutter, dass Onkel Grif in Singapur und Indonesien Hotelkomplexe baute und erneut dabei war, ein Vermögen zu machen. Nach und nach arbeitete er sich bis in heimischere Gefilde vor und baute auf mehreren karibischen Inseln Ferienanlagen. Vor einem Jahr war sein Foto plötzlich im *Miami Herald* erschienen, weil er Paradise Key gekauft hatte, eine kleine Insel im Shark Channel auf der dem Golf zugewandten Seite von Islamorada. Auf den Wirtschaftsseiten wurde zudem über ein neues Griffin-Projekt in Florida spekuliert, doch offiziell war nichts bekannt. In der Woche zuvor hatte er dann völlig überraschend bei Victoria angerufen, sich für die lange Funkstille entschuldigt und behauptet, er habe ihren Werdegang aus der Ferne aufmerksam verfolgt.

Das klang mysteriös, musste aber stimmen. Onkel Grif wusste über ihre glänzenden Abschlüsse in Princeton und Yale ebenso Bescheid wie über ihr kurzes Gastspiel als Staatsanwältin. Auch dass sie jetzt in einer privaten Anwaltspraxis arbeitete, war ihm bekannt. Und er hatte einen interessanten Auftrag für sie.

Für *sie.*

Er wandte sich nicht an eine der großen Kanzleien, engagierte keinen Staranwalt und noch nicht einmal Steve Solomon. Er wollte Victoria haben.

Victoria Lord, Rechtsanwältin. Selbstständig und unabhängig.

Verdammt! Wie sollte sie das Steve beibringen?

Der Kerl füllt das Krankenhausbett mühelos aus, dachte Steve beim ersten Blick auf Harold Griffin. Eine Brust wie ein Ochse, breite Schultern, darüber ein dicker Hals. Um die Stirn trug er einen weißen Verband, und sein rechter Arm lag in einer Schlinge. Mit Mitte sechzig war Griffin noch immer ein gutaussehender und geradezu verwegen wirkender Mann. Er hatte wache, hellblaue Augen und buschige, von der Sonne gebleichte Augenbrauen.

»Meine Güte, bist du groß geworden, Prinzessin«, sagte Griffin zu Victoria.

»Wie geht es dir, Onkel Grif?«

»Ganz ordentlich. Abgesehen von einer ausgekugelten Schulter, ein paar Schnittwunden und mörderischen Kopfschmerzen.« Er sah Steve an. »Sie müssen der junge Mann sein, von dem Victoria gesprochen hat.«

»Steve Solomon.« Steve fragte sich, was genau Victoria ihm erzählt hatte. »Junger Mann« – das klang, als wäre er ihr Freund, was durchaus den Tatsachen entsprach. Aber hier ging es ums Geschäft. Hatte Victoria ihrem Onkel etwa nichts von der Firma erzählt?

»Ich bin Victorias Partner.«

»Ihr Partner, soso«, wiederholte Griffin. »Wenn man das früher sagte, wusste jeder, was gemeint war. Victorias Vater und ich waren Partner, nahmen zusammen Kredite auf, stellten gemeinsam große Projekte auf die Beine, und wenn es nötig war, deckte einer den anderen. Heutzutage können damit auch zwei Tunten gemeint sein, die gemeinsam in einem Penthouse leben. Die decken sich auch gegenseitig, aber anders als wir damals.«

»Was ist auf dem Boot passiert, Mr Griffin?«, fragte Steve.

»Nennen Sie mich Grif. Ich war mit Stubbs auf Paradise Key, um mit ihm mein neues Projekt zu besprechen. Ben Stubbs aus Washington. Oberste Umweltschutzbehörde. Der arme Hund liegt jetzt auf der Intensivstation. So viel Blut hab ich nicht mal damals in 'nam gesehen.«

»Was hat denn die Umweltschutzbehörde mit deinem Projekt zu tun?«, fragte Victoria.

Griffin winkte sie näher zu sich heran. »Steht der Bulle noch draußen?«

»Direkt vor der Tür.«

»Weißt du, ob er mich beschützen soll, oder ob er nur aufpasst, dass ich nicht abhaue?«

»Er hat nichts gesagt.«

Stimmt, dachte Steve. Der Hilfssheriff, ein Kaugummi kauender Jüngling mit abstehenden Ohren und Bürstenschnitt, war viel zu sehr damit beschäftigt gewesen, auf Victorias sonnengebräunte Beine zu starren.

»Über Stubbs kann ich erst sprechen, wenn wir sicher sind, dass das Zimmer nicht verwanzt ist«, flüsterte Griffin. »In Singapur wollte ich einmal ein Gebäude kaufen und ging davon aus, dass mein Hotelzimmer abgehört wurde. Deshalb tätigte ich sämtliche Anrufe vom Badezimmer aus und drehte vorher die Dusche voll auf. Trotzdem war die Konkurrenz immer bestens informiert. Die Wanze steckte nämlich im Klopapierhalter.«

In Key West haben Wanzen in Hotelbadezimmern immer sechs Beine, dachte Steve. Er konnte sich nicht vorstellen, dass Willis Rask, der örtliche Sheriff, ein Krankenhauszimmer illegal abhören ließ. Dasselbe galt für den Staatsanwalt des Distriktes, Richard Waddle, der allgemein »Dickwad« genannt wurde.

»Kannst du uns wenigstens sagen, was auf dem Boot passiert ist?«, fragte Victoria.

Griffin winkte sie mit der unverletzten linken Hand noch näher heran. Victoria beugte sich von einer Seite über das Bett, Steve von der anderen. Die Situation erinnerte fatal an eine Übernachtung auf der Neverland Ranch. Griffin sprach so leise, dass er fast nicht zu verstehen war. »Ich weiß nicht, wie Stubbs den verdammten Speer in die Brust bekommen hat. Und das ist die Wahrheit.«

»Haben Sie irgendwo angehalten? Zum Tanken vielleicht?«, fragte Steve. Eine dritte Person an Bord wäre ein Hinweis gewesen. Eine Meerjungfrau mit einer Harpune tat es notfalls auch.

Griffin sah sich um, als suche er nach einem heimlichen Lauscher. Da er niemanden entdecken konnte, flüsterte er schließlich: »Wir haben einen kurzen Zwischenstop gemacht. Westlich von Black Turtle Key, auf einer der vielen namenlosen Inseln. Dort liegen meine Hummerfallen. Hab ein paar von den Viechern fürs Abendessen abgeholt.«

»Ich dachte, wir wollten uns in Louie's Backyard treffen«, sagte Victoria verwundert.

»Hast du dort schon mal Hummer Jambalaya gegessen, Prinzessin?«

»Soweit ich weiß, steht das nicht auf der Speisekarte.«

»Stimmt. Sie machen es speziell für mich. Ich bringe die Hummer mit, den Rest erledigt der Küchenchef. Er kümmert sich auch um die Andouille-Wurst und die Gewürze.«

Jetzt redete er ein wenig lauter. Offenbar war es ihm gleichgültig, ob der Lauscher das Hummerrezept klaute.

»Ich glaube, ich habe unser Abendessen über den Strand kriechen sehen«, sagte Victoria.

»Hummer haben gerade Schonzeit«, sagte Steve.

»Dann verklagen Sie mich doch«, gab Griffin zurück.

Was sollte man von einem Mann halten, der in ein Restaurant in Key West sein eigenes Essen mitbrachte? Wahrscheinlich dasselbe wie von einem Mann, der sein Boot *Force Majeure* nannte: dass er gern den großen Zampano markierte und mit seiner Präsenz einen Konferenzraum genauso ausfüllte wie ein Krankenhausbett. Dass er es gewohnt war, zu bekommen, was er wollte. Aber was, wenn die Dinge einmal nicht nach seinem Plan liefen?

»Und was war mit den Hundertdollarnoten, die über den Strand flatterten?«, fragte Steve.

»Ein Essen bei Louie's ist nicht billig«, sagte Griffin. »Ich hatte vor, die Rechnung zu übernehmen.«

»Aha.«

»Im Ernst. Außerdem habe ich sowieso immer ziemlich viel Bargeld bei mir.«

»Wie viel? Ich meine heute, auf dem Boot.«

»Hunderttausend vielleicht. Ein bisschen mehr, ein bisschen weniger ...«

So viel Geld. Und ein Mann mit einem Speer in der Brust. Der andere mit einer Beule am Hirn. Und ein halbes Dutzend illegal gefangene Hummer. Gab es für solche Fälle einen passenden Paragraphen?

»Haben Sie bei Ihrem Zwischenstopp auf dieser Insel jemanden gesehen?«, fragte Steve.

Griffin schüttelte den Kopf.

»Und Sie sind von Sunset Key direkt dorthin gefahren?«

Wieder antwortete Griffin in einem rauen Flüsterton. »Mit fünfunddreißig Knoten. Ich stand auf der Brücke, und Stubbs sollte mir ein bisschen Gesellschaft leisten. Aber der faule Hund lungerte lieber auf dem Deck herum, sonnte sich und trank ein Bud nach dem anderen. Nach einer Weile sah ich zu ihm runter, aber er war verschwunden. Ich dachte, vielleicht ist er reingegangen, pennt oder muss mal pinkeln. Als er nach ein paar Minuten immer noch nicht wieder aufgetaucht war, rief ich ihn über die Sprechanlage. Keine Antwort. Ich fing an, mir Sorgen zu machen, dachte, er sei vielleicht über Bord gegangen. Er hatte ganz schön gebechert und stolpert auch nüchtern gern über die eigenen Füße. Außerdem war das Deck nass. Also schaltete ich auf Automatik und stieg die Leiter runter.«

Griffin brach ab und kaute an seiner Unterlippe. Steve wusste aus Erfahrung, dass jetzt entweder eine mühsam konstruierte Lüge oder die schmerzliche Wahrheit kam. Das große und fast unmögliche Kunststück war, zu entscheiden, worum es sich handelte.

»Ich ging in den Salon, und da sah ich ihn«, sagte Griffin. »Er saß an die Schottwand gelehnt auf dem Fußboden und blutete wie ein Schwein. In seiner Brust steckte der Speer. Ich rannte raus, kletterte die Leiter hoch, wollte die Küstenwache anrufen und nach Marathon fahren.«

»Zum Fishermen's Hospital.«

»Genau. Aber dann, *zong*, gingen bei mir alle Lichter aus.«

»Und das heißt was?«

»Keine Ahnung. Meine nächste Erinnerung ist, dass ich unten auf dem Deck liege, ein Loch im Kopf habe und immer wieder ohnmächtig werde. Vielleicht stand jemand auf der Brücke und hat mir eins übergezogen, als ich die Leiter hochkletterte.«

Mist. Ein Phantom hat zugeschlagen. Und gleich zwei Mal.

»Und dann liege ich plötzlich mit dröhnendem Schädel am Strand, die Prinzessin beugt sich über mich und sieht aus wie ihre Mutter früher.« Er wandte sich zu Victoria. »Wie geht es der Queen eigentlich?«

»Bevor ihr zwei jetzt anfangt, in Erinnerungen zu schwelgen«, unterbrach Steve ihn, »möchte ich gern wissen: Haben Sie diese Geschichte auch der Polizei erzählt?«

»Geschichte? Was wollen Sie damit sagen, Solomon?«

»Nichts. Ich will nur wissen, ob Sie schon eine Aussage gemacht haben.«

»Versuchen Sie nicht, mich zu verarschen, Kleiner. Sagen Sie einfach, was Ihnen nicht passt.«

Steve atmete tief durch. »Sie haben uns gerade eine ziemlich dünne Story aufgetischt. Das kann sogar Bill Clinton besser.«

»Steve«, sagte Victoria mit tadelnder Stimme. »Wir sitzen hier nicht in einem Untersuchungsausschuss!«

Er ignorierte sie. Mit höflicher Rücksichtnahme kam man hier schließlich nicht weiter. »Also, es befanden sich nur Sie beide auf diesem Boot, richtig?«

»Ja.«

»Wer hat dann den Speer abgeschossen?«

Griffins Augen verengten sich. »Wenn Stubbs wieder zu sich kommt, können Sie ihn ja fragen.«

»Und falls er nicht mehr zu sich kommt?«

Griffin stutzte. Dann antwortete er: »Ich vermute, dass sich jemand unter Deck versteckt hat, bevor wir ausgelaufen sind.«

»Wie in dem Buch von Joseph Conrad«, sagte Victoria.

»In welchem?«, fragte Steve. *Was plapperte Miss Princeton*

summa cum laude jetzt wieder? Auf dem College hatte Steve die Studienhilfen zu *Herz der Finsternis* gelesen. Ein blinder Passagier war darin nicht vorgekommen.

»In *Der geheime Teilhaber*«, sagte Victoria. »Ein Kapitän versteckt einen Mann an Bord, dem der Mord an einem anderen Seemann vorgeworfen wird. Dann segelt er so nahe wie möglich an der Küste entlang und lässt seinen Schützling an Land schwimmen.«

»Und was wurde aus unserem blinden Passagier, als das Boot auf Sunset Key zerbröselte?«

»Keine Ahnung«, sagte Victoria. »Das war nur so eine Idee.«

»Ich habe niemanden gesehen«, sagte Griffin. »Und mit der Polizei habe ich auch noch nicht gesprochen. Halten Sie mich für einen Idioten, Solomon?«

»Nein. Und mir tut derjenige leid, der diesen Fehler begeht. Genau wie derjenige, der sich mit Ihnen anlegt.«

»Steve, bitte.« Ein Befehl, keine Ermahnung. »Ich muss mich für ihn entschuldigen, Onkel Grif. Steve ist manchmal ein bisschen taktlos.«

»Kein Problem, Prinzessin. Ich mag den Mistkerl.«

»Tatsächlich?« Sie klang überrascht.

»Die meisten Anwälte kriechen mir so tief in den Arsch, dass sie zur Nase wieder rauskommen. Entschuldige, Prinzessin. Deine Mutter sagte immer, ich hätte ein dreckiges Mundwerk. Dein Vater war viel vornehmer. Manikürte Hände und Lunch im Country Club. Aber wenn er wie ich mit dem Teeren von Flachdächern angefangen hätte, wären seine Hände und seine Sprache auch nicht so sauber gewesen.« Griffin wandte sich wieder Steve zu und verzog den Mund zu einem schiefen Lächeln. »Ich habe den Cops gesagt, mir täte der Kopf noch zu weh, ich würde später mit ihnen sprechen. Das war doch wohl richtig, Herr Anwalt?«

»Absolut. Kein Wort zu den Cops, bis wir wissen, was Stubbs zu sagen hat. Dann arbeiten wir an Ihrer Aussage. Vorausgesetzt, Sie wollen, dass wir Sie vertreten.«

»Mal sehen. Wie sieht denn Ihr Schlachtplan aus?«

»Wir müssen vom schlimmsten Fall ausgehen. Stubbs kommt zu sich, erzählt von einem Streit und behauptet, Sie hätten ihn mit dem Speer aufgespießt wie eine Olive mit dem Zahnstocher. Dann brauchen wir einen Arzt, der bestätigt, dass hoher Blutverlust zu Halluzinationen führt.«

Griffin zwinkerte Victoria zu. »Mir gefällt, wie dieser Mistkerl denkt.«

»Und wer hat dann Onkel Grif k.o. geschlagen?«, fragte Victoria genervt.

»Derselbe Typ, der auf Stubbs geschossen hat«, antwortete Steve.

»Und wer soll das gewesen sein?«

»Großer Gott! Wir sind erst zehn Minuten hier. Gib mir eine Chance, mir etwas einfallen zu lassen.«

»Du kannst nicht einfach irgendeine Geschichte zusammenspinnen, Steve«, sagte Victoria.

»Warum denn nicht? Das ist eines von Solomons Gesetzen.«

»Müsste ich die kennen?«, fragte Griffin.

»Steve erfindet sie nach Bedarf.« Victorias geschürzte Lippen zeigten deutlich ihre Missbilligung. »›Wenn das Gesetz nicht passt, dann mach es passend.‹ Etwa so in der Art.«

»›Wenn die Fakten nicht zum Gesetz passen … dann ändere sie‹«, sagte Steve fröhlich, »gehört auch dazu.«

»Ich muss sagen, das gefällt mir.« Griffin schien trotz seiner Verletzungen gut aufgelegt. »Sonst noch was, Solomon?«

»Wenn die Cops Stubbs befragen, will ich dabei sein. Noch besser wäre es, wenn *ich* zuerst mit ihm reden könnte.«

»Vergiss es, Steve«, sagte Victoria. »Die Polizei wird dich niemals zu ihm lassen.«

»Es gibt gewisse Möglichkeiten«, sagte Steve.

»An die du nicht mal denken solltest.«

»Wovon redet ihr?«, fragte Griffin.

»Steve taucht gern uneingeladen auf Partys auf. Einmal hat er sogar einen Herzanfall vorgetäuscht, um auf eine Intensivstation zu gelangen.«

»Kleinigkeit«, sagte Steve. »Dachte ich zumindest, bis ich die Arztrechungen sah.«

Griffin stieß ein bellendes Lachen aus. »Sie sind ein Arschloch, Solomon.«

»Ach.«

»Aber eins von der Sorte, die ich mag.« Er wandte sich an Victoria. »Gratuliere, Prinzessin. Du hast dir den Richtigen ausgesucht. Ihr seid engagiert. Alle beide.«

Drei

Intensivstation

Wie hatte das passieren können?

Steve hatte die Führung übernommen, als wären sie noch immer Partner und er die *numero uno.*

Warum habe ich das zugelassen?

Sie hatte aus der Firma aussteigen wollen, und stattdessen hatte Steve ihr mit seiner Machotour den Mandanten ausgespannt.

Steve verabschiedete sich, damit Victoria und Onkel Grif ungestört über alte Zeiten reden konnten, und sagte, er würde in der Eingangshalle warten.

Victoria schwieg, bis sich die Tür hinter ihm geschlossen hatte. Der Hilfssheriff sollte sie nicht hören. Vielleicht konnte sie Steve ja doch noch aus dem Fall drängen oder wenigstens die Regie übernehmen. »Onkel Grif, was war das für ein Auftrag, den du mit mir besprechen wolltest? Hat der auch etwas mit dir und Stubbs zu tun?«

»Mein Sohn soll dir alles erklären. Du erinnerst dich doch an Junior, nicht wahr, Prinzessin?«

»Kein Mädchen vergisst den ersten Jungen, den es geküsst hat.«

Griffin nickte. »Seit ich ihm gesagt habe, dass wir uns treffen würden, redet Junior ununterbrochen von dir. Dein Vater behauptete oft, wir würden unser Leben lang miteinander verbunden sein. Nelson glaubte sogar, du und Junior, ihr könntet einmal ein Paar werden.« Griffins Blick schien sich auf eine ferne Erinnerung zu richten. »Die Welt ist seltsam, Prinzessin. Und je älter ich werde, desto mehr glaube ich an

Schicksal. Gewisse Dinge scheinen einfach vorherbestimmt zu sein.«

Der Mann trug einen weißen Mantel, an seinem Hals baumelte ein Stethoskop. Er eilte durch die Schwingtüren der Intensivstation, nickte einer Schwester zu und ging zielstrebig weiter.

Immer in Bewegung bleiben. Gib dich selbstbewusst. Tu einfach, als ob du dazugehörst.

Steves Regel, wenn er sich unbefugt irgendwo Zutritt verschaffte. Einmal hatte er sogar ein falsches Geständnis abgelegt, nur um in die Arrestzelle einer Polizeiwache zu gelangen. In Managerbüros spazierte man am besten als Kammerjäger verkleidet und besprühte die Sockelleisten mit Insektiziden. Eine Schmerzensgeldsache wiederum hatte er sich vor einiger Zeit gesichert, indem er als Sanitäter aufgetreten war.

Solange die Umkleideräume der Ärzte nicht abgeschlossen waren, gehörten Krankenhäuser zu den Einrichtungen, in denen ihm die Türen buchstäblich offen standen. Kittel, Gesichtsmasken, Stethoskope. Dazu ein paar kleine bunte Muntermacher, falls man auf so etwas stand.

Im Augenblick trug Steve weiße Schuhe mit Gummisohlen, weiße Hosen und einen Laborkittel, auf dessen Namensschild »Dr. G. Koenigsberg« stand.

Er steuerte geradewegs auf einen Polizisten zu, der eine Tür bewachte, und fragte ihn: »Wie geht es unserem Patienten, Officer?«

»Keine Ahnung«, antwortete der junge Hilfssheriff. Einer von der Sorte mit dem ultrakurzen Bürstenschnitt. »Ihre Kollegen lassen uns da nicht rein.«

»Ich sehe mal nach, ob er schon mit Ihnen reden kann.«

Steve betrat das Krankenzimmer und schloss die Tür hinter

sich. Ben Stubbs lag mit einem Sauerstoffschlauch in der Nase auf dem Rücken. Etliche andere Schläuche und Drähte waren an allen erdenklichen Körperstellen befestigt. Stubbs war ein kleiner Mann mit schmalem Gesicht und eingefallenen Wangen. Seine Haut hatte einen ungesunden Grauton. Ein dicker Verband bedeckte seine Brust, und neben dem Bett piepte eine Maschine im Rhythmus seines Herzschlages.

»Wie geht es uns denn, Mr Stubbs?«

Stubbs' Augen waren offen, doch sie starrten ins Leere. Offenbar befand er sich in einer diffusen Zone zwischen Wachsein und Bewusstlosigkeit.

»Warten Sie ab, bald fahren Sie wieder Wasserski. Es sei denn, Sie haben das noch nie gemacht. Dann geht es natürlich nicht ganz so schnell.«

Keine Reaktion.

Steve trat näher ans Bett heran. »Erinnern Sie sich, was mit Ihnen passiert ist, Mr Stubbs?«

Die Lider des Mannes zuckten. Er bewegte fast unmerklich den Kopf.

»Oder daran, wer Sie angegriffen hat?«

Stubbs bewegte die Lippen. Doch es kam kein Ton aus seinem Mund. Langsam hob er die rechte Hand ein wenig an. Dann streckte er zwei zitternde Finger in die Höhe wie ein Schwarzhändler, der zwei Dolphins-Tickets anzubieten hat. Allerdings wie ein sehr geschwächter Schwarzhändler.

»Zwei? Was bedeutet das? Dass Sie von zwei Männern angegriffen wurden?«

Stubbs' Hand fiel zurück auf die Bettdecke. Die Tür flog auf. Ein Mann mittleren Alters in Anzug und Krawatte stürmte herein, gefolgt von zwei Uniformierten. »Wer zum Teufel sind Sie?«, herrschte er Steve an.

»Und Sie?«, gab Steve zurück.

»Dr. Gary Koenigsberg. Chefarzt der Unfallchirurgie.«

»Marcus Welby. Koordinator für Sicherheitsbelange. Oberste Gesundheitsbehörde von Florida. Aus reiner Kollegialität kommen Sie heute mit einer schriftlichen Verwarnung davon.«

»Mit einer Verwarnung? Wovon reden Sie eigentlich?«

Steve riss das Namensschild von seinem Kittel und warf es dem Arzt zu. »Sie haben hier einige schwerwiegende Sicherheitslücken, Koenigsberg.«

Solomons Gesetze

§ 2 Geh immer davon aus, dass dein Mandant schuldig ist. Schon aus Zeitgründen.

Vier

Annahme der Schuld

»Du bist unverbesserlich«, schnaubte Victoria. »Was hättest du getan, wenn der Patient wirklich einen Arzt gebraucht hätte?«

»Operiert«, antwortete Steve.

»Kaum lasse ich dich fünf Minuten aus den Augen, schon wirst du verhaftet.«

»Ich wurde nicht verhaftet, nur vor die Tür begleitet.«

»Es ist so peinlich, deine Partnerin zu sein! Verstehst du nun, warum ich eine eigene Kanzlei haben will?«

»Cool bleiben, Vic. Immerhin habe ich von Stubbs eine Information bekommen.«

»Er hat etwas gesagt?«

»Nicht direkt. Aber ich vermute, dass er von zwei Leuten angegriffen wurde.«

Steve erzählte Victoria von Stubbs Geste. Doch sie war nicht besonders beeindruckt. »Das kann alles Mögliche bedeuten«, sagte sie. »Oder gar nichts.«

Es war kurz nach neun und die Nacht schwülwarm. Sie fuhren in dem alten Caddy auf der U.S. 1 nach Norden. *Nord* stand auch auf den Schildern, aber Steve wusste, dass sie sich auf dem Streckenabschnitt befanden, der in östlicher Richtung verlief. Die Keys waren ein sichelförmiges Archipel, das sich von Nordost nach Südwest erstreckte, von Miami bis Key West. Zwar war Key West eine Küstenstadt, zog man jedoch eine senkrechte Linie von Sloppy Joe's Bar auf der Duval Street nach Norden, so gelangte man an einen Punkt westlich von Cleveland. Diese geographische Kuriosität war durch den geschwungenen Verlauf der Küste zu erklären. Reno in Nevada lag aus demselben Grund ebenfalls weiter westlich als Los Angeles.

Victoria schwieg. Kein gutes Zeichen.

Steve wollte die Sache hinter sich bringen. »Du bist doch nicht sauer wegen unserem Besuch im Krankenhaus, oder?«

»Die Art, wie du mit Onkel Grif umgesprungen bist, hat mir absolut nicht gefallen.«

»Dir nicht. Aber ihm.«

»Man könnte meinen, du hältst ihn für schuldig.«

»Davon gehe ich bei allen meinen Mandanten aus. Meist liege ich damit richtig und verschwende dadurch keine Zeit.«

»Onkel Grif könnte nie jemanden umbringen.«

»Woher willst du das wissen? Als du ihn das letzte Mal gesehen hast, warst du noch ein Teenager und hast mit – wie war doch gleich sein Name? – im Country Club rumgeknutscht.«

»Junior. Und du hast Recht. Von ihm habe ich gelernt, was ein Zungenkuss ist.«

»Erinnere mich daran, dass ich mich bei ihm bedanken muss. Aber was ich sagen wollte: Unsere Wahrnehmung anderer Menschen wird von den Umständen beeinflusst, in denen wir mit ihnen zu tun haben.«

»Tatsächlich? Hast du etwa auch wie ich als Nebenfach Psychologie studiert?«

»Griffin ist für dich immer noch der liebe Onkel, der dir Geburtstagsgeschenke gemacht hat. Ich sehe ihn eher als ziemlich schwierigen Kunden.«

»Er wirkt vielleicht ein bisschen ungehobelt. Aber in Wahrheit ist er ein Schatz.«

»Jeder Mensch ist zu einem Mord fähig. Sogar du, Prinzessin.«

»Nenn mich nicht Prinzessin.«

»Warum nicht? Der gute alte Onkel Grif darf das doch auch.«

»Bei ihm klingt es aber nicht so ironisch.«

Auf der Boca-Chica-Brücke war nicht viel Verkehr. Am Himmel flogen zwei Düsenjets in Formation. Sie übten Nachtlandungen auf der Naval Air Station. Steve gab Gas, überholte ein Wohnmobil und gewährte den Touristen einen Blick auf das Nummernschild des Eldo: I-OBJECT – Einspruch – stand da in Großbuchstaben. Das Verdeck war offen, der Salzgeruch der flachen Gezeitentümpel hing in der Luft. In ein paar Minuten würden sie Herbert Solomons Hausboot erreichen, wo sie die Nacht verbringen wollten. Der Gedanke, bald seinen Vater zu sehen, machte Steve zu schaffen. Auf zusätzliche Spannungen mit Victoria konnte er im Moment gut verzichten.

Er warf ihr einen fragenden Blick zu. »Habe ich etwas falsch gemacht?«

»Ich mag es nicht, wenn du mir Vorträge hältst.«

»Ich sagte doch nur ...«

»Genau. Mein selbsternannter Seniorpartner gewährt mir Einsicht in seinen reichen Erfahrungsschatz. ›Jeder Mensch ist zu einem Mord fähig.‹ Von sämtlichen Binsenweisheiten ist dies ...«

»Tut mir leid. Von jetzt an werde ich nur noch meine ureigensten Gedanken mit dir teilen.«

»Ich habe dich sehr gern, Steve. Das weißt du.«

»Warum nur habe ich das Gefühl, dass gleich ein ›Aber‹ kommt?«

»Aber du bist rechthaberisch, arrogant und egozentrisch ...«

Er wollte sie nicht unterbrechen.

»Und dein T-Shirt ist total bescheuert.«

»Ich glaube, mein T-Shirt können wir vernachlässigen.« Er hatte das schwarze Baumwollhemd bei Fast Buck Freddy's auf der Duval Street gekauft. Es zeigte einen Mann auf einem Barhocker. Darunter stand: »*Entzug ist nur was für Leute, die aufgeben.*«

»Also, worum geht es wirklich, Vic?«

»Du hast mir meinen Mandanten geklaut.«

»Er ist *unser* Mandant.«

»Hast du mir nicht zugehört? Ich will eine eigene Kanzlei.«

»Ach komm schon, Vic. Wir haben einen neuen großen Fall! Onkel Grif will mich mit im Boot haben.«

»Nenn ihn nicht so. Er ist nicht dein Onkel.«

»Deiner auch nicht.«

»*Nervig* – das hatte ich noch vergessen. Du bist rechthaberisch, arrogant, egozentrisch und unglaublich nervig.«

»Und dir gefällt mein T-Shirt nicht. Grifs Fall bearbeiten wir trotzdem zusammen. Genau so will er es haben.«

Dass Steve Recht hatte, machte Victoria nur noch ärgerlicher. »Okay. Aber das ist unser letztes gemeinsames Mandat. Sonst werde ich nie eine gute Anwältin. Außerdem schadet die berufliche Zusammenarbeit unserer persönlichen Beziehung. Ich möchte möglichst viel Zeit mit dir verbringen. Aber nicht im Gerichtssaal.«

»Bist du dir da ganz sicher? Willst du die Firma wirklich verlassen?«

»Von Wollen kann nicht die Rede sein. Ich bin gern mit dir zusammen. Du kannst sehr warmherzig sein, witzig und sogar fürsorglich. Aber bei der Arbeit machst du mich wahnsinnig.«

»Wirklich? Absolut sicher?«

»Ja, verdammt!«

»Okay. Das ist unser letzter gemeinsamer Fall. Egal ob wir gewinnen oder verlieren.«

»Und ich bestimme die Taktik.«

»Wie bitte?«

»Du hast mich sehr gut verstanden, Steve.«

»Okay, okay.«

»Du akzeptierst die Bedingungen?« Victoria war misstrauisch.

»Aber klar doch. Du bist der Boss. Das ist dein Schwanengesang, und hinterher kommt dein erster Soloflug. Dann hast du endlich den Handlungsspielraum, den du so dringend haben willst.«

»Du respektierst also meine Entscheidungen?« Sie wusste immer noch nicht, ob sie ihm glauben sollte.

»Selbstverständlich. Ich muss nicht immer der Kapitän sein. Ich kann auch rudern.«

Doch im Stillen überlegte Steve bereits, wie er das Steuer wieder übernehmen konnte. Er würde Victorias Anweisungen befolgen. Zumindest anfangs. Und wenn die Sache schiefging, würde er sie retten und ihr damit zeigen, wie dumm es wäre, die Firma zu verlassen.

»Ich soll dir also vertrauen«, stellte Victoria abschließend fest. »Du hältst dich an meine Vorgaben?«

»Könnte ich dich je belügen?«, erwiderte Steve.

Fünf

Richter im Wartestand

Als sie Sugarloaf Key erreicht hatten, bog Steve nach rechts auf die Old State Road ab und parkte den Eldo zwei Meilen weiter unter einem Balsambaum. Während der letzten Minuten hatte er ausnahmsweise mal nicht an die intelligente, langbeinige Frau auf dem Beifahrersitz gedacht.

»Wann wirst du mit deinem Vater über den Wiederzulassungsantrag sprechen?«, fragte Victoria beim Aussteigen.

Hilfe, sie kann Gedanken lesen.

Er hatte für seinen Vater einen Antrag auf Wiederzulassung als Anwalt gestellt, dem alten Herrn aber nichts davon gesagt. »Sobald ich gute Nachrichten habe.«

Sie gingen den Pfad aus zerstoßenen Muschelschalen entlang, der zu einer Bucht namens Pirates Cove führte. Victoria fand in ihren Schuhen mit den glatten Ledersohlen keinen Halt und musste langsam gehen. »Ich weiß nicht, ob das klug ist. Diese Geheimniskrämerei, meine ich.«

Steve deutete das als ihre verschlungene weibliche Art, ihm zu sagen, dass er einen Fehler beging.

»Vertrau mir, Vic. Ich weiß schon, wie man meinen alten Herrn anpacken muss.«

Steve war überzeugt, dass sein Vater nur zu gern wieder als Jurist arbeiten wollte. Herbert T. Solomon, Esq., aus den Südstaaten, redegewandt und charismatisch, einst angesehenster Richter von Miami. Vor seinem Sturz.

Im Augenblick verbrachte Solomon Senior die Tage mit Angeln. Vorwiegend allein. Aber heute hatte er auf seinen Enkel aufgepasst. Steve und Victoria hatten den zwölfjährigen Bobby Solomon am Vortag auf dem Weg nach Süden bei ihm abgesetzt. Bobby lebte bei seinem Onkel Steve, nicht bei seiner drogenverwirrten Mutter, Steves Schwester Janice, die im Augenblick vorgab, in den Bergen von North Carolina organisches Gemüse anzubauen. Steve zweifelte allerdings daran, dass Marihuana inzwischen offiziell als Bestandteil der Ernährungspyramide anerkannt war.

Schon in einiger Entfernung vom Hausboot hörte Steve das Windspiel über dem hinteren Deck. Es waren auf Angelschnur gefädelte Bierdosen. Das alte Wrack – das Boot, nicht sein Vater – war an einem zerbrochenen Holzsteg vertäut, mit Seilen, die von Seetang überwuchert waren. Herbert Solomon besaß ein Stück Buschland an der Old State Road, doch selbst unter den laxen Flächennutzungsplänen der Keys war es illegal, dort für längere Zeit ein Boot festzumachen.

Trotz der Dunkelheit war zu erkennen, dass der uralte Kahn leichte Schlagseite nach steuerbord hatte. Aus dem Inneren drangen Calypsoklänge. Harry Belafonte sang »Man Smart (Woman Smarter)«.

»Ich weiß nicht, ob es gut ist, wenn du deinen Vater in dieser Sache vertrittst.«

»Wer könnte das besser als ich?«

»Jemand, der objektiv ist.«

»Ich habe gar nicht vor, objektiv zu sein. Ich bin ein Krieger. Ein Gladiator.«

»Du weißt, was ich meine. Du musst zwischen Fiktion und Tatsachen unterscheiden. Als deinem Vater die Zulassung entzogen wurde …«

»Er hat sein Amt niedergelegt. Das ist nicht dasselbe.«

Obwohl es Mai war und die Solomons aus einem jüdischen Geschlecht stammten, glitzerte unter dem Vordach der Hausbootkabine eine weihnachtliche Lichterkette. Grüne Farbkleckse bedeckten notdürftig einige verrottete Stellen im Holz des Decks.

Steve nahm eine Bewegung im hinteren Teil der Veranda wahr. Sein Vater erhob sich mit einem Drink in der Hand aus seinem Schaukelstuhl. Sein schimmerndes weißes Haar war nach hinten gekämmt und reichte bis auf die Schultern. Seine sonnengegerbte Haut war für einen Mann von sechsundsechzig Jahren auffallend glatt. Die dunklen Augen blickten aufmerksam und kämpferisch.

»Hi, Dad«, sagte Steve.

»Von wegen ›Hi, Dad‹, du hinterhältiger Volltrottel.«

»Was habe ich denn jetzt wieder verbrochen?« Steve ging an Bord und stellte fest, dass er ähnliche Fragen in letzter Zeit andauernd stellte.

»Victoria«, sagte Herbert. »Wie hältst du es bloß mit diesem Idioten aus?«

»Das frage ich mich manchmal auch«, antwortete sie.

»Ohne ihn wärst du sicher besser dran.«

»Vielleicht sollte ich mal nach Bobby sehen«, sagte Victoria, »damit ihr Jungs ein bisschen plaudern könnt.«

»Er schläft«, sagte Herbert. »War fix und fertig. Hat den ganzen Tag das Angelboot durchs seichte Wasser gestochert.«

»Ich gehe trotzdem rein«, sagte sie.

»Feigling«, murmelte Steve, als sie durch die Tür zur hinteren Kabine verschwand.

»Der Rum steht draußen, Soda ist im Kühlschrank!«, rief Herbert hinter ihr her. Dabei gestikulierte er mit seinem Glas, über dessen Rand ein paar Minzeblätter lugten. Offenbar hatte er sich bereits ausführlich mit seinen Abendmojitos beschäftigt. An Steve gewandt blaffte er: »Du kehrst am besten erst mal vor deiner eigenen Tür, Sohn, und lässt meinen Kehrichthaufen in Frieden.«

Selbst wenn er schimpfte und zeterte, klang Herberts Stimme dank des melodiösen Südstaatenakzents wie Zuckersirup, der über Eiscreme fließt. Geboren und aufgewachsen in Savannah, hatte Solomon senior weder den typischen Singsang noch die blumige Sprechweise seiner Heimat je abgelegt.

Als Junge hatte Steve seinen Vater vor Gericht einmal über einen Zeugen sagen hören: »Der Typ ist so schlüpfrig, dass man eher einen Aal in einer Öllache fangen könnte, er ist eine so niedere Kreatur, dass man erst den Sumpf trockenlegen muss, um ihn zu finden.«

Herbert konnte reden wie kein Zweiter. Obwohl ihn die vier Jahre an der University of Virginia und das Jurastudium an der Duke University, dem Harvard des Südens, rhetorisch geschult hatten, gab er vor Gericht oft den altmodischen Südstaatengentleman, sofern er sich davon einen Vorteil versprach. Besonders gern spielte er dabei eine Figur aus einem Mark-Twain-Roman nach.

Jetzt stand er auf dem hinteren Deck seines altersschwachen Hausbootes und wusch seinem Sohn den Kopf.

»Wer hat dir erlaubt, in meinem Namen die Wiederzulassung zu beantragen?«

»Woher weißt du das?«

»Hältst du mich für einen senilen alten Trottel?«

»Keineswegs.«

»Ich war zwar nur ein einfacher Landadvokat, aber ich bin nicht auf den Kopf gefallen.«

»Mit deinem folkloristischen Gesülze konntest du vielleicht die Geschworenen beeindrucken, aber nicht mich. Also hör auf, solchen Blödsinn zu reden, sonst erzähle ich überall herum, dass du Mitglied im elitärsten aller Akademikerclubs warst.«

»Lenk jetzt nicht vom Thema ab. Von Freunden in Tallahassee weiß ich, dass du deine Nase in meine Angelegenheiten steckst.«

»Also schön. Ich habe für dich den Antrag auf Wiederzulassung gestellt.«

»Ich pfeife auf die Zulassung.«

»Wir könnten gemeinsam in meiner Kanzlei arbeiten.«

»Ich führe hier ein sehr schönes Leben.«

»Weißt du, was eines Tages über deinem Nachruf stehen wird? ›Unehrenhaft entlassener Ex-Richter beißt ins Gras.‹«

»Na und? Ich muss den Artikel ja nicht mehr lesen.«

»Aber ich.«

»Dann soll ich also für dich noch mal von vorn anfangen? Warum arbeitest du nicht einfach mit deiner schönen Freundin zusammen und lässt mich in Frieden?«

»Vic will aus der Firma aussteigen und allein weitermachen.«

Verdammt. Das hatte Steve eigentlich für sich behalten wollen. Aber vielleicht würde sein Vater ihn wenigstens ein bisschen bemitleiden.

»Kluges Mädchen«, gab Herbert zurück. »Wenn du nicht aufpasst, schmeißt sie dich auch noch aus ihrem Bett.«

»Wenn der *Herald* mich für deinen Nachruf interviewt, werde ich betonen, wie sehr du mich immer unterstützt hast.«

»Jetzt hör auf zu jammern. Ich erinnere mich noch genau an damals, als du in der neunten Klasse warst und die kubanischen Kids dir die Scheiße aus dem Leib geprügelt haben.«

»Weißt du auch noch, dass ich ein paar von ihnen anschließend mit einem Baseballschläger die Rippen gebrochen habe?«

Herbert leerte sein Glas. »Ja. Und dass ich hinterher auf der Polizeiwache stundenlang mit Rocky Pomerance verhandelt habe, bis ich dich wieder mit nach Hause nehmen konnte. Und du willst behaupten, ich hätte dich nicht unterstützt?«

Steve hatte in seiner Jugend unter dem Desinteresse seines

Vaters mindestens ebenso gelitten wie unter dessen beißender Kritik. Trotzdem hatte er zu dem Mann, der regelmäßig Schlagzeilen machte, zu diesem angesehenen Richter aufgeblickt und litt bis heute unter einer diffusen Angst, den Ansprüchen seines Vaters nicht zu genügen. Als Herbert T. Solomon unsauberer Praktiken bezichtigt wurde, brach für Steve eine Welt zusammen. Und jetzt fragte er sich, warum sein Vater nicht wollte, dass er ihm half, seinen guten Ruf wieder herzustellen.

»Ich werde den Antrag nicht zurückziehen, also hör mir besser zu. Ich habe einen Plan.«

»Interessiert mich nicht.«

»Du hast dein Amt niedergelegt, aber dir wurde nie wirklich etwas nachgewiesen, und man hat dir nie formal die Zulassung entzogen.«

»Ja, und?«

»Die Überprüfung deiner moralischen Integrität musst du also nicht fürchten.«

»Lass die Finger davon, Junge.«

»Wir können gewinnen, Dad.«

»Schlafende Hunde, Sohn – und die soll man nicht wecken.«

»Was soll das heißen? Dass du damals tatsächlich Bestechungsgelder angenommen hast?«

»Red keinen Mist! Das glaubst du doch selbst nicht.«

»Dann hättest du dich wehren sollen. Dir einen Anwalt nehmen. Großer Gott, Dad, wenn du unschuldig warst ...«

»Die Unschuldsvermutung gilt auch für einen Richter. Und zwar so lange, bis das Gegenteil bewiesen ist. Ich habe die Brocken hingeworfen. Das ist mein Recht.«

»Und ich werde Pinky Luber vorladen lassen und ihn zwingen, seine Anschuldigungen zu widerrufen.«

»Um dich mit Pinky anzulegen, hast du nicht genug Arsch in der Hose.«

»Mit diesem verdorrten alten Tatterich? Inzwischen ist er … er ist …«

Steve suchte nach einem volkstümlichen Ausdruck, mit dem er seinem Vater signalisieren konnte, dass sie auf einer Wellenlänge lagen. Aber wie sollte er Pinky Luber, den Ex-Staatsanwalt, Ex-Ganoven, den Schleimscheißer, der seinen Vater angeschwärzt hatte, angemessen beschreiben?

Weicher als ein Klumpen Butter?

Schmieriger als Pommesfett?

Widerlicher als verkochter Fisch?

Dass ihm nur Vergleiche mit Lebensmitteln einfielen, schob Steve darauf, dass das Abendessen ausgefallen war. »Ein Nichts. Ein Niemand«, sagte er schließlich.

»Lass dich von Äußerlichkeiten nicht blenden. Pinky hatte schon immer sehr unangenehme Freunde. Auch damals, als er noch Staatsanwalt war. Korrupte Polizisten, Kriminelle aller Art, zwielichtige Privatdetektive. Und im Knast hat er sicher noch ganz andere Kaliber kennen gelernt.«

»Ist es das, wovor du Angst hast, Dad? Dass Pinky Probleme machen könnte?«

Herbert schüttelte den Kopf. »Eins hast du scheinbar noch immer nicht gelernt, Sohn. Wenn du Steine umdrehst, findest du darunter höchstens Schlangen und Skorpione, aber niemals Blumen.«

Sechs

Ein Traum namens Oceania

Es war erst kurz nach acht Uhr morgens, doch die Schwüle hing bereits in der Luft wie nasse Wäsche auf einer Leine. Am Himmel standen verwischte Wolken, deren leichter Grauschimmer nachmittäglichen Regen ankündigte. Victoria, Steve und Bobby spazierten am Strand von Pirates Cove entlang. Sie hielten Ausschau nach Hal Griffins Wasserflugzeug, das sie abholen und nach Paradise Key bringen sollte, wo Junior sie erwartete.

Eine Schildkröte von der Größe eines Mülleimers schob sich vom Sand ins Wasser und paddelte davon. Victoria wünschte, sie hätten Zeit für ein morgendliches Bad im Meer, vorzugsweise ohne dabei von Steve zu einer »heißen Nummer« aufgefordert zu werden. Und ohne zerberstende Boote und bargeldgespickte Hummer.

Bobby und Steve ließen auf dem flachen Wasser Steine springen und wetteten darauf, wessen Stein am häufigsten hüpfte. Der Verlierer musste die Mangos für die Nachmittags-Smoothies schälen. Trotz seiner zahlreichen persönlichen und professionellen Unzulänglichkeiten war Steve ein wunderbarer Ersatzvater. Falls Victoria je eine Liste aller positiven und negativen Eigenschaften ihres Freundes aufstellen musste – und welche Frau tat das nicht insgeheim? –, würde Steves Fürsorge für Bobby ganz oben auf der Plusseite stehen. Einmal hatte sie bei einem Glas Chardonnay auf einem Block die Punkte festgehalten, die Steve zu einem idealen Lebensgefährten machten.

1. Ist ein toller Vater.
2. Bringt mich zum Lachen.
3. Bringt mich zum Orgasmus.

Seine negativen Eigenschaften füllten zwei Seiten, doch die drei Pluspunkte waren nicht zu unterschätzen.

Victorias Handy klingelte. Auf dem Display erschien die Nummer des Krankenhauses. »Guten Morgen, Onkel Grif. Wie geht es dir?«

»Lausig, Prinzessin. Die Schlaftabletten wirken nicht.«

»Hast du immer noch Kopfschmerzen?«

»Ja. Fühlt sich an, als hätte ich einen Presslufthammer im Hirn.«

»Gibt es etwas Neues von Stubbs?«

»Ich frage andauernd nach ihm, aber man sagt mir nichts. Pass auf, Prinzessin – ich habe die ganze Nacht wachgelegen, und jetzt ist mir alles klar. Jemand versucht, Oceania zu torpedieren.«

»Oceania?«

»Mein Traum, der schon fast wahr geworden ist. Darüber wollte ich eigentlich mit dir sprechen. Jetzt überlasse ich das besser Junior.«

»Und wer torpediert Oceania?«

»Derselbe, der auf Stubbs geschossen hat. Darum geht es bei eurem Fall: Irgendjemand hat es auf mich abgesehen. Kein Hal Griffin, kein Oceania.«

Was immer das sein mochte. Victoria schlug eine Stechmücke tot, die sich zum Frühstück auf ihrem Hals niedergelassen hatte.

»Ich will damit sagen«, fuhr Griffin fort, »wenn Stubbs nicht durchkommt und man mir einen Mord vorwirft, reicht es nicht, wenn ihr nur die Löcher in der Anklage findet.«

»So geht man aber bei Indizienprozessen gemeinhin vor. Man hinterfragt die Beweislage und zeigt, dass gerechtfertigte Zweifel an der Sicht der Staatsanwaltschaft bestehen.«

»Das dürfte in diesem Fall nicht genügen. Ihr müsst den Kerl finden, der den Speer abgeschossen hat.«

Ach, mehr nicht?, dachte Victoria. »Beten wir, dass Stubbs überlebt. Er wird dich doch sicher entlasten, oder?«

»Ich hoffe es.«

Sie hatte ein zuversichtliches »Worauf du dich verlassen kannst«, erwartet, kein schwammiges »Ich hoffe es«. Griffins zweideutige Antwort warf gewisse Fragen auf. Aber man konnte sich schlecht am Telefon bei einem Mandanten erkundigen, ob er auf jemanden geschossen hatte. Stattdessen legte Victoria Griffin ans Herz, sich zu schonen. Dann verabschiedete sie sich.

Sie ging zu Steve und Bobby, den Solomon Boys. Die beiden knieten im Sand und hielten die Köpfe gesenkt, als suchten sie nach einer verlorenen Kontaktlinse. Doch das Ganze war ein Wettbewerb, wer den weißen Reihern am ähnlichsten sah, die im flachen Wasser mit ihren langen Schnäbeln nach Fressbarem stocherten.

Steve stand auf und spuckte eine kleine Muschel aus. Über seiner Oberlippe klebte ein Schnurrbart aus feuchtem Sand. Für einen mit allen Wassern gewaschenen Anwalt sah er ziemlich unschuldig aus. »Und? Was sagt unser Mandant?«, fragte er Victoria.

»Dass ihm jemand etwas anhängen will.«

»Tatsächlich? So etwas höre ich zum ersten Mal.«

Bobby rappelte sich auf und wischte sich den Sand von den Knien. Er trug abgeschnittene Jeans und ein University-of-Miami-Football-Shirt. Der Junge war klein und dürr. Trotz der zahllosen kalorienreichen Schinken-Käse-Paninis und der

Frucht-Smoothies, die Steve für ihn zubereitete, hatte er kaum Fleisch auf den Rippen. »Wo bleibt das Flugzeug? Mir ist langweilig.«

»Wasserflugzeuge machen beim Start einen höllischen Krach. Ich möchte nicht, dass du Angst bekommst.« Steve wusste, dass laute Geräusche den Jungen erschreckten.

Bobby schnaubte verächtlich. »Ich bin doch kein Waschlappen.«

»Das behauptet auch niemand.«

»Ich hab keine Angst. Die Grumman Mallard hat eine sehr gute Schadensbilanz.«

»Du hast recherchiert?«, fragte Victoria.

»Ja. Im Internet. Keine dreißig Sekunden, und du weißt alles über Wasserflugzeuge. Du musst bloß die richtigen Fragen stellen. Und die Wetteraussichten habe ich auch gecheckt. Keine Stürme, nur ein leichter Südostwind.« Bobby ahmte die Stimme des Fernsehmeteorologen nach: »Ein herrlicher Tag zum Fliegen, Hochseefischen oder um einfach nur in der Sonne zu liegen. Mehr nach den Elf-Uhr-Nachrichten.«

Victoria hoffte auf einen ruhigen Flug. Ihr Magen kämpfte noch mit dem deftigen Frühstück, das Herbert für sie zubereitet hatte. An gebratenen Katzenwels mit geröstetem Maisbrei, scharfe Würstchen und Käse, hinuntergespült mit ein paar Tassen zuckerschwerem *Café Cubano,* und das kurz nach Tagesanbruch, war sie nicht gewöhnt.

»Recherchen könnt ihr in Zukunft ruhig mir überlassen«, sagte Bobby. »Am Computer bin ich zehnmal fitter als Onkel Steve.«

Victoria zauste ihm das unordentliche Haar. »Du bist der schlauste Junge, den ich kenne.«

Victoria liebte Bobby über alles und staunte über seine ständigen Fortschritte. Vor nicht ganz zwei Jahren hatte Steve ihn aus dem Quartier einer Sekte befreit. Dort war Bobby von seiner Mutter misshandelt worden und völlig verwahrlost. Die Ärzte diagnostizierten bei dem Kind eine bis dato namenlose Störung des zentralen Nervensystems, die Symptome des Asperger-Syndroms sowie gewisse Merkmale von Autismus in sich vereinigte. Der Zehnjährige war in sich zurückgezogen und verängstigt, er neigte zu krampfartigem Zittern. Doch ein organischer Hirnschaden ließ sich nicht feststellen, und dank Steves Fürsorge normalisierte sich sein Verhalten zunehmend. Außerdem bescheinigte man ihm eine paradoxe funktionelle Facilitation. Soweit Victoria verstanden hatte, bezeichnete man so eine Kombination aus der bei Menschen mit Savant-Syndrom häufig erhöhten Merkfähigkeit und Echolalia – der Gabe, Gehörtes und Gelesenes wortwörtlich wiederzugeben. In Gegenwart Fremder war Bobby noch immer sehr zurückhaltend und ängstlich, doch zu Victoria hatte er schnell Vertrauen gefasst. Für ihn war sie wie eine Ersatzmutter, und sie machte sich Sorgen, welche Auswirkungen es auf Bobby haben könnte, wenn sie und Steve sich je trennen sollten. In letzter Zeit verfolgte dieser Gedanke sie immer häufiger.

Steve schien sich die Kritik an seinem T-Shirt zu Herzen genommen zu haben und trug jetzt ein anderes: *»Ich hinterlasse sichtbare Spuren – aber nur in meiner Unterwäsche«* stand quer über seiner Brust. Hielt er das tatsächlich für eine Verbesserung oder wollte er sie nur provozieren? Junior Griffin würde sicher beeindruckt sein.

Victoria trug ein weißes, ärmelloses Top, einen kurzen Häkelrock in Aquamarin, der Farbe des Meeres, und dazu passende Manolos. Zwei sexy Riemchen umspannten die Knöchel und lenkten den Blick auf ihre wohlgeformten Waden. Die Schuhe waren ein Geschenk von Steve. Wenn man das so sagen konnte. Er hatte einen Lastwagenfahrer verteidigt, der

Ladungen aus dem Hafen von Miami direkt in sein eigenes privates Warenlager brachte, anstatt sie an den eigentlichen Empfänger auszuliefern. Steve hatte den Prozess verloren, der Lastwagenfahrer musste in den Knast und war außerdem pleite. Aber praktischerweise war ein Container mit exquisiten italienischen Schuhen noch kurz vor der Verurteilung von seinem Truck gefallen, und Steve wurde statt in Dollars in Leder bezahlt. Wenn seine Geschäfte nicht bald besser liefen, würde Victoria vielleicht Hunger leiden, aber niemals barfuß gehen müssen.

Auf dem Hausboot hatte sie ein wenig cognacfarbenen Lidschatten aufgelegt, der gut zu ihrem Tropical-Sunset-Lippenstift passte. Sie sah sexy aus, aber nicht aufreizend. Ihr blondes Haar war lässig zerzaust. Steve nannte das ihren Meg-Ryan-Look, obwohl Megs Haar im letzten Film, in dem Victoria sie gesehen hatte, weder blond noch zerzaust gewesen war.

Während sie nun an diesem schwülen Morgen auf das Flugzeug wartete, das sie auf Onkel Grifs Pirateninsel bringen sollte, fragte sie sich, warum sie ihr Outfit gerade heute mit ganz besonderer Sorgfalt zusammengestellt hatte. Und woher kam das angenehme Kribbeln in ihrem Bauch? War der *Café Cubano* etwa noch stärker gewesen als sonst?

Okay. Seien wir ehrlich. Ich werde Junior zum ersten Mal nach vielen Jahren wiedersehen, zum ersten Mal als Erwachsene.

Sie warf Steve einen Blick zu. Er schien ihre Vorfreude auf das Treffen mit Junior nicht zu teilen. Zum Frühstück hatte er zwei Teller gebratenen Fisch vertilgt und schaute nun ziemlich verkniffen drein. Entweder er war sauer, oder er litt unter Völlegefühl.

»Warum hast du heute Nacht an Land geschlafen, Onkel

Steve?« Bobby hockte am Wasser und ließ fingernagelgroße Krabben über seine Hände laufen.

»Auf dem Boot werde ich seekrank.«

Bobby lachte. »Das bewegt sich doch gar nicht.«

»Ich mag Hängematten.«

»Ich dachte, wenn du in einer Hängematte schläfst, bekommst du Rückenschmerzen.«

Steve grunzte.

Bobby sah ihn von unten herauf an. »Normalerweise schläfst du mit Victoria im selben Bett. Aber letzte Nacht …«

»Was soll das werden? Ein Verhör?« Steve rülpste leise.

»Habt ihr Streit?«, fragte Bobby.

»Quatsch.«

Bobby stand auf, legte den Kopf schief und musterte seinen Onkel durch die dicken Brillengläser. »Warum lügen Erwachsene eigentlich andauernd?«

Victoria wollte Bobby nicht verunsichern. Er fragte fast täglich, wann sie endlich heiraten würden. Bislang wusste er nichts von ihrem Plan, eine eigene Kanzlei aufzumachen. Aber vermutlich hatte er letzte Nacht mit angehört, wie sie sich darüber gezankt hatten, wer bei dem Gespräch mit Junior die Regie übernehmen sollte. Steve meinte, sie würde Junior wahrscheinlich nicht rigoros genug befragen. Wieder einmal musste alles nach seinem Kopf gehen, er kümmerte sich einfach nicht um ihre Abmachungen. Nachdem sie sich eine Weile gestritten hatten, war Steve wie ein trotziges Kind, nur mit einer Unterhose bekleidet, von Bord gestapft und hatte sich in die an zwei Palmen befestigte Hängematte gelegt. Jetzt kratzte er an seinen frischen Mückenstichen herum und sprach nur das Nötigste mit ihr. Glaubte er wirklich, Bobby spürte nicht, dass etwas nicht stimmte?

»Ich lüge nicht«, sagte Steve zu dem Jungen.

»Du bist Anwalt«, gab Bobby zurück. »Du merkst gar nicht mehr, wenn du lügst.« Er ahmte die Stimme seines Onkels nach. »Die Beziehung, die Mr Solomon zur Wahrheit hat, ist mit der Beziehung zwischen der Ziffer Drei und der Farbe Blau zu vergleichen. Gelegentlich wird man eine blaue Drei entdecken, ohne damit gerechnet zu haben. Genauso verhält es sich mit Mr Solomon. Wenn er die Wahrheit sagt, geschieht das rein zufällig.«

»Unglaublich, Bobby«, sagte Victoria. »Du bist großartig.«

»Ja, wirklich beeindruckend«, sagte Steve ohne jede Begeisterung. »Eine wörtliche Wiedergabe meines Schlussplädoyers in der Sache Robbins gegen Colodney.«

»Ich habe nur statt Robbins Namen deinen eingesetzt.«

»Was mir nicht in den Kopf will«, sagte Steve, »ist, warum jemand, der ein so gutes Erinnerungsvermögen hat, ständig vergisst, den Müll rauszutragen.«

»Wir müssen uns einigen, wie wir mit Junior verfahren sollen, Steve.« Victoria wollte sich im Augenblick nicht länger mit Steves fragwürdiger Beziehung zur Wahrheit beschäftigen. »Wir brauchen einen Konsens.«

»Ich hasse diesen Ausdruck«, sagte Steve. »Ich wette, den hast du noch aus deiner Zeit als Staatsanwältin. Bürokratengelaber.«

»Tut mir leid, dass wir nicht alle Rebellen sein können, wie Steve ›der Rächer der Enterbten‹ Solomon.«

»Ich wusste doch, dass ihr Krach habt«, sagte Bobby.

»Wir müssen nur einige berufliche Differenzen ausräumen«, entgegnete Victoria.

»Und warum hat Onkel Steve mir das nicht einfach gesagt?«

»Weil dein Onkel glaubt, die kürzeste Entfernung zwischen zwei Punkten sei eine verschlungene Linie.« Victoria wandte sich an Steve. »Und die Fragen an Junior stelle *ich*. Ist das klar?«

»Wer ist Junior?«, fragte Bobby.

»Der Typ, mit dem Victoria rumgeknutscht hat, als sie beide noch Zahnspangen trugen.«

»Manchmal bist du ziemlich gehässig, Stephen«, sagte sie. Daran, dass sie seinen vollen Namen benutzte, konnte er ermessen, wie ärgerlich sie war. »Und fürs Protokoll: Ich hatte nie eine Spange.« Sie ließ mit einem breiten Lächeln ihre Zähne aufblitzen.

»Junior ist ein verwöhnter reicher Balg«, sagte Steve. »La Gorce Country Club. Daddys Platinkreditkarte. Teure Internate.«

Victoria tat, als sei Steve gar nicht anwesend, und sagte zu Bobby: »Junior Griffin war der beliebteste Junge in Pinecrest.«

»Und ich bin mit den *Marielitos* zur Highschool gegangen und musste mein Essensgeld mit den Fäusten verteidigen.«

»Wenn Junior lachte, hatte er Grübchen in den Wangen und ein winzig kleines, super niedliches im Kinn.«

»So etwas kann man sich bei jedem durchschnittlichen Schönheitschirurgen kaufen«, sagte Steve.

Victoria wandte sich an Bobby, schoss ihre Worte jedoch wie Pfeile auf Steve ab. »Junior war der Mannschaftskapitän der Schwimmer und wurde auf dem Schulball zum beliebtesten Jungen der Highschool gewählt. Meine Mutter nannte ihn immer ›Traumschiff‹.«

Steve stieß ein würgendes Geräusch aus.

»Er sah ein bisschen so aus wie Brad Pitt«, fuhr Victoria fort. »Blond und draufgängerisch.«

»Brad Pitts voller Name ist William Bradley Pitt«, sagte Bobby. Er kniff die Augen zusammen, und Victoria ahnte, dass er gerade aus dem Namen des Schauspielers ein Anagramm bastelte. Einen Augenblick später sagte Bobby grinsend: »WILLY LAPIDAR IM BETT.«

Wie Bobby das machte, wusste sie nicht. Er sagte, er sähe die Buchstaben in seinem Kopf herumfliegen und müsse sie nur in der richtigen Reihenfolge einfangen.

»Jungs wie Junior, von denen in der Highschool alle schwärmen, sind zwanzig Jahre später meistens kahlköpfige fette Loser«, sagte Steve.

»Ich warte immer noch auf eine Antwort. Oder willst du mit Junior genauso umspringen wie mit Onkel Grif?«

»Du hast gewonnen. Du bestimmst, wo's lang geht. Viel Spaß dabei.«

»Gut. Wir müssen uns nämlich einig sein. Falls es zu einer Anklage kommt ...«

»Es kommt dazu. Verlass dich drauf.«

»Woher weißt du das?«

»Weil Willis Rask sicher nicht nur hier ist, um uns einen guten Flug zu wünschen.« Steve deutete auf die Straße, die in fünfzig Meter Entfernung am Strand vorbeiführte. Dort hatte gerade ein Streifenwagen mit der Aufschrift Monroe County Police angehalten. Sheriff Willis Rask stieg aus und zog seine Hose hoch.

Solomons Gesetze

§ 3 Nimm dich in Acht vor einem Sheriff, der vergisst, seine Pistole zu laden, aber den Text von »Margaritaville« auswendig kann.

Sieben

Der Columbo der Keys

Winkend kam der Sheriff auf sie zu.

»Lass mich das machen«, sagte Steve.

Victoria schnaubte. »Geht das jetzt schon wieder los?«

»Vertrau mir, Vic. Ich kenne Rask seit Ewigkeiten. Hi Willis, wie läuft das Radarfallengeschäft?«

»Hi Stevie!«, rief Rask. »Machst du immer noch Jagd auf Krankenwagen?«

Ohne die Uniform würde Willis Rask genauso aussehen wie die zahlreichen anderen Mittvierziger, die auf den Keys rumhingen, dachte Steve. Die zu viel in der Sonne hockten und zu viele eisgekühlte Drinks zu sich nahmen. Er war übergewichtig, trug einen Schnauzer und lange Kotletten. Sein ergrauendes Haupthaar hatte er zu einem dünnen Pferdeschwanz zusammengebunden. Das Hemd hing ihm aus der Hose, und die Sonnenbrille mit der Kette aus winzigen Muscheln gehörte ganz sicher nicht zur regulären Uniform. Durch den Stoff einer seiner Hemdtaschen drückte sich eine runde Metalldose ab. Steve ging davon aus, dass sie nicht etwa Herztabletten enthielt, sondern Kautabak. Wie üblich trug der Sheriff den Anflug eines fragenden Lächelns auf dem sonnengegerbten Gesicht. In diesem Teil der Welt repräsentierte er das Auge des Gesetzes.

Steve kannte die Vergangenheit des Sheriffs besser als die meisten Keybewohner. Als junger Mann hatte Rask einen gecharterten Fischkutter gefahren. Damals waren die Keys als gute Fanggründe für »Quaderbarsche« bekannt gewesen – zu eckigen Ballen gepresstes Marihuana. Rask übernahm es von den Mutterschiffen und flog schon bei der dritten Fahrt auf. Herbert T. Solomon, Esq., damals noch der Anwalt mit der goldenen Zunge, übernahm Rasks Verteidigung und verzichtete auf ein Honorar. Dafür stellte er allerdings eine Bedingung: Rask musste aufs College gehen und durfte fortan keine krummen Dinger mehr drehen. So etwas tat Herbert öfter. Er erklärte Steve, ein Jurist sei der ganzen Gesellschaft verpflichtet, nicht nur der zahlenden Kundschaft. Steve eiferte in dieser Beziehung seinem Vater nach, was vielleicht den dreißig Jahre alten Wagen und die Büroräume im Obergeschoss einer zweitklassigen Modellagentur erklärte. Mit Blick auf einen Müllcontainer.

Obwohl er damals kaum zehn Jahre alt gewesen war, erinnerte sich Steve noch an das Schlussplädoyer seines Vaters bei Rasks Prozess. In einem Seersucker-Anzug mit Hosenträgern glitt Herbert T. Solomon wie ein Tangotänzer durch den Gerichtssaal und erklärte den Geschworenen allen Ernstes, sein Mandant habe nicht etwa eine Straftat begangen, sondern der Öffentlichkeit einen Dienst erwiesen. Der junge, naive Willis Rask hatte die aufgeweichten Marihuanaballen aus dem Wasser gefischt, um die Tierwelt zu schützen und Schaden von anderen Booten abzuwenden.

»Die Ballen mit dem teuflischen Kraut waren eine Gefahr für die Schifffahrt«, erklärte Herbert mit sorgenvoller Miene. »Zum Glück wurde Willis auf die massiven Blöcke aufmerksam, weil ein ganzer Schwarm Seeschwalben über die Samen herfiel. Er bewahrte unzählige ahnungslose Kapitäne vor einer folgenschweren Kollision. Außerdem wäre ohne das beherzte Eingreifen unseres jungen Helden inzwischen die gesamte Meeresfauna der Umgebung komplett bekifft.«

Die Geschworenen lachten und bescherten Rask nach einer zwanzigminütigen Besprechung einen Freispruch. Willis hüpfte die Treppe hinunter, küsste den Kapokbaum auf dem Rasen vor dem Gericht und umarmte seinen Anwalt. Er hielt sein Versprechen, machte einen Collegeabschluss und studierte anschließend Jura.

Zwölf Jahre später ließ er sich mit einem ungewöhnlichen Programm für die Wahl zum Sheriff des Distriktes aufstellen, den seine Bürger als »Conch Republic« bezeichneten. Er versprach, alkoholisierte Autofahrer gnadenlos von den engen Straßen zu fegen und prügelnde Ehemänner in den Knast zu stecken. Dafür wollte er niemanden wegen des Besitzes einer geringen Menge Marihuana verhaften. Die begrenzten Ressourcen der Ordnungskräfte sollten nicht für die Verfolgung von Straftaten ohne Opfer vergeudet werden. Auf den leichtlebigen Keys, wo Jimmy Buffets Song übers Saufen und Vögeln längst zur inoffiziellen Hymne erhoben worden war, erwies sich das als brillante Taktik. Rask errang einen Erdrutschsieg. Manche Wähler zündeten sich, gleich nachdem sie ihr Kreuz gemacht hatten, eine Tüte an.

»Gut, dass ich euch noch erwische.« Rask kämpfte sich durch das Gebüsch zum Strand. »Yo, Bobby.«

»Ihre Waffe ist entsichert«, sagte Bobby.

Rask zog die Glock aus dem Halfter und inspizierte sie. »Mann, du hast Recht. Wie hast du das bloß gesehen?«

»Bobby fallen viele Dinge auf, die andere nicht bemerken«, sagte Steve.

»Und das Magazin fehlt auch«, fügte Bobby hinzu.

»Kein Wunder, dass sie heute so leicht war.« Rask steckte die Waffe weg und wandte sich an Victoria. »Sie müssen Steves Partnerin sein.«

»Victoria Lord«, sagte sie.

»Meine Hilfssheriffs sagten mir, Stevie hätte sich eine ganz scharfe Braut zugelegt.« Rask zwinkerte ihr zu. »Und sie haben nicht gelogen.«

»Roter Bereich, Sheriff«, sagte Victoria. »Diese Bemerkung war ziemlich unpassend.«

Ihr Ton erinnerte Steve an seine Grundschullehrerin, die ihm wegen jedem noch so kleinen Blödsinn mit dem Lineal auf die Fingerknöchel geklopft hatte.

»Oh, sorry«, sagte Rask. »Deine Kleine weiß, was sie will, Stevie.«

»Sie ist wie eine entsicherte Waffe, Willis.«

»Die beiden haben Streit«, fügte Bobby hinzu.

»Halt die Klappe, Bobby«, sagte Steve. Dann wandte er sich wieder an den Sheriff. »Eigentlich hatte ich dich schon gestern im Krankenhaus erwartet.«

»Ich bin gerade erst zurückgekommen«, sagte Rask. »War bei Jimmys Konzert in Orlando.«

»Mach mich nicht neidisch, Alter.«

Rask grinste und sang ein paar Takte eines Jimmy-Songs übers Geldverdienen und Grasrauchen.

»Sind Sie in einer offiziellen Angelegenheit hier, Sheriff?« Victorias Ton radierte das Lächeln aus den Gesichtern der Männer und nahm ihnen die Lust, weitere Liedchen anzustimmen.

»Sie mögen Jimmy Buffet wohl nicht.« Aus Rasks Mund klang das, als habe sie eine Ordnungswidrigkeit begangen.

»Sie steht mehr auf Freddy Chopin«, sagte Bobby.

Der Sheriff stieß einen leisen Pfiff aus. »Kann man zu der Musik auch trinken?«

»Das empfiehlt sich«, sagte Steve.

»Nur zu, Steve. Reiß ruhig deine Witze«, sagte Victoria. »Mir ist schon klar, dass dir diese seichten Töne besser gefallen als eine Klavierétude.«

»Oha«, sagte der Sheriff. »Klingt, als bräuchte hier jemand dringend eine Lizenz zum Chillen.«

Steve hob anerkennend beide Daumen für diese gelungene

Abwandlung einer Jimmy-Textzeile. »Sag mal, Willis, wann warst du denn zum letzten Mal mit Jimmy angeln?«

»Vor ein paar Wochen. Vor Key Largo. Wir haben Jagd auf gigantische Tarpone gemacht.«

»Sie kennen Jimmy Buffet persönlich?«, fragte Victoria in ihrem skeptischen Schulmeisterton.

Die Männer lachten, und Steve sagte: »Das Lied, das Willis vorher gesungen hat, handelt von ihm.«

»Tatsächlich?« Victorias zuckersüßes Lächeln sagte Steve, dass sie ihm und dem Sheriff kein Wort glaubte.

»Steve kennt Jimmy übrigens auch ganz gut«, bemerkte der Sheriff.

Victoria legte den Kopf schief. »Seltsam, dass er das nie erwähnt hat.«

»Das ist doch nichts Besonderes. Hin und wieder eine Angeltour und ein paar Drinks ... Sind Sie eigentlich diesem Chopin schon mal persönlich begegnet?«

Aus der Ferne näherte sich das Jaulen einer Turboprop-Maschine. Hundert Meter über der Wasserfläche blinkte das Flugzeug silbern in der Morgensonne.

»Ich fürchte, wir müssen uns in Kürze verabschieden, Sheriff«, sagte Victoria steif. »Wenn Sie also etwas mit uns zu besprechen haben ...«

»Nur ein paar Fragen.«

»Vorsicht, Vic«, warnte Steve. »Man nennt Willis auch den Columbo der Keys.«

»Was du nicht sagst.«

»Kennst du dieses Solomon'sche Gesetz? Nimm dich in Acht vor einem Sheriff, der vergisst, seine Pistole zu laden, aber den Text von ›Margaritaville‹ auswendig kann.«

»Willis Rask«, murmelte Bobby, schloss die Augen und kaute an seiner Unterlippe. »WILLI KRASS.«

»Ja, der Name würde auch ganz gut zu mir passen, Bobby«, sagte der Sheriff. »Stevie, wir haben uns mit dem Mann mit dem Speer in der Brust beschäftigt. Mit Ben Stubbs.«

»Seit wann quält ihr euch hier mit polizeilichen Ermittlungen?«, fragte Steve. »Beißen die Tarpone nicht mehr?«

»Stubbs hatte sich ein Zimmer im Pier House genommen.« Rask zog ein zerfleddertes Notizbuch aus einer Hemdtasche und schlug es auf. »Er hat vor zwei Tagen in Charlie Simmons Laden drei Seekarten gekauft – alle vom östlichen Golf – und er war im Ozeanografischen Institut. Verschaffte sich mit seinem Regierungsausweis Zutritt und verbrachte einige Zeit in der Bibliothek und im Computerarchiv. Er hat sich topografische Karten vom Meeresboden westlich von Boca Chica angesehen. Zweimal hintereinander war er zum Abendessen im Cienfuegos. Aß gebratenen Schnapper mit Mangosalsa.« Rask blickte von seinem Notizbuch auf. »Wusstet ihr davon?«

»Nein«, sagte Victoria.

»Wir wussten alles«, sagte Steve. »Außer dass er Mangosalsa gegessen hat.«

»Onkel Steve lügt«, sagte Bobby.

»Ich weiß«, sagte Rask. »Dein Onkel lügt, selbst wenn die Wahrheit spannender wäre.« Er blätterte eine Seite weiter. »Nach dem Abendessen trank Stubbs zwei Bier. Danach ging er ins Fat Mary's in der Whitehead Street.«

»Fat Mary's?«, sagte Victoria.

»Eine Striptease-Bar«, sagte Steve. »Habe ich mal gehört«, fügte er hastig hinzu.

Rask steckte das Notizbuch wieder in seine Hemdtasche. »Da fällt mir ein, Stevie, ich soll dich von Fat Mary grüßen. Jetzt wüsste ich nur noch gern, was Stubbs auf dem Boot eures Mandanten wollte.«

»Angeln«, sagte Steve.

»Recherchieren«, sagte Victoria.

»Sie haben keine Ahnung«, sagte Bobby.

»Ah ja«, sagte Rask. »Wird Mr Griffin eine Aussage machen?«

»Nein«, sagte Victoria.

»Ja«, sagte Steve. »Später.«

»Ist er zu einem Lügendetektortest bereit?«, fragte Rask.

»Unter gewissen Umständen«, sagte Steve.

»Unter gar keinen Umständen«, sagte Victoria.

Rask kratzte sich am Kopf. »Macht ihr beide das mit Absicht, um einfache Polizisten wie mich zu verwirren?«

»Ja«, sagte Steve.

»Nein«, sagte Victoria.

Das Propellergeräusch wurde lauter. Draußen in der Bucht setzte die Grumman zur Landung an.

»Können wir Ihnen sonst noch irgendwie behilflich sein, Sheriff?«, fragte Victoria.

Rask nahm umständlich seine Sonnenbrille ab, hauchte auf die Gläser und polierte sie mit einem Hemdzipfel. »Gut, dass Sie fragen. Ich hatte tatsächlich noch eine Kleinigkeit vergessen.«

»Ich wusste es«, sagte Steve.

Rask setzte die Sonnenbrille wieder auf. Das Wasserflugzeug setzte klatschend auf und näherte sich dem Strand. An der Seite trug es ein blaues Wellenlogo und den Schriftzug *»Oceania«*.

»Stubbs' Gepäck war noch in seinem Zimmer im Pier House. In seinem Aktenkoffer befand sich nur das Übliche: ein Laptop, Formulare, Magensäureblocker. Und vierzigtausend Dollar in Hundertdollarscheinen. Was macht ein Regierungsbeamter mit so viel Asche?«

»Bei Fat Mary's saftige Trinkgelder geben?«, schlug Steve vor.

Das Wasserflugzeug hatte den Strand erreicht. Der Pilot winkte ihnen durch das offene Seitenfenster zu.

»Wir müssen los, Willis!«, brüllte Steve über den Propellerlärm hinweg.

»Moment noch. Mein Gedächtnis ist wirklich wie ein Sieb ...«

»Los, Willis«, sagte Steve. »Rück schon raus damit.«

Rask schüttelte traurig den Kopf. Er hatte alle Zeit der Welt. »Stubbs ist heute Morgen gestorben.«

»Scheiße.«

»Ich dachte mir, dass dir das nahe gehen würde. Und euer Mandant, dieser Griffin – dem wird jetzt ein Mord zur Last gelegt.«

Acht

Willkommen im Paradies

Die Welt verwandelte sich in einen blaugrünen Traum: Das tiefe Blau des Himmels, die unterschiedlichen Türkistöne des Wassers, das schillernde Grün der zahllosen bewaldeten Inseln, die wie Smaragde in der ruhigen See lagen.

Aber nur Bobby schien die Aussicht aus den getönten Fenstern des Wasserflugzeugs zu genießen. Steve kritzelte Zahlenkolonnen auf einen Notizblock. Er rechnete aus, welche Honorarforderungen sie im Fall einer Mordanklage stellen konnten. Und Victoria telefonierte schon wieder mit Hal Griffin.

»Vierzigtausend in bar?«, sagte Griffin. »Woher hatte Stubbs so viel Geld, Prinzessin?«

»Ich dachte, diese Frage könntest du mir beantworten.«

»Dass Stubbs tot ist, tut mir leid. Die Sache mit dem Geld macht es noch schlimmer. Man wird behaupten, ich hätte den Idioten bestochen.«

»Und zu welchem Zweck?«, fragte Victoria. Onkel Grifs Mitgefühl galt offenbar vor allem sich selbst.

»Nicht, dass Stubbs keine Andeutungen gemacht hätte. Sieht mein Haus und sagt, er arbeite wohl in der falschen Branche. Besteigt mein Boot und stänkert: ›Ihr Bauunternehmer seid reicher als Krösus.‹ Verdammt, Prinzessin! Das ist genau wie damals bei Nelson und mir.«

Der Name ihres Vaters ließ Victoria aufhorchen.

»Wie meinst du das?«

»Die Apartmentkomplexe am Strand in Boward ... Irgendein Dummschwätzer behauptete, wir hätten die Planungsbehörde bestochen. Aber das ist nicht wahr. Einer unserer Konkurrenten bezahlte den Kerl dafür, dass er Gerüchte in Umlauf setzte. Das war einer der Gründe für Nelsons Kurzschlussreaktion.«

»Und was waren die anderen, Onkel Grif?«

»Ach, Prinzessin. Ich bin kein Seelenklempner, und das alles ist lange her.«

Victoria hörte im Hintergrund eine Stimme. Dann sagte Griffin, der Arzt wolle ihn nochmals untersuchen.

Nachdem Victoria ihr Handy weggesteckt hatte, sagte Steve: »Lass mich raten: Dem guten Onkel Grif schlug das Gewissen, und er hat ein Geständnis abgelegt.«

»Tu mir einen Gefallen, Steve: kein Sarkasmus bei Juniors Befragung.«

»Weshalb? Fehlt ihm dafür der Grips?«

Die Grumman zog mit friedlich summenden Motoren dicht über dem kristallklaren Wasser dahin. Seit Victoria Steve vor einer halben Stunde noch einmal daran erinnert hatte, dass *sie* während des Besuchs bei Junior die Marschrichtung bestimmen würde, hatte keiner mehr ein Wort gesprochen.

»Delfine!«, schrie Bobby plötzlich.

Sie sahen aus den Fenstern. Unter ihnen sprangen zwei Flaschennasen-Delfine aus dem Wasser, tauchten wieder ein und setzten erneut in perfekter Harmonie zum Sprung an.

»Deine Freunde!«, sagte Steve begeistert. Gleichzeitig fragte er sich, ob die Delfine ein Paar waren, ob das Weibchen wohl hin und wieder sagte: »Ich bestimme, wann wir das nächste Mal springen.« Und ob das Männchen überrascht war, wenn seine Partnerin plötzlich erklärte, sie wolle nicht mehr behandelt werden wie einer seiner Putzerfische.

»Wie schön sie sind«, sagte Victoria.

»*Tursiops truncatus*«, sagte Bobby.

Mit Delfinen kannte er sich aus. Er hatte alles über diese Tiere gelesen und Steve erklärt, dass vor fünfzig Millionen Jahren einige Otter ins Meer zurückgekehrt waren und sich in die silbernen Kreaturen verwandelt hätten, die mit dreißig Knoten durchs Wasser sausen und der Marine helfen konnten, Häfen von Minen zu befreien. Seit fast einem Jahr besuchte Bobby regelmäßig ein Delfinzentrum auf Key Largo. Anfangs hatte er sich vor den Tieren gefürchtet. Aber damals hatte er auch noch große Angst vor Menschen gehabt und alle Symptome eines misshandelten Kindes gezeigt: Alpträume, unkontrollierbare Wutanfälle und Essstörungen. Am Ende traute er sich doch ins Wasser, und die Delfine schienen beruhigend auf ihn zu wirken. Sie überzogen ihn mit Sonar-Schallwellen, von denen Bobby behauptete, sie würden kitzeln. Er durfte sich an ihre Flossen hängen, und sie schubsten ihn mit den Nasen durchs Wasser.

Ein Meeresbiologe erklärte Steve, Delfine hätten ein besonderes Gespür für kranke Kinder. Offenbar hing das mit ihrem Echolot zusammen. Der Mann sagte, Delfine stießen, ähnlich wie bestimmte medizinische Geräte, Töne im Ultraschallbereich aus. Ließ man vier gesunde Kinder zu ihnen ins Wasser und dazu eines mit Down-Syndrom, Leukämie, Autismus oder spastischen Lähmungen, suchten die Delfine sofort den Kontakt mit dem kranken Kind.

Steve begleitete Bobby stets zu seinen Terminen in dem abgezäunten Kanal auf Key Largo. Er lauschte dem Fiepen und Schnattern der Delfine und hörte viele Geschichten über ihre unglaublichen Fähigkeiten. Zum Beispiel die von Jojo, dem sanften Delfinweibchen, das eines Tages völlig unvermittelt ein Kind heftig in die Rippen stieß. Weil sich daraufhin ein schmerzhafter Bluterguss bildete, wurde das Mädchen zum Röntgen ins Krankenhaus gebracht. Dort entdeckte man in ihrem Bauch einen Tumor. Die Ärzte glaubten nicht daran, dass Jojo absichtlich auf den Zustand des Kindes hingewiesen hatte. Doch die Delfinexperten von Key Largo waren anderer Meinung. Steve zählte sich durchaus nicht zu den New-Age-Jüngern, aber auch er hielt es inzwischen für möglich, dass Delfine in der Lage waren, Menschen zu heilen oder zu retten.

Immer wenn Bobby zu den geschmeidigen Tieren ins Wasser stieg, entspannte er sich merklich. Er spielte mit ihnen, genoss ihre Zuwendung und revanchierte sich, wenn sie ihn nass spritzten. Sein besonderer Liebling war Bucky, ein Männchen mit rosaroten Bauchstreifen. Bobby streichelte Buckys Rückenflosse und imitierte die Klick- und Schnattertöne des Tieres. Er behauptete, er verstünde die Delfinsprache. Bucky sage ihm deutlich, ob er müde sei, Langeweile habe oder auch, ob er zum Lunch lieber Hering oder andere Fische haben wollte. Bobby war sicher, dass Bucky ihn ebenfalls verstand.

Steve fragte sich manchmal, ob eine Beziehung mit einer fünfzig Millionen Jahre alten Spezies namens *»Tursiops truncatus«* vielleicht sogar einfacher war als die zu einer Frau aus dem einundzwanzigsten Jahrhundert.

Das Wasserflugzeug schwebte über den Golf, und die herrliche Aussicht sorgte für einen Waffenstillstand zwischen Steve und Victoria. Je nach Wassertiefe und je nachdem, ob der Meeresgrund mit Korallen oder Gräsern bewachsen war, änderte sich die Farbe des Ozeans. Von Türkis über Smaragdgrün bis hin zu schlammigem Braun und gedämpftem Rostrot reichte die Palette. Der Schatten des Flugzeuges huschte über winzige Inseln mit sumpfigen Savannen und kleinen Wäldchen.

Steve dachte noch immer über das nach, was er von Sheriff Rask erfahren hatte. Ben Stubbs war gestorben, ohne zuvor noch einmal zu vollem Bewusstsein zu gelangen. Die Worte

»Griffin hat auf mich geschossen« waren nie gefallen. Das klang nach einem reinen Indizienprozess. Zu gern hätte Steve gewusst, warum Stubbs auf der Intensivstation zwei Finger gehoben hatte. Hatte es zwei Angreifer gegeben? Handelte es sich um das Peace-Zeichen? Oder nur um ein Winken zum Abschied?

Schon bevor formal Anklage gegen Griffin erhoben wurde, gab es einiges zu tun. Die Auswahl der Jury begann nicht erst im Gericht. Sie fand bereits in den Medien statt, in den Kneipen, Schönheitssalons und Cafés. Steve bastelte längst an der Erklärung, die er für seinen Mandanten abgeben wollte.

»Der durch spektakuläre Bauprojekte bekannt gewordene Philanthrop Harold Griffin bedauert zutiefst den tragischen Unfall auf See, der einem gewissenhaften Diener unseres Staates das Leben kostete.«

Steve hatte keine Ahnung, ob Griffin tatsächlich ein Philanthrop war. Aber das klang besser als »stinkreicher Schnösel, der empfindliche Ökosysteme mit riesigen Ferienanlagen zupflastert«.

»In ein paar Minuten sind wir da«, sagte der Pilot über sein Mikrofon. Er war ein Mann in den Vierzigern, mit dünnem blondem Haar und einem sonnengegerbten Gesicht, trug Safari-Shorts und ein marineblaues Hemd mit Epauletten. Er sprach mit einem britischen Akzent und hatte sich als Clive Fowles vorgestellt. Bobby hatte er den Platz des Copiloten in seinem – wie er es nannte – »magischen Flugboot« angeboten. Aber der Junge war Fremden gegenüber nach wie vor misstrauisch und lehnte ab. Fowles nahm es ihm nicht krumm. Er sagte, er würde sie alle gern mit zum Rifftauchen nehmen, falls sie am Nachmittag noch Zeit hätten.

»Egal, was Sie brauchen, wenden Sie sich einfach vertrauensvoll an Captain Clive«, hatte er gesagt, als sie ihre Plätze einnahmen. »Mr G will, dass es Ihnen an nichts fehlt.«

»Mr G senior oder Mr G junior?«, fragte Steve.

»Ich kenne nur einen Mr G«, hatte Fowles geantwortet. »Meinen Boss.«

Als Paradise Key in Sicht kam, warf Steve einen Blick auf Victoria. Sie starrte aufs Meer hinaus und lächelte in sich hinein.

»Freust du dich darauf, den heißesten Jungen von Pinecrest wiederzusehen?«, fragte Steve.

»Erinnerst du dich noch an das erste Mädchen, das du geküsst hast?«

»Sarah Gropowitz. Aus der Beach Middle School.«

»Denkst du manchmal noch an sie?«

»Nur wenn ich der Amerikanischen Bürgerrechtsunion eine Spende schicke. Sarah leitet das Komitee für die Gleichbehandlung von Lesben.«

Victoria drehte sich zu Steve und musterte ihn eingehend.

»Meine Küsse waren ganz sicher nicht Schuld daran, dass sie so geworden ist«, verteidigte er sich.

»Es wäre interessant, mögliche Zusammenhänge zwischen Ursache und Wirkung genauer zu untersuchen.«

»Haie!«, rief Bobby aufgeregt.

Tatsächlich. Der Schatten des Flugzeuges huschte über ein ganzes Dutzend Haie hinweg, die durchs flache Wasser glitten. Wie passend! Schließlich flogen sie gerade über den so genannten Shark Channel, den »Haikanal« vor dem Upper Matecumbe Key. Plötzlich sprangen zwei der Raubfische aus dem Wasser.

»Spinner-Haie, Onkel Dave. Sie sind auf der Jagd!«

Ein schlechtes Omen, dachte Steve. In diesem Augenblick sagte Fowles ins Mikrofon: »Paradise Key. Direkt vor uns.«

So sah also das Paradies aus. Steve dachte an Ben Stubbs, der hier seine letzten Stunden verbracht hatte und nun tot war. Mausetot. Er dachte an Victoria, die aus ihm unverständlichen Gründen sauer auf ihn war. Er dachte an seinen Vater, der wütend war, weil sein Sohn seinen lädierten Ruf wiederherstellen wollte. Ziemlich verunsichert und mit dem unguten Gefühl, dass alles womöglich noch viel schlimmer wurde, versuchte Steve, Ordnung in seine Gedanken zu bringen.

Warum war Vic eigentlich so genervt?

Hatte er nicht sämtliche Gewohnheiten, die ihr weibliches Feingefühl verletzten, nahezu abgestellt? Er kratzte sich kaum noch, rülpste und furzte nur noch gelegentlich. Er verteidigte keine Prostituierten mehr und war schon seit Monaten nicht mehr zum Pokern im Miccossukee Casino gewesen. Und damit nicht genug: Auch über Victorias Verfehlungen verlor er kein Wort. Oder hatte er sich etwa letzte Woche beklagt, als sie sich mit seiner Klinge die Beine rasiert und diese dann im Zustand einer rostigen Machete einfach auf den Rand des Waschbeckens gelegt hatte? Beim Rasieren damit hatte er sich fast verstümmelt! Doch nur ein verhaltenes »Autsch« war über seine Lippen gekommen, sonst nichts. Und hatte er ihr nicht zum Geburtstag ein sexy Gedicht geschrieben? Sogar ihre Liebe zum Tennis hatte er in der letzten Strophe verewigt. Ahnte sie eigentlich, wie schwierig es war, ein Reimwort für »Martina Hingis« zu finden? Oder glaubte sie, das Wort »Cunnilingus« sei ihm einfach so zugeflogen?

Als das Flugzeug in einer weiten Schleife den Sinkflug begann, lehnte Steve das Gesicht ans Fenster. Wie eine grüne Fata Morgana stieg eine Insel aus dem Wasser. An ihrem Ufer entlang führte eine schmale Straße zu einer privaten Brücke, die das Eiland mit dem Lower Matecumbe Key verband.

Das Wasserflugzeug näherte sich einer hufeisenförmigen Bucht auf der dem Golf zugewandten Seite. An einem Ende befand sich der Betonsteg, an dem die *Force Majeure* gelegen hätte, wenn sie nicht gerade Trümmerteil für Trümmerteil von Sunset Key geräumt worden wäre. Neben dem Dock lag ein von Palmen gesäumter Strand. Der Motorenlärm des Flugzeugs schreckte ein halbes Dutzend weißer Reiher auf, die im flachen Wasser nach Fressbarem stocherten. Vom Strand führte eine sanft ansteigende Rasenfläche zu einer Gruppe australischer Pinien, die einem großzügig gebauten, dreigeschossigen Wohnhaus Schatten spendeten. Die Solarpanele auf dem Dach funkelten in der Sonne.

»Seid ihr da hinten alle festgezurrt?«, fragte Fowles übers Mikrofon. »Die Landung wird eine ziemlich feuchte Angelegenheit.«

Nur zehn Meter über dem Wasser passierte das Flugzeug den Eingang der Bucht. Beim Aufsetzen gab es den versprochenen großen Platsch. Das Wasser floss an den Fensterscheiben hinab. Sofort verlangsamte sich die Maschine. Die beiden Propeller an den Flügeln drehten sich zwar weiter, doch das Flugzeug war jetzt ein Boot, das Richtung Strand tuckerte.

»Willkommen im Paradies«, sagte Fowles. »Junior erwartet Sie im ... ach, vergessen Sie's. Schauen Sie mal aus den Fenstern an der Steuerbordseite.«

Steve, der das sowieso schon die ganze Zeit tat, kam in den vollen Genuss des überwältigenden Anblicks. Diesmal handelte es sich weder um ein Delfinpaar beim Synchronspringen noch um ein Rudel jagender Haie. Was er jetzt sah, war beeindruckender und bedrohlicher zugleich. Steve ahnte, dass dieser Anblick seine unmittelbare Zukunft stärker beeinflussen würde als sämtliche Wunder der Natur.

Ein Mann in einer knappen schwarzen Speedo-Badehose schoss mit der Geschwindigkeit einer Polaris-Rakete aus dem Wasser. In der einen Hand hielt er einen Hummer, mit der anderen packte er den Schwimmer des Wasserflugzeugs.

Athletisch und trotzdem geschmeidig zog er sich auf den Schwimmer hoch, schwang den Hummer über seinem Kopf und lächelte in Richtung der Fenster.

Steve fragte sich, ob er Victoria sehen konnte.

Dass *sie* ihn sah, stand außer Zweifel.

Und was für ein Bild bot sich ihr? Oder – wichtiger noch – was empfand sie in diesem Augenblick?

Der Mann war fast zwei Meter groß und hatte den Körper eines Schwimmers: schmale Taille, Waschbrettbauch, gewaltige Schultern, lange, muskulöse Arme. Weil er die Arme über den Kopf hielt, traten die Muskelpartien an den Seiten seines Torsos eindrucksvoll hervor. Sie erinnerten an zwei dicke Steaks und erweckten den Eindruck ungezügelter Kraft. Die Sonne hatte der Haut des Mannes einen so dunklen Bronzeton verliehen, dass sein Lächeln fast gefährlich weiß wirkte. Das lange Haar legte sich dem Hummerjäger dunkel vor Nässe über die Schultern, doch Steve ahnte, dass es in trockenem Zustand blond sein musste – mit einzelnen sonnengebleichten weißblonden Strähnen. Der Typ sieht aus wie ein lebendig gewordener Abercrombie & Fitch-Werbespot, dachte Steve. Wie der personifizierte Alptraum eines Mannes. Aber leider war er kein gutaussehender kellnernder Schauspieler, auch kein Möchtegern-Badehosenmodel und keiner der durchtrainierten Strandfreaks, von denen sich mindestens so viele am South Beach tummelten wie Kakerlaken in den dortigen Hotels. Nein, dieser Kerl blickte auf eine gemeinsame Vergangenheit mit Victoria zurück. Und nachdem die berufliche Beziehung von Solomon & Lord bereits deutliche Risse zeigte, regten sich in Steve unvermittelt auch gewisse Befürchtungen bezüglich ihrer privaten Verbindung.

»Jun-ior«, hauchte Victoria, das Gesicht ans Fenster gedrückt. So wie sie den Namen aussprach, klang er fast pornografisch. »Oh. Und wie groß er geworden ist!«

Bildete sich Steve das nur ein, oder ließ ihr Atem das Fenster beschlagen?

Junior Griffin stand inzwischen auf dem Schwimmer. Er hielt sich an den seitlichen Verstrebungen des Flugzeugs fest, was seine Muskeln noch besser zur Geltung brachte. Als er sich nun vollends zu den Fenstern drehte, bemerkte Steve ein weiteres beunruhigendes Detail: die gewaltige Wölbung in seiner Badehose. Steve wusste nicht genau, wohin Victoria im Augenblick sah. Aber er hätte schwören können, dass sie leise seufzte.

Neun

Speedo-Mann

Das Wasserflugzeug legte an der Betonrampe am Ufer an. Bobby kletterte die Leiter hinunter, gefolgt von Victoria und Steve. Im nächsten Augenblick erschien Junior, küsste Victoria herzhaft auf den Mund und riss sie dann mit einer stürmischen, nassen Umarmung von den Füßen.

»Wow! Du bist hier!«, frohlockte er. »Du bist tatsächlich hier!«

Sie lachte über seine Begeisterung – ungekünstelt, ohne jede Ironie, ohne jeden Sarkasmus.

Junior stellte Victoria so vorsichtig auf das Dock, als wäre sie aus Glas, und sah ihr in die Augen. »Ich habe dich vermisst, Tori.«

Tori. Seit ihrem zwölften Lebensjahr hatte sie niemand mehr so genannt. Genau genommen war dieser Name für Junior reserviert und klang aus seinem Mund so süß und liebevoll, dass sie errötete.

Junior tauschte mit Steve und Bobby die üblichen Höflichkeiten aus, ohne dabei den Blickkontakt mit Victoria auch nur einmal abreißen zu lassen. War sein Lächeln schon immer so strahlend gewesen, die Grübchen schon immer so tief? Das tiefe Blau seiner Augen erinnerte Victoria an Adriatic Azure, die Farbe eines ihrer Lidschatten. Sie sah zu, wie er sich abtrocknete und weiße Baumwollshorts über seine Speedos zog. Der tiefe Goldton seiner Haut, der salzige Geschmack, den sein Kuss auf ihren Lippen hinterlassen hatte, die Wärme der Brise, die vom Meer hereinwehte ... die Vielfalt dieser Sinneseindrücke überwältigte sie fast.

Barfuß und mit nacktem Oberkörper wie ein adretter Tarzan führte Junior seine Besucher den gepflasterten Pfad zur Villa hinauf. Laut einem stilvollen Schild, das in die Grundmauern aus Korallengestein eingelassen war, hieß das Haus *Casa de la Sol.*

»Dad hat schon gesagt, dass du sehr schön bist«, sagte Junior. »Aber, wow, mir fehlen die Worte.«

»Danke. Das ist unheimlich lieb.« Victoria war sich Steves Gegenwart sehr bewusst und spürte genau, wie unwohl er sich fühlte.

»Und eine erfolgreiche Anwältin noch dazu. Wow.«

Der Ausdruck »wow« war offenbar der wichtigste Bestandteil von Juniors Vokabular. Okay, Klassenbester war er in Pinecrest nie gewesen. Dafür hatte man ihn zum beliebtesten Jungen gewählt. Und nun, da er sich zu einem sonnengebräunten Adonis gemausert hatte, ging Victoria spontan durch den Kopf: *Gute Noten sind schließlich nicht alles.*

»Es ist so lange her ...«, sagte Junior bedeutungsvoll.

»Stimmt«, bestätigte Victoria.

»Erinnerst du dich noch an Bunny Flaglers Kostümball im La Gorce Club?«

Victoria lächelte versonnen. »Du gingst als Zorro, ich als Wonder Woman.«

»Wir haben uns zum achtzehnten Green rausgeschlichen.«

»Und plötzlich ging die Sprenkelanlage los.« Victoria lachte, dachte an Punsch mit Schuss, an eine Eagles-Coverband und an feuchte Küsse in einer schwülwarmen Nacht.

Steves Räuspern klang wie das Knurren eines Hundes. »Ich war mal als David Copperfield bei einem Maskenball.«

»Toller Magier«, sagte Junior.

»Nein. Eine Figur von Dickens«, korrigierte Steve ihn.

»Ach ja. Richtig.«

»Er war Waise, genau wie ich.«

»Du warst doch gar kein Waise, Onkel Steve«, sagte Bobby.

»Aber ich wollte immer einer sein.«

»Und weshalb?«, fragte Junior.

»Sie würden es nicht verstehen«, antwortete Steve. »Sie leben in einer Villa namens Casa de la Sol. Ich bin im öden Grau eines Bleak House aufgewachsen.«

»Vielleicht hätte ein neuer Anstrich geholfen«, sagte Junior. Victorias Herz sank. War die erneute Anspielung auf einen Roman von Dickens an Junior vorbeigezogen wie ein Katamaran in einer Böe? Doch dann lachte er über seinen eigenen Scherz. »Manchmal wünschte ich, ich hätte in meiner Jugend wie eine Dickens-Figur gelebt. Ich nehme an, das bildet den Charakter.«

»Bei Steve hat es nicht funktioniert«, sagte Victoria.

Was sagst du jetzt, Steve Großmaul? Der heißeste Junge von Pinecrest kann dir mühelos das Wasser reichen.

Der Pfad führte um einige Kokospalmen herum auf eine kleine Anhöhe.

»Sie bewegen sich wie ein Athlet, Steve«, sagte Junior unvermittelt.

»Starren Sie mir etwa auf den Hintern?«, gab Steve zurück.

»Nein. Im Ernst. Die Art, wie Sie gehen – kraftvoll und geschmeidig.«

»Onkel Steve hat an der University of Miami Baseball gespielt«, sagte Bobby stolz.

»Na also«, sagte Junior. »Einen echten Sportler erkennt man sofort.«

Victoria analysierte die Situation. Steve war geladen wie ein angriffslustiger Skunk, während Junior seinen Charme spielen ließ. Arglos und selbstbewusst. Er hatte viele liebenswerte Eigenschaften.

»Onkel Steve war der Star fast aller Playoffs«, setzte Bobby hinzu.

»Wow«, sagte Junior. »Haben Sie mal in den College World Series gespielt?«

»Ja. Aber ich prahle nicht damit.«

»Kannst du auch nicht«, sagte Bobby. »Du hast das Endspiel versemmelt, weil du vor der dritten Base abgepfiffen worden bist.«

»Tatsächlich? Das ist gar nicht so einfach. Überhaupt bis zur dritten Base zu kommen, meine ich.«

»Das war Pech«, verteidigte sich Steve. »Aus meiner Sicht hatte ich die Base bereits erreicht.«

»Bloß der Schiedsrichter sah das anders«, sagte Bobby. »Onkel Steves Team kostete das den Titel. Seither nennt man ihn ›Last Out Solomon‹.«

»Besten Dank, Kiddo«, sagte Steve.

»Das war aber wirklich Pech, Steve«, sagte Junior. »Tut mir leid, dass ich das Thema angeschnitten habe.«

In diesem Augenblick ging Victoria ein Licht auf. Von wegen *»Sie bewegen sich wie ein Athlet«*! Junior hatte Steve eine Falle gestellt. Er wollte ihn an den demütigendsten Augenblick seines Lebens erinnern.

»Tut mir leid, dass ich das Thema angeschnitten habe?« Ha! Du wusstest genau, wovon du redest.

Offenbar wusste Junior einiges über Steve. Und wahrscheinlich auch über sie. Der erwachsene Junior hatte demnach mehr aufzuweisen als sonnengegerbte Haut und eine ausgeprägte Brustmuskulatur.

»Ich stehe mehr auf Individualsportarten«, sagte Junior. »Vielleicht weil ich ein Einzelkind bin.«

»Ich wünschte, ich wäre auch eines«, sagte Steve.

»Dann gäbe es mich aber nicht, Onkel Steve«, gab Bobby zu bedenken.

»Du hast Recht. Ich ziehe die Aussage zurück. Und ich bin froh, dass meine Schwester einen an der Klatsche hat, sonst würdest du nicht bei mir leben.«

Das Haus stand auf dem höchsten Punkt der Insel. Daneben lag der Hubschrauberlandeplatz, dahinter der perfekt in die Landschaft eingefügte Pool, und am Fuß eines kleinen Hügels ein Privatstrand mit weißem Sand.

Während ihres Rundgangs erzählte Junior von seiner Liebe zum Wasser. Er war Windsurfer und Kite-Surfer, Distanzschwimmer und Taucher. Aber am besten gefiel ihm Free-Diving am Cabo San Lucas, wo man sich ohne Druckluft in die Tiefe reißen ließ und sich ausschließlich auf sein Lungenvolumen verlassen musste.

Er beschrieb seinen rigorosen Trainingsplan, behauptete, fünf Minuten und zwanzig Sekunden lang die Luft anhalten und seinen Pulsschlag mit reiner Willenskraft auf zwanzig Schläge pro Minute absenken zu können. Er schwärmte von dem ultimativen Kick, wenn man sich von einem mit Gewichten beschwerten Schlitten 400 Fuß in die blaue Tiefe reißen ließ – der Weltrekord lag bei 558 Fuß, der Rekordhalter war allerdings dabei gestorben – und von dem reißenden Schmerz in der Brust, wenn die Lunge dabei auf Faustgröße zusammenschrumpfte. Er erzählte, dass man hinterher wie eine menschliche Rakete von dem nun luftgetriebenen Schlitten an die Wasseroberfläche katapultiert wurde, berichtete von den Halluzinationen im Stickstoffrausch, über die Angst, das Herz könnte bersten, das Hirn explodieren. Aber genau das mache den Reiz dieser Extremsportart aus: Das Wissen, dass man immer, wenn man in seinen Tauchanzug schlüpfte, einen Flirt mit dem Todesengel wagte.

Victoria sagte nur: »Wow!«

Auf den Korallenstufen vor der Haustür von Casa de la Sol fragte Steve: »Was wollte Ben Stubbs auf dem Boot Ihres Vaters?«

Die Frage kam so unvermittelt, dass Victoria völlig überrumpelt war.

Verdammt! Er hat versprochen, mir das Kommando zu überlassen.

»Das ist eine lange Geschichte«, sagte Junior.

»Spielt Oceania darin auch eine Rolle?«, fragte Victoria, bemüht, das Ruder an sich zu reißen.

»Könnte man sagen«, antwortete Junior unbekümmert. »Falls Dad es euch noch nicht gesagt hat: Oceania wird ein schwimmendes Hotel.«

»So etwas wie ein Kreuzfahrtschiff?«, fragte Steve.

»Nein, kein Vergleich.«

»Und wo soll das Hotel entstehen?« Victoria wollte Steve mit ihrer Frage zuvorkommen.

»Draußen im Golf. Vier Meilen westlich von Boca Chica.«

Während Steve und Victoria noch überlegten, wo dieser Ort lag, gab Bobby zu bedenken: »Das ist ein Naturschutzgebiet. Dort gibt es ein großes Korallenriff und Zillionen von Fischen.«

»Genau«, sagte Steve. »Dort draußen können Sie unmöglich bauen.«

»Das würde ich so nicht sagen. Natürlich brauchten wir Stubbs von der Obersten Umweltschutzbehörde in Washington dafür. Er musste das Projekt absegnen. Die Entscheidung lag bei ihm.«

»Und wie fiel sie aus?«, fragte Victoria.

»Zu unseren Gunsten. Er hatte sein Gutachten fast fertig und verlangte gewisse Schutzmaßnahmen für das Riff. Aber grundsätzlich war er einverstanden. Eigentlich musste er sich nur noch mit euch beiden über die genaue Formulierung der Verträge und der Baugenehmigung unterhalten.«

»Dann hatte dein Vater also kein Motiv, ihn loszuwerden?«, sagte Victoria.

»Ganz im Gegenteil«, antwortete Junior. »Stubbs war unser wichtigster Mann. Wer ihn auf dem Gewissen hat, wollte offenbar nicht, dass Oceania gebaut wird.«

»Hat Ihr Vater Ihnen erzählt, was auf dem Boot passiert ist?«, fragte Steve.

»Nur, dass er die Leiter runterkam, Stubbs mit dem Speer in der Brust entdeckte, anschließend versuchte, wieder zur Brücke hochzusteigen, dann aber k.o. ging. Offenbar verlor er immer wieder das Bewusstsein. Richtig zu sich kam er erst wieder nach dem Crash am Strand.«

Genau das hat Onkel Grif uns auch erzählt, dachte Victoria.

»Wozu hatte er so viel Bargeld an Bord?«

»Das ist typisch für Dad. Er hat gern viel Geld bei sich.«

»Die Kohle befand sich in wasserdichten Tüten«, sagte Steve. »Gibt es dafür eine Erklärung?«

Junior zuckte die Achseln. »Auf dem Wasser ist das doch ziemlich praktisch, finden Sie nicht?«

»Keine Ahnung. Ich sehe nur jede Menge Ungereimtheiten. Hunderttausend Dollar in Tüten auf einem Boot. Vierzigtausend in Stubbs' Hotelzimmer. Und ein Speer in seiner Brust.«

»Es gibt etwas, was ihr wissen solltet«, sagte Junior. »Etwas, das mir keine Ruhe lässt.«

»Und das wäre?«, sagte Victoria.

»In gewisser Weise bin ich für Stubbs' Tod verantwortlich.«

»In welcher Weise?«, fragten Steve und Victoria gleichzeitig.

»Der Speer in seiner Brust stammte aus meiner Harpune.«

Solomons Gesetze

§ 4 *Einen* seltsamen Zufall kannst du den Geschworenen verkaufen. Den zweiten nehmen sie dir nicht mehr ab, der dritte bringt deinen Mandanten direkt in den Knast.

Zehn

Der Korallen-Küsser

»Was ihr gleich seht, wird einiges erklären«, sagte Junior.

»Die Harpune«, beharrte Steve. Er war entschlossen, sich nicht vom Thema abbringen zu lassen. »Über die müssen wir uns noch unterhalten.«

»Kein Problem. Aber ich will euch erst etwas zeigen.«

Junior Griffin führte die drei Besucher durch die Eingangshalle der Villa. Der Fußboden war mit Naturstein gefliest, die Wände holzvertäfelt. An einer Wand hingen bunte Gemälde mit Südseemotiven. Gegenüber prangten ausgestopfte Fische, darunter die größte Bernsteinmakrele, die Steve je gesehen hatte. Der gewaltige silberne Fisch mit dem gelblichen Seitenstreifen war beinahe zwei Meter lang. Neben diesem Prachtexemplar hing ein noch eindrucksvolleres Ungetüm: ein blau gestreifter, schuppenhäutiger Tarpon mit einem furchterregenden Maul. Ein Messingschild verriet, dass der Fisch 271 Pfund gewogen hatte und von Hal Griffin mit einer zwanzig-Pfund-Leine vor Kuba gefangen worden war. Sicher hatten sich Mann und Fisch einen erbitterten Kampf geliefert, dachte Steve und las dann den Rest der Gravierung: *Zweiter Platz, Internationaler-Ernest-Hemingway-Angelwettbewerb.* Steve fragte sich, ob der Besitzer der *Force Majeure* mit seinem zweiten Platz zufrieden gewesen war.

»Ich besitze eine ganze Sammlung von Harpunen«, sagte Junior. »Excalibur, Rhino, Beuchat und ein paar handgearbeitete Klassiker aus Mahagoni- und Teakholz aus den fünfziger und sechziger Jahren. Außerdem baue ich selbst welche. Mit meiner schlagkräftigsten Harpune könnte man locker einen Fünfhundert-Kilo-Tunfisch zur Strecke bringen.«

Was Steve im Augenblick viel brennender interessierte, war, wer einen achtzig Kilo schweren Beamten der Obersten Umweltschutzbehörde ins Jenseits befördert hatte.

»Die Harpune, mit der Stubbs getötet wurde – wo haben Sie die aufbewahrt?«, fragte er.

»In einem Kasten auf der *Force Majeure.* Ich habe damit Hummer geschossen.«

»Hummer mit Harpunen zu jagen ist illegal.« Steve hätte Junior am liebsten auf der Stelle verhaften lassen.

»In Florida vielleicht. Aber nicht auf den Bahamas.«

Und wer hat Stubbs aufgespießt, Beachboy? Das dürfte nahezu überall illegal sein.

Sie betraten ein großzügiges, über zwei Geschosse reichendes Wohnzimmer mit halbrunden Wänden. Durch die Fenster konnte man die Bucht sehen, an deren Rand sich Palmen in der leichten Brise wiegten. Handgearbeitetes Holz bestimmte das Raumdekor. Der Fußboden bestand aus Ahorndielen, die Stützbalken aus dem rötlichen Holz von Mammutbäumen, die Vertäfelung aus Kirschbaumholz. Die Ausstattung erinnerte Steve an das Innere einer teuren Jacht. »Wusste Ihr Vater, wo die Harpune war?«

Junior zuckte die Achseln. Dabei vibrierten seine Nackenmuskeln, als würden sie mit einem Elektroschocker bearbeitet. »Die Harpune lag bei der Angelausrüstung. Sicher hat er sie dort gesehen. Aber ich glaube, Dad weiß nicht mal, wie man so ein Ding scharf macht.«

»Aber Sie wissen es.«

»Selbstverständlich.«

»Interessant. Sehr interessant.« Steve versuchte, seine Worte bedeutungsschwer klingen zu lassen. Doch selbst in seinen eigenen Ohren hörte er sich an wie ein einfältiger Schwätzer.

»Weshalb ist das so wichtig?«, fragte Junior.

Weil ich die Mordwaffe ungern in der Hand meines Mandanten sehen möchte, dachte Steve. Und wenn sie stattdessen in der Hand des Mannes lag, der auf Bunny Flaglers Kostümball den Zorro gab, ist das eben Pech.

»Nun, Ste-phen ...« Victoria sprach seinen Namen aus, als handle es sich um einen Krankheitserreger. »Warum ist das so wichtig?«

Sie war sauer, das wusste Steve. Er hatte versprochen, ihr die Führung zu überlassen, und sich eigentlich an diese Zusage halten wollen. Aber seit sie hier angekommen waren und das Spielchen begonnen hatte, konnte er sich nicht mehr zurückhalten.

Bobby meldete sich zu Wort. »Onkel Steve möchte dem heißesten Jungen von Pinecrest gern einen Mord anhängen.«

»Ich weiß, Bobby«, sagte Victoria. »Ich wollte es nur von ihm selbst hören.«

In diesem Augenblick wünschte Steve, Bobby hätte nicht die irritierende Angewohnheit, stets nur die Wahrheit zu sagen. Als Solomon schlug er damit völlig aus der Art. An Junior gewandt, fragte Steve: »Wo waren Sie, als Ihr Vater und Stubbs mit dem Boot rausfuhren?«

»Ich war schwimmen.«

»Allein?«

»Ich bin schon ein großer Junge, Solomon.«

Bobby sagte: »Onkel Steve möchte gern wissen, ob Sie einen Zeugen haben, der Ihnen ein Alibi geben könnte.«

Junior lachte. »Nur den Barracuda, der mir oft hinterher jagt.«

»Cool«, sagte Bobby.

»Hören Sie, Solomon, ich hatte kein Motiv, Stubbs umzubringen.«

»Kein offensichtliches«, korrigierte ihn Steve.

»Nun sei nicht so verbohrt, Steve«, sagte Victoria.

»Schon okay, Tori«, sagte Junior gönnerhaft. »Ich weiß, ihr beide macht nur euren Job.« Auf der Marmortreppe, die zum ersten Stock hinaufführte, sagte er: »Ich habe eine Theorie, was passiert sein könnte. Wollt ihr sie hören?«

»Schieß los.« Victoria war ganz Ohr.

Ja, dachte Steve. Zeig uns, dass du noch etwas anderes kannst, als deine Muskeln zucken zu lassen.

»Ich glaube, Stubbs hat die Harpune gefunden und damit rumgespielt«, sagte Junior. »Die Poseidon Mark 3000 ist ein älteres pneumatisches Modell. Ihr Mechanismus funktioniert mit Luftdruck, nicht mit Bändern. Falls Stubbs versucht hat, den Speer mit Gewalt in den Lauf zu drücken, könnte sie losgegangen sein.«

»Und wie kam er dazu, die Waffe in die Hand zu nehmen?«, wollte Victoria wissen.

Junior zuckte noch einmal die Achseln und ließ dabei seine Schultermuskulatur tanzen. »Warum holt ein Kind den Revolver seines Vaters aus dem Nachtkästchen?«

»Nehmen wir mal an, Stubbs hat sich selbst angeschossen. Wer hat dann Ihren Vater k.o. geschlagen?« Steve wollte Victorias nächster Frage zuvorkommen.

»Niemand. Nachdem Dad Stubbs gefunden hat, rennt er die Leiter zur Brücke hoch. Er hat einige Dosen Bier intus – beide Männer waren schon ziemlich hinüber – und er ist aufgeregt. Die Leiter ist nass. Er rutscht ab, fällt und stößt sich den Kopf.«

Sie standen vor einer breiten Doppeltür. Junior fischte einen Schlüssel aus seinen Shorts. Seine Harpunen schließt er nicht weg, dachte Steve. Aber für das Zimmer, das er uns zeigen will, braucht er einen Schlüssel.

»Ich könnte sicher Sumpfland an Alligatoren verkaufen«, sagte Steve. »Aber Ihre Geschichte stinkt wie ein fauliger Fisch. Zu viele unwahrscheinliche Vorkommnisse.«

»Wie soll ich das verstehen?«

»Erklär du's ihm, Vic.«

Victoria durchbohrte Steve mit einem Blick, der sagen sollte, dass sie nicht gern auf Kommando Männchen machte. Dann murmelte sie: »Das ist nur eine von Steves Theorien.«

»Mehr als eine Theorie. Ein Gesetz. Solomons Gesetz über die Häufung von seltsamen Zufällen. Erklär's ihm, Vic.«

Wieder warf Victoria Steve einen vernichtenden Blick zu. »Dass Stubbs sich selbst angeschossen hat, ist die erste unwahrscheinliche Begebenheit. Dass dein Vater danach von der Leiter fällt und sich den Kopf anstößt, die zweite. Ein Boot ohne Skipper, das genau an dem Strand zerschellt, an dem es eigentlich vor Anker gehen soll, ist Nummer drei. Wir sprechen von einem akkumulativen Effekt. Jeder seltsame Zufall macht die darauffolgenden unerklärlichen Ereignisse noch unglaubwürdiger.«

»Außerdem fällt es den Geschworenen bei einer derartigen Häufung leicht, zu einem Schuldspruch zu kommen«, sagte Steve.

»Nehmen wir an, ein Mann fährt am Weihnachtstag mit seinem Boot zum Angeln raus, obwohl er bisher kaum je geangelt hat«, sagte Victoria. »Und am selben Tag verschwindet seine schwangere Frau. Monate später wird ihre Leiche in der Nähe der Stelle angespült, an der der Mann geangelt hat. An einer Stelle, an die der Typ zurückkehrt und dann behauptet, woanders gewesen zu sein.«

»Der Scott-Peterson-Fall«, sagte Junior, während er die Tür aufschloss.

»Die Verteidigungsstrategie beruhte auf zu vielen unwahrscheinlichen Begebenheiten und seltsamen Zufällen«, sagte Victoria auf dem Weg in den abgedunkelten Raum, in dem es viel kühler war als im Rest des Hauses.

Steve lächelte vor sich hin. So vehement Victoria auch seine Arbeitsweise kritisierte – sie eignete sich doch die eine oder andere seiner Techniken an.

Warum kapiert sie nicht, dass wir ein unschlagbares Team sind?

»Steve hat sich eine Art mathematische Formel dazu ausgedacht«, fuhr Victoria fort.

»Eines von Solomons Gesetzen«, sagte Steve. »Meine kleine private Wahrscheinlichkeitsrechnung. Die Chancen, den Geschworenen einen seltsamen Zufall zu verkaufen, stehen eins zu drei. Bei zwei unwahrscheinlichen Begebenheiten stehen sie eins zu neun, und ...«

»Eins zu einundachtzig, wenn es sich um gleich drei rätselhafte Ereignisse handelt«, rechnete Bobby vor.

»Genau. In anderen Worten: Vergessen Sie Ihre Version.«

Junior drückte auf einen Schalter. In der Mitte der Zimmerdecke leuchtete ein Punktstrahler auf. Sie standen, von tiefen Schatten umgeben, in einem riesigen, fensterlosen Raum.

»Das hier«, sagte Junior, »hat erst eine Hand voll Leute gesehen, darunter auch Stubbs.«

Steve kniff die Augen zusammen und versuchte, die Umrisse des Gegenstandes auszumachen, der sich in der Zimmermitte erhob. Für seinen Geschmack war das Ganze viel zu theatralisch. Er hatte das Gefühl, dass Junior für sie eine Show abzog. Vielleicht auch nur für Victoria.

»Ihr müsst noch etwas mehr über mich wissen, damit ihr die Zusammenhänge versteht«, sagte Junior. In dem schummrigen Licht des kühlen Raumes erklärte er seinen Besuchern, dass ihn die viele Zeit, die er im Laufe der Jahre am und im Wasser verbracht hatte, zu einem engagierten Umweltschützer gemacht hatte.

Rettet die Wale.

Schützt die Riffe.

Verbietet die Schleppnetzfischerei.

Sämtliche Gutmensch-Projekte, die sich dem Schutz der Meere widmeten, hatte er großzügig mit Spenden bedacht. Vielleicht – so sah er das jetzt –, um einen Teil des Schadens, den sein Vater angerichtet hatte, wieder gutzumachen. Hal Griffin, sagte sein Sohn, sei für jedes aquatische Ökosystem so etwas wie ein Ein-Mann-Tsunami. Er jage seine Konkurrenz aus dem Wasser und habe im Hafen von Sydney ein Greenpeace-Boot eigenhändig mit einem Lastkahn gerammt und zum Sinken gebracht. Juniors alter Herr war ein skrupelloser Plünderer, ein professioneller Landschaftszerstörer, seine Projekte nichts anderes als ebenso schändliche wie einträgliche ökologische Katastrophen. Griffin Seniors Apartmentkomplexe ließen auf den Philippinen die Strände erodieren. Das Ausbaggern eines Jachthafens auf Jamaika hatte zu einem großen Fischsterben geführt. Die Abwässer einer Luxuswohnanlage auf einer der Caicos-Inseln liefen ungeklärt ins Meer.

»Wo immer Dad auftaucht, fahren Umweltschützer die schwersten Geschütze auf.«

Ging Dad seinerseits mit Harpunen auf Beamte der Umweltschutzbehörde los? Das war die Frage, die Steve sich stellte. Der Sohn schien jedenfalls, seiner eigenen unbescheidenen Darstellung nach, so etwas wie der Sir Galahad der Tiefe zu sein.

»Von Leuten, die Bäume umarmen, habt ihr bestimmt schon gehört«, sagte Junior. »Ich betrachte mich eher als Korallen-Küsser. Ich bin an den besten Spots der Welt getaucht und weiß, dass die Tage dieser Naturparadiese gezählt sind. Die Korallenriffe sind die Regenwälder der Meere.«

»Und was hat das alles mit Oceania zu tun?«, fragte Steve.

»Vor ein paar Jahren«, fuhr Junior fort, »sagte ich im Streit zu Dad: ›Du wirst erst zufrieden sein, wenn du eine Ferienanlage direkt auf ein Riff gestellt hast.‹ Und Dad betrachtete das als Herausforderung. Er suchte nach einem Korallenriff, das mindestens drei Seemeilen von einem englischsprachigen Land entfernt und dabei doch in der Nähe eines Ballungszentrums mit mindestens drei Millionen Menschen lag.«

»Warum ausgerechnet drei Meilen?«, fragte Victoria.

»Damit liegt es außerhalb der Hoheitsgewässer«, antwortete Junior.

»Die Kanonenschuss-Regel«, sagte Bobby. Alle Augen richteten sich auf den klügsten Jungen der sechsten Klasse. »Stammt noch aus Piratenzeiten. Vor vierhundert Jahren betrug die Reichweite einer Kanone, die vom Strand aus abgeschossen wurde, drei Seemeilen. Deshalb zog man dort die Hoheitslinie.«

»Danke, Professor«, sagte Steve. Dann wandte er sich an Junior. »Außerhalb der Drei-Meilen-Zone können Sie also ein Casino betreiben. Darum geht es doch wohl.«

»Genau. Aber wir befinden uns immer noch im Zweihundert-Meilen-Radius der EEZ.«

Steve sah ihn fragend an.

»Exclusive Economic Zone oder auch Exklusive Handelszone«, übersetzte Bobby. »Ich kenne die meisten offiziellen Kürzel und fast alle Sondernummerschilder, die in Florida verboten sind.«

»Fang jetzt nicht damit an«, sagte Steve warnend.

»I-W-N-T-S-E-X«, sagte Bobby.

»Bobby ...«

»B-I-G-P-N-S.«

»Halt die Klappe, Kiddo!«

»Weil wir uns innerhalb der EEZ befinden«, sagte Junior, »haben wir Bundesgesetze zu beachten. Für die Baugenehmigung brauchten wir beispielsweise ein Umweltgutachten von höchster Stelle.«

»Und dafür war Ben Stubbs von der Obersten Umweltbehörde zuständig«, sagte Victoria.

»Genau. Deshalb musste Dad Männchen machen und Pfötchen geben. Er hat Gift und Galle gespuckt, aber er tat, was getan werden musste. Und so sieht das Ergebnis aus.«

Junior drückte auf einen weiteren Knopf. Sanftes Licht durchflutete den riesigen Raum. »Jetzt liegt es vor euch: Oceania!«, sagte er.

Wie von Geisterhand war ein dreidimensionales, etwa zehn Meter langes und über zwei Meter hohes Diorama entstanden. Vom Fußboden bis auf Schulterhöhe zeigte es einen erstaunlich naturgetreuen Ozean. Er bestand aus durchscheinendem blauem Kunstharz, und selbst an kleinen plastinierten Fischen fehlte es nicht. Auf der Wasseroberfläche dümpelten drei ringförmige, mit überdachten Stegen verbundene Gebäude. Im Meeresboden verankerte Stahlkabel führten zur Unterseite der Bauwerke. An einer Seite des mittleren Gebäudes lag ein Jachthafen mit etwa zweihundert Miniaturbooten. Kleine Plastikfigürchen winkten fröhlich von den Decks. Über dem Modell der Ferienanlage hing an einem Draht ein Wasserflugzeug.

»Das Herzstück ist das Casino«, sagte Junior. »Fast achtzigtausend Quadratmeter mit Spielautomaten, Roulettetischen, Keno und Poker. Das Übliche eben. Aber anders als in Atlantic City oder in Las Vegas werden keine Steuern fällig. Oder, wie Dad gern sagt: ›Mit Onkel Sam bin ich dort draußen nicht verwandt.‹«

»Und wie kommen die Gäste zu euch?«, fragte Victoria.

Eine Frau mit Sinn fürs Praktische, dachte Steve.

»Mit Wasserflugzeugen und privaten Jachten. Außerdem geht vom Festland jede halbe Stunde ein Tragflügelboot.«

»Und was passiert bei schweren Stürmen?«, fragte Steve.

»Im schlimmsten Fall wird das Hotel selbstverständlich evakuiert«, sagte Junior. »Allerdings ist die Bauweise revolutionär. Miteinander verwebte Stahlkabel verbinden die Gebäude mit dem Meeresgrund. Diese Kabel sind extrem flexibel. Die ganze Anlage kann sich dem Wellengang anpassen. Unsere Computermodelle zeigen, dass sie einem Sturm der Kategorie vier ohne weiteres standhält.«

»Und was passiert bei Kategorie fünf?«, fragte Steve.

»Ein so starker Sturm ist statistisch unwahrscheinlich. Bisher haben nur zwei dieser Stärke je die Küste der Vereinigten Staaten erreicht.«

Bobby hatte die entsprechenden Informationen parat. »Neunundsechzig war es Camille, und zweiundneunzig Andrew.«

Der Wetterkanal gehörte zu seinen Lieblingssendern.

»Sie haben die Stürme aus der Zeit vor der Einführung der nummerierten Kategorien vergessen«, sagte Steve.

»Wir gehen davon aus, dass unser Hotel mit dem stärksten statistisch wahrscheinlichen Sturm fertig wird«, sagte Junior.

Mit dem stärksten, statistisch wahrscheinlichen Sturm.

Nicht übel, dachte Steve. Junior hatte sich gerade ein paar Bonuspunkte für anwaltsübliche sprachliche Verwirrspiele geholt. Der Kerl war gar nicht so blöd, wie er aussah, und er war auf jeden Fall mehr als die Summe seiner diversen Muskelpartien.

»Das Beste habt ihr noch gar nicht gesehen«, sagte Junior. »Schaut euch das dritte Gebäude mal aus der Nähe an. Wir nennen es Atlantis.«

Sie gingen auf die andere Seite des Dioramas. Dort wölbte sich der Meeresboden bis unmittelbar unter das dritte ringförmige Bauwerk in die Höhe. Doch es war kein sandiger Hügel, der beinahe die Unterseite von Atlantis berührte, sondern die erstaunlich detailgetreue Nachbildung eines Korallenriffes im Miniaturformat. Es gab wild verzweigte Geweihkorallen und grüne Fächerkorallen, die in der Strömung zu winken schienen. Die Windungen der Hirnkorallen erinnerten an menschliche graue Zellen. Eine Muräne steckte den Kopf aus einer Höhle in einer säulenförmigen Steinkoralle. Um das Riff schwammen gigantische Barsche, strahlend blaue Engelfische, bunte Papageienfische, imposante Tarpone, Wasserschildkröten und viele andere Kreaturen, deren Namen Steve gerade nicht einfiel.

»Atlantis sieht aus, als wäre es bereits teilweise untergegangen.« Victoria zeigte auf die Unterseite des Gebäudes. Es erinnerte an eine abgetauchte, ringförmige, fliegende Untertasse mit Bullaugen unter der Wasseroberfläche.

»Das war meine Idee.« Juniors Grinsen wurde so breit, dass seine Grübchen aussahen wie Schusswunden. »Dreihundert Hotelzimmer liegen unter der Wasseroberfläche. Man sieht die Fische am Fenster vorbeischwimmen.«

Im Augenblick zogen tatsächlich gerade zwei Haie an einem Bullauge vorbei und erfreuten die Touristen aus Omaha, die dabei nicht einmal nasse Füße bekamen.

»Wenn ihr euch die Stege zwischen den Gebäuden genau anseht, werdet ihr feststellen, dass sie Glasböden haben. Ein Spaziergang vom Speisesaal ins Casino führt also über das größte Aquarium der Welt hinweg.«

»Unfassbar«, murmelte Victoria. »Das ganze Hotel ist ein gigantisches Glasbodenboot.«

Junior lächelte. »Ich sagte Dad, dass die meisten Besucher

nie schnorcheln oder tauchen würden. Wenn man also schon ein Hotel direkt über ein Riff baut, warum dann nicht gleich das Riff ins Hotel holen? Oder wenigstens beinahe.«

»Ich bin baff«, sagte Victoria. Ihre Stimme klang so ehrfurchtsvoll, als habe Junior ihr gerade die *Mona Lisa* gezeigt und ihr eröffnet, dass *er* sie gemalt hatte.

Und wenn schon, dachte Steve. Ein reicher Knabe sagt den Architekten, sie sollen ein paar Hotelzimmer mit Bullaugen versehen. Ist das etwa schon nobelpreisverdächtig?

»Diesmal hat Dad mich wirklich überrascht«, sagte Junior. »Die Baukosten werden astronomisch sein, und anfangs zögerte er. *Arrière-pensée* eben.«

»So etwas kann böse enden«, sagte Steve und dachte: *Was zum Teufel soll das heißen? »Derriere Penise«*?

»Das bedeutet, ihm kamen gewisse Zweifel«, erklärte Bobby. »Er war sich unsicher. Nicht ganz überzeugt.«

»Aber Dad ist einfach clever!«, fuhr Junior fort. »Er rechnete alles noch mal gründlich durch. Und inzwischen ist er überzeugt, dass sich der Blick auf das Riff und die Unterwasserhotelzimmer traumhaft vermarkten lassen. Sie sind das Tüpfelchen auf dem i. So etwas gibt es sonst nirgendwo auf der Welt.«

Junior dozierte noch ein paar Minuten lang über die Meerwasserentsalzungsanlage auf dem höchsten Stand der Technik, über die solargetriebenen Generatoren und die Recyclinganlage, die Essensreste zu Fischfutter verarbeiten sollte. Steve hörte nur mit einem Ohr zu. Stattdessen versuchte er, sich ein Bild von Junior Griffin zu machen, dem ehemaligen Schulmädchenschwarm, der sich in einen breitbrüstigen Free-Diver verwandelt hatte und aus jeder Pore tödliche Dosen Testosteron absonderte.

»Was zu einer Katastrophe für die Umwelt hätte werden können, wird so zu einem Musterbeispiel für ein sicheres Bauprojekt in einem überaus empfindlichen Ökosystem«, sagte Junior. »Wir schaffen eine Anlage in perfekter Harmonie mit der Natur.«

Die berühmte Rede an die Ureinwohner.

»Du musst unglaublich stolz auf dieses Projekt sein«, sagte Victoria in einem Ton, den Steve wie folgt interpretierte: *»Du bist so wahnsinnig sexy! Du bist der wunderbarste Mann des ganzen Universums. Und wenn ich meinen Freund irgendwie loswerde, hätte ich gern ein Kind von dir. Am liebsten in neun Monaten, von heute an gerechnet.«*

Steve versuchte, sich zusammenzureißen und sich ein objektives Bild von Junior zu machen. Das fiel ihm nicht leicht. Die Art, wie Victoria diesen Kotzbrocken anhimmelte, gefiel ihm nämlich ganz und gar nicht. Trotzdem gestand er sich ein, dass er sich möglicherweise in Junior getäuscht hatte. Diese ganze Rettet-den-Planeten-Leier schien durchaus aufrichtig gemeint. Aber wer nicht für seinen Lebensunterhalt arbeiten musste, hatte eben Zeit für aufwändige Hobbys. Steves Engagement für gemeinnützige Zwecke hatte sich bislang darauf beschränkt, dass er im College der Amerikanischen Bürgerrechtsbewegung beigetreten war. Für Politik hatte er sich damals zwar nicht besonders interessiert, aber die links angehauchten Studentinnen in diesem Club waren ihm damals wie leichte Beute erschienen.

Plötzlich nagte ein leiser Zweifel an Steve, ein vager Verdacht, dass etwas an Mr Right nicht ganz koscher war. Aber was?

Einen Augenblick später war ihm alles klar, obwohl er sich eingestehen musste, dass seine Einschätzung durch Eifersucht, Neid und Angst ein wenig subjektiver ausfiel, als ihm lieb war.

Dieser Dummschwätzer ist einfach allzu perfekt.

Der Kerl war schlicht ein Blender. Und mit etwas Glück vielleicht sogar ein Mörder.

Elf

Geheimnisse, die nur Eltern kennen

»Erinnerst du dich noch daran, wie dein Vater immer mit uns zu der Hot-Dog-Bude am Causeway gefahren ist?«

»Fun Fair«, sagte Junior lächelnd.

»Einmal hast du behauptet, du könntest zehn Chili Dogs auf einmal essen.«

»Am Ende waren es zwölf. Mit Zwiebeln. Und danach habe ich den Rücksitz von Dads Bentley vollgekotzt.«

»Und weißt du noch, was wir an deinem vierzehnten Geburtstag gemacht haben?«, fuhr Victoria fort.

»Wir sind nackt in den Venetial Pool in Coral Gables gesprungen.«

»Nein. Wir haben unsere Initialen in einen Feigenbaum geritzt.«

»Stimmt. Im Bayfront Park«, erinnerte sich Junior. »Ein Wachmann hat uns gesehen und ist uns nachgelaufen.«

»Und wir sprangen über eine Betonmauer, weil wir uns verstecken wollten ...«

»Ahnten aber nicht, dass es sich um eine Kaimauer handelte und landeten im Wasser.«

Gelächter. Zumindest bei zwei von dreien. Steves Gesichtsausdruck war mürrisch und zugleich abwesend, als grüble er über etwas nach, worauf er keinen Einfluss hatte. Den Kursverfall des Dollars beispielsweise. »Darf ich euch für einen kurzen Moment aus euren Jugenderinnerungen reißen?«

»Aber klar doch«, sagte Junior.

Ist das wirklich nötig?, dachte Victoria.

»Bisher habe ich über Oceania nichts in der Zeitung gelesen«, begann Steve, »und auf den Keys keinen Menschen darüber reden hören.«

»Dad wollte nicht, dass die Konkurrenz Wind davon bekommt. Er wollte erst alle notwendigen Genehmigungen in der Hand haben«, erklärte Junior. »Was glauben Sie, was den Casinobetreibern am Golf und in Atlantic City alles einfallen würde, um unser Projekt abzuschießen?«

»Ich nehme an, sie würden den einen oder anderen Kongressabgeordneten bestechen«, sagte Victoria.

»Und wenn das nichts hilft?«

»Könnte man immer noch Stubbs um die Ecke bringen und es so aussehen lassen, als hätte Ihr Vater ihn auf dem Gewissen«, sagte Steve. »Sie glauben doch auch, dass einer Ihrer Konkurrenten hinter der Sache steckt.«

»Gibt es ein besseres Motiv?«, sagte Junior.

Eine Viertelstunde zuvor hatte Junior die Doppeltür zum Oceania-Zimmer wieder abgeschlossen. Die drei Erwachsenen – falls man Steve dazu zählen konnte – hatten sich auf der Terrasse mit Blick auf die Bucht in Liegestühlen ausgestreckt. Auf einem Tisch im Schatten stand ein Krug Margaritas, eine Platte mit Tortilla Chips und frische Guacamole. Ein künstlicher Wasserfall plätscherte über Felsen in einen kleinen Fischteich, auf dem Schwäne ihre Kreise zogen. Bobby watete durchs Wasser und versuchte sich in der Sprache der großen Vögel.

Juniors Handy klingelte immer wieder. Diverse Reporter wollten eine Stellungnahme von ihm. Junior hielt sich an Victorias und Steves Anweisungen, drückte sein Bedauern über Stubbs Ableben aus und verweigerte ansonsten jeden Kommentar. Drei Hubschrauber von Fernsehsendern aus Miami kreisten wie lärmende Moskitos über der Insel. Einer wagte sich so tief herab, dass das Wasser der Bucht zu schäumen begann. Sobald die Crews ein paar Minuten Film im Kasten hatten, schwirrten die Hubschrauber nach Norden ab.

Während Steve nun seine Fragen stellte, versuchte Victoria, Ordnung in ihre Gefühle zu bringen. An einem ganz normalen Arbeitstag in einem Rattanliegestuhl auf kakaofarbenen Kissen zu fläzen und mit zwei heißen Typen Tequilas zu schlürfen, kam ihr ein wenig dekadent vor. Einer der beiden war ihr Geliebter und potenzieller Lebensgefährte, der andere derjenige, der ursprünglich für diese Rolle vorgesehen gewesen war. Im Laufe der vergangenen Jahre hatte Victoria immer wieder an Junior gedacht und sich gefragt, was für ein Mann wohl aus ihm geworden war.

Ein Kerl zum Anbeißen, strotzend vor Männlichkeit. Doch seine überwältigende körperliche Ausstrahlung ist längst nicht alles.

Junior war ein anständiger, intelligenter und liebenswürdiger Mensch. Er investierte viel Zeit und Geld in den Schutz der Meere. Und dann Oceania. Ein Bauvorhaben, das ohne weiteres zu einer Umweltkatastrophe hätte werden können, würde dank Junior zu einem ökologischen Vorzeigeprojekt werden, zu einer einzigartigen Verschmelzung von Kommerz und Natur.

Na Steve, was sagst du jetzt?

Schön, Junior führte ein sehr privilegiertes Leben. Aber er war nicht der verwöhnte reiche Bengel, den Steve erwartet hatte.

Im Schatten des Sonnenschirms, der dasselbe Muster aufwies wie die kakaofarbenen Kissen, kam der warme Bronzeton von Juniors Haut noch besser zur Geltung und wirkte sein Lächeln noch strahlender. Dazu das von der Sonne gebleichte lange Haar, der stahlharte Waschbrettbauch, die atemberaubenden Schultermuskeln, die bei jeder Bewegung seiner nackten Arme vibrierten, das energische Kinn mit dem teuflischen Grübchen ... Er war ...

Ach, zum Teufel, sag es doch einfach oder denk es wenigstens:

Wenn ich jetzt stehen müsste, würde ich weiche Knie bekommen.

Victoria wollte nicht übertreiben, doch Junior kam ihrer Vorstellung von einem griechischen Gott ziemlich nahe. Er war ein moderner Adonis. Und Adonis hatte, wenn sie sich recht an das Princeton-Seminar über Sagen und Mythen erinnerte, etwas mit Aphrodite gehabt, obwohl die Dame mit einem anderen verheiratet war. Fühlte sie sich nicht auch ein bisschen wie Aphrodite, die lebenslustige Göttin der Leidenschaft, die mit Ares, Dionysus und ein paar anderen Göttern, deren Namen Victoria im Augenblick nicht einfielen, Oliven geknabbert hatte?

Himmel, bin ich tatsächlich so oberflächlich, dass Juniors gutes Aussehen und seine unübersehbare Männlichkeit mich in einen Wackelpudding verwandeln?

Nein, natürlich nicht. Sie gab sich nur den ganz normalen sexuellen Fantasien einer jungen Frau hin. Ähnlich wie wenn Steve während einer Anhörung die Badenixen in einer Sportzeitschrift besonders ausführlich studierte. Victoria fragte sich, ob Steve spürte, was mit ihr los war, ob er wusste, was sie dachte und – für Junior empfand.

»Großartige Margaritas«, stellte Steve fest und nippte erneut an seinem Drink.

Okay, dachte Victoria. Vielleicht konnte er ihren Sender gerade nicht empfangen.

»Das macht der frisch gepresste Limettensaft«, erklärte Junior. »Und ganz gleich, was die Leute sagen, billiger Tequila taugt nicht mal für Mixgetränke. Am besten ist Arette. Blanco Suave, falls man bereit ist, für eine Flasche hundert Scheinchen hinzublättern. Und wenn es Tequila pur sein soll, muss es unbedingt *Tres, Quatro y Cinco* sein. Dann ist man allerdings gleich vierhundert Eier los.«

»Ziemlich viel Geld für etwas, das sich innerhalb von zwanzig Minuten in Pisse verwandelt«, entgegnete Steve, ganz Mr *Savoir Vivre*.

»Kommt immer darauf an, was einem wichtig ist«, sagte Junior.

Ja, was war Steve eigentlich wichtig?, überlegte Victoria. Sein Neffe Bobby auf jeden Fall. Seine Arbeit. Und sie. Aber wie wichtig war sie ihm tatsächlich? Steve dazu zu bewegen, sich zu öffnen, war, als mühe man sich mit einem Glas Martinioliven ab. Es ging erst, wenn man ein paar Mal kräftig auf den Deckel schlug.

Steve leckte mit der Zungenspitze ein Salzkorn vom Rand seines Margaritaglases. Sein Blick wanderte in die Ferne, und Victoria wusste, dass er im Augenblick nicht über ihre Beziehung nachdachte. Auch nicht über die Florida Marlins. Oder über Bobby. Er biss sich bereits an diesem Fall fest, und sein Gesichtsausdruck sagte ihr, dass ihn etwas daran störte.

»Tut mir leid, aber eins will mir immer noch nicht in den Kopf«, sagte Steve. »Wie schafft man es, ein so großes Projekt wie Oceania geheim zu halten?«

»Dad kann sehr verschwiegen sein«, sagte Junior. »Nicht nur, wenn's ums Geschäft geht.«

»Was soll das heißen?«

»Nachdem Nelson von uns gegangen war –«

»Selbstmord begangen hatte«, unterbrach Victoria den griechischen Gott. Für Beschönigungen hatte sie nichts übrig. »Mein Vater beging Selbstmord.«

Damit brachte sie beide Männer für einen Augenblick zum Schweigen. Victoria bereute sofort, dass sie mit ihren harten Worten der Stimmung einen Dämpfer versetzt hatte, vor allem ihrer eigenen. Aber sie war noch immer wütend auf ihren Vater und würde es wohl auch für alle Zeit bleiben. Die Erwähnung seines Namens, seines sinnlosen Todes, ließ den Schmerz stets auf Neue aufflackern.

»Nachdem dein Vater Selbstmord begangen hatte …« – Junior bedachte Victoria mit einem zärtlichen Blick – » … fragte ich Dad immer wieder nach dem Grund dafür. Die beiden galten als unzertrennlich, und unsere Mütter waren beste Freundinnen. Du und ich, wir waren … Ach, du weißt ja.«

Für einander bestimmt.

Victoria nippte an ihrem Drink. »Was hat eigentlich dein Vater dazu gesagt?«

»Gar nichts. Außer: ›Ich bin sicher, Nelson hatte seine Gründe.‹«

»Er hat nicht einmal einen Abschiedsbrief hinterlassen«, sagte Victoria. »Ich war damals zwölf und hasse ihn noch heute, weil ich ihm nicht einmal ein paar gekritzelte Zeilen wert war. Warum konnte er nicht wenigstens schreiben: ›Darling, es tut mir leid. Bitte verzeih mir. Ich liebe dich.‹?«

Keiner der Männer wusste darauf eine Antwort. Steve tauchte einen Chip in die Guacamole. Er wollte über den Fall reden, sah aber ein, dass er noch warten musste, bis das Thema Familie beendet war.

Nach einer Weile fragte Junior: »Was hat deine Mutter dir denn erzählt?«

»Nicht viel. Es gab einen Untersuchungsausschuss. Dabei ging es um Unterschlagung und Schmiergelder. Dad bekam eine Vorladung und beging Selbstmord, bevor man ihn zu einer Aussage zwingen konnte.« Victoria leerte ihr Glas schneller als beabsichtigt. »Die Queen wollte mir nie irgendwelche Einzelheiten verraten. Dein Vater ist offenbar nicht der Einzige, der schweigen kann.«

»Meine Theorie ist, dass Dad Nelson drängte, sämtliche rechtlichen Probleme, die ihren Projekten im Weg standen, aus der Welt zu schaffen. Egal wie«, sagte Junior. »Und als die Sache in die Hose ging, sah Nelson für sich nur noch einen Ausweg. Dad macht sich seither bittere Vorwürfe.«

»Hat er uns deshalb so lange gemieden?«, fragte Victoria.

»So würde ich das nicht sagen. Immerhin hat er euch die Cheques geschickt.«

»Welche Cheques?«

Junior wirkte überrascht. »Offenbar hat dir die Queen nichts davon erzählt. Aber ein paar Jahre lang schickte Dad ihr regelmäßig welche. Sie hat sie allerdings nie eingelöst.«

»Warum nicht? Wie hat sie deinem Vater das erklärt?«

»Ich glaube nicht, dass sie seit der Beerdigung überhaupt noch einmal miteinander gesprochen haben.«

»Vielleicht konnte die Queen deinen Vater nur nicht erreichen. Immerhin habt ihr das Land verlassen. Ihr seid komplett aus unserem Leben verschwunden.«

»Er hat ihr geschrieben, Tori. Und er hat versucht, sie anzurufen. Aber er bekam nie eine Antwort.«

Warum hatte ihre Mutter ihr nie etwas davon gesagt?, fragte sich Victoria. Typisch Irene Lord. Geheimniskrämerei und eine stoische Natur waren ihre Markenzeichen. Man jammerte nicht über den Selbstmord des Ehemannes. Man grübelte nicht darüber nach. Stattdessen fand man für die Sache eine nüchterne Sprachregelung – *»geschäftliche Probleme, denen dein Vater nicht gewachsen war«* – und ging zur Tagesordnung über.

Die Queen hatte ihre Erinnerungen in einer Truhe auf dem

Dachboden eingeschlossen und den Schlüssel vor ihrer Tochter versteckt. Aber Onkel Grif wusste sicher, was sich in der Truhe befand. Victoria hatte nun eine weitere Mission, die nur indirekt mit dem Mordfall zusammenhing. Sie wollte erfahren, was damals geschehen war. Dazu musste sie mehr Zeit mit Onkel Grif verbringen und ihn noch einmal ganz neu kennen lernen. Dasselbe galt im Übrigen für Junior.

Solomons Gesetze

§ 5: »Lieben« bedeutet, im Ernstfall sein Leben für die geliebte Person zu opfern. Alles andere fällt unter »mögen«.

Zwölf

Vier Verdächtige

Steve wusste nicht, was ihn so benommen machte. War es die sengende Tropensonne, war es der starke Arette Tequila oder die Unsicherheit – *arrière-pensée* –, die Juniors muskelstrotzende Präsenz in ihm auslöste? Oder hatte alles damit angefangen, dass Victoria Sex im Meer verweigert und ihm stattdessen eröffnet hatte, sie wolle aus der Firma aussteigen? Steve konnte es nicht sagen.

In Margaritaville gestrandet, hing er eine Armlänge entfernt von der Frau, die er liebte, in einem Liegestuhl. Etwa gleich weit entfernt, nur auf der anderen Seite, lag der Fleischklops, der sie gerade schamlos anbaggerte. Dass Victoria nicht abgeneigt schien, machte die Sache nicht besser. Ihre Körpersprache war offen und einladend.

Steve überlegte, ob er an allem selbst Schuld war. Vielleicht hatte er Victoria verprellt. Aber wodurch? Er hatte keine Ahnung.

Er kannte nur zwei Menschen, für die er sein Leben gegeben hätte: Victoria und Bobby. Vor die Entscheidung gestellt, ob sie oder er weiterleben durften, würde er sich opfern – ohne zu zögern, ohne Fragen zu stellen. Steve vermutete, dass er auch seine Mega-Katastrophe von Vater in gewisser Weise liebte. Aber für seinen alten Herrn zu sterben, konnte er sich nicht recht vorstellen.

»Noch einen Margarita?«, fragte Junior. »Milagros macht uns gern frische Drinks.« Eine spanischsprachige Frau in einer weißen Schürze wartete im Hintergrund diskret auf die Anweisungen ihres Herrn und Meisters.

»Nein danke«, sagte Steve. »Wir müssen noch arbeiten.«

»Wenn ich irgendwie behilflich sein kann ...«, bot Junior an.

Wie offen sollte er mit diesem Kerl sein? Steve behielt für sich, dass er einen Mordfall immer unter drei Gesichtspunkten betrachtete. Denn wenn es nur Indizien, aber keine Augenzeugen gab, beruhte die Anklage stets auf denselben drei Punkten: Der Beschuldigte musste ein *Motiv*, die *Gelegenheit* und die *Mittel* haben, einen Mord zu begehen.

Im Fall *Der Staat Florida gegen Harold Griffin* hatte die Gelegenheit zu einem Mord zweifellos bestanden. Zwei Männer auf einem Boot, und als es den Strand erreicht – am Strand zerschellt –, hat einer der beiden einen Speer in der Brust. Um daraus gewisse Schlüsse zu ziehen, musste man kein Einstein sein.

Auch über die Mittel hatte Hal Griffin verfügt. Er wusste, dass sich eine Harpune an Bord befand und wo sie verstaut war.

Nur ihm ein Motiv zu unterstellen, würde der Anklage Probleme bereiten. Griffin hatte keinen offensichtlichen Grund, Stubbs umzubringen. Im Gegenteil. Ihm nutzte Stubbs nur lebend etwas, denn er brauchte ein positives Gutachten der obersten Umweltbehörde für Oceania. Angeblich war es schon fast fertig gewesen. Hatten sie nicht alle gemeinsam bei Louie's feiern und bei Hummer Jambalaya, gefolgt von kubanischen Zigarren, mit teurem Champagner auf Oceania anstoßen wollen?

Steve fand, man brauche nur eins und eins zusammenzuzählen, um zu dem Schluss zu kommen, zu dem auch schon Hal Griffin gekommen war.

Wer Stubbs auf dem Gewissen hatte, wollte den Untergang von Oceania. Und für Griffins Verteidigung war es wichtig, diese Person zu finden.

Oder die Personen. Steve dachte an die zwei Finger, die Stubbs gehoben hatte.

Er blinzelte in die Sonne und wandte sich dann an Junior, der anscheinend gar nicht braun genug werden konnte. »Wir brauchen eine Liste aller Personen, die wussten, was Ihr Vater draußen im Golf plant.«

»Kein Problem«, sagte Junior.

»Und die Namen aller, die sich finanziell an dem Projekt beteiligen wollen.«

»Schon fast erledigt.«

»Dazu die Namen derer, die wussten, dass Ihr Vater und Stubbs mit dem Boot rausfuhren.«

»Auch das kriegen wir hin«, sagte Junior. »Es sind immer dieselben Leute.«

»Gut«, sagte Steve. »Noch besser als nur Namen wären Namen mit Adressen.«

»Ich kann sogar noch mehr liefern«, sagte Junior und sprang auf. »Los, sehen wir uns ein Video an.«

Eine eigene Insel ist wirklich ganz nett, dachte Steve. Dazu ein Wasserflugzeug und eine Villa mit Blick auf die Bucht – nicht übel. Und dann noch ein gemütliches kleines Kino.

Sie befanden sich in dem Raum, den Junior bescheiden das »Fernsehzimmer« genannt hatte. In Wirklichkeit handelte es sich um ein hochmodernes Kino im Kleinformat mit einer Bühne, dorischen Säulen, automatischen Vorhängen aus blutrotem Samt und ledernen Liegesesseln, die laut Junior Actionszenen durch Grollen und Vibrieren noch aufregender machen sollten. Leider waren sie nicht hier, um sich Filme wie *Terminator* oder *Matrix* anzusehen.

Sie mussten sich mit dem Überwachungsvideo begnügen, das die Kameras vor vierundzwanzig Stunden auf dem Dock aufgezeichnet hatten. Sie ließen sich in die komfortablen Ledersessel sinken, und Junior dimmte per Fernsteuerung die Beleuchtung.

»Für das Dekor muss ich mich entschuldigen.« Junior machte eine ausholende Geste mit der Fernbedienung.

»Wieso denn?«, fragte Steve.

»Ich wollte etwas mehr Zen-Orientiertes«, antwortete Junior. »Erdfarben, klare Linien. Ein bisschen meditativ. Aber du kennst ja Dad, Tori.«

Victoria lachte. »Ja. Onkel Grif sitzt lieber in einem Römischen Kolosseum.«

»Genau. Damals, als in Vegas Caesar's Palace eröffnet wurde, war Dad enttäuscht. Er fand das Casino zu dezent.«

Steve studierte die grobkörnige Schwarzweißaufnahme, die auf der Leinwand erschien. Sie zeigte die *Force Majeuere* einige Stunden, bevor sie auf den Strand gekracht war und sich wie eine Kokosnuss in zwei Hälften geteilt hatte. Sie war am Dock in der Bucht festgemacht. Dann wechselte plötzlich das Bild. Eine Tonspur gab es offenbar nicht.

»Hinter dem Haus sind drei Kameras in unterschiedlicher Entfernung zum Dock installiert«, erklärte Junior. »Sie zeichnen abwechselnd jeweils sieben Sekunden lang auf. Daher die unterschiedlichen Blickwinkel.«

Das nächste Bild zeigte zwei Männer. Sie saßen auf den Sesseln im Cockpit der Jacht. Einer von ihnen war Clive Fowles, der Pilot mit dem britischen Akzent, der andere ein breitschultriger Afroamerikaner. Er trug ein blumiges Hawaiihemd und khakifarbene Safarishorts. Beim Reden gestikulierte er heftig mit den Händen. Fowles nickte, hörte zu und nippte an einem Drink.

»Das sind Fowles und Leicester Robinson«, sagte Junior. »Robinson Fracht- und Schlepperservice. Alteingesessener

Conch-Republikaner. Seit fünf Generationen auf Key West. Mindestens. Leicester sollte mit seinen Booten die Arbeiter und das Material zur Oceania-Baustelle bringen.«

»Er hat also kein Motiv, das Projekt zu torpedieren«, sagte Steve.

»Im Gegenteil. Er hätte sich daran dumm und dämlich verdient.«

»Hätte?« Victoria zog die Beine unter sich. »Das klingt, als sei die Idee für dich gestorben.«

»Nicht gestorben, Tori. Aber Fakt ist: Wir können Oceania jetzt nicht mehr geheim halten, und die Casino-Lobby wird sich gegen uns zusammenrotten. Diese Leute haben Geld, viel Geld. Und falls gegen Dad Mordanklage erhoben wird, kommt sowieso erst mal alles zum Stillstand.«

»Aber falls die Staatsanwaltschaft die Klage zurückzieht, oder wenn es zu einem Freispruch kommt ...«

»Bei Großprojekten kommt es aufs Timing an. Die Investment Banker, die ausländischen Investoren, die Versicherungen – alle müssen miteingebunden werden. Und sobald es negative Publicity, Verzögerungen oder Skandale gibt ... führt das schlechte Karma zu einem Dominoeffekt, der alles über den Haufen wirft.«

»Gibt es sonst noch etwas, was wir über Robinson wissen sollten?«, fragte Steve.

»Er ist ein Original«, antwortete Junior. »Trägt einen Totenkopfring, weil seine Vorfahren angeblich Piraten waren. Er fährt Schleppkähne und Lastkähne und kann mit Kränen und Gabelstaplern umgehen. Außerdem hat er in Amherst Anglistik studiert und einen Master in Geschichte. Hätte er nicht das Familienunternehmen übernommen, wäre er jetzt sicher Professor an irgendeiner renommierten Universität.«

Steves Erfahrung nach begingen Geschichtsprofessoren nur

selten Morde. Es sei denn, man zählte die Zuhörer dazu, die sie mit ellenlangen Vorträgen zu Tode langweilten. »Und Fowles?«

»War früher bei der britischen Marine. Fuhr U-Boote. Kämpfte im Falkland-Krieg. Lebte auf den Bahamas und versuchte dort, Zwei-Mann-U-Boote zu bauen, als Dad ihn kennen lernte. Kapitän, Taucher und Pilot. Fowles kann alles. Arbeitet schon seit fünfzehn Jahren für Dad.«

»Vertrauenswürdig?«

»Absolut. Trinkt vielleicht ein bisschen viel. Aber wer tut das hier nicht?«

»Hatte Fowles etwas mit Oceania zu tun?«, fragte Victoria.

»Er sollte sich um sämtliche eventuell auftretende Probleme während der Bauzeit kümmern«, sagte Junior, »und die Tauchstation leiten, sobald wir mit den Rifftouren für die Gäste begonnen hätten.«

Auch kein Motiv, dachte Steve.

»In seiner Freizeit unternimmt Fowles ehrenamtlich mit angehenden Meeresbiologen Tauchgänge, bei denen sie Müll beseitigen«, fuhr Junior fort. »Diese Leute sammeln den Abfall ein, den die Boote hinterlassen. Und einmal jährlich beteiligt er sich an einer Art Unterwasserinventur.«

»Was muss er da machen?«, fragte Steve. »An Korallen klopfen und fragen, wie viele Barracudas dort leben?«

»Nein. Er zählt zusammen mit anderen Freiwilligen Fische. Auf die Art kann man abschätzen, wie gesund ein Ökosystem ist. Fowles ist ein hervorragender Taucher und kennt sich in der Unterwasserwelt bestens aus. Er ist der ideale Mann für geführte Tauchtouren.«

Auf dem Bildschirm glitt die Glastür des Salons auf der *Force Majeure* auf. Heraus kam Junior. In einer Speedo-Badehose, barfuß und ohne Hemd, wie üblich. Er sagte etwas zu

Robinson und Fowles und stieg dann geschmeidig wie ein Turmspringer die Leiter zur Brücke hoch. Dort drückte er ein paar Knöpfe und studierte die Kontrollanzeigen.

»Ich checke für Dad die Vorhersage des Nationalen Wetterdienstes«, erklärte er.

Wieder glitt die Salontür auf. Diesmal trat eine hoch gewachsene Frau mit karamellfarbener Haut und langem dunklem Haar ins Cockpit. Das Sonnenlicht schien sie zu blenden. Sie setzte eine große, trendy Sonnenbrille auf. Die Frau trug ein helles, tief ausgeschnittenes Sommerkleid mit Spaghettiträgern und erinnerte Steve mit ihrem aufreizenden Hüftschwung und den vollen Brüsten, die sich unter dem dünnen Stoff des Kleides abzeichneten, an die junge Sophia Loren.

»Und wer ist das?«, fragte Victoria. Steve glaubte, Missbilligung in ihrer Stimme zu hören.

»Ah«, sagte Junior. »Diese süße Kostbarkeit ist ...«

»Delia Bustamante!« Steve bereute seinen begeisterten Unterton sofort.

Victoria studierte im Halbdunkel sein Profil. »Du kennst die Frau, Steve?«

»Als ich sie das letzte Mal sah«, sagte Steve bedächtig, »besaß sie ein kubanisches Restaurant in Key West.«

Victoria blieb stumm, doch Steve konnte ihre Kreuzverhörgedanken lesen. *»Und wann genau haben Sie sie zum letzten Mal gesehen?«*

»Havana Viejo«, kam Junior ihm zu Hilfe. »Großartiges kubanisches Essen. Außerdem gehört sie dem Umweltkomitee des Monroe County an. Dad wollte sie mit ins Boot holen, er hoffte auf ihre Unterstützung. Bot ihr sogar einen Beraterjob für das Catering auf Oceania an. Viel Kohle für wenig Arbeit.«

»In anderen Worten: Bestechung«, sagte Steve.

»Freundliches Entgegenkommen«, erwiderte Junior. Ziemlich redegewandt für einen Beach Boy.

»Wenn ich Delia richtig einschätze, ist sie für so was nicht zu haben«, sagte Steve. Victoria wechselte in dem Ledersessel neben ihm ihre Sitzposition.

»Delia sagte zu Dad, Oceania sei ein Verbrechen«, fuhr Junior fort. »Schlimmer als eine Bohrinsel. Sie nahm kein Blatt vor den Mund. Dreck im Golf, Verdichtung des Bootverkehrs, mehr Kriminalität auf den Keys. Spielsucht, arme Schlucker, die ihre letzten Kröten in die Spielautomaten stecken. Sie wollte das Projekt absaufen lassen. Genau so drückte sie sich aus.«

»Das kann ich mir gut vorstellen«, sagte Steve. »Aber nicht, dass sie jemanden umbringt.«

»Warum bist du dir da so sicher?«, fragte Victoria mit betont ruhiger Stimme.

»Gewisse Dinge spüre ich ganz intuitiv.«

»Wie gut kennst du sie eigentlich?« Die Frage klang sehr sachlich, sehr objektiv – geradezu antiseptisch.

»Bevor ich dich kennen lernte, also lange Zeit bevor wir uns zusammentaten, haben Delia und ich ...«

Wie sollte er sich ausdrücken? Wie sagte man heutzutage dazu? *Was miteinander gehabt?* Das klang so pubertär, und er war schließlich erwachsen. Zumindest biologisch.

»Uns die Seele aus dem Leib gevögelt?«, schlug Victoria vor. Hilfsbereit wie eh und je.

»Na ja«, sagte Steve. »Nicht nur das.«

Ahhhh. Steve hasste sich für seine Worte. Denn im Grunde war die Beziehung zu Delia tatsächlich vor allem eine Bettgeschichte gewesen. Er hatte ihr knuspriges Grillfleisch genauso gern vernascht wie ihren knackigen Körper und in der kurzen Zeit, in der sie zusammen gewesen waren, zehn Pfund zugenommen. Sie stand auf Sex unter freiem Himmel – etwas, was prickelnder klang, als es in Wirklichkeit war, fand Steve. Vor allem, nachdem er ein paar Mal mit nacktem Hintern auf Fichtennadeln herumgerollt war. Die Fernbeziehung mit ihr – mit dem Auto brauchte man von Miami bis Key West vier Stunden – hielt drei Monate. Dann gingen ihr die Orte aus, an denen sie im Mondlicht ihren Hintern entblößen konnte. Oder hatte er genug gehabt von ihrem gegrillten Schweinebauch und den kandierten Kochbananen? So genau wusste Steve das nicht mehr. Sein unüberlegtes »Nicht nur das« war also ebenso irreführend wie dazu angetan, weitere unangenehme Fragen nach sich zu ziehen.

»Was lief denn sonst noch außer Sex?« Victorias Ton klang nun ganz nach der Staatsanwältin, die sie einst gewesen war. »Wie würdest du eure Beziehung beschreiben?«

»Als kurz«, antwortete Steve. »Vor allem als kurz.«

»Vielleicht ist eure gemeinsame Vergangenheit ja hilfreich, wenn wir Ms Bustamente befragen.«

Bildete Steve sich das ein, oder hatte Victoria das Wort »wir« ein wenig zu deutlich betont?

Auf der Leinwand tat sich in den nächsten Augenblicken einiges. Delia schien sich von Fowles und Robinson zu verabschieden. Fowles reichte ihr die Hand und half ihr aufs Dock. Als sie wegging, fing die Kamera ihre wohlgeformten Waden ein.

Noch einmal öffnete sich die Tür des Salons. Griffin kam heraus und redete über die Schulter mit jemandem, der ihm folgte. Es war Ben Stubbs, der auf dem Film natürlich etwas besser aussah als später auf der Intensivstation. Ein schmächtiger Mann in den Vierzigern. Dünne Beine in weiten Khakishorts. Unter seinem Poloshirt zeichnete sich ein Bauchansatz ab. Sandalen und Socken. Er sah tatsächlich aus wie ein Bürohengst aus Washington auf Urlaub.

Ein paar Wechsel in der Kameraeinstellung, dann gestikulierte Griffin in Stubbs' Richtung. Erst mit einer Hand, dann mit der anderen, schließlich mit beiden. Handelte es sich um ärgerliche Gesten?

Steve beugte sich vor. »Hat sich Ihr Vater mit Stubbs gestritten?«

»Keine Ahnung. Ich war auf der Brücke und hatte das Funkgerät an.«

»Wussten Sie, dass Ihr Vater bei einer Insel haltmachen und nach seinen Hummerfallen sehen wollte?«

Junior zuckte im Halbdunkel die Achseln. »Mir gegenüber hat er davon nichts erwähnt.«

Auf dem Videofilm verließen Robinson und Fowles das Boot. Drei Leute waren nun noch an Bord: die beiden Griffins und Stubbs. Dann erklomm Hal Griffin die Brücke und warf sich als Captain in Pose. Stubbs setzte sich unten im Cockpit in einen der Sessel. Auf dem Dock kam noch einmal Fowles in Sicht. Er machte eine Leine los und warf sie an Bord. Auf der Brücke sagte Griffin etwas zu Junior und klopfte ihm väterlich auf die Schulter. Junior stieg auf die Reling und balancierte dort für einen Augenblick. Er sah aus wie eine Statue, wie ein Gott in Menschengestalt. Er blickte aufs Wasser und bot der Kamera sein Profil. Selbst auf dem körnigen Video war eines nicht zu übersehen: die gewaltige Wölbung in seinen Speedos.

Junior hob die Arme, beugte die Knie und vollführte einen perfekten Kopfsprung ins Wasser. Damit verschwand er aus dem Bild.

»Wie ich schon sagte, ich ging schwimmen«, bemerkte Junior gelassen.

»Tatsächlich?«, sagte Steve. »Sah aus, als übten Sie für La Quebrada.«

»Für die Klippen von Acapulco? Von denen bin ich schon während der College-Semesterferien gesprungen. Sie auch?«

»Das hatte ich vor. Aber ich wurde in Daytona Beach verhaftet«, erklärte Steve. Auf der Leinwand blockierte das Boot die Sicht auf Junior. »Wohin sind Sie denn geschwommen?«

»Einmal um die Insel. Das sind fünf Meilen. Mache ich jeden Tag.«

»Dann müssten die Kameras Sie ja anschließend wieder gefilmt haben.«

»Nur wenn ich zum Dock zurückgekehrt wäre«, erklärte Junior. »Aber ich schwimme immer bis zum Strand, und dort gibt es keine Kameras.«

Womit wir ein sehr bruchstückhaftes Alibi hätten, dachte Steve.

Auf dem Dock warf Fowles nun auch die Heckleine an Bord, und die startenden Motoren wühlten das Wasser auf.

Da waren's nur noch zwei: Hal Griffin und Ben Stubbs auf der Force Majeure, auf dem Weg in die Bucht hinaus.

Griffin steuerte das Boot der offenen See entgegen. Stubbs stemmte sich aus dem Sessel, trat an die Reling, lächelte und winkte jemandem auf dem Dock zu. Nach wenigen Augenblicken befand sich die *Force Majeure* außerhalb der Reichweite der Kameras.

»Das war's«, sagte Junior. »Jeder, der etwas mit Oceania zu tun hat, war auf dem Film zu sehen.«

»Aber außer deinem Vater und Stubbs gingen alle von Bord«, sagte Victoria.

»Vergessen wir nicht, dass jemand eine Möglichkeit gefunden haben könnte, wieder aufs Boot zu gelangen«, gab Steve zu bedenken.

»Okay«, sagte Junior. »Clive Fowles, Leicester Robinson und Delia Bustamente. Dann hätten wir drei Verdächtige.«

»Vier«, sagte Steve und starrte Junior direkt ins Gesicht.

Dreizehn

Gift

Der alte Caddy hatte auf dem Weg nach Norden, Richtung Miami, gerade den hundertsechsten Meilenzählstein passiert. Steve fuhr, Victoria saß auf dem Beifahrersitz. Bobby fläzte auf dem Rücksitz und las. Sein Großvater hatte ihm ein Harry-Potter-Buch gekauft, doch Bobby hatte stattdessen eine Sammlung früher Erzählungen von John Updike mitgenommen. Die Philip-Roth-Phase hatte er bereits hinter sich.

»›Er wiegte sich in der Sicherheit‹«, las Bobby laut, »›dass der Gott, der sich mit diesen wertlosen Vögeln so viel Mühe gegeben hatte, nicht seine ganze Schöpfung zerstören würde, indem er David das ewige Leben verweigerte.‹«

»Verdammt. Was liest du denn da für Zeug?«, wollte Steve wissen.

»›Taubenfedern‹«, sagte Bobby. »Ein Junge schießt in der Scheune seiner Familie auf Tauben. Dabei denkt er über die Unvermeidlichkeit des Todes nach.«

»Um Himmels willen, Vic! Hast du ihm diesen Schund gegeben?«, fragte Steve.

»Bobby wollte eine Herausforderung«, antwortete Victoria.

»Dann sollte er vielleicht mal sein Zimmer aufräumen«, schlug Steve vor. »Das dürfte die ultimative Herausforderung sein.«

»Freu dich doch, dass er sich für anspruchsvolle Literatur interessiert«, sagte Victoria.

»Oder du könntest zur Abwechslung mal deine Hausaufgaben machen, Kiddo.«

»Lang-wei-lig«, maulte Bobby.

»Und was ist mit dem Brief, den mir dein Sozialkundelehrer geschrieben hat? Notenabzug wegen Aufmüpfigkeit?«

»Ich habe nur eine Frage gestellt: Wenn Vegetarier Pflanzen essen, was essen dann Humanisten?«

»Klugscheißer kann niemand gut leiden, Kiddo.«

»Ach, tatsächlich?«, gaben Bobby und Victoria einstimmig zurück.

Steve murmelte etwas vor sich hin. Victoria überlegte, ob er wegen Bobby, wegen Junior oder wegen ihr so verstimmt war. Ihre Gefühle für Steve waren so diffus! Sie sprachen selten über ihre Beziehung, hatten keine Bezeichnung dafür. Ohne je Zukunftspläne geschmiedet zu haben, waren sie in die Monogamie gedriftet.

Was wollen wir eigentlich?

Heiraten? Davon sprach Steve nie. Er hatte vorgeschlagen zusammenzuziehen, aber Victoria nahm an, dass er damit eher Fahrzeit einsparen als sich festlegen wollte. Ein Paar waren sie, seit sie Katrina Barksdale verteidigt hatten. Ihr war zur Last gelegt worden, während eines erotischen Fesselspielchens ihren Ehemann ermordet zu haben. Zu der Zeit war Victoria noch mit Bruce Bigby verlobt gewesen, einem Avocadobauern und ewigen Pfadfinder. Sie hatte über Steves Flirtversuche gelacht und seine Avancen abgelehnt. Genau genommen hatte sie ihn nicht besonders gemocht. Vor Gericht benahm er sich wie ein Hai, und ansonsten war er ein Besserwisser. Der Gedanke, etwas mit ihm anzufangen, war ihr völlig abwegig erschienen.

Aber dann war alles anders gekommen. In Steve brannte ein wildes Feuer. Er stürzte durch die Tür des Gerichtssaals wie ein Rodeoreiter in die Arena. Auseinandersetzungen ließen ihn zur Hochform auflaufen, Ungerechtigkeiten machten ihn wütend. Wenn er an einen Mandanten glaubte, tat er alles, um den Fall zu gewinnen. Manchmal überschritt er dabei die Grenzen akzeptablen Benehmens. Oft riss er sie einfach ein.

»Wenn das Gesetz nicht passt, dann mach es passend.«

Anfangs hatte Victoria Solomons Gesetze als Affront empfunden. Selbst jetzt noch lief Steves Taktik oft ihrer Vorstellung von Ethik und Anstand zuwider. Aber in vielem hatte er Recht. Prozesse gewann man nicht, indem man sich sklavisch an alle Regeln hielt. Nicht einmal der Verweis auf Präzedenzfälle war besonders hilfreich: *»Euer Ehren, ich möchte auf den ähnlich gelagerten Fall, ›Langweiler gegen Schnarcher‹ hinweisen …«*

Gewinnen konnte man nur, wenn man die Schwachstelle des Gegners fand und ihn genau dort attackierte. Wer siegen wollte, musste eine gute Show abziehen, das gewisse Etwas haben und wenn möglich auch noch die Wahrheit ans Licht bringen. Ein Strafverteidiger war ein Krieger, ein Ritter in einer rostigen Rüstung, der oft niedergerungen wurde, sich aber nie ergab. Steve hatte ihr beigebracht, ihre Ängste zu besiegen.

Hab keine Angst vor dem Verlieren.

Hab keine Angst, dich lächerlich zu machen.

Und leg die Regeln zu deinen Gunsten aus.

Manchmal gewann er völlig aussichtslos scheinende Fälle. Wie den des gemeinen Bankräubers, der sich die Finger im Geldausgabeschlitz eines Automaten eingeklemmt hatte. Steve gab sich nicht damit zufrieden, dass die Vorwürfe gegen seinen Mandanten schließlich fallengelassen wurden – er verklagte auch noch die Bank auf Schmerzensgeld.

Steve hatte Stil. Während sich Victoria bei einer Verhandlung oft verkrampfte und in gewissen Momenten sogar vor Anspannung zitterte, wirkte er stets völlig gelassen. Er gab sich nicht nur, als gehöre ihm der Gerichtssaal, sondern als habe er ihn aus reiner Großzügigkeit an den Richter, den Staatsanwalt und die Geschworenen vermietet.

Aber nicht nur seine Gewieftheit machte ihn attraktiv. Er war ohne Frage ziemlich sexy. Wenn auch auf unkonventionelle Art. Das widerspenstige dunkle Haar trug er immer etwas zu lang, die seelenvollen tiefbraunen Augen blitzten oft vor Frechheit. Sein hintersinniges Lächeln wirkte, als spiele er der ganzen Welt einen Streich. Er war ein schlimmer Junge, ein geschmeidiges männliches Tier mit einem etwas verwilderten Look. Und seine Begeisterungsfähigkeit wirkte ansteckend. Im Vergleich zu Bruce Bigby, den die Vereinigung der Avocadopflanzer von South Dade zum Mann des Jahres gewählt hatte, war Steve Victoria unglaublich aufregend erschienen.

Und dann kam die Nacht, in der es in Miami geschneit hatte. Victoria und Steve hatten den Arbeitern auf Bruces Avocadoplantage helfen wollen, die Bäume vor dem Frost zu schützen. Überall brannten rußende Feuer, Weihnachtslichterketten wärmten die Bäume, und aus den Lautsprechern plärrte Benny Moré Liebeslieder im Bolero-Takt. Die ganze Atmosphäre war ebenso bizarr wie surreal gewesen. Aber das alles erklärte nicht, was dann passiert war.

Ich hatte Sex mit Steve Solomon. In einer Indianerhütte … auf Bruces Farm. Mit Bruces Verlobungsring am Finger. Wie eine x-beliebige Schlampe!

Bis dahin hatten Prinzipientreue und Anstand Victorias Leben bestimmt. Keinen ihrer Lover hatte sie je betrogen, und schon gar nicht ihren Verlobten. Aber dann: diese Glut, diese Spannung, als sie und Steve zum ersten Mal zusammen waren … Ringsum war alles wie elektrisch geladen. Dabei verflog die Hitze der ersten Begegnungen immer irgendwann. Jede Beziehung hatte ihre Höhen und Tiefen.

Und Stolperfallen und Schluchten und gähnende Abgründe.

Victoria fragte sich, wann sie die Glut für Steve wohl neu entdecken würde.

Beim nächsten Schneetreiben in Miami?

Ein anderer Gedanke war noch deprimierender: War ihr erster Eindruck von Steve doch richtig gewesen? Dass er nicht zu ihr passte? Dass jegliche Beziehung mit ihm ein Fehler war? Dass sie wenig gemeinsam hatten, hatte Victoria von Anfang an gewusst. Sie war Country Club, Chardonnay und Leberpastete – er Kneipe, Burger und Bier. Sie hatte ihr Wissen aus Büchern, hatte ihr Studium mit Auszeichnung abgeschlossen und alle Prüfungen mit Bravour bestanden. Er hatte auf der Straße von den Ghettokids gelernt und die Zulassung zum Anwalt erst beim dritten Anlauf bekommen. Vielleicht machte die Kombination ihrer unterschiedlichen Lebenserfahrung und ihrer unterschiedlichen Fähigkeiten sie zu besseren Anwälten und zu vollkommeneren Menschen. Nach Steves Auffassung war das so. Tatsächlich konnten sie Großartiges leisten, wenn sie sich nicht schon auf dem Weg zum Gericht gegenseitig zerfleischten.

Dass Junior Griffin nun plötzlich in ihr Leben zurückgeschwommen war, machte Victoria die Analyse ihrer Gefühlslage nicht gerade leichter. Was immer sie im Augenblick für Junior empfand, war überlagert von Nostalgie und damit gefährlich und verwirrend zugleich. Sie schwor sich, die Beziehung zu Junior aufs rein Geschäftliche zu beschränken. Seit jener ersten Nacht mit Steve hatte sie keinen anderen Mann geküsst, und so sollte es auch bleiben. Sie würde diesen Fall hinter sich bringen und dann noch einmal alles überdenken. Ihre berufliche Zukunft. Ihr Privatleben. Ach verdammt, sogar ihre Frisur.

Sie warf Steve einen Blick zu. Er telefonierte mit Cece Santiago, ihrer Assistentin. Es ging um den Antrag, mit dem er seinem Vater wieder eine Anwaltslizenz verschaffen wollte. Typisch. Steve machte einfach weiter, obwohl sein alter Herr ihm gesagt hatte, er solle die Finger von der Sache lassen. Steve hörte nie auf andere, glaubte immer, alles besser zu wissen.

Mit einem Blick auf die Straße sagte Victoria: »Du hast die Abbiegung verpasst.«

Steve klappte das Handy zu. »Ich nehme die Card Sound Road.«

»Das dauert aber länger«, tönte Bobby vom Rücksitz.

»Bloß ein paar Minuten.«

»Warum fahren wir überhaupt hier entlang?«, fragte Victoria.

»Ich möchte bei Alabama Jack's vorbeischauen. Mir ein bisschen die Beine vertreten. Und ich habe Lust auf ein Selbstgebrautes.«

Ein Selbstgebrautes, dachte Victoria. »Du hast mich nicht mal gefragt«, beklagte sie sich.

»Du magst doch kein Bier.«

Victoria fragte sich, ob sich Steve dumm stellte oder tatsächlich nicht merkte, wie unmöglich er sich benahm. »Du bist einfach weitergefahren und hast eigenmächtig die Planung geändert.«

»Was soll die ganze Aufregung? Wir besuchen schließlich nicht Europas wichtigste Museen, wir sind nur auf dem Rückweg von den Keys.«

»Das ist mal wieder typisch«, ereiferte sich Victoria.

»Augenblick mal, Vic. Hör dir das an.« Billy Wahoo, der Moderator eines Lokalsenders, interviewte Willis Rask.

»Was können Sie uns über die Untersuchungen zum Mord an dem Mann aus Washington sagen, Sheriff?«

»Solange Sie nicht in der Jury sitzen, Billy, geht Sie das ehrlich gesagt nichts an.«

»Also bitte, Sheriff! Sie können unseren Hörerinnen und Hörern doch wenigstens verraten, ob der Multimillionär Harold Griffin eine interessante Person ist.«

»Sie meinen eine Person des öffentlichen Interesses, Billy?«

»Nennt man das so?«

»Ich muss los. Auf der Seven Mile Bridge rennen ein paar Rehe rum.«

»Das war ziemlich aufschlussreich.« Steve drückte die Sendersuchtaste des Radios. »Wo waren wir stehengeblieben? Weshalb wolltest du mir den Kopf waschen?«

»Vergiss es.«

»Ach, jetzt weiß ich's wieder. Du bist sauer, weil ich auf ein Bier anhalten möchte. Oder weil ich dich nicht vorher gefragt habe.«

»Ich bin nicht sauer.« Am Bier lag es nicht.

Es liegt an dir, Steve. Weil du bist, wie du bist.

»Hey, Vic. Du wolltest, dass ich das Verdeck schließe, also hab ich's zugemacht. Du wolltest dir kein Marlins-Spiel anhören. Also hab ich den Sender gewechselt. Kannst du jetzt vielleicht damit leben, dass ich gern ein kühles Bier hätte, bevor wir die Stadtgrenze erreichen?«

»Wollt ihr euch auf dem ganzen Heimweg streiten?« Bobby legte sein Buch beiseite.

»Wir streiten nicht«, sagte Steve.

»Wir arbeiten an unseren Beziehungsproblemen«, sagte Victoria.

»Wir haben Probleme?«, sagte Steve überrascht.

Im Radio jaulte Jimmy Buffet »Coastal Confessions«. Steve hielt den Suchlauf an und versuchte, Jimmys musikalisches Geständnis mitzusingen.

Victoria fragte sich, wie man Strände, Flittchen und im Alkoholdunst verdöste Tage derart glorifizieren konnte. Der

Gesundheitsminister sollte eine Warnung herausgeben. »Diese Musik gefährdet Ihre Kinder. Sie macht sie zu arbeitsscheuen Rumhängern.«

Auch die Reifen sangen. Als sie über die Crocodile-Lake-Brücke fuhren, sagte Steve: »Abgesehen davon ist das die landschaftlich schönere Strecke.«

Warum musste er immer das letzte Wort haben? »Wir haben ein langes Wochenende hinter uns«, sagte Victoria. »Bring mich bitte einfach nach Hause.«

»Habe ich, außer durstig zu sein, sonst noch einen Fehler begangen? Wenn es nämlich so ist, würde ich es lieber jetzt erfahren als nächsten Monat. Ich möchte mich noch an den Vorfall erinnern können, wenn ich mich verteidigen muss.«

»Du hast keinen Fehler gemacht. Du warst einfach nur du selbst. Stephen Michael Solomon.«

»Stephen Michael Solomon«, wiederholte Bobby und legte die Stirn in Falten. Sein Hirn zerlegte die Worte in einzelne Buchstaben. »CHAOTENPIMMEL HOSENLOS.«

»Danke, Bobby«, sagte Steve und warf Victoria einen Seitenblick zu. »Sag mir die Wahrheit. Was habe ich verbrochen?«

Am Straßenrand machte sich ein Truthahngeier an den Überresten eines überfahrenen Opossums zu schaffen. Von dem vorbeirauschenden Wagen unbeeindruckt, klammerte sich der große Vogel mit der Unerschütterlichkeit eines Strafverteidigers an seiner Beute fest.

»Ich weiß nicht, wie du das siehst«, sagte Victoria. »Aber gegenüber Junior hast du dich ziemlich unprofessionell verhalten.«

»Hab ich nicht.«

»Du hast ihm einen Mord vorgeworfen.«

»Ihr streitet euch doch«, sagte Bobby.

»Entschuldige, Partnerin«, sagte Steve, »aber ich dachte immer, ein Verteidiger hätte die Aufgabe, außer seinem Mandanten noch andere Verdächtige zu präsentieren.«

»Nicht wenn es sich dabei um den einzigen Sohn des Mandanten handelt.«

»Ach, darum geht es? Oder kann der einzige Sohn unseres Mandanten nur deshalb kein Mörder sein, weil du in seiner Gegenwart einen verträumten Blick bekommst?«

Verdammt, dachte sie. Man hat mir doch etwas angemerkt. »Ich bekomme wegen gar niemandem einen verträumten Blick.«

»Autsch. Würde bitte jemand das Messer aus meinem Herzen ziehen?«

»Spiel nicht den verletzten Liebhaber, Steve. Die Rolle passt nicht zu dir.«

»Ich habe lediglich eine Feststellung gemacht. Du hast Junior angehimmelt und dabei tonnenweise Hormone abgesondert.«

»Östrogen oder Progesteron?«, fragte Bobby.

Wenn man sich einmal darauf verließ, dass Steve von den Dolphins, einem Teller Krabbenfleisch oder von einem Spiel träumte, in dem er den entscheidenden Punkt gemacht und dann noch die Tageseinnahmen an sich gebracht hatte, konnte man die schönsten Überraschungen erleben. Das wurde Victoria nun klar.

Doch sie würde nicht in die Defensive gehen. Angriff war die beste Verteidigung. Das wusste jeder gute Anwalt. »Gib's einfach zu, Steve. Du bist eifersüchtig auf Junior.«

»Blödsinn. Was hat er, was ich nicht habe?«

Bobby beugte sich nach vorn. »Er ist stinkreich. Er hat überall fette Muskeln und sieht aus wie ein Gott.«

»Hey, Bobby«, sagte Steve. »Würdest du gern wieder in einem Waisenhaus leben?«

»Ich war noch nie in einem Waisenhaus.«

»Es ist nie zu spät, Kiddo«, sagte Steve.

Ein paar Minuten lang sagte niemand etwas. Dann schrie Bobby: »Seht mal!«

Über dem Wasser mühte sich ein Bussard ab. Er hatte die Fänge in einen Fisch geschlagen, der eigentlich eine Nummer zu groß für ihn war, und versuchte nun, ihn wegzutragen. Ein zweiter, größerer Vogel umschwirrte ihn wie ein Hubschrauber und gab sich Mühe, ihm den Fisch abzujagen.

»Ich würde mein Geld auf den kleineren, schnelleren Vogel setzen«, sagte Steve. »Der weiß nämlich, was Hunger ist.«

»Du hast furchtbar viele Vorurteile«, sagte Victoria, während sie am Eingang des Ocean Reef Clubs vorbeifuhren – einem Hort für betuchte Rentner auf der Flucht vor der Winterkälte. »Du denkst, jeder, der privilegiert aufgewachsen ist, sei verwöhnt, faul und degeneriert. Deshalb willst du auch nicht glauben, dass Junior ein guter Kerl ist, der sich um andere Menschen und die Umwelt sorgt.«

»Aber *du* kannst ihn ganz objektiv beurteilen.«

»Und was ist mit dir und Delia-Busenwunder-Bustamente?« Victoria amte Steves inbrünstigen Tonfall nach: *»Ich kann mir nicht vorstellen, dass sie jemanden umbringt.«*

»Ich kenne Delia besser als du Junior. Du hast ihn, seit er damals im Bentley seines Vaters gekotzt hat, nicht mehr gesehen.«

»Was tut das jetzt zur Sache? Das Überwachungsvideo haben wir gemeinsam angeschaut. Junior sprang vom Boot, bevor es ablegte.«

»Schön. Und wohin ging er dann?«

»Er ging schwimmen.«

»Hast du ihn vom Boot wegpaddeln sehen?«

Victoria schüttelte den Kopf. »Nach dem Sprung hat die Kamera ihn nicht mehr erfasst.«

»Genau. Und zurückkommen sahen wir ihn auch nicht.«

»Weil er zum Strand geschwommen ist und nicht zum Dock.«

»Ziemlich praktisch, findest du nicht, Vic? Wir haben genau gesehen, wie Delia, Robinson und Fowles das Boot verließen. Wenn sie zurückgekommen wären, hätten die Kameras das festgehalten. Aber Junior, der genau weiß, dass er gefilmt wird, zieht mit seinem Sprung eine Riesenshow ab und verschwindet.«

Im Radio fragten die Monotones, wer das Buch der Liebe geschrieben hätte.

»Was willst du damit sagen?«, fragte Victoria. »Dass er wieder an Bord geklettert ist?«

»Der Sprung von Bord ist bislang das Einzige, was unseren Mandanten entlastet. Junior ist ein hervorragender Schwimmer. Beim Free-Diving bringt er es auf vierhundert Fuß. Er erinnert mich an eine Comicfigur ...«

»An Aquaman«, sagte Bobby.

»Genau. Wie schwierig wäre es für ihn, sich an der Schwimmleiter oder an der Tauchplattform festzuhalten und sich mitziehen zu lassen?«, fragte Steve. »Dann geht Stubbs zum Pinkeln in die Kabine, Junior klettert ins Cockpit und schleicht zum Maschinenraum. Von dort hat er Zugang zum Salon und da drin schießt er auf Stubbs.«

»Und dann zieht er seinem Vater eins über?«

»Keine Ahnung. Schon möglich. Oder er verlässt sich einfach darauf, dass sein Vater auf dem Sunset Key wegen Mordes verhaftet wird. In dem Fall wäre Griffin tatsächlich bloß von der Leiter gefallen.«

»Und wie hat Junior das Boot wieder verlassen?«

»Nichts leichter als das. Es war nie mehr als ein paar Meilen von den Keys entfernt. Junior schwimmt an Land wie dieser

Typ aus diesem Conrad-Buch von Joseph Conrad, das ich nie gelesen habe. Dann setzt er sich in einen Wagen, den er irgendwo geparkt hat, und fährt nach Hause.«

»Und sein Motiv? Weshalb sollte er seinem Vater einen Mord anhängen?«

Steve zuckte die Achseln. »Vielleicht will er die Firma übernehmen.«

»Kommt Junior dir vor wie jemand, der unbedingt Bauunternehmer werden möchte?«

»Okay. Wie wär's damit: Junior ist ein ›Korallen-Küsser‹. Der Ausdruck stammt von ihm selbst. Er liebt das Riff und findet, dass Delia Recht hat. Oceania wird den Golf verdrecken. Er versucht, seinem Vater das Projekt auszureden. Weil ihm das nicht gelingt, greift er zu radikalen Mitteln und wird zum Ökoterroristen.«

»Spekulation kombiniert mit Hörensagen, abgerundet durch Vermutungen.«

»Für einen Anwalt nichts Ungewöhnliches, Vic. Außerdem hilft es, ganz offen an eine Sache heranzugehen. Kreativ zu denken. Neue Ideen zu entwickeln. Sich nicht auf etwas zu versteifen.«

»Ist dieser Ratschlag an eine ganz bestimmte Person gerichtet?«, fragte Victoria gereizt.

»Nein. Kein bisschen.«

Himmel, wie sie diesen sarkastischen Ton hasste!

»Das lasse ich nicht zu«, erklärte sie fest. »Du wirst Onkel Grifs Verteidigung nicht aus lauter Eifersucht auf Junior in den Sand setzen.«

»Dass sich der Beach Boy bei deinem Anblick fast besabbert, hat nichts damit zu tun. Aber dass du aufleuchtest wie ein Spielautomat, sobald er in der Nähe ist, stört mich schon ein bisschen.«

»Pass auf, Steve. Das Einzige, was mich an Junior interessiert, ist, wie wir mit seiner Hilfe den Fall für uns entscheiden können.«

»Tatsächlich?«

»Außerdem möchte ich gern mehr über meinen Vater erfahren. Über die Gründe für seinen Selbstmord. Und warum meine Mutter nie darüber spricht.«

»Und das ist wirklich alles?«

»Das ist alles«, sagte Victoria, ohne sich dessen ganz sicher zu sein.

Vierzehn

Lexy, Rexy ... und Pinky

Der nächste Morgen war schwülwarm. Über den Everglades hingen dicke graue Wolken, sichere Vorboten eines nachmittäglichen Gewitters. Steve lenkte den alten Cadillac nach Osten über den MacArthur Causeway Richtung Strand und zum Büro von Solomon & Lord. Das Verdeck hatte er aufgeklappt – aus seiner Sicht der einzige Vorteil, wenn er allein unterwegs war.

Victoria hatte am Vorabend sein großzügiges Angebot, das Bett mit ihm zu teilen, abgelehnt. Er hatte sie vor ihrem Apartment in der Brickell Avenue abgesetzt und war dann in die Kumquat Avenue in Coconut Grove zurückgefahren. Bobby hatte die *Miami Heralds* voller roter Flecken von den matschigen Beeren des Brasilianischen Pfefferbaums aufgesammelt, und sie hatten den Abend allein verbracht. Nachdem Bobby eingeschlafen war, saß Steve am Küchentisch, trank keinen vierhundert Dollar teuren Tequila, sondern Bier, und dachte über die Ereignisse der jüngsten Vergangenheit nach. Erst wollte Victoria die Kanzlei verlassen. Dann entdeckten sie und Junior Griffin, der Kerl, dem er am liebsten einen Mord anhängen wollte, ganz offensichtlich ihre alte Schwäche füreinander neu.

Doch in einem täuschte sich Victoria auf jeden Fall.

Ich bin nicht eifersüchtig auf Junior.

Eifersucht war ein billiges, kitschiges Gefühl und ziemlich pubertär. Eifersüchtig war man, wenn man für jemanden schwärmte. Aber Victoria bedeutete ihm sehr viel mehr. Wenn ich ein Haus wäre, dachte Steve, wäre Bobby mein Fundament und Victoria die Wände. Ohne das eine oder das andere würde das Dach einstürzen. Denn beide liebte er, und er konnte sich das Leben ohne sie nicht mehr vorstellen.

Kurz nach neun hielt er vor dem Gebäude an, in dem seine Büroräume lagen. Kein elegantes Schild wies auf eine Anwaltskanzlei hin. »Solomon & Lord« war nicht in Messing graviert. Stattdessen hatte jemand von Hand *Les Mannequins* auf die gedrungen wirkende, zweigeschossige Pillendose in verblasstem Meergrün gemalt. Entschlossen, sich auf dem Weg zum oberen Geschoss durch nichts und niemanden aufhalten zu lassen, eilte Steve hinein. Er würde sprinten, Haken schlagen und wenn nötig seine Ellbogen einsetzen, um die Models abzuwehren.

Mit gesenktem Blick hastete er am Empfangstisch vorbei, wo eine attraktive junge Frau mit einem Headset gerade einer Anruferin erklärte, sie solle die Fotos aus dem Jahrbuch ihrer Tochter auf keinen Fall herschicken, auch wenn die Kleine Captain der Archbishop Curley Cheerleaders sei. Die Empfangsdame blickte auf. »Stephen! Lexy und Rexy wollen mit dir reden!«

Er zog eine Grimasse und marschierte weiter, durch eine Innentür, an einem Fotoatelier und an der Garderobe mit ihren gleißenden Lampen vorbei. Die Treppe war bereits in Sicht, als er seinen Namen hörte. »Steve!« Und gleich danach wie das Echo eines Schusses: »Steve, warte!«

Er hielt nicht an. Selbst ein Gnu wusste, dass man sich nicht auf einen Plausch mit den Löwen einließ. Er ging schneller und hörte hinter sich Jimmy Choos oder irgendwelche anderen ebenso filigrane wie kostspielige Schuhe klacken. Am Fuß der Treppe holte ihn eine fast zwei Meter große Blondine ein. Direkt hinter ihr folgte ihre eineiige Zwillingsschwester.

Lexy und Rexy.

Lexy trug Hotpants aus Stretch mit pinkfarbenen Sternen, dazu ein gelbes Top mit hippen Löchern, die den Blick auf viel nackte Haut freigaben. Ihr braves Sonntagsoutfit. Zweifellos. Rexy steckte in einem hautengen geblümten Seidenfetzen, der ebenso gut ein Morgenmantel wie ein Strandkleid sein konnte. Das Gewand hatte einen Schlitz vom Knöchel bis zur Hüfte und schien einzig und allein von Rexys aufgepolsterten Brüsten gehalten zu werden, die Steves Ansicht nach auch mit einer bedeutend schwereren Last spielend fertig geworden wären. Soweit er das im Augenblick beurteilen konnte, trug Rexy außer dem, womit Gott und Dr. Rudnick sie ausgestattet hatten, nichts unter dem Kleid.

Die Zwillinge hatten blaugrüne Katzenaugen und ein perfektes Lächeln, das nicht billig gewesen sein konnte. Steve registrierte, dass sie sich ihr langes, flachsblondes Haar sehr kurz hatten schneiden lassen. Es sah aus, als habe ihnen jemand einen Topf übergestülpt und dann mit der Schere gewütet. Dabei handelte es sich wahrscheinlich um die neueste Pariser Frisurenmode, die wieder einmal völlig an ihm vorbeigegangen war. Die beiden sahen aus wie identische blonde Jungfrauen von Orleans ... vorausgesetzt, man konnte sich die Heilige Johanna als magersüchtige Gelegenheitsprostituierte vorstellen.

Lexy und Rexy waren etwas über fünfundzwanzig, behaupteten aber, erst neunzehn zu sein, und hatten inzwischen wohl eingesehen, dass sie nie so erfolgreich sein würden wie ihr Idol, Linda Evangelista, von der es hieß, für weniger als zehntausend Dollar stünde sie morgens nicht mal mehr auf. Auch Lexy und Rexy hatten einmal an einem einzigen Wochenende zehntausend Dollar verdient. Dank eines saudischen Prinzen, der auf Blondinen stand und Dauermieter einer Suite im Ritz-

Carlton von Key Biscane war. Mit Modeln hatte der Job allerdings wenig zu tun gehabt – es sei denn, der Prinz hatte seine eigene Kamera mitgebracht.

»Wir brauchen dich«, sagte Lexy.

»Dringend«, fügte Rexy hinzu.

»Das geht jetzt nicht.« Steve versuchte, sich an den Zwillingen vorbeizuschieben, doch Lexys knochiger Ellbogen versperrte ihm den Weg. »Ich habe zu tun.«

»Du schuldest uns was«, sagte Lexy.

Verdammt. Die beiden würden ihm ebenso unbezahlte wie blödsinnige Arbeit aufhalsen.

Les Mannequins stellte Solomon & Lord Büroräume zur Verfügung. Im Gegenzug musste die Kanzlei eine Hand voll untergewichtiger junger Frauen vertreten, die regelmäßig ihre plastischen Chirurgen und gelegentlich ihre Friseure verklagten. Lexy und Rexy gerieten darüber hinaus immer wieder mit dem Gesetz in Konflikt, weil sie Rezepte für Diätpillen fälschten oder ihr Auto auf einem Behindertenparkplatz abstellten. Aber weder ein besonders niederer IQ noch Bulimie wurden vom Staat Florida bislang als Behinderung anerkannt. Einmal hatten sie einen TV-Meteorologen tätlich angegriffen, weil es an einem Tag, den er als sonnig vorhergesagt hatte, ein Gewitter gab, wodurch ein Foto-Shooting im Freien ins Wasser gefallen war. Steve wollte lieber nicht wissen, in welche unsäglichen illegalen Aktivitäten sich die beiden storchenbeinigen, ebenso faulen wie raffgierigen Frauen in den drei Tagen seiner Abwesenheit wieder verstrickt hatten.

»Lex, Rex, das geht jetzt nicht. Im Ernst. Ich muss mich um einen Mordfall kümmern.«

Lexy stützte schmollend den Ellbogen in die rausgeschobene Hüfte, sodass ihr dünner Oberarm, der Unterarm und ihr spitzes Becken ein Dreieck bildeten.

»Und für uns musst du Paranoia verklagen«, sagte Lexy.

»Paranoia? Den Club? Weshalb?«

»Unsere Namen stehen nicht auf der Gästeliste, und der neue Türsteher hat uns nicht erkannt«, schmollte Rexy.

»Dieser degenerierte Fettklops«, sagte Lexy.

»Ihr durftet also nicht rein«, sagte Steve. »Und was ist daran so schlimm?«

»Reingekommen sind wir schon«, sagte Lexy. »Aber der Arsch ließ uns vorher ewig warten. Eine ganze Viertelstunde lang! Dabei war es so heiß, dass uns die Wimperntusche übers Gesicht lief.« Sie fächelte sich Luft zu, um die hadesartigen Temperaturen in der Warteschlange vor dem hippen Club auf dem Ocean Drive zu demonstrieren, in dem aufgegeilte junge Männer übereinander krabbelten wie Skorpione, um ihnen Drinks spendieren zu dürfen.

»Matt Damon war da.« Rexy übernahm die Fächelbewegung ihrer Schwester. »Und wenn wir nicht so beschissen ausgesehen hätten, hätte er uns garantiert für seinen neuen Film gecastet.«

Steve wählte diesen Augenblick für einen Durchbruch. Er stürzte die Treppe hinauf und rief über die Schulter: »Ich muss erst recherchieren, ob es schon ähnliche Fälle gab!«

»Das war Geschäftsschädigung und seelische Grausamkeit!«, plärrte Lexy. »Eine sechsstellige Summe muss da doch drin sein!«

»Aber klar doch, Lexy. Sicher. Hunderttausend Dollar Schmerzensgeld für euch. Und noch mal so viel für den Türsteher für die Rettung eines Kinofilms.«

»Was willst du damit sagen?«, schrie Lexy hinter Steve her.

Als er die Tür zu seinem Vorzimmer öffnete, hörte Steve das Klirren von Metall auf Metall, dann ein Grunzen, ein kehliges

Knurren und schließlich ein geschnauftes: »*Maldito!* Ist das schwer!« Cecilia Santiago, eine kräftige junge Frau in schwarzen Leggins und einem Catcher-Shirt, lag rücklings auf einer Trainingsbank. Sie hatte milchkaffeefarbene Haut und drei Piercings in einer wie eine Tilde gewellten Augenbraue.

»Hallo, Cece.«

»Hältst du mir bei den Wiederholungen die Hantel ruhig, *jefe?*« Sie wuchtete die Querstange in die Höhe und ließ dabei die auf ihren Trizeps tätowierte Cobra zucken.

»Wie wär's mit einem Deal, Cece? Du tippst die überfälligen Eingaben und Briefe, ich stabilisiere die Hantel.«

»Sklaventreiber.«

»Irgendwelche Anrufe?«

»Das Übliche. Die von Xerox behaupten, du wärest mit der Leasingrate drei Monate im Verzug. Bobbys Lehrerin hat angerufen, sagte was von unentschuldigtem Fernbleiben. Und ein paar von den Flittchen unten wollen Ben & Jerrys verklagen, weil sie rausgefunden haben, dass deren Eiscreme Fett enthält.«

»Und Vic? Wo ist die?«

»Queen Victoria? Woher soll ich das wissen?«

»Vic ist die Prinzessin. Die Queen ist ihre Mutter.«

»Wie du meinst, *jefe*. Sie ist jedenfalls nicht hier, und angerufen hat sie auch nicht.«

Steve wollte Victoria sehen oder wenigstens mit ihr sprechen. Wenn sich in einer Beziehung Risse zeigten, sehnte man sich nach Kontakt. Das stellte Steve jetzt fest.

Cece setzte ihre Übungen fort, atmete beim Stemmen aus, und wenn sie die Hantel senkte, wieder ein. Die Querstange klirrte in der metallenen Halterung. Steve hatte Cece nicht von einem College für Anwaltsgehilfinnen wegengagiert, sondern von einem Frauengefängnis. Ihr Vergehen betrachtete er als Kavaliersdelikt. Nachdem sie ihren Freund mit ihrer Cousine Lourdes erwischt hatte, hatte sie ihn erst windelweich geprügelt und anschließend seinen Toyota in der Bucht versenkt. Cece war keine schlechte Assistentin, obwohl alles, was sie für Steve tippte – falls sie sich tatsächlich einmal dazu bequemte –, für den Papierkorb war. Für Cece bedeutete Rechtschreibung, alle Worte so aufs Papier zu bringen, wie sie sie aussprach. Aber sie hielt Steve mit der Drohung, ihnen sämtliche Knochen in ihren dürren Körpern zu brechen, meistens die Models vom Leib.

Steve blätterte die Post auf Ceces Schreibtisch durch. Rechnungen, Werbewurfsendungen und Ceces Bodybuilding-Zeitschriften. Vielleicht sollte er auch Gewichte stemmen und sich wie Mr Free-Diver einen Muskelpanzer zulegen. Er schlug eine Illustrierte mit dem Titel *Groß und Massig* auf und betrachtete das Foto eines Bodybuilders in einem G-String. Sein wie aus Stein gemeißelter Torso glänzte ölig, schlangenartig zeichneten sich die Armvenen unter der Haut ab. Die Überschrift lautete: »Hodenschrumpfung durch Steroide?«

»Auf dich wartet jemand«, schnaufte Cece.

»Wer? Wo?«

»Im Büro. Irgendein alter Sack. Behauptet, er sei ein Freund deines *Papis*.«

Steve warf einen Blick auf die Bürotür. Sie war geschlossen. Eigentlich hatte er heute keine Termine. Wer belästigte ihn jetzt, und weshalb?

»Verdammt noch mal, wie kannst du einfach jemanden ins Allerheiligste vorlassen?«

Cece blickte zu ihm auf. »Hast du Angst, dass er deine wertvollen Kunstwerke klaut?«

»Wenn du von den Florida-Marlins-Postern sprichst ...«

»Von deinen Unterhosen sicher nicht.«

Die Geschäftsräume von Solomon & Lord bestanden aus Ceces zum Bodybuilding-Studio umfunktionierten Vorzimmer und einem Büro mit Blick auf eine enge Gasse, in der ein rostiger grüner Müllcontainer stand. An warmen Tagen – und warm war es fast immer – kroch ein durchdringender Geruch nach verrottendem Gemüse, verwesenden Schinkenröllchen, schmelzendem Teer, schalem Bier und frischer Pisse durchs Fenster. Auf dem zum Greifen nahen Balkon gegenüber fand sich regelmäßig eine jamaikanische Steelband zu Migräne provozierenden Probe-Sessions ein. Die Musiker rauchten gigantische Joints und bruzzelten auf einem Holzkohle-Hibachi Hühnchenhälften.

Das Design der Büroeinrichtung ließ sich am besten als Heilsarmee-Schick beschreiben. Die beiden Schreibtische stammten von einer Polizeiauktion, bei der beschlagnahmtes Diebesgut versteigert wurde. Außerdem gab es einen Jupiter-Hammerheads-Baseballschläger-Ständer, das Geschenk eines dankbaren Mandanten – eines Unterligaspielers, den Steve in einem Prozess wegen Missbrauchs von Steroiden verteidigt hatte. Daneben stand ein Aquarium, in dem sich normalerweise gewaltige Hummer tummelten. Ein Schwarzfischer und Wilderer, der häufig rechtlichen Beistand brauchte, versorgte Steve regelmäßig mit frischen Krustentieren. An der Wand hingen anstelle von Diplomen und Auszeichnungen bunte Poster, die die Erfolge der Marlins bei den World Series Championships dokumentierten.

Der faulige Gestank des Müllcontainers schlug Steve schon beim Öffnen der Tür entgegen. Heute erschnüffelte er allerdings noch ein anderes Aroma: Bay Rum Cologne. Steve kannte nur einen Mann, der das Zeug verwendete, und dieser Mistkerl war nun hier. Kugelrund und rosarot hing er in dem abgewetzten Besuchersessel.

»Ziemliches Dreckloch hast du hier, Stevie.« Peter Luber wedelte mit seiner kleinen rosa Hand. Pinky Luber war Ende sechzig, und kein Mensch nannte ihn »Peter« oder »Pete«. Er war untersetzt, hatte kurze, dicke Beine und einen runden, kahlen Kopf mit einer schmalen Hakennase. Kopfhaut und Gesicht glühten normalerweise in einem so kräftigen Pink, als litte er unter erhöhter Temperatur. Gewaltige Pausbacken sorgten dafür, dass seine Augen nur als schmale Schlitze von undefinierbarer Farbe zu erkennen waren. Er trug einen kohlschwarzen Anzug, dazu ein weißes Hemd mit Manschettenknöpfen in Form protziger Goldnuggets und eine blutrote Seidenkrawatte. Auf seinen Knien lag ein schwarzer Filzhut mit einer braunen Feder und einer schmalen, nach oben gebogenen Krempe. Die Melone, das wusste Steve, war Lubers Markenzeichen und mindestens so auffällig wie eine Augenklappe oder ein Gehstock. Außerdem schützte sie seinen rosaroten Schädel vor der Sonne. Zwischen Lubers Zähnen klemmte eine kalte kubanische Zigarre, eine kurze dicke Robusto. Am kleinen Finger seiner linken Hand prangte ein schwarzer Onyxring mit einem funkelnden Diamanten.

Was will der zu jedem Meineid bereite pinkfarbene Bastard von mir?

»Wenn ich gewusst hätte, dass du kommst, hätte ich den Kammerjäger verständigt«, sagte Steve.

Lubers schmale Augen wurden hart. Einen Moment lang erahnte Steve die Gefährlichkeit dieses Mannes, über die auch die rosaroten Fettröllchen und der alberne englische Hut nicht hinwegtäuschten.

»An deiner Stelle würde ich diese Bude abfackeln«, sagte Luber, einen lauernden Unterton in der Stimme.

»An deiner Stelle hätte ich mich längst umgebracht.«

»Kein Vergleich zu deinem Vater früher. Bei Herb musste es

schon Mahagoni sein. Als er zum Richter gewählt wurde, bezahlte er die Holzvertäfelung seines Büros im Gerichtsgebäude aus der eigenen Tasche.«

Dass Luber es wagte, den Namen seines Vaters in den Mund zu nehmen, weckte in Steve den Wunsch, den Kerl in den Müllcontainer zu werfen.

»Herbert T. Solomon«, sagte Luber versonnen. »Ein Jurist, wie es keinen zweiten gab.«

»Man beachte die Vergangenheitsform. Und jetzt sag mir, was du hier zu suchen hast, Luber.«

»Ach komm, Stevie. Nenn mich doch einfach Pinky.«

»Das bringe ich nicht fertig. Aber mir fallen ein paar andere Namen für dich ein.«

»Mir gefällt deine Einstellung nicht, Kleiner. Und glaub mir, dein alter Herr ist beim Angeln auf den Keys wirklich am besten aufgehoben. Ich hätte auch keine Lust mehr auf den mörderischen Wettbewerb hier in der Stadt.«

»Ob du Lust hast, steht nicht zur Debatte. Als man dich eingebuchtet hat, wurde deine Zulassung kassiert.«

Luber nahm die Robusto aus dem Mund und wedelte damit wie mit einem Zauberstab. »Achtzehn Monate in Eglin. Kaum der Rede wert. Ich habe Tennis trainiert und Bridge gespielt.«

»Ich wusste gar nicht, dass man auch bei Bridge bescheißen kann.«

»Was dagegen, wenn ich rauche?« Luber leckte das Ende der Zigarre mit seiner pinkfarbenen Zunge ab. »Die Luft hier drin kann dadurch nur besser werden.«

»Ich habe was dagegen.«

»Mann, Stevie! Dein alter Herr sieht die Sache inzwischen ganz entspannt. Warum kannst du das nicht auch tun?«

»Weil ich nicht mein alter Herr bin.«

»Ich weiß noch genau, wie du damals ins Gericht kamst und

in den Arrestzellen mit deinen Baseballkarten gespielt hast.« Lubers Zigarre hüpfte beim Sprechen auf und ab. »Ich war Leitender Staatsanwalt der Abteilung Kapitalverbrechen und dein alter Herr oberster Strafrichter.«

Steve hatte plötzlich das Gefühl, dass es im Raum noch heißer wurde. Pinky Lubers süßliches Parfüm ließ die Luft klebrig werden. »Du warst die oberste korrupte Dreckschleuder, und Dad ein von den Bürgern des Distrikts gewählter, pflichtbewusster Staatsdiener. Ich kann immer noch nicht glauben, was du ihm angetan hast.«

»Du gibst mir die Schuld an der *tsuris* deines Vaters.« Der jiddische Ausdruck für Ärger sollte Steve an die guten alten Zeiten erinnern.

»Du warst der *momzer*, der den Meineid geschworen hat«, gab Steve zurück. Ein bisschen Jiddisch konnte er bei Bedarf auch.

»Es gibt Dinge, von denen du keine Ahnung hast, Kleiner. Mehr sage ich nicht dazu.«

Steve zog einen Barry-Bonds-Schläger aus dem Ständer. Feinstes Ahornholz, leicht, mit einem schmalen, federnden Griff. Steve holte aus und wünschte, er könnte mit Pinky Lubers rundem, rosarotem Schädel ein bisschen üben. Was wollte der Schleimscheißer von ihm? Die Frage stand immer noch im Raum.

Pinky zupfte mit undurchsichtigem Blick am Hutband seiner Melone. Für einen Mann seines Alters hatte er ein auffallend glattes Gesicht. Er sah beinahe noch genauso aus wie vor zwanzig Jahren, als er in Richter Solomons Saal Anklage wegen Mordes erhoben hatte. Aalglatt, aber gnadenlos zielstrebig hatte er nacheinander siebzehn Mordprozesse gewonnen. Nicht einmal eine Jury, die zu keinem Ergebnis kam und so den Prozess platzen ließ, hatte es in dieser Serie gegeben. Genau wie 1972 bei den Miami Dolphins: siebzehn Siege ohne Niederlage. Gegen eine ansehnliche Zahl von Angeklagten war am Ende die Todesstrafe verhängt worden. Nach etwa der Hälfte der Verurteilungen hatte die Presse Luber den Beinamen »der Elektriker« verpasst und Herbert Solomon »Richter Grillmeister« genannt. In jenen Tagen hatte man in Florida noch den Elektrischen Stuhl benutzt – auch unter der Bezeichnung Old Sparky bekannt. Steve wusste, dass zur klammheimlichen Freude gewisser Gefängnisaufseher hin und wieder Todeskandidaten während der Exekution in Flammen aufgegangen waren.

Doch eines Tages hatten sich die Wege des Elektrikers und des Grillmeisters getrennt. Herbert fällte fortan nur noch Urteile in Zivilprozessen, und Luber, den es nun anstatt nach Schlagzeilen nach Dollars gelüstete, eröffnete eine Kanzlei. Er schwor öffentlich, niemals zu den »dunklen Mächten« zu wechseln. So nannte die Staatsanwaltschaft die Strafverteidiger. Doch Lubers Vorstoß in die Welt der Zivilrechtsklagen – ärztliche Kunstfehler, Verkehrsunfälle, Produkthaftung – war nicht sonderlich erfolgreich. Er gab ein Vermögen für die Vorbereitung von Sammelklagen und Musterprozessen aus, die er dann verlor. Als er schließlich in die Korridore des Gerichtsgebäudes zurückkehrte, war er fast pleite. Als Prinz der Dunkelheit bewegte er sich nun in der Grauzone des Gesetzes. Bald hieß es von ihm, er könne alles möglich machen, im Gericht genauso wie im Rathaus. Er wurde zu einem Meister der Manipulation und Erpressung.

Bei einer großangelegten Aktion gegen Korruption im Amt wurde ein ganzes Netzwerk – bestehend aus Luber, einigen Inspektoren der Baubehörde und zwei Beamten, die über die Vergabe öffentlicher Bauaufträge bestimmten – ausgehoben. Die Aussicht auf eine minimale Haftstrafe ließ Luber sofort einknicken. Er lieferte diverse kleine Beamte ans Messer und gab eidesstattliche Erklärungen ab, die einige prominente Persönlichkeiten schwer belasteten, darunter Richter Herbert T. Solomon.

Steve hatte seinen Vater damals angefleht, den Beschuldigungen entgegenzutreten. Aber sein alter Herr hatte das Handtuch geworfen. Er war unter Unschuldsbeteuerungen von seinem Amt zurückgetreten und hatte die Zulassung zurückgegeben, ohne die kein Jurist an öffentlichen Gerichten praktizieren konnte. Luber bekannte sich schuldig, verbrachte achtzehn Monate in einem Promi-Gefängnis im Pfannenstiel von Florida und kehrte dann nach Miami zurück. Seine Zulassung bekam er nicht wieder. Also versuchte er sich als Lobbyist. Wenn man den Gerüchten glauben konnte, machte er auf diese Weise mehr Geld denn je. Er sicherte seinen Auftraggebern lukrative Verträge für die Belieferung des Flughafens, sorgte dafür, dass Ackerland in Bauland für Einkaufszentren umgewidmet wurde und verkaufte eine ganze Flotte überteuerter Dienstwagen an den Distrikt, ohne je als Drahtzieher in Erscheinung zu treten. Pinkys Klienten verteilten munter milde Gaben an kommunalpolitische Größen. Die Zuwendungen wurden ausnahmslos in bar abgeliefert, und meist von Pinky Luber persönlich. In Miami galt der Ausdruck »Lobbyist« als vornehme Umschreibung für das Wort »Geldkurier«.

Der Anblick des fetten, gutsituierten Luber, der zudem nach süßem Cologne stank, verursachte Steve Übelkeit. Wieder schwang er den Barry Bonds. Und noch einmal. Er schloss die Augen und stellte sich vor, wie der Ball vom Schläger sprang, in einer Aufwärtsbewegung auf den Zaun zuraste und dann mit einem satten *Plopp* im Handschuh des Fängers landete. Dann sah er plötzlich dessen Gesicht vor sich: Es war rund und rosarot, und der Kerl kaute auf einer Zigarre. Verdammt!

Sogar seine Tagträume musste dieser Kotzbrocken ihm verderben.

»Ich war bei dem Spiel, an dem du den entscheidenden Punkt gegen Florida State gemacht hast«, sagte Luber.

Steve öffnete die Augen. »Und wenn schon.«

»Ich habe fünftausend Dollar gewonnen.«

»Du wettest auf den Ausgang von College-Spielen?«

»Stevie, ich wette auch, ob die nächste Frau, die in den Aufzug steigt, blond oder brünett ist.« Luber verzog den Mundwinkel zu einem Lächeln. »Und beim College-World-Series-Endspiel habe ich zehntausend Eier verloren, weil du an der dritten Base abgepfiffen wurdest.«

»Soll ich deswegen ein schlechtes Gewissen haben?«

»Nein. Das war Pech.« Luber musterte Steve nachdenklich. »Du warst ein arroganter kleiner Scheißer.« Seine Stimme klang weich, fast ein wenig traurig. »Wieso musstest du unbedingt bis zur dritten Base laufen? Ihr hättet das Spiel auch so noch rumreißen können.«

»Ich dachte, ich könnte es schaffen. Dann hätten wir den Sieg in der Tasche gehabt.«

»Du hast keine Rücksicht auf das Team genommen, weil du ein Held sein wolltest. Und jetzt machst du mit Herb dasselbe.« Luber stemmte sich aus dem Sessel und klopfte seine Hosenbeine ab, als sei er gerade von einem besonders staubigen Pferd gestiegen. »Ich muss los. In Calder fängt gleich das erste Rennen an.«

Luber hatte schon immer ziemlich klein gewirkt. Aber jetzt, wo er alt und ein wenig krumm geworden war, sah er geradezu zwergenhaft aus.

Auf dem Weg zur Tür blieb er noch einmal stehen und drehte sich um.

»Du hättest aus der Niederlage damals lernen sollen. Man

kann sich nie auf einen Schiedsrichter verlassen. Genauso wenig wie auf einen Richter, eine Jury oder auf das ganze verdammte System. Deshalb klärt man die Dinge besser unter der Hand. Auf der zwischenmenschlichen Ebene.«

Steve stellte den Schläger auf den Fußboden und stützte sich darauf. »Worauf willst du hinaus?«

»Die Eingabe, mit der du Herb wieder zu einer Zulassung verhelfen willst ... Wenn du die Finger davon lässt, könnte ich dir helfen.«

»Helfen? Wobei?«

Über Pinkys fette Wangen huschte ein Lächeln. »Sagen wir, du hast dir einen Mordfall geangelt, der dich vor gewisse Probleme stellt.«

Steve versuchte, sich seine Verblüffung nicht anmerken zu lassen. »Was weißt du darüber?«

»Ich bitte dich, Stevie. Ich habe Freunde, die behaupten, Hal Griffin hätte vom Monroe County bereits einige ziemlich freundliche Genehmigungen erhalten. Er darf neue Anlegestellen bauen, einen Bootpendelverkehr einrichten und irgendwo unten am Golf Alkohol ausschenken. Nach alledem kratzt auf Griffins Boot plötzlich ein Typ aus Washington ab. Wenn ich Hal verteidigen müsste, würde ich mir nur eine Frage stellen.«

»Welche denn? Wen du bestechen müsstest, damit es erst gar nicht zur Anklage kommt?«

»Die Frage, die bereits die alten Römer kannten: *Cui bono?* Wer profitiert?«

»Soweit bin ich auch ohne dich schon gekommen. Mich interessiert brennend, wer etwas davon hat, wenn Griffin aus dem Verkehr gezogen wird.«

»Dann lass mich dir helfen. Ich kenne die richtigen Leute. Und ich höre das eine oder andere.«

»Schön. Was weißt du? Was hast du gehört?«

»Oy! Seit wann gibt es bei mir etwas umsonst, du *gonif?*« Pinky Luber watschelte kichernd zur Tür. »Ich habe noch einen lateinischen Spruch für dich. *Quid pro quo.* Eine Hand wäscht die andere.« Er öffnete die Tür zum Vorzimmer und setzte seine Melone auf. »Ohne *quid*, Kleiner, kannst du das *quo* vergessen.«

Fünfzehn

Das Lob unbeseelter Frauen

»Pinky Luber hat versucht, dich zu bestechen?«, fragte Victoria skeptisch.

»Ich weiß nicht, ob man es so nennen kann«, sagte Steve. »Aber er meinte, er könnte uns bei Griffins Fall helfen, wenn ich die Sache mit Dads Zulassung vergesse.«

Victoria wollte noch weitere Fragen stellen, aber zu viele Leute starrten sie an. »Himmel, wie peinlich!«

»Wo ist das Problem?«, fragte Steve.

Sie eilten die Flagler Street entlang. Über Steves Schulter hing eine Frau, deren gewaltige Brüste aus ihrem knappen Bikinitop quollen. Ihr Haar, eine blonde Lawine wie bei Farrah Fawcett um 1976, kitzelte Steves Hals.

»Wir werden angestarrt«, antwortete Victoria.

Die Kunden an den *Café-Cubano*-Ständen, die Angestellten der Fotodiscounter, die zum Rauchen vor den Läden standen, die lateinamerikanischen Touristen mit ihren Rollkoffern ... Alle glotzten, staunten, zeigten mit den Fingern auf sie und lachten. Vielleicht weil die Bikinischönheit eine fünfzig Kilo schwere Spezialanfertigung aus Silikon war. Eine »Liebespuppe«, anatomisch korrekt bis zum letzten Glied des kleinen Fingers, bis zur entlegendsten Körperöffnung.

»Wir hätten direkt vor dem Gericht parken sollen«, sagte Victoria.

»Und zwanzig Dollar bezahlen? Niemals.«

Steve hatte den alten Caddy an einer Parkuhr um die Ecke auf der Miami Avenue abgestellt. In drei Minuten begann die Anhörung. Pullone gegen Hot Pussys Ltd. Lange vor seiner

Zeit mit Victoria, privat wie professionell, hatte Steve den Besitzer des Hot-Pussys-Stripclubs in Surfside als Mandanten gewonnen. Meist ging es um irgendwelche Kleinigkeiten wie Cidre, der für zwanzig Dollar das Glas als Champagner verhökert wurde, oder Mehrfachbelastungen auf Kreditkarten, wenn während eines Privatstrips die Musik wechselte. Anzeigen wegen Körperverletzung gab es nur hin und wieder. Der heutige Fall gehörte dazu. Clayton Pullone, ein verheirateter Buchhalter Mitte vierzig, behauptete, ihm sei beim Ringen mit Susie Slamazon, der berühmten Bikiniamazone, die Hüfte ausgerenkt worden. Der Kampf hatte in einem Becken voller Götterspeise mit Limonengeschmack stattgefunden. Die Blondine, die über Steves Schulter hing, war zwar nicht Susie, hatte aber eine frappierende Ähnlichkeit mit ihr. Laut Gebrauchsanweisung – die auch nützliche Tipps enthielt, welche Teile der Puppe nach Gebrauch mit warmem Seifenwasser zu waschen seien – hieß die Silikonbraut Tami.

»Cuánto cuesta la rubia?«, rief ein Mann in einer Guayabera, als sie an Castillo Joyeria, einem Discount-Juweliergeschäft, vorbeigingen. Er erkundigte sich nach dem Preis der Blondine.

»Zu teuer für Sie«, gab Steve zurück.

Tatsächlich kostete Tami sechstausend Dollar. Sie war speziell nach den Wünschen ihres Käufers angefertigt worden. Hautfarbe: sonnenbraun. Haar: honigblond. Nägel: French-Maniküre. Schamhaar: mit Teilrasur. Brüste: Doppel-D-Cup, wippend. Lebensechte Hände, die greifen konnten. Mund, Vagina und Analöffnung ... nun ja ... vielseitig verwendbar. Gegen Aufpreis auch mit Gleitmitteln und einem Saugmechanismus ausgestattet. Tami war eine Leihgabe von Harvey Leinoff, dem Eigentümer des Hot Pussys, der sich nach jahrelangen Techtelmechteln mit seiner Belegschaft seit Kurzem zur Befriedigung seiner Gelüste unbeseelten Objekten zuwandte. Keine Widerworte, kein Zickenkrieg in der Garderobe, keine Überstunden, die ihm in Rechnung gestellt wurden.

Zu dritt hetzten sie – Steve, Victoria und Tami – die Granitstufen zum Gerichtsgebäude hinauf. Inzwischen wünschte auch Steve, er hätte in der Nähe geparkt. Tami war verdammt schwer, und als er ihr Gewicht verlagerte, bohrte sich eine ihrer Silikonbrustwarzen schmerzhaft in sein Ohr.

Victoria versuchte, das groteske Schauspiel an ihrer Seite zu ignorieren. »Und wie könnte Luber uns bei Onkel Grifs Fall helfen?«

»Er machte gewisse Andeutungen. Entweder er weiß, wer den Speer auf Stubbs abgefeuert hat, oder er kann es herausfinden. Er hat sich nicht deutlicher geäußert.«

»Inwieweit traust du ihm?«

Steve kämpfte sich die letzte Stufe hoch. »Etwa so weit, wie ich Tami werfen könnte.«

Die Sicherheitsbeamten vor den Metalldetektoren am Eingang bemühten sich, nicht lauthals loszulachen.

»Das ist doch ausgemachter Blödsinn«, zischte Victoria. »Wie willst du den Kläger dazu bringen, sich mit einer Gummipuppe durch den Gerichtssaal zu wälzen?«

»Den Kläger brauche ich gar nicht dazu. Ich catche selbst mit Tami.«

»Steve, bitte ...«

»Ich werde mich bis auf die Unterhose ausziehen ...«

»Nicht die mit dem Leopardenmuster!«

»Wo denkst du hin! Das wäre zu anrüchig. Ich habe meine seidenen Florida-Marlins-Boxershorts angezogen. Wenn du letzte Nacht bei mir geschlafen hättest, wüsstest du das.«

Sie mussten hinter einem übergewichtigen Kautionsbürgen warten, bis sie durch die Sicherheitsschleuse gehen konnten.

Victoria flüsterte: »Ich habe keine Lust auf eine weitere Rüge wegen Missachtung des Gerichts.«

»Vic, ein Anwalt, der sich vor der Zelle fürchtet ...«

»Ist wie ein Chirurg, der kein Blut sehen kann«, beendete sie den Satz. »Ich weiß.«

Inzwischen standen sie vor Omar Torres, dem stattlichen Wachmann, der heute Dienst am Metalldetektor hatte.

»Wir sind spät dran, Omar«, sagte Steve. »Könntest du uns schnell durchlassen?«

»Ausgeschlossen, Steve«, antwortete Torres. »Gestern hat sich hier ein Schamane mit einem Schädel reingeschlichen und Richter Gridleys Saal verflucht.«

Victoria legte ihre Handtasche zum Durchleuchten auf ein Förderband.

»Ich muss dich leider abtasten, Süße«, sagte Torres.

»Träumen Sie ruhig weiter«, gab Victoria zurück.

»Nicht Sie, Ms Lord.« Torres zeigte auf Tami, die Liebespuppe, die nun auf wackeligen Füßen mit rot lackierten Zehennägeln an Steve lehnte. »*Die da.* Ich muss sämtliche Körperöffnungen genau inspizieren.«

»Nicht nötig, Omar«, sagte Steve. »Das habe ich schon letzte Nacht erledigt.«

Victoria dachte darüber nach, was Steve ihr berichtet hatte. Es ergab einfach keinen Sinn. »Wieso interessiert sich Pinky Luber für das Verfahren deines Vaters?«

»Offenbar hat er Angst. Ich wüsste nur gern, wovor.«

Die hölzerne Sitzgelegenheit vor Richter Schwartzs Büro erinnerte vage an eine Kirchenbank. Steve setzte Tami in die Mitte, nachdem zwei Männer in Anzügen versucht hatten, ihre Brüste zu begrapschen. Victoria nahm an, dass die beiden Zivilrechtsanwälte von Privatklägern waren.

Steve meldete sich beim Gerichtsdiener an. Der geschäftige junge Mann verdankte seinen Job der Tatsache, dass er mit Richter Schwartz verwandt war. Er hielt sich an seinem Clipboard fest und fragte beflissen nach den Namen sämtlicher Anwälte und Zeugen, die im Laufe des Vormittags im Büro seines Großonkels erwartet wurden. Steve gab den Namen seiner Zeugin pflichtschuldig als »Tami Stepford« an. Dann lehnten sie sich auf der Bank zurück und warteten. Richter Schwartz war noch in einer Besprechung. Was hieß, dass er die Morgenzeitung las, Kaffee trank und dazu einen Bagel mit Frischkäse verspeiste.

»Luber soll Angst haben?«, sagte Victoria. »Er hat seine Strafe doch abgesessen. Die Sache ist erledigt.«

»Es sei denn, es kommt noch etwas Neues ans Licht.«

»Fast alles, was ich mir denken könnte, wäre inzwischen verjährt.«

Steve zuckte die Achseln. Dabei glitt Tamis Kopf auf seine Schulter. »Ich weiß nur, dass Pinky die Hosen gestrichen voll hat.«

»Hast du deinem Vater gesagt, dass er bei dir war?«

»Ja. Dad meinte, Pinky sei schon immer ein Windbeutel gewesen, und wenn ich mich mit ihm einließe, wäre ich an einen toten Maulesel gefesselt, der bis zum Bauch im Zuckersirup steckt. Oder in Gülle? Ich weiß es nicht mehr genau.«

»Herb legt wohl immer noch keinen Wert darauf, dass du dich um seine Wiederzulassung kümmerst?«

»Wenn ich das Verfahren weiter betreibe, will er mich enterben.«

»Harte Worte.«

»Ja. Ich würde ein leckendes Hausboot und eine Sammlung leerer Bacardiflaschen verlieren.«

»Und was hast du nun vor?«

»Ich lasse mich weder von Dad einschüchtern noch von Pinky bestechen. Volle Kraft voraus in das Wiederzulassungsverfahren, und zur Hölle mit Pinky Luber.«

»Vielleicht könnte Luber uns ja tatsächlich weiterhelfen ...«

»Vergiss es. Ich verkaufe doch nicht meinen Vater!«

»Herb will schließlich gar nicht, dass du dich für ihn einsetzt. Vielleicht solltest du zur Abwechslung mal auf ihn hören.«

»Genau das habe ich befürchtet, Vic. Du stehst den Griffins einfach zu nahe. Du bist nicht objektiv.«

»Ich? *Du* bist derjenige, der bei Onkel Grifs Fall auf Lubers Hilfe verzichten will, nur weil du deinem Vater etwas beweisen möchtest.«

»Was denn zum Beispiel?«

»Dass du ein ebenso guter Anwalt bist, wie er einer war.«

»Um mich geht es hier nicht.«

»O doch. Und wenn *du* objektiv wärest, würdest du das erkennen.«

Danach sagte niemand mehr etwas. Schon gar nicht Tami.

Der Gerichtsdiener rief zunächst drei Fälle von Anwälten aus namhaften Kanzleien auf, die ihm zu Weihnachten, Halloween und am Beamtenbestechungstag kleine Geschenke zukommen ließen. Deshalb saßen Solomon & Lord auch um zehn Uhr noch auf der harten Holzbank, und Victoria überlegte, ob sie Steve von dem spätabendlichen Anruf erzählen sollte.

Schließlich platzte sie einfach heraus: »Gestern Nacht hat sich die Queen bei mir gemeldet.«

»Aus Zürich oder aus Johannesburg?«

»Aus Katmandu. Sie lässt sich dort einen Extrakt aus Bergziegendrüsen spritzen. Das soll die Haut verjüngen.«

»Hast du ihr von unserem Fall erzählt?«

Victoria nickte. »Sie war schockiert. Zum ersten Mal seit

Jahren sprachen wir über Onkel Grif, und gleich musste ich ihr sagen, dass er unter Mordverdacht steht.«

»Hat sie sich nach Junior erkundigt?«

»Sie wollte tausend Dinge wissen. ›Wie sieht er aus? Was macht er so? Ist er verheiratet?‹«

»Hält sie ihn immer noch für ein Traumschiff?«

»Und für ganz große Klasse. Sie sagt, das sei Junior schon als kleiner Junge gewesen, und was aus ihm geworden sei, würde sie nicht überraschen.«

»Was ist denn aus ihm geworden? Was hast du ihr eigentlich erzählt?«

»Nicht allzu viel.« Was nicht gelogen war. Victoria hatte der Queen nichts von ihren verwirrten Gefühlen verraten.

»Ihre Hoheit kann mich nicht ausstehen, stimmt's?«, bohrte Steve.

»Sie kennt dich doch kaum.«

»Sie glaubt, dass ich nicht gut genug für dich bin.«

»Wenn es um die eigenen Kinder geht, denken alle Eltern so.«

»Mein alter Herr nicht.«

»Wenn du bei der Queen Eindruck schinden möchtest, solltest du nicht immer, wenn ihr euch seht, dieses blöde T-Shirt tragen.«

»Welches T-Shirt denn?«

»Stell dich nicht dumm. Das Shirt, auf dem steht: *Daran ist nur deine Mutter schuld.*«

»Ich habe versucht, nett zu ihr zu sein. Aber nicht mal die Uhr, die ich ihr geschenkt habe, hat ihr gefallen.«

»Sie ist echte Cartiers gewohnt, keine Fälschungen.«

»Eine echte Cartier hätte ich von einem Parkplatzwächter wohl kaum bekommen.«

»Es stimmt nicht, dass die Queen dich nicht mag, Steve. Sie dachte nur, ich würde mir einen Mann suchen, der ...«

Wie sollte sie sich nur ausdrücken? »Der ein bisschen anders ist als du.«

»Einen Princeton-Absolventen, dessen Vater eine Privatbank besitzt. Southampton im Sommer, Aspen im Winter.«

»Eigentlich glaubte sie immer, ich würde eines Tages Junior heiraten.«

Steve gab einen Schmerzenslaut von sich und schlang den Arm um Tami. »Ich fange an, die Vorteile einer Partnerin aus Silikon zu würdigen. Es gibt keine Schwiegermutter.«

Von den bissigen Kommentaren, die ihre Mutter über Steve abgegeben hatte, hatte Victoria ihm nie erzählt.

»Um Himmels willen, Prinzessin, was findest du bloß an diesem Leichenfledderer, der seinen Lebensunterhalt bestreitet, indem er Krankenwagen hinterherjagt?«

In diesem Augenblick beschloss Victoria, Steve noch etwas anderes zu verschweigen: Die seltsame Reaktion ihrer Mutter auf die Neuigkeiten über Onkel Grif. Mit keiner Silbe hatte sich die Queen nach dem Fall erkundigt. Dabei hatte Victoria mit jeder Menge Fragen gerechnet. *Wer ist der Tote? Hat Grif es getan? Ist er schwer verletzt?* Doch die Queen wollte nur wissen: »Was hat Grif über mich gesagt, Liebes?«

Vielleicht war das aber auch gar nicht so verwunderlich. Das egozentrische Wesen gehörte genauso zur Queen wie die Designerkleider und die stets akkurate Frisur. Trotzdem hätte die Frage lauten sollen: »Hat sich Grif nach mir erkundigt?« Doch die Queen schien eher besorgt, *was* über sie gesagt worden war. Als Nächstes kam: »Hat Grif von deinem Vater gesprochen?«

In diesem Fall war es weniger die Frage als der Ton, in dem sie gestellt worden war. Hatte ein Anflug von Nervosität darin gelegen? Victoria schien es, als wolle die Queen nicht, dass sie mit Onkel Grif über die Familie sprach. Wovor fürchtete sich ihre Mutter nach der jahrelangen Funkstille?

Wie viele Geheimnisse Eltern hüteten, wurde Victoria erst jetzt bewusst. Steves Vater schwieg sich über gewisse Dinge ebenso aus wie ihre Mutter. Aber wer sagte den Menschen, die er liebte, schon immer alles? Auch sie sprach schließlich nicht mit Steve über ihre widerstreitenden Gefühle.

Wovor habe ich eigentlich Angst? Victoria hatte plötzlich das Gefühl, dass die Angst überall lauerte.

Auch was die Queen am Ende des Telefongesprächs gesagt hatte, klang ihr noch im Ohr.

»Grif war immer neidisch auf deinen Vater.«

»Ich dachte, die beiden wären dicke Freunde gewesen«, hatte Victoria geantwortet.

»Waren sie auch. Aber Nelson hatte ... je ne sais quoi ... Stil. Klasse. Und Grif wusste immer, dass er nie mehr sein würde als ...«

Victoria stellte sich ihre Mutter in ihrer Suite im Shangri-la-Hotel vor, wie sie einer wegwerfenden europäischen Geste einen französischen Ausdruck folgen ließ.

»Ein Bauunternehmer – nouveau riche. Ein Neureicher eben«, schloss die Queen.

Victoria verkniff sich die Bemerkung, dass sie und ihre Mutter nach dem Tod ihres Vaters zu den neuen Armen gehört hatten. »Ich verstehe dich nicht, Mutter. Warum hackst du auf Onkel Grif herum?«

»Das tue ich doch gar nicht, Liebes. Ich finde nur, du solltest nicht alles, was er sagt, für bare Münze nehmen. Und jetzt muss ich Schluss machen, Darling. Sonst komme ich zu spät zu meiner Moorpackung.«

Victoria stellte sich vor, wie ihre Mutter, den Telefonhörer unters Kinn geklemmt, mit spitzen Fingern einen dreikarätigen Diamantstecker aus ihrem Ohrläppchen zog und ihn sorgsam in eine schwarze Lackschatulle, ihren Reiseschmuckkasten, legte. Sie hatte noch so viele Fragen. Warum hatte die Queen ihr nie von Grifs Angebot erzählt, sie finanziell zu unterstützen? Und warum hatte sie diese Hilfe abgelehnt? Weshalb hatte sie Onkel Grif gerade zu der Zeit aus ihrem Leben verbannt, als sie ihn am dringendsten gebraucht hätten?

Mit Steve wollte Victoria jetzt nicht darüber sprechen. Vielleicht vermochte sie erst selbst ein paar Antworten auf ihre Fragen zu finden. Im Augenblick stopfte Steve Tamis hervorquellende Brüste in das Bikinioberteil zurück. Victoria kam es so vor, als ob er sich damit mehr Zeit ließ als unbedingt nötig.

Sie dachte an ihren Vater, an den gutaussehenden Mann in einem altmodischen dreiteiligen Anzug, einen Mann mit breiter Brust, tiefer Stimme und grau meliertem Haar. Er war ihr immer so stark erschienen! So unbesiegbar. Und dann dieses Ende. Wie ein Feigling hatte er sich davongemacht und seine Familie sitzenlassen. Nicht einmal einen Abschiedsbrief bin ich ihm wert gewesen, dachte Victoria zum tausendsten Mal. Was war so schwer daran, ein paar liebevolle Zeilen für sein Kind aufzuschreiben?

Ich hasse ihn. Ich hasse ihn für den Schmerz, den er mir zugefügt hat.

Dann fiel Victoria plötzlich ein, wie ihr Vater sie oft in seine Arme gerissen und im Kreis geschwenkt hatte, bis sie vor Wonne kreischte. Er war ihr lebendiges Karussell gewesen. Eigentlich hatte sie ihn als hoch gewachsenen Mann in Erinnerung gehabt – bis sie sich die Fotos ihrer Eltern genauer angesehen hatte. Die beiden waren etwa gleich groß, und Irene maß knapp eins achtundsiebzig. Wie Erinnerungen uns doch täuschen, dachte Victoria jetzt. Gab es noch andere Dinge, die sich irgendwann als Illusionen erweisen würden? Gab es noch mehr Geheimnisse, die ihre Mutter in der schwarzen Lackschachtel unter Verschluss hielt?

Sechzehn

Bigby des Jahres

Streitlustig wie ein tasmanischer Beutelteufel brauchte der einundachtzigjährige, kurzsichtige und zerstreute Richter Schwartz keine sieben Minuten, um Steve mit einem Strafarrest wegen Missachtung des Gerichtes zu drohen. Er befahl ihm außerdem, die Hose wieder anzuziehen, bat sich Bedenkzeit zur näheren Prüfung der Einzelheiten aus und warf dann alle Beteiligten aus seinem Büro, verlangte aber, dass Tami Stepford mit ihrem Silikoncharme an Ort und Stelle belassen wurde. Seine Ehren wollte in aller Ruhe die rechtlichen Konsequenzen einer Verletzung erwägen, die angeblich beim Gerangel mit einer leicht bekleideten Dame in einem Berg Götterspeise entstanden war.

Beschwingt verließ Steve das Gerichtsgebäude. Victoria hatte die relevanten Gesetze zitiert, er hatte die Gummipuppe niedergerungen. Dabei musste Victoria doch klar geworden sein, was für ein gutes Gespann sie waren! »Den Fall gewinnen wir, du wirst sehen«, sagte Steve aufgekratzt.

»Großartig«, antwortete Victoria ohne rechte Begeisterung. »Dann schiebt uns ...« Sie brachte den Namen des Stripclubs nicht über die Lippen. Er war einfach zu widerlich. »... der Besitzer dieses Etablissements noch mehr Arbeit zu.«

»Hey, mit solchen Fällen bezahlen wir unsere Rechnungen.«

»Du meinst, wir kriegen nicht nur Coupons für eine private Stripshow?«

»Ach komm, Vic. Du weißt, dass ich mit der Hot-Pussys-Brigade nichts am Hut habe.« Damit meinte Steve die Stangentänzerinnen, die Animierdamen und die Mädchen, die sich auf die Bar stellten und mit dem Hintern wackelten.

Im Grund war das nicht gelogen, denn er hatte die Gegenwartsform verwendet. Früher allerdings hatte er mit der Belegschaft des Clubs durchaus gewisse freundschaftliche Kontakte gepflegt.

Aber seit er Victoria zum ersten Mal geküsst hatte – oder vielmehr seit er von ihr auf dem Steg des Jachtclubs zum ersten Mal geküsst worden war, während ihr Verlobter im Clubrestaurant in seinem Avocadosalat stocherte –, war er mit keiner anderen Frau zusammen gewesen. Er sagte ihr auch oft, dass er sie liebte. Zwar geschah das meist zwischen diversen Grunz- und Stöhnlauten, wenn sie gerade die Beine um seine Hüften schlang, doch Steve war überzeugt, dass er meinte, was er sagte.

»Wie wär's mit einem Dinner bei Nemo?«, fragte er. »Ich lade dich ein. Die Makrelenpfanne dort liebst du doch über alles.«

»Ah … Ehm … Ah …«, sagte Victoria.

Steve überlegte, ob sie unter Atemnot litt oder nur Zeit gewinnen wollte.

»Ich wollte es dir schon vorher sagen. Junior ist hier in Miami«, rückte sie schließlich heraus.

»Kein Problem. Er kann ja mitkommen und die Rechnung übernehmen.«

»Die Sache ist die …«

»Ja?«

»Er hat mich bereits zum Abendessen eingeladen.«

Steve fühlte sich, als habe ihm gerade jemand in die Magengrube getreten. »Soll das heißen, du hast ein Date?«

»Kein richtiges. Wir wollen nur ein bisschen über die alten Zeiten plaudern, ohne dass gleich ein Verhör daraus wird.«

»Fuck, nein! Das kommt nicht in Frage.«

Victoria warf Steve einen giftigen Blick zu. Bestimmte Ausdrücke hasste sie, und er benutzte sie nur noch selten. Eine »Scheißhitze« gab es für ihn nicht mehr. Auch »fuck« als Verb, Adverb oder Nomen hatte er weitgehend aus seinem Wortschatz verbannt.

Indem er sie jetzt mit dem verhassten Ausdruck vor den Kopf stieß, verpasste er ihr mit voller Absicht eine verbale Ohrfeige. Er wollte ihr zeigen, wie sauer er war. Wie *scheißgenervt*.

»Ste-phen.« Sie zog seinen Namen in die Länge. Er sollte sehen, wie sehr seine Reaktion sie ärgerte. »Was machst du für einen Aufstand? Ich esse mit Junior zu Abend. Was ist schon dabei?«

»Und wo trefft ihr euch?«

»Im Norman's in Gables.«

»Die beste Adresse für ein Date. Das romantischste Restaurant der Stadt.«

»Tatsächlich? Warum lädst du mich dann nie dorthin ein?«

»Weil wir keine Dates miteinander haben. Wir sind zusammen. Wir brauchen kein dunkles, teures Restaurant mit einer ausgefallenen Speisekarte.«

»Was soll das heißen? Dass wir über die romantische Phase hinaus sind?«

Steve hatte sich auf Treibsand begeben. Alles, was er jetzt sagte, würde seine Lage nur verschlimmern. Er schlug trotzdem um sich. »Hör schon auf, Vic. Mit Mandanten, die die Rechnung übernehmen, waren wir schon ein paar Mal dort.«

»Dann ist Norman's also auch eine gute Adresse für ein Geschäftsessen, nicht wahr?«

Touché. Diese Frau wusste, wie man ein Kreuzverhör führte.

»Das ist irrelevant.« Steve holte zum Gegenschlag aus. »Ihr werdet nicht über Geschäfte reden, sondern in Erinnerungen an eine Runde Strip-Poker bei Bunny Flagler schwelgen.«

»Findest du nicht, dass du ein bisschen überreagierst?«

Tat er das tatsächlich?

Nein. Denn so verhält sich ein Mann nun mal, wenn die Frau, die er liebt, sich anschickt, von Bord zu gehen.

Steve dachte an den Tag, an dem er Victoria zum ersten Mal gesehen hatte. Eine ultrapropere, steife, langbeinige, junge Staatsanwältin in einem konservativen Karokostüm. Erst mit dem Versuch, Mister Ruffles, einen Kakadu, in den Zeugenstand zu rufen, hatte er sie aus dem Konzept gebracht. Plötzlich war sie gar nicht mehr cool gewesen. Sie hatte Steve mit hochrotem Kopf vorgeworfen, er handle unethisch, sei schleimig, diabolisch und gefährlich und außerdem eine Schande für den Berufsstand. Wie hätte er sich ihrem Charme entziehen sollen?

Damals war Victoria noch ziemlich unerfahren gewesen, und Steve hatte gesehen, dass ihre Unterlippe zitterte, als sie sich zur Zeugenbefragung erhob. Aber als sie dann sprach ... *Grundgütiger*, wie sein Vater sich ausdrücken würde. Das perfekt sitzende Kostüm, die teuren Schuhe, das karamellfarbene kurze, nur ein klein wenig zerzauste Haar, dazu ihre beachtliche Größe und die Stimme, die mit jedem Wort fester und selbstbewusster wurde – Victoria Lord, die personifizierte Intelligenz und Kompetenz, eine Frau von unerschütterlicher Integrität.

Sie hatte, was jeder Anwalt sich wünschte. Etwas, das man nicht erlernen konnte, und das es nicht zu kaufen gab: Sie hatte Präsenz. Man konnte sie unmöglich übersehen.

Aber Steve, der Zerstörer, war der Gewieftere und hatte sie mit einem Trick zu einem Fehler verführt, der das vorzeitige Ende ihrer Karriere als Staatsanwältin einläutete. Ihr Boss hatte sie gefeuert. Im ersten Augenblick tat es Steve leid. Aber dann nicht mehr. Nur weil sie entlassen worden war, hatten sie gemeinsam Katrina Barksdale in einem Mordprozess verteidigen können.

Damals war Victoria noch mit dem Avocadokönig verlobt gewesen und hatte Steves Annäherungsversuche an sich abprallen lassen. Bis sie schließlich zu der Einsicht gelangt war – nicht rational, so nahm Steve an, sondern auf magische oder hormonelle Weise –, dass er, Steve Solomon, der richtige Mann für sie war. Er und nicht Bruce Bigby. Im Augenblick war das ein schlechter Trost. Denn so, wie es ihm gelungen war, Bigby Victorias Herz zu stehlen, so konnte ihm nun ein anderer Mann dasselbe antun. War Junior etwa der diesjährige Bigby?

Siebzehn

Junior Griffins Liebeslied

Mit glühenden Wangen folgte Victoria dem Maitre d' am offenen Holzofen vorbei zu ihrem Tisch. War ihr tatsächlich nur wegen des Ofens so heiß? Oder lag das an Juniors Hand, die er auf ihre nackte Haut direkt über dem paillettenbesetzten Seidentop gelegt hatte?

Die Gäste an den anderen Tischen blickten auf. Victoria war es gewohnt, dass man sich nach ihr umdrehte. Doch im Augenblick galt die Aufmerksamkeit vor allem ihrem Begleiter. Junior trug ein lässiges beigefarbenes Seidenjackett. Die Ärmel hatte er bis zu den Ellbogen hochgeschoben. Seine braune Haut wirkte in der schummrigen Beleuchtung wie aus Bronze gegossen. Unter dem Jackett lugte ein blaues Seidenhemd mit offenem Kragen hervor. Es betonte die Farbe seiner Augen.

Ein Adonis in Armani.

Geräusche und Gerüche erfüllten diesen dunklen Raum. Victoria fühlte sich an die spanische Architektur der alten Welt erinnert. Aus der offenen Küche drang das Bruzzeln von in Rum mariniertem Zackenbarsch. An den Tischen klangen Gläser aneinander. Leise Gespräche auf Englisch, Spanisch und Portugiesisch sorgten für eine internationale Atmosphäre.

Der Maitre d' führte Victoria und Junior zu einem der besten Tische. Kaum verwunderlich, denn sie waren ein schönes Paar, wirkten elegant und erfolgreich.

Ein Paar? Das sind wir doch gar nicht.

Victoria hoffte, dass man ihr die Verwirrung nicht anmerkte. Sie bestellten für Junior Tequila, für sie einen Cosmopolitan, und Victoria versuchte sich einzureden, dass sie Steve die Wahrheit gesagt hatte. Dies war kein Date. Nur ein Treffen mit einem Sandkastenfreund. Eine Gelegenheit, mehr über ihren Vater und die Geheimnisse ihrer Mutter herauszufinden und vielleicht in dem Mordfall ein Stück weiterzukommen.

Sie hatte sich nicht von Junior abholen lassen. Eindeutig zweideutige Augenblicke – *»Möchtest du noch auf einen Drink mit raufkommen?«* – am Ende des Abends würde es nicht geben.

Aber warum hatte sie sich mit ihrem Styling so große Mühe gegeben? Sie hätte doch einfach das hochgeschlossene Nadelstreifenkostüm anbehalten können, das sie bei Gericht getragen hatte. Stattdessen hatte sie geduscht, sich das Haar gewaschen und geföhnt und vier verschiedene Outfits ausprobiert. Als Erstes hatte sie ein blaugrünes Tweed-Jackett mit Fransenkragen und einem dazu passenden Rock verworfen. Sie wollte nicht aussehen wie Mary Poppins.

Danach das sexy Balenciaga-Minikleid mit den gekreuzten Trägern. Das schien ihr zu gewagt. Und der Mittelweg, ein beigefarbenes Burberry-Wickelkleid mit schwarzen Klecksen – unmöglich. Victoria wollte nicht wie eine Lehrerin wirken, deren Füllhalter gerade explodiert war.

Schließlich entschied sie sich für das schulterfreie seidene Paillettentop von Max Azira und eine gerade geschnittene schwarze Hose. Junior erwartete sie an der Bar, legte den Kopf schief und sagte: »Wow! Du siehst umwerfend aus.« Sie hauchte ihm einen Kuss auf die Wange. Prompt stieg ihr die Hitze vom Nacken bis zu den Augenbrauen hoch.

Während der Ober exotische kleine Grüße aus der Küche servierte – Flanrisotto-Häppchen mit Zitronenraspeln und geröstete Mini-Corntortillas mit Tomatillosauce –, überraschte Junior Victoria mit einer Frage. »Du bist also Solomons Kanzleipartnerin. Und was sonst noch?«

Sie erzählte ihm die Geschichte, wie sie Steve vor einigen Monaten noch für einen aalglatten Widerling gehalten hatte und wie sie wegen ihrer Zankereien vor Gericht in gegenüberliegenden Arrestzellen gelandet waren. Wie sie sich von Steve aufs Glatteis hatte führen lassen und nicht nur eine Verhandlung vermasselt hatte, sondern deswegen auch noch gefeuert worden war. Und sie berichtete von dem Mordfall, in dem sie anschließend gemeinsam die Verteidigung übernommen hatten. Die heiße Nacht auf der Avocadoplantage ihres Verlobten ließ sie jedoch aus. Was ihr damals unglaublich romantisch erschienen war, würde jetzt wahrscheinlich ziemlich billig klingen. Doch immer wieder lenkte die Erinnerung an jene Nacht sie von dem Gespräch mit Junior ab. Ein Schneesturm in Miami, ein Wirbelsturm in ihrem Herzen. Victoria hatte noch den Rauch der Feuertonnen in der Nase, konnte die blinkende Weihnachtsbeleuchtung sehen, die die Bäume warm halten sollte. Dazwischen tauchte wieder und wieder Steves Gesicht auf. Sein Staunen ... weil sie den ersten Schritt gemacht hatte. Anfangs hatte er Widerstand geleistet – nun ja, zumindest gezögert. Der sonst so coole Typ hatte plötzlich Angst, verletzt zu werden. Schließlich war sie die Verlobte eines anderen.

Offenbar hatte ich mich in Steve verliebt.

Inzwischen fragte sich Victoria, ob nicht doch alles ein wenig zu schnell gegangen war. Die nagenden Zweifel kehrten zurück. War ihr erster Eindruck von Steve als einem skrupellosen halbseidenen Rechtsverdreher doch richtig gewesen? Waren sie einfach zu verschieden? Hatte sie einen Fehler gemacht?

Ein weiterer beängstigender Gedanke streifte sie wie ein eisiger Wind: War sie im Begriff, diesen Fehler zu wiederholen?

»Seither sind wir zusammen«, sagte Victoria zu Junior. Ihre Befürchtungen sprach sie nicht aus. Aber war das überhaupt nötig? Immerhin saß sie in einem schulterfreien Seidentop mit Junior in einem dezent beleuchteten, romantischen Restaurant. Signalisierte sie damit nicht ihre Verfügbarkeit?

Junior nickte, hob eine Augenbraue und lächelte, als könne er sich nicht recht vorstellen, dass Steve und Victoria wirklich ein Paar waren. Doch dann sagte er: »Der Kerl ist zu beneiden.«

»Steves Charme erschließt sich nicht unbedingt auf den ersten Blick. Er hat eine Schwäche für Underdogs, und er ist absolut unerschrocken. Was die Leute von ihm denken, ist ihm gleich, und wenn er an einen Mandanten glaubt, tut er alles, um den Fall zu gewinnen. Egal ob ihn das womöglich seine Zulassung oder den rechten Arm kosten könnte.«

»Kann ich mir vorstellen. Ein bisschen aggressiv wirkt er durchaus.«

»Aber er hat ein weiches Herz.« Warum glaubte sie eigentlich, Steve verteidigen zu müssen? »Du solltest ihn zuhause mit seinem Neffen erleben.«

»Reden wir nicht über Solomon«, sagte Junior plötzlich, obwohl er selbst dieses Thema angeschnitten hatte. »Stoßen wir lieber an.«

Er hob sein Glas und ließ den Tequila darin kreisen. Victoria hielt sich am Stiel ihres Martiniglases fest. Der Cosmo glühte im Kerzenlicht purpurrot.

»Auf unsere alte Freundschaft«, proklamierte Junior, »und einen Neubeginn.«

Und auf die Selbsterkenntnis, dachte Victoria. Auf dass ich erkenne, wer ich bin und was ich will.

Victoria spürte, wie ihr Gesicht erneut heiß wurde. Sie nippte an ihrem Cosmo und hoffte, er würde sie ein wenig abkühlen. Wie es sich für einen aufmerksamen Begleiter gehörte, lenkte Junior jetzt das Gespräch auf sie.

Victoria beantwortete Juniors Fragen gern, und sein Blick saugte sich an ihr fest. »Erzähl mir von Princeton.« Danach war ihr Jurastudium in Harvard an der Reihe. »*Wow*! Klingt ziemlich hart.« Und dann ihre Zeit als Staatsanwältin, ihr Kampf gegen die Ganoven von Miami. »*Wow!* Du hast ganz schön Mumm.« Außerdem wollte Junior wissen, wie sie sich ihre Weiblichkeit bewahrt hatte. Die Staatsanwältinnen aus der *Larry King*-Show wirkten auf ihn allesamt wie knallharte Bestien auf Menschenjagd, sagte er. Auch für die Geschichte ihres ersten, gemeinsam mit Steve erfolgreich abgeschlossenen Mordfalls erntete Victoria ein »*Wow*«.

Als Juniors dritter Tequila und Victorias zweiter Cosmo kamen, erzählte er ihr, wie sehr der Selbstmord ihres Vaters seinem Vater zu schaffen gemacht hatte. Nach dem Umzug der Griffins nach Costa Rica war sein Vater in tiefe Teilnahmslosigkeit versunken. Juniors Mutter war ein Jahr später an einer besonders aggressiven Form von Magenkrebs gestorben. Nach einem weiteren Jahr, in dem Hal Griffin vergleichsweise zurückgezogen gelebt hatte, wagte er schließlich einen Neubeginn. Er baute in der Karibik ein paar Hotelanlagen, widmete sich danach einigen Projekten im Fernen Osten und kehrte dann in die Staaten zurück. Junior hatte nirgendwo eine Heimat gefunden und bis jetzt auch keine Frau, mit der er den Rest seines Lebens verbringen wollte. Nur Florida und seine Freundin aus Kindertagen hatte er immer vermisst.

»Ich habe oft an dich gedacht.« Juniors Blick war ernst. »Ich weiß, wir waren damals noch sehr jung. Aber wir verstanden uns so gut! Alles war immer so einfach ...«

»Kein Wunder. Damals war unser größtes Problem, dass wir immer um zehn zuhause sein mussten.«

Victoria war sich durchaus bewusst, dass sie hinter dieser humorvollen Bemerkung ihre Gefühle versteckte. Sie war hin und her gerissen. Junior wollte über seine lang gehegte Zuneigung zu ihr sprechen, und einen Teil von ihr drängte es zu hören, was er zu sagen hatte. Gleichzeitig hatte sie Angst davor.

Lächelnd sagte Junior: »›Lass uns nun gehen, Du und ich …‹«

Victoria führte den Vers fort: »›Wenn der Abend gegen den Himmel ausgebreitet ist …‹«

»J. Alfred Prufrocks Liebeslied« von T.S. Eliot. Sie lachten. Als Kinder hatten sie das Gedicht gelesen und auswendig lernen wollen. Aber es war zu lang. Dass sich Junior noch an die Anfangsverse erinnerte, fand Victoria rührend. Es war *ihr* Gedicht. Hatten sie und Steve auch eines? Nein. Aber *wenn* sie ein gemeinsames Gedicht hätten, würde es sicher von Baseball handeln.

Junior legte seine starke Hand sanft auf Victorias Unterarm. Sein Daumen zeichnete kleine Achter auf ihr Handgelenk. »Das ist unsere Chance«, flüsterte er. »Dass Dad im Augenblick ernsthaft in der Klemme sitzt, ist schrecklich. Aber irgendwie kommt es mir fast vor, als wollte das Schicksal uns auf diese Art wieder zusammenbringen.« Junior nahm einen Schluck Tequila. Vielleicht musste er sich für das, was er jetzt sagen wollte, wappnen. »Seit wir uns wiedergesehen haben, denke ich andauernd über uns nach. Und ich möchte, dass du eines weißt, Tori: Du bist die einzige –«

Er brach ab. Brauchte er noch einen Drink, um weitersprechen zu können? Nein. Er sah über Victorias Schulter hinweg jemanden an. Nur wen?

Dann eine männliche Stimme. Kernig und laut. »Nun sieh mal an! Wen haben wir denn da?«

Ach verdammt. Verdammt noch mal!

»Meine Kanzleipartnerin und der Hummerwilderer!«, rief Steve mit gespielter Überraschung.

Flankiert von zwei blonden Gespielinnen – Lexy und Rexy von Les Mannequins – steuerte er auf den Tisch zu. Lexy (oder Rexy? Wer wusste das schon so genau?) trug ein schimmerndes, tief ausgeschnittenes rotes Seidenkleid, das eigentlich knöchellang war. Doch der Rock bestand aus einzelnen Streifen, wie man sie von den Gummivorhängen einer Autowaschanlage kannte. Sie gaben bei jedem Schritt den Blick auf ihre langen Beine frei. Rexy (oder war es Lexy?) trug ein schlichtes schwarzes Schlauchkleid, das dreißig Zentimeter nördlich ihrer Knie endete. Beide Frauen hatten Silikonbrüste, die für ihre knochigen Körper viel zu üppig waren. Und beide balancierten auf den neuesten Jimmy-Choo-Wolkenkratzern daher. Sie bewegten sich mit dem für geübte Models und hungrige Löwinnen typischen Hüftschwung.

Victoria setzte ein Lächeln auf. »Hallo und tschüß, Steve.«

»Was soll das heißen? Es macht Ihnen doch sicher nichts aus, Junior, wenn wir uns dazusetzen?«

»Also …«

»Großartig!« Steve wandte sich an den nächststehenden Ober und rief: »*Garcon! Camarero*! Noch drei Speisekarten. *Pronto, si'l vous plait.*«

Er rührte die Sprachen zusammen wie der Koch den Fischeintopf.

Steve stellte Junior seine beiden Requisiten vor und bestellte dann Champagner. Ja, selbstverständlich. Auf Mr Griffins Rechnung. Steve positionierte Lexy und Rexy links und rechts von Junior und nahm selbst neben Victoria Platz.

»Ist es nicht nett, dass wir uns hier treffen?«, fragte er.

»Was für ein unglaublicher Zufall«, antwortete Junior.

»Ich esse regelmäßig hier«, erklärte Steve.

»Hah!«, Victoria schnaufte.

Junior sah Victoria an. Er zuckte die Achseln, als wollte er sagen: »Da müssen wir jetzt durch.« In diesem Augenblick wurde Junior ihr noch sympathischer. Er ruhte so sehr in sich, war so selbstbewusst, dass er es gar nicht nötig hatte, Steve in die Schranken zu weisen oder mit dem Kopf voran über die Bar zu befördern.

»Zeigen wir heute ein bisschen Haut, Vic?« Steve nickte in Richtung ihres Dekolletees. »Neues Top?«

»Das habe ich schon beim Vizcayans Ball getragen. Erinnerst du dich nicht mehr?« Ihre Stimme klang wie Stahl.

»Die Falten tun deiner Stirn nicht gut, Vicky«, warnte Lexy. »Sie graben sich ein wie betoniert.«

»Wie viele Kohlehydrate? Was glaubst du?« Rexy betrachtete ein Grissini, als handle es sich um einen tödlichen Pfeil.

»Erzählt mal, Ladys«, sagte Junior, ganz der freundliche Gastgeber. »Was macht ihr denn so?«

»Sie sind Gehirnchirurginnen«, sagte Victoria trocken.

»Wir sind Mo-dels«, sagte Lexy. »Sieht man das nicht?«

»Und der Süße hier ist unser Anwalt.« Rexy zeigte mit dem Grissini auf Steve.

»Wir haben was zu feiern«, sagte Steve. »Lexy und Rexy haben heute einen TV-Spot gedreht.«

»Vagistat!«, plärrten die Mädels.

Lexy sah in Juniors Augen, als flirte sie mit einer Kameralinse. »Leiden Sie unter vaginalem Juckreiz, Wundsein oder Brennen?«

»Mit zähflüssigem, übelriechendem Ausfluss?«, stimmte Rexy mit ein.

»Das könnte eine Pilzinfektion sein!«, verkündete Lexy so freudig, als gratuliere sie einem Freund zu einem Lottogewinn. »Wenn du keinen Pilz willst ...«

Gemeinsam sangen sie:

»Vag-i-stat killt den Pilz im Nu.
Hör mal, worauf wartest du?
Die zweite Tube ist gratis dabei,
und du pinkelst wieder schmerzenfrei.«

»Und so etwas wird im Fernsehen gesendet?«, fragte Junior.

»Von einem privaten Lokalsender«, erklärte Steve. »Spice Channel.«

Der Ober kam an den Tisch. »Möchten Sie nun das Essen bestellen? Darf ich Ihnen die gegrillte Ente empfehlen?«, fragte er.

»Fuck, nein«, sagte Lexy. »Ich bin Veterinärin.«

Während sie die zweite Flasche Champagner leerten, räumte eine ganze Armee von guten Geistern den Tisch ab. Die Überreste der gerösteten Shrimps mit Yukkafüllung verschwanden ebenso wie die Gräten des in der Pfanne gebackenen Schwertfisches und des Katzenwelses in Pecankruste. Die Zwillinge hatten sich einen Palmherzensalat geteilt. Sie wollten sich ihre je sechsundfünfzig Kilo und den kranichartigen Körperbau unbedingt erhalten.

Steve hatte während des Essens unablässig die Körpersprache zwischen Junior und Victoria analysiert. Aber konnte er dem Ergebnis vertrauen? Mit seinem plötzlichen Auftauchen hatte er die Dynamik am Tisch durcheinandergebracht. Inzwischen war er überzeugt, es wäre besser gewesen, sich zu verkleiden und die beiden von der Bar aus heimlich zu beobachten. Doch schon im nächsten Augenblick fragte er sich, ob er nun völlig übergeschnappt war.

Hey, keine Panik. Vic liebt mich. Wir haben nur ein kleines Beziehungstief.

Junior unterhielt die Frauen mit seinen Free-Diving-Abenteuern am Cabo San Lucas. Er hatte sich bei einem Wettbewerb vierhundert Fuß in die Tiefe reißen lassen und war trotzdem nur Dritter geworden. Es folgte die Geschichte, wie er vor den Caicos Inseln einen rekordverdächtigen Schwertfisch gefangen und ihn wieder ins Meer geworfen hatte, anstatt ihn bei einer Grillparty für fünfzig Leute an Mus von Schwarzen Bohnen zu servieren. Im Grunde schien der Kerl ganz in Ordnung zu sein. Er versuchte nicht, unter dem Tisch mit Victoria Händchen zu halten, und hatte bislang auch niemandem das Buttermesser in die Schulter gerammt.

Hatte Victoria Recht?

Ist es albern, Junior zwei Verbrechen anhängen zu wollen? Den Mord an Stubbs – und dass er meiner Freundin schöne Augen macht? Wobei Zweiteres eindeutig das größere Verbrechen ist.

Als der Ober Juniors Crème brûlée flambierte, sagte Steve: »Hey, Vic, erinnerst du dich noch an den Fall mit dem brennenden Toupet?«

»Es passierte im Café Jacquet in Lauderdale.« Victoria wandte sich an Junior. »Das Toupet unseres Mandanten verkohlte auf der flambierten Ente.«

»Wow«, sagte Junior.

»Verletzt wurde nur sein Stolz«, sagte Victoria. »Die Frau, mit der er verabredet war, hatte keine Ahnung von seiner Glatze. Steve klagte auf Entschädigung wegen der erlittenen Demütigung.«

»Zehntausend plus lebenslange Gratisdesserts«, sagte Steve.

Ein Ober brachte ein Medley tropischer Eiscremegenüsse. Guava, Mango und Papaya. Steve erzählte von Rechtsfällen aus dem Hotel- und Gaststättengewerbe. Von der Klage gegen eine rufschädigende Eintragung in einem Gourmetführer: Der

Autor hatte eine Speise als »Kalbsmedaillon à la Beulenpest« beschrieben. Auch die Anekdoten über den zweihundert Kilo schweren Gast, der sich verletzt hatte, weil der Stuhl unter ihm zusammengebrochen war, und über den unvorsichtigen Sushikoch, dessen Gäste eine seiner Fingerspitzen auf ihrem Reisröllchen fanden, ließ er nicht aus.

Junior lachte an den richtigen Stellen und zeigte dabei seine Grübchen und sein gespaltenes Kinn.

Auch bei der folgenden Diskussion über das Rechtssystem im Allgemeinen war Steve in seinem Element. Er bezeichnete die Strafverteidiger als letzte Instanz, die dem Bürger noch gegen Konzerne, inkompetente Ärzte und Versicherungsgesellschaften zur Seite stand. Lexy und Rexy teilten sich einstweilen eine Obstplatte und schälten, um Kalorien zu sparen, die Trauben. Steve erklärte die Versicherungskonzerne zu kriminellen Vereinigungen und ihre Agenten zu Gesandten des Teufels, weil sie einfachen Versicherten die ihnen zustehenden Leistungen verweigerten und Geschädigte auf mieseste Art und Weise um ihren Schadensausgleich prellten. Dabei trieben eben diese Agenten die Spesenkosten in astronomische Höhen, indem sie bei so genannten Geschäftsessen kiloweise Filetspitzen vertilgten, während sie über Versicherungsbetrüger und lästige Musterprozesse lamentierten, durch die Bauarbeitern, denen eine Betonmischmaschine den Arm abgerissen hatte, zu ihrem Recht verholfen werden sollte.

»Was die Versicherungsgesellschaften angeht, gebe ich Ihnen Recht«, sagte Junior. »Sie glauben gar nicht, wie schwer es war, Policen für Oceania zu bekommen.«

»Das kann ich mir vorstellen«, sagte Victoria. »Wie hoch ist eigentlich die Deckungssumme? Hundert Millionen Dollar?«

»Dreihundert Millionen«, sagte Junior.

Steve stieß einen leisen Pfiff aus.

Lexy und Rexy langweilte das Gespräch der Erwachsenen. Sie zwickten sich gegenseitig auf der Suche nach Resten von Fettgewebe in die Oberarme. Vermutlich hätten sie auf einem chinesischen Essstäbchen mehr Fett gefunden.

»Bei welcher Versicherung sind Sie denn gelandet?«, fragte Steve.

Junior strich sich übers Kinn, und Steve hätte gern gewusst, ob sich in der tiefen Spalte gelegentlich Essensreste verfingen.

»Bei einem ausländischen Konsortium«, antwortete Junior nach einiger Bedenkzeit.

»Bei Lloyd's of London?«

Wieder eine Pause, wieder der Griff ans Kinn. »Nein. Die Gesellschaft sitzt auf den Bermudas.«

»Wir haben schon mal eine Versicherung mit Sitz auf den Bermudas verklagt. Wie hieß die doch gleich?«, fragte Victoria.

»Pitts Bay Risikomanagement«, sagte Steve. Dabei ließ er Junior nicht aus den Augen. »Es ging um einen Apartmentkomplex in Sarasota, bei dem gegen sämtliche Sicherheitsbestimmungen verstoßen wurde.«

Steve wartete darauf, dass Junior sagen würde: *»Und genau bei der Gesellschaft sind wir jetzt versichert.«* Oder aber: *»Die Versicherung kenne ich nicht. Wir sind bei Hamilton Ltd.«*

Doch nach kurzem Zögern erklärte Junior: »Mir fällt gerade ein, dass der Deal mit der Firma auf den Bermudas doch nicht zustande kam. Fündig wurden wir schließlich im asiatischen Raum.«

»Für Großprojekte ist die Trans-Global aus Singapur erste Wahl«, sagte Steve. Bildete er sich das ein, oder hatte der drittbeste Free-Diver der Welt plötzlich Probleme, seinem Blick standzuhalten?

»Ja, ich glaube, so heißt das Unternehmen«, sagte Junior. »Wir sind bei der Trans-Global.«

Junior ließ sich einen zweiten Verdauungsbrandy einschenken – einen vierzigjährigen Montifaud, fünfundvierzig Dollar das Glas – und murmelte etwas von maskulinem Holzaroma. Als sein Handy klingelte, schien er geradezu erleichtert. Er entschuldigte sich und verließ den Tisch. Einen Augenblick später präsentierte der Ober in einem dicken Lederordner die Rechnung. Er platzierte das beachtliche Päckchen direkt vor Steve, der seinerseits versuchte, es an Juniors Platz zu schieben. Doch Victoria verhinderte das Manöver mit der Reaktionsgeschwindigkeit eines Hockeytorwarts. Listig lächelnd schob sie die Rechnung wieder Steve zu. Er warf einen vorsichtigen Blick darauf, sah eine vierstellige Zahl und stieß einen Laut aus, als stecke ihm ein Hühnerknochen quer im Hals. Dann knallte er den Lederordner zu.

»Wie konnte dein Traumschiff mir einfach die Rechnung überlassen?«, maulte Steve.

»Nimm doch eine zweite Hypothek auf dein Haus auf«, gab Victoria zurück.

Umweht von einer warmen Brise standen sie vor dem Restaurant und warteten auf Steves Wagen. Juniors silberfarbener Hummer war als Erstes gebracht worden. Er hatte Victoria auf die Wange geküsst, Steve kameradschaftlich auf die Schulter geklopft und war dann mit zwei schnatternden Blondinen an Bord nach Norden auf den Ponce de Leon Boulevard abgebogen.

Die Idee, dass Junior Lexy und Rexy zu ihrem Apartment in South Beach chauffieren könnte, stammte von Steve. Schließlich wohnte Junior ganz in der Nähe im Astor. Victoria durchschaute Steve sofort. Er versuchte, Junior zu verkuppeln. Zumindest für eine Nacht. Die beiden blonden Models würden ihm dann brühwarm berichten, wie das Mitternachtssandwich auf ihrer Spielwiese mit Meerblick im zehnten Stock gelaufen war.

Steves lächerliche Kriegslist ärgerte Victoria viel weniger als die Tatsache, dass er ihre Dinnerverabredung aufgemischt hatte. In dem Augenblick, als er mit seiner langbeinigen Kavallerie den Tisch stürmte, war Junior gerade dabei gewesen, ihr etwas Wichtiges anzuvertrauen.

»Ist es nicht seltsam«, sagte Steve, »wie ausweichend Junior auf meine Frage nach der Versicherungsgesellschaft geantwortet hat?«

»Ach was. Mit lästigen Details gibt er sich eben nicht gern ab.«

»Eine Dreihundertmillionen-Dollar-Police ist kein lästiges Detail. Ohne Versicherung bekommt man für ein Großprojekt keine Kredite.«

»Wo ist das Problem? Du hast doch gehört, sie haben den Deal mit der Trans-Irgendwas-Gesellschaft gemacht.«

»Trans-Global.«

»Genau. Mit der Trans-Global aus Singapur.«

»Es gibt keine Trans-Global. Die habe ich erfunden, und Junior ist darauf reingefallen.«

Victoria blieb der Mund offen stehen. »Und was sollte dieser billige Trick?«

»Ich wollte sehen, ob Junior lügen würde. Und er hat es getan.«

»Er hat nur gesagt, was du hören wolltest, weil er das Thema unpassend fand. Wer will sich beim Abendessen schon über Versicherungen unterhalten?«

»Anwälte, die einen Mordfall bearbeiten.«

»Darum geht es doch gar nicht!« Victoria zeigte empört mit dem Finger auf Steve. »Du nimmst die ganze Sache persönlich. Was hast du überhaupt gegen Junior?«

»Vielleicht, dass er seine Tauchübungen gern ausdehnen würde, und zwar in deine ...«

»Werd jetzt bitte nicht vulgär. Sag mir einfach, worin deiner Meinung nach der Zusammenhang zwischen einer Versicherungspolice und dem Mord an Stubbs besteht.«

»Dazu fehlen mir noch einige Puzzleteile. Stubbs musste wegen Oceania dran glauben, und beim Thema Versicherungen nimmt Junior es mit der Wahrheit nicht so genau. Vielleicht ist das ja nicht die einzige Lüge.«

Achtzehn

Ich öle die Rutschbahn, Kleiner

»Bitte nennen Sie fürs Protokoll Ihren Namen«, sagte Steve.

»Peter Luber.« Der Medizinball in Nadelstreifen wandte sich der schwarzhaarigen Gerichtsschreiberin Sofia Hernandez zu, deren dreifarbige Nägel übers Keyboard der Stenomaschine klackerten. »Aber Sie dürfen mich Pinky nennen, Honey.«

Sofia verdrehte die Augen, blieb aber stumm. Dass Männer mit ihr flirteten, war sie gewohnt. Auch Steven M. Solomon Esq. machte da keine Ausnahme. Mit ihm hatte Sofia v.V. – vor Victoria – ein kleines Techtelmechtel gehabt.

»Ihre Adresse, Mr Luber?«, fragte Steve.

»Penthouse Eins-A, Belvedere Condos, Bel Harbour.«

»Und Ihre Geschäftsadresse?«

»Ist der Fahrersitz meines Lincoln, *boychik*.«

»Sie haben kein Büro?«

»Wenigstens stinkt es in meinem Wagen nicht nach Müllkippe.«

Pinky schnüffelte und zog eine Grimasse. Sie saßen in der Solomon & Lord-Suite, wenn man das Loch im Obergeschoss so nennen konnte, in dem es nach verrottender Papaya aus dem Müllcontainer unten in der Gasse müffelte. Steve nahm Lubers Aussage für das Verfahren auf, mit dem er Herberts Wiederzulassung als Anwalt erstreiten wollte.

»Beschränken Sie sich bitte auf die Beantwortung meiner Fragen«, versetzte Steve.

Pinky Luber kaute auf seiner kalten Zigarre herum und starrte ihn an. Es passte ihm nicht, dass er eine Vorladung erhalten hatte und schwören musste, die Wahrheit zu sagen. Aber noch viel weniger gefiel ihm, dass in seiner Vergangenheit herumgestochert wurde. »Bringen wir dieses Kasperltheater endlich hinter uns. Sonst verpasse ich das erste Rennen.«

»Welcher Beschäftigung gehen Sie nach, Mr Luber?«

»Ich bin Berater.«

Luber wusste aus seiner Erfahrung als Staatsanwalt, dass ein kluger Zeuge so knapp wie möglich antwortete. Ein Satz war besser als ein ganzer Absatz, ein Wort besser als zwei.

»Könnten Sie das etwas näher ausführen?«, fragte Steve.

»Nein.«

Steve verstand Lubers Botschaft. Lieber eine Wurzelbehandlung beim Zahnarzt als eine Befragung dieser Art. Wahrscheinlich war es leichter, auf natürlichem Wege Gallensteine auszuscheiden, als den Kerl zu einer Erklärung zu bewegen.

»Nennen Sie mir die Namen Ihrer Klienten.«

Luber schüttelte den Kopf. »Die sind vertraulich.«

Auch Steve hatte eine Botschaft. Er würde alles tun, um Luber geschäftlich zu schaden. Ohne Zulassung konnte Luber zwar nicht mehr als Anwalt praktizieren, doch in den Besprechungszimmern des Rathauses und diverser Behörden ließ sich noch viel mehr Geld verdienen. Suchte jemand nach Geschäftsräumen in Hafennähe, sei es für eine Autovermietung, ein Souvenirgeschäft oder einen Brezelstand, und scheute er den endlosen Papierkrieg, so wandte er sich an Pinky Luber, der dann seine Beziehungen spielen ließ.

»Genau genommen, Mr Luber, sind Sie ein professioneller Strippenzieher. Habe ich Recht?«

»Ich habe mich bereits geäußert. Ich bin Berater.«

»Sie kennen viele Regierungsbeamte.«

»Im Laufe der Zeit ergibt sich das.«

»Und mit einigen kommunalen Größen, Behördenchefs und Richtern sind Sie befreundet.«

»Ja. Manche schicken mir zu Hanukkah sogar Karten.«

»Keine falsche Bescheidenheit, Mr Luber. Sagen wir, ich möchte entlang der I-95 Werbetafeln aufstellen. Würde ich Sie im Vorfeld um Hilfe bitten?«

»Wenn du schlau wärest, schon. Aber das bist du nicht.«

»Und was würden Sie tun, um mir zu meinen Werbetafeln zu verhelfen?«

»Ich würde dich mit ein paar Leuten aus der Stadt bekannt machen und hoffen, dass sich alle ineinander verlieben.«

»Dann könnte man Sie also als Kuppler bezeichnen?«

»Ich öle nur die Rutschbahn, Kleiner.«

»Machen Sie das hin und wieder auch im Bezirksgericht? Oder wenn es um die Vergabe öffentlicher Bauvorhaben geht?«

»Das ist kalter Kaffee. Ich habe meine Strafe abgesessen.«

In diesem Augenblick wurde die Tür aufgestoßen. Herbert Solomon schlurfte herein. Seine Flip-Flops schmatzten bei jedem Schritt.

»Cessante causa cessat et effetus!« Herbert klang wie ein römischer Senator, sah aber in den farbverschmierten abgeschnittenen Jeans und einem mit Bougainvilleablüten bedruckten Aloha-Hemd aus wie ein Strandfreak. »Halt ein und beende dein Tun, Sohn!«

»Bist du betrunken, Dad?«, fragte Steve.

»Ich entlasse dich als meinen Anwalt.« Herbert nickte Luber zu. »Du siehst gut aus, Pinky.«

»Und du wie ein Penner aus Honolulu«, antwortete Luber.

»Hast du mich verstanden, Sohn?«, fragte Herbert. »Ich schmeiß dich raus und beende die Befragung.«

»Du kannst mich nicht feuern«, gab Steve zurück. »Dafür hättest du mich erst mal engagieren müssen.«

»In meinem eigenen verdammten Fall bestimme ich, wo es lang geht.«

»Ich habe den Wiederzulassungsantrag nach den allgemeinen Statuten für privat praktizierende Anwälte gestellt. Du tauchst darin als betroffene Partei gar nicht auf. Hier geht es einzig und allein um die Interessen der Bürger Floridas.«

»Du schlüpfriger Hund«, sagte Herbert. »Glaubst du wirklich, du kommst damit durch?«

»Ich folge nur deinem Beispiel. Hast du nicht mal auf diese Weise eine Scheinfirma verklagt und auffliegen lassen?«

»Dass die Idee nicht von dir selbst ist, hätte ich mir denken können.« Herbert wandte sich wieder an Luber. »Pinky, verdammt, wie geht es dir?«

»Himmel, Dad, der Kerl hat dich in den Arsch gefickt!«

»Schreibt man gefickt mit ck?«, fragte Sofia Hernandez.

»Das streichen wir aus dem Protokoll, Süße«, sagte Herbert. Sofia riss die Hände von der Tastatur wie ein Pianist am Ende eines Konzerts.

»Was ins Protokoll kommt, bestimme immer noch ich«, protestierte Steve.

»Also rein oder raus?«, fragte Sofia.

»Raus«, sagte Steve. »Aber nur, weil *ich* es angeordnet habe.«

Sofia zuckte die Achseln und kramte aus ihrer Handtasche eine Nagelfeile hervor.

»Dank Nitro bin ich noch am Leben, Herb.« Luber tätschelte seine Brust. »Dann muss ich noch Nexium nehmen, gegen Sodbrennen, und gegen die Arthritis eine ganze Hand voll Pillen. Und wie sieht's bei dir aus?«

»Mir geht's gut, Pinky. Kein Grund zur Klage.«

»Wie ich deinem Jungen schon sagte: Du bist ohne den Stress in der Stadt viel besser dran. Aber der Klugscheißer hört nicht auf mich.«

»Besser ein Klugscheißer als ein alter Furzer«, gab Steve zurück.

»Steve war schon immer ein schwieriger Fall«, räumte Herbert ein.

»Was soll das, Dad?«

»Pinky und ich sind alte Kumpels.«

Steve wollte seinen Ohren nicht trauen. Hier saß der Kerl, dem sein Vater das Ende seiner Karriere verdankte, und die beiden benahmen sich wie gute Freunde. Fehlte nur noch, dass sie sich gegenseitig die Fotos ihrer Enkel zeigten.

»Ich habe unter deinem alten Herrn als Richter siebzehn Prozesse am Stück gewonnen«, sagte Luber.

»Ja, ich weiß«, sagte Steve. »Eine Erfolgsserie. Genau wie bei den Dolphins.«

»Aber wie man so schön sagt: Die Erinnerung an einen Misserfolg sitzt tiefer. Die letzte Jury vor meinen Siegen vergesse ich nie. Die Geschworenen müssen direkt von einer Bürgerrechtsversammlung ins Gericht gekommen sein.« Pinky stieß ein bellendes Lachen aus und wabbelte dabei wie ein Berg Götterspeise. »Lauter Schwarze aus Liberty City und Juden aus Aventura.«

»So was kommt vor«, sagte Herbert. »Mal hat man Glück, mal hat man Pech.«

»Diese Leute hätten einen Massenmörder nicht mal wegen Erregung öffentlichen Ärgernisses verurteilt.« Luber wandte sich an Steve. »Es ist doch so, Kleiner: Die Geschworenen können tun und lassen, was sie wollen. Ich erinnere mich an einen Prozess, in dem alle in Jeans und Turnschuhen auftauchten. Hinterher stand im *Herald*, die Zeiten hätten sich geändert. Früher hätten die männlichen Geschworenen Anzüge und Krawatten getragen und die Frauen Kleider oder hübsche Röcke. Dein Vater hatte diesen Leuten zwar gesagt, sie dürften unter keinen Umständen während des Verfahrens Zeitung lesen. Aber am Tag, nachdem der Artikel im *Herald* erschien ...«

»Tauchten sämtliche Männer in Anzügen und die Frauen in Kleidern auf«, sagte Herbert. »Sahen aus, als wollten sie zur Kirche gehen.«

»Und was lernen wir daraus, Kleiner?«, fragte Luber.

»Spar dir das Gesülze, Pinky«, sagte Steve.

»Trau niemals einer Jury. Das sage ich aus Erfahrung.«

»Heißt das, du glaubst nicht an unser Rechtssystem, Luber?«

»Willst du vielleicht von Leuten verurteilt werden, die eigentlich keine Lust auf den Job als Geschworene haben, aber zu blöd sind, um sich davon befreien zu lassen?«

»Siehst du das auch so, Dad?«, fragte Steve angriffslustig.

»Über diese Dinge denke ich nicht mehr nach.«

»Verdammt, was hatten wir für Fälle«, sagte Luber.

»Wir?« Steve schüttelte den Kopf. »Ihr beide wart doch keine Partner!«

Herbert starrte stumm aus dem Fenster.

»Erinnerst du dich noch an den Schlächter vom Autostrich?«, bohrte Luber.

Herbert blieb ihm die Antwort schuldig, doch Luber schwadronierte unverdrossen weiter. »Ich war auf dem Höhepunkt meiner Karriere. Für die Entscheidung, den Arsch dieses Typen zu rösten, brauchte die Jury nur siebenunddreißig Minuten. Ist dieser Rekord noch immer ungebrochen, Herb?«

»Woher soll ich das wissen?« Herbert starrte weiterhin aus dem Fenster.

Steve hätte gern gewusst, was mit ihm los war. Im ersten Augenblick hatte es ausgesehen, als freue sich Herb tatsächlich, den rosigen Bastard wiederzusehen. Das war an sich schon seltsam genug. Doch seit Luber mit den alten Geschichten begonnen hatte, war die Laune seines alten Herrn in den Keller gestürzt.

Welche geheimen Botschaften sendet Pinky aus?

Herbert wandte sich um und starrte die beiden Männer an. »Hast du noch Fragen an Pinky, Sohn? Dann stell sie. Bringen wir die Sache hinter uns.«

»Schön«, sagte Steve. »Sofia, zurück zum Protokoll.«

Sofia streckte die Arme erst über den Kopf, dann hinter ihren Rücken, sodass ihre Brüste den Stoff der dünnen Seidenbluse spannten. Alle drei Männer, der junge Klugscheißer ebenso wie die alten Furzer, sahen genau hin. Lächelnd krümmte Sofia die Finger über der Tastatur und wartete.

»Mussten Sie schon einmal vor einem Untersuchungsausschuss aussagen, Mr Luber?«, fragt Steve wieder im formalen Anwaltston.

»Ja.«

»Haben Sie ausgesagt, dass Herbert Solomon für die Umwandlung landwirtschaftlicher Nutzflächen in Bauland Bestechungsgelder angenommen hat?«

»Ich möchte nicht deine Zeit verschwenden, Kleiner«, sagte Luber. »Falls du glaubst, dass ich hier wiederhole, was ich über Herb gesagt habe, täuschst du dich.«

»Sie rücken also nicht von Ihren Lügen ab?«

»Du kannst genauso gut gegen eine Betonwand rennen, Kumpel.«

»Kümmre dich wieder um deinen Mordfall, Sohn, und vergiss diese Sache hier, okay?«, bat Herbert.

»Ich habe dem Kleinen meine Hilfe angeboten«, klagte Luber. »Und dafür behandelt er mich jetzt so.«

»Auf deine Hilfe verzichte ich«, sagte Steve.

»Ich gebe dir trotzdem einen Tipp. Folge dem grünen Pfad.«

Steve machte ein verdutztes Gesicht.

»Der Spur des Geldes, Kleiner. Hal Griffin hatte hunderttausend in bar an Bord, und die Cops haben, nachdem Stubbs abgekratzt war, in dessen Hotelzimmer noch mal vierzigtausend gefunden. Aber bei Oceania geht es um Hunderte Millionen. Wenn also hundertvierzigtausend irgendwo rumflattern, muss es noch mehr Geld geben. Finde raus, wer die Rutschbahnen ölt, Kleiner. Such nach dem Geld, Sohnemann.«

Neunzehn

Lords Gesetz

»Nicht schuldig!«, verkündete Hal Griffin mit fester, klarer Stimme, wie Victoria es mit ihm abgesprochen hatte. Sie standen vor Richter Clyde Feathers in einem Saal im dritten Stock des Monroe-County-Gerichts, drei Querstraßen vom Hafen von Key West entfernt. Weil Steve in Miami mit dem Verfahren seines Vaters beschäftigt war, befand sich nur Victoria mit Griffin bei der Anklageerhebung. Endlich konnte sie einmal tun, was sie für richtig hielt, ohne dass ihr jemand dazwischen funkte.

Steves Vorschlag, Griffin im Rhythmus von Martin Luther Kings berühmter »Free at last!«-Rede intonieren zu lassen: »Nicht schuldig, nicht schuldig. Dank sei Gott dem Allmächtigen, ich bin nicht schuldig!«, hatte Victoria ignoriert. Viel zu melodramatisch für ihren Geschmack.

In letzter Zeit experimentierte Steve gern mit kreativen Unschuldsbekenntnissen. Er meinte, deren Einfluss auf die Medien und die Geschworenen sei nicht zu unterschätzen. »Unschuldig und rein wie frischer, weißer Schnee« hatte sich allerdings für einen Kokaindealer als besonders ungünstige Wahl erwiesen.

Aber ist Onkel Grif tatsächlich unschuldig?

Seit zwei Tagen folgte Victoria nun auf Steves Rat hin dem »grünen Pfad«, und ihr gefiel ganz und gar nicht, wohin er sie führte. Im Grundbuchamt des Distrikts hatte sie muffige Kladden aus den Regalen des Archivs gezerrt, sich dabei zwei Fingernägel abgebrochen und stundenlang über den Immobilienverzeichnissen gebrütet. Inzwischen wusste sie, dass Onkel

Grif ihr einiges verschwiegen hatte. Sobald sie wieder im Hotel waren, würde sie ihn damit konfrontieren.

»Verdammt, Onkel Grif. Du musst ehrlich zu mir sein. Wenn du lügst, kann ich dir nicht helfen.«

Den ganzen Morgen gab sie sich schon die größte Mühe, Griffin nicht merken zu lassen, wie enttäuscht sie von ihm war, denn er musste vor Gericht selbstbewusst und entspannt wirken. Victoria war mit dem dunklen Zweireiher, den er trug, nicht zufrieden. Er sah darin würdevoll, seriös und wohlhabend aus. Gleichzeitig aber machte der Anzug Griffins Brust noch breiter – zu kräftig und zu stattlich. Wenn er zum ersten Mal den Geschworenen gegenübertrat, musste er unbedingt etwas anziehen, was ihn schlanker wirken ließ.

Auch Victoria hatte sich für ein zweireihiges Kostüm entschieden, und zwar in hellem Flieder, von Dolce & Gabbana, mit einem extrabreiten Kragen, schmal geschnittenem Oberteil und eng anliegendem Rock. Dass der Sommerwollstoff mit geringem Elasthananteil ihre Hüften betonte, konnte sie sich leisten. Sie brauchte keine optischen Schlankmacher. Ihre schwarze, mit Wildleder gefütterte Bottega-Veneta-Webleder-Handtasche hatte die Größe eines Wanderrucksacks und bot genügend Platz für Akten und Make-up. Wie hatte Sarah Jessica Parker in *Sex and the City* gesagt?

»Für Frauen sind Handtaschen wie Bälle für Männer. Wer ohne sie das Haus verlässt, fühlt sich nackt.«

Gut beobachtet, Süße.

Richter Feathers klärte die üblichen Formalitäten. Victoria verzichtete auf die Verlesung der Anklageschrift. Dann wurden die Kalender gezückt, der Richter setzte einen Termin für das Ende der Beweisfindung und legte den Prozessbeginn fest. Anschließend verkündete er, die Kaution betrage eine Million Dollar. Kein Problem. Auf diese Summe hatte man sich bereits im Vorfeld geeinigt und alles Nötige in die Wege geleitet. Griffin würde das Gericht verlassen, ohne in einen demütigenden orangefarbenen Overall mit Monroe-County-Gefängnis-Logo gesteckt zu werden ... zumindest heute.

Als Victoria die Tür des Gerichtssaals öffnete, hatte sie das Gefühl, vor einer Wand aus schwülheißer Luft zu stehen. Wie ein Balkon führte ein offener Gang zu den Aufzügen. Kameras klickten und Fragen wurden gerufen, während Victoria Griffin durch das kreischende, sabbernde Pack von Hyänen und Schakalen – auch Journalisten genannt – schob.

»Wird es einen Deal geben?«, schrie ein Reporter.

»Wie lautet die Verteidigungsstrategie?«, wollte ein anderer wissen.

»Warum hast du's getan, Griffin?«, rief ein besonders ungehobelter Vertreter seiner Zunft.

»Ihre Fragen beantwortet meine Anwältin für mich«, sagte Griffin würdevoll.

Victoria setzte ihr telegenstes Anwaltsgesicht auf – zuversichtlich, aber nicht zu siegesgewiss. »Unserer festen Überzeugung nach werden die Geschworenen zu dem Schluss kommen, dass wir es mit einem tragischen Unfall zu tun haben.«

Tragischer Unfall.

Das Schlagwort stammte von Steve, und er wollte, dass Victoria es so oft wie möglich wiederholte. *»Das ist unser Motto. Wir hämmern es der Öffentlichkeit ein, und zwar unablässig und zu unseren Gunsten«*, hatte er gesagt.

Schön, sie musste zugeben, Steve hatte mit dieser Technik eine ganze Anzahl von Prozessen gewonnen.

Folgenschwere Verwechslung.

Schlampige Polizeiarbeit.

Notwehr.

Und diesmal: *tragischer Unfall.* Am einfachsten wäre es

gewesen, Onkel Grif sagen zu lassen, er habe Stubbs die Harpune gezeigt, und dabei hätte sich aus unerfindlichen Gründen ein Schuss gelöst. Aber Griffin beharrte auf seiner Story: Er stand auf der Brücke und Stubbs reagierte nicht auf die Sprechanlage. Deshalb schaltete er die Steuerung auf Automatik, kletterte die Leiter hinab und fand den Mann – mit dem Speer in der Brust. Das bedeutete, Victoria musste die Jury davon überzeugen, dass Stubbs mit der Harpune hantiert und sich dabei unabsichtlich selbst verletzt hatte.

Für die Glaubwürdigkeit dieser Theorie war der Eintrittswinkel des Geschosses ausschlaggebend. Bislang hatte Victoria mit zwei Experten gesprochen: Einer war Professor für Biomechanik an der Georgia Tech, der andere Sicherheitsingenieur bei einer privaten Firma. Der Professor sagte, die Unfalltheorie sei *»nach den Gesetzen biomechanischer Wahrscheinlichkeit nicht zweifellos beweis- oder widerlegbar«*, und der Ingenieur meinte, die Ergebnisse seiner Tests seinen ebenso uneindeutig. Vor Gericht brachte sie das nicht weiter. Victoria hatte noch einen weiteren Professor an der Hand, einen Experten für menschliches Versagen von der Columbia University. Aber sein Gutachten stand noch aus.

Steve spielte mit dem Gedanken, den Gerichtssaal mit einer geladenen Harpune zu betreten und sich selbst in die Brust zu schießen. Natürlich wollte er dabei eine Kevlarweste tragen. Bei der Probe in seinem Büro flog der Speer aus dem Fenster auf den gegenüberliegenden Balkon, wo die jamaikanische Steel Band Hühnchen grillte und Gras rauchte. Victoria war überzeugt, dass es ihrer Sache nicht förderlich sein würde, wenn Steve einen Geschworenen durchbohrte.

Jetzt führte sie Griffin am Ellbogen zum Aufzug. Es war seltsam, die Rollen so umzukehren. Victoria erinnerte sich noch gut daran, wie Onkel Grif vor vielen Jahren schützend die Hand um *ihren* Arm gelegt und sie durch die Menschenmenge in Disney World geführt hatte. Diesmal war *sie* die Beschützerin. Nur sie stand zwischen Onkel Grif und einer lebenslangen Gefängnisstrafe. Zumindest im Augenblick. Sobald der Prozess begann, würde Steve ihr diese Position sicher streitig machen.

Victoria genoss das Rampenlicht und die Aufmerksamkeit der Medien. Erstaunlich, wie viel Respekt ein vielbeachteter Mordprozess einer Anwältin innerhalb kürzester Zeit verschaffte. Besonders wenn sie selbstständig die Verteidigung übernahm. Kein Wunder, dass Steve stets versuchte, das Ruder an sich zu reißen. Aber diesmal wurde nach ihren Regeln gespielt. Nach Lords Gesetz.

»Entscheide dich, Steve. Du kannst mir die Führung überlassen oder im Zuschauerraum Platz nehmen.«

»Kein Problem. Du bist der Boss. Das ist so abgesprochen.«

Dass Steve so schnell klein beigegeben hatte, machte Victoria stutzig. Sie hatte fast damit gerechnet, dass er plötzlich mit irgendeiner schlagzeilenträchtigen Aktion in den Saal platzen würde. Aber er war in Miami geblieben und ließ sie ihre fünfzehn Minuten im Rampenlicht allein auskosten.

»Ms Lord! Mr Griffin!«, schrie ein zerzauster junger Mann, den Victoria als Reporter des *Key West Citizen* erkannte. »Was ist auf dem Boot passiert?«

»Das wird in der Verhandlung ans Licht kommen.« Sie lächelte für die Kameras. Die üblichen Plattitüden, dachte sie dabei. Natürlich würde bei der Verhandlung etwas ans Licht kommen. Sie hätte nur gern gewusst, *was*.

»Bei der Beweisaufnahme«, fügte sie hinzu, »wird deutlich werden, dass Mr Stubbs' Tod ein tragischer Unfall war.«

Steve wäre stolz auf sie gewesen.

Inzwischen fiel ein feiner Nieselregen, und Victoria fürchtete um ihr Make-up. Das Gerichtsgebäude mit seinen offenen Gängen war eines jener für die Subtropen typischen Bauwerke, in denen man sich einen Sonnenbrand holen oder nassgeregnet werden konnte, obwohl man sich eigentlich gar nicht im Freien befand.

Unten in der Lobby gingen sie an einem Wandgemälde vorbei. Es zeigte eine Spanische Galleone und einen Sandstrand, auf dem die Besatzung gegen karibische Piraten focht. Ziemlich ungewöhnlich für ein Gerichtsgebäude, fand Victoria. Mit dem Bild wurde der gar nicht allzu weit zurückliegenden gesetzlosen Vergangenheit der Insel ein Denkmal gesetzt.

»Augenblick, Ms Lord!«, kreischte ein Fotograf und richtete die Kamera auf sie.

»Nein, hierher, Ms Lord!«, brüllte ein anderer.

»Wird Griffin aussagen?«, schrie ein Mann in schmutzigen Jeans und einem Feinrippachselhemd.

Auch hier hatten sie sich versammelt, verstopften die Eingangshalle und krabbelten übereinander wie Kakerlaken. Ein lästiger, lauter und wilder Haufen. Doch Victoria fühlte sich fast wie ein Star auf dem roten Teppich. Es war wohl Zeit, sich an diese Art von Aufmerksamkeit zu gewöhnen. Das Rampenlicht leuchtete hell, aber nur auf eine Person.

Eine Anwältin, die sich mit einem aufsehenerregenden Mordfall einen Namen machen wollte, musste der Hitze der Scheinwerfer eben allein standhalten. Und sie brauchte dringend wasserfestes Make-up.

Solomons Gesetz

§ 6 Ein Mandant, der seinen Anwalt belügt, ist wie ein Ehepartner, der fremdgeht. Meist bleibt es nicht bei einem Mal.

Zwanzig

Die Spur des Geldes

Zehn Minuten und eine Fahrt in einem pinkfarbenen Taxi später befanden sich Victoria und Griffin im Einsatzzentrum, Victorias Suite im Pier House. Dort gab es einen Konferenztisch, Ledersessel, ein Rattansofa und an den Wänden Drucke von Segelschiffen. Der Raum war voller Requisiten für die Prozessvorbereitung. Auf dem Fußboden stapelten sich Pappkartons mit Büchern und Ordnern, Dokumente aller Art waren auf dem Tisch verstreut. Auf dem Sideboard stand ein Modell der *Force Majeure*.

Victoria streifte ihre hochhackigen Pumps ab, ließ Eiswürfel in ein Glas fallen, goss Mineralwasser darüber und bereitete sich innerlich darauf vor, mit ihrem Mandanten Klartext zu sprechen. »Also. Woher hatte Stubbs vierzigtausend Dollar in bar?«, fragte sie als Erstes.

»Wie ich schon sagte, Prinzessin: Ich habe keine Ahnung.«

»Der Staatsanwalt wird behaupten, du hättest dir damit ein positives Umweltgutachten erkauft.«

»Dann soll er das beweisen.«

»Er kann sich Einblick in deine Kontenbewegungen verschaffen.«

»Viel Glück.«

»Was soll das heißen?«

»Ich habe in einem Dutzend verschiedener Länder gelebt. Nicht einmal ich selbst weiß genau, wo ich überall Geld liegen habe.«

Victoria fragte sich, wie sie an Griffin herankommen sollte. Wenn sie ihm sagte, was sie bereits wusste, würde er wahrscheinlich nicht viel Neues hinzufügen. War es besser, ihm allgemeine Fragen zu stellen? Würde sie dann mehr erfahren?

Draußen zogen Schlepper ein Kreuzfahrtschiff in den Hafen. Auf dem Hotelparkplatz standen drei TV-Übertragungswagen nebeneinander. Mit ihren langen Antennen sahen sie aus wie riesige Insekten. Victoria hegte die nicht ganz unbegründete Befürchtung, das jederzeit eine Kamera an einem Teleskoparm auf dem Balkon erscheinen und das Objektiv auf sie richten könnte.

»Du musst mir die Wahrheit sagen, Onkel Grif.«

»Das tue ich doch, Prinzessin.«

»Hast du Stubbs die vierzigtausend gegeben?«

»Nein. Das schwöre ich.«

Victoria atmete tief durch und entschied sich für eine Flucht nach vorn. »In den letzten beiden Tagen habe ich das Immobilienregister durchgearbeitet. Und weißt du, was ich herausgefunden habe?«

»Dass in den Everglades immer noch feuchtes Bauland verhökert wird?«

»Vor drei Monaten hat sich Stubbs ein Grundstück auf Key Largo gekauft. Für dreihunderttausend Dollar. In bar.«

Schweigen. Griffin saß mit undurchdringlicher Miene am Konferenztisch.

»Woher hatte Stubbs so viel Geld?«, fragte Victoria.

»Vielleicht beim Wetten gewonnen?«

»Es kam per Anweisung von einem Firmenkonto auf den Cayman Inseln und landete bei einem Treuhänder in Key Largo. Möchtest du raten, wie die Firma heißt, der das Konto gehört?«

»Du wirst es mir sicher gleich sagen.«

»Queen Investments, Limited.« Victoria beobachtete Griffin genau. Keine Reaktion. »Ungewöhnlicher Name, findest du nicht?«

»Die Caymans sind britisch. Vielleicht wollte jemand Königin Elizabeth Ehre erweisen.«

»Oder Königin Irene?«

»Deiner Mutter?« Griffin lachte, doch seine Heiterkeit wirkte aufgesetzt. »Worauf willst du hinaus, Prinzessin?«

»Ich habe nachgeforscht, Onkel Grif. Der einzige entscheidungsbefugte Teilhaber von Queen Investments bist du. Du hast Ben Stubbs das Geld zukommen lassen.«

Griffin grunzte, stand auf und ging zum Fenster. Draußen wurde das Kreuzfahrtschiff am Dock vertäut, an der Reling standen Hunderte Passagiere. »Gute Arbeit, Prinzessin.«

»Warum hast du mir verschwiegen, dass du Stubbs bestochen hast?«

Griffin drehte sich zu ihr um und musterte sie, als wollte er herausfinden, was sie sonst noch wusste. Solche Blicke kannte Victoria bislang nur von den Zeugen der Anklage, nicht aber von ihren eigenen Mandanten.

»Du redest von Bestechung?«, sagte Griffin schließlich. »Ich würde es eher Erpressung nennen. Stubbs hat das Geld ganz dreist von mir verlangt.«

»Egal wie du es nennst, du hast mich angelogen.«

»Wenn du gewusst hättest, dass ich einen Regierungsbeamten gekauft habe, hättest du es mich dann vor Gericht abstreiten lassen?«

»Natürlich nicht. Das wäre unmoralisch.«

»Siehst du? Deshalb wollte ich dir von dem Geld nichts sagen. Ich wollte mir die Möglichkeit offen halten, diese Beschuldigung von mir zu weisen.«

»So geht das nicht. Alles, was ich herausgefunden habe, wird die Staatsanwaltschaft ebenfalls aufdecken. Nur die Wahrheit hilft uns weiter. Stubbs zu bestechen ist tausendmal besser, als ihn umzubringen. Vielleicht gewinnen wir damit sogar den Prozess.«

»Wie soll das gehen?«

»Wenn du den Mann gekauft hast, gab es für dich eigentlich keinen Grund, ihn zu töten. Du wusstest, dass sein Umweltgutachten zu deinen Gunsten ausfallen würde. Du hättest nur noch warten müssen, dass er es einreicht.«

»Heißt das, wir geben zu, dass ich Stubbs gekauft habe?«

»Das ist zwar ein bisschen unorthodox. Aber die Staatsanwaltschaft sucht nach einem Mordmotiv, und du hättest damit keines mehr.«

Victoria musste an Steve denken. Er liebte diese Art von Bungee-Sprung-Taktik.

»Theoretisch«, begann Griffin langsam, »könnten wir auch sagen, Stubbs wäre mit dem Grundstück auf Key Largo, einem kleinen Paradies für seinen Ruhestand, nicht zufrieden gewesen, obwohl er mir ständig damit in den Ohren gelegen hatte. Sagen wir, wir sitzen gemeinsam beim Abendessen, und der gierige Scheißkerl sagt: *›Du wirst mit Oceania Millionen scheffeln, Hal. Zehn, zwanzig, wahrscheinlich mehr. Aber ohne mich machst du keinen einzigen Cent.‹*«

Victoria legte die Stirn in Falten. Sie ahnte, wohin die Reise ging. »Wann könnte das passiert sein? Theoretisch, meine ich?«

»Eine Woche bevor wir mit der *Force Majeure* zu dir und Solomon fahren wollten. Stell dir vor, Stubbs sagt zwischen zwei Bissen gegrilltem Schnapper: *›Von jetzt an sind wir Partner, Hal. Ich will eine Million als Anzahlung und später fünf Prozent vom Casinogewinn.‹*« Griffin stieß ein schnaubendes Lachen aus. »Wie ein Mafioso aus Vegas. Diese Dumpfbacke hat zu viele Gangsterfilme gesehen. Hat keinen Schimmer, was es bedeutet, so ein Großprojekt auf die Beine zu stellen, und will mein Partner sein! Ich hätte ihm an Ort und Stelle den Schädel einschlagen können.«

»Bitte sag, dass du es nicht getan hast.«

Victoria sah ihren Fall auf den Grund des Golfs von Mexiko sinken.

»Ich sagte ihm, er soll sich verpissen. Aber ich habe ihn nicht angerührt. Weder bei diesem Abendessen noch später auf dem Boot. Es ist immer dasselbe, Prinzessin. Wenn die Leute einen solchen Berg Geld vor sich sehen, wollen sie etwas davon abbekommen. Irgendein Bezirksbeamter drohte sogar, er würde mir keine Hafenlizenz geben, wenn ich ihm nicht ein paar Scheine rüberschiebe. Ich sagte diesem Ganoven, dass ich gar keine verdammte Lizenz brauche. Leicester Robinson, der Typ mit den Lastkähnen, war bereit, ohne Anzahlung für mich zu arbeiten. Aber er wollte drei Punkte vom Umsatz. Drei Punkte! Wie reden diese Kerle eigentlich daher?«

»Eine Partnerschaft mit Robinson wäre legal. Immerhin ist er kein Regierungsbeamter.«

»Aber auch Robinson habe ich gesagt, dass er sich verpissen soll. Jetzt ist er froh, dass er den Auftrag doch noch bekommen hat und seine Unkosten abrechnen kann. Plus dreißig Prozent.«

»Ben Stubbs ...« Victoria wollte zum eigentlichen Thema zurück. »Was ist passiert, nachdem er versucht hat, dich zu erpressen und nachdem du ihm den Schädel einschlagen wolltest?«

»Ich habe mich wieder beruhigt und beschlossen, ihm ein Angebot zu machen. Am Tag vor unserem Bootstrip packe ich also hunderttausend in bar in eine Hummerfalle. Die ziehe ich bei unserem Ausflug aus dem Wasser und sage zu Stubbs: ›Da drin steckt der saftigste Hummer, den du je gesehen hast.‹ Er nimmt das Geld raus, und ich erkläre ihm, dass er für den Rest seines Lebens in jeder Hummerfangsaison hunderttausend kriegen wird. Ja, ich glaube, so ist es gewesen.«

»Und wie hat Stubbs reagiert? Schließlich wollte er eine Million.«

»Ich habe ihm ein festes jährliches Einkommen in Aussicht gestellt. Rechnen konnte er, also hat er angenommen.«

»Hast du jemandem erzählt, dass du Stubbs gekauft hast?«

»Nein.«

»Nicht mal Junior?« Falls Junior davon gewusst und ihr nichts gesagt hatte, würde das Folgen haben, dachte Victoria. Beruflich wie privat.

Griffin schüttelte den Kopf. »Ich wollte den Jungen da nicht mit reinziehen.«

»Glaubst du, Stubbs hat jemandem von eurem Deal erzählt?«

»Das ist eher unwahrscheinlich. Er war nicht verheiratet, ein ziemlicher Eigenbrödler. Und er brauchte für seine Arbeit keinen Komplizen.«

»Gibt es noch etwas, was ich über Stubbs wissen sollte?«

Griffin schien nachzudenken. Dann sagte er: »Letzte Woche wirkte er ziemlich nervös.«

»Nervös?«

»Ja, fast paranoid. Er benutzte nur noch Einweghandys, damit man seine Telefongespräche nicht zurückverfolgen konnte. Immer wenn ich mit ihm reden wollte, gab es Probleme, weil er schon wieder ein anderes Telefon hatte. Er benahm sich wie ein schreckhaftes Kaninchen.«

»Vielleicht hatte er mit Bestechung weniger Erfahrung als du.«

Griffin stieß ein bellendes Lachen aus. »Okay, Prinzessin. Du hast mich erwischt. Vielleicht haben mich die vielen Projekte auf den Inseln ein bisschen verdorben. Verdammt, in der Karibik musst du sämtliche Schwager eines Politikers auf die Gehaltsliste setzten, bevor du auch nur eine Schaufel Dreck bewegen kannst.«

Wie ein Astronaut in einer Raumkapsel hatte Victoria plötzlich das Gefühl, durch ein riesiges, dunkles und bedrohliches

Nichts zu treiben. Sie versuchte, den Schaden abzuschätzen. Falls die Cops in Stubbs' Hotelzimmer keine Checkliste mit geplanten Erledigungen fanden – *frühstücken; Bermudashorts kaufen; Hal Griffin unter Druck setzen* –, bestand die Chance, dass die Staatsanwaltschaft von Onkel Grifs Machenschaften nichts erfuhr, oder ihm zumindest nichts beweisen konnte.

Den Gedanken, Griffin in den Zeugenstand zu rufen, ließ Victoria allerdings schnellstens auf den Grund des tiefen blauen Ozeans sinken. Sie konnte ihn nicht unter Eid lügen lassen und schon gar kein Kreuzverhör riskieren, solange sie nicht wusste, was der Staatsanwalt gegen ihn in der Hand hatte.

»Gibt es sonst noch was? Bitte, Onkel Grif, sag mir, was du weißt.«

»Es gibt tatsächlich noch etwas, was mich stutzig macht.«

Du lieber Himmel. Nicht noch eine Hiobsbotschaft.

»Das Grundstück auf Key Largo und das Geld aus der Hummerfalle hatte Stubbs von mir. Nenn es, wie du willst – Bestechung oder Erpressung. Aber mit den vierzigtausend in Stubbs' Hotelzimmer habe ich nichts zu tun. Das ist die reine Wahrheit.«

»Aber woher hatte Stubbs das Geld?«

»Das wüsste ich auch gern.«

Victoria ging nicht davon aus, dass Griffin ihr eine weitere Lüge aufgetischt hatte. Wer zwei Fälle von Bestechung zugegeben hatte, konnte sich auch zu einem dritten bekennen. Die Sachlage war ohne jede Vorwarnung noch komplizierter geworden. Führte die Spur des Geldes zu einer dritten Person? Wer war der große Unbekannte? Durfte sie Onkel Grif überhaupt noch vertrauen?

»Ein Mandant, der seinen Anwalt belügt, ist wie ein Ehepartner, der fremdgeht. Meist bleibt es nicht bei einem Mal.«

Auch eines von Steves Gesetzen. Er hätte jetzt einen Rat

gewusst. Verworrene Fälle waren seine Stärke. Vielleicht weil er selbst lieber verschlungene Wege ging, anstatt einfach geradeaus zu marschieren.

»Und was jetzt, Prinzessin?«

Bevor Victoria antworten konnte, und bevor sie sich eingestanden hatte, dass sie Steve gern um Hilfe bitten würde, klopfte es an der Tür.

»Zimmerservice«, sagte eine weibliche Stimme mit spanischem Akzent.

»Wir haben nichts bestellt«, sagte Victoria laut und ging zur Tür.

»Suite zweihunderteinunddreißig«, beharrte die Frau. »Dreimal Champagner und Kaviar.«

»Das muss ein Irrtum sein.« Victoria öffnete die Doppeltür der Suite. Draußen stand »Evelia«, wie das Namensschild an der pinkfarbenen Uniform der jungen Frau verriet. Ihr Servierwagen war mit einem Eiskübel beladen, in dem eine Flasche Cristal lehnte. Daneben drei Gedecke und zwei abgedeckte Platten. In der Mitte stand eine Vase mit einer Lilie.

»Hier ist der Bestellzettel«, sagte Evelia. »Suite zweihunderteinunddreißig. Sehen Sie?«

Eine andere Frau rauschte an ihr vorbei ins Zimmer. »Selbstverständlich ist das die richtige Suite. Nicht übel ... aber ich hätte die Südostecke bevorzugt, wegen der Meerbrise.«

Die Frau bewegte sich sehr graziös. Sie war Ende fünfzig, wäre aber locker für vierzig durchgegangen. Die Art, wie sie ihr champagnerfarbenes Haar frisiert hatte, erinnerte Victoria an Prinzessin Gracia von Monaco. Zu einem taillierten pinkfarbenen Satinjäckchen trug die Frau einen langen Rock mit perlenbesticktem Saum. Ihr Handgelenk und die Hälfte ihres Unterarms wurden von einem John-Hardy-Armreif aus gehämmertem Gold umspannt. Für Key West um die Mittagszeit mochte dieser Look zwar förmlich sein – für einen großen Auftritt taugte er allemal.

Und die Queen liebte große Auftritte.

»Grif, ich hoffe, du magst Beluga noch«, säuselte Irene Lord.

»Jesus, Maria und Josef!« Griffins Züge gefroren zwischen einem Lächeln und einem Schlaganfall.

»Mutter!«, rief Victoria. »Ich dachte, du bist in Katmandu!«

»Dort war es so furchtbar kalt, Liebes.« Als wäre damit alles erklärt. Irene strich ihre Frisur zurecht. »Aber diese verdammte Schwüle! Daran werde ich mich nie gewöhnen.«

»Was tust du hier, Mutter?«

»Brauche ich einen Grund, um meine einzige Tochter und meinen ältesten Freund zu besuchen?«

»Irene, Irene«, seufzte Griffin. »Nach all den Jahren, nach all der Zeit ...«

Der arme Kerl sah aus wie in Trance.

»Wollt ihr beide noch lange hier rumstehen?«, fragte Irene. »Oder schenkt mir irgendwer ein Glas Champagner ein?«

Kaviar auf dem Teppich

»Irene, Irene«, stammelte Griffin abermals. »Du hast dich in den sechzehn Jahren gar nicht verändert.«

»Nimm das sofort zurück! Ich sehe *besser* aus als damals!« Irene ließ ein glockenhelles Lachen hören. Sie hob das Kinn, damit Griffin ihre feinen Züge und die seidige Haut ihrer Kehle bewundern konnte.

»Wie machst du das nur?« Griffin zog sie an sich.

»Gesunde Ernährung. Viel Bewegung. Und ein paar Stellen habe ich ein bisschen ausbeulen und frisch lackieren lassen.«

Von den brandneuen Teilen ganz zu schweigen, dachte Victoria. Irene hatte Teenagerbrüste und einen Kinderpopo.

»Du hast noch immer nicht gesagt, warum du gekommen bist, Mutter.«

»Grif sitzt in der Patsche, deshalb bin ich hier.«

Victoria hätte sie gern ins Verhör genommen. *»Tatsächlich? Wann haben Sie zum letzten Mal die Straßenseite gewechselt, um jemandem zu helfen? Wann sind Sie aus diesem Grund zum letzten Mal um die halbe Welt geflogen?«*

Victoria liebte ihre Mutter, war aber auch imstande, sie sehr distanziert und rational zu betrachten. Als Kind hatte sie sich manchmal gefühlt wie Van Cleef oder Arpel, Irenes schneeweiße Pudel. Bei Dinnerpartys hatte sie oft die Gäste unterhalten müssen. Der schimmernde Miniflügel diente als teure Requisite und Victoria als Statistin in dem Melodrama, zu dem ihre Mutter ihr Leben stilisierte.

»Etwas von Chopin, Prinzessin. Nocturne dreizehn vielleicht.«

Victorias talentiertes Klavierspiel, ihre Haltung und ihre guten Manieren, ja selbst ihr angenehmes Äußeres warfen ein noch strahlenderes Licht auf die Queen, deren Freunde das wohlgeratene Kind mit *Ahs* und *Ohs* bedachten.

»Es gibt nur Weißwein, meine Lieben«, hallte die Stimme ihrer Mutter aus der Vergangenheit nach.

Weil ihre Sofas und Teppiche so weiß waren wie Van Cleefs und Arpels Kuschelfell, kredenzte die Queen niemals Rotwein. Kein Wunder, dass Victoria als rebellischer Teenager eine Vorliebe für Chianti, Campari und Singapur Slings mit Grenadine entwickelt hatte. Kein Wunder, dass sie sich oft eine ganz normale Mutter gewünscht hatte, die Plätzchen backte, zu Elternabenden ging und noch andere Beschäftigungen kannte, als vierundzwanzig Stunden am Tag königlich auszusehen. Auch jetzt als Erwachsene hätte Victoria gern eine innigere Beziehung zu ihrer Mutter gehabt. Doch Irene verteilte lieber Bussis als feste Umarmungen. Und wie sollte man eine Frau an sich drücken, die in ständiger Sorge lebte, ihr Make-up könne verwischen?

»So viele Jahre«, murmelte Griffin erneut.

»Verzeih mir, Grif«, sagte Irene. »Ich hätte deine Briefe und Anrufe beantworten sollen, aber nachdem Nelson gestorben war …«

»Ich weiß.« Sie lösten sich voneinander, doch Griffin ließ eine Hand auf Irenes Rücken liegen, als wollte er mit ihr Foxtrott tanzen. »Du hättest meine Hilfe trotzdem annehmen sollen.«

»Es schien mir einfach nicht richtig, Grif. Sicher, das Geld hätte ich gut brauchen können. Aber …«

Die Queen sprach nicht weiter, und Victoria versuchte, sich die Tage nach dem Tod ihres Vaters in Erinnerung zu rufen. Ihre Mutter war über Nacht von einer umschwärmten Gastgeberin zur Unberührbaren geworden. Im La Gorce Country Club wurde gemunkelt, sie hätte mit ihrer Verschwendungssucht die Familie ruiniert. Nelson hatte sich geschäftlich in die Grauzonen der Legalität vorgewagt. Sie waren in einem Sumpf aus rechtlichen Problemen, Steuerschulden und akuter Finanznot versunken.

Stimmte das alles tatsächlich?

Die Queen schwieg sich darüber aus.

Onkel Grif und ihre Mutter sahen einander noch immer in die Augen. Victoria kam sich langsam vor wie ein ungeladener Gast auf einer Pärchenparty und hatte außerdem das seltsame Gefühl, die anderen Anwesenden nicht allzu gut zu kennen. Von den Erinnerungen, in denen die beiden nun offensichtlich schwelgten, hatte sie jedenfalls keinen Schimmer.

»Es tut mir so leid wegen Phyllis«, bemerkte Irene. »Bitte verzeih mir, dass ich dir das erst jetzt sage.«

»Danke, Irene. Sie hat viel von dir gehalten.«

Ein paar Minuten sprachen sie noch über die alten Zeiten, dann ließen sie sich nieder, tranken Champagner und häuften Kaviar, Eier und Zwiebeln auf hauchdünne Cracker. Irene hatte alles auf die Zimmerrechnung setzen lassen. Auf Victorias Zimmerrechnung.

In eine kurze Gesprächspause hinein flüsterte Irene: »Du hast diesen Kerl doch nicht wirklich auf dem Gewissen, Grif?«

»Natürlich nicht. Und die Prinzessin wird es beweisen. Sie ist großartig, Irene. So klug wie ihr Vater, so schön wie ihre Mutter.«

»Ich hoffe, sie hat sich nicht übernommen.«

»Mutter! Das ist nicht mein erster Mordfall.«

»Sicher. Aber bisher hast du immer irgendwelches Gesindel vertreten«, sagte Irene. »Grif gehört zur Familie. Für ihn ist das Beste gerade gut genug.«

»Keine Sorge«, sagte Griffin. »Victoria macht ihre Sache hervorragend. Ihr Partner übrigens auch.«

»Solomon?« Irene rümpfte ihre Nase, die sie sich für teures Geld zu einem feinen Bugspriet hatte modellieren lassen. »Auf seine Art ist er sicher sehr effektiv. Aber der Mann hat keine Klasse.« Sie nahm einen Schluck Champagner und fragte dann: »Wie geht es Junior? Victoria sagte, er hätte sich in eine wahre Augenweide verwandelt.«

»*Mutter*!«, tadelte Victoria. Es überraschte sie nicht, dass Irene das Gespräch so schnell von Steve auf den einzigen Jungen – inzwischen einzigen Mann – lenkte, der ihr für ihre Kleine gut genug war. Noch vor ein paar Monaten hatte Irene gesagt, es gäbe nur drei Dinge, die ihr Verstopfung verursachten: rohe Zwiebeln, Männer in Kunstfaserjogginganzügen und der Gedanke, Victoria könne Steve heiraten.

»Junior war das Geldverdienen nie besonders wichtig«, sagte Griffin. »Fürs Geschäft interessiert er sich erst seit ein paar Monaten, und schon kommen die Vorwürfe. Er meint, ich gäbe zu viel Geld aus und ginge zu viele Risiken ein.«

Irene legte den Kopf schief und rollte ihren Perlenohrstecker zwischen Daumen und Zeigefinger. »Ich weiß noch, wie wir vor Jahren zu sechst beim Dinner im Surf Club saßen. Junior muss etwa zehn gewesen sein und Victoria acht. Die beiden fütterten einander gegenseitig mit Krabbenfleisch. Mit kleinen Cocktailgabeln. Und einer von uns, ich glaube, es war Nelson, sagte, wie schön es wäre, wenn aus den Kindern eines Tages ein Paar würde.« Sie brach ab und hing einen Augenblick lang der Erinnerung nach. »Damals hofften wir alle auf eine Griffin-Lord-Hochzeit.«

»Pläne«, sagte Griffin. »Eins habe ich im Laufe meines Lebens gelernt: Die Hoffnungen der Menschen sind das Spielzeug Gottes«, bemerkte Griffin.

Irene seufzte. »Wie recht du hast, Grif.«

Victoria beschloss einzugreifen, bevor auch noch ihre Kindergartenfeste, die Masern, die Windpocken und ihre erste Periode zur Sprache kamen. »Mutter, Onkel Grif und ich müssen den Prozess vorbereiten. Könntest du vielleicht ...«

»Macht ruhig weiter. Lasst euch von mir nicht stören.« Irene leerte ihr Champagnerglas ein wenig zu schnell, goss sich ein zweites ein und fragte: »Und nun sagt schon, habt ihr beide auch über *moi* geredet?«

»Mutter, die Welt dreht sich nicht ausschließlich um dich.«

»Unvorstellbar.«

»Du musst jetzt gehen«, sagte Victoria. »Wir sprechen über den Fall, und du hast keine Schweigepflicht. Wenn Onkel Grif also etwas sagt ...«

»Herrje! Grif, sag meiner Tochter, dass sie mich nicht einfach vor die Tür setzen kann.«

»Ach, *Irene*«, sagte Griffin mit gespielter Verzweiflung.

»Komm mir nicht mit ›Ach, *Irene*‹.«

Wieder lachten die beiden, und Irenes Augen blitzten. Die Art, wie sie miteinander redeten, erinnerte Victoria an etwas. Nur woran? Es wollte ihr nicht einfallen.

Was führte ihre Mutter eigentlich im Schilde? Man hätte fast meinen können, sie flirte mit Onkel Grif. Aber Irene flirtete ununterbrochen. In den letzten fünfzehn Jahren hatte es in ihrem Leben zahllose Männer gegeben. Betuchte Witwer und frisch geschiedene Unternehmer gaben einander die Klinke in die Hand. Sie schmückten sich mit Irene wie sie sich mit ihrem gewaltigen Goldarmreif. Die Masche der Queen, das wusste Victoria, war immer dieselbe. Sie zeigte so wenig Interesse wie möglich und stachelte damit den Ehrgeiz der Männer an. In Wirklichkeit genoss sie deren Aufmerksamkeit, die Reisen und die Fünf-Sterne-Hotels in vollen Zügen.

Als Victoria sie einmal gefragt hatte, warum sie keinen ihrer Verehrer heiratete, hatte ihre Mutter mit einer wegwerfenden Handbewegung reagiert. »Weiß der Himmel, wie viele Anträge ich schon bekommen habe! Aber die große Liebe meines Lebens habe ich bereits erlebt.«

Womit Victorias Vater gemeint war. Zumindest hatte Victoria das immer geglaubt. Aber nun regte sich in ihr plötzlich ein Verdacht.

Das glockenhelle Lachen.

Die strahlenden Augen.

Die Zärtlichkeit zwischen den beiden.

Ihre Mutter und Onkel Grif? Nein, das war völlig absurd.

Oder doch nicht?

Onkel Grif hatte ihnen die Namen Queen und Prinzessin verpasst. Er war immer für sie da gewesen, hatte sich um sie gekümmert. An dem Tag, an dem sie sich in Disney World verlaufen hatte – sie war damals erst sechs oder sieben Jahre alt gewesen –, hatte Onkel Grif und nicht ihr Vater sie wiedergefunden. Und die Firma auf den Caymans? *Queen Investments Ltd.* Warum nicht *Phyllis Investments*? Hätte es nicht nähergelegen, den Namen der eigenen Ehefrau zu benutzen? War das ein Hinweis auf eine heimliche Beziehung?

»Ach, *Irene.*«

»Komm mir nicht mit ›Ach, *Irene*‹*.«*

Das hatte Victoria schon mehr als einmal gehört. Sicher ein Wortwechsel zwischen ihrem Vater und ihrer Mutter. Tatsächlich? Oder war der Mann Onkel Grif gewesen? Brachte sie die beiden Männer durcheinander? Ging es ihrer Mutter vielleicht genauso?

Die beiden Paare waren unzertrennlich gewesen. Bis zum Selbstmord ihres Vaters. Victoria hätte es nur logisch gefunden, wenn sich ihre Mutter in dieser schweren Zeit an Onkel

Grif gewandt hätte. Schließlich waren die beiden Freunde gewesen. Warum hatte die Queen ihn aus ihrem Leben verbannt?

Es konnte nur einen Grund geben.

Schuldgefühle.

Himmel, nein.

Victoria bemühte sich, mit fester Stimme zu sprechen. »Wenn du willst, kannst du bleiben, Mutter. Beantworte mir nur vorher eine Frage.«

»Ich helfe, wo ich kann.« Irene strich eine dicke Lage Kaviar auf einen Cracker.

»Damals, als Dad sich umbrachte – hattet ihr beide, du und Onkel Grif, zu der Zeit eine Affäre?«

Irenes Hand zitterte. Das Häppchen landete mit der Kaviarseite nach unten auf dem Teppich.

»Gütiger Himmel!«, japste Griffin.

Irenes Lächeln war spröde wie ein Eiszapfen. »Was für eine überaus taktlose Frage.«

»Dad ist dahintergekommen, nicht wahr?« Die Worte blieben Victoria fast im Hals stecken. »Hat er sich deshalb umgebracht?«

Griffin schloss die Augen und massierte sich die Schläfen.

Irene betupfte ihre Mundwinkel mit einer Leinenserviette. Die Geste wirkte sehr grazil. »Herrje! Für den armen Grif kann ich nur hoffen, meine Liebe, dass du wirklich eine gute Anwältin bist. Zur Klatschtante taugst du nämlich nicht.«

Zweiundzwanzig

Reden, umarmen, küssen, vögeln

Im Radio des Caddy sang Roadkill Bill Jablonski, er wolle sich betrinken, er wolle Sex, und der Montagmorgen käme frühestens in zwei Jahren. Obwohl Steve auf diesen Key-West-Song stand, drehte er leiser und schrie in sein Handy: »Was bist du bloß für eine Anwältin!«

Bobby zuckte auf dem Beifahrersitz zusammen, hielt sich erst die Ohren zu und legte dann einen Finger an die Lippen. »Schrei mich nicht an«, sagte Victoria am anderen Ende. Sie klang so ruhig, dass sich Steve gleich noch viel mehr aufregte. Weshalb waren ihre familiären Probleme auf einmal so wichtig?

»Der Mandant steht immer an erster Stelle, Vic. Die persönlichen Bedürfnisse des Anwalts sind unwichtig.«

»Warum bist du dann nicht hier? Warum verschwendest du deine Zeit mit dem Verfahren deines Vaters, obwohl er dir gesagt hat, du sollst die Finger davon lassen?«

»Du wolltest doch alles allein regeln!«

»Seit wann richtest du dich nach meinen Wünschen?«

»Werde jetzt bitte nicht unfair. Ich dachte, du könntest eine simple Anklageverlesung durchstehen, ohne dass der Mandant uns gleich feuert.«

»Onkel Grif hat uns nicht gefeuert. Er hat nur den Raum verlassen und ist bisher nicht zurückgekommen.«

»Und er reagiert nicht auf deine Anrufe.«

»Dafür reagierst *du* völlig unangemessen«, sagte Victoria.

Steve fuhr auf dem Overseas Highway nach Süden. Er war auf dem Weg nach Key West und zu dem, was von ihrem Fall noch übrig war. Victoria hatte ihm berichtet, dass Griffin

Stubbs zwar bestochen hatte, jedoch weiterhin felsenfest behauptete, den »gierigen Scheißkerl« nicht getötet zu haben. An Griffins Ausdrucksweise musste vor Prozessbeginn noch etwas gefeilt werden.

Falls er überhaupt noch ein Interesse daran hatte von ihnen verteidigt zu werden.

Die Beziehung zwischen einem Mandanten, dem ein Mord vorgeworfen wurde, und seinen Verteidigern war mindestens so zerbrechlich wie eine Liebesbeziehung. Hatte Victoria sie zerstört?

»Was zum Teufel ist eigentlich passiert?«, wollte Steve wissen. »*Ich* bin derjenige, der das Porzellan zerschlägt. Dein Part ist es, mit allen Leuten klarzukommen.«

»Ich habe es dir doch schon gesagt. Ich habe herausgefunden, dass zwischen der Queen und Onkel Grif etwas lief.«

»Und das konntest du nicht für dich behalten?« Steve schlug mit der Hand aufs Steuer. »Das liegt doch Jahrzehnte zurück! Wen interessiert schon, wo die beiden die Salami versteckten, als Bette Middler noch Grammys gewann?«

»Musst du dich unbedingt so ausdrücken?«

»Habe ich dir nicht oft genug gesagt, wie wichtig es ist, sich das Vertrauen eines Mandanten zu erhalten?«

»Und wer hat Onkel Grif einen Mord vorgeworfen, als ihr euch kaum zehn Minuten kanntet?«

»Ich brachte ihn lediglich damit in Verbindung. Beschuldigt habe ich seinen Sohn. Außerdem gehört das zu meiner Befragungstechnik.«

Es war fast zehn Uhr abends, Steve hatte rasende Kopfschmerzen, und die Fahrt war noch lang. Weil es in Miami genieselt hatte, fuhr er mit geschlossenem Verdeck. Durch einen schmalen Riss über Bobbys Kopf pfiff der Wind. Sie rauschten an einer Reihe australischer Pinien vorbei, die an die Holzpalisaden eines Forts erinnerten. Gelegentlich lugte die schmale Mondsichel hinter den Wolken hervor. Zu beiden Seiten der Straße hatte sich das türkisfarbene Wasser zu einem bedrohlichen Schwarz verfärbt, die verfilzten Mangroven bildeten eine undurchdringlich scheinende dunkle Mauer. In der feuchten Nachtluft hing der Geruch von Brackwasser.

»Kannst du mich denn wirklich nicht verstehen?«, bohrte Victoria nach. »Onkel Grif und meine Mutter könnten für den Tod meines Vaters verantwortlich sein! Wie soll ich ihnen noch vertrauen?«

»Genau das fragt sich Griffin im Augenblick sicher auch. Er nimmt an, du würdest ihn gern im Knast sehen. Wir sind abgeschrieben, Vic. Spätestens morgen früh hat er einen neuen Anwalt.«

»Das hat er nicht gesagt.«

Der Caddy rumpelte über die Jewfish-Creek-Brücke. Steve fragte sich immer, ob er sich über den Namen ärgern sollte. Der Jewfish oder Judenfisch war ein gigantischer Zackenbarsch, der über hundert Kilo schwer werden konnte. Wie kam jemand darauf, dieser hässlichen Kreatur eine Religionszugehörigkeit zu verpassen? Gab es etwa eine Methodistenmoräne oder einen Baptistenbarracuda? Vermutlich nicht. Steve hoffte, dass es für den Namen eine positive Erklärung gab. Vielleicht waren die Judenfische ja die Doktoren, Professoren oder Komödianten des Meeres. Aber vermutlich spiegelte der Name eher ein negatives Vorurteil wider. War der Judenfisch ein fetter Kredithai, der zu einem horrenden Zinssatz Muscheln verlieh? Ein Shylock der Tiefe?

»Willst du Griffin die Zeit, in der du ihn einen Lügner und Betrüger genannt hast, in Rechnung stellen?«

»Du hast Hot Pussys die Zeit, in der du mit einer Siliconpuppe gerungen hast, ja auch berechnet.«

»In Richter Schwartz' Büro? Das war während einer Anhörung.«

»Ich spreche von der Nacht davor. Zuhause.«

»Das fällt unter Prozessvorbereitung.«

Richter Schwartz' Sekretär hatte am Nachmittag angerufen und gesagt, das Verfahren gegen Hot Pussys sei eingestellt. Seine Ehren würde Tami, die Liebespuppe, allerdings gern noch eine Weile behalten.

»Ein bisschen mehr Verständnis hätte ich schon erwartet«, sagte Victoria. »Als ich Junior von Mutter und Onkel Grif erzählt habe, war er den Tränen nahe.«

»Du hast Mr Superbody vor mir angerufen!«

»Ja und?«

Steve hörte ein tiefes Röhren hinter dem Caddy. Im Rückspiegel sah er, wie sich ein Motorrad an seine Stoßstange heftete. Die Straße war nur zweispurig und hatte einen durchgezogenen Mittelstrich. Der Chopper – eine kirschrote Harley – schoss trotzdem an ihm vorbei. Der Fahrer trug schwarzes Leder und einen Darth-Vader-Helm.

»Du hättest mich als Erstes anrufen sollen«, sagte Steve zu Victoria.

»Junior ist direkt betroffen, wir teilen denselben Schmerz.«

»Was Junior gern mit dir teilen würde, ist dein Bett.«

Steve hörte ein Knistern in der Leitung. Die Harley verschwand am Horizont. Er wartete darauf, dass Victoria sagte: »Ich habe keinerlei Interesse an Junior. Du bist der Einzige für mich, auch wenn du manchmal der größte Blödmann der Welt bist.«

Aber sie sagte nichts. Nicht einmal, dass er ein Blödmann sei. Steve entschloss sich zu einem taktischen Rückzug.

»Hör mal – es tut mir leid. Ich bin ein Arsch.«

Stille.

»Ich werde versuchen, verständnisvoller zu sein.«

Rauschen in der Leitung.

»Wir müssen über die Prozessvorbereitung reden. Nur für den Fall, dass wir doch nicht gefeuert sind.«

»Ich bin müde, Steve. Ich gehe jetzt schlafen.«

Vermeidungstaktik. Steve hatte noch nie eine Therapie gemacht und noch keine Partnerschaftsberatung besucht. Trotzdem wusste er intuitiv, dass man über seine Probleme reden musste. Seiner Erfahrung nach gab es ein sehr erfolgversprechendes Vierpunkteprogramm für eine Versöhnung.

Reden.

Umarmen.

Küssen.

Vögeln.

Hin und wieder konnte man auf dem Weg zu Punkt vier einen Schritt überspringen. Aber Frauen redeten mindestens so gern, wie sie Schuhe kauften. Deshalb fing man am besten mit dem ersten Punkt an.

»Wie wär's, wenn du auf mich warten würdest?«, schlug er vor. »Die Nacht ist wunderschön. Wir könnten einen Strandspaziergang machen und vielleicht zusammen einen Whiskey trinken.«

»Ich bin wirklich sehr müde.«

»Wir haben uns seit ein paar Tagen nicht gesehen. Ich vermisse dich.«

»Hmm.«

Okay, dachte Steve. Reden wir Klartext. »Ich spüre so ein gewisses Jucken, und brauche dringend jemanden, der mich kratzt.«

»Igitt«, sagte Bobby.

»Versuchs mit einer kühlenden Salbe«, sagte Victoria.

Steve hörte ein Klicken in der Leitung. Die Verbindung war unterbrochen.

Dreiundzwanzig

Letzte Gedanken

»Warum hast du immer mit allen Streit?«, fragte Bobby.

»Ich bin Anwalt«, sagte Steve.

»Ich meine nicht vor Gericht. Ich meine mit Victoria und Gramps.«

»Vielleicht, weil ich sie liebe, Kiddo.«

»Wieso sagst du ihnen das nicht einfach, und lässt sie machen, was sie wollen?«

»Einspruch. Das waren zwei Fragen auf einmal.«

»Im Ernst, Onkel Steve. Wann hast du Victoria zum letzten Mal gesagt, dass du sie liebst?«

Steve zuckte die Achseln. Er dachte gar nicht daran, einem Zwölfjährigen zu verraten, dass ihm die Worte »Ich liebe dich« normalerweise nur unter unkontrollierten prä-orgasmischen Zuckungen über die Lippen kamen. Dabei war ihr Sexleben in letzter Zeit ein bisschen eingeschlafen. Seit sich Hal Griffins Boot in die Lüfte erhoben hatte, tat sich in der Abteilung »heiß und freizügig« nicht mehr allzu viel. Kein Zweifel: Die beiden Griffins – Senior und Junior – machten ihm das Leben unnötig schwer.

»Und warum hörst du nicht auf Gramps?«, fuhr Bobby fort. »Er ist älter als du, also weiß er auch mehr. Stimmt doch, oder?«

»Dein Großvater ist ein alter Sturkopf, der sich nicht helfen lassen will.«

»Er sagt, du bist ein eierlutschender Gallywampus.«

»Wenn ich wüsste, was das ist, würde ich es abstreiten.«

Sie fuhren über die Harbor-Channel-Brücke, dreißig Meilen vor Key West. Auf einem Oldie-Sender fragten die Zombies:

»Who's your daddy?«, und erkundigten sich, ob er so reich sei wie der Sänger.

»Victoria sagt, du bist anmaßend«, sagte Bobby. »Was genau bedeutet das?«

»Das heißt, sie ist mir so wichtig, dass ich ihr manchmal nicht genug Raum für ihre eigenen Entscheidungen lasse.«

»Hat sie dir deshalb den Baseball mit dem Jeff-Conine-Autogramm an den Kopf geworfen?«

»Wir haben nur Werfen und Fangen geübt.«

»Und das kaputte Fenster?«

»Ich habe mich geduckt. Hör zu, Kiddo. Frauen benehmen sich manchmal etwas sonderbar. Einmal im Monat spielen ihre Hormone ein paar Tage lang verrückt.«

»Das brauchst du mir nicht zu erklären.«

»Schön. Aber das ist noch nicht alles. Wird Zeit, dass ich dir auch die anderen Dinge beibringe, die ich über Frauen weiß.«

»Dauert das länger als zwei Minuten?«

»Im Ernst, Kiddo. Du kannst aus meinen Fehlern lernen.«

Steve überlegte, wie er anfangen sollte, doch ein tiefes Motorengeräusch lenkte ihn ab. Wieder sah er im Rückspiegel einen Chopper. Als das Motorrad zum Überholen ansetzte, erkannte er es wieder. Es war dieselbe rote Harley, eine chromblitzende Screaming Eagle, und auf dem Sattel saß noch immer Darth Vader. Er musste irgendwann rechts rangefahren sein. Jetzt blieb er, anstatt vorbeizuziehen, auf gleicher Höhe mit dem Caddy.

»Was will dieser Cowboy eigentlich?«, fragte Steve.

»Vielleicht ein kleines Rennen fahren?«, sagte Bobby.

»Auf einer zweispurigen Brücke? So ein Idiot.« Steve nahm den Fuß von Gas, doch auch die Harley wurde langsamer. Sie fuhren Seite an Seite. Bis zum Big Pine Key, dem nächsten trockenen Stück Land, war es noch eine Meile.

Steve trat wieder aufs Gas. Die betagte Tachonadel schwänzelte, zeigte schließlich siebzig, fünfundsiebzig, dann achtzig Meilen die Stunde an. Der Motor räusperte sich und erwachte zu neuem Leben. Die Harley hielt mühelos mit.

»Arschloch«, murmelte Steve.

Darth Vader winkte. Er hatte etwas in der Hand. Als er es losließ, flogen Papierfetzen über die Straße.

»Und ein Umweltsünder dazu.«

Darth griff in eine Satteltasche und zog etwas anderes hervor. Ein Glas, ein Gefäß, das mindestens zwei Liter fasste.

»Verdammt, was soll das?«, sagte Steve.

Die Harley setzte sich vor ihn, der Gegenstand schoss aus der Hand des Fahrers und landete mit einem Schlag auf der Windschutzscheibe des Caddys. Sekunden später nahm Steve eine ölige schwarze Flüssigkeit die Sicht.

»Verdammt!« Steve schaltete die Scheibenwischer an, wodurch sich die Schmiere nur noch weiter verteilte. Ihm blieb nichts anderes übrig, als auf die Bremse zu treten und das Steuer festzuhalten. Das rechte Vorderrad prallte auf den erhöhten Randstein des Gehwegs und platzte mit einem Knall. Steve lenkte dagegen, doch die leere Metallfelge verbiss sich in den Fahrbahnbelag. Funken stoben, der Wagen sprang auf den Gehweg. Das rechte Hinterrad platzte ebenfalls, der rechte vordere Kotflügel schrammte mit dem schädelzerreißenden Geräusch eines Zahnarztbohrers am Brückengeländer entlang.

»Fuck!«

»Onkel Steve!«

Reflexartig drückte Steve Bobby mit der rechten Hand auf den Beifahrersitz. Die linke krallte er um das wild schlagende Lenkrad. Der Caddy krachte vom Gehweg auf die Fahrbahn zurück und schlitterte auf die Gegenspur. Inzwischen hatten die Wischblätter einen Teil der Schmiere weggewischt. Die Harley war verschwunden. Doch es gab ein neues Problem. Acht Lichtpunkte rasten auf sie zu. Steve hoffte, dass es sich nur um einen einzelnen Wagen mit vier Scheinwerfern handelte, die sich in dem öligen Zeug auf der Windschutzscheibe spiegelten.

Das entgegenkommende Fahrzeug hupte, Steve riss das Steuer nach rechts, doch der Caddy schlitterte weiterhin nach links und über die gesamte Gegenfahrbahn hinweg. Während Steve mit dem Lenkrad kämpfte, hörte er unterschiedliche Geräusche.

Das Hupen des Wagens, der auf sie zuraste.

Das Kreischen der Felgen auf dem Fahrbahnbelag.

Seinen eigenen Atem.

Steve hielt das Lenkrad fest, doch das Heck des Caddy brach nach links aus. Er gab etwas Gas – Bremsen hätte das Schwänzeln noch verstärkt – und versuchte, den Wagen gerade zu richten. Jetzt schlingerte das Heck nach rechts, und sie rutschten fast rückwärts auf das entgegenkommende Fahrzeug zu.

Die nächsten fünf Sekunden vergingen wie in Zeitlupe.

Der entgegenkommende Wagen schwenkte auf die linke Fahrspur und erwischte den Caddy an der Seite.

Der Caddy sprang über den Gehweg auf der linken Seite der Brücke und durchbrach das Geländer.

Während sie Richtung Wasser stürzten, drückte Steve Bobby abermals mit dem Arm in den Sitz. Der Caddy vollführte eine halbe Längsdrehung und klatschte mit der Seite aufs Wasser, dann war es überraschend still.

»Mir ist nichts passiert!« Bobbys Stimme zitterte.

Die Scheinwerfer des versinkenden Wagens warfen ein unheimliches grüngelbes Licht ins trübe Wasser.

»Guter Junge.« Steve zwang sich, ruhig zu bleiben. »Zeit für ein kleines Bad.«

Der Caddy versank mit der Nase voran. Die Scheinwerfer flackerten noch einmal kurz auf und erloschen dann. Mit einem dumpfen Schmatzgeräusch setzte der Wagen auf dem Meeresboden auf. Steves Brust knallte aufs Steuer, sein Kopf schlug gegen eine Metallstrebe im Verdeck. Der Schmerz durchzuckte seinen Schädel, dann hörte er das Rauschen von Wasser. Seine Füße und Beine waren nass. Um ihn war alles schwarz. Er sah nur die Funken, die der Schmerz vor seinen Augen tanzen ließ.

»Bobby?«

Steve streckte die Hand nach dem Beifahrersitz aus. Sein Neffe war nicht mehr da.

»Bobby!«

Durch den Riss im Verdeck strömte Wasser herein. Es war kälter als erwartet.

»Bobby! Wo bist du? Bobby!«

Steve befreite sich von seinem Sicherheitsgurt und trieb sofort gegen das Wagendach.

»Bobby!«

Steve holte Luft und tauchte zum Rücksitz. Mit beiden Händen tastete er nach dem Jungen.

Nichts.

Bleib ruhig. Denk nach. Okay. Bobby ist draußen. Das ist gut. Aber wie zum Teufel ist er rausgekommen? Wenn er es geschafft hat, dann ...

Steve zog sich zurück zum Fahrersitz, holte noch einmal tief Luft, tauchte und versuchte, die Tür zu öffnen. Sie war tonnenschwer.

Er tauchte auf und trat gegen das geschlossene Fenster, doch das rasch ansteigende Wasser dämpfte den Schlag ab.

Steve tastete nach dem Schlitz im Verdeck. Er musste irgendwo sein. Plötzlich brach er mit einer Hand durch, doch die Öffnung war zu klein für ihn. Für Bobby, der nur Haut und Knochen war, sicher kein Problem. War der Junge verletzt? Und wohin trieb ihn die Strömung? An Land oder aufs Meer hinaus?

Steve versuchte, das Verdeck aufzureißen. Es erwies sich als überraschend stabil. Angst erfasste ihn. Er musste Bobby finden und ihn an Land bringen!

Das eindringende Wasser ließ die Luftblase schnell zusammenschrumpfen. Steve hatte keine Wahl. Er füllte seine Lungen und rammte den Kopf durch das Loch im Verdeck.

Seine Schultern blieben stecken.

Er versuchte, sich durch die Öffnung zu schlängeln, doch es gelang ihm nicht.

Wild warf er seinen Körper hin und her. Er konnte weder vor noch zurück, hätte genauso gut eine Zwangsjacke tragen können.

Seine Lunge brannte, er dachte an Bobby.

Okay, Gott. Nimm mich und lass den Jungen leben.

Er dachte an seinen Vater. Es gab so vieles, was er jetzt bereute.

Dad, ich hätte ein besserer Sohn sein sollen.

Er dachte an Victoria und wie sehr er sie liebte.

Vic, vom ersten Tag an ...

Seine Lunge kapitulierte und er sog einen Mund voll Wasser ein. Steve hustete und würgte. Während seine Brust zuckte und sich seine Kehle zusammenkrampfte, kam ihm noch ein anderer Gedanke. Wenn er Junior Griffins Lungenvolumen gehabt hätte, wären ihm noch ein paar Minuten mehr geblieben. Es machte ihn wütend, zu sterben und dabei an den Kerl zu denken, der die Frau trösten würde, die er liebte.

Bobbys Frage fiel ihm wieder ein. Wann hatte er Victoria zum letzten Mal gesagt, dass er sie liebte?

Ich bin ein Idiot.

Was für ein origineller letzter Gedanke.

Warum hatte er Victoria nicht gesagt, wie sehr er sie liebte? Warum hatte er es ihr nicht an jedem einzelnen verdammten Tag gesagt?

Vierundzwanzig

Mit Gimlet-Augen

Victoria stand mit einem Gimlet – Wodka mit Limettensaft – auf dem Balkon ihrer Suite im Pier House. Die Queen schwor darauf und ging keine Kompromisse ein.

»Es geht nichts über frisch gepressten Limettensaft, Liebes. Kein Wodka ohne Vitamin C.«

Offenbar ein guter Rat. An Skorbut war ihre Mutter jedenfalls noch nie erkrankt.

Es war fast Mitternacht. Die Übertragungswagen hatten den Parkplatz verlassen, aber sie würden zurückkehren. Vom Golf wehte eine frische Brise herüber. Victoria trank allein. Sie fragte sich, wo ihre Mutter steckte und wohin Onkel Grif gegangen war. Seit die beiden aus der Suite marschiert waren, nachdem sie ihnen vorgeworfen hatte, Schuld am Tod ihres Vaters zu sein, hatte sie sie nicht mehr gesehen. Die beiden erinnerten Victoria an David und Bathsheba aus dem Alten Testament.

Victoria hatte in den letzten Stunden kein einziges Mal den Raum verlassen. Nur hin und wieder sah sie vom Balkon aus zu, wie ein Wolkenband den Mond verhüllte und nach einer Weile wieder freigab. Sie hatte Junior angerufen und ihm von ihrem Verdacht erzählt. Er war schockiert gewesen und hatte verletzt gewirkt. In ihrem gemeinsamen Schmerz fühlte sie sich enger mit ihm verbunden denn je. Junior versprach, mit seinem Vater zu reden und die Wahrheit herauszufinden.

War dies die vielbeschworene Ironie des Schicksals? Ohne den Selbstmord ihres Vaters wäre sie wahrscheinlich längst Mrs Victoria Griffin gewesen. Alle vier Elternteile hatten es so gewollt und sie selbst auch. Zumindest als Teenager. Wenn also die Affäre ihrer Mutter zum Tod ihres Vaters geführt hatte und Onkel Grif deshalb mit seiner Familie das Land verlassen hatte … Waren die heimlichen Liebenden dann nicht auch Schuld daran, dass die Verbindung zwischen ihr und Junior nicht zustande gekommen war? Ein typischer Fall von Domino-Effekt.

Victorias Gedanken drehten sich im Kreis. Sie brauchte dringend noch einen Gimlet.

Sekunden vergingen. Minuten. Oder eine ganze Ewigkeit.

Wenn ich tot wäre, dachte Steve, würde ich dann noch spüren, wie die Zeit vergeht?

Es war dunkel, nass und kalt.

Etwas zerrte an Steve, dann bewegte er sich.

Oder bewegte sich nur alles um ihn herum? Er wusste es nicht.

Er hörte das Rauschen von Wasser. Etwas klickte und schlug gegen seine Brust. Oder auch nicht.

Er schmeckte Salzwasser, hustete und würgte. Ein feiner Lichtstrahl durchbrach die Dunkelheit. Die Schönheit der Mondsichel war schier unfassbar.

Wo zum Teufel bin ich?

Und wieder die Dunkelheit.

Victoria ging ins Zimmer zurück, ließ die Balkontür aber offen stehen, weil sie die Brise spüren und das fahle Mondlicht sehen wollte. Vor einer Weile hatte sie die Zimmerservice-Speisekarte studiert und beschlossen, dass sie keinen Hunger hatte. Anschließend war sie über die Minibar hergefallen. Dreimal hintereinander. Zwei kleine Beutel Salzbrezeln, eine Flasche Rose's Limettensaft, gesüßt – sorry, Mutter – und ein paar Portionsfläschchen Belvedere Wodka. Diese standen nun aufgereiht wie kleine Kegel auf dem Konferenztisch, neben den Akten zum Fall »Der Staat gegen Griffin«. Die Flaschen waren leer, die Ordner ungeöffnet und ungelesen.

»Was bist du bloß für eine Anwältin!«

Steves Frage hallte durch Victorias Kopf. Eine lausige. Und vielleicht auch eine lausige Tochter. Möglicherweise hatte sie sich getäuscht, und ihre Mutter und Onkel Grif fälschlich beschuldigt. Sie konnte keinen klaren Gedanken mehr fassen. Ihre Lippen waren taub vom Wodka, und der Mond verschwand immer wieder. Das konnte an den Wolken liegen, oder daran, dass sie nicht mehr ganz nüchtern war. Vielleicht auch an beidem.

Victoria fragte sich, ob Steve auf der Fahrt über den Overseas Highway denselben Mond betrachtete. Dann kicherte sie.

Ein anderer kann es wohl kaum sein.

Sie hoffte, dass er nicht so viel getrunken hatte wie sie.

Die Band am Pool unter ihrem Balkon spielte einen Jimmy-Buffet-Song. Irgendetwas über einen Berg Arbeit und einen Idioten von Boss. Wenn Steve jetzt hier wäre, würde er sicher hinuntergehen und mitsingen wollen. Ob es stimmte, dass er hin und wieder mit Jimmy Buffet Angeln ging? Bei Steve wusste man das nie so genau.

Victoria dachte an den Abend, an dem Onkel Grifs Boot an den Strand gekracht war. Sie hatte Steve erklärt, sie wolle solo weitermachen. Absolut professionell. Das hatte sie zumindest gesagt.

Wem will ich eigentlich etwas vormachen? Und warum? Und überhaupt.

Die Erkenntnis war fast so ernüchternd wie die kühle Brise. Sie hatte nicht nur Steve belogen, sondern auch sich selbst. Sie war ein Feigling. In Wirklichkeit wollte sie die Beziehung beenden. Steve fallenlassen. So war es doch. Oder?

Ja, verdammt. Ich hätte von Anfang an auf meine innere Stimme hören sollen. Und auf die Queen.

Dabei störte sich Victoria weniger an Steves eher bescheidenem materiellem Erfolg. Er war einfach zu – wie sollte sie es ausdrücken? Konnte sie das richtige Wort dafür finden, obwohl ihr Verstand von vier Gimlets benebelt war?

Unkonventionell. Unmöglich. Unkontrolliert. Unberechenbar. Sicher gab es noch mehr *un*-Worte, die auf Steve zutrafen. *Unpassend. Genau!*

Ein Ausdruck, den die Queen gern benutzte. *»Er ist ein netter Junge, Prinzessin, nur leider ganz und gar unpassend.«* Wie oft hatte Victoria sich das in ihrer Jugend anhören müssen!

Steve war witzig. Er war eine Herausforderung und auch ein toller Liebhaber. Außerdem irritierend, anmaßend und ... eindeutig unpassend. Wie hatte sie auch nur in Betracht ziehen können, dass er der Mann fürs Leben war? Nein, sie musste sich von ihm trennen. Aber wie? Was sollte sie ihm sagen?

Aus irgendeinem Grund – vielleicht weil Ernest Hemingways Haus nur ein paar Straßen weiter stand, vielleicht weil sie in Princeton Amerikanische Literatur studiert hatte – musste Victoria plötzlich an Agnes So-und-so denken. Die Krankenschwester hatte in Frankreich Hemingways Wunden versorgt. Als Agnes die Affäre mit ihm beendet hatte, schrieb sie ihm, sie müssten einander wohl geliebt haben, schließlich hätten sie andauernd gestritten.

Vielleicht sollte sie Steve einen Brief schreiben.

Nein. Das ist albern. Wenn ich ihn morgen sehe, sage ich es ihm einfach. »Du bist ein wunderbarer Mann. Aber unpassend.«

Dann fiel Victoria noch etwas anderes ein. Nach der Trennung von Hemingway hatte Agnes einen reichen Italiener geheiratet. Einen Adeligen. Und Victoria hatte gerade Junior wiedergetroffen.

Nein, mit Junior hat das nichts zu tun.

Sie würde sich auch von Junior fernhalten, es eine Weile solo versuchen. Bis sie wirklich wusste, was sie wollte. Oder belog sie sich schon wieder?

Die Band spielte den nächsten Jimmy-Buffet-Song. »Trying to Reason with Hurricane Season« handelte davon, dass es keinen Sinn hatte, gegen die Naturgewalten anzukämpfen. Victoria überlegte, ob sie die Balkontür schließen sollte und die Fensterläden gleich mit. Stattdessen öffnete sie die Minibar und nahm eine weitere Mini-Wodkaflasche heraus.

»Frierst du, Onkel Steve?«

»Mmm.«

»Du zitterst nämlich.«

Steve versuchte, den Kopf zu heben. Doch er war schwer wie ein Betonkübel. »Oh.«

Es war dunkel, aber hin und wieder konnte er zwischen den Wolken die Mondsichel erkennen. Er lag auf dem Rücken. Die Luft war klebrig, salzig und feucht. Leise plätscherte das Wasser ans sandige Ufer. In der Ferne das Summen von Reifen auf Asphalt. Steve drehte vorsichtig den Kopf und sah auf der Brücke Scheinwerfer aufleuchten.

»Wo sind wir, Bobby?«

»Auf einer kleinen Insel.«

»Und wie sind wir hierhergekommen?« Steves Schädel pochte. Er berührte seine Stirn und ertastete dort eine große, schmerzhafte Beule.

»Bucky.«

»Wie bitte?«

»Bucky, der Delfin.«

»Verarsch mich nicht.«

»Er ist nicht selbst gekommen. Aber es könnte einer von seinen Freunden gewesen sein.«

Steve fragte sich, ob er träumte. Oder tot war. »Ein Delfin soll uns hierher gebracht haben?«

»Ich bin durch das Loch im Verdeck rausgeschwommen, du bist steckengeblieben. Ich wollte dich rausziehen, aber es ging nicht. Dann hat der Delfin dich an der Schulter gepackt und befreit.«

Steve betastete nacheinander beide Schultern. »Ich habe keine Bissspuren. Sag mir, was passiert ist. Die Wahrheit.«

»Tue ich doch. Nachdem du aufgetaucht warst, hat der Delfin dich vor sich hergeschoben, und ich hab mich an seiner Rückenflosse festgehalten, bis wir am Ufer waren.«

»Das glaubst du doch selbst nicht, Bobby. Hast du mich aus dem Wagen gezogen?«

In der Ferne heulte eine Polizeisirene. Auf der Brücke hatten Autos angehalten. Drei oder vier Leute standen am Geländer, sahen zu ihnen herüber und gestikulierten.

»Eigentlich wollte ich dich retten«, sagte Steve. »Stattdessen bist du mir zu Hilfe gekommen.«

»Das war *Tursiops truncatus*, Onkel Steve.«

Steve wusste, dass Bobby kein geborener Sportler war. Wenn er rannte, flogen seine Ellbogen und Knie in alle Richtungen wie bei einem ungelenken Streichholzmännchen. Gemeine Kinder nannten ihn deshalb »Spasti«. Doch im Wasser fühlte sich Bobby zuhause. Seine langen Arme und Beine bewegten sich dort in einem natürlichen und sehr effektiven Rhythmus. Bei Steve war es genau umgekehrt. Rennen konnte er mit der Kraft und Präzision eines Sprinters. Im Wasser strampelte und spritzte er, ohne recht von der Stelle zu kommen.

Steve stützte sich auf den Ellbogen, doch sofort begann sich alles zu drehen. Also legte er sich wieder hin.

»Du hast eine fette Beule auf der Stirn.« Vorsichtig berührte Bobby die Stelle über Steves Augenbraue. »Ich hoffe, wir haben es nicht mit einem subduralen Hämatom zu tun.«

»Und was soll das sein, Professor?«

»Ein Bluterguss unter der Hirnhaut. Oft Folge eines Schädel-Hirn-Traumas. Bei stumpfer Gewalteinwirkung gegen den Kopf kommt das häufig vor.«

»Dann muss ich mir also keine Sorgen machen?«

»Es gibt immer wieder Patienten, die ohne bleibende Schäden davonkommen.«

»Großartig.«

Bobby beugte sich über Steve. »Deine Pupillen sind okay, Onkel Steve. Wahrscheinlich ist es halb so schlimm.«

Steve glaubte normalerweise nicht an eine höhere Macht, an einen großen Baumeister oder einen Lenker im Universum. Aber jetzt kam er doch ins Grübeln. Als Bobby jemanden gebraucht hatte, der ihn aus der Kommune befreite, wo er gefangengehalten worden war, war Steve auf der Bildfläche erschienen. Er war mit ihm davongerannt, hatte mit dem Jungen im Arm Haken geschlagen wie ein Hase, ein halbes Dutzend Kerle mit Gewehren abgehängt und seinen Neffen schließlich in Sicherheit gebracht. Und jetzt hatte Bobby ihn in letzter Sekunde vor dem Ertrinken gerettet. Bobby und nicht *Trunky turnip,* oder wie immer das Vieh auf Lateinisch hieß.

Auf der Brücke rief jemand: »Der Krankenwagen ist unterwegs! Bleiben Sie ruhig liegen!«

Kein Problem, dachte Steve. Er hatte nicht vor wegzulaufen.

Vom Wasser her hörte er ein leises Platschen, und Bobby sagte: »Der Delfin! Er ist gesprungen!«

Trotz seiner Schmerzen drehte Steve den Kopf. Aber der Delfin war verschwunden.

Vielleicht hatte tatsächlich ein Delfin einen Sprung vollführt. Vielleicht war auch nur ein großer Fisch oder ein kleiner Asteroid aufs Wasser geklatscht. Im Augenblick war das Steve egal. »Ich habe nichts gesehen, Kiddo.«

»Das ist bei dir oft so, Onkel Steve«, sagte Bobby.

Fünfundzwanzig

Gehirnerschütterung

Die Kopfschmerzen ertranken in einem Meer aus Schmerzmitteln, und Steve fragte sich benommen, weshalb sein Geruchssinn plötzlich so gut entwickelt war. Als die Sanitäter ihn in den Krankenwagen hoben, hatte die salzige Nachtluft plötzlich ein feines Tequila-Aroma angenommen. Auch während er zur Notaufnahme des Fishermen's Hospitals geschoben wurde, arbeitete seine Nase auf Hochtouren. Er roch eine Mischung aus Jod, Kalkstaub, zerstoßenen Muschelschalen und nassem Schlick. Im Krankenhaus kam noch der harte, metallische Geruch von Reinigungs- und Desinfektionsmitteln dazu.

Später, er lag halb betäubt in einem Zimmer, bemerkte Steve den süßlichen Duft von English Leather Cologne. Er kannte ihn seit seiner Kindheit. Steve öffnete die Augen, konnte in dem abgedunkelten Raum aber nichts erkennen. Eine vertraute Stimme mit unüberhörbarem Südstaatenakzent sagte, dass Bobby nichts fehle. »Hat nicht mal einen Kratzer abgekriegt. Mach dir keine Sorgen. Schlaf gut, Sohn.«

Dann fiel das Morgenlicht durch die Jalousie herein, und Steve träumte von einem hawaiianischen Strand. Ein polynesisches Mädchen hängte ihm eine Girlande aus frischen Gardenien um, deren Duft ebenso betörend war wie das Lächeln der Schönen. Aus irgendeinem Grund war er sicher, dass sie Mauna Loa hieß. Aber vielleicht war das auch nur der Name der Macadamianüsse zuhause in seinem Vorratsschrank.

Ein paar Minuten später öffnete Steve die Augen einen Spaltbreit. Auf dem Nachttisch stand ein Blumenstrauß.

Aha. Weiße Gardenien.

Vielleicht konnte er sich ja auf dem Flughafen als Spürhund bewerben und an Gepäckstücken schnüffeln. Möglicherweise waren seine anderen Sinne ebenfalls empfindlicher geworden. Er hatte sich den Kopf gestoßen. War er dadurch vielleicht sogar klüger geworden? Steve schlief wieder ein. Eine Minute später – oder war es eine Stunde? – ein weiterer Duft. Würzig mit einem Hauch von Vanille. Das Parfüm einer Frau. Steve glaubte, eine Stimme zu hören, die seinen Namen rief. Aber vielleicht träumte er nur.

»Steve, bist du wach?«

»Mauna Loa?«

Er öffnete die Augen. Victoria stand über ihm, senkrechte Linien auf der Stirn. Die Zärtlichkeit und die Besorgnis in ihrem Blick schnürten ihm die Kehle zu.

»Wann habe ich dir das letzte Mal gesagt, wie schön du bist?«, krächzte er.

»Alles in Ordnung, Steve?«

»Und dass ich dich liebe? Ich liebe dich wirklich sehr. Und ich schätze und respektiere dich. Ich schätze dich unendlich.« Er begann, ein Liebeslied zu singen: *»Cherish is the word ...«*

Die Falten auf Victorias Stirn wurden noch tiefer.

Victoria fand, dass das drollige Lächeln gar nicht zu Steve passte. Seine sonst so scharfen Züge wirkten fast engelsgleich, die Ecken und Kanten seiner Persönlichkeit waren wie abgerundet.

»Du bist wunderschön«, sagte Steve. »Habe ich dir das in letzter Zeit mal gesagt?«

»Ja. Vor dreißig Sekunden.«

»Und was du anhast, sieht einfach toll aus«, fuhr er fort.

»Dieser Fetzen?« Victoria betrachtete das zerknitterte Sommerkleid mit den Spaghettiträgern. Sie hatte es sich nach Herberts Anruf eilig übergeworfen und fühlte sich ganz und gar nicht gut angezogen. Für einen Tropfen Must de Cartier hatte es noch gereicht, doch sie trug kein Make-up und fühlte sich nach den unzähligen Gimlets der vergangenen Nacht blass und wie ausgetrocknet. »Das Kleid habe ich schon seit dem College. Du hast es hundertmal an mir gesehen.«

»Es passt so gut zu deinen Augen.«

»Es ist rot und weiß, Steve. Ich verstehe den Zusammenhang nicht ganz.«

»Ich auch nicht. Aber heute finde ich einfach alles schön.«

Vorsichtig betastete sie seine Stirn. Direkt unter Steves Haaransatz wölbte sich eine blauviolette Beule.

»Bobby«, sagte er. »Wo ist Bobby?«

»Bei deinem Vater. Er schläft. Ihm geht's gut.«

»Ich liebe den Jungen. Ich könnte ihn nicht mehr lieben, wenn ich sein Vater wäre.«

»Ich weiß. Und er weiß es auch.«

»Ich war verwirrt und wie ... verloren. In einer Art Nebel. Aber jetzt sehe ich klar.«

Bitte nicht, dachte Victoria. Bitte nicht singen.

Zu spät. Steve legte bereits los. *»I can see clearly now ...«*

Die Krankenschwester hatte ihr gesagt, Steve habe eine mittelschwere Gehirnerschütterung. Davon, dass er von Aliens besessen war, war nicht die Rede gewesen.

Steve sang nur bis zu der Textstelle, an der sich der Regen verzog, dann platzte er heraus: »Ich werde mich ändern, Vic.«

»Inwiefern?«

»Ich werde weniger reden und mehr zuhören. Ich werde ganz für dich da sein und alle Leute netter behandeln.«

»Ich glaube, ich bin im falschen Zimmer.«

»Wir müssen mehr zusammen unternehmen. Vielleicht sollten wir uns zu einem Kochkurs anmelden. Oder einem Opernclub beitreten. Was hältst du von Ballett? Ballett liebst du doch, nicht wahr?«

»Aber du hasst es.«

»Das macht nichts. Ich möchte etwas für dich tun.«

»Was ist eigentlich in dieser Infusion?«

»Keine Ahnung. Warum?«

»Weil ich gern eine Kiste von dem Zeug bestellen würde.«

Jemand klopfte an die offene Tür. Willis Rask kam herein. An seiner Hüfte wippte eine Pistole.

»Komme ich ungelegen?«

»Nein, Sheriff«, sagte Victoria.

»Willis«, sagte Steve. »Mann, ich liebe dich.«

»Schön. Ich habe mit deinen Ärzten gesprochen.«

»Seit wann habe ich Ärzte?«

»Posttraumatische Amnesie. So was vergeht.« Rask grinste. »Sie haben dein Hirn durchleuchtet und nichts gefunden.«

»Ist das gut?«, fragte Steve.

»Ich glaube, der Sheriff hat gerade einen Witz gemacht«, sagte Victoria nachsichtig.

»Die Blumen hast du offenbar bekommen.« Rask nickte in Richtung des Nachttisches.

»Sind die von dir?« Das drollige Grinsen auf Steves Gesicht schien einem ganz anderen zu gehören.

»Ich habe sie bestellt, aber nur auf Anweisung. Hast du die Karte nicht gelesen?«

Steve wollte sich aufrichten, gab den Versuch aber sofort wieder auf. »Vic, könntest du ...?«

Victoria pflückte die Karte von dem Plastikspeer und las laut vor: »›Hoffentlich bist du bald wieder okay. Sobald es dir besser geht, angeln wir uns einen fetten Wahoo.‹ Unterschrift: ›Jimmy B.‹«

»Wie nett von ihm«, sagte Steve. »Wie unheimlich nett.«

»Du bist also tatsächlich mit Jimmy Buffet befreundet?«, sagte Victoria.

»Ich hab ihn ja soooo lieb«, seufzte Steve.

Victoria hörte zu, wie Sheriff Rask versuchte, von Steve eine brauchbare Aussage zu bekommen. Doch der schweifte immer wieder in wilde Beteuerungen ab, wie sehr er die Keys liebte, die Fische, die Vögel und jeden einzelnen Alligator, wie Bobby seinen Arsch gerettet hatte, aber behauptete, das sei ein Delfin gewesen. Und überhaupt, war Bobby nicht der großartigste Junge der Welt und Herbert der beste Vater, den man sich denken konnte? Ja, und wusste Willis eigentlich, was für eine wunderbare Geliebte Victoria war? Sogar besser als die gelenkige kleine Turnerin aus Auburn, die er damals, vor langer, langer Zeit, während der College-Baseball-Playoffs aufgerissen hatte.

Rask machte sich Notizen, aber viel Nützliches gab Steve nicht von sich. An das Nummernschild des Motorrads konnte er sich nicht erinnern. Den Fahrer hatte er nicht erkannt. Wegen des futuristischen Helms wusste er nicht einmal, ob der Flaschenwerfer männlich oder weiblich gewesen war.

»Keine Ahnung, wer mich umbringen möchte.«

»Wenn dich tatsächlich jemand umbringen wollte«, gab Rask zu bedenken, »hätte er eine Knarre benutzt, nicht eine Flasche Altöl. Sieht mir mehr nach einer Warnung aus.«

Der Sheriff fragte Steve, ob er sich in letzter Zeit mit jemandem angelegt hatte. Steve erwähnte Pinky Luber, konnte sich aber nicht vorstellen, dass der sich auf eine Harley schwang.

Rask sagte, dass dort, wo der Caddy das Brückengeländer durchbrochen hatte, jede Menge Flugblätter auf der Straße herumlagen, und Steve erinnerte sich daran, dass Darth Vader Papier in die Gegend geworfen hatte.

»Auf den Flyern geht es um Oceania«, sagte Rask. »›Für einen sauberen Golf! Schützt die Riffe!‹ So in der Art. Und alle tragen das Logo von Keys Alert. Kennst du diese Gruppe?«

»Delia Bustamente«, säuselte Steve. »Süßes Kind. Besitzt ein Restaurant.«

»Hast du mit ihr nicht auch irgendwann mal Bohnen gebacken?«

»Das ist lange her«, sagte Steve.

»Seit die Sache mit Oceania publik ist, kriegt Delia den Mund nicht mehr zu. Sie organisiert den Widerstand gegen das Projekt.«

Victoria ließ mehr Licht durch die Jalousien. Draußen zauste eine Brise die Wedel einer gewaltigen Königspalme. »Glauben Sie, dass Steve beinahe getötet wurde, nur weil wir Hal Griffin verteidigen?«

Rask zuckte die Achseln. »Wenn ihr Griffin freibekommt, wird Oceania gebaut. Wenn nicht, dann ist das Projekt vom Tisch. Aber die Leute von Keys Alert sind keine Ökoterroristen.«

»Sicher?«

»Die meisten von ihnen waten nur gern durch die Brandung, ohne hinterher Teerklumpen an den Füßen zu haben.«

»Delia Bustamente war bis kurz vor dem Ablegen an Bord der *Force Majeuere*«, sagte Victoria. »Das solltest du nicht vergessen, Steve. Glaubst du wirklich, dass sie unfähig ist, Gewalt anzuwenden?«

Steves Antwort war ein friedliches Schnarchen. Seine Augen waren geschlossen, und er lächelte selig.

»Glauben Sie, er wird wieder ganz der Alte sein, wenn er nicht mehr am Tropf hängt?«, fragte Rask.

»Ich hoffe, das dauert noch eine Weile«, sagte Victoria. »Das neue, überarbeitete Modell gefällt mir recht gut.«

Ein paar Minuten später verabschiedete sich Rask bei Victoria und bei seinem schnarchenden Kumpel.

Victoria setzte sich auf den Stuhl neben Steves Bett und dachte über die Ereignisse des Tages nach. Dass dies nicht der richtige Zeitpunkt war, um mit Steve Schluss zu machen, stand für sie natürlich fest. Einen Lover abzuservieren, der im Krankenhaus lag, gehörte sich einfach nicht. Abgesehen davon wartete jede Menge Arbeit auf sie beide. Onkel Grif hatte sie auf dem Handy angerufen, als sie auf dem Weg zum Krankenhaus war. Er hatte von Steves Unfall gehört und sich erkundigt, ob sie Hilfe brauchte. Ob er Steve mit einem Privatflugzeug nach Miami fliegen oder Spezialisten auf die Keys bringen lassen sollte – sie musste es nur sagen. Und er wollte, dass Solomon & Lord ihn weiterhin vertraten. Er vertraute ihr und hoffte, dass sie ihm auch vertraute.

Als Victoria zögerte, fügte Griffin hinzu: »Deine Mutter und ich hatten eine ganz besondere Beziehung, Prinzessin. Wir waren sehr eng befreundet und standen einander so nahe, wie es zwei Menschen, die kein Verhältnis miteinander haben, nur möglich ist. Und wir haben nichts getan, wofür wir uns schämen müssten. Das ist die reine Wahrheit.«

Konnte sie ihm glauben? Onkel Grif und die Wahrheit waren eher entfernte Verwandte als Zwillingsbrüder. Trotzdem entschuldigte sich Victoria bei ihm für ihre Verdächtigungen. Er wollte nichts davon hören und sagte, er könne sie verstehen. Schließlich stünde sie unter großem Stress.

Ihre Mutter und Onkel Grif. Noch etwas, das bis nach dem Prozess warten musste. Dann würde sie die ›ganz besondere Beziehung‹ genauer unter die Lupe nehmen. Sie suchte schließlich nach einem Grund für den Selbstmord ihres Vaters. Und falls sich ihr Verdacht doch bestätigte, würde sie ihre

Mutter und Onkel Grif mit einem sauberen chirurgischen Schnitt aus ihrem Leben entfernen.

Auch die Sache mit Steve war nur aufgeschoben. Dafür hatte die mittelschwere Gehirnerschütterung gesorgt. Nach Abschluss des Falles würde sie noch einmal alles überdenken. Und falls sie auch hier das Skalpell ansetzen musste, würde das zwar schmerzhaft werden, aber auch einen Schritt nach vorn bedeuten. Eine Verbindung zu lösen bedeutete auch, Unabhängigkeit zu gewinnen.

Aber mitten in einem Mordfall trifft man am besten keine unumkehrbaren Entscheidungen.

Aus dem Bett kam ein lautes Schnauben. »Hast du etwas gesagt?«, fragte Steve benommen.

»Delia Bustamente ... Du glaubst tatsächlich, Gewalt ist nicht ihr Ding?«

»Es sei denn, sie zerlegt gerade Schweinehälften.«

»Im Ernst, Steve. Wir haben endlich eine tragfähige Verteidigungsstrategie. Könnte sie nicht hinter dem Angriff auf dich und dem Mord an Stubbs stecken?«

Steve befühlte die Beule an seiner Stirn. »Delia ist eine Seele von Mensch. Sie hat Temperament. Dabei ist sie warmherzig und humorvoll. Sie ist eine gute Köchin und ...«

»Okay. Schon verstanden.«

Steve schloss die Augen. Bevor er wieder einschlafen konnte, fragte Victoria: »Und wer war diese unglaublich gelenkige Turnerin aus Auburn?«

Solomons Gesetze

§ 7 Wenn du eine Ex triffst, die du abserviert hast, geh davon aus, dass sie bewaffnet ist.

Sechsundzwanzig

Bonnie bürgt für Clyde

Der Arzt war Mitte dreißig und für Steves Geschmack zu jung und zu braungebrannt. Auch die Tätowierung auf seinem Unterarm – ein Windsurfer, der über eine Welle sprang – wirkte nicht gerade vertrauensfördernd. »Ihre Werte sind unverdächtig, Ihre Reflexe funktionieren. Also, was ist zwei und zwei?«

Steve wurde das Gefühl nicht los, dass der Arzt es eilig hatte. Vielleicht frischte der Wind gerade auf. Ein alter Witz fiel ihm ein: Ein Priester, ein Psychiater und ein Anwalt werden gefragt: *»Was ist zwei plus zwei?«* Steve senkte die Stimme und antwortete mit der Pointe des Anwalts: »Welches Ergebnis wäre Ihnen denn recht?«

Der Arzt rang sich ein Lächeln ab und kritzelte etwas auf ein Clipboard. Er entließ Steve mit der Aufforderung, sich bei Kopfschmerzen oder Schwindel sofort zu melden. Außer einer Packung Schmerztabletten gab er ihm noch einen freundlichen Hinweis mit auf den Weg: In der Eingangshalle des Krankenhauses zog ein ganzer Schwarm Reporter wie Aasgeier seine Kreise. Sie wollten ein Foto, wollten wissen, ob es eine Verbindung zwischen dem Vorfall auf der Brücke und dem Mordfall Griffin gab. Steve überlegte kurz. Was sollte er sagen?

»Es gibt offenbar Kräfte, die alles daransetzen, Hal Griffin aufzuhalten, die sogar nicht davor zurückschrecken, seinen Anwalt aus dem Weg zu räumen.«

Aber stimmte das auch? Steve hatte keine Ahnung. Zum ersten Mal in seinem Berufsleben beschloss er, sich die Gelegenheit für Gratiswerbung entgehen zu lassen, und schlüpfte zum Lieferanteneingang hinaus.

Victoria wartete auf dem Krankenhausparkplatz auf ihn. Sobald Steve im Wagen saß, bat er sie loszufahren. Sie fädelte sich in ihrem Mini Cooper zwischen zwei Fernsehübertragungswagen ein und fuhr nach Süden, Richtung Key West. Sie wollten Delia Bustamente einen unangekündigten Besuch abstatten.

»Warum schleichen wir uns eigentlich davon?«, fragte sie. »Sonst kannst du doch keiner Kamera widerstehen.«

»Im Augenblick wäre alles, was ich sagen könnte, reine Spekulation. Für eine intelligente Aussage weiß ich einfach noch zu wenig.«

»Normalerweise ist das für dich kein Hindernis.«

»Ich versuche diesmal, Umsicht walten zu lassen.«

Wieder einmal fragte sich Victoria, wie lange die Wirkung der Medikamente wohl noch anhalten würde.

Steve schnappte sich ihr Handy und rief Bobby an. Dem Jungen ging es gut. Er wollte mit seinem Großvater Shrimps fangen gehen. Nein, er musste sich nicht schonen. Er hatte den halben Tag geschlafen, und jetzt war ihm mega-langweilig. Ein echtes Stehaufmännchen.

Victoria parkte auf der Duval Street in Key West. Als Erstes mussten sie bei Fast Buck Freddy's für Steve Kleider kaufen. Innerhalb von fünfzehn Minuten erstand er ein Outfit, das er für ein echtes Modepostulat hielt. Schwarze Sneakers, dazu eine grün gemusterte Camouflage-Hose und ein T-Shirt mit dem Aufdruck:

Vierundzwanzig Flaschen Bier pro Kiste,
Vierundzwanzig Stunden hat der Tag.
Zufall?

Steve zog sich das Shirt über und stolzierte damit durch den

Laden. Doch weder *GQ* noch ein anderes Lifestyle-Magazin rief an und bat um einen Fototermin. Victoria bezahlte die Rechnung und bestand darauf, die Tüten zu tragen. Steve hatte nichts dagegen. Er wollte so viel Kapital wie irgend möglich aus seiner Gehirnerschütterung schlagen.

Kurz vor Sonnenuntergang schlenderten sie über den Mallory Square. Wie üblich hatte sich dort eine große Touristenschar um die Jongleure, Pantomimen und Ballonverkäufer versammelt. Ein Mann saß hinter einem Schild, auf dem stand: *Ich lese – bitte füttern!* Er unterhielt die Meute leidlich mit Passagen aus Hemingways *Inseln im Strom.*

»Wie fühlst du dich?«, fragte Victoria zum zehnten Mal.

»Ein bisschen wattig. Aber mit ein paar Margaritas kriege ich das bestimmt in den Griff.«

»Kein Alkohol, hat der Arzt gesagt.«

Steve verzichtete auf einen Widerspruch. Es gefiel ihm, sich von Victoria umsorgen zu lassen, und er schwamm noch immer auf der posttraumatischen Welle aus Schmerzmitteln, guten Vorsätzen und tiefer Zuneigung.

Sie spazierten am Strand entlang zum Havanna Viejo, Delia Bustamentes Restaurant.

Einige Gäste saßen an der Bar auf der Veranda. Liz O'Connor, eine musikalische Lokalmatadorin, spielte Gitarre und sang: Wenn der Geldautomat nichts mehr herausrücke, sei es Zeit zu gehen.

»Wie wär's mit ein paar Austern in Knoblauchsoße, bevor wir mit Delia reden?«, fragte Steve Victoria.

»Hat der Arzt dir nicht Schonkost verordnet?«

»Doch, Ma'am. Danke, dass du mich daran erinnerst.«

Wieder musterte Victoria Steve mit dem verwunderten Blick, den er inzwischen schon recht gut kannte. Steve hielt ihr lächelnd die Tür auf. Das Havana Viejo war wie viele Restaurants von Key West ganz auf maritim getrimmt. Die Dekoration bestand vorwiegend aus Ankern, Bojen und Haifischgebissen. Schwarzweißfotos von einem Kuba der Prä-Castro-Ära schmückten die Wände. In der Luft hing das Aroma von Currysoße und Muschelauflauf. Unter dem gerahmten Bild eines Jachtclubs im alten Havanna saßen die Stammgäste in Shorts, T-Shirts und Sandalen und vertilgten Schwertfisch in Mango und Scotch Bonnet Chilli Glasur. Delia Bustamente, Restaurantbesitzerin und Köchin, hatte ein sehr leidenschaftliches, geradezu erotisches Verhältnis zum Essen. Und soweit sich Steve erinnerte, war sie auch im Bett eine ganz heiße Nummer.

»Hast du Hunger, Vic?«, fragte er auf dem Weg zur Küche.

»Glaubst du, Delia kocht noch für dich?«

»Warum denn nicht?«

»Ich dachte, du hättest sie abserviert.«

»Ich lege Wert auf ein freundschaftliches Verhältnis zu den Frauen, mit denen ich mal zusammen war. Das ist ein Teil meines Charmes.«

»Tatsächlich? Und was ist der andere?«

Sie gingen durch die Schwingtür in die Küche. Delia stand vor einem Gasherd. Sie gab gerade Papayascheiben und Apfelstücke in einen Topf, aus dem das Aroma von braunem Zucker und Zimt aufstieg. Papaya-Apfelsoße reichte sie zu einer ihrer Spezialitäten – würzigem gegrilltem Lachs.

»Was rührst du denn da zusammen, Babe?« Steve breitete die Arme aus, als wolle er sie schon aus zwanzig Metern Entfernung an seine Brust drücken.

Delia blickte auf. Ihre schwarzen Augenbrauen schossen in die Höhe. Sie trug eine schwarze Stretchhose und ein pinkfarbenes Spaghettiträgertop mit einem geschnürten Brustteil. Die Schnürung war allerdings offen. Ein dünner Schweißfilm ließ ihr karamellfarbenes Dekolletee verführerisch schimmern. Das dunkle Haar hatte sie sich mit einer Spange nach hinten gesteckt, was ihre hohen Wangenknochen besonders gut zur Geltung brachte.

»Bastard! Hurensohn! *Y que carajo tu haces aqui, cabron, hijo de la gran puta, descarado?«*

»Du tust meiner Mutter Unrecht.«

»Come mierda!« Sie warf den Rührlöffel nach Steve, verfehlte ihn aber. Ein paar angebratene Papayastücke landeten auf seinem T-Shirt.

»Delia, Süße! Traum meiner schlaflosen Nächte! Stimmt etwas nicht?«

»Bastard!« Sie griff nach einem Fleischerbeil und schleuderte es quer durch die Küche. Steve hätte sich geduckt, aber der Wurf war hoch und weit und erschien ihm nicht sonderlich gefährlich.

Das Beil traf einen Holzbalken und blieb darin stecken. Erst jetzt wurde Steve klar, dass er gar nicht das Ziel der Attacke gewesen war. An dem Balken hing ein Foto von ihm. Es war draußen an der Bar aufgenommen. Er hatte den Kopf zurückgeworfen und schlürfte eine Auster. Jemand hatte das Bild mit einem Salvador-Dali-Schnurrbart verziert. Steve sah darauf aus, als habe er in jedem Nasenloch eine Maus stecken, deren dünner Schwanz bis auf sein Kinn fiel. Die schwarze Augenklappe, die der Künstler ebenfalls hinzugefügt hatte, gab ihm ein verwegenes, piratenhaftes Aussehen. Und jetzt hatte das Fleischerbeil seine Stirn gespalten.

»Wenn das so ist, verzichte ich heute ausnahmsweise auf den Schnapper in Pilzkruste«, sagte Steve zu Delia.

Fünf Minuten später saßen sie zu dritt an einem Picknicktisch aus Douglasienholz auf dem kleinen Pier direkt vor der Küchentür. Victoria versuchte, Delia mit einem Plausch unter

Schwestern milde zu stimmen. Ja, Steve konnte einem schon gehörig auf die Nerven gehen. Weiß der Himmel, wie oft sie ihm am liebsten den Schädel einschlagen würde. »Aber von Ihnen erzählt er nur Gutes, Ms Cruz. Außerdem sind wir in einer rechtlichen Angelegenheit hier. Wenn Sie also so freundlich wären, uns ein paar Fragen zu beantworten …« Aber bevor Victoria mit der Befragung beginnen konnte, musste sie Delia Rede und Antwort stehen.

»Der Bastard hat eine Beule. Haben Sie ihm mit der Bratpfanne eins übergezogen?«

»Ich muss zugeben, die Versuchung war groß. Aber nein. Leider nicht.«

»Schade. Schlafen Sie etwa mit dem *puerco?*«

»Es ist wirklich nicht ganz koscher«, beklagte sich Steve, »mich ein Schwein zu nennen.«

»Wir sind Kanzleipartner«, sagte Victoria, »und …«

Wie soll ich mich ausdrücken? Im Augenblick noch liiert?

»Jetzt hab dich nicht so, Delia«, sagte Steve. »Wir sind geschäftlich hier. Vergessen wir doch mal unseren persönlichen Ballast.«

Delia löste die Spange, die ihr das Haar aus der Stirn hielt, und schüttelte den Kopf. Lange dunkle Strähnen fielen über ihre nackten Schultern. Sie musterte Steve mit einem Blick, der mindestens so scharf war wie das Fleischerbeil. »Ist das große blonde *cerveza* im Bett besser als ich?«

»Gute Güte«, sagte Steve. »Frag doch gleich, was besser schmeckt – Krabbenfleisch oder Filet Mignon.«

»Mir hast du damals gesagt, ich sei die beste Geliebte, die du je gehabt hättest.«

»Ich glaube, ich sagte, die ›lauteste Geliebte‹.«

»Die beste. *Tu eres el mejor amente que he tenido en toda mi vida.«*

»Das war, bevor ich Victoria kennen lernte.«

»Dann ist sie also besser!«

»Das habe ich nicht gesagt.«

Mir schon, dachte Victoria.

»Wieso regst du dich so auf, Delia?«, fuhr Steve fort. »Sex ist schließlich keine olympische Disziplin. Es gibt keine Punkte für Technik oder Stil. Mit jemandem zu schlafen, ist alles Mögliche gleichzeitig: Es ist körperlich, chemisch und emotional, und die Gefühle kommen von ganz tief innen.«

»Was weißt du denn von Gefühlen!«, gab Delia zurück.

»Ich sage doch nur, in dem Moment, wo es passiert, ist jeder für den anderen der beste Liebhaber aller Zeiten. In diesem Augenblick kann man sich nicht vorstellen, je wieder mit jemand anderem zusammen zu sein. Aber die Zeit bleibt nicht stehen, und irgendwann geht man wieder getrennte Wege.«

Delia musterte Victoria mitleidig. »*Ay*, Ihr Herz wird er auch bald brechen, *chica*.«

»Ich habe dein Herz nicht gebrochen, Delia.«

Sie legte die Hand auf ihre üppige Brust. »Ich habe dir alles gegeben.«

»Ja, jede Menge Mangoflan. Geht's nicht ein bisschen weniger dramatisch?«

»Warum machst du nicht einen Spaziergang, Steve, und lässt uns Mädels in Ruhe miteinander reden?«, schlug Victoria vor.

»Mal ehrlich, Delia.« Steve ließ sich nicht beirren. »Von Liebe war nie die Rede.«

»Und die Bouillabaisse, die ich für dich gekocht habe? Wenn das keine Liebe war, was dann?« Delias Augen bekamen einen feuchten Glanz.

»Bouillabaisse kochst du auch für achtköpfige Abendgesellschaften.«

»Aber nicht mit selbstgebackenen Sauerteigcroutons.«

»Okay«, unterbrach Victoria das Geplänkel erneut. »Wir sind uns einig: Steve ist ein gefühlloser Idiot.«

»Bin ich nicht.«

»Und was tust du jetzt?«, sagte Delia angewidert. »*Lambiosa*! Arschkriecher! Du machst die Drecksarbeit für Griffin. Wirst du die Geschworenen genauso belügen wie mich?«

»Ich habe dich nie belogen«, sagte Steve. »Nicht ein einziges Mal.«

»Du sagtest, du könntest meine gegrillten Schweinekeulen für immer und ewig essen. *Siempre y siempre.*«

»Könnte ich auch. Deine Keulen sind wirklich lecker, und die Schalottenglasur schmeckt einfach unvergleichlich.«

»Warum hast du mich dann verlassen?«

»Die große Entfernung war Schuld. Wir haben uns auseinandergelebt.« Steve zuckte die Achseln, als suche er nach weiteren Erklärungen. »Und ich habe Sushi entdeckt.«

»*Cabrón!* Bastard!«

Victoria wollte nichts mehr über Delias Küche und schon gar nichts über ihr Schlafzimmer hören. »Ms Bustamente, Sie sind potenzielle Zeugin in einem Mordfall, und wir würden gern erfahren, was Sie wissen.«

Auf dem nahen Dock landete ein Pelikan und starrte zu ihnen herüber.

»Alles, was ich sagen kann, ist, dass Ihr Mandant den Mann aus Washington aufgespießt hat«, gab Delia zurück.

»Ach«, sagte Steve. »Weißt du, was ein guter Verteidiger dazu sagen würde?«

Delia lachte hämisch auf. »Keine Ahnung. Kennst du vielleicht einen?«

»Ein guter Verteidiger würde sagen, dass du ein besseres Mordmotiv hattest als Griffin. Rühr das mal in deine Bouillabaisse.«

»Halt den Mund, Steve«, befahl Victoria. Die Wirkung der Medikamente ließ offenbar nach.

»Wenn ich jemanden umbringen würde, dann Griffin und nicht seinen Regierungslakaien«, sagte Delia. »Mit Oceania wird er das Riff zerstören, die Küste verschmutzen und mit seinem Casino hart arbeitende Menschen um ihr sauer verdientes Geld bringen.«

»Griffins Projekt ist völlig legal. Er hat alle erforderlichen Genehmigungen und Lizenzen bekommen.«

»Die Lizenz zum Stehlen!«

»Sie waren noch kurz vor dem Mord auf Griffins Boot«, beharrte Victoria.

»Es gab billigen Champagner und matschige Horsd'Œuvres. Dann versuchte er, mich mit einem Job in seinem Hotel zu ködern. Hunderttausend pro Jahr, damit ich die Klappe halte. Ich sagte Griffin, wohin er sich diesen Job stecken kann, und ging von Bord.«

»Wo waren Sie denn danach?«

»Sie wollen wissen, ob ich ein Alibi habe?« Delia lächelte spöttisch. »Zuhause wartete mein Lover auf mich. Wir haben uns stundenlang gegenseitig vernascht. Um Mitternacht aßen wir vier Dutzend Austern, tranken zwei Krüge Sangria und liebten uns dann bis zum Morgengrauen.«

»Sie redet offenbar nicht von mir«, sagte Steve zu Victoria.

»Wir brauchen seinen Namen und seine Adresse«, sagte Victoria zu Delia. »Wir müssen mit ihm sprechen.«

»Falls er nicht zu erschöpft ist«, fügte Steve hinzu.

»Er ist der wunderbarste Liebhaber, den ich je hatte.« Delia fächelte sich mit der Hand Luft zu. »Manchmal werde ich vor Ekstase sogar ohnmächtig.«

»Wahrscheinlich kippt er dir K.o.-Tropfen in die Sangria«, gab Steve zu bedenken.

Victoria warf ihrem Partner einen Klappe-halten!-Blick zu und sagte: »Delia, fällt Ihnen irgendjemand ein, der Ben Stubbs getötet haben könnte und den Mord nun Hal Griffin anhängen möchte?«

»Nein.«

Victoria schob ein Flugblatt über den Tisch. »Haben Sie das hier schon mal gesehen?«

»Selbstverständlich. Keys Alert hat den Flyer extra wegen Oceania drucken lassen. Der Text stammt von mir.«

»Wissen Sie, wer diese Flugblätter auf der Brücke über den Spanish Harbor Channel verstreut hat?«

»Garantiert keiner von meinen Freunden. Die verdrecken die Umwelt nicht.«

»Kennst du vielleicht einen Motorradfahrer, der letzte Nacht dafür gesorgt hat, dass ich mit meinem Wagen von genau dieser Brücke stürzte?«, fragte Steve.

Delia zuckte die Achseln. Sie wirkte erstaunt.

»Mein Neffe war mit im Auto. Er hätte tot sein können.«

»Bobby?«, sagte Delia. »Wenn du nur ein halb so guter Mensch wärest wie er, Solomon, wärst du *un santo*. Ein Heiliger. Ich kenne niemanden, der Bobby etwas zuleide tun würde. Dir übrigens auch nicht – so verkommen du auch sein magst.«

Victoria musterte Delia Bustamente eingehend und stellte zwei Dinge fest. Erstens: Die Frau sagte höchstwahrscheinlich die Wahrheit. Und zweitens: Sie war immer noch in Steve verliebt.

Warum kommt er bei Frauen bloß so gut an?

»Hallo, Schätzchen!« Ein Mann trat aus der Küchentür auf den Pier. Er sprach mit einem britischen Akzent und kam Victoria bekannt vor.

Clive Fowles.

Onkel Grifs Pilot, Captain und Tauchführer. Fowles trug ein kurzärmeliges blaues Hemd mit Epauletten und Safarishorts. Seine helle Haut, die wahrscheinlich nie richtig braun wurde, war von der vielen Sonne ganz pink.

»Hol mich der Teufel, da sitzen ja die Advokaten! Geht's Ihnen gut, Solomon? Über den Zwischenfall auf der Brücke wurde sogar im Radio berichtet.«

»Mir geht's blendend, Fowles.«

Delia sprang auf, warf die Arme um den britischen Austernesser, drückte ihre Brüste an sein Hemd, küsste ihn etwas länger als nötig auf den Mund und schnurrte dabei wie ein Kätzchen. Victoria nahm an, dass sie diese Show für Steve abzog.

»Ms Lord, wie ich sehe, muss ich Ihnen meine Süße nicht mehr vorstellen«, sagte Fowles. »Und soweit ich weiß, sind Mr Solomon und meine Kleine alte Bekannte.« Das sagte er mit einem entwaffnenden Lächeln und ohne jede Ironie.

»Mr Fowles«, sagte Victoria. »Wir würden gern morgen mit Ihnen reden.«

»Morgen bin ich mit dem neuen Boot von Mr G beschäftigt. Aber übermorgen habe ich Zeit.«

Delia hing noch immer an Fowles wie eine Leopardin an einer Antilope. »Entschuldigt uns bitte«, gurrte sie. »Ich muss meinem Kerl etwas *ganz* Besonderes kochen.«

»Augenblick noch«, sagte Steve. »Ihr könnt euch gleich was Schönes bruzzeln. Fowles, weiß Griffin von Ihrer Vorliebe für kubanisches Essen?«

»Sie meinen, ob ich ihm von Delia erzählt habe, Kumpel?« Fowles zuckte die Achseln. »Ich frage Mr G nicht, mit wem er's treibt, und er fragt mich auch nicht danach.«

»Was der *cabrón* wirklich wissen will«, sagte Delia, »ist, ob ich dich dazu angestiftet habe, Griffin einen Mord anzuhängen.«

Der Engländer stieß ein bellendes Lachen aus. »Du bist wirklich gut im Bett, Süße. Aber so gut auch wieder nicht.« Er wandte sich an Steve. Jetzt lächelte er nicht mehr. »Halten Sie mich etwa für einen Idioten, Solomon? Mr G ist ein prima Boss, hat mir ein eigenes Boot gekauft und behandelt mich mit Respekt.«

Steve setzte den starren Solomonblick auf. Kombiniert mit hartnäckigem Schweigen führte er meist dazu, dass sich Zeugen um Kopf und Kragen redeten. Doch Fowles begann wieder zu lachen.

»Was ist los, Kumpel? Haben Sie einen Sonnenstich?«

»Ich denke nur über etwas nach. Während Sie uns zu Griffins Insel flogen, boten Sie an, uns mit zum Tauchen zu nehmen. Sie beteiligen sich an der alljährlichen Fischzählung und unternehmen mit Studenten Tauchausflüge. Sie lieben das Riff und vielleicht auch Delia. Delia wiederum hasst Griffin und dessen Pläne. Ich wüsste zu gern, was sie Ihnen im Bett so zuflüstert. Außerdem geben Sie sich gegenseitig ein Alibi. Wir könnten auch sagen, Bonnie bürgt für Clyde. Sie beide sind das, was man unter Strafverteidigern ein ›plausibles Alternativ-Szenario‹ nennt. Wissen Sie, was das ist, Fowles?«

»Klar, Kumpel. Das heißt, wir würden ganz brauchbare Sündenböcke abgeben. Und jetzt verziehen Sie sich. Übermorgen können wir uns gern noch einmal unterhalten. Aber im Augenblick habe ich einen Mordsappetit, und nicht nur auf gebratenen Schnapper.«

Delia schmiegte sich kichernd an Fowles' Hals. Falls die beiden Angst vor einem Mordvorwurf hatten, zeigten sie es wahrlich nicht.

Victoria stand auf. »Bis bald, Mr Fowles. Nett, Sie kennen zu lernen, Delia.«

Delia und Fowles gingen eng umschlungen zur Küchentür.

»Gute Nacht, ihr Turteltäubchen«, sagte Steve.

»Adiós, cabrón«, gab Delia zurück. »Bist du Manns genug zuzugeben, dass du gern mal wieder ein bisschen naschen würdest?«

»Bitte keine Anzüglichkeiten, Delia.«

»Ich rede von meinem Mangoflan.«

»Du flambierst ihn zu heiß!«, rief Steve hinter ihr her. »Dabei gerinnt die Sahne.«

Ein paar Minuten später gingen Steve und Victoira schweigend an den Docks entlang. Über ihren Köpfen kreischten die Möwen.

»Woran denkst du?«, fragte sie. »Außer an Delias kulinarische Spezialitäten.«

»An dich.«

»Ach.«

»Ich wüsste gern, was mit dir los ist.«

»Dann hast du also etwas gemerkt. Siehst du in meinem Fall auch schon ein plausibles Alternaiv-Szenario?«

Victoria fragte sich, wie viel Steve bereits ahnte. Von Delias Gefühlen für ihn hatte er offenbar nichts gewusst. Funktionierten seine Instinkte in ihrem Fall besser?

»Du bist schon eine ganze Zeitlang unglücklich«, sagte Steve. »Aber ich war so mit anderen Dingen beschäftigt, dass ich es nicht gemerkt habe.«

»Warm. Sprich weiter.«

»Du denkst über vieles nach und fragst dich, ob du die richtigen Entscheidungen getroffen hast. Auch in Bezug auf mich.«

»Ganz heiß«, sagte sie. »Und was willst du jetzt unternehmen?«

»Ich möchte an unserer Beziehung arbeiten, bevor du ein

Fleischerbeil nach mir wirfst, oder – schlimmer noch – bevor du einfach gehst, ohne vorher etwas nach mir geworfen zu haben.«

»Feueralarm«, sagte Victoria. Sie fragte sich, ob die Flamme in einer Beziehung jemals mit genau der richtigen Temperatur brennen konnte. Heiß genug, um alles am Köcheln zu halten, aber nicht so heiß, dass die Sahne gerann.

Siebenundzwanzig

Schnüffeln oder nicht schnüffeln

Herbert zerkleinerte in der Kochnische des Hausbootes frische Minzeblätter und bombardierte Steve nebenbei mit Fragen. »Weißt du, dass Billy Wahoo im Radio von dir gesprochen hat?«

»Billy Wahoo ist ein Schwätzer.«

»Ein Anrufer wollte wissen, warum dich die Haie nicht gefressen hätten. Billy sagte, das sei reine Höflichkeit unter Kollegen gewesen.«

»Ein Schwätzer, der sich dringend mal einen neuen Witz einfallen lassen sollte.«

Es war der Tag nach dem Besuch im Havanna Viejo. Steve befand sich im Kreise seines Beraterstabs – seinem Vater und seinem Neffen. Herbert bearbeitete mit einer Handpresse ein Stück Zuckerrohr und träufelte den süßen *Guarapo* in ein Glas mit Eiswürfeln. »Billy hat die Hörer gefragt, was sie für wahrscheinlicher hielten: dass du einen Unfall gehabt hättest, oder dass dich jemand wegen dem Fall Griffin aus dem Weg räumen wollte.«

»Ach.«

»Die Mehrheit hält dich schlicht für einen von vielen schlechten Autofahrern aus Miami.« Herbert goss eine ansehnliche Menge Rum in das Glas, gab frischen Limonensaft, ein wenig Soda und die Minze hinzu. »Glaubst du, die kubanische Braut hatte etwas mit dem Angriff auf dich zu tun?«

»Völlig ausgeschlossen«, sagte Steve.

»Ausgeschlossen, Genossen«, bekräftigte Bobby.

»Delia neigt zu Gefühlsausbrüchen. Aber Gewalt – das passt nicht zu ihr.«

Herbert kostete seine Mischung und nickte zufrieden. »Was sagt denn Victoria dazu?«

»Sie ist sicher, dass mich ein ganzes Heer von Frauen am liebsten von der Straße fegen würde.«

»Ist sie deshalb gestern Nacht nicht hiergeblieben?«

»Vic kann im Hotel besser schlafen.«

»Aha. Wie lange ist es her?«

»Was?«

»Seit ihr beide es gemacht habt?«

»Bitte, Dad. Nicht vor dem Kind.«

»Onkel Steve macht's Tori«, sagte Bobby. »Wollt ihr hören, was ich damit anstellen kann?«

»Nein, Bobby. Heute bitte keine zweideutigen Anagramme.«

»TESTE SCHAMTEIL VORN: OK.« Bobby sortierte die Buchstaben fast schneller um, als Steve es ihm verbieten konnte.

»Hoffen wir's.« Herbert nahm einen Schluck von seinem Drink, dann wandte er sich an Steve. »Als ich so alt war wie du, haben deine Mom und ich es jeden Tag miteinander getrieben. Manche Männer gingen in der Mittagspause zu ihrer Geliebten. Ich ging auf einen Quickie mit meiner Frau nach Hause.«

»Wenn es dir nichts ausmacht, Dad, stelle ich mir dich und Mom lieber nicht im Schlafzimmer vor.«

»Fürs Schlafzimmer war die Mittagspause zu kurz. Wir machten es im Stehen in der Küche.« Herbert leerte seinen Mojito. »Sohn, pass auf, dass deine Braut dich nicht abserviert.«

Bobby saß mit seinem Laptop am Küchentisch und tat, als höre er nicht zu. Er hatte eine Website mit Live-Satellitenbildern der Florida Keys gefunden und sah sich die Nacktbadestrände an. Steve hing in einem Korbsessel. Seine Kopfschmerzen hatten sich von einer brüllenden Lawine zu einem dumpfen Pochen reduziert. Über ihm rührte ein Deckenventilator in der feuchten Luft.

»Du sagtest, Pinky Luber hätte ein paar unangenehme Freunde«, begann er. »Weißt du, ob darunter auch Harleyfahrer sind?«

»Du bist auf dem Holzweg«, sagte Herbert. »Pinky würde niemals ein Kind gefährden.«

»Er spricht von mir, Onkel Steve, nicht von dir.« Mit einem Mausklick zoomte sich Bobby in ein Satellitenbild. »Schaut mal, das ist Pirates Cove! Man kann sogar das Oberdeck von Gramps' Hausboot sehen.«

Steve hätte gern gewusst, ob Bobby auch ein Foto von Pier House auf dem Computer hatte. Er wollte durch die Fenster von Victorias Zimmer direkt in die dunkelste Ecke ihres Herzens schauen. Aber wenn die moderne Satellitentechnik das schon nicht schaffte, wie sollte *ihm* es dann gelingen? Im Augenblick wollte er lieber nicht über seine persönlichen Probleme nachdenken. »Dad, warum nimmst du Luber, diesen Scheißkerl, eigentlich immer in Schutz?«

»Über Pinky rede ich nicht.« Herbert reichte Steve einen Drink. »Das wird dir gut tun.«

»Eine ehrliche Antwort wäre besser als ein Mojito.«

»Etwas Besseres als einen Mojito gibt es nicht.« Herbert sah über Bobbys Schulter auf den Monitor. »Sieh mal an, der Kanal. Glaubst du, heute Nacht laufen die Shrimps?«

»Shrimps können gar nicht laufen, Gramps.«

»Gut, dann kriegen wir sie leichter. Schalt das Ding aus und mach die Netze und Laternen fertig.«

Herbert lenkt mal wieder vom Thema ab, dachte Steve. Das macht er schon sein Leben lang. Gewohnheitsmäßige Fahrerflucht. Erst der überflüssige Hinweis, Victoria könne ihn möglicherweise abservieren, dann die ausweichende Antwort auf die Frage nach Luber.

Was hat mein alter Herr zu verbergen?

»Gehst du mit uns Shrimps fangen, Onkel Steve?«, fragte Bobby.

»Nein«, antwortete Herbert, bevor Steve etwas sagen konnte. »Onkel Steve muss sich schonen.«

Schnüffeln oder nicht schnüffeln.

Das war die Frage, die sich Steve nun stellte.

Aber es gab noch eine andere:

Warum nimmt Dad Luber, den Schweinehund, der ihn mit seiner Falschaussage ruiniert hat, in Schutz?

Im Augenblick gab es deutlich mehr Fragen als Antworten. Von Rum und Schmerzmitteln benebelt, lehnte sich Steve auf der Plastikbank auf dem hinteren Deck zurück und starrte aufs Wasser. In einem Balsambaum trällerte ein unsichtbarer Vogel. Sein Piepen erinnerte an einen Handyklingelton. Herbert und Bobby waren mit dem Angelboot zum Sugarloaf Key aufgebrochen. Sie wollten vor der Brücke ankern und in den nächsten Stunden massenweise Shrimps aus dem Wasser holen.

Genau wie die auflaufende Flut bewegten sich Steves Gedanken langsam, aber unaufhaltsam in eine bestimmte Richtung. Er hatte ausreichend Gelegenheit, sich hier ein bisschen umzusehen. So wie es Cops taten, wenn sie keine Durchsuchungsgenehmigung hatten.

Nein … ich kann nicht einfach in Dads Sachen herumwühlen.

Was ist schon dabei? … Dad darf nur nichts davon merken.

Also … Wo fange ich an?

Falls sein alter Herr je in unsaubere Machenschaften verwickelt gewesen war, hatte er zumindest kein Kapital daraus geschlagen. Würde er sonst auf diesem Wrack im seichten Wasser von Pirates Cove leben?

Steve begann mit der Suche auf dem Oberdeck. Es war ein offenes Partydeck mit einer Brücke am Bug. Ein gutes Versteck gab es hier nirgends. Die verschließbaren Kästen auf dem Hauptdeck waren mit Angelzubehör, Landungshaken, Taschenlampen und Tauen vollgestopft. Steve hörte einen Außenbordmotor in der Bucht. Wahrscheinlich jagten irgendwelche Kids in einem Boot zum Angeln Richtung offene See.

Steve schlüpfte in Herberts Kajüte, warf einen Blick in die Einbauschränke und beschäftigte sich mit einem Stapel Khakishorts und T-Shirts.

Wonach suche ich eigentlich?

An einer Schottwand stand ein kleiner Schreibtisch. Ein paar Rechnungen waren in die hölzernen Fächer gestopft. In einer Schublade lag neben Briefpapier das Scheckbuch seines Vaters. Steve studierte die Belege. Kleine Beträge. Strom, Getränke, Telefonrechnung.

Telefonrechnung.

Erst gestern bezahlt.

Steve kippte den Plastikpapierkorb unter dem Schreibtisch aus. Wurfsendungen. Immobilienwerbung. Die Ankündigung einer Moskitobekämpfungsaktion des Monroe County. Und dazwischen ... die Handyrechnung.

Steve sah sich die Nummern darauf an. Einige kannte er. Seine eigene natürlich. Außerdem eine Nummer in Coral Gables. Sie gehörte Teresa Torano, einer Mandantin und Freundin, die Steve von seinem Vater geerbt hatte. Außerdem gab es eine ganze Anzahl von Anrufen bei einem Anschluss in Miami, der Steve nichts sagte. Fünf Anrufe waren es allein an dem Tag gewesen, an dem Steve Luber befragt hatte. Die aufgeführten Zeiten sagten ihm, dass zwei Gespräche vor und drei nach dem Termin mit Luber stattgefunden hatten. Das hatte wahrscheinlich nichts zu bedeuten, aber ...

Steve wählte und wartete.

Eine kühle Frauenstimme sagte: »Mr Jones' Büro.«

Jones. Warum nicht gleich Smith oder Miller?

»Kann ich bitte Mr Jones sprechen?«

Wer immer das sein mag.

»Wer ist am Apparat?«

»Mr Darrow. Clarence Darrow.«

»Weiß Mr Jones, weshalb Sie anrufen, Mr Darrow?«

Ich bezweifle es. Ich habe ja selbst keine Ahnung.

»Es geht um eine persönliche Angelegenheit«, sagte Steve. Eigentlich war das nicht gelogen.

»Wenn es nichts Gerichtliches ist, ruft Mr Jones erst nach achtzehn Uhr zurück.«

Ah, etwas Gerichtliches.

»Ja, also ... Ich habe die schriftliche Aufforderung erhalten, mich als Geschworener ...«

Die Frau lachte. »Und nun rufen Sie den Amtsleiter an, weil sie von Ihrer Verpflichtung entbunden werden wollen?«

Amtsleiter. Steve fiel ein ganz bestimmter Name ein. *Reginald Jones.* Amtsleiter des Miami-Dade-County-Bezirksgerichts. Steve hatte den Namen schon x-mal gelesen. Er stand auf jeder Vorladung, auf jeder Dienstanweisung und auf sämtlichen offiziellen Dokumenten, die das Gerichtsgebäude verließen.

»Ich wollte Mr Jones sagen, das mein Name falsch geschrieben wurde.«

»Ich werde es weiterleiten, Mr Darrow. Guten Tag.«

Steve schenkte sich noch einen Mojito ein, der den Namen

eigentlich nicht verdiente, denn er verzichtete auf Zucker, Soda, Limonensaft und Minze. Während er an dem Rum nippte, überlegte er, was sein Vater und Reginald Jones miteinander zu schaffen hatten.

Jones stand an der Spitze der Hierarchie anonymer Bürokraten, die die öffentliche Verwaltung am Laufen hielten. Sein Jahresgehalt bewegte sich im sechsstelligen Bereich. Doch in den Medien tauchte sein Name nur auf, wenn es im Gericht eine Bombendrohung gab oder wenn dort die Hausmeister streikten. Jones dirigierte als Vorgesetzter einige hundert Beamte, Gerichtsdiener und Verwaltungskräfte, die wiederum die langsamen Mühlen des Rechtssystems am Laufen hielten. Dazu gehörten die Zivilkammer, die Strafkammer und das Jugendgericht. Sie kümmerten sich um die Einberufung von Geschworenen, um Adoptionen, Heiratsurkunden, Grundbucheinträge und Steuerpfändungen – kurz, um die vielen alltäglichen Eingriffe des Staates in das Leben seiner Bürger.

Aber Herbert Solomon hatte mit der Justizverwaltung nichts mehr zu tun. Jedenfalls nicht im Augenblick. *Obwohl früher …*

In Steve regte sich eine Erinnerung. Als Kind hatte er die Besuche im Gericht geliebt und sich im Glanz der Macht und der Autorität seines Vaters gesonnt. Herbert Solomon war damals der Oberste Bezirksrichter gewesen. Pinky Luber, zu jener Zeit Oberstaatsanwalt, hatte unter Herbs Vorsitz reihenweise Kapitalverbrechen zur Anklage gebracht. Vor dem Richtertisch hatte oft ein schlanker, junger, afroamerikanischer Beamter mit einem ordentlich gestutzten Schnauzbart gesessen. Er stempelte Beweisstücke und Tatortskizzen, sorgte effizient und umsichtig für einen reibungslosen Ablauf der Verhandlungen. Richter Solomon schien den Mittzwanziger zu mögen, er lud ihn oft zu den Besprechungen am Richtertisch und in seinem

Büro ein. Einige dieser Gespräche im Büro seines Vaters waren Steve noch im Gedächtnis.

»Es wäre gut, wenn die Geschworene Nummer drei bei der Verhandlung in Zukunft ein Höschen tragen würde, Reggie. Sagen Sie ihr das.«

»Regie, diese Zeugenaussage ist löchriger als der Asphalt der Loxahatchee Road.«

»Wenn Sie Mr Luber sehen, Reggie, dann sagen Sie ihm bitte, dass ich ihn bei der nächsten Verspätung in der Zelle schmoren lasse.«

Bei dem jungen Reggie handelte es sich offenbar um Reginald Jones, den derzeitigen Amtsleiter des Gerichts. Herbert Solomon und er hatten bis zu Herberts unrühmlichem Abgang eng zusammengearbeitet. Steve hätte zu gern gewusst, was sein Vater gerade jetzt mit Jones zu besprechen hatte.

Achtundzwanzig

Unsanftes Erwachen

Victoria bog den Rücken durch wie eine geflügelte Göttin, breitete die Arme aus und sank tiefer in den salzigen, einladenden Ozean. Was für ein wohliges Gefühl. Das türkisfarbene Wasser umschmeichelte ihre Beine wie warmer Samt und streichelte ihre nackten Brüste.

Plötzlich, ein Mann – nackt und geschmeidig. Er glitt durchs Wasser auf sie zu und nahm sie in seine starken Arme.

Junior Griffin.

Victoria befand sich in einer Art Dämmerschlaf. Ein Teil ihres Bewusstseins sagte ihr, dass sie träumte. Auch recht. Vielleicht würde sie sich nach dem Aufwachen an den Traum erinnern können. Bei dem Vorspann konnte der Rest des Films nicht schlecht sein. Und nicht jugendfrei.

Steve verbrachte die Nacht auf dem Hausboot. Sie lag allein in ihrem großen Bett im Pier House. Fast allein.

Wo zum Teufel war Junior?

Ach, da. Er tauchte hinunter zum Grund, streckte die Arme, schlug mit den Beinen und ... Himmel ... dieser Vorschlaghammer zwischen seinen Schenkeln! Er teilte das Wasser, hatte eine eigene Bugwelle, wie der Kiel eines schlanken Bootes.

Komm zurück, Junior. Die Nacht ist bald vorüber und mein Traum-Ich unglaublich scharf auf dich.

Victoria fragte sich, wie sie eigentlich unter Wasser atmen konnte, und kam auf den Gedanken, dass sie vielleicht eine Meerjungfrau war. Sie beließ es dabei.

Nun stieg Junior wie ein Torpedo aus der Tiefe auf. Er hielt etwas in der Hand. Eine Auster.

Victorias Gedanken wogten wie Seegras in der Brandung. Steve trank zu Austern gern Bier. Die Queen mochte am liebsten Austern mit Perlen.

Verdammt, was hatten die beiden in ihrem Traum zu suchen? Weg mit ihnen!

Junior öffnete die Muschel mit bloßen Händen. Sagte etwas zu ihr. *Gluck-Gluck.* Aus seinem Mund stiegen Blasen. In der Auster – ein wunderschöner Ring. Zarte dreieckige Edelsteine um einen gewaltigen quadratischen Diamanten gruppiert.

Prinzess-Schliff. Was sonst?

Junior öffnete den Mund und gluckerte wieder. Die Unterwasserakustik war lausig.

»Was sagst du, Junior? Du willst mich heiraten?«

»Ich will eine heiße Nummer im Salzwasser«, sagte Junior laut und deutlich – allerdings mit Steves Stimme.

Verdammt, muss sich Steve denn in alles einmischen?

Plötzlich hörte Victoria ein klatschendes Geräusch. Nicht wie wenn ein Fisch nach einem Sprung wieder ins Wasser eintauchte. Etwas viel Erdverbundeneres, Bekannteres. Der Klang, mit dem etwas Flaches auf dem Teppich aufschlug.

Da, eine Bewegung. Ihr Bett stand auf einem niedrigen Podest. Eine Stufe tiefer und etwa sieben Meter entfernt: ihr Arbeitstisch voller Akten. Die Schiebetür dahinter führte zum Balkon. Gegen das Fensterglas zeichneten sich die Umrisse einer Person ab. Sie befand sich hier im Raum!

Himmel. Ich bin wach! Das ist kein Traum mehr, das ist die Wirklichkeit!

Die Gestalt bückte sich, hob einen Ordner vom Fußboden auf und legte ihn auf den Tisch zurück.

Soll ich schreien? Aufspringen? Angreifen?

Mit klopfendem Herzen und gelähmt vor Angst hielt Victoria die Luft an. Als sie schließlich ausatmen musste, fürchtete sie, das Geräusch könne so laut sein, dass der Eindringling es hören würde.

Eine Waffe. Sie brauchte eine Waffe. Eine Schere. Einen Kugelschreiber. Egal was. Doch was war in greifbarer Nähe? Ein Radiowecker. Ein Taschenbuch. Ein Kopfkissen.

Hilflos. Nur ein dünnes Laken bedeckte sie. Sie trug ein Satinhemdchen, das ihr nicht mal bis zur Taille reichte.

Das Rascheln von Papier. Die Gestalt schlug eine Akte auf. Der schmale Strahl einer kleinen Taschenlampe.

Los doch. Klau das, was du haben willst. Und dann verschwinde!

Victoria hatte das Gefühl, dass ihre Ohren zuckten wie bei einer Katze. Ihr Gehör war scharf wie nie und das Bett plötzlich heiß wie eine Esse. Von einer Sekunde zur anderen war sie schweißgebadet. Salzige Tropfen liefen ihr übers Gesicht und über den Hals. Ihre Kehle war so eng und trocken, dass sie kaum atmen konnte.

Alles, nur nicht husten.

Ihre Bronchien verkrampften sich. Ein einzelner bellender Hustenlaut entwich ihrem Mund. Die Taschenlampe wurde ausgeknipst. Kein Laut, keine Bewegung. Eine halbe Ewigkeit lang. Die Gestalt – eine Statue neben dem Tisch. Victoria unter dem Laken wie erstarrt.

Atme. Verdammt, atme, sonst musst du wieder husten.

Fast lautlos kam der Einbrecher zum Bett geschlichen.

O Gott. Was jetzt?

Victorias Muskeln waren so gespannt, dass sie fürchtete, sich gar nicht bewegen zu können. Ihre Gelenke fühlten sich an wie versteinert.

Los. Du musst kämpfen.

Sie würde sich nicht vergewaltigen lassen. Oder schlagen. Oder töten. Jetzt kam die Wut. Der Eindringling nur noch ein paar Schritte entfernt. Wenn er nahe genug war, würde sie ihn anspringen.

Ihm die Augen auskratzen. Los, konzentrier dich auf ein Ziel!

Victoria formte die Hände zu Krallen.

Noch einen Schritt näher. Noch zwei und ...

Schrei und spring.

Sie würde kreischen, um ihn zu erschrecken und dann sein Gesicht in Fetzen reißen.

Nur einen Schritt von ihr entfernt blieb der Kerl stehen. Diesmal hörte sie nicht ihren eigenen Atem, sondern seinen. Sah er, dass ihre Augen offen waren?

Plötzlich wandte er sich um und ging am Tisch vorbei zum Balkon. Victoria hörte die Schiebetür. Sie zählte bis fünf, sprang aus dem Bett, stürzte zur Balkontür, knallte sie zu und verriegelte sie.

Schwer atmend lugte sie durch die Scheibe. Unten am verwaisten Pool brannten Fackeln. Die Wedel einer Palme wiegten sich in der Meeresbrise. Sonst bewegte sich nichts. Ihr nächtlicher Besucher konnte vom Balkon geklettert oder sogar hinuntergesprungen sein. Ihr Zimmer befand sich im ersten Stock.

Der Adrenalinschub verebbte, doch Victorias Kopf arbeitete auf Hochtouren. Es gab so viel zu tun: Die Polizei anrufen. Steve. Sich das Gesicht waschen. Anziehen. Pinkeln ... Pinkeln nicht vergessen.

Okay. Langsam. Ganz ruhig.

Denk nach.

Die Digitaluhr auf dem Nachtkästchen zeigte 3:17 morgens. Victoria machte Licht und ging zum Arbeitstisch. Es schien nichts zu fehlen. Ein beunruhigender Gedanke.

Jemand ist abgehauen. Aber es könnte noch immer jemand hier sein.

Sie rannte zum Schrank und riss die Tür auf. Keiner da außer Calvin Klein und Donna Karan. Ups, Vera Wang natürlich auch.

Victoria überlegte, ob sie ihre Mutter wecken sollte, die nur ein paar Meter entfernt im angrenzenden Raum schlief. Nein. Die Queen würde sich nur unnütz aufregen. Victoria wollte sie nicht um ihren Schönheitsschlaf bringen. Es reichte, wenn die Queen am Morgen von dem Vorfall erfuhr.

Victoria setzte sich auf die Bettkante und wählte Steves Handynummer. Dreimal musste sie ihm alles erzählen, bis er wach genug war und ihr folgen konnte. Dann geriet er völlig außer sich.

»Verdammte Scheiße! Ist dir wirklich nichts passiert!«

»Mir geht's gut. Sobald ich angezogen bin, gehe ich runter zur Rezeption.«

»Nein. Nein! Bleib, wo du bist. Überprüf noch mal sämtliche Schlösser. Ich rufe Rask zu Hause an. In zehn Minuten ist die Polizei bei dir. Und dir fehlt wirklich nichts?«

»Wirklich.«

»Bleib ganz ruhig.« Steves Stimme überschlug sich fast.

»Ich bin ruhig.«

»Konntest du erkennen, wie der Kerl aussah?«

»Nein.«

»Wenn ich bei dir gewesen wäre, hätte ich ihm mit dem Baseballschläger eins übergebraten.«

Steve schlief tatsächlich mit einem Baseballschläger unter dem Bett. Aber das Einzige, wonach er manchmal schlug, waren fette Kakerlaken. Victoria hörte Schubladen schlagen und ein unterdrücktes Fluchen.

»Was machst du denn, Steve?«

»Ich suche Dads Wagenschlüssel. Verdammt. Wo zum Teufel sind ...

»Steve.«

»Ja?«

»Bleib ganz ruhig.«

Kurz darauf zog Victoria einen Jogginganzug aus einer Schublade. Doch sie war so verschwitzt, dass sie erst einmal duschen wollte. Sie streifte ihr Hemd ab und ging ins Badezimmer. Dabei stolperte sie beinahe über eine Sandale, die sie vor dem Waschbecken auf dem Boden hatte liegen lassen.

Sie drehte die Dusche auf und stellte das Wasser wärmer als sonst. Eine reinigende Dampfwolke stieg auf, das warme Wasser umfing ihren Körper.

Wasser. Das Meer. Mein Traum. Junior.

Oder halb Junior, halb Steve. Ein Minotaurus von Traumliebhaber. Falls Träume tatsächlich der Ausdruck unterdrückter Wünsche waren, wie sie in einem Psychologieseminar gelernt hatte – welchen der beiden Männer begehrte sie dann?

Während sie sich einseifte, dachte sie darüber nach.

Plötzlich umspannte etwas ihr Bein.

Eine Schlange!

Sie ringelte sich um Victorias Wade, kroch höher, schlang sich um ihr Knie.

Victoria schrie. Die Kacheln warfen das Echo ihres Schreis zurück. Nie hatte sie ein lauteres Geräusch von sich gegeben. Die Schlange, die sich jetzt bereits um ihren Oberschenkel wand, war so dick wie ihr Handgelenk. Hinter dem schwarzen Kopf bedeckten Streifen in Gelb, Rot und Schwarz den knapp zwei Meter langen Schlangenkörper.

Eine Korallenschlange!

Eine Korallenschlange, die züngelnd an meinem Bein hochkriecht.

Victoria schrie noch einmal.

Verdammt! So tu doch was!

Sie packte die Schlange hinter dem Kopf, zerrte an ihr und versuchte, sie von ihrem Schenkel zu lösen. Aber das verdammte Vieh war ungeheuer stark. Victoria stemmte den Fuß gegen die Wand der Duschkabine und zog so fest sie konnte. Die Schlange glitt von ihrem Bein, schlang sich aber sofort um ihren Arm. Ihr Schwanz peitschte die Luft. Victoria schüttelte den Arm, doch das Reptil ließ nicht locker. Es riss sein Maul auf, so weit, dass eine Orange hineingepasst hätte. Victoria starrte die Schlangenzähne an und spürte, wie der Schlangenkopf auf ihr Gesicht zustrebte. Sie wich zur Seite, rutschte auf den nassen Fliesen aus, fiel durch die Tür der Duschkabine und knallte auf den Boden.

Mit voller Wucht prallte sie auf die Hüfte. Der Schmerz schoss durch ihr Bein. Die Schlange wurde von Victorias Arm geschleudert, glitt über die Fliesen und rollte sich an der Badezimmertür zusammen. Damit war Victorias Fluchtweg blockiert. Der Kopf des Reptils drehte sich züngelnd hin und her. Victoria wagte nicht, sich zu bewegen.

Nackt. Nass. Mit schmerzender Hüfte. Voller Angst. Victoria blieb auf dem glitschigen Boden liegen und suchte mit den Augen nach einer Waffe. Was befand sich in Reichweite? Ein nasses Stück Seife. Ein Handtuch. Eine winzige Parfümflasche.

Ein Schuh!

Vorher war sie fast darüber gestolpert. Eine Sandale mit Fesselriemchen. Einer der Manolos, die ein dankbarer Mandant ihnen hatte zukommen lassen. Kaum mehr als ein filigranes Ledergebilde, nur ein paar Gramm schwer. Was sie jetzt brauchte, war ein Arbeitsschuh mit Stahlkappe.

Aber der Absatz. Knappe sieben Zentimeter hoch. Damit konnte man Nägel in die Wand schlagen. Der Schuh lag etwa eine Armlänge entfernt, auf halbem Weg zwischen ihr und dem verdammten Schlangenvieh.

Der Kopf des Reptils pendelte hin und her, als versuche es, den Abstand zwischen ihnen abzuschätzen. Dann glitt die Schlange plötzlich auf Victoria zu.

»Prinzessin! *Prinzessin*! Was ist denn passiert?«

Die Stimme ihrer Mutter. Aus dem Schlafzimmer. Offenbar war sie durch die Verbindungstür gekommen. Die Schlange erstarrte. Dann drehte sie den Kopf nach dem Geräusch.

Jetzt!

Victorias Hand schoss vor, schnappte die Sandale und schlug zu, so fest sie konnte. Der Absatz traf die Schlange an der Schnauze, durchbohrte ihre Haut. Die Schlange ringelte sich, schüttelte sich, doch die Sandale saß fest.

»Prinzessin! Bist du im Bad?« Ihre Mutter kam näher.

»Bleib draußen!«, schrie Victoria. Sie rappelte sich auf.

Die Schlange wand sich auf dem Fußboden, hatte es tatsächlich geschafft, die Sandale abzustreifen. Victoria packte das Vieh am Schwanz und schwang es wie eine Peitsche. Sie hörte das Knacken brechender Knorpel. Noch einmal schwang sie das giftige Reptil. Diesmal knallte sein Kopf gegen die gekachelte Wand. Victoria ließ das bewegungslose Tier auf den Boden fallen.

»Prinzessin! Was ist los? Warum hast du geschrien?«

Die Queen stand in der Tür. Sie hatte sich die Zeit genommen, einen wallenden weißen Seidenmorgenmantel und Pelzslipper anzuziehen. Ihre Schönheitsmaske hatte sie sich wie ein Hütchen auf den Kopf geschoben.

»Grundgütiger!« Ihre Mutter wich zurück. »Die roten Streifen ... Ist das eine Korallenschlange?«

Victoria sank zitternd auf den Fliesenboden. »Ja. Ich glaube schon.«

»Ist dir was passiert?«

»Ich bin gestürzt. Aber mir fehlt nichts.« Victoria rieb sich die Hüfte. Sicher würde sie bald in allen Farben schillern.

»Gott sein Dank. Ich hole nur schnell Eis ...«

»Schon gut, Mom. Mach dir keine Umstände.«

»Nicht für dich. Für die Schlange.«

Oh. Ihre Mutter dachte offenbar klarer als sie. »Stimmt. Sie ist ein Beweisstück. Gute Idee, Mutter.«

»Ein Beweisstück. Wofür denn? Ich kenne in Miami jemanden, der aus diesem Prachtexemplar eine traumhafte Handtasche machen wird.«

Zwanzig Minuten später lag ihre Mutter wieder im Bett. Victoria hatte sich den pinkfarbenen Jogginganzug und Sneakers in derselben Farbe angezogen. Draußen suchten Polizisten die Umgebung des Pools und den Parkplatz ab. In der Hotelsuite stand Sheriff Willis Rask breitbeinig über der toten Schlange und betrachtete Victorias Sandale.

»Sie haben dieses Monster tatsächlich mit dem kleinen bisschen Schuh da erledigt?« Der Sheriff schien gewisse Zweifel zu haben.

Victoria zuckte die Achseln.

Steve traf ein, drückte Victoria an sich und sagte die richtigen Dinge. Unter anderem, dass er den Kerl, der das getan hatte, eigenhändig zerlegen würde, falls man ihn fand. Er würde ihm sämtliche Knochen brechen und mit den Knien anfangen. Rask sagte Steve, er solle sich beruhigen, und wollte dann von Victoria wissen, was genau passiert war. Sie erzählte ihm alles. Nur den schwülen Traum von ihrem Bad im türkisblauen Wasser ließ sie aus.

»Eine Schlange in der Dusche hatte ich in meiner Amtszeit noch nicht«, musste Rask zugeben. »Eine Kloschüssel voller

Eidechsen und Molche schon. Im Männerklo in Charlie Harpers Laden auf dem Tortuga Drive. Molly Alters Junge hat die armen Viecher dort reingeworfen, nachdem Charlie ihn beim Klauen erwischt hatte. Ein paar Büchsen Reifenkleber. Der Junge war ein Klebstoffschnüffler.«

»Eidechsen und Molche beißen nicht«, sagte Steve.

»Mag sein. Aber wenn dir so ein Vieh über den Hintern leckt, kannst du dich in deiner eigenen Unterhose verheddern und dir den Kopf an der Wand stoßen. Charlie ist das passiert.«

Victoria zeigte mit dem Fuß auf die Schlange. »Das ist kein harmloser Molch, Sheriff. Das ist eine Korallenschlange. Jemand hat versucht, mich umzubringen.«

»Vielleicht. Vielleicht aber auch nicht«, sinnierte Rask.

Für Victorias Geschmack nahm er das Ganze zu gelassen. Außerdem roch der Sheriff nach Cannabis. Entweder er hatte gerade einen Frachter voller Gras beschlagnahmt, oder er hatte auf der Fahrt zum Einsatzort einen Joint geraucht.

»Ich bin ganz Vics Meinung, Willis«, sagte Steve. »Der Einbrecher hat die Schlange im Badezimmer hinterlassen.«

»Das ist ziemlich wahrscheinlich«, stimmte Rask zu. »Aber Ms Lord hätte in zehn Minuten im Krankenhaus sein können, und hier kennt man sich mit Schlangenbissen aus. Wenn der Täter aus der Gegend war, wusste er das.«

»Was wollen Sie damit sagen, Sheriff?«, fragte Victoria. »Dass es nur ein dummer Streich war? Wie Eidechsen in einer Kloschüssel?«

»Wissen Sie, wie es aussieht, wenn ein junger Alligator eine Frau in den Arsch beißt?«, fragte Rask.

Ein nicht nachvollziehbarer Gedankensprung, dachte Victoria. So redeten Bekiffte.

»In einem Trailer-Park auf Stock Island.« Rask nickte versonnen. »Die Frau steigt in die Badewanne, will ein bisschen im Wasser rumliegen und sich die Hornhaut abfeilen. Leider hat ihr Mann vergessen, ihr zu sagen, dass er morgens einen kleinen Alligator gefangen hat. Keine Ahnung, ob er ihn essen oder als Haustier halten wollte. Aber wenn ich mich recht erinnere, musste der Arsch der Frau mit dreißig Stichen genäht werden.«

»Sheriff, erst sorgt jemand dafür, dass Steve von einer Brücke stürzt. Dann legt man mir eine Giftschlange in die Dusche. Halten Sie das für einen Zufall?«

»Nein. Aber auch nicht für einen Mordversuch. Wie ich Steve schon sagte, wenn ihm jemand ans Leder wollte, hätte man ihm nicht nur irgendwelche Schmiere auf die Windschutzscheibe geworfen. Und wer heute Nacht in Ihrem Zimmer war, hätte Sie auch gleich erledigen können.«

»Man will uns einschüchtern«, sagte Steve. Er ging zur Minibar und wollte sie öffnen. Doch Victoria hatte den Schlüssel versteckt, damit sich ihre Mutter nicht an ihrer, Victorias, Minibar bediente und sie auf den Kosten sitzen blieb. »Jemand will verhindern, dass wir Griffin verteidigen.«

»Und Onkel Grif einen Mord anhängen«, fügte Victoria hinzu.

»Wahrscheinlich steckt der tatsächliche Mörder dahinter«, sinnierte Steve.

»Dazu kann ich nichts sagen.« Rask zuckte mit den Schultern. »Von Amts wegen muss ich davon ausgehen, dass euer Mandant der Täter ist.«

»Ab jetzt schläfst du nachts nicht mehr allein, Vic«, sagte Steve.

»Das Hausboot ist zu klein. Ich brauche Platz zum Arbeiten«, gab sie zurück.

»Dann ziehe ich hier bei dir ein.«

Victoria antwortete nicht sofort.

Wie soll ich es ihm sagen?

»Ich brauche meinen Freiraum, Steve.«

»Einen Versuch war's wert, Tiger«, sagte Rask achselzuckend zu Steve.

»Dann gib ihr Polizeischutz, Willis. Zwei Hilfssheriffs, mindestens. Einer steht nachts draußen im Flur und einer unter dem Balkon.«

»Ich weiß nicht, Steve. Das lässt unser Budget eigentlich nicht zu ...«

»Die Sache ist ernst, Willis. Okay?«

»Mann, Stevie!«

»Mein Dad würde es auch so wollen.«

Offensichtlich die Trumpfkarte, dachte Victoria. Verdankte Willis Rask seine Karriere Herbert Solomon? Hatte der ihm früher mal aus der Patsche geholfen?

Rask seufzte. »Okay. Wie du meinst.«

»Ich will keinen Polizeischutz«, sagte Victoria.

»Das ist mir egal«, sagte Steve.

»Hörst du mir eigentlich zu? Ich verzichte darauf.«

»Das hast du nicht zu entscheiden, Sahneschnittchen.«

»Wie hast du mich gerade genannt?«

»Lass deine Männer hier, Willis«, sagte Steve. »Und sprich am besten auch gleich mit der Nationalgarde.«

»Du kommst einfach daher und reißt alles an dich.« Victoria gab sich verärgert, doch gleichzeitig freute sie sich, dass sich Steve so für sie einsetzte. Diese Besorgnis in seiner Stimme. Bei allen Zweifeln, die sie an ihrer Beziehung hatte, stand doch eines fest: Sie war Steve ungeheuer wichtig.

Der Sheriff ging in die Hocke und zog die Schlange zu ihrer vollen Länge auseinander. »Glaubst du, die Haut reicht für ein Paar Stiefel, Stevie?«

»Ich dachte eher an eine Aktentasche.« Steve ließ sich neben dem Sheriff nieder.

»Das könnt ihr vergessen«, erklärte Victoria. »Die Schlange ist bereits vergeben.«

Neunundzwanzig

Siegeszeichen

Eine Stunde später trug Sheriff Rask die Schlange in einer Kühltasche davon. Er hatte versprochen, sie per Kurier zu Irenes Lederspezialist nach Miami zu schicken, sobald sie vermessen, fotografiert und zur Beweissicherung untersucht worden war. Gegen neun Uhr morgens fuhren Victoria und Steve nach Norden zum Paradise Key.

Steve befand sich in einem Wechselbad der Gefühle.

Einerseits empfand er Erleichterung, weil Victoria nichts zugestoßen war. Dazu kamen Schuldgefühle, weil er nicht bei ihr gewesen war und sie beschützt hatte. Und er hatte ein schlechtes Gewissen, weil er ihr verschwieg, dass er den Papierkorb seines Vaters durchwühlt hatte. Er wusste genau, was sie von solchen Aktionen hielt. »Missachtung der Privatsphäre« würde sie es nennen. Deshalb hatte er bis jetzt kein Wort über die mysteriösen Anrufe seines Vaters bei Reginald Jones, dem Amtsleiter des Bezirksgerichts, verloren. Er würde allein herausfinden müssen, was dahintersteckte.

Jones, Luber, Solomon.

Auf den ersten Blick ein seltsames Trio. Steve hätte gern gewusst, was sich bei den Prozessen vor zwei Jahrzehnten tatsächlich abgespielt hatte. Damals war das Gericht Schauplatz endloser Stammesfehden zwischen diversen Gruppierungen aus halbseidenen Anwälten, gierigen Kautionsbürgen und korrupten Polizisten gewesen. Über diesen Niederungen schwebten die hohen Herren in ihren Roben. Manche waren anständig, einige inkompetent, andere schlicht opportunistisch.

»Ein Sündenpfuhl aus Lug und Trug, den ich tüchtig ausmisten werde«, hatte Herbert Solomon das Gericht genannt, als er zum Obersten Richter gewählt worden war.

Aber was war geschehen? Was hatte Herbert damals getan? Warum fürchtete er Luber bis heute? Vielleicht konnte Reginald Jones diese Fragen beantworten. Er war das Bindeglied zwischen beiden Männern, hatte damals im Saal sogar zwischen ihnen gesessen. Aber welche Rolle hatte Jones – als junger Verwaltungsbeamter – überhaupt gespielt?

Eigentlich hatte Steve das an diesem Tag herausfinden wollen, hatte geplant, einen Wagen zu mieten, nach Miami zu fahren und Jones in seinem Büro aufzusuchen. Vielleicht konnte Jones ihm ein paar klärende Antworten geben. Aber nach dem Vorfall in Victorias Hotelzimmer wollte Steve sie nicht allein lassen. Und Victoria bestand darauf, heute Clive Fowles zu befragen. Jones musste also erst einmal warten.

In Steves Augen war Fowles eine sehr widersprüchliche Figur. Einerseits liebte er Delia Bustamente und das Riff, andererseits arbeitete er für Hal Griffin. Für wen sich Fowles letztlich entscheiden würde, war schwer zu sagen.

Kurz vor Paradise Key schaltete Victoria ihr Handy aus. Seit dem frühen Morgen rief ein Reporter nach dem anderen an und löcherte sie mit Fragen zu der Schlangenattacke. Im Radio ihres silbermetallicfarbenen Mini Coopers lief die Talkshow von Billy Wahoo, dem selbsternannten »Premierminister der Conch Republik«.

»Die beiden Anwälte aus Miami ziehen Unfälle offenbar magisch an. Erst fährt Solomon von einer Brücke, dann wird Lord fast von einer Schlange gebissen. Beide handeln im Auftrag des bekannten Baulöwen Hal Griffin, an dem Probleme haften bleiben wie Putzerfische an einem Walhai. Wenn ihr

mich fragt, Leute, werden Solomon und Lord bei dem bevorstehenden Prozess ziemlich alt aussehen.«

»Der Idiot beeinflusst unsere zukünftigen Geschworenen«, schimpfte Steve.

»Keine Sorge. Ich werde die faulen Eier schon aussortieren.«

Steve lachte.

»Was ist?«, fragte Victoria, ohne den Blick von der Straße zu heben.

»Mir gefällt dein Selbstvertrauen. Falls es Probleme gibt, wirst du sie einfach aus dem Weg räumen. Gut so.«

»Das habe ich von dir gelernt. Weißt du das nicht?«

»Doch. Aber ich wollte es gern aus deinem Mund hören.«

Am späten Vormittag dieses sonnigen, aber ziemlich windigen Tages saßen sie bei Fowles. Der sang endlose Lobeshymnen auf seinen tapferen Großvater, und Steve heuchelte Interesse – ein klassischer Anwaltstrick. Man kam nicht einfach daher und fragte: *»Haben Sie meinen Mandanten mit einem rauchenden Colt über der Leiche des Opfers stehen sehen?«* Man schmierte dem Zeugen Honig um den Mund, bis er sicher war, dass der Kerl mit dem Colt keineswegs ausgesehen hatte wie besagter Mandant. War das wider Erwarten doch der Fall, so hatte er sicher in Notwehr gehandelt. Kam Notwehr aus irgendwelchen Gründen nicht in Betracht, dann war zumindest das Opfer ein Schweinehund, der nichts anderes verdient hatte.

Das erreichte man nur, indem man ein grundehrliches Zuhörgesicht aufsetzte und versuchte, nicht einzudösen, während der Zeuge stundenlang abstruses Zeug quatschte. Ganz gleich, ob er nun seine preisgekrönte Schmetterlingssammlung beschrieb oder ob sie über ihr Spezialrezept für gegrillte Marshmallows im Keksmantel schwadronierte. Im vorliegenden Fall musste sich Steve die Heldentaten eines gewissen Horace Fowles anhören, der im Zweiten Weltkrieg ein U-Boot der Royal Navy kommandiert hatte.

Victoria beherrschte dieses Spiel geradezu meisterlich. Wahrscheinlich weil Menschen sie tatsächlich interessierten und ihre Anteilnahme an deren banalem Dasein nicht vorgetäuscht war. Schon im Wagen hatte sie erklärt, sie würde Fowles' Befragung in die Hand nehmen. Steve sei noch zu benommen von den Medikamenten. Das war ihre Art zu sagen, dass es ihr leichter fiel, Leute zum Reden zu bringen. Steve verzichtete auf einen Widerspruch. Weshalb war Fowles, der erfahrene Captain, bei dem fatalen Bootsausflug seines Bosses mit Stubbs nicht an Bord gewesen? Reiner Zufall? Das mussten sie herausfinden. Wie wasserdicht war das Alibi des Engländers? Hatte er sich zu der Zeit, als der Speer Stubbs durchbohrte, tatsächlich mit Delias Austern – mit und ohne Knoblauchsoße – beschäftigt?

Sie hatten Fowles im Bootshaus auf der anderen Seite der Insel angetroffen. Das garagenartige, an den Seiten offene Gebäude stand über einem schmalen Meeresarm. Die östliche Brise hielt es angenehm kühl. Fowles trug einen fleckigen Arbeitsoverall, eine Schutzbrille und dicke Handschuhe. Er bearbeitete etwas, das aussah wie ein rostiger Torpedo mit zwei eingebauten Sitzen, mit einem Schweißgerät. Das röhrenförmige, metallene Gebilde hing an Ketten von der Dachkonstruktion des Bootshauses. Fowles richtete die blaue Flamme auf das hintere Ende der Röhre und ließ die Funken stieben.

Als er die Besucher entdeckte, drehte er das Gas ab und klappte die Schutzbrille hoch. »Ich wette, Sie wissen nicht, was das ist.«

Steve hatte tatsächlich keine Ahnung, hätte aber in jedem Fall den Mund gehalten.

Verdirb einem Zeugen nie den Spaß.

»Der Chariot meines Großvaters«, sagte Fowles stolz. »Natürlich ohne Sprengkopf.«

Chariot? Sprengkopf?

»Ich wünschte, ich hätte auch sein Klein-U-Boot«, fuhr Fowles fort. »Aber das rostet irgendwo auf dem Grund eines norwegischen Fjords vor sich hin.«

»Ihr Großvater hat offenbar einiges erlebt«, sagte Victoria.

Steve hoffte inständig, dass sie sich nur die Kurzversion der Fowles'schen Familiensaga anhören mussten.

Fowles öffnete die Kühltasche und bot ihnen ein Guinness an. Steve nahm sich eines; Victoria lehnte ab. Fowles' blondes Haar war zerzaust, sein sonnenverbranntes Gesicht noch röter als sonst, was sicher an der Hitze des Schweißgerätes lag. Er lehnte sich an ein Metallgestell und fing an, Geschichten über seinen Großvater zu erzählen.

Horace Fowles war wesentlich an der Konstruktion des Royal Navy Chariot, eines bemannten Torpedos, beteiligt gewesen. An der Spitze der Höllenmaschine befand sich ein Sechshundert-Pfund-Sprengkopf, die beiden Sitze waren in den Rumpf eingelassen. Horace gehörte zu den ersten Marinesoldaten, die im Zweiten Weltkrieg einen Chariot bestiegen hatten. Nur ein Kamikazepilot hatte damals gefährlicher gelebt. Die zwei Mann starke Besatzung steckte in sperrigen Taucheranzügen, steuerte den Chariot auf ein deutsches Kriegsschiff zu, sprang im letzten Moment ab und hoffte, nach der Detonation des Sprengkopfes von einem Schiff oder U-Boot der eigenen Seite aufgesammelt zu werden. Später tauschte Horace die Chariots gegen ein X-Craft genanntes Klein-U-Boot mit vier Mann Besatzung ein. Seines taufte er auf den Namen *Fowles' Folly* – Fowles' Torheit.

»Die Dinger waren schwimmende Särge«, erklärte Fowles

Victoria und Steve. »*Absaufende* Särge trifft es wahrscheinlich noch besser. Die Schweißnähte leckten, die Generatoren fielen regelmäßig aus, die Pumpen waren ein Witz. Grandpop flickte seine X-Craft immer wieder mit Kaugummi und Bindfaden zusammen. Dagegen wirkt mein Einsatz auf den Falklands blass wie Nonnenpisse. Kein Vergleich mit dem Kampf gegen die Nazis in der Nordsee.«

Fowles kam zum Höhepunkt der Geschichte. Horace wagte den Angriff gegen eine der umkämpftesten Trophäen des Seekrieges, die *Tirpitz*. Sie war ein riesiges Schlachtschiff, vergleichbar mit der *Bismarck*. Um an das deutsche Schiff heranzukommen, das in einem norwegischen Fjord vor Anker lag, verließ Horace die *Folly*, schwamm durch das eiskalte Wasser und durchtrennte mit dem Messer die U-Boot-Netze. Die Besatzung der *Tirpitz* entdeckte die X-Craft, hielt sie aber anfangs für einen Delfin.

»So klein sieht sie vom Deck eines Fünfzigtausend-Tonnen-Monsters aus«, erklärte Fowles. »Grandpop kommt durch und steuert die *Folly* bis zur Mitte des deutschen Schiffs. Und nun stellen Sie sich das vor: Drei englische Jungs schauen zu diesem Ungeheuer mit zweitausendsechshundert Mann Besatzung auf, das mit seinen Waffensystemen ganz London hätte ausradieren können. Nur senkrecht nach unten feuern, das kann der Riesenkahn nicht. Also ballern die Krauts mit Gewehren und Pistolen, während Grandpop unterhalb der Wasserlinie Sprengladungen am Schiffsrumpf anbringt. Er schafft es zurück in die *Folly* und sieht beim Wegfahren – Kabumm! – wie sich die *Tirpitz* zwei Meter hoch aus dem Wasser hebt. Doch auf dem Rückzug aus dem Fjord verheddert sich die *Folly* in einem U-Boot-Netz und wird von einem deutschen Aufklärer versenkt.«

Clive Fowles trank versonnen einen Schluck Bier. Zweifellos

stellte er sich gerade vor, wie das Klein-U-Boot in seinem nassen Grab versank. »Mein Grandpop bekam das Victoria-Kreuz verliehen. Posthum natürlich.«

Fowles zog eine Kette mit einem Orden aus der Brusttasche seines Overalls. Ein Kreuz mit einer Krone, einem Löwen und der Inschrift *»For Valour«*.

»Churchill hat meiner Großmutter den Orden eigenhändig überreicht.« Fowles spreizte zwei Finger zum Siegeszeichen, wie der damalige Premierminister es getan hatte. »›V für Victory‹. Das hat Winnie damals zu meiner Grandmom gesagt.«

»Sie müssen unglaublich stolz auf Ihren Großvater sein«, sagte Victoria.

»Es gab keinen tapfereren Soldaten als ihn.« Fowles senkte die Stimme zu einer Imitation von Churchills tiefem Bariton. »›Ich kann euch nichts bieten außer Blut, Mühsal, Tränen und Schweiß.‹« Mit einem traurigen Lächeln fuhr er fort: »Ja, einen wie Horace Fowles, den gibt's nur einmal, und ich habe das Glück, in direkter Linie von ihm abzustammen.«

Steve hatte das Gefühl, dass Fowles mehr als nur Bewunderung für seinen Großvater empfand. Er wollte sich an ihm messen und ebenfalls ein Held sein. Um jeden Preis. Aber was konnte ein Mann in den warmen, türkisfarbenen Gewässern des Golfs unternehmen, um sich einen Orden zu verdienen?

Zehn Minuten später saßen sie auf einer Kaimauer aus Beton in der Morgensonne. Victoria trug ein orangefarbenes Bandini-Top zu einer Hose mit Blumendruck, die vorn gebunden war und etwa bis zur Mitte ihrer Waden reichte. Ihre langen, sonnengebräunten Beine hingen über dem Wasser. Steve trug abgeschnittene Jeans und ein T-Shirt mit der Aufschrift: *»Ich habe erst nach bier Uhr Zeit für Sie!«*

Fowles hatte die Hosenbeine seines Overalls hochgeschlagen

und sah nun aus wie ein Huck Finn mit Sonnenbrand. Er hatte die Kühltasche aus dem Bootshaus mitgenommen, und Steve ließ sich zu einem zweiten Guinness überreden, obwohl es noch nicht einmal Mittag war. Eine halbe Meile entfernt drehte sich ein Segelboot in den Wind. Sein knallorangefarbenes Spinnakersegel blähte sich wie ein Schirm im Sturm.

»Wussten Sie, dass Griffin mit Stubbs nach Key West wollte?«, fragte Steve.

»Klar doch«, sagte Fowles. »Ich hatte Mr Gs Boot extra geputzt und aufgetankt.«

»Als es noch am Dock lag, nahmen Sie auf der Brücke ein paar Drinks«, schaltete sich Victoria ein. »Dann gingen Sie von Bord. Warum haben Sie das Boot nicht gefahren?«

»Wenn Mr G Besuch hat, steuert er die *Force Majeure* am liebsten selbst. Er gibt gern ein bisschen mit ihr an.«

»Er verzichtete auf Ihre Hilfe, obwohl er unterwegs anhalten und nach seinen Hummerfallen sehen wollte?«, fragte Victoria.

»Das war nichts Ungewöhnliches. Er mimt mit Vorliebe den erfahrenen Fischer und Fallensteller. Anker werfen, sich einen Landungshaken greifen und das Abendessen an Bord ziehen – die ganze Machonummer eben.«

»Hatten Sie das Gefühl, dass Griffin Sie nicht dabeihaben wollte?«, fragte Steve.

»Nein, Kumpel. Mr G hat mir einfach für den Rest des Tages frei gegeben. Ich hatte mir am Vortag für ihn den Arsch aufgerissen, war zum Black Turtle Key rausgefahren, hatte die Hummerfallen mit Ködern bestückt und trotzdem die ganze Arbeit hier erledigt.«

Victoria und Steve tauschten einen Blick. Es gab eine Frage, die sie stellen mussten, ohne dabei allzu viel zu verraten. In einer der Fallen hatte ein ganz besonderer Köder gesteckt. Wusste Fowles davon? Victoria wählte ihre Worte mit Bedacht. »Ich dachte, Hal Griffin hätte die Köder selbst ausgebracht.«

»Hat er das behauptet?« Fowles lachte. »Ja, ich kann ihn fast hören: ›*Ich hab die Hummerköder ausgelegt.*‹ Genau wie er gern sagt: ›*Ich hab die Grumman nach Nassau geflogen.*‹ Oder: ›*Ich hab die Dieselmotoren überholt.*‹ Das ist nicht ganz gelogen – er bezahlt ja dafür. Aber das Fliegen und die Arbeit an den Motoren überlässt er lieber dem guten alten Clive Fowles.«

»Welche Köder haben Sie denn benutzt?«, fragte Steve. »Roten Umberfisch? Krabbenfleisch?«

Wieder ein Lachen. »Reden wir doch einfach Klartext, Solomon. Ja. Krabbenfleisch und eine große Tüte voller Scheine.«

Nachlässig von Onkel Grif, dachte Victoria, Fowles diese Arbeit anzuvertrauen. Das machte den Captain zu einem Mitwisser und zu einem wertvollen Zeugen für die Staatsanwaltschaft. Mit Fowles' Hilfe würde die Anklageseite zumindest einen Fall von Bestechung nachweisen können.

»Hat Griffin Ihnen gesagt, was er mit dem Geld vorhatte?«, fragte Steve.

»Nein.«

»Und Sie haben ihn nicht danach gefragt?«

»Fürs Fragenstellen werde ich nicht bezahlt.«

»Aber Gedanken haben Sie sich schon darüber gemacht«, sagte Steve. »Das kostet schließlich nichts.«

»Ich nahm an, dass Ben Stubbs nach dem Bootsausflug reicher sein würde als vorher.«

»Hat es Sie geärgert zu wissen, dass Ihr Boss den Kerl gekauft hat?«

»Nein. Es hat nur wieder mal bestätigt, was mir schon lange klar ist: Geld regiert die Welt, und wer angibt, hat mehr vom Leben.«

Fowles warf eine leere Dose in die Kühltasche zurück, dann pflückte er die Plastikschlingen von der Kaimauer, die den Sixpack zusammengehalten hatten. Fische und Seevögel konnten sich darin verheddern und elend zugrunde gehen.

Victoria war sich sicher, dass Fowles niemals Müll ins Wasser werfen und nie Verständnis für Leute haben würde, die so etwas taten. Sein Herz schlug für Delia und ihren Kampf für ein sauberes Riff. Doch Onkel Grif füllte seine Brieftasche. Auf welcher Seite stand Fowles eigentlich?

»Irgendeine Idee, wer Ihrem Boss einen Mord anhängen möchte?«, fragte sie.

»Ich denke, jemand, der etwas gegen Oceania hat.«

Victoria warf einen Köder aus. »Jemand wie Delia?«

»Ich glaub's einfach nicht! Haben Sie sich das immer noch nicht aus dem Kopf geschlagen? Delia ist eine heiße Braut, aber keine Mörderin. Fragen Sie doch Ihren Partner.«

Steve lächelte versonnen, und Victoria unterdrückte den Impuls, ihn von der Mauer zu stoßen.

»Haben Sie Mr Griffin gesagt, wie Sie über Oceania denken?«, fragte Victoria Fowles.

»Ich habe ihm gesagt, dass die Riffe vor Honolulu, Singapur und Hongkong abgestorben sind, weil dort gebaut wurde. Ich habe ihm erklärt, dass Schiffsschrauben, die den Riffen zu nahe kommen, Sedimente aufwirbeln, die die Korallen verstopfen, und dass die Gaspipeline und die Leitungen für Wasser und Strom den Meeresboden verschandeln würden. Aber meine Argumente interessierten ihn nicht. Er hatte unzählige Studien in Auftrag gegeben, die das Gegenteil beweisen sollten. Wie ich Delia von Anfang an sagte: Die Entscheidungen fällt Mr G, nicht der Kerl, der seine Boote fährt und sein Flugzeug fliegt. Letztendlich ist meine Meinung auch nicht mehr wert als die von Junior.«

»Wie sollen wir das verstehen?«, fragte Steve. »Welche Meinung vertritt Junior denn überhaupt?«

»Sagen wir, Vater und Sohn waren sich nicht immer einig.«

»Mr Griffin hat Ihnen sicher gesagt, dass Sie ganz offen mit uns sein sollen«, sagte Victoria. »Aber Sie verschweigen uns etwas.«

Als der Engländer darauf nichts erwiderte, sagte Steve: »Was hat Junior mit der ganzen Sache zu tun?«

Fowles rollte seine Hosenbeine wieder hinunter. »Nicht viel, aber als die Finanzierung von Oceania platzte, hatten er und sein Vater einen Streit. Es ging ganz schön zur Sache.«

Als die Finanzierung platzte ...

Was hatte das zu bedeuten? Griffin hatte sich einen gigantischen Baukredit verschafft. Die Finanzierung war gesichert. Wovon redete Fowles eigentlich? Steve warf Victoria einen warnenden Blick zu: *Lass ihn nicht merken, dass wir keine Ahnung haben.*

Als ob das nötig gewesen wäre. Victoria kramte in ihrer Erinnerung nach etwas, was Junior gesagt hatte. Verdammt, was war es nur? Hatte sie in seiner Gegenwart so weiche Knie bekommen, dass ihr Hirn einfach aussetzte? Junior hatte erzählt, wie schwierig es gewesen war, eine Versicherung zu finden. Ohne Versicherung keine Finanzierung. Anstatt ihnen zu sagen, welche Firma ihnen schließlich eine Police gegeben hatte, hatte er etwas von einem ausländischen Konsortium gefaselt und dann bestätigt, sie seien bei jener Gesellschaft aus Singapur untergekommen, die Steve sich gerade erst ausgedacht hatte.

Victoria warf vorsichtig noch einen zweiten Köder aus. »Waren die Probleme mit der Versicherung Schuld daran, dass es mit der Finanzierung nicht klappte?«

»Könnte man sagen.«

»Aber Griffin hat doch eine Versicherung gefunden«, sagte Steve. »Sonst hätte er nie einen Baukredit bekommen.«

Fowles stieß ein bellendes Lachen aus. »Sie haben wirklich null Ahnung, Kumpel.«

»Dann helfen Sie uns auf die Sprünge«, sagte Steve.

»Keine Versicherung wollte sich an Oceania die Finger verbrennen. Die Computersimulation ergab, dass bei einem Wirbelsturm der Stärke fünf die ganze Anlage kentern würde. Mr G hielt dagegen, die Wahrscheinlichkeit, dass ein Sturm mit der Stärke exakt diese paar Quadratmeter im Golf treffen würde, ginge gegen null. Aber das half nichts. Den Versicherungen war das Risiko zu hoch.«

»Wie hat er dann den Baukredit bekommen?«

»Indem er seinen gesamten Besitz als Sicherheit bot. Jedes Grundstück, jede Aktie, jeden Fondsanteil und jeden Cent Bares. Das war auch der Grund für den Streit. Junior zeterte und brüllte, das Ego seines Vaters liefe wohl Amok, er wolle sich nur selbst ein Denkmal setzen und würde dabei alles verlieren.«

Victoria dachte daran, was Onkel Grif zu ihrer Mutter gesagt hatte. *»Junior war Geldverdienen nie besonders wichtig. Fürs Geschäft interessiert er sich erst seit ein paar Monaten, und schon kommen die Vorwürfe. Er meint, ich gäbe zu viel Geld aus und ginge zu viele Risiken ein.«*

»Junior ging wohl der Arsch auf Grundeis, weil er Angst um sein Erbe hatte«, sagte Steve, als müsse er das Victoria noch extra erklären. Als wüsste sie nicht, dass er Junior als erstklassiges plausibles Alternativ-Szenario von einem Tatverdächtigen betrachtete. Steve konnte es kaum erwarten, ihn den Geschworenen zum Fraß vorzuwerfen.

»Und Mr G brüllte zurück«, fuhr Fowles fort. »Er warf Junior an den Kopf, er sei eine Primadonna und ein Playboy.«

»Ein Playboy«, wiederholte Steve nur für den Fall, dass Victoria es überhört haben sollte.

»Mr G sagte, es sei sein Geld und er könne damit verdammt noch mal machen, was er wolle. Also, wenn Sie mich fragen, hatte Junior viel bessere Gründe, Oceania absaufen zu lassen, als Delia oder ich. Millionenfache Gründe, sozusagen.«

Steves Lächeln war so selbstgefällig, dass Victoria ihn dafür am liebsten geohrfeigt hätte.

Dreißig

Jenseits der Brücke

»Junior ist kein Mörder«, erklärte Victoria kurz vor Big Pine Key.

»Das kannst du nicht mit Sicherheit sagen.«

»Aber du glaubst, dass Delia völlig harmlos ist, obwohl sie mit Fleischerbeilen um sich wirft.«

Victoria steuerte den Mini Cooper auf der U.S.1 nach Süden. Ihr Wagen hätte ohne Schwierigkeit in den Kofferraum von Steves altem Eldo gepasst, aber im Augenblick hausten dort wahrscheinlich Schwärme von Schnappern und Barschen. Sie waren auf dem Weg zu Junior. Steve wollte ihn unbedingt mit Fowles' Anschuldigungen konfrontieren.

»Die Fakten sprechen für sich«, sagte er. »Junior war wütend, weil sein Vater direkt über einem Riff ein Hotel bauen wollte. Aber damit nicht genug. Sein alter Herr bietet seinen gesamten Besitz als Sicherheit für die Baufinanzierung auf, und Junior fürchtet, dass bald nicht nur die Fische obdachlos sein werden. Die beiden Männer streiten sich, aber Dad lässt sich nicht von seinem Entschluss abbringen. Junior will das Projekt stoppen. Aber wie? Natürlich will er seinen Vater nicht umbringen. Vielleicht wollte er nicht mal Stubbs töten, sondern ihm nur drohen. Doch dann ist die Sache aus dem Ruder gelaufen.«

»Dazu hätte Junior erst einmal auf mysteriöse Weise auf das Boot zurückkommen müssen, das bereits abgelegt hatte.«

»Kein Problem für Aquaman. Auf das Wasserflugzeug ist er ja auch geklettert, während das Ding noch durch die Bucht flitzte.«

»Das Überwachungsvideo zeigt deutlich, dass Junior von der *Force Majeure* sprang.«

»Aber nicht, ob er auch von dem Boot wegschwamm. Er kann unbemerkt die Tauchleiter hochgeklettert sein. Er versteckt sich unter Deck und trifft dann im Salon auf Stubbs. Junior will, dass Stubbs sein Gutachten ändert, aber der lacht ihn aus. Er hat seine Seele für ein Vermögen an Oceania verkauft. Junior droht, diesen Deal auffliegen zu lassen, aber Stubbs hält das für einen Bluff, denn dann käme auch heraus, mit welchen unsauberen Mitteln Griffin arbeitet. Und Stubbs glaubt nicht, dass Junior seinen alten Herrn in die Pfanne hauen will.«

»Das hast du dir richtig schön ausgedacht.«

»Ein kreativer Anwalt arbeitet so, Vic. Aber es geht noch weiter. Junior bedroht Stubbs mit der Harpune. Vielleicht will Stubbs ihm das Ding aus der Hand reißen, und dabei geht es aus Versehen los. Oder Junior schießt ihn einfach über den Haufen. Dann springt er von Bord und schwimmt an Land.«

»Reine Spekulation. Und was ist mit Onkel Grif? Wer hat ihn k.o. geschlagen?«

»Keine Ahnung. Aber erinnerst du dich an das Kreuzfahrtschiff, das bei völlig ruhiger See plötzlich von einer fünfzehn Meter hohen Welle getroffen wurde?«

»Ja.«

»Vielleicht knallte eine ähnliche Welle gerade in dem Moment auf die *Force Majeure*, als Griffin die Leiter hochstieg. Er fällt aufs Deck und verliert das Bewusstsein.«

»Das ist die reinste Märchenstunde.«

»O Mann, Vic! Ich spiele doch nur Gedankenpoker. Indem wir den Geschworenen Juniors Speedos vorwerfen, können wir zeigen, dass Griffins Schuld alles andere als zweifelsfrei erwiesen ist.«

»Das wird Onkel Grif nie zulassen.«

»Glaubst du, Griffin ist nicht selbst längst auf den Gedanken gekommen, dass es so gewesen sein könnte?«

»Und warum sagt er es uns dann nicht?«

»Weil er möchte, dass wir den Prozess gewinnen, ohne seinen Sohn zu belasten.«

Auf Big Pine Key bog Victoria nach links auf die Long Beach Road ab. Bevor sie sich auf dem Paradise Key von Fowles verabschiedet hatten, hatte Victoria Junior angerufen. Er sah sich gerade in Marathon Tauchboote an, die zu verkaufen waren. Dann wollte er sich im Polynesian Beach Club eine Auszeit gönnen.

Eine Auszeit? Wovon?, fragte sich Steve. Der Kerl arbeitete schließlich nicht. Wovon musste er sich erholen?

Junior lud sie zum Mittagessen in den Club ein, wo es, wie er sagte, exzellenten gegrillten Ahi gab. Also Thunfisch als Hauptgang und zum Dessert ein Kreuzverhör, dachte Steve.

Laut Junior war der Club nur über eine private Brücke am Süd-Ende von Big Pine Key zu erreichen. Mit gesenkter Stimme hatte er Steve das Passwort verraten. »Kon-tiki« mussten sie zu dem Wächter im Torhaus sagen. Für Steves Geschmack alles eine Nummer zu piratenfilmverdächtig. Ein privater Rückzugsort für reiche Wichtigtuer, die sich bei Rum und Cola gegenseitig auf die Schulter klopften. Junior sagte mit einem leisen Lachen, das »Ambiente« würde ihnen sicher gefallen.

Das Ambiente. Blöder Angeber.

»Also, was hast du vor?«, fragte Victoria.

Steve lächelte sie an. »Ich werde Junior sagen, er soll sich benehmen wie ein richtiger Mann und seinem Vater aus der Patsche helfen, indem er sich stellt. Er kann auf Totschlag plädieren. Das wären zehn Jahre, bei guter Führung sieben. Kein schlechter Deal. Seine Bräune würde darunter allerdings etwas leiden.«

Der Mann im Torhaus trug einen Tropenhelm und ein marineblaues Hemd mit Epauletten. Als Steve »Kon-tiki« flüsterte, lächelte er breit.

»Ich wünsche Ihnen einen schönen Tag, Sir, Ma'am«, sagte er. »Und holen Sie sich keinen Sonnenbrand.«

Sie überquerten die Brücke, und Victoria parkte den Mini Cooper neben einem Lincoln Navigator mit Anhängerkupplung. Das sei Juniors Auto, erklärte sie Steve, während er sich aus ihrem Kleinwagen schälte. Über dem hinteren Stoßfänger des Navigators prangte ein Aufkleber, auf dem stand: *»Taucher können tiefer.«*

»Originell«, sagte Steve. »Selten so gelacht.«

»Sag lieber nichts«, gab Victoria zurück. »Du mit deinen T-Shirts.«

»Ich stehe auf hintersinnige Slogans. Dieser Aufkleber ist reine Angabe.«

»Ihr seid doch alle pubertär«, sagte Victoria. »Alle miteinander.«

Sie gingen zu einem Clubhaus mit Bambuswänden und einem Dach aus Palmwedeln. Vor der Tür stand ein drei Meter hoher hölzerner Tiki, ein polynesischer Gott. Die lange rote Zunge, die aus seinem Mund hing, wirkte ziemlich obszön.

Steve hörte das schmatzende Geräusch, mit dem ein Ball auf einen Tennisschläger klatschte, sah aus dem Augenwinkel eine Bewegung und schaute dann noch einmal genauer hin. Hinter einer lichten Reihe von Sabal-Palmen lag ein Tennisplatz, auf dem zwei Paare mittleren Alters ein gemischtes Doppel spielten.

»Ich glaube, die Wäschereien streiken.«

»Wie bitte?«

»Die Tennisspieler tragen keine Shirts. Shorts übrigens auch nicht.«

Victoria spähte zwischen den Bäumen hindurch.

Ein Mann schrie: »Aus? *Aus*? Niemals!«

Dann die Stimme einer Frau: »Doch, Al. Es war aus. Vierzig Love.«

»Die sind nackt«, flüsterte Victoria, als würde der polynesische Gott sie belauschen.

»Dachte ich mir's doch. Junior will, dass wir die Hosen runterlassen. Vor allem du.«

»Keine Panik. Sicher sind wir nur in einer Anlage ohne Textilzwang.«

»Nein, nicht freiwillig«, sagte die junge Dame hinter der Rattantheke des Clubhauses. An den Bambuswänden hingen polynesische Tapa-Stoffdrucke, in einer Ecke hockte ein Vogel, ein Maina mit rotblauem Augenkranz auf einem künstlichen Baum. »Das Adamskostüm ist hier Pflicht. Für Mitglieder, Gäste und Angestellte.«

Das Disneylächeln der Frau wirkte, als hätte sie eine Überdosis Lachgas inhaliert. Auf ihrem Namensschild stand *»Honey«*. Es hing an einer Schnur, die sich durch das tiefe Tal zwischen ihren gewaltigen sonnengebräunten Brüsten wand. Steves Einschätzung nach – sie basierte auf seinem Erfahrungsschatz und der Tatsache, dass er Dr. Irwin Rudnick in einer Anklage wegen ärztlicher Kunstfehler vertreten hatte – war Honeys grapefruitförmiger Vorbau chirurgisch aufgepolstert worden. »Sobald Sie die Brücke überquert haben, befinden Sie sich in einer textilfreien Zone.«

»Wir treffen uns hier mit einem Mitglied«, sagte Victoria. Steve fand den Ausdruck in diesem Zusammenhang recht passend.

»Um wen handelt es sich denn?«, fragte Honey.

»Um Junior Griffin.«

»Oh, Mr Griffin«, schnurrte Honey. »Ein Mann von echtem Format.«

Steve biss sich auf die Zunge.

»Ich bin Praktikantin«, verriet Honey. »Ich studiere Hotelmanagement an der Florida State. Mr Griffin ist mein Mentor.«

»Da sind Sie in guten Händen«, sagte Victoria.

»Ja. In allen beiden«, erklärte Steve. Er konnte der Versuchung nicht länger widerstehen.

Honey zeigte Victoria und Steve den Weg zur Garderobe. Sobald sie entkleidet waren – Honey vertraute ihnen an, dass ihr Mentor Junior meinte, sie solle den Ausdruck »nackt« vermeiden –, könnten sie dem Tahiti-Trail folgen und die Volcano-Brücke über die Koi-Lagune überqueren. Junior Griffin sei gerade auf dem Krocket-Platz hinter dem Pool.

»Mr Griffin hat die beste Stoßtechnik hier im Club«, hauchte Honey verträumt.

»Potzblitz, gibt es irgendetwas, was dieser Mann nicht kann?«, fragte Steve jovial.

»Mr Griffins Trefferquote ist unerreicht.« Honeys Augen glänzten.

Solomons Gesetze

§ 8 Wenn ein schlauer, gutaussehender, reicher Typ dich und deine Freundin in einen Nudistenclub einlädt … hat er höchstwahrscheinlich einen gigantischen *Schmeckel.*

Einunddreißig

Wahre Größe

»Findest du mich flachbrüstig?«, fragte Victoria.

»Ganz und gar nicht. Du bist einfach gut proportioniert.«

»Das ist, als wenn man einem unscheinbaren Mädchen sagt, es hätte eine tolle Persönlichkeit.«

»Du bist groß, schlank und durchtrainiert, und deine Brüste passen perfekt zum Rest deines Körpers.«

»Aber sie sind klein.«

»Nicht klein, nicht groß. Genau so, wie ich sie mag.«

»Wirklich?«

»Mehr als eine Hand voll ist Verschwendung.«

»Warum hast du dann so ungeniert auf Honeys gigantische Bazooms gestarrt?« Victoria nahm Steve in die Zange wie bei einem Kreuzverhör.

»Ich wollte nicht, dass sie mich für einen FKK-Neuling hält.« Steve war stolz auf diese Antwort.

Nackt und etwas verlegen gingen sie an einer Reihe von steinernen Tikis vorbei, die Victoria an die Figuren auf den Osterinseln erinnerten. Der Weg führte durch einen Mangrovenhain. Er bot einen gewissen Sichtschutz und damit ein Gefühl von Sicherheit. Zumindest für den Augenblick.

»Eine Nudistin will, dass man hinguckt«, fuhr Steve fort. »Hinschauen gehört zur Etikette. Endlos hinstarren geht natürlich nicht – erwartet wird ein prüfender, anerkennender Blick.«

»Tolle Ausrede. Man merkt, dass du Anwalt bist.« Victoria hatte stur auf den Weg geschaut. Jetzt sah sie Steve an.

»Woher hast du die Zeitung?«

»Die lag in der Garderobe herum.«

»Und warum hältst du sie vor deinen Bauch?«

»Nur so. Höchste Zeit, mich mal wieder zu informieren, was draußen in der Welt geschieht.«

»Ach, wirklich?« Victoria schnappte sich die Zeitung. *Diario Las Américas.* »Was gibt's denn Neues in Tegucigalpa?«

Ein Geräusch schreckte sie auf. Direkt neben ihnen hämmerte ein Specht, der genauso nackt war wie sie beide, an einen Zylinderputzerbaum. Victoria versuchte, tief durchzuatmen. Sie sog die feuchte Luft ein, die nach dem salzigen Wasser der nahen Gezeitenpools roch.

Als Exhibitionistin hätte sich Victoria nie im Leben bezeichnet. Im Gegenteil, was ihren Körper betraf, war sie eher ein bisschen verschämt. Diesen Besuch in einem Nudistenclub betrachtete sie jetzt als Herausforderung. Sie war entschlossen, ihre Hemmungen zu überwinden und ihre Sache gut zu machen.

Ich habe einen schönen Körper. Und Nacktheit ist etwas ganz Natürliches, oder?

Sie versuchte, sich selbst Mut zuzusprechen. Warum war sie nur so verlegen?

Wegen Junior.

Junior würde ebenfalls nackt sein. Dieses atemberaubende Prachtstück von einem Kerl. Wie würde ihm ihr Körper gefallen?

Himmel, warum ist mir das eigentlich wichtig?

Victoria warf die Zeitung in einen Mülleimer am Wegrand, und bemerkte, dass Steve sein edelstes Teil jetzt mit der rechten Hand bedeckte.

»Was ist denn los?«, fragte sie.

»Er schrumpft.«

»Wie bitte?«

»Findest du ihn zu klein?« Steve dachte an Aquaman in seinen Speedos und daran, dass er in wenigen Augenblicken Juniors Jumbo-Johnson gegenüberstehen würde.

»Ich finde, du bist einfach gut proportioniert.«

Touché.

»Im Ernst, Vic. Ist er nicht ein bisschen ... zu mickrig?«

»Für eine wirklich fundierte Antwort reicht mein Erfahrungsschatz nicht aus. Aber ich denke, er ist völlig in Ordnung. Ich finde ihn jedenfalls süß.«

»Süß! Kleine Kätzchen sind süß. Ein Mann will ein Monster sein. Ein Gigant. Ein Koloss.«

»Okay. Er ist ein süßer kleiner Koloss.«

»Das ist ein Oxymoron, ein Widerspruch in sich.«

»Er ist genau richtig. Und du hast einen knackigen Hintern. In Jeans siehst du zum Anbeißen aus.«

»Ich wünschte, ich hätte welche an«, sagte Steve.

Der Weg endete an einer Hängebrücke. Sie führte über eine paradiesische Lagune. Zwischen Seerosenblättern und Wasserblumen schillerten die bunten Rücken prächtiger japanischer Kois. Aus unsichtbaren Lautsprechern plätscherte Musik. Sie war dunkel und mysteriös, voller Trommelklänge. Der Ruf des Dschungels.

Ein nacktes Paar um die sechzig, aber fit und braungebrannt, kam ihnen auf der Brücke entgegen. Sie würden sich seitlich aneinander vorbeizwängen müssen.

Okay. Das ist ein guter Test, dachte Victoria. Gib dich ganz natürlich, ganz entspannt.

»Hallo, ihr beiden!«, rief der Mann.

»Hi!« Victoria schrie viel zu laut.

Die Frau musterte sie und Steve eingehend. Victoria spürte, wie sie errötete. »Ihr müsst dringend mehr in die Sonne«, stellte die Frau fest.

Victoria nahm sich vor, den Blick nicht unter die Gürtellinie zu senken. Aber vielleicht hatte Steve ja Recht. Nackte erwarteten, dass die anderen hinguckten. Während sie zur Seite traten, gestattete sie sich einen kurzen prüfenden Blick auf den Mann. Die Hängebrücke schwang träge hin und her, und – du liebe Güte – der XXL-Hodensack des Mannes ebenso. Das schlaffe Gebilde erinnerte an einen Jutesack, in dem Zwiebeln herumrollten. Victoria warf den Kopf so ruckartig zurück, dass sie sich fast ein Schleudertrauma einhandelte.

Was tue ich hier eigentlich? Was habe ich hier verloren?

Auf der anderen Seite der Brücke lag eine Rasenfläche und fünfzig Meter weiter der Pool. Sie konnten das Jauchzen und Lachen der Leute hören, die dort Wasservolleyball spielten. Victoria und Steve gingen an Liegestühlen vorbei, auf denen nackte Paare die Nachmittagssonne genossen.

Ein Panorama aus nackten Hintern. Ein ganzes Buffet aus entblößten Bauchnabeln und vor Schweiß schimmernden Leibern. Schwere, tief hängende Brüste, spitze, feste, runde und konisch zulaufende. Aufgerichtete und flache Brustwarzen. Brustwarzen wie Rosinen und wie Himbeeren. Wälder aus Schamhaar, manche wild und ungezähmt, andere so minutiös gestutzt wie ein Golfrasen. Und dann die schlaffen Penisse, die auf den Oberschenkeln ihrer Besitzer lagen wie tote Eichhörnchen auf einem Ast. Ein Sammelsurium schlummernder männlicher Organe, die bestürzend verletzlich wirkten. Hatte sich Gott, als er eine Hälfte der Menschheit mit diesen hilflosen Würstchen ausstattete, einen schlechten Scherz erlaubt?

Neben dem Pool gab es einen Stand mit Erfrischungen. Hier mischte sich der Duft von Kokosöl mit dem deftigen Aroma von Gegrilltem. Victoria spürte plötzlich, dass mörderische Kopfschmerzen im Anmarsch waren. »Vielleicht hätten wir doch nicht herkommen sollen.«

»Sage ich doch. Das ist ein reines Ablenkungsmanöver. Wie sollen wir Junior ins Kreuzverhör nehmen, wenn –«

In diesem Augenblick joggten zwei zierliche Frauen Anfang zwanzig auf sie zu. Sie hatten die straffen, durchtrainierten Körper von Turnerinnen. Ihre Muskeln zeichneten sich unter der ölglänzenden Haut ab, ihre kleinen Brüste wurden von den schwungvollen Schritten kaum erschüttert. Steve war natürlich wie gebannt.

»Wenn?«, fragte Victoria nach.

»Hä?«

»Du wolltest etwas sagen. Wie können wir Junior ins Kreuzverhör nehmen, wenn ... *Wenn* was?«

Steve drehte sich um und beobachtete, wie die perfekt geformten muskulösen Hintern der Frauen in einem angrenzenden Wäldchen verschwanden. Zehn Millionen Jahre Evolution, dachte Victoria, und das männliche Gehirn funktioniert immer noch, als wäre sein Besitzer gerade erst mit Schwimmhäuten zwischen den Zehen aus irgendeinem Sumpf gekrochen.

»Wir sind hier bestens aufgehoben, Vic. Bestens.«

Einige Paare spielten an den Tischen am Pool Karten. Andere wateten durch das seichte Ende zur Poolbar. Victoria hatte das Gefühl, dass alle zu ihnen hersahen. Vor allem *sie* anstarrten, abcheckten.

Bin ich eigentlich noch ganz dicht?

»Ich fühle mich hier gar nicht wohl, Steve.«

Steve betrachtete die nackten Frauen auf den Liegestühlen. »Jetzt schrumpft er nicht mehr. Es könnte sogar sein, dass er ein bisschen größer wird.«

»Ich komme mir so seltsam vor.«

»Wir haben hier einen Job zu erledigen.«

Doch Steves Stimme klang nicht nach Arbeitsmodus. Sie war tiefer, fast ein wenig verträumt.

Wie konnte er in dieser Umgebung so entspannt sein? Victoria hatte das Gefühl, dass sich tausend Augen in ihr Fleisch bohrten, und merkte, wie sie errötete.

»Zum Glück kann meine Mutter mich jetzt nicht sehen.«

»Prinzessin! Da bist du ja!«

Diese Stimme ... Nein, völlig unmöglich!

»Setz dich auf eine Pina Colada zu uns, Darling. Und dann ab mit dir in die Sonne.«

Hingegossen wie eine Königin lag die Queen in der zweiten Liegestuhlreihe, eine halbierte Kokosnuss mit zwei Strohhalmen und einem kleinen lila Schirmchen in der Hand.

Nackt! Vor so vielen Fremden.

Und wie sie aussah! Nahtlos braun. Ihr Bauch so flach wie ein Bügelbrett, die Silikonbrüste so kugelig wie Wasserbälle, ihre Haut straffer als die Bespannung einer Schnarrtrommel. Die nackten Beine der Queen waren schlank und ebenmäßig braun bis zum ...

O nein. Meine Mutter, meine achtundfünfzigjährige Mutter hat ihr Schamhaar zu einem champagnerfarbenen Streifen von der Breite einer Nagelfeile rasiert. Wie nannte man das gleich im Schönheitssalon? Wie lautete das Wort dafür?

»Wach auf! Schau mal, wer hier ist«, befahl die Queen dem kräftigen älteren Herrn mit den behaarten Schultern auf der Liege neben ihrer. »Grif, wach auf und begrüß die beiden.«

Onkel Grif. Nein, das kann nicht wahr sein.

Victorias Kehle zog sich zusammen. Wie sollte sie auch nur einen Ton herausbringen? »Mutter, was machst du denn hier?«

»Tu doch nicht so überrascht. Ich bin in Monaco schon nackt herumgelaufen, als du noch im Internat warst.«

»Landestreifen.« So sagte man zu dem schmalen Rest Scham-

haar. In jeder Hinsicht perfekt gestylt, trug ihre Mutter stolz einen Landestreifen spazieren, während sie, Victoria, noch einen Dschungel, einen wolligen Regenwald hatte.

Hal Griffin erwachte und kratzte sich schlaftrunken mit einer Hand zwischen den Beinen. Dieselbe Hand streckte er dann Steve hin, der sich anstelle eines Händedrucks spontan für ein cooles Aneinanderschlagen der Fingerknöchel entschied. »Hey, Solomon, wie geht's, wie steht's?«

Während Steve noch nach einer passenden Antwort suchte, lachte Griffin bellend auf. »Nichts für ungut. Freuen Sie sich an dem, was sie haben. Wenn Männer älter werden, wird ihr Schniedel eben kleiner.«

»Aber die Boote werden größer«, zirpte Irene fröhlich.

Griffin war braungebrannt und wirkte fit. Nur die rötliche Narbe auf seiner Stirn zeugte noch von dem Bootsunfall. »Willkommen in Polynesien, Prinzessin.«

Victoria kämpfte gegen den Drang, sich zu bedecken. »Wir wollten uns eigentlich mit Junior hier treffen, Onkel Grif.«

»Kein Problem. Aber vorher muss ich euch noch etwas sagen. Etwas Wichtiges.«

»Sie sind doch gerade erst angekommen«, sagte Irene. »Könnt ihr nicht später übers Geschäftliche reden?« Sie stützte sich auf einen Ellbogen und zog die Beine unter ihren festen Hintern. »Prinzessin, ich will ja nichts sagen, aber ...«

Gütiger Himmel. Ich habe keine Zellulitis. Pilates hält meine Bauchmuskeln in Form, und ich brauche keinen Schönheitschirurgen. Was kann sie an mir auszusetzen haben?

»Willst du dir nicht mal die Bikinizone wachsen lassen, Darling?«

Zweiunddreißig

Adiós, Steve

Jetzt gab Griffin die Kommandos. Irene sollte eine Runde schwimmen, die Anwälte sich setzen und die Kellnerin für jeden einen Beachcomber bringen.

Irene tänzelte zum seichten Ende des Pools, damit alle Gelegenheit hatten, ihren frisch gelifteten Po zu bewundern. Steve und Victoria setzten sich an einen Bambustisch mit einem Sonnenschirm aus Palmwedeln. Die nackte Kellnerin ging hüftenschwingend davon, um ihnen Limonade mit Rum und Curacao zu holen.

»Clive Fowles hat mich direkt nach eurem Besuch im Bootshaus angerufen«, sagte Griffin. »Er war ziemlich aufgeregt, weil er fürchtet, von Junior einen falschen Eindruck vermittelt zu haben.«

»Kann es sein, dass Sie derjenige sind, der uns einen falschen Eindruck vermittelt hat?«, fragte Steve. »Dass es wegen Oceania Streit zwischen Ihnen und Junior gab, haben Sie uns nie erzählt.«

»Streiten Sie sich gelegentlich mit Ihrem Vater, Solomon?«

»Wir tun seit dreißig Jahren nichts anderes.«

»Und? Haben Sie ihn deshalb umgebracht?«

»Noch nicht.«

Der Luftzug zwischen seinen Beinen war ein ungewohntes Gefühl für Steve. Aber nicht unangenehm. Das Nudistenleben hatte durchaus seine Vorzüge. Im Pool tobten zwei blutjunge Frauen auf der Wasserrutsche und kreischten dabei ausgelassen. Vielleicht war ja später noch Zeit für ein gemischtes Wasservolleyballmatch.

Griffin wandte sich an Victoria. »Du glaubst doch nicht diesen Mist, dass Junior Stubbs umgebracht haben könnte, oder, Prinzessin?«

»Ich muss alle Möglichkeiten erwägen.«

Gut so, Partner. Victoria traut Junior keinen Mord zu. Aber nach außen hin demonstriert sie Geschlossenheit. Sie verrät unsere kleine Familie nicht. Seit Der Pate *im Kino lief, wissen Anwälte und Mafiosi, wie wichtig das ist.*

»Aber ich halte es für sehr unwahrscheinlich.«

Hey, kennst du die Sonny-Corleone-Regel nicht?

»Eben. Nichts als gequirlte Scheiße«, sagte Griffin. »Junior hat mit Stubbs' Tod nicht das Geringste zu tun.«

»Hört mir doch erst mal zu«, sagte Steve.

»Hallo, Leute!«

Der Prachtkerl persönlich näherte sich dem Tisch. Er schwang den Krocketschläger, drückte die Brust raus, nahm die Schultern zurück und schenkte ihnen sein strahlendstes Lächeln. Und zwischen seinen Beinen ...

O Mann. Das Monster.

Von blonden Haarlocken umrahmt, baumelte dort eine glückliche, Schau-ruhig-zweimal-hin-Salami. Der Scheißkerl konnte auch ohne Schläger Krocket spielen.

»Wie läuft's denn, Sohn?«, rief Griffin.

»Sieht aus, als wäre ich auf der Siegerstraße.« Grinsend schwang Junior den hölzernen Schläger an seinem blauen Wildledergriff. »Vierundzwanzig zu vierzehn.«

»Guter Junge.«

»Hi, Tori.« Junior beugte sich über den Tisch und küsste Victoria auf die Wange.

Grundgütiger, hatte sein schwingendes Pendel gerade ihre nackte Schulter gestreift?

»Hi, Junior.« Sie lächelte zu ihm auf.

»Hallo, Steve.« Junior nickte ihm zu.

»Hübscher Schläger«, antwortete Steve.

»Warum schwimmst du nicht ein paar Bahnen, Sohn, solange ich mit meinen Anwälten rede?«, schlug Griffin vor.

»Kein Problem, Dad. Zeit für fünfhundert Meter Schmetterling.«

Junior schlenderte zum Pool. Victoria sah ihm nach.

Griffin nahm einen Schluck von seinem zitronenfrischen Drink. »Los doch, Solomon. Verkaufen Sie mir Ihre Geschichte.«

»Um den Prozess zu gewinnen, müssen wir einen anderen Schuldigen auftreiben.«

»Aber nicht meinen Sohn. Verdammt, Junior war nicht mal auf dem Boot!«

»Sind sie da ganz sicher?«

»Ich war schließlich selbst dort.«

»Sie waren auf der Brücke, konnten also gar nicht sehen, was unter Deck geschah.«

»Das klingt alles ziemlich dünn, Solomon.«

»Junior glaubt, Oceania wird Sie ruinieren.« Steve ließ sich nicht beirren. »Er nahm an, mit Stubbs' Tod wäre das Projekt erledigt und –«

»Gequirlte Scheiße. Der Einzige, der wütend genug war, um Stubbs umzubringen, bin ich.«

Victoria legte die Stirn in Falten. »Wie soll ich das verstehen, Onkel Grif?«

»Was gibt es da zu verstehen?«, gab Steve zurück. »Er deckt seinen Sohn.«

»Hör mir ausnahmsweise mal zu, Steve.« Victoria war genervt. »Darum geht es doch gar nicht. Onkel Grif, warum warst du an dem Tag auf dem Boot wütend auf Stubbs?«

»Wie ich schon sagte, der Kerl wollte mich erpressen. Er verlangte eine Million.«

»Nein. Das war eine Woche zuvor. Auf dem Boot habt ihr euch geeinigt. Du hast Stubbs die hunderttausend aus der Hummerfalle gegeben und ihm gesagt, das sei erst der Anfang. Mir hast du versichert, er hätte das Angebot akzeptiert.«

Eine unausgesprochene Frage hing in der Luft.

»Wenn es stimmt, dass du mit Stubbs einen Deal gemacht hast, warum warst du dann so wütend, dass du ihn am liebsten umgebracht hättest?«

Nicht übel, Vic. Steve war stolz auf Victoria. Sie wendete an, was er ihr beigebracht hatte. Außerdem behielt sie immer den Überblick über zeitliche Abläufe. Deshalb war ihr eine Ungereimtheit aufgefallen, die ihm entgangen wäre. Nun würde er sich zurücklehnen, ihre Anweisung befolgen, den Mund halten und zuhören.

»Hast du mich etwa angelogen, Onkel Grif? Habt ihr euch auf dem Boot wegen des Geldes gestritten?«

Griffin winkte Irene zu, die sich am Poolrand festhielt und Beingymnastik machte. Ein unwilliger Zeuge, der auf Zeit spielte. Dann seufzte er und sagte: »Was ich dir erzählt habe, stimmt grundsätzlich. Stubbs hat die hunderttausend angenommen. Aber vorher versuchte er noch, mich raufzuhandeln. Er sagte, er hätte ein besseres Angebot.«

»Ein besseres Angebot? Wofür und von wem?«, fragte Victoria.

»Er sprach von einem weiteren Interessenten. ›Ich habe einen weiteren Interessenten, der bereit ist, sich mein Entgegenkommen etwas kosten zu lassen.‹ Jemand, der ihm für ein negatives Umweltgutachten eine Million versprochen hatte. Das wäre das Aus für Oceania gewesen.«

»Und wer ist dieser weitere Interessent?«

»Das wollte Stubbs mir nicht sagen. Je mehr er sich wand,

desto wütender wurde ich. Also zog ich Juniors alte Harpune aus der Angelkiste und zielte auf Stubbs' Brust.«

Victorias Hände flogen zu ihren nackten Brüsten. »Onkel Grif, nein!«

»Cool bleiben, Prinzessin. Ich schreie Stubbs an, er solle mir gefälligst den Namen meines Feindes nennen, sonst würde ich ihn an die Schottwand nageln. Aber er lacht nur. Ich sehe genau hin und merke, dass gar kein Speer in der Harpune ist. Ich muss auch lachen, wir reden, ich verspreche ihm hunderttausend pro Jahr, er denkt darüber nach und sagt dann, okay, er würde sich mir gegenüber *loyal* verhalten. Als ob dieser Arsch überhaupt wüsste, was Loyalität ist! Jedenfalls machen wir den Deal, dann steige ich hoch auf die Brücke und steuere Sunset Key an, wo wir uns mit euch treffen wollten. Etwa eine halbe Stunde später stelle ich die Lenkung auf Automatik, klettere die Leiter runter und finde ihn mit dem Speer in der Brust.«

Einen Augenblick lang war nur das Geschrei der nackten Volleyballspieler zu hören.

Victoria schürzte die Lippen, woraus Steve schloss, dass sie nach einer diplomatischen Antwort suchte. Ihm selbst lag ein Kommentar der Sorte »Das ist doch ausgemachter Schwachsinn!« auf den Lippen. Sie hingegen wählte ihre Worte mit derselben Sorgfalt, mit der eine Floristin Rosen aussuchte, und pflückte sogar noch die welken Blättchen ab.

»Diese Story ist schwer zu verkaufen, Onkel Grif«, sagte Victoria ruhig.

»Schwer zu verkaufen?« Steve brach sein Schweigegelübde. »Wenn Sie die vor Gericht erzählen, bringen Sie am besten gleich Ihre Zahnbürste mit und stellen Sie sich auf einen längeren Urlaub ein.«

»Was soll das heißen?«, fragte Griffin. »Dass *Sie* mir nicht glauben, oder dass die Jury mir nicht glauben wird?«

»Ich glaube, Sie können die Wahrheit nicht sehen, weil die Liebe für Ihren Sohn Sie blendet.«

»Das hatten wir schon mal.«

»Stephen, *bitte*«, warnte Victoria.

Steve setzte sein Siegerlächeln auf. »Verstehen Sie nicht, was ich sagen will? Sie haben den Fall gelöst. Der weitere Interessent ist Junior. Er hat Stubbs die vierzigtausend als Anzahlung gegeben, traut ihm aber nicht über den Weg. An dem Tag, an dem Sie sich mit uns treffen wollten, springt Junior von Bord, schwimmt dann zurück und versteckt sich unter Deck. Als er hört, dass Stubbs Ihr Angebot akzeptiert und ihn hängenlässt, wartet er, bis Sie wieder auf der Brücke sind. Dann kommt er aus seinem Versteck und schießt auf Stubbs.«

»Das ist doch lächerlich.« Griffins Lachen klang alles andere als erheitert.

»Es gibt noch eine andere Möglichkeit.«

»Das will ich doch sehr hoffen.«

»Sie wissen das alles längst. Sie kommen die Leiter runter und sehen Junior über dem blutenden Stubbs stehen. Sie sind stinksauer, denn Ihr Sohn hat gerade den Typen erledigt, den Sie für Oceania dringend brauchen. Aber er ist immer noch Ihr Sohn, und er ist Ihnen wichtiger als Ihr schwimmendes Casino. Also setzen Sie Junior irgendwo ab, tun, als hätte Sie jemand niedergeschlagen, lassen Ihr Boot auf den Strand krachen und hoffen, dass Ihre Anwälte Sie raushauen. Das sollte nicht allzu schwierig sein, denn schließlich sind Sie unschuldig.«

Steve lehnte sich triumphierend zurück. Wäre er kein Nichtraucher gewesen, hätte er sich jetzt eine Zigarre angesteckt. Aber er genoss den Augenblick auch so. Nur die Zedernlatten des Gartenstuhls gruben sich schmerzhaft in seinen nackten Hintern.

Griffin beugte sich vor. Sein Hals schien sich zu verlängern wie bei einer Schildkröte, die den Kopf aus dem Panzer steckt. »Wie wollen Sie mich verteidigen, wenn Sie mir nicht glauben?«

»Ich vertrete ständig irgendwelche Lügner. Trotzdem weiß ich selbst gern vorher die Wahrheit.«

»Für Steve war die letzte Zeit sehr stressig, Onkel Grif. Außerdem hat er eine Gehirnerschütterung.«

»Hör auf, dich für mich zu entschuldigen, Vic«, befahl Steve.

»Das ist einfach Steves Arbeitsweise«, fuhr Victoria unbeirrt fort. »Er entwirft unterschiedliche Szenarien. Vielleicht hat Junior Stubbs auf dem Gewissen. Vielleicht war es ein Unfall. Vielleicht hast du auch alles gesehen. Gedankenspiele und Theorien.«

»Verdammt, Vic!« Steve wollte keine Fürsprache. »Ich weiß genau, was ich tue.«

»Dann tun Sie es woanders!«, bellte Griffin.

»Und das heißt was?«

»Das heißt, Sie sind gefeuert.«

»Vielleicht denken Sie ja noch mal darüber nach. Der Prozesstermin steht, und Sie kriegen keinen Aufschub.«

»Das ist mir scheißegal. Und nun verpissen Sie sich!«

Steve stand auf und war sich plötzlich sehr bewusst, dass sein edelstes Teil auf Griffins Augenhöhe baumelte. »Wie Sie wollen. Komm, Vic. Gehen wir.«

Griffin zeigte mit dem Finger auf ihn. »Ich sagte, *Sie* sind gefeuert, Solomon. Victoria ist nach wie vor meine Anwältin.«

»So läuft das nicht, Griffin. Vic und ich sind Partner. Wenn einer von uns gehen muss, gehen wir beide.«

Steve fand die Stille am Tisch plötzlich fast bedrohlich. Junior pflügte sich nahezu geräuschlos durch den Pool.

»Vic? Bist du so weit?«

»Onkel Grif ist *mein* Mandant. Dich habe ich nur großzügiger Weise an dem Fall beteiligt.«

»O Fuck. Vic, bitte, tu uns das nicht an.«

»Du hast versprochen, mir das Kommando zu überlassen. Und dann hast du mich einfach niedergewalzt. So wie immer.«

»Wir sind ein Team. Wie Gilbert und Sullivan. Wie Ben und Jerry.«

»Du hattest deine Chance, aber du ...«

»Du machst einen großen Fehler, Vic. Du brauchst mich.«

»Ach.«

»Du bist gut. Aber solo wirst du nie erstklassig sein.«

»Es reicht. Ich bin fertig mit dir.« Ihre Stimme eine gezackte Messerklinge. »Das war's. Solomon & Lord sind ab jetzt Geschichte. Mach's gut, Steve.«

»Das kann nicht dein Ernst sein.«

»Welcher Teil von *Adiós* ist denn so schwer zu verstehen?«

Steves Kopf war plötzlich leer. Er suchte nach einer Antwort. Nach einem Schlusssatz. Etwas, was den beiden die Augen öffnen würde. Zeig ihnen, dass Steve Solomon der Mann ist, der hier gebraucht wird. Dass Victoria den Prozess verlieren und Griffin in der Zelle landen wird. Aber ihm fiel nichts ein. So stand er einen langen Ego-zersetzenden Augenblick stumm da, bis ...

»Hey, Solomon.« Griffin grinste. »Er schrumpft.«

Dreiunddreißig

Schatten der Vergangenheit

»Du bist ein Vollidiot! Ein Erztrottel!«

»Danke, Dad.«

»Du *putz*!« Herbert Solomon machte seinem Ärger auf Jiddisch Luft. Jiddisch mit Südstaatenakzent. »Wie konnte ich bloß einen solchen *schmendrick* aufziehen?«

Die Schmähungen seines Vaters nahm Steve in Kauf. Sie waren der Preis dafür, dass Herbert ihn und Bobby nach Hause fuhr. Herbert steuerte seinen alten Chrysler auf der U.S. 1 nach Norden. Der Wagen mit dem fast durchgerosteten Unterboden und dem angegammelten Teppich miefte nach Köderfischen. Die Nachtluft roch nach feuchtem Seetang und zerstoßenen Muschelschalen. Auf dem tintenschwarzen Wasser des Golfs lag das milchige Licht des Dreiviertelmondes.

»Warum gibst du nicht einfach zu, dass du eifersüchtig auf ihn bist?«, bohrte Herbert. »Wie heißt der Kerl doch gleich?«

»Junior Griffin.« Der Name hinterließ einen schalen Geschmack in Steves Mund.

»Junior RIFF GIN!«, steuerte Bobby vom Rücksitz aus bei. Ein Anagramm aus Aquamans Nachnamen gehörte zu seinen leichtesten Übungen.

»Ich bin nicht eifersüchtig. Ich kann ihn nur nicht ausstehen.«

Auf Herberts Wangen sprießte ein weißer Dreitagebart. Er trug zerlumpte Khakishorts und ein graues T-Shirt mit uralten Schweißrändern. Sein weißes Haar war von einer frühmorgendlichen Schnorcheltour noch salzverkrustet. Steve fand, sein alter Herr sah aus wie eine Mischung aus Pirat und Serienkiller.

»Du hast Angst, dass er dir deine Kleine ausspannt«, sagte Herbert. »Deshalb hättest du gern, dass er der Mörder ist. Sehr glaubwürdig macht dich das nicht.«

»Meine Theorie ist völlig logisch. Die Beweislage spricht für sich.«

»Blödsinn.«

»Junior kommt als Mörder ebenso infrage wie sein Vater. Als Verteidiger habe ich die ethische Verpflichtung, bei den Geschworenen Zweifel an der Schuld des Angeklagten zu wecken.«

»Die ethische Verpflichtung? Seit wann interessiert dich so etwas?« Herbert räusperte sich geräuschvoll und spuckte einen Schleimklumpen aus dem Fenster. »Gib dir keine Mühe. Ich habe dich durchschaut. Du hast Angst, dass Victoria dich abserviert. Deshalb willst du Junior kaltstellen.«

»RIFF JUNG IN RIO«, verkündete Bobby, der immer noch mit dem Namen Junior Griffin beschäftigt war.

»Wenn du meinst«, sagte Steve.

»FUJI FROR INNIG.«

Steve hoffte, dass Bobby bald alle Junior-Griffin-Anagramme gefunden hatte.

»Hörst du mir eigentlich zu?«, fragte Herbert. »Dir fehlt die Selbstbeherrschung. Du reißt einfach deine große Klappe auf und *zack!* Schon bist du deinen Mandanten los und deine Süße noch dazu.«

»Aber meine Prinzipien, die habe ich noch.«

»Willst du in Zukunft mit denen schlafen?«

»Hey! Vic möchte vielleicht aus unserer Kanzlei aussteigen. Aber sie hat nicht mit mir Schluss gemacht.«

»Shmegege!« Herbert gingen die Beleidigungen nicht aus.

»Du hast keine Ahnung von Frauen, Onkel Steve.«

Jetzt gingen sie schon zu zweit auf ihn los – der scharfzüngige alte Richter und der neunmalkluge Savant. »Mehr als du, du Rotzlöffel.«

»Victoria und du, ihr seid ziemlich verschieden«, erklärte Bobby ungerührt. »Ihr gefällt das. Aber nicht immer.«

»Woher willst du das denn wissen?«

»Sie hat es mir gesagt.«

»Wie bitte? Wann?«

»Als wir uns über Beziehungen und Sex und das ganze Zeug unterhalten haben.«

»Du bist zu jung für solche Gespräche.«

»Ich bin zwölf!«

»Das melde ich dem Jugendamt.«

»Shvayg!«, befahl Herbert. »Halt die Klappe und hör zu, was der Junge zu sagen hat. Vielleicht kannst du ja was lernen.«

Bobby beugte sich zum Vordersitz vor. »Frauen denken nicht so in Schubladen wie Männer.«

»Was zum Teufel soll das nun wieder heißen?«

»Ein Kerl streitet sich mit seiner Freundin, und zehn Minuten später will er mit ihr ins Bett«, erklärte Bobby geduldig. »Frauen sind anders.«

»Hat Victoria das gesagt?« Steve drehte sich zu Bobby um.

»Nein. Dr. Phil. Im Fernsehen.«

Herbert schlug mit der Hand aufs Steuer. »Du hast gar nichts, Sohn. Kein Auto. Keinen Mandanten. Keinen Kanzleipartner. Und kein Mädchen!«

Im Pier House unterzog die Queen die Garderobe ihrer Tochter einer kritischen Musterung.

»Ein Jeans-Mini?« Irene zog die Augenbrauen hoch. »Trittst du seit Neuestem in einer Country-Band auf?«

»Du könntest mich ruhig ein bisschen mehr unterstützen, Mutter.«

»Du hast mich gebeten, auf das Luau mit dem köstlichen hawaiianischen Essen und den Tanzdarbietungen zu verzichten, und ich hab's getan. Wie viel Unterstützung willst du denn noch?« Irene hielt den Mini hoch und schüttelte den Kopf. »Ein Fransensaum und Glitzersteine. So was habe ich nicht mehr gesehen, seit im Kino *Urban Cowboy* lief.«

»Wir müssen reden, Mutter.«

»Gut, reden wir. Glaubst du, der Zimmerservice serviert auch Martinis?«

»Verdammt, hör mir zu!« Victoria knüllte ein beigefarbenes Trägertop zusammen und warf es nach ihrer Mutter.

»Die Farbe steht dir nicht, Darling«, sagte die Queen. »Du brauchst etwas Frischeres. Beige macht dich blass.«

Victoria setzte sich seufzend auf die Bettkante. »Ich fühle mich so gedemütigt!«

»Weil du im Club nackt herumlaufen musstest? Ich finde das befreiend.«

»Darum geht es nicht. Ich habe dich und Onkel Grif heute beobachtet. Ihr seid ein Liebespaar. Das war offensichtlich.«

»Und?«

»Du hast mich angelogen. Du sagtest, du hättest Dad nicht betrogen.«

»Habe ich auch nicht. Grif und ich haben gestern Nacht zum ersten Mal miteinander geschlafen.«

Victoria schüttelte den Kopf. »Du hältst mich noch immer für ein dummes Kind.«

»Ich finde, du benimmst dich wie eines. Es war übrigens wunderschön. Grif ist ein sehr einfühlsamer Liebhaber.«

»Erwartest du wirklich, dass ich dir glaube, dass ihr zu Dads Lebzeiten keine Affäre miteinander hattet?«

»Sprich nicht in diesem selbstgerechten Ton mit mir.«

»Warum gibst du es nicht einfach zu? Dad hat euch erwischt und sich umgebracht.«

»Wie oft willst du mir das noch an den Kopf werfen?« Die Queen hielt eine safranfarbene Jacke aus Baumwolltwill hoch, die sie offenbar für ganz passabel hielt. Zumindest verzog sie nicht das Gesicht. »Dein Vater hatte große Schwierigkeiten. Emotionale. Geschäftliche. Und dann noch die Sache mit den Tabletten.«

»Dad und ein Suchtproblem? Das glaubst du doch selbst nicht!«

»Dein Vater nahm massenweise Barbiturate. Vermutlich war er manisch-depressiv.«

»So kam er mir aber gar nicht vor.«

»Du warst damals noch sehr jung.« Irene lächelte schief. »Außerdem war er in deiner Gegenwart immer glücklicher als in meiner.«

Unten am Pool fing die Band an zu spielen. Schon wieder Jimmy Buffet. Fiel denen denn nichts anderes ein? »Simply Complicated.« Der Sänger beklagte die Herausforderungen des Familienlebens.

Victoria dachte an Steve. Vielleicht war sie ein bisschen zu hart gewesen. Aber es war am besten so. Sie hätte sich von Anfang an allein um Onkel Grifs Fall kümmern sollen. Nichts als Ärger hatte es wegen Steve gegeben. Nach dem Prozess wäre sie sowieso aus der Kanzlei ausgestiegen. Nun war es eben etwas früher dazu gekommen. Und was ihre Beziehung betraf – nun ja, auch hier lag einiges im Argen.

Nachdem Steve den zur textilfreien Zone erklärten Club verlassen hatte, hatte Junior ihr vorgeschlagen, die Nacht in einer der Strandhütten zu verbringen. Eine Hängematte zwischen Palmen, die Meeresbrise, die sanft über ihre nackte Haut streichen würde, und Bahamashummer, in Palmblättern gegart.

Nein danke. Nicht so schnell. Ich springe nicht von einer Hängematte in die nächste.

Ihre Mutter splitternackt mit Onkel Grif im Nudistenclub herumliegen zu sehen, hatte Victorias Verdacht über die beiden bestätigt. Sie hoffte, dass die Queen ihr nun endlich die Wahrheit sagen würde. Aber nein, sie behauptete nach wie vor, eine treue Ehefrau gewesen zu sein. Und eine unschuldige Witwe.

»Steve meint, ich soll dich nicht mehr wegen deiner Beziehung zu Onkel Grif löchern«, sagte Victoria, ärgerlicher denn je.

»Da bin ich ausnahmsweise mal seiner Meinung.«

»Er sagt, wenn man die Vergangenheit ans Licht zerrt, erfährt man manchmal Dinge, die man lieber nicht wissen will.«

»Dein Steve ist nicht auf den Kopf gefallen. Arrogant und ungehobelt vielleicht – aber nicht dumm.«

»Er ist nicht *mein* Steve.« Victoria schnappte sich das Telefon und drückte die Taste für den Zimmerservice. Vielleicht bekam man hier ja wirklich einen Martini.

Drei Solomon-Generationen fuhren schweigend dahin, bis sie den hässlichsten Teil von Cutler Ridge erreichten, in dem Autowerkstätten, Discount-Möbelläden und Fast-Food Restaurants die Durchgangsstraße säumten. Im Radio lief ein endloses Interview mit der Oboespielerin des Philharmonieorchesters von Seattle. Besonders ausführlich wurde die spannende Frage erörtert, wie man eigene Mundstücke herstellte.

Steves Laune verschlechterte sich zunehmend. Er war wütend auf die Griffins, den Vater wie den Sohn. Er war wütend auf Victoria, weil sie sich für die beiden und gegen ihn entschieden hatte. Genauso wütend war er auf Irene Lord, denn er konnte sich nur zu gut vorstellen, in welche Richtung sie ihre einzige Tochter drängte.

»Warum halbe Sachen machen, Prinzessin? Am besten, du wirfst ihn auch gleich aus deinem Bett.«

Doch am allermeisten ärgerte sich Steve über Herbert. Warum konnte sein Vater nie hinter ihm stehen? Der alte Geier ergriff selbstverständlich Partei für Victoria. Und dann die Sache mit der Anwaltslizenz. Anstatt ein bisschen Dankbarkeit zu zeigen, sabotierte Herbert Steves Bemühungen, wo er konnte. Dass er den Grund dafür nicht kannte, machte Steve nur noch zorniger.

Vielleicht sollte ich diesen Fall einfach hinschmeißen. Nur finde ich dann niemals die Wahrheit über meinen Vater heraus.

Welche dunklen Geheimnisse waren in Herbert Solomons Gerichtssaal vergraben? In dem Saal, in dem auch Pinky Luber und Reginald Jones ein- und ausgegangen waren? Warum hatte sein Vater fast kampflos sein Amt aufgegeben und seine Zulassung zurückgegeben?

Und wovor hat mein alter Herr jetzt, zwei Jahrzehnte später, noch so viel Angst?

Ein weiterer Gedanke beschäftigte Steve: *Warum schlage ich freiwillig den Kopf gegen eine Betonwand?* Die Antwort auf diese Frage kannte Steve, und sie machte ihn ein wenig verlegen. Er wollte in den Augen seines Vaters ein Held sein. Ihn trieb das tiefe, unerfüllte Verlangen nach väterlicher Anerkennung.

Nein, verdammt. Ich ziehe den Antrag nicht zurück. Ich werde ihm zeigen, was in mir steckt, ihm wieder zu einer Zulassung verhelfen und ihn gleichzeitig vor dem schützen, was er so sehr fürchtet.

Und da er nun offensichtlich aus dem Mordfall raus war,

hatte er Zeit, die Anstrengungen im Fall seines Vaters zu verdoppeln. »Sag mal, Dad, wie geht's eigentlich Reginald Jones?«

»Wem?«

»Dem Typen, der früher vor dem Richtertisch saß, Akten heftete, stapelte und markierte.«

»Du meinst Reggie. Netter Junge.«

»Der nette Junge ist inzwischen Amtsleiter des Bezirksgerichts.«

»Schön für ihn. Wie geht's ihm denn?«

»Dieselbe Frage habe ich dir gerade gestellt.«

»Woher soll ich das denn wissen? Mit Verwaltungsbeamten habe ich schon lange nichts mehr zu tun.«

Im Radio wurde jetzt ein Spendenaufruf gesendet. Der Sprecher sah den Niedergang der Zivilisation heraufdämmern, falls nicht sämtliche Hörer sofort fünfzig Dollar für einen Kaffeebecher locker machten. Steve wollte am Senderknopf drehen, doch sein Vater ließ es nicht zu.

»Was hat Reginald Jones mit dir und Pinky Luber zu schaffen?«, fragte Steve.

Herbert Solomon starrte stur geradeaus. Steve studierte sein Profil. Ein markantes Kinn, Pigmentflecken von der Sonne und struppige weiße Haarbüschel, die aus Herberts Ohren wuchsen.

»Ich habe keine Ahnung, wovon du redest, Sohn.«

»Du stehst mit Jones in regem Kontakt. Fünf Anrufe allein an dem Tag, an dem ich Lubers Aussage aufgenommen habe.«

»Du elende Pissnelke! Du spionierst mir nach!«

»Vor zwanzig Jahren hat Luber unter deinem Vorsitz einen Mordprozess nach dem anderen gewonnen. Jones war immer dabei. Was zum Teufel habt ihr drei damals getrieben?«

»Gar nichts. Und wenn es dazu etwas zu sagen gäbe, ginge es dich nichts an.«

Zwei sich widersprechende Szenarien von vorneherein auszuschließen, war ein uralter Anwaltstrick: Ich habe Ihren Rasenmäher nicht geborgt. Und falls ich ihn doch benutzt habe, war er schon vorher kaputt.

»Ich werde Jones vorladen lassen und ihn befragen.«

»Warum wühlst du nicht in deinem eigenen Misthaufen und lässt meinen in Ruhe?«

»Weil du mir noch ein paar Antworten schuldig bist.«

»Ich schulde dir einen feuchten Furz. Was ich mit meinem Leben mache, hat dich nicht zu interessieren.«

»Irrtum. Du hast mir ein Erbe hinterlassen. Ich bin Steve Solomon, Sohn eines Richters, der seiner unehrenhaften Entlassung durch einen Rücktritt zuvor kam.«

»Lerne damit zu leben. Ich tue es schließlich auch.«

»Sag mir doch einfach, warum du nicht willst, dass ich dir deine Zulassung wiederverschaffe. Falls du genauso viel Dreck am Stecken hast wie Pinky, möchte ich es gern wissen.«

Herbert trat auf die Bremse, lenkte den Wagen nach rechts an eine Tankstelle und hielt mit qualmenden Reifen.

»Raus!«

»Wie bitte?«

»Du hast richtig gehört. Du kannst zu Fuß nach Hause gehen.«

»Bist du übergeschnappt? Das sind mindestens zehn Meilen.«

»Pech. Du hast offenbar keinerlei Respekt vor mir. Also schieb deinen Arsch aus meinem Wagen.«

Steve sah sich um. Eine sechsspurige Straße. Eine Striptease-Bar und ein Felgenhändler auf der einen, ein kleines Einkaufszentrum mit einer Handleserin, einer Videothek und einem Do-it-yourself-Hundewaschsalon auf der anderen Seite.

Der Weg bis zum hippen South Beach war weit.

Steve öffnete die Wagentür, drehte sich aber noch einmal zu seinem Vater um. »Ich werde rausfinden, was du damals getan hast.«

»Wozu? Wozu soll das gut sein, verdammt noch mal?«

Steve antwortete nicht. Er konnte nicht aussprechen, was er dachte.

Um dir zu beweisen, dass ich das kann.

Solomons Gesetze

§ 9 Die Menschen, die man am längsten kennt, kennt man oft am schlechtesten.

Vierunddreißig

Staatsdiener

Auf dem Ocean Drive lieferte sich Steve in seinem neuen Wagen ein Rennen mit Lexy und Rexy. Er fuhr einen eiförmigen Smart – größer als ein iPod, kleiner als der Hintern eines 150 Kilo schweren Offensive Lineman beim American Football. Die Zwillinge waren auf Rollerblades unterwegs. Ein unfaires Rennen, denn sie hatten bereits zwei Limousinenlängen Vorsprung.

Es war der Morgen nach dem Streit mit seinem Vater. Steve hatte nach Hause trampen müssen. Mitgenommen hatte ihn schließlich der freundliche, aber übelriechende Fahrer eines Tanklasters, in dem der abgesaugte Inhalt mobiler Toiletten schwappte. Nun drückte Steve auf dem Weg zum Büro das Gaspedal bis zum Bodenblech durch. Oder handelte es sich um Plastik? Bald war der kleine deutsche Wagen auf gleicher Höhe mit den Blondinen.

Dank eines Fahrradpolizisten, der die Zwillinge anhielt – der Mann sah aus wie ein Rettungsschwimmer in Cargoshorts und Epaulettenhemd –, kam Steve als Erster bei Les Mannequins an. Offiziell wurden Lexy und Rexy wegen eines Verstoßes gegen die Straßenverkehrsordnung ermahnt. Aber wahrscheinlich wollte sich der Cop nur für eine Weile mit den langbeinigen Verkehrssünderinnen in den knappen Hotpants und den winzigen Bikinioberteilen unterhalten.

Steve stellte den Smart rechtwinklig zum Straßenrand ab. Auf diese Weise passte er in die schmale Parklücke, ohne den fließenden Verkehr sonderlich zu behindern. Den Zweisitzer hatte ihm Pepe Fernandez geliehen, ein Mandant, dessen Hauptbeschäftigung lange Zeit darin bestanden hatte, im

Hafen von Miami Frachtcontainer mit gefrorenen Shrimps zu klauen. Fernandez' Verdienst war nicht gerade üppig gewesen, weil es ihm selten gelang, das Diebesgut zu verhökern, bevor es zu einer widerlichen fischigen Pampe schmolz. Deshalb stahl er seit einiger Zeit zusammen mit zwei Kumpels Importwagen, die sie mit reiner Muskelkraft vom Dock auf einen Anhänger beförderten. Diese Arbeitsweise ließ die Beutestücke entsprechend klein ausfallen. Meist griffen sie sich Smarts – Kleinstwagen, gegen die ein Mini Cooper wie ein Monstertruck aussah. Eigentlich hätte Steve Bedenken haben müssen, weil er ein gestohlenes Auto fuhr. Doch er beruhigte sein Gewissen mit der Tatsache, dass der Smart im Verbrauch mindestens fünfmal sparsamer war als sein alter Eldo.

Wenige Augenblicke später betrat er sein Büro mit Blick auf den Abfallcontainer. Eigentlich hatte er ein Schild an der Tür anbringen wollen:

SOLOMON & LORD
ANWALTSKANZLEI

Aber er hatte nie die Zeit dafür gefunden. Und jetzt war es zu spät.

»Du musst ein paar Schecks unterschreiben«, verkündete Cece Santiago, sobald Steve zur Tür hereinkam.

Cece lag wie üblich auf der Gymnastikbank vor dem Schreibtisch, den sie nur selten benutzte, und stemmte Gewichte. Sie trug ihre Uniform: Lycra-Shorts, ein Catchershirt und die unvermeidlichen drei Ringe in der Augenbraue.

»Was denn für Schecks?«, fragte Steve.

»Einen für die Gerichtsschreiberin, ein paar für deine Kreditkartengesellschaften und einen für mich. Du schuldest mir mein Gehalt.«

»Hab ich dich nicht erst vor ein paar Tagen bezahlt?«

Cece ließ die Hantel in die Halterung sinken und richtete sich auf. »Das war vor zwei Monaten, und damals warst du schon zwei Monate im Rückstand. Du schuldest mir etwa eine halbe Milliarde.«

»Hast du mir einen Termin bei Reginald Jones besorgt?«

»Das kannst du vergessen. Seine Assistentin sagt, er ist den ganzen Tag in einer Konferenz.«

»Und morgen?«

»Bei einem Treffen der Bezirksverwaltung.«

»Wie sieht's am Donnerstag aus?«

»Da ist eine öffentliche Anhörung im Gericht von Sweetwater.«

»Er hat Angst.«

»Er ist beschäftigt.« Cece streckte sich wieder auf der Bank aus und begann mit Sit-ups.

»Sie hängen alle drei in einer Sache drin. Mein Vater, Pinky und Reggie.«

»In was für einer Sache denn, *jefe*?«

»Keine Ahnung. Ich weiß nur, dass daran was faul ist.«

»*Malo?* Nicht dein Vater.«

»Das dachte ich bisher auch. Aber vielleicht sind unsere Eltern – die Menschen, die wir am längsten kennen – gleichzeitig auch die Menschen, die wir am schlechtesten kennen, Cece.«

»Wie heftig hast du dir den Kopf eigentlich gestoßen, als deine stinkende Rostlaube von der Brücke gefallen ist?«

»Suchst du Streit?«

»Nein. Ich frage mich bloß, ob du jetzt auch noch deinen *papi* loswerden willst.«

»Wieso denn ›auch noch‹?«

»Victoria. Du hast sie verjagt. Das war saublöd. *Muy stupido, jefe.*«

Am Nachmittag saß Steve im Wartezimmer des Amtsleiters und las einen spannenden Artikel – »Raummanagement im Großraumbüro des einundzwanzigsten Jahrhunderts« – in der Zeitschrift *Die Kommunalverwaltung.* An den Wänden hingen Plaketten der Rotarier und der Kiwanis, dazwischen Fotos eines strahlenden Reginald Jones an der Seite zahlreicher politischer Größen, die allesamt selbstgefällig in die Kamera lächelten. Hier Gouverneur Jeb Bush, da Senator Connie Mack. Dazu jede Menge politische Lokalprominenz. Der Afroamerikaner Jones schien eine Vorliebe für italienische Anzüge, seidene Jaquard-krawatten und auf die Farbe seiner Hemden abgestimmte Einstecktücher zu haben. »Adrett« nannte man das wohl.

Jones hatte in Herbert Solomons Gerichtssaal die Akten der Fälle verwaltet, in denen Pinky Luber – vor seiner zweiten Karriere als Mittelsmann und Lobbyist – als Staatsanwalt Anklage erhoben hatte. Herbert Solomon stand neuerdings in regem Telefonkontakt mit Jones und regte sich furchtbar darüber auf, dass Steve das herausgefunden hatte. Welche Leiche hatten diese drei Herren, das Bermudadreieck des Bezirksgerichts, gemeinsam im Keller?

Steve hatte bereits zwei Tassen Motoröl aus der Kaffeemaschine im Flur in sich hineingegossen und mehrfach auf das Display seines Handys geblickt. Keine Nachricht von Victoria. *Nada.* Er saß ohne einen Termin hier herum und überlegte, was er zu Reginald Jones sagen würde, falls er ihn zu Gesicht bekam. Er konnte es mit einem Bluff versuchen: *»Ich weiß alles über Sie, Pinky und meinen alten Herrn.«*

Oder mit dem Ich-bin-ein-guter-Sohn-Ansatz: *»Sie können mir vertrauen, Reggie. Ich will nur meinem Dad helfen.«*

Vielleicht half aber nur eine Drohung weiter: *»Wollen Sie lieber mit mir reden oder eine offizielle Untersuchung riskieren?«*

Bislang bestand keine Notwendigkeit für eine Entscheidung.

Jones ließ sich nicht blicken. Laut seiner Empfangsdame, deren vornehmste Aufgabe es offenbar war, ihrem Vorgesetzten Hausierer, Terroristen und lästige Anwälte vom Leib zu halten, befand er sich in einer Besprechung.

Steve wartete so lange, dass er das Gefühl hatte, inzwischen seien sämtliche Verjährungsfristen verstrichen. Dann tauchte endlich eine Dame in einem strengen beigefarbenen Kostüm auf und bat ihn, ihr zu folgen. Sie gingen durch einen Korridor voller emsiger Beamter, die mit ihrer Arbeit an Computerbildschirmen ganz sicher für die Aufrechterhaltung des öffentlichen Rechtssystems sorgten. Die Dame brachte Steve zu einem Konferenzzimmer an der Ostecke des Gebäudes. Vom Fenster aus konnte man die Biscane Bay, Fisher Island und im Hintergrund Miami sehen. Außerdem bemerkte Steve zwei Truthahngeier. Einer saß auf einem Geländer vor dem Fenster, einer drin am Konferenztisch. Letzterer hatte ein rundes, pinkfarbenes Gesicht, eine glänzende pinkfarbene Glatze und einen fetten Ring am kleinen Finger.

»Pinky! Verdammt. Was tust du denn hier?«

»Was ich immer tue«, sagte Luber. »Ich helfe meinen Freunden.«

Der Truthahngeier vor dem Fenster schlug mit den Flügeln und hob ab. Steve setzte sich.

»Wo ist Reggie Jones?«

»Vergiss ihn, Junge. Er kann dir nicht weiterhelfen. Er nicht. Aber ich.« Pinky beugte sich über den Tisch. »Ich nenne dir jetzt einen Namen: Conchy Conklin.«

»Und wer soll das sein?«

»Conklin hat sich gestern Abend im Alabama Jack's die Hucke vollgesoffen und mit Hundertdollarscheinen um sich geworfen.«

»Und?«

»Sagte ich schon, dass der Mann O-Beine vom Harleyfahren hat? Seine rote Mühle war direkt vor dem Eingang geparkt.«

»Sprich weiter.«

»Er faselte etwas von den leichtesten zehntausend Riesen, die er je verdient hätte. Musste nur einen Kerl in einem alten Caddy ins Wasser schubsen.«

»Conchy Conklin«, murmelte Steve. Er kramte in seiner Erinnerung nach dem Namen. Ergebnislos.

»Falls seine Eltern nicht völlig gaga sind – und das möchte ich nicht unbedingt ausschließen –«, sagte Luber, »ist Conchy wohl ein Spitzname.«

»Sonst noch was?«

»Ja. Er prahlte mit seinen flinken Fingern.«

»Mit seinen flinken Fingern?«

»Behauptet, er fängt mit bloßen Händen Schlangen und verkauft sie dann an Reptilienfarmen. Angeblich hat er letzte Woche auf Crab Key ein ganzes Nest Korallenschlangen ausgenommen.«

»Dieser Scheißkerl.« Wenn das stimmte, war es dieser Conklin gewesen, der ihn von der Brücke befördert und die Schlange in Victorias Hotelzimmer geschmuggelt hatte. »Weiter. Kannst du ihn beschreiben?«

»In den Dreißigern. Bart. Ziemlich braungebrannt, aber kein Sonnenanbeter. Eher wie jemand, der im Freien arbeitet. Er ist kein Stammgast im Alabama Jack's. Scheint auf den Keys weiter südlich zu wohnen.«

»Woher weißt du das alles?«

»Wie ich schon sagte: Ich öle hin und wieder eine Rutschbahn, Kleiner.«

»Und für wen arbeitet dieser Conklin?«

»Ich serviere dir den Mond auf einem silbernen Tablett, und du willst auch noch die Sterne dazu!«

Steve wollte Sheriff Rask anrufen. Vielleicht konnte der ihm weiterhelfen. »Warum erzählst du mir das alles, Pinky?«

»Weil ich dich schon kannte, als du noch eine kleine Rotznase warst – bevor du eine große Anwaltsrotznase wurdest. Und weil mir an deinem alten Herrn etwas liegt.«

»Und was willst du für diese Information?«

»Was denkst du?«

»Ich schmeiße Dads Fall nicht einfach hin. Ich hole ihm seine Zulassung zurück.«

Pinky seufzte. »Herb hält dich für einen Bombenanwalt.«

»Blödsinn.«

»Vielleicht sagt er das nicht. Aber er bewundert dich. Wahrscheinlich erinnert ihn deine verdammte Sturheit an ihn selbst. Das Problem ist, dass du diesen Fall zu persönlich nimmst. Zu viele Gefühle.« Lubers Grinsen ließ seine Wangen Falten schlagen und verengte seine Augen zu Schlitzen. »Genau wie bei Hal Griffins Fall.«

»Für jemanden, der in sämtlichen Gerichten des Staates Hausverbot hat, weißt du ziemlich gut Bescheid.«

»Ich habe gehört, dass Griffin dich gefeuert hat. Und du hast es verdient. Du betrachtest den Fall mit dem Schwanz und siehst nur seinen Playboy von Sohn. Nichts blockiert ein Männerhirn so sehr wie eine schöne Frau.«

»Woher weißt du ...?« Auf diese Frage gab es nur eine Antwort. »Verdammt. Dad hat geplaudert.«

»Ach, lass Herb in Frieden. Er liebt dich mehr, als du es verdienst.« Luber zog eine kubanische Robusto aus der Tasche und beleckte das Ende der Zigarre mit seiner pinkfarbenen Zunge. »Wie kommst du darauf, dass der Beachboy ein Killer ist?«

»Frag doch meinen Vater.« Das klang nach beleidigter Leberwurst. Steve verstand die Welt nicht mehr. Sein Vater plauderte Details über Griffins Fall aus. Reggie Jones ging ihm aus dem Weg, sorgte aber dafür, dass Luber ihm einen Knochen hinwarf. Was wurde hier eigentlich gespielt?

»Ich kenne deine Theorie«, sagte Luber. »Der Sohn hat Angst, dass sein stinkreicher alter Herr, wenn Oceania absäuft, das gesamte Familienvermögen verliert. Ich nenne das ein negatives Motiv. Einer Jury so was zu verkaufen, ist ziemlich schwer: Ein bislang unbescholtener Bürger versucht, ein Ereignis aufzuhalten, das vielleicht gar nicht eintritt. Zu viele Wenns und Abers. Zu kompliziert. Geschworene wollen greifbare Beweise.«

»Was denkst du? Wer hat Ben Stubbs auf dem Gewissen?«

»Keine Ahnung. Bist du meinem Rat gefolgt und hast den grünen Pfad unter die Lupe genommen?«

»Ich hab's versucht. Woher die vierzigtausend in Stubbs' Hotelzimmer kamen, weiß ich aber immer noch nicht.«

»Wenn du mich fragst, *boychick*, laufen die Fäden bei einem einzigen schrägen Vogel zusammen. Er hat Conklin dafür bezahlt, dich von der Brücke zu fegen und deine Lady so zu erschrecken, dass sie sich bepisst. Von ihm stammt auch die Kohle in Stubbs' Zimmer. Dieser Typ hat ein positives Motiv, kein negatives.«

»Es muss jemand sein, der richtig Geld scheffelt, wenn Oceania stirbt«, sagte Steve.

»Sehe ich auch so.«

»Das heißt, wenn ich rauskriege, wer Conklin angeheuert hat, kenne ich auch Stubbs' Mörder.«

»Darauf würde ich wetten.«

»Und diese Informationen gibst du mir ganz umsonst?«

Pinky schob grinsend seinen Stuhl zurück. »Wo denkst du hin, Kleiner? Ich habe nichts zu verschenken. Ich will, dass du zu gegebener Zeit die richtige Entscheidung triffst.«

Fünfunddreißig

Poet oder Pirat

»Wissen Sie eigentlich, wie viel Geld ich durch Ihren verrückten Mandanten verloren habe?«, polterte Leicester Robinson. »Millionen!«

»Sie gehen anscheinend davon aus, dass Hal Griffin schuldig ist«, sagte Victoria.

»Wer sollte es sonst gewesen sein? Damit, dass Griffin einen Sesselpupser wie Stubbs schmiert, habe ich kein Problem. So was passiert jeden Tag. Aber ihn umbringen? Was zum Teufel hat sich Griffin dabei gedacht?«

»Wie kommen Sie darauf, dass Bestechung im Spiel war?« Victoria wollte gern hören, was Robinson wusste.

»Wir sind auf den Keys«, antwortete er. »Wenn Sie in Tavernier pinkeln gehen, gluckern in Marathon die Abwasserrohre.«

Victoria hatte Robinson auf dem Überwachungsvideo aus Griffins Kamera gesehen. Gemeinsam mit Delia Bustamente, Clive Fowles und Junior Griffin war er bis kurz vor der letzten Fahrt der *Force Majeure* noch an Bord gewesen. Rein formal gehörte er dadurch zum Kreis der Verdächtigen. Doch das Video zeigte, dass er – genau wie die anderen – vor dem Ablegen an Land gegangen war.

Robinson war Mitte vierzig, trug schwere Arbeitsstiefel, ölverschmierte Shorts und ein Hawaiihemd mit Blumendruck. Die Haut des Afroamerikaners hatte die satte rotbraune Farbe von poliertem Mahagoni. Sein Gesicht zierte ein ordentlich gestutzter Schnauzbart, und er hatte sein graumeliertes Haar zu kurzen Dreadlocks gezwirbelt. Beim Sprechen stach er mit seinen dicken Fingern in die Luft, als wolle er Ausrufezeichen setzen.

»Ob Griffin mit Oceania je auch nur einen Cent verdienen würde, war mir schnurz. Laut Vertrag konnte ich für jeden Einsatz meiner Frachtkähne die Kosten plus dreißig Prozent abrechnen.« Er deutete auf eine Pinwand mit Quer- und Längsschnittzeichnungen eines Schiffes, das an einen Öltanker erinnerte. »Und jetzt? Das Geld für die Pläne ist futsch. Ich habe massenweise andere Aufträge abgelehnt und kann von Glück sagen, wenn mein Betrieb in den nächsten Wochen nicht den Bach runtergeht.« Robinson zuckte die Achseln, als wolle er sagen: *»Was soll man machen?«*

Sie saßen im Lagerhausbüro von Robinson Fracht- & Schlepperservice Co., direkt neben den Key-West-Docks. Das langgestreckte, niedrige Wellblechgebäude roch nach Öl und Metall und war mit allerhand Gerätschaften vollgestopft. Außerdem lagen und standen wie in einem Trödlerladen zahllose Kleinteile herum. Antike Schiffsausrüstungsteile, Skulpturen und Kunstgegenstände. Eine ganze Wand wurde von raumhohen Bücherregalen eingenommen. An einer anderen hing eine antike Seekarte der Karibik, auf der Kuba deutlich größer war als in natura – größer noch als in Fidel Castros kühnsten Träumen. Das Ölgemälde daneben zeigte ein gigantisches pinkfarbenes Haus mit Türmchen und Erkern. An der Wand hinter Robinsons Schreibtisch hing ein Sammelsurium von rostigen Musketen, Entermessern und Kurzschwertern.

In der Mitte des Lagerhauses ruhte auf zwei Böcken ein uralter Einbaum. Er sah aus wie ein Indianerkanu und wurde offenbar gerade restauriert. Auch auf dem Fußboden waren allerhand nautische Fundstücke verstreut: die Glasverkleidung eines Leuchtturms; ein von Muscheln besiedelter Anker, der aussah, als wäre er Hunderte von Jahren alt; mehrere Eimer Harz; ein antiker Kompass und ein halb verrottetes Beiboot, in dem vielleicht schon Captain Ahab Jagd auf Moby Dick gemacht hatte. Victoria hoffte, dass Robinsons Schlepper und Frachtkähne besser in Schuss waren als das alte Gerümpel, das er offenbar sammelte.

»Anstatt des Selbstkosten-plus-x-Prozent-Vertrages hätten Sie anfangs lieber einen Anteil an Griffins Profit gehabt?«

»Man kann ja mal fragen.«

»Ist das in Ihrer Branche üblich?«

»Die Southern-Shipyards-Werft hätte mir den neuen Frachter auf Pump und ohne Anzahlung gebaut. Ich hätte für Griffin arbeiten und auf die Einkünfte aus dem Hotel und dem Casino warten können. Aber Ihr Mandant teilt nicht gern. Mir konnte das letztlich egal sein. Geld hätte ich auf jeden Fall gesehen. Aber jetzt ...« – er deutete mit seiner Pranke auf die Konstruktionszeichnungen an der Pinwand – » ... kann ich die Pläne verbrennen.«

Victoria warf einen Blick auf die Bücherregale. Biographien von Theodore Roosevelt, Alexander Hamilton und John Adams. Bücher über Piraten und die Kolonisierung der Karibik. Daneben Kafka, Dickens und Hugo. Selbst englische Gedichtbände fehlten nicht. Für Tennyson schien der bullige Frachtkahnbetreiber eine besondere Schwäche zu haben.

Junior hatte Victoria von Robinsons Anglistikstudium in Amherst und dessen Master in Geschichte erzählt. Unter den Seemännern der Keys war er trotz seiner schwieligen Arbeiterhände wahrscheinlich der belesenste. Vielleicht ist er sogar der gebildetste Key-Bewohner überhaupt, dachte Victoria, wenn man sich die gescheiterten Existenzen, die die Inseln bevölkern, so ansieht.

»Ist Ihnen vor ein paar Tagen bei Ihrem Besuch auf Griffins Boot etwas aufgefallen?«, fragte Victoria.

»Griffin und Stubbs haben sich gestritten. Das war vorher in meiner Gegenwart nie der Fall.«

»Worum ging es denn bei dem Streit?«

»Keine Ahnung. Die beiden waren im Salon. Ich hab sie nur durch die Glastür gesehen. Aber Griffin bohrte Stubbs den Finger in die Brust. Er stieß ihn herum, wollte ihn wohl einschüchtern.«

»War das alles? Ein kleiner Schubs mit dem Finger?«

Robinson lachte abfällig. »Wenn das jemand bei mir versuchen würde, könnte er in den nächsten Wochen nur noch flüssige Nahrung zu sich nehmen.«

»Was ist mit Clive Fowles? Hat der sich in Ihrem Beisein irgendwann mit Stubbs gestritten?«

»Nein.«

»Oder mit Griffin?«

»Dafür hat Fowles nicht den Mumm. Ach, einmal hörte ich, wie er Griffin vorschlug, geführte Touren zum Riff anzubieten, anstatt ein schwimmendes Hotel mit Casino zu bauen. Griffin hat natürlich nicht auf ihn gehört. Wenn Sie mich fragen, backte Fowles zu kleine Brötchen und Griffin zu große.«

»Warum hätte Hal Griffin Ben Stubbs umbringen sollen?«

»Ich kann mir keinen wirklich guten Grund dafür denken.«

»Trotzdem glauben Sie, dass er es getan hat.«

Robinson zuckte die Achseln. »Zwei Männer fahren mit einem Boot raus, und einer wird dabei tödlich verletzt.«

Besser hätte es der Staatsanwalt auch nicht zusammenfassen können, dachte Victoria. »Vielleicht gab es einen blinden Passagier.«

»Dann müsste Griffin ihn unterwegs abgesetzt haben, so wie in dem Buch von Conrad.«

»Der geheime Teilhaber.« Victoria lächelte. Sie hatte es tatsächlich mit einem literarisch bewanderten Frachtkahnbetreiber zu tun. Steve hingegen hatte von dem Buch nie etwas gehört. Wenn es allerdings von Jimmy Buffet stammen und vom

Inselleben und Rumtrinken handeln würde, hätte er ganze Passagen daraus zitieren können.

»Sie kennen die Geschichte?« Robinson schien erfreut.

Victoria vermutete, dass die Leute, mit denen er sonst bei Robinson Fracht- & Schlepperservice zu tun hatte, eher keinen Universitätsabschluss in Englischer Literatur vorweisen konnten.

»Ein Kapitän hat einen blinden Passagier an Bord, dem ein Mord vorgeworfen wird«, sagte sie. »Der Kapitän verrät ihn nicht. Im Gegenteil, er riskiert sogar sein Schiff, um ihn in Sicherheit zu bringen.«

»Das Buch handelt von der Dualität von Gut und Böse. Wir alle tragen beide Seiten in uns«, dozierte Robinson. »Das trifft sicher auch auf Ihren Mandanten zu.«

»Hal Griffin ist kein Mörder.«

»Egal wer es war – ich würde ihm am liebsten den Hals umdrehen.« Robinson machte mit seinen riesigen Händen eine entsprechende Bewegung. »Wissen Sie eigentlich etwas über uns Robinsons, Ms Lord?«

»Ich weiß, dass Ihre Familie schon seit Generationen auf Key West lebt.«

Robinson lachte bellend auf. »Das ist die Untertreibung des Jahrzehnts. Ich kann meine Ahnenreihe bis zu einem Sklavenschiff zurückverfolgen, das von Sir Henry Morgan angegriffen wurde. Er versenkte es und wählte die kräftigsten Sklaven für seine Crew aus. Morgan machte einen schwarzen Robinson, meinen Urahn, zum ersten Offizier seines Schiffes.«

»Fast ironisch«, sagte Victoria, »von einem Piraten gerettet zu werden.«

»Dafür, dass Sie ihn so nennen, hätte Morgan Ihnen wahrscheinlich ein Schwert zwischen die Rippen gerammt. Sir Henry bevorzugte die Bezeichnung Privatier. Er besaß eine

Lizenz der englischen Krone, die es ihm erlaubte, spanische Schiffe und Siedlungen zu plündern.«

»Die Lizenz zum Stehlen.« Victoria lachte. »So nannte Delia Bustamente die Genehmigung für den Bau von Oceania.«

Robinson lächelte verkniffen. »Womöglich gibt es hier gewisse Parallelen. Vielleicht hat nur derjenige, der die Geschichte kennt, das Privileg, sie zu wiederholen.«

Victoria kannte den Ausspruch des Schriftstellers und Philosophen Santayana, den Robinson in seinem letzten Satz abgewandelt hatte. Offenbar hatte ihr Gegenüber die vielen Bücher in seinen Regalen tatsächlich gelesen. Ob der Mann in seinem Arbeitsalltag ebenfalls mit Conrad- und Santayana-Zitaten um sich warf? Was war Robinson überhaupt für ein Mensch?

»Sie haben eine sehr bewegte Familiengeschichte.« Victoria wollte ihn unbedingt zum Weiterreden ermuntern.

»Die Robinsons waren mal reich, mal arm. Sie besaßen auf manchen Inseln eigene Schlösser und wurden in anderen eingekerkert. Fast wie in dem Sinatra-Song, in dem er sich als Marionette, armen Teufel und Piraten bezeichnet.«

»Als Dichter, Faustpfand und König«, fügte Victoria hinzu.

Robinson lächelte. »Das trifft alles auf uns zu. Vor etwas über hundert Jahren lebten die Robinsons auf Key West noch vom Bergen havarierter Ladungen. Sie hatten sogar eine offizielle Lizenz dafür. Wenn ein Frachtschiff auf Grund lief, fuhren die so genannten Berger so schnell wie möglich hinaus. Die Schaluppen der Robinsons waren die schnellsten, sie kamen meist vor der Konkurrenz draußen am Riff an. Wer dort seine Ansprüche geltend gemacht hatte, durfte vierzig Prozent der aufgenommenen Ladung auf eigene Rechnung verkaufen.«

»Fast wie Anwälte, die einen Anteil vom Streitwert bekommen«, sagte Victoria.

»Aber mit noch weniger Skrupeln. Manche Berger sorgten mit falschen Signalfeuern selbst dafür, dass die Schiffe auf Grund liefen.«

»Die Robinsons auch?«

Robinson stand lächelnd auf. »Ich will Ihnen etwas zeigen, Ms Lord.«

Er setzte eine Brille mit Metallgestell auf und führte Victoria zu einer gerahmten Urkunde, die an der gegenüberliegenden Wand hing. Sie stammte aus dem Oktober des Jahres 1889, war von einem hochrangigen Richter unterzeichnet und in einer dekorativen Handschrift verfasst.

Victoria las die gestelzte juristische Formulierung laut: *»Jedwedem zum Wissen und Gehör wird Walter J. Robinson, Eigner und Kapitän, durch dieses Dokument ermächtigt, mit seinem Einmaster Satisfaction dem Geschäft des Bergens von Fracht an den Küsten Floridas nachzukommen.«*

»Walter J. war mein Ur-Ur-Großvater. Wissen Sie, weshalb er seinen Einmaster *Satisfaction* nannte? So hieß Sir Henry Morgans Schiff, mit dem der erste Robinson befreit wurde. Einige nachfolgende Generationen waren schwarze Piraten, und Walter J. Robinson ihr direkter Nachfahre. Und da fragen Sie mich, ob mein Ur-Ur-Großvater ein Halunke war? Sagen wir, er hat der Konkurrenz nichts geschenkt. Von ihm heißt es, wenn er zwischen einem Ballen Baumwolle und einem ertrinkenden Matrosen wählen musste, hätte er lieber die Baumwolle an Bord gehievt. Das Leben war damals hart.«

»So hart wie die ganze Ära.«

»Gibt es auch andere?«

Victoria wünschte plötzlich, Steve wäre bei ihr. Er hätte Robinson besser einschätzen können als sie. Der Mann begegnete ihr mit entwaffnender Offenheit. Sie war sicher, dass er versuchte, einen ganz bestimmten Eindruck zu erwecken, dass er freundlich und aufrichtig erscheinen wollte. Nur was sie davon halten sollte, wusste sie nicht. Über Zeugen, die sich gern reden hörten, sagte Steve: »Wenn einer redet, ohne Luft zu holen, will er bestimmen, worüber gesprochen wird.«

Robinson schwelgte noch eine Weile lang in seiner Familiengeschichte. Walter J. Robinson hatte Hahnenkämpfe veranstaltet sowie ein Bordell und einen Saloon besessen, in dem Schwarze und Weiße gleichermaßen bedient wurden. Außerdem ließ er sich das imposanteste Haus von Key West bauen. Es war auf dem Ölgemälde an der Wand verewigt und im Queen-Anne-Stil mit einer doppelten Veranda und aufwändigen Balustraden ausgestattet. Auch ein Ausguck auf dem Dach fehlte nicht. Das protzige pinkfarbene Gebäude bot einen freien Blick aufs Meer. Über seine Zerstörung gäbe es widersprüchliche Geschichten, sagte Robinson. Sein Vater hatte ihm erzählt, ein Wirbelsturm hätte es dem Erdboden gleichgemacht. Doch später hatte Robinson erfahren, dass Walters Enkel es nach der Pleite des Familienbetriebes abgefackelt und die Versicherungssumme kassiert hatte. Danach war es mit den Robinsons eine Zeitlang steil bergab gegangen. Leicesters Vater hatte auf einem Krabbenkutter geschuftet und von seinem sauer verdienten Geld einen leckenden Schlepper gekauft.

Leicester hatte in Neuengland studiert und eigentlich Geschichtsdozent werden wollen, war aber nach dem Tod seines Vaters nach Key West zurückgekehrt und hatte den Familienbetrieb übernommen.

Der mächtige Sog der Familie.

Wie der ihrer eigenen. Wie bei Steve. Vielleicht hatte Junior Griffin um den Verlust des Familienvermögens gefürchtet.

Vielleicht war Leicester Robinson von dem Gedanken besessen, seinem Clan wieder zu Wohlstand zu verhelfen. Die Frage, wer Ben Stubbs ermordet hatte, war damit aber nicht beantwortet. Victoria wusste nicht einmal, ob Leicester Robinson nun ein Poet war – oder ein Pirat.

Sechsunddreißig

Maximum Herb

Steve lag auf der Lauer wie ein Auftragskiller… falls diese neuerdings ihre Opfer vom Fahrersitz eines ultrakleinen Smart aus beobachteten.

Er suchte das Rasengelände mit dem Fernglas ab und entdeckte seine Zielperson. Sie trug eine lange Hose mit Hahnentrittmuster, dazu ein schwarzes Poloshirt und schwarze Lederhandschuhe. Es wäre kein Problem gewesen, den Mann mit einer M-16 mit Zielfernrohr zu erledigen. Oder ihm einen eisernen Golfschläger über den Schädel zu ziehen. Oder die Nummer seines Pagers zu wählen. Reginald Jones fuhr einen Golfwagen. Neben ihm saß ein breitarschiger Bürohengst. Der Dicke kam Steve irgendwie bekannt vor, er wusste nur nicht, woher.

Frühmorgens hatte Steve Papayafruchtfleisch und Joghurt für Bobbys Smothie in den Mixer gelöffelt und nebenher den Sportteil des *Herald* studiert. Den Marlins hatte der Regen einen Strich durch die Rechnung gemacht, ein Jugendfußballtrainer hatte Steroide geklaut und in Doral wurde ein Benefizgolfturnier veranstaltet. Golfprofis und B-Promis standen ebenso auf der Spielerliste wie die lokale Politprominenz. Auch Reginald Jones, der Amtsleiter des Bezirksgerichts, sollte antreten.

Vor Steves Aufbruch nach Doral klingelte das Telefon. Willis Rask war am Apparat. Der Sheriff hatte »Conchy Conklin« in seinem Computer gefunden.

»Eigentlich heißt er Chester Lee Conklin«, sagte Rask. »Zu dem Spitznamen kam er, weil er etwa den IQ einer Conch-

Meeresschnecke hat. Sagen seine Freunde, wohlgemerkt. Der Mann hat eine ganze Latte Vorstrafen. Einbrüche und Fahren unter Alkoholeinfluss. Im Moment ist er auf Bewährung draußen. Tätlicher Angriff in einer Bar. Hat versucht, einen Streit mit einer abgebrochenen Bierflasche für sich zu entscheiden.«

»Wenn er Bewährung hat, müsstest du eigentlich wissen, wo er steckt«, sagte Steve.

»Eigentlich schon. Aber zu den letzten beiden Terminen ist er nicht erschienen. Sein Bewährungshelfer ist zu dem Trailer in Tavenier rausgefahren, den Conklin gemietet hat. Aber keine Spur von ihm. Die Nachbarn sagen, sie hätten ihn und seine Harley seit etwa einem Monat nicht mehr gesehen.«

Rask hatte Steve versprochen, er würde eine Anzeige wegen Verstoßes gegen die Bewährungsauflagen auf den Weg bringen, nach Conklin suchen und ihn in eine Arrestzelle stecken.

Jetzt am Mittag stand die Sonne hoch am Himmel. Die Luft war schwül, und über den Everglades türmten sich gewaltige Gewitterwolken auf. Steve war völlig durchgeschwitzt. Sicher lag das zum Teil an der Schwüle, zum Teil aber auch an seiner Anspannung. Den Smart hatte er in einem schmalen Streifen von Sabal-Palmen in der Nähe des achtzehnten Lochs auf dem Golfplatz von Doral geparkt. Den Spielern in den Golfwagen, denen Steve auf der Fahrt über den Platz begegnet war, hatte er zugewinkt, als sei er der Greenkeeper. Immerhin war sein Gefährt nur wenig größer als ein elektrisch getriebener Golfcaddy.

Jones und sein Partner brachten sich auf dem Fairway in Stellung. Die achtzehnte Spielbahn war nicht ganz vierhundert Meter lang und verlief schnurgerade, befand sich aber auf einer Insel mitten im Wasser. Jones' zweiter Schlag war ein Traum. Der Ball blieb kaum sieben Meter vor dem Loch liegen, wie eine Wachtel, die von einem Jäger aus der Luft geholt worden war. Sicher hatte sich das Schlitzohr morgens zum Üben aus dem Gericht geschlichen. Jones' korpulenter Partner versenkte drei Bälle im Wasser und fluchte so laut, dass Steve auf seinem Beobachtungsposten jede Silbe hören konnte.

Als die beiden Golfer wieder in den Wagen stiegen und Richtung Brücke fuhren, nahm Steve in seinem Smart die Verfolgung auf. Kurz vor der Brücke hupte er und überholte den Golfwagen.

»Verdammter Mist!« Jones riss das Lenkrad nach rechts und rutschte vom Weg direkt auf das Wasser zu.

In diesem Moment musste Steve an seinen geliebten Caddy denken, wie er mit der Nase voran durchs Brückengeländer gebrochen und im Spanish Harbor Channel versunken war. Der Golfwagen schlitterte seitwärts übers feuchte Gras und kam im seichten Wasser zum Stehen.

»Fuck! O Fuck!« Jones stieg aus und versank sofort bis zu den Knien im Schlamm. Im Augenblick sah er nicht ganz so adrett aus wie auf den Fotos in seinem Büro.

»Tut mir leid, Mr Jones«, sagte Steve. »Ich muss dringend mit Ihnen reden und konnte in Ihrem Büro keinen Termin bekommen.«

Jones watete ans Ufer. Seine Schuhe schmatzten im Schlamm. Sein gewichtiger Partner watschelte auf Steve zu und schwang dabei den Golfschläger. »Sie Irrer! Ich schlage Sie zu Brei ...«

»Augenblick, Jack.« Jones hob beschwichtigend die Hand und wandte sich dann an Steve. »Sind Sie nicht Herb Solomons Sohn?«

»Schuldig im Sinne der Anklage.«

»Ich kenne Sie!« Der Dicke fuchtelte mit dem Schläger vor Steves Nase herum. »Sie sind doch dieser Ganove, der, um an Mandanten zu kommen, Jagd auf Krankenwagen macht!«

»Bevor Sie mich einen Ganoven nennen, würde ich gern mal Ihre Scorekarte sehen«, gab Steve zurück.

»Was wollen Sie damit sagen?«

»Wenn Sie sich einen Preis ergaunern, rufe ich die Cops.«

»Nicht nötig.«

»Mr Solomon« – Jones räusperte sich –, »darf ich Sie mit unserem Polizeichef Chief Jack McAllister bekannt machen?«

Alles in allem fand Steve, waren der Amtsleiter und der Polizeichef recht umgänglich gewesen – zumindest nachdem er zugesichert hatte, ihnen neue Schuhe zu kaufen. Jones trug zwei Schläge auf seiner Scorecard ein, der Chief vermerkte fünf, obwohl er mindestens neun gebraucht hatte – Strafschläge nicht eingerechnet. Danach setzte sich Steve mit dem Amtsleiter ins neunzehnte Loch, die Clubgaststätte.

»Ihr Vater war eine Art Mentor für mich«, erklärte Jones.

»Mit anderer Leute Kinder kam er immer ziemlich gut zurecht«, sagte Steve.

Sie tranken Bier und aßen Hamburger. Steve übernahm die Rechnung. Er war froh, dass er nicht auch noch für beide Spieler die Platzgebühren bezahlen musste.

»Als ich unter Ihrem Vater mit der Verwaltungsarbeit anfing, steckte ich noch mitten in meinem Teilzeitstudium an einem staatlichen College. Der Richter überredete mich, den Bachelor zu machen, und half mir dann, ein Stipendium für den Masters in Öffentlicher Verwaltung an der FIU zu bekommen. Immer wieder sagte er mir, mit ein bisschen Ehrgeiz könne ich jedes Ziel erreichen.«

»Interessant. Mir sagte er immer, ich würde im Gegensatz zu ihm stets nur ein drittklassiger Anwalt sein.«

Jones lachte. »Auf seine Weise ist Herb Solomon auch heute noch erstklassig.«

Als sie den Smalltalk hinter sich hatten, sagte Steve: »Ich will wissen, was mein Vater getrieben hat, als Pinky Luber noch Oberstaatsanwalt in der Abteilung Kapitalverbrechen war.«

»Richter Solomon sorgte für Recht und Ordnung.«

»Tun wir das nicht alle?«

»Ich sage nur eins: Wenn Sie weiterhin mit aller Macht versuchen, Herbs Wiederzulassung zu erreichen, wecken Sie bloß schlafende Hunde. Lassen Sie einfach die Finger davon.«

»Nicht bevor ich weiß, was diese Hunde bewachen.«

Jones trank einen Schluck Bier und sah aus dem Fenster. Draußen versammelten sich die verbliebenen Turnierteilnehmer. »Erinnern Sie sich noch an den Mariel-Boatlift in den frühen Achtzigern?«

»Den Massenexodus aus Kuba? Damals war ich noch ziemlich jung. Aber ging es darum nicht auch in dem Al-Pacino-Film *Scarface*?«

»Der Film beschreibt die Zustände ziemlich realistisch. Kokain-Cowboys. Slums unter den Autobahnbrücken – voll von Castros Geisteskranken und Kriminellen. Schießereien im Dadeland-Einkaufszentrum. Die höchste Mordrate im ganzen Land. Der Tourismus am Boden, die Wirtschaft kurz vor dem Kollabieren.«

»Und was hat das alles mit meinem alten Herrn zu tun?«

»Herb war damals Oberster Richter der Strafkammer. Er wollte diese Verbrechensflut eindämmen.«

»Konnte er denn überhaupt noch mehr tun? Maximum Herb hatte damals doch längst den Ruf, ein ganz harter Knochen zu sein.«

»Bevor man jemanden bestrafen kann, muss man ihn erst mal schuldig sprechen.«

»Was soll das heißen? Ein Richter hat unparteiisch zu sein.«

»Wenn Sie sich die Urteile Ihres Vaters ansehen, werden Sie feststellen, dass er das war. Selbst die Berufungsinstanzen waren dieser Meinung. Kaum eines seiner Urteile wurde je aufgehoben.«

»Warum sagen Sie mir nicht einfach, was sich mein Vater zur Verbrechensbekämpfung hat einfallen lassen?«

Jones schob seinen Teller weg. »Der Richter hatte ein reines Herz. Und sauberere Hände als die meisten anderen.«

»Sie sprechen in Rätseln, Mr Jones.«

»Und noch eins: Ihr Vater liebt und respektiert Sie.«

»Das höre ich öfter.« Nur nicht von ihm selbst.

Solomons Gesetze

§ 10 Such einen Geschworenen nach denselben Kriterien aus wie eine/n Geliebte/n: Sie/Er darf keine Perfektion erwarten und muss auch mal verzeihen können.

Erfolgsserie

»Prozesse gewinnt man durch die Wahl der richtigen Geschworenen.«

Das hatte Steve Victoria bei ihrem ersten gemeinsamen Fall, dem Mordprozess gegen Katrina Barksdale, gesagt.

»Viele Anwälte glauben, sie könnten die Jury mit dem Schlussplädoyer beeindrucken. Aber bis dahin ist die Entscheidung längst gefallen. Wichtig ist die richtige Auswahl der Geschworenen, nicht das Anfangsplädoyer, auch nicht das Kreuzverhör des Hauptzeugen der Anklage oder eine flammende Rede am Ende der Beweisaufnahme. Konzentrier dich auf die Geschworenen. Wähl die richtigen aus, und du gewinnst. Nimm die falschen, und du verlierst.«

Einer von vielen Vorträgen. Wenn Steve dozierte, reagierte Victoria oft gereizt. Dass er meistens Recht hatte, ärgerte sie nur noch mehr. Seit ihrer Entlassung als Staatsanwältin hatten sie und Steve die Geschworenen stets gemeinsam ausgesucht. Jetzt, an diesem Regentag in Key West, stand sie ganz allein da. Zumindest beinahe. Ihre Mutter saß wie ein weißer Kuhreiher in der ersten Reihe der Zuschauergalerie. Sie hatte sich fast vollständig in jungfräuliches Weiß gehüllt. Offenbar wollte die Queen dem Unterbewusstsein der zukünftigen Geschworenen signalisieren, dass sie hier nur Unschuld und Reinheit vorfinden würden. Sie trug einen asymmetrisch geschnittenen Max-Mara-Rock mit einem Muster aus weißen Jasminblüten, dazu ein Wickeljackett aus weißem Leinen und silbergraue Sandalen. Diese Farbe wiederholte sich in ihrer Wildlederhandtasche mit Echsenlederapplikationen. *»Accènto«* nannte das die Queen.

Sie schrieb ihre Beobachtungen zu jedem potenziellen Geschworenen auf teures Leinenpapier. Die Seiten reichte sie dann dem Gerichtsdiener, der sie an Victoria weitergeben musste. Die hilfreichen Hinweise ihrer Mutter beschränkten sich allerdings weitgehend auf kritische Bemerkungen über zu kurze Röcke, unmögliche Schuhe und eine gefälschte Prada-Handtasche aus Kunstleder. Die Todsünde schlechthin.

Hal Griffin saß neben Victoria und gab sich Mühe, die zukünftigen Geschworenen anzulächeln, ohne allzu sympathieheischend zu wirken. Sein Sohn hing in der Stuhlreihe vor dem eigentlichen Zuschauerraum. Junior hatte Victoria gesagt, er könne wahrscheinlich nicht lange stillsitzen, weil er es nicht gewöhnt sei, in geschlossenen Räumen eingepfercht zu sein. Ob sie etwas dagegen einzuwenden habe, wenn er während der Auswahl der Geschworenen mal kurz achtzig Liegestützen machte? Ja, hatte sie. Sie wollte nicht, dass der Sohn des Angeklagten vor den Augen der zukünftigen Jury herumturnte. Also schlug sie ihm vor, ein paar Mal die Treppe zur Lobby hinunter- und wieder hinaufzurennen, wenn er allzu unruhig wurde.

Auch Junior ließ Victoria einen Zettel zukommen. Er lud sie zum Abendessen ein. Sie zeigte kopfschüttelnd auf ihre Aktentasche. *»Ich habe zu tun«*, hieß das. Junior warf ihr ein so trauriges Lächeln zu, als hätte sie soeben sein kleines Herz gebrochen.

Kann er sich denn nicht denken, wie viel Druck bei einem Mordprozess auf der Verteidigerin lastet?

Müsste Junior nicht etwas verständnisvoller sein? Immerhin war der Mann auf der Anklagebank sein Vater.

Jetzt war Victoria nicht mehr nur auf Steve sauer, sondern auch auf Junior. Vielleicht sogar auf *alle* Männer.

In den ersten beiden Zuschauerreihen drängten sich die

Journalisten. Seitlich war eine Fernsehkamera aufgebaut, daneben stand ein einzelner Fotograf. Mehr war während der Auswahl der Geschworenen nicht erlaubt. Die Fernsehsender und Zeitungen würden sich das Bildmaterial teilen.

Victoria zwang sich zuzuhören, was Richard Waddle, Staatsanwalt des Monroe County, den Geschworenen zu sagen hatte. »Dickwad«, wie die Strafverteidiger ihn nannten, kultivierte mit seinem bleistiftdünnen Oberlippenbart und dem Seersuckeranzug den Look der 1940er Jahre.

»Die Jury ist der Grundpfeiler der Gerechtigkeit, das Fundament des Rechtsstaates«, predigte Waddle. »Samuel Adams bezeichnete die Geschworenen einmal als ›Herz und Lunge der Freiheit‹.«

Das Zitat ist von *John* Adams, dachte Victoria. Sein Vetter Samuel war der Patriot, der die Boston Tea Party angezettelt hat. Wahrscheinlich, damit die Leute ihm sein Bier abkauften.

Waddle schritt die Reihe der Geschworenen ab. Dabei hielt er vor jedem Stuhl kurz an – wie ein Schaffner bei der Fahrkartenkontrolle. »Und als der gute alte Ben Franklin die Unabhängigkeitserklärung schrieb ...«

Thomas Jefferson, Dickwad.

»... sicherte er uns das Recht auf einen Schuldspruch durch eine Jury zu.«

Das steht nicht in der Unabhängigkeitserklärung, sondern in der Verfassung. Aber ein Regierungsbeamter muss das nicht unbedingt wissen.

Victoria fragte sich, seit wann sie so sarkastisch war. Die Antwort war einfach.

Seit ich mich mit Steve zusammengetan habe.

»Die Jury ist eine der größten Errungenschaften der zivilisierten Welt«, dozierte Waddle.

Und ich dachte, das wäre Wrestling im Bezahlfernsehen.

Steves Einfluss. Eindeutig.

»Ohne den selbstlosen Einsatz guter Bürger, wie ihr es seid, läge unser Rechtssystem am Boden. Deshalb will ich euch im Namen des Staates von ganzem Herzen danken. Danke, dass ihr euren Arbeitsplatz, euer Heim, eure Familien und Freunde verlassen habt, dass ihr eure wertvolle Zeit opfert, um für Gerechtigkeit zu sorgen.«

Die berühmte Rede an das Volk. Fehlt nur noch, dass er vor lauter Bürgernähe auf einem Strohhalm herumkaut.

»Ihr sorgt dafür, dass kein Verbrechen ungesühnt bleibt, kein Mord …«

»Einspruch!« Victoria sprang auf. »Das ist nicht die Aufgabe der Jury.«

»Stattgegeben.« Richter Clyde Feathers blickte kaum von seinem Kreuzworträtsel auf. Nach zweiunddreißig Jahren auf der Richterbank filterte sein Gehör mühelos die wenigen wichtigen Informationen aus dem allgemeinen Redefluss heraus. »Wenn Sie predigen wollen – bitte, Mr Waddle. Aber heben Sie sich noch etwas für Ihr Schlussplädoyer auf.«

»Danke, Euer Ehren.« Waddle deutete eine Verbeugung an, als habe der Richter ihm gerade zum hervorragenden Sitz seines Anzugs gratuliert. Die Etikette im Gerichtssaal verlangte, dass man sich beim Richter bedankte, selbst wenn Seine Ehren einen Tadel aussprach, mit der Arrestzelle drohte oder den Betroffenen als den Antichrist bezeichnete.

»Ihr guten Bürger seid Richter ohne Roben«, schwadronierte Waddle weiter und träufelte dabei Charme über die Geschworenen wie Sirup über Waffeln.

Victoria konzentrierte sich darauf, die Namen der Kandidaten auswendig zu lernen, damit sie während der Befragung nicht auf ihren Notizblock schielen musste. Wieder Steve.

»Gib ihnen das Gefühl, sie seien dir so wichtig, dass du ihren

Namen und ihre Adresse kennst. ›Morgen, Mr Anderson. Ist die Durchgangsstraße auf Stock Island schon ausgebessert?‹«

»Welcher Beschäftigung gehen Sie nach, Ms Hendricks?«, fragte Waddle.

Helene Hendricks, die kräftige Frau auf Stuhl Nummer vier, lächelte ihn an. »Sie sehen mich jeden Tag den Spritzmittel-Truck aus der Countygarage fahren, Dick. Sie wissen doch, was ich tue.«

Die Vorzüge einer Kleinstadt, dachte Victoria.

»Ich frage nur fürs Protokoll, Helene.«

»Ich bin für die Moskitobekämpfung im Bezirk zuständig. Seit zweiundzwanzig Jahren.«

»Irgendwelche Konflikte mit dem Gesetz?«

»Willis hat mich ein paar Mal wegen Fahrens unter Alkoholeinfluss drangekriegt.« Sie sah zu Sheriff Rask hinüber, der im Zuschauerraum saß. Er winkte ihr freundlich zu. »Ich sage ihm immer, dass ich das bisschen Alkohol aus gesundheitlichen Gründen trinke. Wenn ich schwitze, befreit er meine Poren von dem verdammten Insektengift.«

Eine Stunde zuvor hatte der Sheriff Victoria unten in der Lobby des Gerichts freundlich begrüßt. *»Grüßen Sie Steve von mir. Ohne ihn ist Key West einfach nicht Margaritaville.«*

Victoria sagte, sie habe Steve seit Tagen nicht gesehen. Von der Suche nach Conchy Conklin hatte er ihr am Telefon erzählt. Sie dankte dem Sheriff für die beiden Deputies, die ihr Zimmer im Pier House im Auge behielten. Rask kratzte sich am Bart und murmelte mit gesenkter Stimme, es täte ihm leid, dass es zwischen ihr und Steve Probleme gäbe. »Ihr beide passt zusammen wie Whiskey und Soda.«

Oder wie ein Fisch und ein Fahrrad, dachte Victoria. Sie erinnerte sich noch gut an die Essays von Gloria Steinem, Pflichtlektüre in einem Feminismusseminar in Princeton.

»Richten Sie Steve bitte auch aus, dass Jimmy nach ihm gefragt hat«, sagte Rask. »Er hätte mal wieder Lust auf einen Angeltrip.«

Im Weggehen hatte Rask »Come Monday« gesummt, den alten Buffet-Song über eine Geliebte, die er sehr vermisste und mit der er schließlich wieder zusammenkam. Lobbyarbeit für seinen Kumpel.

Jetzt studierte Victoria Helene Hendricks Körpersprache. Auch das hatte sie von Steve gelernt. Während die Frau auf Waddles Fragen antwortete, wirkte sie völlig entspannt. Sie lehnte sich bequem zurück und ließ die Arme locker hängen. Falls sie sich zu einem schützenden Ball zusammenrollte, sobald Victoria mit der Befragung begann, würde sie schon am Nachmittag wieder Moskitos mit Gift besprühen.

»Sie sind bei der Regierung angestellt«, sagte Waddle. »Besteht dadurch die Gefahr, dass sie eher zur Auffassung des Staates tendieren?«

»Dafür bezahlt er mich nicht gut genug«, sagte Ms Hendricks.

Victoria warf einen Blick auf Hal Griffins Notizblock. Er hatte ein großes »NEIN!« über Helene Hendricks Namen gekritzelt. Aus seiner Sicht befand sie sich am falschen Ende der sozio-ökonomischen Skala. Für einen Multimillionär eine Jury aus lauter Gleichgestellten zu finden, würde sich allerdings schwierig gestalten.

Die erste Kandidatengruppe bestand aus typischen Key-West-Bewohnern: einem Marineoffizier im Ruhestand, einer Time-Share-Verkaufsagentin, einem Zigarrenroller, dem Besitzer eines Tätowierungsstudios, einer Poledance-Trainerin und jemandem, der sich als »pharmazeutischen Tester« bezeichnete.

»Das ist mal was Neues«, sagte Waddle zu dem jungen Mann. »Ich wusste gar nicht, dass wir auf den Keys Pharmazieunternehmen haben.«

»Haben wir auch nicht«, antwortete der junge Mann. »Ich teste bloß das Zeug, das meine Kumpels in ihrer Garage zusammenrühren.«

Außerdem gab es eine »Gesellschafterin«, die mit Männern in Lokale ging und sie dort gegen Provision mit Frauen bekannt machte. Oder in den einschlägigen Bars von Key West mit anderen Männern.

Zu den Kandidaten gehörte ferner der Geflügelbeauftragte der Stadt, der dafür zu sorgen hatte, dass die freilaufenden Hühner nicht überhand nahmen. Er war Regierungsangestellter, genau wie Ms Hendricks.

Neben ihm saßen zwei Bankrotteure. Einer war mit einem Schuhputzsalon am Strand Pleite gegangen, der andere hatte sein gesamtes Vermögen in einem fehlgeschlagenen Fastfood-Projekt mit dem Namen »Escargot – Schneckenschnellimbiss« versenkt.

Waddle wandte sich an die ganze Kandidatengruppe. »Die Anklage basiert auf Indizien. Es gibt keinen Augenzeugen für das Verbrechen. Niemand wird sagen: ›Ich habe gesehen, wie der Angeklagte eine Harpune auf den armen Ben Stubbs abfeuerte.‹ Vielleicht wissen Sie das nicht, aber die Aussagen von Augenzeugen sind immer problematisch. Indizienbeweise sind deutlich stichhaltiger. Ja, man könnte behaupten, sie sind das Filetstück, während die Aussage eines Augenzeugen eher zu Hundefutter taugt.«

»Einspruch!« Victoria nahm an, dass Waddle sie testen wollte. Vielleicht glaubte er auch nur, sie sei eingeschlafen. »Fehlauslegung des Gesetzes.«

Richter Feathers nickte zustimmend. »Stattgegeben. Für Fehlauslegungen des Gesetzes bin ich zuständig.«

Am Abend saß Victoria allein in ihrer Hotelsuite, stocherte in einem Salat und feilte an ihrem Eröffnungsplädoyer. Richter Feathers hatte die weitere Auswahl der Jury auf acht Uhr am nächsten Morgen angesetzt. Junior hatte Victoria beim Abschied auf die Wange geküsst und gesagt, sie könne ihn in der Bar des Casa Marina finden, falls sie es sich doch noch anders überlegte. Onkel Grif und die Queen hatten sich zu einer Massage in den Wellnessbereich des Hotels zurückgezogen.

Victoria glaubte noch immer, dass die Queen sie anlog, wenn sie beteuerte, früher keine Affäre mit Onkel Grif gehabt zu haben. Aber was konnte sie tun? Wenn sie andauernd darüber nachgrübelte oder die beiden mit Fragen löcherte, würde sie im Gerichtssaal bald völlig neben sich stehen.

Victoria zwang sich, sich auf den Prozess zu konzentrieren, und nahm sich Willis Rasks Bericht vor. Doch Rask erinnerte sie an Jimmy Buffet, und bald summte sie »Come Monday« vor sich hin. Was wiederum dazu führte, dass sie an Steve denken musste. Womit beschäftigte er sich gerade? Klapperte er die Bars von South Beach ab? Und welche Lieder wurden in seinem Kopf gespielt?

Steve stand mit Bobby an der Küchentheke in seinem kleinen Haus in der Kumquat Street und fragte sich, wo Victoria zu Abend aß. Im Louie's Backyard vielleicht? Dem romantischsten Restaurant der Welt, wo wenige Schritte von den Tischen entfernt die Wellen an den Strand plätscherten? *Mit Junior Monsterschwanz Griffin?*

Champagner und zärtliches Geflüster? Einen Augenblick lang dachte Steve darüber nach, ob er nach Key West fahren und wieder einmal eine Verabredung sprengen sollte. Diesmal ohne Lexy und Rexy. Sie passten sowieso nicht in den Smart.

Nein. Das würde Victoria nicht tun. Bei ihrer Arbeitseinstellung brütete sie im Augenblick sicher über den Prozessunterlagen und bereitete sich auf ihr Eröffnungsplädoyer vor. Steve hätte gern gewusst, wie die Auswahl der Jury lief. Darüber hatte er Victoria viel beigebracht. Doch sie verfügte zudem über etwas sehr Wertvolles, was man nicht lernen konnte: Ausstrahlung. Die Geschworenen mochten sie. Jedenfalls deutlich mehr als ihn. Trotzdem glaubte Steve, bei der Geschworenenauswahl ein glücklicheres Händchen zu haben als sie.

Verdammt, eigentlich müsste ich dort sein.

Er war Victorias größter Fan, und ein Teil von ihm wollte, dass sie den Griffin-Prozess gewann. Gleichzeitig musste er sich den heimlichen Wunsch eingestehen, dass sie in Schwierigkeiten geraten und ihn um Hilfe bitten würde. Bis es so weit war, würde er in Miami bleiben und am Fall seines Vaters arbeiten.

Ein weiterer quälender Gedanke: ihre persönliche Beziehung.

Wo zum Teufel stehen wir eigentlich? Hat sie mit mir Schluss gemacht, und ich weiß nur nichts davon?

»Woran denkst du, Onkel Steve?«

»An meine Arbeit.«

»Hmm.« Bobby spähte unter den Deckel des Paninigrills, wo ein Käsesandwich vor sich hin bruzzelte. »Mir fehlt sie auch.«

»Wer?«

»Victoria. Du denkst doch gerade an sie.«

»Manchmal bist du mir unheimlich, Kiddo.« Steve drehte das Sandwich um 180 Grad, damit auf dem Ciabattabrot ein ebenmäßiges Grillmuster entstand.

»Hast du deine Hausaufgaben gemacht?«

»Lang-weilig.«

»O Mann, Bobby. Du musst deine Matheaufgaben machen.«

»Ich wette, du kennst die einzige gerade Primzahl nicht.«

»Lenk jetzt nicht ab. Ich habe keine Lust auf einen weiteren Anruf von deinem Lehrer.«

»Zwei.« Bobby öffnete den Grill. Wenn das Ciabatta auch nur die kleinste verbrannte Stelle aufwies, würde er das Sandwich verweigern. »Wie heißt die größte Zahl, die durch alle Zahlen teilbar ist, die kleiner sind als ihre Quadratwurzel?«

»In den Ferien könntest du in die Sommerschule gehen.«

»Vierundzwanzig.«

»Und wo sind deine Schuhe?« Der dürre Junge trug ein Shaquille-O'Neal-Miami-Heat-Shirt, das ihm bis zu den Knien reichte. Vielleicht hatte er Shorts darunter an, vielleicht aber auch nicht. »Denk an die Regel. In der Küche wird nicht barfuß gelaufen.«

»Idiotische Regel. Schließlich hab ich keine Popel an den Füßen.«

»Viele Regeln sind idiotisch. Befolgen muss man sie trotzdem.«

»Machst du ja auch nicht.« Bobby kratzte mit einem Schaber Käse aus dem Grill. »Wie lautet die höchste Primzahl?«

»Hundert Bazillionen. Hörst du mir überhaupt zu? Ich mache mir Sorgen wegen deiner Hausaufgaben.« Steve fand, dass er sich schon anhörte wie sein eigener Vater – obwohl Herbert seinerzeit keine einzige schulische Mitteilung gelesen hatte.

»Sie hat über sechs Millionen Stellen, also keinen richtigen Namen. Aber ich kann sie dir auf dem Computer zeigen.«

»Und ich dachte, du studierst auf dem Ding nur Paris Hiltons Körperbau.«

»Weißt du, was wir in der Schule lernen? Algebra für Hirnamputierte.«

»Mach erst mal deine Hausaufgaben. Eine neue Relativitätstheorie kannst du dir hinterher noch ausdenken.«

Bobby setzte sich mit einer Ananaslimo aus dem Kühlschrank an den Küchentisch. »Kann ich dir mit Gramps Fall helfen?«

»Klar.« Steve nahm sich eine Käsescheibe – Ceddar mit Jalapenos-Chilis. Zu Tequila gab es kaum etwas Besseres. »Was glaubst du, was meinte Reginald Jones, als er sagte, dein Großvater wollte die Verbrechensflut eindämmen?«

»Vielleicht war Gramps so einer wie Bruce Wayne und wurde nachts zu Batman.«

»Eher zu Bacardiman.«

»Ich weiß, was du denkst. Du meinst, Gramps hat irgendein krummes Ding gedreht.«

»Schon möglich. Jedenfalls muss ich die alten Verhandlungsprotokolle lesen.«

»Schon erledigt, Onkel Steve.«

»Wann hast du das gemacht?«

»Die ganze Woche über. Anstatt zur Schule zu gehen, bin ich mit dem Bus in die Stadt zum Gericht gefahren.«

»Verdammt! Du hast geschwänzt? Das gibt richtig Ärger.«

»Ich habe die Protokolle von Mr Lubers Mordprozessen gelesen. Siebzehn Verurteilungen, kein verlorener Prozess. Keinerlei Unregelmäßigkeiten.«

»›Keinerlei Unregelmäßigkeiten?‹ Wer redet denn so?«

»Rumpole vom Old Bailey. Auf dem PBS-Kanal.«

»Okay. Pinky Luber hat in siebzehn Fällen Mordanklage erhoben und alle Prozesse gewonnen. Deshalb ist er bis heute berühmt.«

»In elf Fällen beantragte er die Todesstrafe – die Jury war immer dafür.«

»Ziemlich hohe Trefferquote.«

»Gramps verhängte die Urteile. Elfmal die Todesstrafe. Sechsmal lebenslänglich.«

»Maximum Herb. Ich muss mir die Unterlagen der Berufungsverfahren ansehen.«

»Alle Urteile wurden bestätigt.«

Fantastisch. Bobby hatte ganze Arbeit geleistet. Nur seine Hausaufgaben interessierten ihn nicht. »Was dein Großvater auch getan haben mag – dahintergekommen ist offenbar niemand.«

»Du hast mal gesagt, Luber sei früher ein guter Jurist gewesen. Vielleicht ist er durch seine Erfolge ein bisschen größenwahnsinnig geworden.«

Steve goss sich einen Chinaco Blanco ein und schnappte sich noch eine Käsescheibe. Es ging doch nichts über eine ausgewogene Ernährung: Der Käse lieferte das Eiweiß und Tequila wurde aus Agaven hergestellt. Sicher zählte das als Gemüse.

»Niemand gewinnt so einfach siebzehn Mordprozesse am Stück. Zwölf Geschworene in jedem einzelnen, das macht …«

»Zweihundertvier.«

»Zweihundertvier Geschworene zu einer einstimmigen Entscheidung zu bewegen – völlig unmöglich.«

»Wenn man die Pechsträhne mit einrechnet, sieht alles schon ganz anders aus«, sagte Bobby.

»Welche Pechsträhne denn?«

Bobby biss in sein Sandwich. Ein Käsefaden baumelte von seiner Lippe. »Von den letzten fünf Prozessen vor der Erfolgsserie hat Mr Luber drei verloren. Einmal stimmten sechs Geschworene für und sechs gegen seinen Antrag. Der Prozess platzte. Nur ein Angeklagter wurde verurteilt.«

»Wow.« Darüber hatte nie etwas in der Zeitung gestanden. Es wurde immer nur über Lubers siebzehn gewonnene Prozesse, *Lubers Super-Bowl-Serie* geschrieben. Wie hatte er es bloß geschafft, nach einer Reihe von Misserfolgen das Ruder herumzureißen?

»Vielleicht haben wir uns ja bisher die falschen Fälle angesehen, Kiddo. Wir brauchen die, die Pinky verloren hat. Wir müssen rausfinden, was er damals anders gemacht hat und welchen Beitrag Reggie Jones, der Aktenwälzer, leistete. Aber die Hauptfrage ist und bleibt: Welche Rolle hat dein Großvater bei alldem gespielt?«

Achtunddreißig

Gesichtskontrolle

»Sehen Sie sich lieber Leno oder Letterman an?«, fragte Richard Waddle.

Alter Hut. Leno-Fans stimmen meist für den Antrag der Staatsanwaltschaft, Letterman-Fans für die Verteidigung.

Tag zwei der Geschworenenauswahl begann, und Victoria fand das Fragenrepertoire des Staatanwalts ebenso vorgestrig wie seine Garderobe.

»Um die Uhrzeit schlafe ich längst«, antwortete Angela Pacheco, die im Augenblick auf Platz Nummer sieben der Geschworenenbank saß. Die verheiratete Frau war Anfang vierzig und verkaufte von einem Büro in Islamorada aus Apartment-Time-Shares. »Aber *Desperate Housewives* lasse ich mir nie entgehen.«

Victoria überlegte, ob sich Ms Pacheco eher mit Bree, der verklemmten Republikanerin, identifizierte - dann war sie eine Traumkandidatin für die Anklageseite –, oder mit Gabrielle, der raffinierten Betrügerin. In diesem Fall würde die potenzielle Geschworene vermutlich mit der Verteidigung sympathisieren.

Waddle kannte die TV-Serie offenbar nicht, deshalb ging er nicht weiter darauf ein. »Haben Sie irgendwelche Aufkleber auf Ihrem Auto, Ms Pacheco?«

Autoaufkleber. Noch ein Griff in die psychologische Mottenkiste.

Ein Geschworener, wie ihn die Staatsanwaltschaft liebt, prahlt auf seinem Sticker: *»Mein Kind ist Klassenbester an der Dolphin Elementary.«* Ein Wunschkandidat der Verteidigung kontert: *»Mein Kind verdrischt den Klassenbesten.«*

»Nur einen«, sagte Ms Pacheco.

»Und was steht darauf, Ma'am?«

»›Wir nennen es Touristensaison – warum sind sie dann nicht zum Abschuss frei?‹«

Wunderbar. Selbst wenn das als Scherz gemeint sein sollte, steht sie damit auf der Seite der Verteidigung. Im Grund ist jeder Geschworene mit ein bisschen Humor ein Pluspunkt für uns.

»Hier geht es um ein Kapitalverbrechen«, sagte Waddle. »Die Anklage lautet auf vorsätzlichen Mord. Im Fall einer Verurteilung erwartet den Angeklagten eine lebenslange Freiheitsstrafe.«

»Hier geht es um ein Kapitalverbrechen«, sagte Pinky Luber. *»Die Anklage lautet auf vorsätzlichen Mord aus niederen Beweggründen. Die Staatsanwaltschaft wird die Todesstrafe beantragen. Deshalb muss ich Ihnen jetzt eine sehr ernste Frage stellen. Wenn wir zweifelsfrei beweisen können, dass der Angeklagte die Tat vorsätzlich und aus niederen Beweggründen begangen hat – werden Sie dann zu einem Schuldspruch gelangen, der zu seiner Hinrichtung führen kann?«*

Die Worte des Protokolls verschwammen vor Steves Augen. Seit zwei Tagen saß er schon in dem muffigen Archiv des Gerichts und hatte Tausende Protokollseiten durchgeblättert. Die Formulierungen verschmolzen miteinander wie der Käse in Bobbys Paninis. Aber die kalte schwarze Schrift verriet nichts über eventuelle Unterschiede zwischen den Prozessen, die Luber gewonnen, und denen, die er verloren hatte. Auch Herbert Solomons Urteile lasen sich völlig unverdächtig. Der Richter entschied gerecht über die Einsprüche beider Seiten, und seine Anweisungen an die Jury hätten in einem juristischen Lehrbuch stehen können. Reggie Jones wurde in den

Protokollen nur erwähnt, wenn er eine formale Frage zu einem Beweisstück beantwortete.

Bobby hat Recht: Keinerlei Unregelmäßigkeiten.

Steve konnte nur eine einzige Auffälligkeit entdecken, doch die schien nicht weiter von Belang. Einer der Angeklagten hatte in zwei verschiedenen Prozessen auf der Anklagebank gesessen. Er hieß Willie Mays, und seine Eltern hatten sicher gehofft, dass aus ihm eines Tages ein Baseball-Star und kein Drogendealer mit einem Hang zu Tötungsdelikten werden würde. Mays war der letzte Mordangeklagte, der Richter Solomons Saal als freier Mann verließ, sein Fall der letzte Freispruch vor Lubers beispielloser Erfolgsserie. Ein Jahr später klagte Luber Mays zum zweiten Mal an – wegen eines neuen Verbrechens. Ihm wurde nun der Mord an seiner Exfreundin und deren Baby zur Last gelegt, und er wurde zum Tod verurteilt. Kein Wunder, dachte Steve. Der Mann hatte vierundzwanzig Vorstrafen – exakt die Zahl, die auf dem Trikot seines Namensvetters aus der Baseballliga stand. Der Oberste Gerichtshof von Florida bestätigte später Schuldspruch und Urteil.

Mays' zweiter Prozess war – als einer der ersten überhaupt – im Fernsehen übertragen worden. Ein Lokalsender hatte dafür extra einige publicitygeile Juristen als Fachkommentatoren engagiert. In einer Zeit, in der Reality-Shows und Fernsehgerichtssendungen noch in den Kinderschuhen steckten, galt die Ausstrahlung eines Prozesses in Juristenkreisen als Sensation. Steve blätterte die Berufungsunterlagen durch. Der Pflichtverteidiger vertrat den Standpunkt, die Anwesenheit der Kameras habe zu einem unfairen Verfahren gegen seinen Mandanten geführt. Die Geschworenen seien durch den Medienrummel eingeschüchtert und dazu veranlasst worden, einen zu harten Schuldspruch zu fällen; der Gerichtsaal sei zu einem Schmierentheater verkommen. Derlei Routineargumente waren von Floridas Gerichten schon damals routinemäßig abgeschmettert worden.

Steve sah sich die als Beweismaterial angehefteten Fotos an. Sie zeigten Fernsehtechniker beim Installieren von Kabeln und Stativen sowie Anwälte, deren Lächeln mal den Kameras, mal den Geschworenen galt. Ein Foto, das vor Beginn des eigentlichen Prozesses aufgenommen worden war, weckte Steves Interesse. Es zeigte alle neunzig Kandidaten für die Jury. Sie saßen im Zuschauerraum und warteten auf ihre Befragung. Steve stutzte.

So wenig Schwarze?

Er zählte nur fünf eindeutig als Afroamerikaner erkennbare Personen, womit diese Bevölkerungsgruppe absolut unterrepräsentiert war.

Wenn ein schwarzer Angeklagter des Mordes an seiner weißen Exfreundin und deren Kind bezichtigt wurde, wünschte sich die Verteidigung nichts sehnlicher als viele schwarze Geschworene.

Steve betrachtete ein Bild, das etwas später entstanden war. Zwölf Geschworene, zwei Stellvertreter. Zwei dunkelhäutige Personen hatten es in die Jury geschafft. Eine dritte Afroamerikanerin war Stellvertreterin geworden. Okay. Damit war die statistische Schieflage zum Teil behoben.

Nicht übel, dachte Steve, drei von fünf schwarzen Kandidaten letztendlich in der Jury sitzen zu haben. Er suchte nach dem Protokoll der Geschworenenbefragung. Hank Adornowitz, der Pflichtverteidiger, war ein Veteran seiner Zunft. Inzwischen war er längst im Ruhestand, doch damals hatte er zu den besten vom Staat bezahlten Strafverteidigern gehört.

Steve machte sich die Mühe, den Gesichtern auf dem Foto anhand der Sitzpositionen die richtigen Namen zuzuordnen.

Der Geschworene Nummer zwei, ein Afroamerikaner in einem kurzärmeligen Hemd mit Krawatte, aber ohne Jackett, hieß Leonard Jackson. Er besaß ein Eigenheim, arbeitete im Sicherheitsdienst eines großen Kaufhauses in der Innenstadt und war früher Militärpolizist gewesen.

Grundgütiger. Der Mann mochte schwarz sein, doch einen besseren Geschworenen konnte sich die Anklage kaum wünschen.

Strenger würde nur noch jemand urteilen, der durch ein Tötungsdelikt einen engen Verwandten verloren hatte. Die Geschworene Nummer sieben, Martha Patterson, war Afroamerikanerin und Köchin in einem Restaurant im Norden Miamis. Ihre Schwester war aus einem fahrenden Auto heraus erschossen worden. Einfach nur so. Und die Stellvertreterin, Charlene Morris, arbeitete als Sanitäterin und war mit einem Cop liiert.

Abgesehen von ihrer Hautfarbe sind diese drei Personen der heimliche feuchte Traum jedes Staatsanwalts.

Steve schüttelte den Kopf. Warum hatte Adornowitz die drei nicht aussortiert? Darauf gab es nur eine Antwort. Wahrscheinlich war der Pflichtverteidiger schon froh gewesen, angesichts der erdrückenden Mehrheit von Weißen überhaupt schwarze Geschworene in der Jury sitzen zu haben.

Steve sah sich noch einmal das Foto mit den neunzig Kandidaten an. Zu gern hätte er die ethnische Zusammensetzung jeder einzelnen Jury in Lubers Erfolgsserie gekannt. Aber lediglich der Mays-Akte lagen Fotos bei, und auch nur, weil der Verteidiger damit den vorverurteilenden Effekt der Fernsehübertragung beweisen wollte. Bilder von den anderen Prozessen gab es nicht, und allein von den Namen auf die Hautfarbe der Geschworenen zu schließen, war keine sehr sichere Methode.

Vielleicht helfen die Protokolle der Geschworenenbefragungen weiter. Darin müssten die Adressen der Kandidaten stehen.

In Miami lebten die einzelnen Bevölkerungsgruppen so streng voneinander getrennt wie sonst fast nirgendwo. Wohnte man in Liberty City, Overton oder im Grand-Avenue-Bezirk von Coconut Grove, war man höchstwahrscheinlich Afroamerikaner. Bobby, dem Hobbystatistiker, würde es leichtfallen, mit Hilfe der Adressen die Zahl der schwarzen Geschworenen zu ermitteln.

Und noch etwas konnte man sich genau anschauen: ein Video des zweiten Mays-Prozesses. Ein makaberer Blick in die Vergangenheit. Für Steve die Möglichkeit, wie durch ein Schlüsselloch noch einmal den Mann zu sehen, der sein Vater vor zwanzig Jahren gewesen war. Steve kam plötzlich ins Grübeln.

Warum tue ich das eigentlich?

Okay, er wollte, dass sein Vater die Zulassung zurückbekam.

Er wollte den Ruf seines alten Herrn wiederherstellen und dafür sorgen, dass die Leute ihn wieder ohne Ironie »Richter« nannten. Außerdem brannte er darauf, Herb zu beweisen, dass er all das erreichen konnte. Auch ohne Psychologiestudium war Steve klar, wie sehr er sich nach der Anerkennung seines Erzeugers sehnte. Aber es gab noch einen weiteren Grund.

Falls sein Vater Dreck am Stecken hatte, wollte Steve es wissen.

Wenn es schon eine Kluft zwischen ihnen gab, sollte sie wenigstens so tief und so breit sein, dass sie durch nichts zu überbrücken war.

Neununddreißig

Tod eines Dummys

Richard Waddle stützte die Ellbogen auf die Balustrade vor den Sitzreihen der Geschworenen. »Dies ist eine Geschichte über Gier und Korruption, über Bestechung und Mord.«

Starker Anfang, dachte Victoria. Kerzengerade saß sie am Verteidigungstisch und machte sich Notizen. Offenbar kannte Waddle das Gesetz der Wichtigkeit der ersten Worte: *An das, was sie als Erstes gehört haben, erinnern die Geschworenen sich am besten.*

»Gier und Korruption, Bestechung und Mord.«

Die vier apokalyptischen Reiter dieses Mordprozesses. Waddle würde diese Phrase wiederholen, so oft es nur ging. Viele Juristen glaubten an eine andere Regel: *Das zuletzt Gehörte bleibt am längsten in der Erinnerung haften.* Steve hatte Victoria geraten, vorsichtshalber beide Grundsätze zu beachten. Wirklich gute Anwälte fingen ihre Plädoyers mit einem Paukenschlag an und beendeten sie auch so.

»Was ich Ihnen jetzt sagen werde, gehört noch nicht zur Beweisaufnahme«, erklärte Richard Waddle. »Es ist eine Art Vorschau darauf. Die Kurzversion der Geschichte, die Sie hier hören werden.«

Das Eröffnungsplädoyer. Der Moment, in dem sich der Vorhang hob und den Blick auf die Bühne freigab. Die Anwälte hatten zwölf Geschworene und zwei Stellvertreter ausgewählt, und diese hatten mit erhobener Hand gelobt, ihre Entscheidung auf der Basis der Gesetze und der Beweislage zu fällen und sich um einen gerechten Schuldspruch zu bemühen.

»Und wovon handelt die Geschichte?« Sicher nicht Waddles letzte rhetorische Frage.

Victoria hatte das Gefühl, die Antwort bereits zu kennen.

»Gier und Korruption, Bestechung und Mord«, intonierte er.

Dachte ich mir's doch.

»Sie handelt von einem reichen Mann ohne Wurzeln auf den Keys, ohne Respekt für die Schönheit unserer Inselkette – für dieses Band aus Smaragden mitten im Ozean. Ihr, die ihr hier lebt, wisst, dass wir die Strände, die Mangroven, die türkisfarbenen Gewässer und das zerbrechliche Leben unter ihrer Oberfläche schützen müssen. Aber der Angeklagte kam aus einem anderen Grund hierher. Er ist ein großer Mann mit großen Plänen und lässt sich durch nichts davon abbringen. Umweltgesetze? Er findet eine Möglichkeit, sie zu umgehen. Antikorruptionsgesetze? Sie interessieren ihn nicht. So hat er schon immer Geschäfte gemacht.«

Ein Eröffnungsplädoyer dieser Art hörte Victoria zum ersten Mal. Waddle hatte den Tatvorwurf noch mit keiner Silbe erwähnt, beging aber ohne jeden Skrupel mitten im Saal einen Rufmord. Sie konnte Einspruch erheben, doch Steves Rat klang ihr in den Ohren.

»Einsprüche bei der Eröffnung verärgern die Geschworenen. Sie wollen die Geschichten beider Seiten hören. Sitz still. Lächle nett. Und warte auf deine Chance.«

Waddle baute sich vor dem Verteidigungstisch auf und zeigte auf Victorias Mandanten. »Da sitzt er, Harold Griffin, mit seiner Anwältin aus Miami.«

Er machte eine Kunstpause.

»Der Angeklagte kam über unsere kleine Stadt wie eine Napalmwelle, die Bootsschuppen hinwegfegt und Angst und Schrecken verbreitet. Er kam über die Keys mit seinen Privatflugzeugen, seinen Luxusbooten und seinem Geld, und er sagt: ›Eure Regeln kümmern mich nicht. Ich bin Harold Griffin. Ich mache, was ich will. Ich besteche öffentliche Angestellte, verführe sie mit den knisternden grünen Scheinen, und wenn sie nicht das tun, was ich will, dann töte ich sie!‹«

Die Geschworenen lauschten gebannt. Griffin rutschte unruhig auf seinem Stuhl herum. Victoria legte ihm beruhigend die Hand auf den Arm.

Am Tisch des Verwaltungsbeamten nahm Waddle jetzt die Harpune in eine Hand, den Speer in die andere. Dann vollführte er einige bedrohlich wirkende Gesten. Victoria vermutete, dass er möglichst gefährlich aussehen wollte.

»Mit dieser tödlichen Waffe spießte Harold Griffin ein lebendes menschliches Wesen auf. Nach unseren Gesetzen dürfen wir damit nicht einmal auf Hummer schießen. Doch Harold Griffin durchbohrte mit diesem Speer lebenswichtige Organe eines anderen Menschen. Sein Opfer war ein Mann namens Benjamin Stubbs, ein treuer Diener des Staates und der Öffentlichkeit, den der Angeklagte erst korrumpierte und dann kaltblütig beseitigte, weil er sich weigerte, die Drecksarbeit für ihn zu machen.«

Waddles Monolog wollte nicht enden. Er zeichnete ein Porträt des Ermordeten, stellte ihn als einen Menschen mit Schwächen und Stärken dar. Victoria wusste, dass der Staatsanwalt Sympathien für Ben Stubbs wecken wollte, obwohl er mit bebender Stimme beteuerte: »Ich will kein Mitleid. Ich will nur Gerechtigkeit.«

Victoria warf einen Blick in den Saal. Sheriff Rask saß an seinem Stammplatz in der ersten Zuschauerreihe. Junior hatte sich für heute entschuldigt. Er hatte erklärt, er müsse auf den Tortugas Free-Diving trainieren, damit er in Form blieb. Auch die Queen glänzte durch Abwesenheit. Sie musste dringend Shoppen gehen, bevor sie Entzugserscheinungen bekam.

Weil es aber im Umkreis von hundertfünfzig Meilen kein Nieman-Marcus-Nobelkaufhaus gab, würde sie wohl schon gegen Mittag wieder am Hotelpool liegen.

»Von der Verteidigung werden Sie vermutlich hören, dass Mr Stubbs sich selbst mit der Harpune verletzt hat. Man wird Gutachter mit Tabellen und Diagrammen in den Zeugenstand rufen, die über den Eintrittswinkel und die Durchschlagskraft des Geschosses dozieren werden und Sie mit technischen Details beeindrucken wollen. Das alles geschieht in der Absicht, Zweifel an der Schuld des Angeklagten zu sähen.«

»Einspruch!« Steve hätte vielleicht nichts gesagt, aber Victoria hatte genug. »Euer Ehren, die Beweise der Verteidigung würde ich gern selbst vorbringen. Ich glaube, ich bin besser damit vertraut als Mr Waddle.«

Victoria betrachtete das als höfliche Aufforderung an Waddle, sich um den Inhalt seiner eigenen Aktentasche zu kümmern.

»Abgelehnt. Gewisse Spekulationen darf Mr Waddle sich erlauben. Aber falls sich herausstellt, dass er sich geirrt hat, ist die Jury berechtigt, an seiner Kompetenz zu zweifeln.«

Verdammt.

»Sie wissen, wie Staatsanwälte einen Gutachter im Zeugenstand scherzhaft nennen?« Waddle setzte ein verschmitztes Lächeln auf. »Einen bezahlten Fluchthelfer. Vielleicht kann man Gutachter nicht kaufen, aber mieten kann man sie mit Sicherheit. Laut den Unterlagen, die dem Gericht vorliegen, hat sich die Verteidigung einen Professor gemietet, der als Spezialist für menschliches Versagen gilt.«

Aus Waddles Mund klang das nach einem Scharlatan mit Doktortitel und lebenslanger Festanstellung.

»Er lehrt an der Columbia University in New York City. Ich weiß nicht, warum die Verteidigung ihren Gutachter aus New

York einfliegen lässt – aber vielleicht wollte in Florida niemand für sie aussagen.«

Mist, verdammter.

Victoria wusste, dass sie eigentlich Einspruch erheben musste. Sie sollte mit der Faust auf den Tisch hauen und sich empören. Aber der abgelehnte Einspruch hatte sie verschreckt.

»Falls Sie es nicht wissen sollten: Ein Experte für menschliches Versagen kennt sich zwar mit falsch programmierten Ampelschaltungen und irrtümlich geöffneten Bahnschranken einigermaßen aus. Allerdings frage ich mich, was ein Professor aus New York City über Harpunen weiß. Wenn er zu seinem bezahlten Urlaub hier in Florida eintrifft, werde ich ihm einige sehr kritische Fragen stellen.«

Waddle fügte hinzu, der Professor würde wahrscheinlich Manhattan mit dem Green Turtle Key verwechseln. Griffin trommelte mit den Fingern auf den Tisch und zog ein finsteres Gesicht. Victoria fand, dass ihn diese dunkle Miene in Verbindung mit seinem Stiernacken und der breiten Brust ziemlich angriffslustig wirken ließ. »Lächeln!«, schrieb sie auf einen Notizblock und schob ihn ihrem Mandanten hin.

Der Staatsanwalt war gewiefter als erwartet. Und – ja – Steve hatte sie gewarnt.

»Lass dich von Dickwads volkstümlichem Getue nicht täuschen. Er ist gerissener, als er aussieht.«

Nach etwa der Hälfte seines Eröffnungsplädoyers bemerkte Waddle wie nebenbei, dass auf der Harpune keine verwertbaren Fingerabdrücke gefunden worden seien. Victoria fand es klug von ihm, die Erwartungen der Geschworenen schon im Voraus zu dämpfen, weil sie die fehlenden Fingerabdrücke sicher als Schwachpunkt in der Beweisführung der Anklage betrachten würden. Seit CSI und andere Fernsehserien die technischen Raffinessen forensischer Ermittlungen in jedes

Wohnzimmer trugen, erwarteten Geschworene stets massenhaft Beweise in Form von Fasern, Haaren und Blutspritzern nebst hippen Computergrafiken zu deren Erklärung.

»Fingerabdrücke haben wir deshalb nicht«, erklärte Waddle großzügig, »weil der Griff der Harpune aus einem gerippten Polymer besteht, auf dem Abdrücke leider nicht haften.«

Kurz bevor Waddle zum Schluss kam, betrat einer seiner Assistenten mit einem Dummy den Saal. Er setzte die Puppe auf einen leeren Stuhl am Tisch der Anklage. Im Gegensatz zu Tami, der Liebespuppe, hatte dieser Sack Sägemehl weder einen Namen noch ein Geschlecht. Er erinnerte an einen der Crashtest-Dummys, die bei den Aufprallstudien der Automobilindustrie durch die Luft gewirbelt wurden.

»Ja, Ladys und Gentlemen, über diese Harpune werden wir noch einiges zu hören bekommen. Es handelt sich um ein altes pneumatisches Modell, in der eine Kohlendioxydpatrone für den nötigen Druck sorgt. Geladen wird sie so.« Den Lauf gegen die Decke gerichtet, führte Waddle den Speer ein und ließ ihn einrasten. »Das ist nicht besonders schwierig. Wie Sie sehen, ist es beinahe unmöglich, sich dabei selbst zu erschießen. Aber einen anderen zu töten – ist so einfach wie ...«

Waddle fuhr zum Verteidigungstisch herum und feuerte. Der Speer zischte durch den Saal und bohrte sich mit einem Übelkeit erregenden *Tschuck* in die Brust des Dummys. Die Arme der Puppe schellten in die Höhe, ihr Kopf wurde vor- und zurückgeschleudert. Die Geschworenen japsten.

»Stellen Sie sich splitternde Knochen und zerfetzte Gefäße vor. Stellen Sie sich vor, dass Ben Stubbs mit ansehen musste, wie er fast verblutete, bis er schließlich das Bewusstsein verlor.«

Victoria schäumte vor Wut. Sie konnte Einspruch erheben, doch das wäre bestenfalls Schadensbegrenzung. Jedes Mal, wenn von nun an die Harpune erwähnt wurde, würden die

Geschworenen nicht zuhören, sondern sich an den schrecklichen Anblick und das schreckliche Geräusch erinnern, mit dem der Speer in die Brust des Dummys gefahren war.

»Ich werde mich jetzt setzen«, verkündete Waddle mit einem Blick auf den Speer, der immer noch vibrierte. »Und ich möchte, dass Sie Ms Lord ebenso aufmerksam zuhören wie mir. Die Staatsanwaltschaft will nichts anderes als Gerechtigkeit und einen fairen Prozess.«

»Die Staatsanwaltschaft will einen fairen Prozess«, sagte Pinky Luber. »Fair für den Angeklagten, aber auch fair für die Bürger des Staates Florida.«

Steve drückte auf die Pausetaste, das Bild gefror. Die Videokassette von WLRN-TV war zwanzig Jahre alt, doch Pinky hatte sich kaum verändert. Wie alle guten Prozessanwälte trat er den Geschworenen selbstbewusst, aber entspannt gegenüber. Dies war sein Reich. Freiwillig hätte er dem Pflichtverteidiger davon keinen Quadratzentimeter überlassen. Das fing schon bei der Auswahl der Geschworenen an.

Steve legte die Füße auf den Couchtisch, schenkte sich einen dreifachen Jack Daniel's ein – es würde ein langer Abend werden – und drückte die Wiedergabetaste.

»Mr Willie Mays wird ein furchtbares Verbrechen vorgeworfen«, fuhr Luber fort. »Ein gemeiner Doppelmord, der Mord an einer unschuldigen Frau und ihrem Baby. Und jetzt werde ich Ihnen Fragen stellen, die dazu beitragen sollen, eine für beide Seiten akzeptable Jury zu ermitteln.«

Luber stand einen Schritt weit von den Sitzreihen der Geschworenen entfernt – nahe genug, um Blickkontakt zu halten, aber nicht so nahe, dass sich jemand von ihm bedrängt fühlen konnte. »Geschworener Nummer eins, Mr Connor. Beginnen wir mit Ihnen.«

Auf dem Video erschien eine Nahaufnahme von Herbert T. Solomon. Im Gegensatz zu Pinky hatte er sich seit damals beträchtlich verändert. Auf dem Bildschirm war er ein gutaussehender Mann mit einem akkuraten Haarschnitt und einer Pilotenbrille. Seine Gesichtszüge waren klar und glatt, sein Haar noch längst nicht weiß. Aber noch etwas fiel auf: ein Gesichtsausdruck, an den Steve sich kaum erinnerte. Entspannt und selbstsicher lächelte der Richter die Geschworenen an. Er wirkte *glücklich*. Dies war sein Saal, er liebte seine Arbeit. Wie furchtbar musste es gewesen sein, all das zu verlieren? Wie tief waren seine Wunden?

Reginald Jones saß an einem hufeisenförmigen Schreibtisch unterhalb des Richters, wie ein Bittsteller vor seinem König. Seine Arbeitsgeräte hatte er feinsäuberlich vor sich aufgereiht: Notizblöcke, Etiketten für die Beweisstücke, Stempel und Stempelkissen sowie die Prozessakte selbst. Der Staat Florida gegen Willie Mays.

Steve nippte an seinem Whiskey und hörte den ersten Geschworenen sagen, er hätte weder moralische noch religiöse Bedenken gegen die Todesstrafe. »Auge um Auge, sagt die Bibel.«

Bobby tappte wie üblich barfuß ins Wohnzimmer, einen Schreibblock in der einen, einen Guava Smoothie in der anderen Hand. »Ich hab mich ein bisschen mit der Statistik beschäftigt, Onkel Steve. Keine Ahnung, ob dir das weiter hilft.«

»Lass sehen.«

Während Luber auf dem Video seine Fragen stellte, erklärte Bobby, wie er die demographischen Daten der Geschworenen aus siebzehn Mordprozessen ausgewertet hatte. Manchmal verrieten schon die Fragen die ethnische Herkunft einer Person. »Wurden Sie als Afroamerikaner aus Liberty City je von einem weißen Polizisten misshandelt?« Manchmal wiederum war die Antwort der Schlüssel: »Was die Cops mit dem armen Mr McDuffie gemacht hatten, war ein Verbrechen. Aber ich bin deshalb nicht auf die Straße gerannt und habe mich an den Aufständen beteiligt wie manche Hitzköpfe.«

Aufschlussreich war auch die Mitgliedschaft in einer Afrikanischen Methodistischen Kirche oder in Bürgerrechtsgruppen. Und oft verriet bereits die Wohnanschrift, welche Hautfarbe der Geschworene hatte.

»Von den zweihundertvier Geschworenen in allen Prozessen waren dreiundzwanzig Afroamerikaner«, sagte Bobby. »Das sind elf Prozent, also weniger als der Bevölkerungsanteil, aber nicht so wenige, dass es deswegen Proteste gegeben hätte.«

»Für einen systematischen Ausschluss ist der Anteil nicht niedrig genug.«

»Sag ich doch, Onkel Steve. Bei jedem Prozess gab es mindestens einen schwarzen Geschworenen, manchmal sogar zwei.«

»Aber nie mehr?«

»Nein. Außer man rechnet die Stellvertreter mit.«

»Sonst noch was?«

»Die Afroamerikaner wurden fast nie abgelehnt. Beide Seiten akzeptierten sie.«

»So wie in Mays Fall. Von fünf schwarzen Kandidaten landeten zwei direkt in der Jury, und eine Frau wurde Stellvertreterin. Ziemlich hohe Trefferquote.«

»Vielleicht liegt es daran, dass die Afroamerikaner keine Freaks waren.«

»Soll heißen?«

»Die schwarzen Geschworenen hatten alle gute Jobs.«

Bobby schob Steve seine Notizen hin. Neben dem Namen und der Adresse hatte er die Berufe der Geschworenen aufgelistet. Postangestellter. Zahnarzt. Buchhalter. Hausfrau. Sanitäter. Zahnarzt. Bewährungshelfer.

Bewährungshelfer?

»Das sind keine Kandidaten für eine Jury!«, entrüstete sich Steve. »Das ist ein Rotariertreffen. Ein Republikanerparteitag! Diese Figuren fahren alle Buicks. Wo sind die Arbeitslosen? Wo die Leute, die sich mit Essensmarken durchschlagen müssen?«

»Hast du dir den Anfang der Kassette angeschaut, Onkel Steve?«

»Man sieht nur den leeren Gerichtssaal. Ich habe bis zur Auswahl der Geschworenen vorgespult.«

»Spul noch mal ganz zurück und warte ein bisschen. Mr Jones kommt rein und macht irgendwas. Sieh es dir an.«

Steve folgte Bobbys Anweisung und betrachtete für eine Weile den leeren Gerichtssaal.

»Und da sagen die Leute, Gerichtsverhandlungen seien langweilig.«

»Warte einfach.«

Ein paar Sekunden später führte ein uniformierter Gerichtsdiener eine größere Menschengruppe herein. An ihren Plastiknamensschildern waren sie als Geschworene zu erkennen. Nur stand im Augenblick noch nicht fest, wer von ihnen schließlich in der Jury sitzen würde. Die Zeit verging. Die Leute hockten auf den harten Bänken. Manche lasen Zeitung, die meisten sahen gelangweilt aus.

Dann betrat Reginald Jones den Saal. Er schob eine Art Einkaufswagen voller Akten herein. Dann setzte er sich vor den Richtertisch, lächelte die Geschworenen an und begann zu sprechen. Leider gab es für diesen Teil der Aufnahme keine Tonspur, deshalb konnte Steve nur raten, was er sagte. Bald bildete sich vor Jones' Schreibtisch eine Warteschlange. Jetzt wusste Steve, was hier vor sich ging.

»Jones fragt, wer die Härtefallregelung in Anspruch nehmen

und sich von seiner Juryverpflichtung befreien lassen will«, sagte er zu Bobby.

Innerhalb weniger Augenblicke stand die Hälfte der Kandidaten vor Jones. Offenbar mussten sich sehr viele Anwesende um ihre sterbenden Großtanten kümmern. Nach ein paar Minuten kristallisierte sich ein System heraus.

»Er lässt die schwarzen Kandidaten nach Hause gehen«, sagte Bobby, während auf dem Video ein junger Mann mit Dreadlocks aus dem Saal eilte.

»Nicht alle. Die älteren Afroamerikaner und die gut angezogenen behält er da. Die meisten Weißen auch.«

»Aber schau, da ist ein Weißer, den er hat gehen lassen.« Bobby zeigte auf den Bildschirm. »Aber der Mann ist so gigantisch, dass Mr Jones vielleicht Angst vor ihm kriegte.«

Der Kerl war tatsächlich ein Koloss. Seine Schultern füllten fast die gesamte Bildschirmbreite. Jones lächelte, schüttelte dem Mann kräftig die Hand und reichte ihm ein Stück Papier. Der Mann nickte und ging zur Tür. Einige Kandidaten auf den Bänken applaudierten, der Gigant winkte ihnen zu und blieb bei jemandem stehen, der ihm Papier und Stift hinstreckte. Ein Autogrammjäger. Jetzt erkannte auch Steve den Mann.

»Ed Newman«, sagte er. »War in den 80ern Profi bei den Dolphins.«

»Vielleicht hatte er ein Montagabendspiel und konnte deshalb nicht bleiben.«

»Lass uns weitergucken. Langsam wird die Sache interessant.«

Der Nächste in der Reihe sah lateinamerikanisch aus und trug einen blauen Mechanikeroverall. Steve glaubte, darauf das Logo der inzwischen Pleite gegangenen Eastern Air Lines zu erkennen. Bedaure, kein Entschuldigungsgrund. Hinter ihm eine gut angezogene weiße Frau mittleren Alters. Bedaure,

Ma'am. Auch Sie müssen bleiben. Dann ein weißer Mann mittleren Alters im Anzug. Wieder ein Lächeln von Reggie Jones. Er stempelte ein Stück Papier, der Mann verbeugte sich dankbar und verließ den Saal. Dabei zeigte die Kamera eine schwarze Yarmulke auf seinem Hinterkopf.

»Der Typ ist ein Rabbi oder so was«, sagte Bobby.

»Ed Newman ist auch einer. Ein Jude, meine ich.«

Newman, einer der helleren Köpfe unter den Footballspielern der vorigen Generation, hatte Jura studiert und war inzwischen selbst ein angesehener Richter. Aber daran dachte Steve im Augenblick nicht. Er war dabei, das System zu entschlüsseln, nach dem Jones die Geschworenen entließ oder im Saal behielt.

»Ein jüdischer Footballspieler?«, sagte Bobby. »Cool!«

»Bei den Dolphins gab es einige. Steve Shull, der Linebacker, spielte zur gleichen Zeit wie Newman dort. Und erinnerst du dich an Jay Fiedler? Auch ein Jude.«

»Der Quarterback?«, fragte Bobby. »Krass. Aber warum lässt Mr Jones die Juden und die Schwarzen nach Hause gehen?«

Die Juden und die Schwarzen.

Steve fiel plötzlich ein Satz ein, den Pinky Luber bei seiner Befragung von sich gegeben hatte. Der aalglatte Schleimscheißer hatte sich über die Jury im ersten Willie-Mays-Prozess beklagt.

»Alles Schwarze aus Liberty City und Juden aus Aventura.«

Damals hatte Steve nichts mit dieser Aussage anfangen können, jetzt bekam sie eine ganz eigene Bedeutung. Und Luber hatte noch etwas gesagt – nämlich dass auf eine Jury kein Verlass war.

In diesem Augenblick verstand Steve, was Luber und Jones getan hatten. »Bobby, was ist der wichtigste Teil eines Prozesses?«

»Die Auswahl der Geschworenen. Sagst du zumindest immer.«

»Reggie Jones verhilft Pinky Luber zu einer Traumbesetzung, indem er die Schwarzen und Juden heimschickt, weil die meistens zur Verteidigung halten. Die Schwarzen, die er im Saal behält, gehören alle zum Establishment. Aber wenn der Verteidiger keine Jury nur aus Weißen will, muss er sie akzeptieren.«

Jones' Vorgehen war selbstverständlich illegal. Er beschnitt damit die in der Verfassung niedergelegten Rechte des Angeklagten. Aber warum gab er sich dafür her? Der junge Verwaltungsbeamte hatte sich das doch nicht selbst ausgedacht! Die Sache stank zum Himmel und trug eindeutig Pinkys Handschrift. Nur Herbert Solomon schien bislang nichts damit zu tun zu haben.

Das kann noch nicht alles sein. Dad hing sicher auch mit drin. Wovor sollte er sonst heute noch Angst haben?

Steve spulte die Kassette zum Anfang der Zeugenbefragung vor. Diesen Teil kannte er schon. Beim zweiten Durchgang würde er seinen Vater ganz genau beobachten, jede Geste seines alten Herrn studieren, auf jedes einzelne Wort achten. Ein Teil von Steve hoffte, dass sein Vater von den Machenschaften direkt unter seiner Nase nichts ahnte. Ein anderer Teil von ihm – entfremdet und voller unterdrückter Wut – wollte etwas ganz und gar anderes. Er suchte nach einem Beweis, dass der ehrenwerte Herbert T. Solomon alles andere als ein Heiliger war, sein Sohn hingegen allgemein unterschätzt wurde.

Vierzig

Prinzessin gegen Queen

Die Schiebetür zum Balkon stand offen, und eine feuchte, nach Salz duftende Nachtbrise blähte die Gardinen. Irgendwo im Zimmer summte eine Stechmücke.

Unten am Pool lehnte ein Hilfssheriff an einer Palme, ein zweiter saß auf einem Stuhl vor der Tür. Sheriff Rask hatte sie als Victorias persönliche Bodyguards abkommandiert.

Victorias Füße schmerzten, ihr Schädel pochte. Schon beim Kauf waren ihr die schwarzen Prada-Pumps in Wahrheit eine halbe Nummer zu klein gewesen, und jetzt, nach dem langen Tag im Gericht, fühlte sie sich wie ein Opfer des traditionellen chinesischen Füßebindens. Die Kopfschmerzen wiederum verdankte sie dem Umstand, dass sie stundenlang mit hochgezogenen Schultern am Verteidigungstisch gesessen hatte.

Wenn Steve hier wäre, würde er mir die Schultern massieren. Und die Füße.

Aber sie saß allein in ihrer Suite im Pier House – eine einsame Amazone in einem Feldlager voller Akten, Gesetzbücher und kalt gewordener Reste eines Muschelauflaufs mit Caesar-Salat vom Zimmerservice. Nebenan war es still. Ihre Mutter hatte sich mit Onkel Grif zum Abendessen verabredet. Aber es war schon nach Mitternacht! Wo steckten die beiden? Saßen sie in Onkel Grifs Bentley am Strand und knutschten zu Barry Whites »Can't Get Enough of Your Love, Babe«? Victoria versuchte, nicht daran zu denken.

Aber sie war stinksauer. Onkel Grif hätte eigentlich hier sein und ihr bei den Vorbereitungen für den nächsten Verhandlungstag helfen sollen. Und von ihrer Mutter erwartete sie ein Mindestmaß an moralischer Unterstützung. Stattdessen ...

Verdammt, warum denke ich andauernd an die beiden? Sie können schließlich tun und lassen, was sie wollen.

Victoria nippte an ihrem Cabernet und versuchte, sich auf die Zeugenakten zu konzentrieren. Morgen würde der Staatsanwalt die Schachpartie eröffnen. Sechs Personen auf dem Boot, drei verlassen die Bühne nach links, einer springt ins Wasser. Der Angeklagte und das Opfer bleiben vor der letzten Fahrt der *Force Majeure* allein an Bord zurück. Die »Todesfahrt«, wie Waddle sie nannte. Dieses Schlagwort hatte er seinem Motto »Gier und Korruption, Bestechung und Mord« inzwischen hinzugefügt.

Victoria kannte die Reihenfolge der Beweisführung der Staatsanwaltschaft. Den Anfang würde Clive Fowles mit einer Beschreibung der Cocktailparty an Deck machen, dann sollte Leicester Robinson den Streit zwischen Griffin und Stubbs schildern.

Victoria hatte noch nicht entschieden, wie offensiv sie Robinson anpacken sollte. Wenn Waddle versuchte, Robinsons Beobachtungen zu deuten, konnte sie Einspruch erheben.

»Also, Mr Robinson, würden Sie sagen, dass sich der Angeklagte Mr Stubbs gegenüber feindselig verhielt?«

»Einspruch. Suggestivfrage und Aufforderung zur Spekulation.«

Aber man konnte nicht ständig Einspruch erheben, selbst wenn es gerechtfertigt war.

»Die Geschworenen dürfen nicht den Eindruck bekommen, du wolltest etwas verbergen.«

Steve mal wieder. Sicher hätte er längst eine Strategie und wüsste auch, wie er ihre Nackenmuskeln locker bekam. Sie vermisste ihn.

Nein, verdammt. Ich brauche Steve nicht. Ich brauche gar niemanden.

Victoria fühlte sich wie ein Gladiator – ein Gladiator, der allein auf sich gestellt die Kunst juristischer Kriegsführung praktizierten sollte. Beim Anblick der Akten, die auf dem Konferenztisch verstreut waren, beschlich sie ein ungutes Gefühl. Wie viel hatte sie sich immer auf ihre gewissenhafte Prozessvorbereitung eingebildet! Im Gegensatz zu Steve war sie überzeugt, dass man Fälle durch Recherche, Organisation und eine gute Planung für sich entschied. Detaillierte schriftliche Vorbereitungen. Farbmarkierungen an allen wichtigen Stellen. Karteikarten mit Querverweisen. Die Akten kannte man so gut wie auswendig. Steve hingegen, der Zerstörer, war der Mann fürs Grobe. Ihm genügte ein ungefährer Überblick über die Sachlage, und während der Verhandlung setzte er auf Improvisation. Gerade deshalb seien sie ein so gutes Team, sagte er immer. Ihre unterschiedlichen Stärken ergänzten einander hervorragend.

»Sie beide sind das verheerendste Beispiel für Synergie, das ich kenne«, hatte ein Staatsanwaltschaft einmal getobt.

Aber ich schaffe das auch allein.

Im Augenblick hätte Victoria allerdings gern etwas von Steves Improvisationstalent besessen, denn sie kam mit der Prozessvorbereitung nicht recht voran. Die vielen Ablenkungen – das überraschende Auftauchen ihrer Mutter, Juniors Anmache, der Einbruch in ihr Hotelzimmer, der Bruch mit Steve – blockierten sie. Victoria hörte nebenan ein Geräusch. Einen Augenblick später steckte ihre Mutter den Kopf durch die Verbindungstür. »Du bist ja noch wach, Prinzessin.«

»Ich habe viel zu tun.« Victoria versuchte, ins angrenzende Zimmer zu spähen. »Bist du allein?«

Irene trat zu ihr an den Tisch. »Grif ist schon im Bett, falls es das ist, was du wissen willst. Der arme Mann ist so nervös, dass ich ohnehin nichts von ihm hätte.«

»Zu dumm. Onkel Grif blüht vielleicht lebenslänglich, und du grämst dich, dass er heute Nacht nicht ran will.«

»Umgekehrt wird ein Schuh draus. Ich dachte, ein bisschen Ablenkung täte Grif gut.« Irene ließ sich auf einen Stuhl sinken. Sie trug ein figurbetonendes, tief ausgeschnittenes Seidenchiffonkleid mit Blumendruck. Wie viele Frauen ihres Alters konnten sich das erlauben? Victoria fragte sich, warum die Jugendlichkeit ihrer Mutter sie so irritierte.

»Schenk mir ein Glas Wein ein, Prinzessin. Und dir am besten auch gleich noch eines.«

»Nimm dir selbst welchen. Ich bin heute schon am Limit.«

»Du wirkst so angespannt, Liebes!«

»Tatsächlich? Ob das daran liegt, dass ich an einem Mordfall arbeite?«

Irene hakte die Fesselriemchen ihrer Keilabsatz-Espadrilles auf und streifte die Schuhe ab. »Lässt diese verdammte Schwüle deine Füße auch so furchtbar anschwellen?«

»Wenn du dir das nächste Mal ein paar Ersatzteile leistest, kannst du dir ja die Fesseln mit absaugen lassen.«

»Habe ich irgendetwas falsch gemacht, Prinzessin?«

»Du meinst in jüngster Vergangenheit?«

»Ach du meine Güte. Warum bist du so giftig? Wie lange ist es eigentlich her, dass es dir jemand richtig besorgt hat?«

»Seit wann ist deine Ausdrucksweise so unter Niveau?«

»Seit wann bist du so prüde?« Irene stand auf und schloss die Balkontür. »Hier drin ist es wie in einem Dampfbad! Auf welche Stufe ist denn die Klimaanlage eingestellt?«

»Bist du für Hitzewellen nicht schon ein wenig zu alt, Mutter?«

»Seit du diesen unausstehlichen Solomon abserviert hast,

bist du ziemlich zickig.« Barfuß kam Irene zum Tisch zurück und goss sich ein Glas Wein ein. »Und was deine gehässige Bemerkung betrifft: Ich habe gerade erst meine mittleren Jahre erreicht.«

»Dann müsstest du rein rechnerisch hundertsechzehn werden.«

»Ich weiß, was dir fehlt, Prinzessin, und ich habe einen Vorschlag. Triff dich mit Junior. Er ist verrückt nach dir, und ich wette, im Bett ist er ein Ass.«

»Ich bin leider ziemlich beschäftigt. Warum kümmerst du dich nicht einfach um beide Griffins?«

»Wenn ich so alt wäre wie du, würde ich ganz sicher einen kleinen Ritt mit Junior wagen. Seine imposante Ausstattung dürfte dir nicht entgangen sein.«

»Wie wär's mit einer kalten Dusche, Mutter?«

»Nicht dass Größe immer mit Klasse gleichzusetzen ist. Ich erinnere mich an einen Spanier, den ich in Monaco kennen lernte. *Mucho grande*. Die reinste Salami.«

»Bitte keine Details.«

»Aber im Bett – komplett ahnungslos. Der Franzose hingegen, der kaum mehr aufzuweisen hatte als ein Partygürkchen – olala.«

»Du willst mich ärgern, nicht wahr?«

»Und du zickst nur rum, weil ich glücklich bin.«

»Das ist doch lächerlich.«

»Nein, wirklich. Ich bin glücklich, Darling!« Irene lächelte und seufzte zugleich. »Weil Grif und ich nach so langer Zeit vereint sind.«

»Es handelt sich garantiert um eine Wiedervereinigung.«

»Fängst du schon wieder damit an? Ich habe dir die Wahrheit gesagt. Wir hatten nie eine Affäre.«

»Aber Vater glaubte, ihr hättet eine. War es so?«

»Nein, verdammt! Durchschaust du denn die Sache nicht? Du bist wütend auf deinen Vater. Du fühlst dich von ihm im Stich gelassen. Aber ihn kannst du nicht anschreien, also lässt du deinen Frust an mir aus.«

Victoria war einen Augenblick lang still. Erfolglos schlug sie nach der Stechmücke, die ihr um die Ohren summte. »Ich bin tatsächlich wütend auf ihn. Das stimmt.«

»Das ist völlig verständlich, Liebes.«

»Aber weißt du, was mich verrückt macht?«

»Die Sache mit dem Abschiedsbrief?«

»Tausendmal habe ich mich gefragt, warum er nicht wenigstens geschrieben hat: ›Tut mir leid, Prinzessin. Verzeih mir. Ich liebe dich.‹«

Irene legte die Hand auf Victorias Arm. »Er hat dich geliebt, Darling. Sehr sogar.«

»Ein kleiner Zettel. Ist das zu viel verlangt?«

Irenes Stimme war kaum mehr als ein Flüstern. »Es gibt einen Brief.«

»Wie bitte?«

»Er schrieb, dass er dich sehr liebt.«

»Das denkst du dir nur aus. Du lügst, damit ich mich besser fühle.«

»Blödsinn. Ich lüge nur, wenn ich mich dadurch selbst besser fühlen kann.« Irene trank einen Schluck und verzog das Gesicht. »Dein Geschmack in Sachen Wein ist ausbaufähig.«

»Um Himmels willen, Mutter! Gab es wirklich einen Brief?«

»Dein Vater schrieb, er liebe dich mehr, als er sagen könne, und bedaure am meisten, nun nicht mitzuerleben, was für eine Frau du eines Tages werden würdest.«

Plötzlich fand es auch Victoria viel zu warm im Zimmer. »Warum hast du mir nie etwas davon gesagt?«

»Ich hatte meine Gründe.« Zum ersten Mal, seit Victoria

denken konnte, sah die Queen fast so alt aus, wie sie wirklich war.

»Was für Gründe denn? Was stand noch in dem Brief? Hat Dad dir die Affäre mit Onkel Grif vorgeworfen? Warum gibst du es nicht endlich zu?«

»Weil es keine Affäre gab.«

»Warum hast du dann den Brief vernichtet?«

»Wer sagt, dass ich ihn vernichtet habe? Er liegt in meinem Banksafe. Ich dachte, eines Tages wärest du alt genug – oder reif genug –, ihn zu lesen. Aber offenbar ist es noch nicht so weit.«

Irene erhob sich, strich ihr Kleid glatt und schwebte mit den Schuhen in der Hand in ihr Zimmer. Ohne einen Blick zurück und ohne Gute Nacht zu sagen, schloss sie die Tür zwischen den Suiten und verriegelte sie.

Zwei Stunden später lag Victoria im Bett und lauschte den Palmwedeln, die an die Balkonwand schlugen. Sie hätte gern mit Steve gesprochen, aber es war zu spät, ihn anzurufen. Niemand stand ihr näher als er – trotz aller Probleme. So verlassen wie in diesem Augenblick hatte sie sich noch nie im Leben gefühlt.

Abermals hörte sie das Summen. Diese verdammte Stechmücke! Wo war sie jetzt wieder?

Autsch. Victoria spürte den Stich an der Seite ihres Halses.

Ein Solomon *Shlimazel*

Selbstmörderische Lovebugs – schwarz-orangefarbene Käfer, die sich im Flug paarten – klatschten an die Windschutzscheibe und hinterließen nach ihrem orgiastischen Ende schmierige Kleckse. So viele von ihnen prasselten auf den Smart nieder, dass Steve das Gefühl hatte, der Kleinwagen schwanke unter den Salven zerplatzender Insekten.

Kurz nach zwei Uhr morgens erreichten sie Sugarloaf Key. Bobby schlief auf dem Beifahrersitz, was angesichts des spärlichen Raumangebots nicht einfach war. Seit er auf dem Weg nach Süden war, versuchte Steve, sich die richtigen Worte zurechtzulegen.

Erwischt! – Wie sagt man das seinem alten Herrn?

Erst nach vielen Stunden und drei Durchläufen der Videokassette hatte Steve erkannt, welche Rolle Herbert Solomon in der Verschwörung gespielt hatte. Anfangs hatte Steve den Fehler gemacht, sich ganz auf seinen Vater zu konzentrieren. Doch genau wie beim Football brachte es nichts, andauernd nur den Quarterback im Auge zu behalten.

Der Beitrag seines Vaters war kaum wahrnehmbar, denn der Richter musste dafür kein Wort sagen. Direkt im Anschluss an jede Befragung eines potenziellen Geschworenen hatte sich Pinky Luber Notizen gemacht. Das war nicht ungewöhnlich. Die meisten Anwälte hielten ihre Eindrücke fest, bevor sie sich für oder gegen einen Geschworenen aussprachen. Doch dann war Steve etwas aufgefallen. Wie ein Pokerspieler, der vor einem Bluff seine Chips in der Hand wiegt oder seinen Gegner fixiert, hatte offenbar auch Pinky einen Tick. Vor jeder Notiz sah er kurz zur Richterbank. Herbert Solomon erwiderte diesen Blick nie, sondern schenkte sich jedes Mal an dieser Stelle ein Glas Wasser ein. Der Richter musste eine sehr elastische Blase haben, denn immer, wenn Pinky eine Befragung abschloss, trank er sein Glas leer.

Erst beim dritten Durchlauf entdeckte Steve das verräterische Signal.

Der Deckel des Wasserkrugs aus Zinn.

Ließ Herbert ihn offen, akzeptierte Pinky den Geschworenen. Schloss Herbert den Deckel, konnte der Geschworene nach Hause gehen. Ohne Ausnahme.

Steve erinnerte sich an den Krug, der seinem Vater samt dem dazugehörigen Tablett vom Juristenverband Floridas überreicht worden war. Lange Zeit hatte er auf dem Richtertisch gestanden. *Herausragender Richter des Jahres* war in das Tablett graviert. Vielleicht ließ sich darüber ja noch mal reden.

Herbert Solomon steckte bis zum Hals in einer üblen Sache. Pinky Luber hatte siebzehn Mordfälle in Serie gewonnen – mit der Hilfe eines Verwaltungsbeamten, der die Geschworenen vorsortierte, und eines Richters, der die verbliebene blutrünstige Truppe zu einem Lynchmob verjüngte.

Es war ein brillantes, aber absolut illegales System. Unter Herbert Solomons Vorsitz waren Hunderte Mordfälle verhandelt worden. Mit der Auswahl von Geschworenen kannte er sich daher besser aus als jeder Staatsanwalt. Für Luber war er eine unschätzbare Hilfe gewesen. Der bedauernswerte Verteidiger hingegen kämpfte auf verlorenem Posten allein gegen drei Mann.

Dass die Verschwörung aufflog, war unwahrscheinlich. So lange immer ein paar Afroamerikaner in der Jury saßen, schöpfte wohl niemand Verdacht. Die ständig wechselnden Strafverteidiger am allerwenigsten. Nur der Richter, der Staatsanwalt und der Verwaltungsbeamte wussten, was gespielt wurde. Aber warum hatten sie das getan? Und warum hatte Pinky Jahre später Herbert in dem Skandal um Bebauungspläne und öffentliche Ausschreibungen der Bestechlichkeit beschuldigt?

Steve sah keine Verbindung zwischen den mit Hilfe seines Vaters manipulierten Mordprozessen und den schmutzigen Geschäften in der Baubranche, an denen Herbert nicht beteiligt gewesen war. Und was bedeutete beides für seinen Kampf um Herberts Wiederzulassung?

Wenn Steve bei seinen ersten Fällen hin und wieder etwas ratlos gewesen war, hatte sein Vater gesagt: *»Such nach losen Fäden, zieh daran und schau, wohin sie führen.«* Genau das hatte er jetzt getan und dabei entdeckt, wie leicht es war, die Auswahl von Geschworenen zu steuern, und dass sein Vater dabei mitgewirkt hatte. Als Steve auf den schmalen Kiesweg einbog, der zum Hausboot seines Vaters führte, wurde seine Laune noch schlechter. Seinem Vater sagen zu können, dass er ihm auf die Schliche gekommen war, bereitete ihm wahrhaftig keine Freude. Herbert war schon jetzt ein gebrochener Mann. Aber warum hatte er damals seinen Eid missachtet? Warum alles riskiert?

»Verdammt, Dad? Warum?«

»Warum!« Herbert Solomon nestelte am Gürtel seines abgewetzten alten Frotteebademantels herum. »Du bist den ganzen Weg hier runtergefahren, nur um mich das zu fragen? Was bist du bloß für ein *shlimazel*!«

»Ein Solomon *shlimazel*.«

»Fahr wieder nach Hause. Lass mich in Frieden!«

»Nicht so laut. Du weckst Bobby auf.«

Steve trug den Jungen zur Hängematte. Bobby schlummerte friedlich weiter.

»Ich weiß genau, was du willst«, schnaubte Herbert. »Du willst mir zeigen, wie schlau du bist. Also schön. Gratuliere! Du bist Klassenbester!«

»Ganz so schlau bin ich leider nicht. Sonst würde ich verstehen, warum du die Jurybesetzung manipuliert hast und warum Luber Jahre später behaupten konnte, du hättest dich bei der Sache mit den Bebauungsplänen bestechen lassen.«

Sie setzten sich in die Kochnische des Hausbootes. Herbert schenkte sich ein Glas Rum ein, bot seinem Sohn aber nichts an. »Es ging um Lubers Sohn Barry. Luber hat wegen ihm gelogen.«

»Ich wusste gar nicht, dass Luber einen Sohn hat.«

»Barry starb an einer Überdosis. Er war völlig fertig und saß ständig in der Scheiße. Die Staatsanwaltschaft wollte ihn wegen einer Drogensache verknacken, und gleichzeitig war eine Sonderkommission zur Korruptionsbekämpfung ganz heiß auf Pinky. Man ließ ihn wissen, dass er seinem Sohn nur helfen konnte, wenn er kooperierte. Also lieferte Pinky ein paar kleine Fische aus dem Bauamt ans Messer, aber die Regierung wollte mehr. Pinkys Problem war, dass er nicht mehr bieten konnte.«

»Also schwärzte er den Obersten Bezirksrichter an«, sagte Steve. »Pinky hat dich reingeritten, um seinen Sohn zu schützen.«

»Barry Luber bekam Bewährung, Pinky kriegte achtzehn Monate und ich das, was man lebenslänglich nennen könnte.«

»Dieser Schweinehund«, sagte Steve.

»Blut ist dicker als Wasser, Sohn. Blut ist immer dicker.«

Eine Weile dachten beide darüber nach. Dann sagte Steve: »Bleibt noch eine Frage: Warum hast du vor zwanzig Jahren die Geschworenenwahl beeinflusst?«

Herbert hob sein Glas. Nach dem dritten Schluck Rum antwortete er: »Wegen Willie Mays. Und ich meine nicht irgendein Ghettokid, ich spreche von einem eiskalten Mörder.«

»Ich habe das Protokoll gelesen und mir das Video angesehen. Pinky hatte mehr als genug gegen ihn in der Hand. Sein Urteil hätte er auch so bekommen.«

»Tatsächlich, Klugscheißer? Woran liegt es dann, dass Mays beim ersten Prozess freigesprochen wurde, obwohl es einen Augenzeugen gab? Ich werd's dir erklären. Alles redete über die McDuffie-Unruhen, und in Liberty City war man sicher, dass weiße Cops nur so zum Spaß Schwarze killten. Schwarze Geschworene glaubten einem Weißen damals nicht mal, wenn er ihnen die Uhrzeit sagte, und einen Schwarzen aufgrund der Zeugenaussage eines weißen Cops auf den Elektrischen Stuhl zu schicken, wäre denen nicht im Traum eingefallen. Irgendwie verständlich, aber – tut mir leid – Mays hatte es verdient zu schmoren, und nicht erst in der Hölle.«

»Du warst der Richter, nicht der Ankläger.«

»Die Staatsanwaltschaft brauchte Hilfe. Der Oberste Gerichtshof von Florida hatte damals gerade das Urteil in der Sache ›Der Staat gegen Neil‹ gefällt. Gleichzeitig wurde am Obersten Gerichtshof der Vereinigten Staaten ›Kentucky gegen Batson‹ verhandelt. Die Vorgaben waren eindeutig: Ein Staatsanwalt kann einen Geschworenen nicht allein aufgrund seiner Rasse ablehnen, auch wenn dieser Geschworene einen Angeklagten genau aus demselben Grund für unschuldig erklären wird. Ich tat, was getan werden musste. Hätten wir Mays noch einmal laufen lassen, hätte er weiter gemordet.«

»Du hättest dein Amt an den Nagel hängen und Cop werden sollen. Oder ein Rächer der Witwen und Waisen.«

»Hast du die Fotos vom Tatort gesehen? Das Schwein hat seiner Exfreundin die Kehle durchgeschnitten und ihr gemeinsames Baby erwürgt! Anschließend spazierte er seelenruhig in die Stadt und gab vor seinen Kumpels damit an.«

»Also bat Pinky dich, bei der Manipulation der Geschworenenwahl zu helfen?«

»Nein, verdammt! Der Plan war von mir. Sobald ich erfuhr, dass Mays' zweiter Prozess in meine Zuständigkeit fiel, rief ich Pinky und Reggie in mein Büro und erklärte ihnen, was ich vorhatte. Reggie fiel beinahe tot um. Aber er war ein guter Junge und tat genau, was ich ihm sagte. Er war der richtige Mann für diesen Job, denn er kannte fast alle Familien im alten Central Negro District. Reggie schickte nicht bloß die Schwarzen heim, die wir nicht haben wollten, er suchte uns gleich die Leute aus, die ganz sicher zu einem Schuldspruch kommen würden.«

»Und wie soll so was möglich sein?«

Herbert leerte sein Glas. »Reggie ging die druckfrischen Listen der Geschworenenkandidaten durch. Leute, die seiner Meinung nach auf der Seite der Anklage standen, übertrug er auf die Liste für meinen Saal. Die anderen teilte er bei den Ordnungswidrigkeiten ein. Vor der Befragung der Geschworenen erledigte er dann die Feinarbeit. Alle, die er noch immer für nicht ganz passend hielt, konnten die Härtefallregelung in Anspruch nehmen und nach Hause gehen. Und kurz bevor wir die erste Jury zusammenstellten, sagte Pinky plötzlich: ›Wenn wir schon dabei sind, schmeißen wir die Juden am besten auch gleich raus.‹«

Herbert lachte, als wäre das der Witz des Jahrhunderts.

Steve schüttelte den Kopf. »Wirklich wahnsinnig witzig. Ein jüdischer Richter und ein jüdischer Staatsanwalt führen sich auf wie zwei Nazis.«

»Ruf doch den Zentralrat an, aber verschon mich mit deiner Entrüstung! Du weißt genau, dass Juden immer für die Verteidigung stimmen. Hast du schon mal versucht, einen unserer Glaubensbrüder von der Todesstrafe zu überzeugen? Viel Glück, *boychick.*«

»Und nach der vielen Vorarbeit musstest du Pinky immer noch signalisieren, welche Kandidaten er loswerden sollte?«

Herbert goss sich noch einen Drink ein. »Er bat mich darum. Ich hatte mit der Auswahl von Geschworenen mehr Erfahrung als er. Eigentlich wollten wir nach Mays' Prozess gleich wieder aufhören. Aber die Sache funktionierte so gut …«

»Dass ihr es noch sechzehn Mal so gemacht habt.«

»Rückblickend und mit dem Wissen, das ich heute habe …«

»Wünschtest du, du hättest die Finger davon gelassen.«

»Nein, verdammt! Ich wünschte, wir hätten früher damit angefangen. Sie waren alle schuldig, Sohn. Jeder Einzelne von ihnen.«

»Genauso denkt ein Lynchmob auch.«

»Stell dich doch nicht so an. Ich hab meine Sache bestimmt besser gemacht als die Trantüten, die O.J. Simpson haben laufen lassen. Die Deppen verlegten den Prozess nach Downtown LA, weil sie eine gut durchmischte Jury haben und politisch korrekt sein wollten. Dass ich nicht lache! Am Ende hockten sie mit neun schwarzen Geschworenen da, während sie in Santa Monica höchstens zwei gehabt hätten. Der Prozess war schon entschieden, bevor er überhaupt angefangen hatte. Und so hätte es auch in Mays' Fall laufen können, wenn wir keine Vorsorge betrieben hätten.«

»Vorsorge? Ist das ein neues Wort für Schiebung?«

»Fuck, Stevie. Du spielst auch nicht immer nach den Queensberry-Regeln für modernes Boxen.«

»Vergleich das, was ich tue, nicht mit eurem Sumpf.«

»Wie du willst. Jedenfalls bin ich froh, dass du jetzt Bescheid weißt. Endlich kann ich mit dem Versteckspiel aufhören, und du kannst den Antrag für meine Wiederzulassung zurückziehen.«

»Warum sollte ich? Was du getan hast, war das Letzte. Als Richter bist du völlig unakzeptabel. Aber Richter musst du ja nicht mehr werden, und kein Mensch braucht etwas zu erfahren.«

Herbert rülpste lachend. »Hier spricht ein wahrer Advokat. Leider liegst du nicht ganz richtig, wenn du sagst, niemand bräuchte was zu wissen.«

»Ich kann dir nicht ganz folgen.«

»Wie willst du meine Lizenz denn zurückbekommen?«

»Indem ich beweise, dass Pinky gelogen hat, als er sagte, du hättest dich bei den Prozessen um die Bebauungspläne bestechen lassen.«

»Gelogen hat er. So viel steht fest. Aber wenn du das beweist, geht er wegen eidlicher Falschaussage in den Knast. Also wird er alles daran setzen, dich von meinem Fall abzubringen.«

»Und wie will er das anstellen?«

»Indem er die guten alten Zeiten heraufbeschwört, Sohn.«

»Soll heißen?«

»Wie viele von den siebzehn Angeklagten, die wir verurteilt haben, leben noch?«

»Acht wurden hingerichtet. Drei sitzen noch in der Todeszelle. Sechs bekamen lebenslänglich.« Steve rechnete nicht ganz so schnell, wie Bobby es gekonnt hätte. »Das heißt neun atmen noch gesiebte Luft.«

»Pinky kennt die Zahlen auch. Und die Namen der Scheißkerle. Er droht, bevor er in den Knast ginge, würde er auspacken und der Staatsanwaltschaft stecken, was wir vor zwanzig Jahren getrieben haben. Und was glaubst du, wird dann passieren?«

»Neun Knastbrüder kriegen einen neuen Prozess.«

»Neun *Mörder.* Das kann ich nicht zulassen, Sohn. Es gibt keine Zeugen mehr. Die Beweisstücke sind längst verrottet, die Akten in alle Winde zerstreut. Wie viele von den neun würden wohl freigesprochen?«

»Keine Ahnung. Einige, nehme ich an.«

»Selbst einer wäre zu viel. Besonders wenn sein Name Mr Willie Mays ist.«

Zweiundvierzig

Deus ex Tsunami

Kurz, knackig und effizient.

So liebte Richard Waddle seine Prozesse und brachte Victoria damit in Bedrängnis. Schlechte Staatsanwälte verplemperten viel Zeit, verzettelten sich in Details und ermüdeten die Jury mit zahllosen Wiederholungen und Einzelheiten. Die wenigen wirklich schlagkräftigen Beweise gingen in der Flut der Belanglosigkeiten unter. Waddle hingegen schien davon auszugehen, dass der durchschnittliche Geschworene über die Aufmerksamkeitsspanne eines Achtjährigen verfügte. Als praktisch denkender Anklagevertreter mit einem scheinbar eindeutigen Fall stellte er direkte Fragen und erhielt darauf klare Antworten.

»Was haben Sie in Mr Stubbs' Hotelzimmer gefunden, Detective?«

»Einen Aktenkoffer, in dem sich exakt vierzigtausend Dollar in Hundertdollarscheinen befanden.«

»Haben Sie Mr Stubbs' zurückliegende finanzielle Transaktionen überprüft?«

»Drei Monate bevor er getötet wurde, hat er auf Key Largo ein Strandgrundstück erworben. Es kostete dreihunderttausend Dollar, und er bezahlte bar.«

»Aus welcher Quelle stammte das Geld?«

»Es wurde ihm von einer Scheinfirma auf den Cayman Inseln überwiesen.«

»Und wem gehört diese Firma?«

»Der einzige Anteilseigner ist der Angeklagte, Harold Griffin.«

Patsch, Peng, danke Detective.

Neben Victoria saß ein stummer, nicht sehr zuversichtlicher Hal Griffin. Trotz seiner Bräune war er ziemlich blass um die Nase. Victoria hatte er anvertraut, er könne nachts nicht wirklich gut schlafen.

Willkommen im Club, Onkel Grif.

Delia Bustamente schritt mit wiegenden Hüften in den Saal. Sie trug ein espressofarbenes, knöchellanges Kleid im Bauernlook, das an manchen Frauen züchtig gewirkt hätte. Aber Delia hatte die Schnürung am Ausschnitt offen gelassen. Die rassige Köchin und Umweltaktivistin trat in den Zeugenstand. Als sie die rechte Hand zum Eid erhob, sprang ihre Brust fast aus dem Ausschnitt. Nach paar einführenden Fragen wollte Waddle von ihr wissen, ob Griffin ihr einen Job angeboten hätte. Die Antwort riss Victoria von ihrem Stuhl.

»Mr Griffin wollte sich damit meine Zustimmung zu Oceania erkaufen.«

»Einspruch und Antrag auf Streichung der Antwort aus dem Protokoll! Ms Bustamente kann keine Aussage zu den Absichten meines Mandanten machen.«

»Stattgegeben. Die Geschworenen werden die Antwort der Zeugin nicht beachten. Sie sagen uns bitte nur, was der Angeklagte getan hat und was Sie getan haben, Ms Bustamente.«

»Okay, Richter. Er bot mir einen überraschend hohen Betrag an. Ich wusste gar nicht, dass ich so viel wert bin. Aber von dem Mann würde ich keinen Cent annehmen.«

Leicester Robinson, der belesene Frachtkahnbetreiber, sagte aus, er habe Griffin und Stubbs streiten sehen. Er habe die beiden durch das Fenster des Salons beobachtet, aber nicht hören können, was gesprochen wurde. Die heftigen Gesten beider Männer hätten ihm allerdings eindeutig gezeigt, dass sie wütend gewesen seien. Und ja, Griffin habe Stubbs herumgeschubst. Victoria nahm Robinson ins Kreuzverhör.

»Sie sprechen von Herumschubsen. In Wirklichkeit hat mein Mandant Mr Stubbs nur mit dem Finger auf die Brust getippt. Korrekt?«

»Stubbs wich einen Schritt zurück. Ich nenne das Schubsen.«

»Aber Schläge gab es nicht, auch keine Fausthiebe. Richtig?«

»Wo ich herkomme, erhebt man nur dann die Hand gegen einen Mann, wenn man auch bereit ist nachzusetzen – wenn man zu allem entschlossen ist. Das war Ihr Mandant ja offenbar.«

»Euer Ehren, ich beantrage die Streichung dieser Antwort aus dem Protokoll. Sie bezog sich nicht auf meine Frage.«

Clive Fowles sagte aus, Griffin habe ihm am Tag vor dem Schuss auf Stubbs aufgetragen, eine wasserdichte Plastiktasche voller Bargeld – wie viel, wusste er nicht – in eine Hummerfalle vor Black Turtle Key zu stecken. Sonst ganz der sachliche Fragensteller, erlaubte sich Richard Waddle bei Fowles' Befragung ein paar Späße.

»Geschah das während der Fangsaison für Hummer, Mr Fowles?«

»Nein, Sir. Im Juli dürfen Hummer nur an zwei Tagen gefangen werden.«

»Dann ist Ihr Boss, von allem anderen abgesehen, auch noch ein Hummerwilderer. Ein Krustentier-Mafioso.«

»Einspruch. Unsachliche Aussage.«

»Stattgegeben.«

»Bargeld ist ein eher ungewöhnlicher Hummerköder. Da stimmen Sie mir doch sicher zu, Mr Fowles?«

»Könnte man sagen.«

»Verriet Mr Griffin Ihnen, wofür er das Geld verwenden wollte?«

»Nein, Sir.«

»Aber Sie nahmen an, dass es für Ben Stubbs bestimmt war?«

»Einspruch. Aufforderung zur Spekulation.«

»Abgelehnt.«

»Ich dachte mir, dass das Geld für ihn war, Sir.«

»Dann hatten die Hummer also Schonzeit, aber die Fangsaison für Beamte war eröffnet.«

Waddle versuchte, von Fowles eine Bestätigung für den von Robinson beobachteten Streit zwischen Griffin und Stubbs zu erhalten. Doch der Captain litt unter einem typischen Anfall von Zeugenblindheit, auch das Drei-Affen-Syndrom genannt. Nichts hören, nichts sehen, nichts sagen.

»Ich bitte Sie, Mr Fowles. Wollen Sie der Jury wirklich erzählen, dass Sie von dem Wortwechsel zwischen den beiden Männern nichts bemerkt haben?«

»Im Allgemeinen kümmere ich mich um meine eigenen Angelegenheiten.«

»Sie mögen Mr Griffin, nicht wahr?«

»Er ist ein guter Mensch.«

»Ein guter Mensch, der Ihnen immer pünktlich Ihr Gehalt überweist, korrekt?«

Okay, wir haben verstanden, dachte Victoria. Fowles verhielt sich gegenüber seinem Boss loyal, das sollten die Geschworenen wissen.

Alle drei Zeugen sagten aus, sie und die beiden anderen hätten das Boot vor dem Ablegen verlassen. Leicester Robinson und Delia Bustamente hatten Junior von Bord springen und wegschwimmen sehen.

Kurz vor der Lunchpause entdeckte Victoria Steve im Zuschauerraum. Er saß neben Sheriff Rask. Sie hatte nicht gewusst, dass er kommen würde. Kein Anruf. Er war einfach da.

Als der Richter verkündete, das Gericht würde sich zurückziehen, eilte Griffin zum Rauchen nach draußen. Steve kam zum Tisch der Verteidigung geschlendert. »Hi, Vic. Wie läuft es denn?«

Sie zuckte die Achseln. »Du weißt ja, wie es ist. Es gibt bessere und schlechtere Momente.«

»Waddle ist dabei, euch zu kreuzigen, oder?«

»Und du schmeichelst dich beim Gegner ein.«

»Willis hält mich über Conchy Conklin auf dem Laufenden.«

»Hat er ihn schon?«

»Conklin ist verschwunden. Aber wenn er sich noch auf den Keys rumtreibt, finden sie ihn. Schließlich gibt es nur eine bestimmte Anzahl von Bars.«

»Ja, aber eine ziemlich hohe.«

»Lust auf Lunch?«

»Oh. Ich treffe mich mit Junior.«

»Ah.«

»Ich muss ihn noch auf seine Aussage vorbereiten.«

»Eine gute Vorbereitung ist unerlässlich. Besonders bei etwas beschränkten Zeugen.«

Victoria war zu müde, um sich zu zanken. Sie ging also nicht weiter auf Steves Bemerkung ein. »Arbeitest du am Fall deines Vaters?«

»Darüber will ich nicht reden.« Als echter Gentleman schnappte sich Steve Victorias Aktenkoffer und geleitete sie aus dem Saal. »Wie geht's deiner Mutter?«

»Über die will ich nicht reden.«

Nicht jetzt, dachte Victoria. Später, wenn der Prozess vorüber war, würde sie Steve vom jüngsten dramatischen Auftritt der Queen erzählen, vom Abschiedsbrief ihres Vaters und der Geheimniskrämerei, die ihre Mutter darum machte.

Von Vaters *angeblichem* Abschiedsbrief. Victoria fragte sich, ob sie ihrer Mutter überhaupt noch etwas glauben konnte.

Schweigend fuhren sie mit dem Fahrstuhl in die Lobby. Unten schien Steve ihr den Aktenkoffer reichen zu wollen, wusste aber scheinbar nicht, wann und wie. Er war verlegen wie am Ende eines ersten Dates. Gemeinsam verließen sie das Gebäude. Unter dem Kapokbaum draußen auf dem Rasen sagte Steve: »Also, das ist doch lächerlich. Wenn du Hilfe brauchst …«

Victoria blieb im Schatten des Baumes mit den roten Blüten stehen.

Klar brauche ich Hilfe. Bei dem Fall. Bei meiner Mutter. In meinem Leben.

»Danke, Steve. Ich …«

»Entschuldigen Sie, Kumpel.« Fowles trat zu ihnen. Dass er offensichtlich störte, schien ihm ein wenig peinlich zu sein. »Ms Lord …«

»Sie müssen sich heute nicht mehr zur Verfügung halten, Mr Fowles«, sagte Victoria. »Wenn Sie möchten, können Sie nach Hause gehen.«

»Ich weiß. Ich wollte nur …« Er schlang die Hände ineinander, als wisse er nicht, wohin damit. »Was denken Sie? Wie läuft es denn?«

»Das kann man jetzt noch nicht sagen. Aber Sie haben Ihre Sache gut gemacht. Wirklich.«

»Ich hoffe, der Prozess geht gut aus. Für Mr G, meine ich. Nie im Leben hat er diesen Beamtenarsch umgebracht.«

»Klingt nach einem guten Schlusssatz für ein Plädoyer«, sagte Steve.

»Viel Glück jedenfalls.« Fowles spreizte zwei Finger seiner rechten Hand wie einst Winston Churchill. »V für Victory. Sie werden siegen, Ms Lord.«

»Danke, Clive.«

Nun schien Fowles nichts mehr einzufallen. »Ich glaube, ich genehmige mir jetzt ein Bier.«

»Die Green Parrot Bar ist direkt gegenüber«, sagte Steve.

»Kenne ich gut.« Folwes gestattete sich ein Lächeln. Wie aufs Stichwort schlug in der Traditionskneipe die Glocke – das Signal, dass jemand dem Barkeeper ein Trinkgeld gegeben hatte.

Folwes nickte zum Abschied und überquerte die Whitehead Street.

»Was ist denn mit dem los?«, fragte Steve.

»Wenn Onkel Grif verurteilt wird, muss er sich einen neuen Job suchen.«

»Kann sein.« Steve sah Fowles in der Bar verschwinden. »Also wie ich schon sagte, Vic: Falls du etwas brauchst – ich bin für dich da.«

Ob ich etwas brauche? Machen wir eine Liste. Gelassenheit. Selbstbewusstsein. Und ein bahnbrechendes Kreuzverhör könnte auch nicht schaden.

»Danke. Ich komme zurecht«, sagte sie.

»Helfen dir die Gutachten weiter?«

»Der Professor von der Columbia University wird sagen, es sei möglich, dass sich Stubbs beim Laden der Harpune selbst in die Brust geschossen hat. Der Eintrittswinkel ist etwas problematisch. Trotzdem besteht eine gewisse Chance, die Geschworenen von dieser Version zu überzeugen.«

»Aber ...?«

»Weißt du noch, was du gleich am ersten Tag gesagt hast? Einen seltsamen Zufall können wir der Jury verkaufen. Aber wenn sich die Zufälle häufen, verlieren wir.«

»Dass Griffin k.o. geschlagen wurde, wäre das zweite seltsame Ereignis.«

»Wenn wir für diese Geschichte keine Erklärung finden, bricht sie uns das Genick. Sagen wir, Stubbs hat sich tatsächlich selbst angeschossen. Dann gibt es keinen weiteren Angreifer, der sich an Bord versteckt und Griffin niedergeschlagen hat. Wir können nur erklären, Griffin sei die Leiter runtergefallen und hätte sich damit selbst außer Gefecht gesetzt. Aber das kauft uns kein Mensch ab. Verdammt, ich glaube es ja nicht mal selbst!«

»Hast du die Wetterberichte überprüft?«

»Ich weiß, wie das Wetter an dem Tag war. Warm und klar. Wir standen in der Brandung, und du wolltest Sex.«

»Soweit ich mich erinnere, wolltest du mir an die Wäsche.«

»Wieder mal ein Fall von unterschiedlicher Wahrnehmung. Einer von vielen.«

»Du solltest beim Nationalen Wetterdienst nachfragen.«

»Achtundzwanzig Grad, neunundsechzig Prozent Luftfeuchtigkeit. Ein zehn bis zwölf Knoten starker Südostwind. Leichter Wellengang auf den Inlandsgewässern, ein Meter hohe Wellen auf offener See.« Victoria schenkte Steve ein Klugscheißerlächeln. Das hatte sie sich von ihm abgeschaut. »Möchtest du den Luftdruck auch gern wissen?«

»Hast du mit der Küstenwache gesprochen?«

»Wozu denn das?«

»Sind irgendwelche Boote gekentert? Gab es in der Gegend Rettungseinsätze? Eine Riesenwelle? Einen Mini-Tsunami?«

»Einen Mini-Tsunami? Warum lassen wir nicht gleich Moses die Wasser des Golfs von Mexiko teilen? Auf ein mysteriöses Ereignis mehr oder weniger kommt es schließlich nicht an.« Nach einer kleinen Pause setzte Victoria hinzu: »Ich weiß, du willst nur helfen, Steve. Tut mir leid, dass ich so zynisch bin.«

»Kein Problem.«

Victoria nahm ihm die Aktentasche aus der Hand. »Danke. Ich muss los. Ich bin ...«

»Mit Junior zum Lunch verabredet«, sagte Steve. »Ich weiß.«

Blick in die Vergangenheit

»Die Küstenwache hat vor Raccoon Key zwei Angler gerettet. Das war an dem Tag alles«, sagte Bobby.

»Berichteten die Angler von einer Riesenwelle?«, fragte Steve.

»Sie sagten, sie hätten einen Kasten Bud geleert, und danach hat der eine den anderen mit dem Drillingshaken am Ohr erwischt.« Bobby grinste achselzuckend. »Kurz darauf liefen sie auf eine Sandbank.«

»Einen Versuch war's wert.«

Sie saßen auf Herberts marodem Hausboot. Bobby hing über seinem Laptop und hatte eine Karte der östlichen Golfregion neben sich ausgebreitet. Sobald Steve an Deck erschienen war, hatte Herbert dringende Erledigungen vorgeschützt und war verschwunden. Steve fragte sich, ob sein Vater ihn mied, oder ob ihm nur der Bacardi ausgegangen war.

»Ich habe die Satellitenbilder gecheckt, Onkel Steve. Keine Flutwellen, keine Tsunamis, keine fliegenden Untertassen.«

»Sei bloß vorsichtig. Mir hat heute schon Victoria die Laune verdorben.«

»Vielleicht ist Mr Griffin ja wirklich nur von der Leiter gefallen.«

»Gib doch nicht so schnell auf, verdammt!«

»Bist du sauer auf mich, Onkel Steve?«

»Entschuldige. Ich habe nichts zu Mittag gegessen. Ich bin einfach hungrig.«

»Blödsinn. Du bist spitz. Victoria fehlt dir.«

»Kümmre dich um deine eigenen Angelegenheiten.« Steve

beugte sich über Bobbys Schulter. »Was ist das da auf dem Bildschirm?«

»Eine Aufnahme der östlichen Golfregion. Von einem Wettersatelliten. Stammt von dem Tag, als Mr Griffins Boot zerbröselte.«

Steve betrachtete die grünen Inseln in dem türkisfarbenen Meer. Bobby zeigte auf einen weißen Strich in der Bildmitte. »Das ist die *Force Majeure.*«

»Ernsthaft?«

»Cool, was? Ich bin ihr den ganzen Weg nach Key West gefolgt. Bloß bei Big Torch Key war es zu bewölkt.«

»Das Bild auf dem Monitor ... An welcher Stelle ist das genau?«

»Westlich von Black Turtle Key. Die Insel da ...« – Bobby zeigte auf einen winzigen grünen Fleck – »... hat keinen Namen. Dort hat Mr Griffin die Hummer aus dem Wasser gefischt.«

»Und das Geld. Das wollen wir nicht vergessen.« Steve studierte die Aufnahme. Sie zeigte noch ein zweites Boot – schmaler, aber beinahe so lang wie die *Force Majeure.* »Wie weit ist dieses Boot entfernt?«

»Etwas mehr als eine Meile. Sieht man an den Gitterlinien.«

»Kannst du die Bilder noch mal zurückfahren? Bis zum Heimatdock der *Force Majeure* auf Paradise Key?«

»Ich weiß, was du denkst, Onkel Steve. Du überlegst, ob das andere Boot sie verfolgt hat, ob jemand an Bord geschlichen ist und auf Mr Stubbs geschossen hat. Aber das andere Boot war schon vor der *Force Majeure* an dieser Stelle und dümpelte da nur rum.«

Angestrengt betrachtete Steve das lange schmale Boot. Wie ein schlanker Keil lag es im Wasser. Ein typisches Angelboot sah anders aus. Das hier war ein Schnellboot. Eine Fountain

Lightning, eine Magnum oder eine Cigarette – allesamt Kraftprotze, die atemberaubende Geschwindigkeiten erreichten. Aber warum bewegte es sich nicht? Dafür konnte es eine völlig harmlose Erklärung geben. Vielleicht fand an Bord gerade ein Picknick statt, ein Mittagsschlaf oder eine Orgie.

»Woher kam dieses Boot? Hast du es zurückverfolgt?«

Bobby schüttelte den Kopf. »Ich sagte doch, es war schon vor der *Force Majeure* da. Deshalb dachte ich, es sei nicht so wichtig.«

»Sieh nach, wo es herkam. Los mach.«

Bobby zog eine Grimasse, dann bearbeitete er die Tastatur. Zwölf Bilder flimmerten über den Monitor. Die Zeit lief rückwärts, das schmale Boot glitt zu seinem Startpunkt zurück. Auf dem letzten Bild lagen lange Reihen von Booten an mehreren parallel verlaufenden Docks.

»Wo ist das?«, fragte Steve.

Bobby suchte auf der Karte nach den Koordinaten. »Auf dem Lower Matecumbe Key. Hier ist ein Jachthafen eingezeichnet.«

»Und die Uhrzeit?«

Bobby deutete auf eine blinkende Anzeige in der Bildschirmecke: 14:51 GMT.

»Also zehn Uhr einundfünfzig unserer Zeit«, sagte er.

»Vierzehn Minuten vorher hat die *Force Majeure* Paradise Key verlassen«, murmelte Steve. Die genaue Zeit kannte er von Griffins Überwachungsvideos. »Schauen wir uns die Bilder noch mal an, Bobby. Ich will sehen, wie nahe das mysteriöse Boot Paradise Key kommt.«

Noch einmal flimmerten die Bilder über den Monitor. Das fremde Boot näherte sich der Spitze von Griffins Insel.

»Hält es irgendwo?«, fragte Steve.

»Weiß ich nicht. So genau hab ich mir das vorher nicht angesehen. Ich hatte ja keine Ahnung, dass es wichtig ist! Der *Force Majeure* ist dieses Boot jedenfalls nicht gefolgt.«

»Reg dich nicht auf, Kiddo. Du machst das ganz prima. Und jetzt noch mal schön langsam.«

Bobby drückte ein paar Tasten. Das Boot auf dem Monitor blieb für eine Weile im selben Gitter des Rasters. Dann bewegte es sich wieder. »Da, Onkel Steve. Es hat angehalten. Aber nur etwa dreißig Sekunden lang.«

»Und die Insel da ist eindeutig Paradise Key.« Selbst auf dem Satellitenbild konnte man die Bucht und Griffins imposante Villa erkennen. »Das Boot ist ungefähr zwei Meilen entfernt, richtig?«

»Ich weiß, was du denkst, Onkel Steve.«

»Ach tatsächlich?«

»Ja. Du denkst, Junior Griffin ist zu dem Boot rausgeschwommen, es hat ihn an Bord genommen und ist dann zu der Insel ohne Namen gedüst. Dort hat Junior Griffin die *Force Majeure* abgepasst, sich an Bord geschlichen und mit der Harpune auf Mr Stubbs geschossen.«

»Ist doch denkbar, oder?« Steve zeigte auf den Bildschirm. »Mach weiter.«

Bobby klickte auf Schnelldurchlauf. Einige Bilder huschten über den Monitor, dann ging es in Zeitlupe weiter. Ein Foto zeigte beide Boote gleichzeitig. »Hier überholt das Boot die *Force Majeure*.«

»Geschwindigkeit?«

»Ziemlich schnell. Fünfzig Knoten oder so.«

»Recht flott, wenn man bedenkt, dass es kein wirkliches Ziel hat.«

Das rätselhafte Boot drosselte vor Black Turtle Key das Tempo. Genau an der Stelle, an der vor der namenlosen, kleinen Insel Griffins Hummerfallen lagen. Bobby hatte Recht gehabt. Gefolgt war das Boot der *Force Majeure* tatsächlich nicht. Es hatte sie überholt und auf sie gewartet.

»Sieh dir das an.« Steve tippte auf den Monitor. »Die Schweinebacke hält an. Genau wie vorher am Paradise Key.« Er zählte die Sekunden auf der Digitalanzeige in der Bildschirmecke mit.

Dreiundzwanzig.

Lange genug, um jemanden ins Wasser zu lassen. Jemanden wie Junior Griffin, der dann auf die Ankunft der *Force Majeure* warten konnte. Das mysteriöse Boot entfernte sich von der namenlosen Insel, hielt aber etwa eine Meile weit entfernt abermals an. Auf dem Bildschirm näherte sich die *Force Majeure.*

Plötzlich ging Steve ein Licht auf. »Verdammte Scheiße!«

»Was ist denn?«

»Junior ist nicht zu dem Schnellboot rausgeschwommen. Es hat nicht *ihn* aufgenommen und wieder abgesetzt.«

»Aber du hast doch gesagt ...«

»Ich wünschte, der Blödmann wäre es gewesen, aber er war es nicht.«

»Wie kommst du darauf?«

»Weil Junior gar nicht wusste, dass die *Force Majeure* bei der Insel anhalten würde. Griffin schwört, dass er Junior nichts von der Hummerfalle gesagt hat. Und warum sollte er lügen? Vier Personen haben die *Force Majeure* verlassen, bevor sie ablegte. Alle wussten, dass das Boot nach Key West fahren würde. Aber von dem geplanten Stop bei den Hummerfallen wusste nur einer.«

»Wer denn?«

»Der Kerl, der die Fallen mit Ködern bestückt und das Geld darin versteckt hat. Der Kerl, der eine Frau liebt, die Roten Schnapper mit kandierten Bananen serviert. Der Kerl, der

Paradise Key ungesehen verlassen konnte, weil er in einem Unterwasser-Chariot saß.«

»Clive Fowles? Bist du sicher, Onkel Steve? Vielleicht sind er und Junior Komplizen. Erinnerst du dich noch an den Tag, an dem du bei Mr Stubbs aus dem Krankenzimmer geworfen wurdest?« Bobby hob die rechte Hand und spreizte zwei Finger, genau wie Stubbs auf der Intensivstation. »Zwei Männer haben ihn angegriffen. Das wollte er damit doch sagen.«

»Höher.«

»Hä?«

»Stubbs wollte die Hand höher halten, aber er konnte nicht.«

Bobby hob die Hand über seinen Kopf. »So ungefähr?«

Der Junge sah Winston Churchill zwar nicht besonders ähnlich, aber die Geste imitierte er ganz gut.

»V für Victory«, sagte Steve. »Das Siegeszeichen. Von britischen Marinesoldaten gern benutzt. Stubbs wollte damit sagen, dass Fowles auf ihn geschossen hat.«

»Wow«, sagte Bobby. »Und was jetzt?«

»Ich mache einen Besuch. Bei einem Mann mit einem Chariot.«

Vierundvierzig

Der menschliche Torpedo

Das Ding sah aus wie ein Torpedo mit zwei eingebauten Sitzen: Horace Fowles' sechzig Jahre alter Unterwasser-Chariot. Sein Enkel, Clive Fowles, schwenkte mit einem Seilzug den rostigen Zylinder über die Plattform am Heck seines nagelneuen Tauchbootes.

»Kann ich helfen?« Steve spazierte das Dock von Paradise Key entlang.

»Danke, Kumpel. Das wäre nicht schlecht.«

Steve sprang auf das Bootsdeck und packte die Nase des Chariots mit beiden Händen. Fowles bediente eine Kurbel und ließ das alte Kriegsgerät an zwei Gurten auf die Tauchplattform hinab.

»Vorsicht jetzt«, mahnte er. Langsam kurbelte er weiter, während Steve den Chariot an die richtige Stelle lenkte. Das Gerät passte genau in eine Vertiefung in der Tauchplattform. Wie eine Pistole in ein Halfter.

»Maßarbeit«, sagte Steve.

»Muss es auch sein. Mr G hat es sich was kosten lassen. Das Boot ist eine Spezialanfertigung nach meinen Vorgaben.«

»Und nach den Vorgaben Ihres Großvaters.« Steve zeigte auf die Buchstaben an der Seite des Bugs. »*Fowles' Folly*. Hieß so nicht sein Klein-U-Boot?«

»Stimmt. Horace stieg irgendwann von bemannten Torpedos auf Klein-U-Boote um. Sie erinnern sich also noch.«

»Wie könnte ich das vergessen? Ein norwegischer Fjord. Ihr Großvater kommandiert die kleine Blechbüchse, die sich an das riesige deutsche Kriegsschiff ranpirscht.«

»Die *Tirpitz.*«

»David und Goliath.«

»Es war schon ein Wunder, dass sie überhaupt bis in den Fjord kamen. Habe ich erzählt, dass Grandpop aus seiner kleinen Blechschüssel kriechen und mit dem Messer eine Treibmine von ihrer Leine schneiden musste? Können Sie sich das vorstellen, Solomon?«

»Nicht ohne dabei einen Schweißausbruch zu kriegen.«

»In der Nordsee gibt es Süßwasserschichten. Deshalb ist es schwer, ein Klein-U-Boot auf horizontalem Kurs zu halten. Die *Folly* springt immer wieder aus dem Wasser, wie ein verrückt gewordener Delfin. Als sie die *Tirpitz* erreicht, ist mein Grandpop wieder am Zug. Er bringt Sprengstoff am Rumpf des gigantischen Monsters an. Unter dem Beschuss der deutschen Marinesoldaten. Wie würden Sie einen solchen Mann beschreiben?«

»Ihn mutig und couragiert zu nennen, wäre untertrieben.«

»Da haben Sie verdammt Recht, Solomon. Sie wissen, wovon ich rede.« Fowles machte die Gurte los, schwenkte den Arm des Seilzugs beiseite, hielt Steve die Hand hin und half ihm aufs Dock zurück.

»Mancher, dem ich die Geschichte erzähle, versteht kein Wort davon.«

»Ich beschäftige mich selbst gerade ziemlich intensiv mit dem Erbe unserer Väter. Oder auch Großväter.«

»Und ich versuche, *meinem* alle Ehre zu machen. Meinen Beitrag in der Royal Navy hab ich geleistet.«

»Aber wie Sie schon sagten, die Falklands und die Argentinier sind nicht mit der Nordsee und den Nazis zu vergleichen.«

Fowles ließ sich auf dem Rand des Docks nieder und zog eine kurze Zigarre aus der Tasche. Er steckte sie in den Mund, zündete sie aber nicht an. »Worauf wollen Sie hinaus, Solomon?«

Steve setzte sich neben ihn. »Gestern, draußen vor dem Gerichtsgebäude, da wollten Sie doch etwas ...«

»Ja. Ein Guinness. Im Green Parrot kriegte ich dann auch eines, Kumpel.«

»Sie fragten Victoria, wie der Prozess liefe. Sie machen sich Sorgen um Griffin.«

»Sicher doch. Ich hoffe, er wird freigesprochen.«

»Weil Sie wissen, dass er unschuldig ist.«

Fowles brauchte für das Anstecken der Zigarre viel Zeit. Die Brise, die vom Wasser hereinwehte, blies die Flamme immer wieder aus. »Ich glaube, dass Mr G unschuldig ist. Aber wissen tue ich es nicht. Woher auch?«

Steve war kurz davor zu sagen: *»Sie wissen es, weil sie unter Wasser in Ihrem Chariot saßen wie damals Ihr Großvater in seinem Mini-U-Boot. Sie wissen es, weil jemand in einem Schnellboot auf Sie wartete und nach Ihren Anweisungen zu einer namenlosen Insel beim Black Turtle Key fuhr. Sie wissen es, weil Sie selbst dort waren.«*

Doch Steves Instinkt sagte ihm, dass es besser war, dieses Schlachtschiff nicht frontal anzugreifen. Die Sache war nicht so einfach. Dieser aufrechte Mann, der seinen tapferen Großvater wie einen Helden verehrte, schien Hal Griffin nicht nur als großzügigen Boss zu betrachten, sondern auch als eine Art Vaterfigur. Fowles bewunderte Griffin, hasste aber das Oceania-Projekt. War der Captain und Taucher, der Mann, der jeden Fisch im tiefen blauen Ozean liebte, imstande, jemanden umzubringen und das Verbrechen dann Griffin anzuhängen?

»Ich halte Sie für einen guten Menschen«, sagte Steve.

Fowles lachte. »Wie können Sie so etwas sagen?«

»In meinem Beruf ist Menschenkenntnis wichtig.«

Fowles versuchte noch einmal, die Zigarre anzuzünden. Steve beugte sich zu ihm und formte mit den Händen einen Windschutz. Die Flamme loderte auf. Fowles nahm einen tiefen Zug und blickte hinaus auf den Golf.

»Wenn Sie mich jetzt bitte entschuldigen, Solomon. Ich habe heute frei und möchte mit dem Boot rausfahren.«

»Zum Riff?«

»Ich will ein bisschen rumtuckern.«

Steve zeigte auf den Chariot. »In Ihrem bemannten Torpedo?«

»Ja. Aber die *Folly* bring mich hin. Möchten Sie mitkommen?«

»Ich? Unter Wasser?«

Fowles blies eine Rauchfahne in die schwüle Luft. »Sie haben doch nicht etwa die Hosen voll?«

»Kein bisschen. Ich liebe das Meer und seine Bewohner. Nur Haie nicht.«

Ein weißer Reiher stolzierte auf langen Beinen übers Dock und sah der *Fowles' Folly* nach, die Kurs auf den Golf nahm. Hinter dem Boot stürzte sich ein Pelikan ins Wasser, fing in seinem Kehlsack einen Fisch und schluckte ihn in einem Stück hinunter.

Die Zigarre zwischen den Zähnen, stand Fowles am Steuer. Der Wind zauste sein schütteres blondes Haar. Steve stand neben ihm und blickte hinaus auf die funkelnde See. Die Wellenkämme glitzerten in der Sonne, als seien sie mit Diamanten besetzt.

»Sie können doch tauchen, oder?«, schrie Fowles über den Wind und das Röhren des Motors hinweg.

»Keine Sorge. Ich habe einen Schein.«

»Zwei Tage Schnellbleiche in irgendeinem Hotelpool? Ein

paar Purzelbäume mit Druckluftflaschen auf dem Rücken, und schon halten sich alle für Jacques Cousteau.«

»Moment mal. Ich bin schon an der Little-Bahama-Bank getaucht. Ich mag ein bisschen eingerostet sein, aber das ist der Chariot Ihres Großvaters auch.«

Fowles nickte lachend Richtung Kühltasche. »Nehmen Sie sich ein Bier, wenn Sie mögen.«

Steve schüttelte den Kopf. Er rülpste nicht gern ins Mundstück.

»Also, Kumpel, warum sind Sie heute tatsächlich noch mal zu mir rausgekommen?«

»Das wissen Sie doch. Ich nahm an, Sie wollten mir noch was erzählen. Über Sie und Griffin. Vielleicht hatten Sie ja Streit.«

»Vielleicht ist Ihre Menschenkenntnis doch nicht so gut, wie Sie sagen.«

»Für Sie ist Oceania eine ganz miese Sache. Ich wette, Sie haben etwas dagegen unternommen.«

»Aus meiner Meinung habe ich nie einen Hehl gemacht. Ich habe Mr G gesagt, dass ich Oceania für einen Fehler halte.«

»Aber davon abbringen konnten Sie ihn nicht.«

Fowles warf einen Blick auf den Kompass, korrigierte den Kurs in nordwestlicher Richtung und erhöhte die Geschwindigkeit. »Wie ich schon sagte, mein Boss hat sich meine Bedenken angehört. Ich schlug ihm vor, das Hotel und das Casino zu vergessen und stattdessen lieber geführte Riff-Touren anzubieten. Mit Glasbodenschiffen und Katamaranen. Mr G meinte, ich würde von einem Ruderboot sprechen, während er die Queen Mary bauen wollte.«

»Das muss Sie ziemlich geärgert haben.«

»Der Mann war immer gut zu mir.« Fowles strich mit der Hand über das Steuer aus poliertem Teakholz. »Eine vierzehn

Meter lange Spezialanfertigung, zugelassen auf mich. Alles vom Feinsten. Damit fahre ich mit Delias Korallen-Küssern zu Riffputzaktionen und Fischzählungen raus. Ich habe keinen Grund zu klagen.«

»Ist Ihnen je der Gedanke gekommen, dass Griffin Sie mit seiner Großzügigkeit vielleicht nur ruhigstellen will?«

Das Boot schoss durch einen engen Kanal zwischen zwei Inseln. »Jeder geht gewisse Kompromisse ein.«

»Was hat Delia denn zu dem neuen Boot gesagt?«, fragte Steve.

»Sie meinte, ich solle es nicht annehmen. Wir hatten deswegen eine ziemlich heiße Diskussion.«

Das konnte sich Steve gut vorstellen. Delia Bustamente würde eher ihre Kochbananen in Margarine frittieren, als sich kaufen zu lassen.

Steve beschloss, einen Köder auszuwerfen. »Sie haben gegen Ihre Prinzipien verstoßen. Dann bekamen Sie Schuldgefühle und wollten deshalb Oceania verhindern.«

»Verdammt, wovon reden Sie eigentlich?«

Die *Folly* befand sich auf dem offenen Meer. Mühelos sprang das Boot über die einen Meter hohen Wellen. Steve hatte das Gefühl, auf der *Tirpitz* festzusitzen. Zeit für einen Befreiungsschlag. »Ich glaube, damals, als alle die *Force Majeure* verlassen hatten, setzten Sie sich in den Chariot. Jemand wartete in einem Schnellboot auf Sie und fuhr Sie zu der kleinen Insel vor dem Black Turtle Key. Dass Griffin dort anhalten würde, wussten Sie.«

»Und wozu soll ich das getan haben? Um Stubbs umzubringen?«

»Durchaus möglich – falls Sie glaubten, dass Oceania damit zu verhindern war. Stubbs' Nachfolger wäre vermutlich nicht so leicht zu kaufen gewesen. Außerdem würde man Griffin von nun an genau auf die Finger schauen. Einen erneuten Bestechungsversuch hätte er nicht gewagt. Zu riskant.«

»Sie waren zu lang in der Sonne, Solomon.«

»Okay. Wie wär's damit? Vielleicht haben nicht *Sie* auf Stubbs geschossen, sondern der Kerl, der Sie und Ihren Torpedo aus dem Wasser gefischt hat.«

»Arbeiten Sie schon an meiner Verteidigung? Wollen Sie meinen Fall übernehmen?«

»Machen Sie's nicht so spannend, Fowles. Eigentlich *wollen* Sie es doch sagen. Wer hat geschossen?«

»Sie ticken eindeutig nicht ganz richtig, Kumpel.« Fowles drosselte das Tempo. Das Boot glitt auf eine seichte Stelle zu. Unter der Wasseroberfläche schimmerten rote Korallen. »Vielleicht werden Sie hier draußen am Riff wieder klar.«

Fowles stellte den Motor ab, öffnete einen Kasten und kramte Nassanzüge, Taucherbrillen und Flossen hervor. »Die Flaschen sind unten. Ihre müssen Sie sich selbst umschnallen. Ich bin nicht Ihr Kindermädchen.«

Schweigend legten die Männer die Ausrüstung an. Fowles' Verhalten hatte sich geändert. Steve überraschte das nicht. Er hatte ihm gerade Beihilfe zum Mord vorgeworfen. Mindestens.

Während sie den Chariot von der Tauchplattform losschnallten, sagte Steve: »Gibt es noch irgendeinen Tipp vor dem Abtauchen?«

»Hüten Sie sich vor den Haien«, sagte Clive Fowles.

Solomons Gesetze

§ 11 Wer kein Risiko eingeht, kann nicht scheitern ... aber er wird auch nie den entscheidenden Punkt machen.

Fünfundvierzig

Geschah es aus Liebe?

Steve machte von der Tauchplattform eine Rolle rückwärts. Einen Augenblick lang trieb er an der Oberfläche. Orangefarbener Seetang verhedderte sich in seinen Flossen. Dann ließ er per Knopfdruck die Luft aus seinem Jacket. Der Bleigürtel zog ihn in die Tiefe. Ein wenig Wasser sickerte in seine Maske und kitzelte ihn an der Nase. Steve legte den Kopf in den Nacken, atmete kräftig durch die Nase aus, und hob dabei die Maske ein wenig an. Das Wasser entwich.

Hey, ich weiß noch, wie es geht.

Fasziniert lauschte Steve seinen eigenen Atemzügen, fühlte die Luftblasen aufsteigen und entspannte sich. Zehn Meter weit tauchte er hinab. Er genoss das Gefühl, im Wasser zu schweben. Es drang in seinen Nassanzug und erwärmte sich auf Körpertemperatur. Und dann lag das, was Fowles ihm zeigen wollte, plötzlich in seiner ganzen Pracht vor ihm.

Steve kannte alle Klischees: Korallenriffe sind steinerne Schlösser. Städte unter dem Meer. Unterwasserregenwälder.

Hier siedeln Millionen lebender Tiere auf den Kalksteinskeletten ihrer Vorgänger. Das Riff ist geschätzte zwanzigtausend Jahre alt.

Steve hatte in den Schutzgebieten um Key Largo geschnorchelt. Er war auf den Bahamas vor Grand Cayman getaucht. Wie hatte er vergessen können, wie unsagbar schön die Unterwasserwelt war? Oder war dieses Riff einfach viel spektakulärer als seine früheren Tauchgebiete?

Das Kaleidoskop der Farben zog ihn in seinen Bann. Gelbe Fächerkorallen wiegten sich in der Dünung. Engelfische in schillerndem Neonblau und -grün schossen zwischen Klumpen gräulicher Hirnkorallen hindurch. Imposante Steinkorallen erhoben sich wie Säulen uralter Tempel eines Miniatur-Atlantis vom Meeresgrund. Die Tentakel lilafarbener Peitschenkorallen bewegten sich mit der Strömung.

Fische überall. Hunderte ... nein Tausende. Bewohner von Korallencity. Elegante Papageienfische im Gelb, Rot und Grün von Vogelfedern. Ein Schwarm silbriger Makrelen, die Steve aus riesigen Augen anstarrten. Gelb gestreifte Grunzer, die angeblich tatsächlich Grunzlaute ausstießen, doch Steve hörte nur seine Atemzüge und das Blubbern der Luftblasen. Eine Moräne steckte den Kopf aus einer Spalte, fand die Aussicht unbefriedigend und zog sich wieder zurück.

Ein riesiger Schatten glitt über Steve hinweg: der größte, fleischigste Zackenbarsch, den er je gesehen hatte. Staunend registrierte Steve, dass es sich um einen Judenfisch handelte. Und dieses Exemplar war gigantischer als Ariel Sharon und Harvey Weinstein zusammen: sicher zweieinhalb Meter lang und an die dreihundert Kilo schwer. Der Fisch mit dem markant aufwärtsgebogenen Unterkiefer schwamm vorbei, wendete und trieb mit seinem Schwanzflossenschlag ein Dutzend kleinere Fische auseinander. Dann steuerte er direkt auf Steve zu. Nicht dass er gefährlich gewesen wäre. Der Judenfisch erinnerte eher an einen schwergewichtigen Staatsanwalt, der durch das Gerichtsgebäude watschelte und dabei die gesamte Breite des Korridors für sich beanspruchte. Steve wich zur Seite aus.

Er tauchte an der Riffflanke entlang weiter hinab. Das Wasser wurde kühler, die Umgebung dunkler. In etwa zwanzig Metern Tiefe kam ihm ein Gedanke.

Fowles. Wo zum Teufel steckte er?

Mit den Augen suchte Steve die Wasseroberfläche ab, konnte aber nirgends ein Boot entdecken. Hätte er, falls das Boot weitergefahren war, nicht das Motorgeräusch hören müssen?

Was, wenn Fowles mich hier zurückgelassen hat?

Steves Atem wurde lauter und schneller. Wie lange war er schon hier unten? Wie viel Luft blieb ihm noch? Er warf einen Blick auf die Anzeige. Die Flasche war noch fast voll. Ihm blieb viel Zeit – es sei denn, er geriet in Panik.

Okay. Ganz ruhig. Fowles ist ein guter Mensch. So war es doch, oder? Du hast es selbst gesagt. Ja, aber du hast auch gesagt, dass er möglicherweise ein Mörder ist.

Ein stahlgrauer Barracuda zog an Steve vorbei, kehrte um und umkreiste ihn. Steve schwamm über eine Geweihkoralle, die mit ihrer Form ihrem Namen alle Ehre machte. Der Barracuda folgte ihm, als wäre er ein Privatdetektiv, der ihn beschatten musste.

Plötzlich erschien Fowles mit dem Chariot an Steves Seite und gab ihm das Zeichen zum Einsteigen. Der batteriebetriebene Torpedo hatte sich fast lautlos genähert. Steve zwängte sich auf den hinteren Sitz in dem zigarrenförmigen Rumpf und lehnte den Rücken gegen den Ballasttank am Heck.

Fowles setzte den Chariot in Bewegung. Der Zwei-Mann-Torpedo folgte erst der Riffkante, dann tauchte er tiefer. Das Wasser wurde kühler, das Licht schwächer, die Korallen wuchsen spärlicher, und es gab weniger Fische. Dann stieg der Meeresboden plötzlich an und sie erreichten wieder wärmeres, lichteres Wasser. Langusten krabbelten über den Meeresgrund, ein Schwarm Beilfische huschte vorbei. Die Korallen wurden dichter. Steve wusste nicht, ob dies die Fortsetzung des ersten Riffs oder der Anfang eines zweiten war.

Kein Wunder, dass Delia und ihre Truppe diesen Ort schützen wollen. Los doch, Fowles. Sag mir endlich, was an dem

Tag passiert ist. Hast du Stubbs umgebracht, weil Delia das Riff retten möchte? Hast du es aus Liebe getan?

Fowles wandte sich um, zog eine magnetische Tafel aus einem Fach und schrieb mit einem Stylus etwas darauf. Dann hielt er sie Steve unter die Nase. *»12 Uhr. Über uns. Cool bleiben.«*

Steve richtete den Blick nach oben. Sechs oder sieben Meter über ihnen kreisten vier Haie. Er konnte zwar einen Tigerhai nicht von einem Ammenhai unterscheiden, war sich aber ziemlich sicher, dass diese Fische nicht zu den kräftigen Bullenhaien gehörten, die für ihre Attacken auf Schwimmer und Taucher berüchtigt waren. Er fragte sich, wonach zwei Männer in einer rostigen alten Metallröhre für die Meeresräuber aussahen.

Fowles wischte die Schrift von der Tafel und schrieb etwas Neues auf. *»Ammen. Harmlos.«*

Steve nahm es dankbar zur Kenntnis. Ammenhaie verhielten sich normalerweise nicht aggressiv. Fowles zog am Joystick und ließ den Chariot steil nach oben rauschen, direkt auf die Haigruppe zu. *Mann, Fowles, das ist nun wirklich nicht nötig!* Die Haie stoben auseinander und machten ihnen Platz.

Augenblicke später durchbrachen sie die Wasseroberfläche. Die Männer zogen sich die Masken von den Gesichtern und spuckten die Mundstücke aus. Schon nach diesem kurzen Tauchgang schmerzte Steves Kiefer. Auf dem Weg durch die Haigruppe hatte er fast das Mundstück abgebissen.

»Na, Kumpel? Was meinen Sie dazu?«

»Sensationell. Jetzt ist mir klar, warum Sie das Riff so lieben und es schützen wollen.«

»Ich wusste, dass Sie das verstehen würden. Delia war übrigens derselben Meinung.«

»Sie hat über mich gesprochen?«

»Sie meint, Sie wären ein guter Kerl, aber als Lover ein Albtraum … Ich liebe diese Frau wirklich, Kumpel.«

»Dachte ich mir fast.«

»Wenn man lebt wie ich, von einer Insel zur nächsten driftet, hier und da mal mit ein paar Mäuschen rummacht und dann plötzlich eine Frau wie Delia trifft …« Ein paar kleine Wellen schlugen über dem Bug des Chariots zusammen. »Ich habe es für sie getan.«

»Was denn, Fowles? Was?«

Los Mann. Erzähl von dir, von Delia und Oceania.

Doch der Engländer schüttelte den Kopf und sagte: »Wissen Sie, wo wir jetzt sind?«

Jedenfalls nicht in Kansas, dachte Steve.

»Genau in der Mitte von Oceania, falls es je gebaut wird«, sagte Fowles. »Gebäude Nummer zwei, das Casino, wäre exakt an dieser Stelle, an knapp achthundert Meter langen Kabeln vertäut, die im Meeresgrund verankert werden müssten.« Fowles zeigte in die Ferne. »Dafür sind Fundamente nötig, die hundertdreißig Meter tief in den Meeresboden ragen. Können Sie sich vorstellen, was allein die Bohrungen zerstören würden und wie viel Sediment dabei aufgewirbelt würde?«

Steve dachte an das Diorama in Griffins Villa. Das Hotel und das Casino bestanden aus drei schwimmenden Donuts. Das Gebäude direkt über dem Riff erinnerte an eine fliegende Untertasse und hatte Unterwasserzimmer mit Bullaugen. Die Fische im Diorama waren aus Plexiglas gewesen. Hier draußen bevölkerten lebendige Wesen das Wasser. »Griffins Studien besagen, dass die Strömung die Sedimente vom Riff wegtragen würde.«

»Schönfärberei. Stürme oder Öllecks sind in seinen Gutachten übrigens nicht berücksichtigt. Delia hat Gegengutachten anfertigen lassen.«

Wieder Delia. Okay. Machen wir's kurz. Wer kein Risiko eingeht, holt nie den entscheidenden Punkt.

»Delia hat gelogen, oder?«, sagte Steve. »Sie haben an dem Tag nicht stundenlang bei ihr Austern gegessen und Sangria getrunken.«

Einen Augenblick lang hörte Steve nur die Wellen gegen den Chariot klatschen. Dann sagte Fowles: »Ich wollte nicht, dass irgendjemand dabei umkommt. Ich dachte, wenn jemand Stubbs mehr bezahlt als Griffin, würde er Oceania verhindern. Aber dann lief alles ganz anders.«

»Wie denn?«

In diesem Augenblick heulten in der Ferne Motoren auf. Steve beschattete mit der Hand die Augen. Wegen des gleißenden Sonnenlichts konnte er die Umrisse eines sich nähernden Bootes nur mit Mühe erkennen.

»Wie ist es denn gelaufen?«, beharrte er. »Wer hat denn versucht, Stubbs ein besseres Angebot zu machen als Griffin?«

Fowles blinzelte in die Sonne und versuchte, das Boot zu fixieren. »Da ist wohl jemand auf dem Weg zu uns.« Er versuchte seine Stimme zu kontrollieren, nicht allzu besorgt zu klingen.

»Erwarten Sie Besuch?«

Fowles sah zur *Folly* hinüber, die etwa eine halbe Meile entfernt vor Anker lag. Er schien die Distanz abzuschätzen und zu überlegen, wie schnell sie bei seinem Boot sein konnten.

»Was wird hier eigentlich gespielt, Fowles?«

Der Chariot schaukelte in der sanften Dünung. In jedem Wellental verloren sie das herannahende Boot aus dem Blick. Doch jedes Mal, wenn sie auf einen Wellenkamm gehoben wurden, war es wieder ein Stück näher.

»Reden Sie endlich, Fowles!«

»Ich bin ein bisschen kurzsichtig.« Fowles deutete auf das Boot. »Was sehen Sie?«

»Es bewegt sich ziemlich schnell. Kein großer Tiefgang. Lang und schmal. Für Top-Geschwindigkeiten gebaut.«

Genau wie das Boot auf den Satellitenbildern. Das Boot, das die Force Majeure *abgepasst hat.*

»Sollen wir zur *Folly* zurück, Fowles?«

»Das bringt nichts. Wir wären zu langsam.« Seine Stimme klang rau.

Der Motorenlärm schwoll an. Steve dachte daran, wie die *Force Majeure* auf den Strand von Sunset Key zugerast war. Mit dem Donnern einer Lawine. Diesmal war es eher ein hohes Jaulen wie von einem Düsenjet.

»Verdammt, Fowles. Was ist hier los?«

»Halten Sie die Klappe und hören Sie zu, Kumpel. Wir haben nicht viel Zeit. Alles lief ziemlich genau so, wie Sie sagten. Ich fuhr mit dem Chariot in den Golf hinaus und wurde von einer Cigarette, einer Top Gun 38, eingesammelt und vor dem Black Turtle Key wieder abgesetzt. Ich blieb im Wasser, bis die *Force Majeure* dort ankam. Während Mr G die Hummerfallen rauszog, kletterte ich an Bord und versteckte mich im Maschinenraum. Nach ein paar Minuten habe ich die zwei Männer vor dem Salon gehört. Mr G gibt Stubbs die hunderttausend und der sagt, das würde nicht reichen. Er hätte noch einen anderen Interessenten für seine Dienste. Jemanden, der ihm zehnmal so viel bezahlen würde, wenn er Oceania absaufen ließe.«

Genau dasselbe hat Griffin gesagt, als er endlich mit der Wahrheit rausrückte.

»Sie hatten beide den ganzen Tag gebechert und waren ziemlich hinüber. Mr G fragt, wer der andere Interessent ist, aber der kleine Schleimscheißer rückt nicht damit raus. Sie schreien sich an. Mr G muss mit der Harpune rumgefuchtelt haben, denn Stubbs lacht plötzlich und fragt ihn, ob er nicht was vergessen hätte. Dann lacht auch Mr G. Es war kein Speer im Lauf. Die beiden beruhigen sich, und Stubbs sagt, er wird das Angebot des anderen Interessenten ablehnen und Mr Gs Geld annehmen. Hunderttausend sofort, und dann jährlich noch mal die selbe Summe. Damit scheint die Sache geklärt. Mr G steigt wieder zur Brücke hoch und fährt Richtung Sunset Key.«

Das klang genau wie Griffins Version. Steve sah zur *Fowles' Folly* hinüber. Das Schnellboot lag nun neben dem Tauchboot. Vielleicht hatte der Kerl am Steuer sie noch nicht entdeckt. »Dann war Stubbs also noch quietschfidel, als Griffin ihn unten zurückließ«, sagte Steve.

»Aber als er mich durch die Luke kommen sah, wurde er leichenblass. Ich fragte Stubbs, ob er die vierzigtausend vergessen hat – die Anzahlung, die er bereits angenommen hatte.«

»Das Geld, das die Polizei in seinem Hotelzimmer fand.«

»Genau. Und jetzt sagt dieser Sesselfurzer, er würde es zurückzahlen. Glaubt tatsächlich, er könnte Bestechungsgeld umtauschen wie eine zu enge Hose!« Fowles wandte sich um und beobachtete, wie das Schnellboot von der *Fowles' Folly* weg- und auf sie zufuhr. »Ich erkläre ihm, dass ich gekommen bin, um ihn an die Abmachung zu erinnern und ihn über Bord zu werfen, falls er sie vergessen haben sollte.«

»In wessen Auftrag? Für wen arbeiten Sie?«

»Das tut nichts zur Sache. Ich hatte meine Anweisungen, aber ich habe nur geblufft. Ich hätte den Mann nie umgebracht.«

Das Schnellboot war nur noch fünfhundert Meter entfernt.

»Da flippt der kleine Scheißer aus«, sagte Fowles. »Schnappt sich die Harpune und drückt mit Gewalt einen Speer in den Lauf. Irgendwas muss dabei schiefgegangen sein. Es gibt eine Rangelei, wir zerren beide an dem Ding, und dabei löst sich der Schuss. Der Speer trifft Stubbs direkt in die Brust. Ich gerate in Panik, will abhauen, so schnell es geht, und springe über Bord. Dann treibe ich im Wasser, bis die Cigarette mich aufsammelt.«

»Wenn Sie nicht geplant hatten, Stubbs zu erschießen, war es ein Unfall.«

»Moralisch bin ich schuld an seinem Tod. Ich habe Stubbs genauso auf dem Gewissen, als wenn ich selbst abgedrückt hätte.«

Sie sahen dem Boot entgegen, das nun langsam auf sie zu tuckerte. Es war eine Cigarette Top Gun 38. Ein Flammenmuster in Rot und Orange überzog den schmalen weißen Rumpf. Am Steuer stand ein Mann mit einem Gewehr in der Hand.

»Das ist der Kerl, der Sie aufgesammelt hat, stimmt's?«, sagte Steve.

»Genau.«

»Wofür braucht er das Gewehr?«

»Vermutlich um mich abzuknallen. Und Sie wahrscheinlich auch.«

»O Mann, Fowles! Haben Sie eine Waffe?«

»Noch nicht mal eine Harpune«, sagte der Brite mit einem schiefen Lächeln.

Schüsse hallten über das Wasser.

Steve ducke sich tiefer in seinen Sitz. »Und was jetzt?«

»Wie lange reicht Ihre Luft noch?«

»Vielleicht fünfzehn Minuten. Aber wenn ich die Hosen so voll habe wie jetzt, wird es knapp.«

Am stählernen Rumpf des Chariots prallten Geschosse ab.

»Crew, fertig machen zum Tauchen!« Fowles klang vermutlich wie sein Großvater seinerzeit auf dem norwegischen Fjord.

Steve setzte die Maske auf und griff nach dem Mundstück. »Sie haben mir noch nicht gesagt, wer dieser Kerl ist.«

»Sein Name ist Conchy Conklin.«

Fowles klemmte sich das Mundstück zwischen die Zähne, öffnete den Ballasttank und drückte den Joystick nach vorn. Noch während der Chariot in die Tiefe glitt, prallte ein weiteres Geschoss auf das alte Stahlgehäuse.

Sechsundvierzig

Leben in der Vergangenheitsform

Verdammt, wer ist dieser Conchy Conklin?

Und warum will er mich töten?

Dass jemand Fowles aus dem Weg räumen wollte, fand Steve nicht verwunderlich. Der Brite war ein angeschlagenes Ei, das jederzeit aufbrechen konnte. Dann würde er Conklin und denjenigen, für den sie beide arbeiteten, ans Messer liefern. Sheriff Rask hatte Conklin als Provinzganoven beschrieben, der für ein Verbrechen nach einem ausgeklügelten Plan schlicht zu blöd war. Sicher hatte er einen Boss, der Griffin den Mord an Stubbs anhängen und Oceania untergehen sehen wollte. Aber wer war dieser Hintermann? Fowles war nicht damit herausgerückt.

Während der Chariot in die Tiefe glitt, pflügten sich Kugeln durchs Wasser. Zischend verloren sie sich über ihren Köpfen. Steves Herz raste. Von der Luft aus der Flasche bekam er einen trockenen Mund. Dann ein anderes Geräusch. Über ihnen jaulten die Schrauben der Cigarette. Sie waren bereits sieben Meter tief gesunken und bewegten sich im steilen Winkel auf den Meeresgrund zu. Solange die Luft reichte, waren sie hier unten sicher. Aber dem Schnellboot konnten sie weder davonfahren noch sich vor ihm verstecken. Ihre Luftblasen ließen sich so leicht verfolgen wie Hänsels Brotkrümelspur.

Hart setzte der Chariot auf dem Meeresgrund auf. Zweimal prallte er noch von dem sandigen Boden ab. Langusten suchten das Weite. Die Motorengeräusche über ihnen wurden leiser. Das Schnellboot dümpelte im Leerlauf. Conklin wartete offenbar ab, was sie als Nächstes tun würden.

Doch es geschah nichts. Sie saßen in der Falle. Der Chariot war ihr eiserner Sarg. Hieß es nicht, kurz vor dem Tod zöge das ganze Leben noch einmal an einem vorbei? Offenbar nicht. Steve fand, sie sollten etwas unternehmen. Egal was.

Fowles legte den Kopf in den Nacken und starrte zur Wasseroberfläche. Steve tippte ihm auf die Schulter, dann gestikulierte er mit beiden Händen. Er zeigte auf das Boot über ihnen, dann berührte er Fowles' Brust und zeigte in eine Richtung, klopfte an seine Brust und zeigte in die andere.

Schick den Chariot hoch zu dem Boot, während du und ich in unterschiedlichen Richtungen davonschwimmen.

Fowles kniff hinter der Maske die Augen zusammen. Dann schüttelte er den Kopf.

Steve überprüfte, wie viel Luft ihm noch blieb. Die Nadel der Anzeige stand im roten Bereich. Himmel, war er etwa gerannt? Ein paar Minuten noch, dann war Schluss.

Jetzt sah Steve plötzlich doch Bilder. Sein Leben in kurzen Momentaufnahmen. Seine Mutter, die vor vielen Jahren an Krebs gestorben war. Sein Vater, jung, gut aussehend und ohne Geldsorgen. Bobby an dem Tag, an dem Steve ihn aus dem Dreckloch befreit hatte, in dem Janice ihn gefangen hielt. Jetzt würde sich Herbert um den Jungen kümmern müssen.

Damit kann ich leben. Oder sterben. Als Großvater ist mein alter Herr nicht schlecht. Nur als Vater war er eine Null.

Dann trieb Victorias Gesicht an ihm vorbei. Steve lächelte, musste sogar beinahe lachen. Dabei atmete er durch die Nase aus, sodass seine Maske einen Moment lang beschlug.

Sie brachte mich zum Lachen. So aufrecht und verbissen. Vom ersten Tag in der Zelle an brachte sie mich zum Lachen.

Steve stellte fest, dass er bereits in der Vergangenheitsform dachte. So würden nun auch andere über ihn sprechen. Wenn überhaupt.

Fowles schlug etwas gegen den Rumpf des Torpedos, wollte offenbar seine Aufmerksamkeit erregen.

Die Magnettafel.

Okay. Was ist?

Fowles schrieb etwas auf und zeigte es Steve.

»Ich habe Stubbs getötet.«

Ja, ja. Das haben wir längst besprochen, dachte Steve. In gewisser Weise hast du ihn vielleicht umgebracht. Du trägst die moralische Verantwortung. Aber wen interessiert das jetzt noch?

Steve zuckte die Achseln und hob die Hände, um seine Verwirrung kundzutun.

Fowles kritzelte noch etwas auf die Tafel und hielt sie hoch.

»Clive A. Fowles.«

Verstehe, Kumpel. Ein unterschriebenes Geständnis. Um Griffin zu helfen. Großartig. Jetzt müssen wir es nur noch dem Richter vorlegen.

Fowles packte Steve an der Schulter und bedeutete ihm, aus dem Chariot zu steigen. Als Steve sich nicht gleich bewegte, rüttelte Fowles an seinem Luftschlauch.

Okay. Okay.

Steve schnallte sich los und ließ sich aus dem Chariot treiben. Fowles schüttelte die Faust Richtung Meeresboden. *»Bleib hier!«* Dann drückte er Steve die Tafel in die Hand und hob zwei Finger über den Kopf. V für Victory, das Siegeszeichen. Einen Augenblick später leerte er den Ballasttank und riss den Joystick nach hinten. Der Chariot schoss in steilem Winkel nach oben.

Vielleicht war es die Erschöpfung, vielleicht auch die Angst oder die Sauerstoff-Stickstoff-Mischung, die Steve so benommen machte. Jedenfalls brauchte er einige Sekunden, um zu verstehen, was Fowles vorhatte.

Er griff Conklin fast genau so an, wie sein Großvater die *Tirpitz* angegriffen hatte.

Mit der Tafel in der Hand folgte Steve dem Chariot.

Warum er das tat, wusste er selbst nicht. Aber es erschien ihm feige, einfach auf dem Meeresgrund sitzen zu bleiben, während Clive dem Victoria-Orden nachjagte, der seinem Großvater verliehen worden war.

Steve schlug kräftig mit den Beinen, doch der Chariot über ihm wurde immer schneller und vergrößerte die Distanz. Ohne den schweren Gefechtskopf an der Spitze, ohne Ballast und ohne Steves zusätzliches Gewicht schoss er durchs Wasser wie eine Polaris Rakete. Er raste genau auf den Rumpf der Cigarette zu.

Die Schraube des Chariots wühlte das Wasser auf und nahm Steve die Sicht. Trotzdem wusste er, dass Fowles auf die Stelle zuhielt, an der die Kraftstoffleitungen aus den leichtgewichtigen Alutanks der Cigarette austraten.

Er fühlte die Explosion, bevor er sie hörte.

Die Schockwelle drückte seine Brust zusammen.

Der Schall traf auf sein Trommelfell wie ein schmerzhafter Donnerschlag.

Mit alarmierender Geschwindigkeit trudelte er auf den Meeresboden zu.

Ein paar Purzelbäume mit Druckluftflaschen auf dem Rücken hätte Fowles das wohl genannt, wenn er die Explosion und den Feuerball überlebt hätte. Das war Steves letzter Gedanke, bevor er auf den sandigen Grund prallte und es um ihn dunkel wurde.

Siebenundvierzig

Die Drama-Queen

»Wie lange arbeiten Sie schon für die Firma Poseidon?«, fragte Victoria.

»Seit siebenundzwanzig Jahren«, antwortete Charles Taylor. Der stattliche Mittfünfziger sah aus, als würde er nur selten seinen Whirlpool verlassen, geschweige denn auf den Grund des atlantischen Tiefseegrabens tauchen. Bei der Befragung durch den Staatsanwalt hatte er ausgesagt, es sei »sehr unwahrscheinlich«, dass die Poseidon Mark 3000 Harpune mit pneumatischem Antrieb beim Laden aus Versehen losginge.

»Noch zwei Jahre, dann bekommen Sie eine schöne Betriebsrente.«

»Ich kann Ihnen nicht ganz folgen.«

»Sie sind ein loyaler Angestellter, Mr Taylor. Sie leiten die Abteilung Qualitätskontrolle und haben die Mark 3000 für sicher erklärt. Wenn sich das Gerät nun doch als gefährlich herausstellen würde, wären Sie dann nicht Ihren Job los?«

»Einspruch!« Richard Waddle beugte sich über den Tisch der Staatsanwaltschaft. Schwer stützte er sich mit den Händen auf der Mahagoniplatte ab.

»Die Verteidigung hat die Aufgabe, den Zeugen zu befragen. Stattdessen macht sie eine Aussage.«

»Stattgegeben«, sagte Richter Feathers. »Ms Lord, ich lasse den Anwälten beim Kreuzverhör ziemlich viel Spielraum. Aber selbst meine Großzügigkeit hat Grenzen.«

»Tut mir leid, Euer Ehren«, sagte Victoria ohne jedes Bedauern. Die Jury hatte sicher verstanden, worum es ihr ging.

Victoria hielt die Harpune – Beweisstück Nummer drei der

Staatsanwaltschaft – in beiden Händen. »In der Bedienungsanleitung steht, man soll beim Laden den Lauf von sich weghalten. Offenbar rechnet Ihre Firma damit, dass man sich dabei schwer verletzen kann.«

»Die Anwälte bestanden auf dieser Passage.«

Immer diese Anwälte.

»Aber zu einer Klage ist es noch nie gekommen«, fügte Taylor hastig hinzu.

Ein Produkthaftungsprozess gegen Taylors Firma wäre für die Verteidigung ein Traum gewesen, dachte Victoria. Von einer Sammelklage ganz zu schweigen. *»Hand hoch: Wer hat sich schon alles mit dieser Harpune aufgespießt?«* Aber mit so viel Glück durfte man nicht rechnen.

Die Tür des Saales öffnete sich, und ihre Mutter schritt herein. Die Queen hatte sich zwei Tage lang nicht blicken lassen. Ihre Abschiedsworte waren kühler gewesen als der eiskalte Margarita in ihrer Hand. Lunch in einem mexikanischen Restaurant in der Nähe des Gerichts. Victoria hatte an einem Tisch in einer ruhigen Ecke gesessen und an der Reihenfolge ihrer Beweisführung gefeilt. Plötzlich hatte sich ihre Mutter mit dem halb gefrorenen Drink zu ihr gestellt. Es war erst kurz nach Mittag, der Margarita aber offenbar nicht ihr erster. Ohne sich mit Nettigkeiten aufzuhalten, hatte die Queen Victoria an den Kopf geworfen, sie sei »zickig, selbstgerecht und eine schreckliche Spaßbremse«, und dass es kein Mann mit ihr aushielte, wundere sie nicht.

»Ist dir denn völlig gleichgültig, ob ich glücklich bin?«, fragte Irene.

»Um dein Glück brauche ich mich nicht zu sorgen, Mutter. Das erledigst du schon selbst. Rund um die Uhr.«

»Ich finde, du bist ein wenig unterkühlt, Darling. Das hast du sicher von deinem Vater.«

»Schade dass er nicht hier ist, um sich zu verteidigen.«

»Ich habe auch ein Anrecht auf ein bisschen Glück.« Ihre Mutter drehte Pirouetten bis zur Tür. Der Saum ihres pinkfarbenen Cynthia-Steffe-Rockes tanzte ihr um die Hüften.

Die Drama-Queen.

»Viel Glück mit dem Prozess, Liebes!«, rief die Queen ihr über die Schulter noch zu. »Auch wenn dir mein Glück egal zu sein scheint – bitte gewinn für Onkel Grif.«

Glück schien an diesem Tag ihr Lieblingswort zu sein.

Das Klicken der Absätze ihrer Manolos war verhallt.

Nun waren die Sandalen zurück. Wenn auch ein anderes Paar. Die Manolos – vorn offen, mit Schnürbändern und T-Riemchen versehen – waren ein Geschenk von Victoria gewesen. Die edlen Schuhe verdankte sie einem von Steves diebischen Mandanten, der einen Frachtcontainer voll beladen mit diesen italienischen Kostbarkeiten aufgetan hatte. Die aktuellen Sandalen waren keine Manolos, sie mussten neu sein. Victoria hatte sie noch nie gesehen. Schlangenleder mit silbernen Schnallen, seitlich ausgeschnitten, die Absätze sieben Zentimeter hoch.

Wo warst du, Mutter? Und warum seid ihr – du und das Paar Reptilienschuhe – zurückgekehrt?

Victoria war über das plötzliche Auftauchen ihrer Mutter mindestens ebenso verärgert wie über ihr überraschendes Verschwinden. Irgendetwas an den Schlangenledersandalen machte sie stutzig. Was war es nur? Eigentlich sahen sie mit ihrem kräftigen rot-gelben Streifenmuster auf schwarzem Grund umwerfend aus.

Rot-gelbe Streifen! Eine Korallenschlange. Meine Korallenschlange.

»Noch Fragen, Ms Lord?«, fragte Richter Feathers.

Verdammt noch mal. Konzentrier dich.

»Nur noch eine, Euer Ehren.«

»Gut. Ich höre nämlich seit einiger Zeit ein Grollen, und falls es nicht die maroden Rohrleitungen dieses Gebäudes sind, können es nur die Mägen unserer Geschworenen sein.«

Victoria gestikulierte mit der Harpune. »Mr Taylor, dass es bislang keinen Produkthaftungsprozess gab, bedeutet nicht automatisch, dass sich noch niemand beim Laden der Mark 3000 aufgespießt hat. Korrekt?«

»Einspruch«, sagte Waddle.

»Mit welcher Begründung?«, fragte Richter Feathers.

»Die Frage enthält zwei Verneinungen. Vielleicht sogar drei.«

»Abgelehnt. Ich glaube, die Jury hat sie trotzdem verstanden.«

»Ich habe keine Ahnung, ob sich schon mal jemand dabei verletzt hat«, sagte Taylor.

Er vermeidet das Wort »aufgespießt« und die grausige Vorstellung, die damit verbunden ist.

»Sie können aber auch nicht ausschließen, dass die Mark 3000 während des Ladevorgangs gelegentlich losgeht?«

»Ausschließen kann ich es nicht.«

»Keine weiteren Fragen, Euer Ehren.«

»Dann auf zum Lunch«, sagte der Richter.

»Ich muss mit dir über Grif und mich sprechen«, sagte die Queen.

»Nicht mitten in der Verhandlung«, sagte Victoria. »Gib mir noch Aufschub, okay?«

Doch die Queen ließ sich nicht abwimmeln. Sie überredete Victoria zu einem Spaziergang. Als sie zehn Minuten später an einer Reihe Fischerboote an den Docks vorbeigingen, sagte Irene: »Ich liebe Grif.«

»Gratuliere.«

»Aber damals, als dein Vater noch lebte, war das anders.«

»Das hast du schon erzählt. Grif hast du dir erst kürzlich zum ersten Mal vorgenommen. Gibt es sonst noch etwas, das so wichtig ist, dass es nicht bis nach dem Prozess warten kann?«

»Ich war gestern bei meiner Bank in Miami und habe den Abschiedsbrief deines Vaters aus dem Safe geholt.«

Victoria blieb abrupt neben einem Stapel Hummerfallen stehen. »Jetzt? Ausgerechnet! Nach all den Jahren! Warum denn, um Himmels willen?«

»Ich ertrage deinen Hass nicht mehr.«

»Bitte, Mutter. Das ist jetzt nicht der richtige Zeitpunkt.«

Ein Fischer, der gerade sein Bootsdeck abspritzte, musterte sie neugierig. Es passierte nicht oft, dass sich zwei so elegant gekleidete Frauen vor seinem Kutter ankeiften.

»Ich weiß, unter welchem Druck du stehst, Prinzessin, und ich wünsche dir so sehr, dass du gewinnst ...«

»Überhaupt nichts weißt du! Ich will diesen Brief nicht sehen.«

»Du hast keine andere Wahl.«

»Ich bin keine Zwölfjährige mehr, Mutter! Ich kann meine eigenen Entscheidungen treffen.«

Die Queen griff in ihre Handtasche. Sie zog einen braunen Umschlag mit einer Bindfadenschleife heraus. Victoria machte auf dem Absatz kehrt.

Die Queen trippelte ihr in den verdammten Schlangenledersandalen hinterher. »Ich habe deinen Vater geliebt und ihn nie betrogen. Grif und ich waren nur Freunde. Bridge-Partner. Wir hatten denselben Geschmack. Wir mochten Sinatra. Französische Kinofilme. Postmoderne Kunst.«

»Das ist mir egal, Mutter. Okay?«

»Ich war damals nie mit ihm im Bett.«

»Schön. Dann brauchen wir auch nicht mehr darüber zu reden.«

»Fremdgegangen ist nur dein Vater.«

Victoria fuhr herum. Die Sonne brannte vom Himmel. Ihr wurde in dem dunklen Nadelstreifenkostüm so heiß, dass sie fürchtete, ohnmächtig zu werden. »Du lügst!«

»Ich wusste, dass du das sagen würdest. Deshalb habe ich den Brief mitgebracht.«

Irene wollte Victoria den Umschlag geben, doch Victoria wich davor zurück, als stünde er in Flammen. »Wahrscheinlich ist es eine Fälschung. Das würde ich dir zutrauen.«

»Ich trage keine falschen Perlen. Ich esse nicht von Plastiktellern, und ich fälsche keine Abschiedsbriefe. Dein Vater hatte eine Affäre mit Phyllis.«

»Ja, mit Phyllis Griffin?«

»Ja. Phyllis Griffin. Das Versteckspiel ging ein paar Monate lang.«

»Jetzt weiß ich ganz sicher, dass du lügst.«

Onkel Grifs Ehefrau, Juniors Mutter. Was für ein absurder Gedanke!

»Als ich es herausbekam, verlangte ich die Scheidung. Dein Vater bat mich, ihm zu verzeihen. Aber ich wollte nichts davon hören. Er hatte für alles eine psychologische Erklärung, sagte, er würde Phyllis nicht lieben. Es sei nur der geschäftliche Druck gewesen, der bevorstehende Untersuchungsausschuss und vielleicht auch, dass er Grif unbewusst eins auswischen wollte, weil er uns die rechtlichen Probleme eingebrockt hatte. Nelson wollte sogar zur Eheberatung gehen, um unsere Beziehung zu retten. Ich sagte ihm, er solle sich zum Teufel scheren, drohte mit Scheidung und damit, dich ihm wegzunehmen. Mein Stolz war verletzt, und ich wollte ihm keine zweite Chance geben.«

Victoria spürte einen leisen Lufthauch. Die Taue der Boote ächzten, in der Luft lag der Gestank von verdorbenem Fisch. »Gib her.«

»Ich habe tatsächlich Schuld auf mich geladen, Liebes. Weil ich unnachgiebig und hartherzig war. Weil ich nur an mich dachte und nicht sah, wie verzweifelt dein Vater war. In der Nacht nach unserem Streit beging er Selbstmord.«

Der Brief war von Hand auf Griffin-Lord Construction Co. Briefpapier geschrieben.

Liebste Irene,
mir fehlen die Worte, um auszudrücken, wie sehr ich dich und Victoria liebe. Aber es ist alles zu viel. Ich ertrage es nicht mehr.
Das Geschäft ist am Boden, und ich sehe keinen Ausweg. Dir habe ich großes Unrecht zugefügt, und nichts, was ich tun oder sagen könnte, kann dieses Unrecht ungeschehen machen. Am meisten bedaure ich, dass ich nun nicht mehr miterleben werde, was für eine Frau Victoria eines Tages sein wird. Ich bitte euch beide um Verzeihung.
Nelson

Über ihrem Kopf kreischte eine Möwe. Victoria hörte, wie Dieselmotoren angelassen wurden und wie die Schraube das Wasser am Heck eines Fischerbootes aufwühlte.

»Tut mir leid, dass ich es dir nicht früher gesagt habe«, sagte Irene. »Ich wollte, dass du deinen Vater anders in Erinnerung behältst. Und ein Teil von mir schämte sich auch.«

»Wofür denn?« Plötzlich war nichts mehr wie zuvor. Ihre Mutter war das Opfer, nicht die Missetäterin. »Dad hat dich betrogen. Und dann hat er sich davongemacht wie ein Feigling.«

»Nelson glaubte offenbar, eine andere Frau zu brauchen. Darauf bin ich nicht stolz. All die Jahre frage ich mich schon, ob er noch am Leben wäre, wenn ich mich damals anders verhalten hätte.«

»Dich trifft keine Schuld an seinem Tod.«

»Das habe ich mir auch oft gesagt. Aber ich bin die Einzige, die ihn vielleicht hätte retten können. Und ich habe es nicht getan.« Irene nahm Victoria den Brief aus der Hand, zerriss ihn und warf die Fetzen in die Luft. Wie Reiherflügel flatterten sie in der Brise davon.

In Victorias Kopf überschlugen sich die Gedanken. An der nächsten Kreuzung lief sie vom Gehsteig direkt vor ein pinkfarbenes Taxi. Es hielt mit quietschenden Reifen, der Fahrer hupte und fluchte auf Kreolisch.

Victorias Gefühle waren in Aufruhr. Ihre Mutter, die so leichtlebig und oberflächlich sein konnte, hatte plötzlich ein ganz anderes Gesicht gezeigt. Sie glaubte, eine moralische Mitschuld am Tod ihres Vaters zu tragen. Aber stellte sie nicht viel zu hohe Erwartungen an sich selbst? Wie hätte sie ahnen sollen, was geschehen würde? Wie viel Verständnis und Mitgefühl konnte man von einer Frau erwarten, die gerade erfahren hat, dass ihr Ehemann sie betrügt?

»O Nelson, Darling, sei doch nicht so deprimiert. Ich verzeihe dir, dass du meine beste Freundin vögelst.«

Nein, der wahre Betrüger, der alle im Stich gelassen hatte, war ihr Vater.

Und der Brief, den ich mir immer so sehr gewünscht habe?

Victoria hatte ihn gesehen und in der Hand gehalten. Das letzte Stück Papier, das ihr Vater vor seinem Sprung vom Dach des Apartmentgebäudes berührt hatte. Doch der Brief half ihr nicht weiter.

Du bedauerst, dass du mich nicht hast aufwachsen sehen? Du Scheißkerl! Wärst du doch einfach geblieben!

Endlich wusste Victoria, was damals geschehen war. Aber die Wahrheit wirkte nicht befreiend. Das Wissen um die Vergangenheit brachte ihr keinen inneren Frieden. Sie hatte nur einen Schmerz gegen den anderen eingetauscht. Was hatte Steves Vater zu ihm gesagt? *Wenn man Steine umdreht, findet man darunter vielleicht Schlangen und Skorpione, aber niemals Blumen.*

Victoria wünschte sich von ganzem Herzen, dass Steve bei ihr wäre. Sie ging unter dem Kapokbaum vor dem Gericht hindurch – hier hatte sie ihn zum letzten Mal gesehen –, zog ihr Handy aus der Tasche und wählte seine Nummer. Er meldete sich nicht. Sie wartete die ganze Mailboxansage ab, nur um seine Stimme zu hören.

Verdammt, Steve. Wo bist du?

Achtundvierzig

Alibi im Ozean

Eine sehr laute Frau schrie Steve an.

Er konnte sie nicht sehen, weil seine Augen zugeklebt waren. Zumindest fühlten sie sich so an. Er öffnete sie mit Gewalt und zerbrach dabei die Salzkruste auf seinen Wimpern.

Autsch. Steve starrte in die gleißende Sonne. Nun roch er giftige Dämpfe. Brennenden Treibstoff, schmelzendes Plastik.

»Winken Sie, wenn Sie mich hören können!«

Wieder diese Stimme. Viel zu laut. Und dieser Befehlston!

Falls ich tot bin, ist Gott eine Frau. Aber die Sonne brennt so höllisch heiß. Wer weiß, vielleicht ist der Teufel ja eine Trulla? Und überhaupt, wo ist mein Arm?

Steve brachte ein Winken zustande. Wasser floss ihm vom Ärmel des Nassanzugs ins Gesicht. Seine Maske fehlte. Genau wie eine seiner Flossen. Er trieb auf dem Wasser, wurde von der Dünung auf- und niedergeschaukelt. Das erstklassige Tauchjacket, in dem er steckte – *danke, Fowles* –, war so konstruiert, dass es einen Bewusstlosen über Wasser hielt.

Fowles. Wo bist du?

»Bleiben Sie ganz ruhig, Sir. Wir sind gleich bei Ihnen.«

Steve hob den Kopf. Er war schwerer als der dickste Judenfisch.

Vielleicht hat der Himmel eine Wellnessabteilung, und ich bin im Whirlpool. Vielleicht kommen gute Juden dorthin. Die anderen werden zu Fischsuppe verarbeitet.

Auf dem Wasser tanzte ein kleines Boot. Steve erkannte die rotweißblauen Diagonalstreifen. Die Küstenwache. Das schönste

Boot, das er je gesehen hatte. An der Reling stand eine uniformierte Frau mit einem Megafon in der Hand. Die schönste Frau der Welt, obwohl er sie kaum sehen konnte. Steve hob den Daumen.

»Gut gemacht, Sir. Versuchen Sie nicht, zu uns rüberzuschwimmen.«

Schwimmen? Ich will schlafen. Und wann kriege ich endlich meine Massage?

Gedämpft, als habe er Watte in den Ohren, hörte Steve ein Tuckern näher kommen. Zwei Männer in Uniform beugten sich aus einem gelben Schlauchboot und bellten Anweisungen. Sie wirkten sehr jung und pickelig. Doch ihre Stimmen klangen entschlossen. Steve verstand, dass er offenbar gar nichts tun sollte. Sie würden ihn an Bord hieven. Er hatte nichts dagegen. Eigentlich wollte er etwas sagen, aber seine Kehle war vom Salzwasser ganz rau. Als die Männer ihn auf das Schlauchboot zerrten, begrüßte er sie mit einem Schwall Erbrochenem.

»Noch einer«, krächzte Steve. »Taucher ... Wo ist er?«

»Bleiben Sie ganz ruhig, Sir.«

Für Zwölfjährige wirken sie ziemlich kompetent, dachte Steve benommen.

Das Schlauchboot fuhr zum Boot zurück. Unterwegs wich es Trümmern aus Fieberglas und Aluminium aus – den Überresten der Cigarette. Auf der Wasseroberfläche brannte Treibstoff, schwarz und orange. In der Nähe schaukelte der führerlose Chariot auf den Wellen. Der Rumpf war rußgeschwärzt, aber offensichtlich unzerstörbar.

Neben dem Boot trieb ein weiteres Schlauchboot. Noch zwei Männer von der Küstenwache. Ein Mann in Jeans und einem blutigen T-Shirt lag leblos zwischen ihren Füßen.

Conchy Conklin? Wer sollte es sonst sein.

Die Männer zogen ein Netz durch das Wasser. Sie fischten etwas heraus. Was war das?

Ein Arm! Vom Ellbogen abwärts. Ein Arm in einem zerrissenen Nassanzug.

Fowles.

Großer Gott. Er hatte sich geopfert. Er hatte seine ganz persönliche *Tirpitz* zerstört und Steve damit das Leben gerettet. Wie konnte man das je wieder gutmachen?

Unmöglich. Vielleicht kann man geloben, ein besserer Mensch zu werden. Aber eine solche Schuld ist nicht zu bezahlen.

Während ein Mann Steve über eine Leiter auf das größere Boot hinaufhalf, wurde Steve bewusst, dass er etwas verloren hatte. Seine Maske natürlich. Und eine Flosse. Und ...

Die Tafel ...

Fowles' Geständnis. Sein letzter Wunsch war gewesen, Klarheit zu schaffen und Griffin zu entlasten. Die Tafel war Griffins Alibi, und jetzt lag sie auf dem Grund des tiefen blauen Ozeans.

Neunundvierzig

Besuchszeit

In der Notaufnahme des Fishermen's Hospitals war man erfreut, Steve wiederzusehen. Er musste sich ein paar Scherze über Stammkundenrabatt anhören und bekam den freundlichen Rat, sich in Zukunft von größeren Gewässern fernzuhalten. Die Ärzte wollten ihn eine Weile lang beobachten und meinten, falls die Tests und Untersuchungen zufriedenstellend ausfielen, dürfe er anschließend nach Hause gehen.

Steves Gesicht hatte die Farbe eines gekochten Hummers angenommen. Nur wo die Maske gesessen hatte, war er gespenstisch blass. Er musste eine weiche Nackenstütze tragen, aber sämtliche Gliedmaßen schienen halbwegs funktionstüchtig zu sein. Bald überließen die Ärzte und Krankenschwestern Steves winzige, mit Vorhängen abgeteilte Nische den Männern in Uniform. Steve verweigerte jede Aussage, bis er jemanden den Refrain von »Trying to Reason with Hurricane Season« summen hörte.

»Komm rein, Alter«, krächzte Steve, als Sheriff Willis Rask die Nase durch den Vorhang steckte.

»Jimmy B lässt dich schön grüßen. Wow, du siehst richtig scheiße aus.«

»Danke, Willis. Und jetzt schmeiß die Leute raus, damit wir in Ruhe reden können.«

Rask scheuchte die Uniformierten davon, zog einen Stuhl ans Bett und ließ sich von Steve erzählen, was seit dessen Besuch auf Paradise Key am Morgen passiert war. Steve berichtete von dem Tauchgang im Chariot, vom Riff – und dass sich Fowles am Tag von Stubbs' Tod auf die *Force Majeure* geschlichen hatte. Er erzählte von dem Gerangel, bei dem sich der Speer aus der Harpune gelöst und Stubbs getroffen hatte. Zuletzt schilderte Steve, wie Conklin ihn und Fowles mit einer Cigarette mit Flammenlackierung angegriffen hatte.

»Passt alles zusammen«, sagte Rask. »Der Tote aus dem Wasser ist Chester Lee Conklin. Und nach dem, was du gerade erzählt hast, gehören die Leichenteile in dem Nassanzug wohl zu Fowles.«

»Was ist mit der Cigarette? Auf wen ist sie zugelassen?«

»Auf eine Briefkastenfirma auf den Bahamas. Wir sind an der Sache dran und versuchen rauszukriegen, wer dic Liegegebühren bezahlt hat.«

»Habt ihr auf dem Boot was gefunden?«

»Du meinst in den Trümmern? Die Küstenwache stochert noch darin herum. Aber Conklins Harley haben wir. Sie steht in einem Jachthafen auf dem Lower Matecumbe Key.«

Steve setzte sich auf. »Habt ihr die Satteltaschen durchsucht? Mit den Leuten vom Jachthafen gesprochen? Rausgekriegt, wo Conklin in letzter Zeit gewohnt hat?«

»Hör mal, Steve, ich darf eigentlich nicht über die Ermittlungen sprechen. Schon gar nicht mit dir.«

»Stell dich nicht so an. Sonst stecke ich dem Bürgermeister, dass du hinter deinem Haus Pot anbaust.«

»O Mann. Der hat doch selbst eine Plantage.« Rask kratzte sich am Schnurrbart. »In den Satteltaschen war nur eine Schachtel Marlboro und eine schriftliche Verwarnung.«

»Eine schriftliche Verwarnung? Wofür?«

»Das Nummernschild war abgelaufen. Mehr nicht.«

»Du weißt doch mehr, Willis. Gib's zu.«

»Richtig. Aber es ergibt keinen Sinn. Die Verwarnung wurde in Jacksonville ausgestellt. Vor zehn Tagen.«

Jacksonville? Das äußerste Ende von Florida von den Keys aus gesehen.

»Ziemlich lange Fahrt«, sagte Steve. »Was kann Conklin dort gewollt haben?«

Rask zuckte die Achseln. »Vielleicht hat er dort Freunde. Oder Familie. Obwohl da oben sicher nicht jeder mit jedem verwandt ist, so wie unten in Miami.« Rask summte den Anfang des Liedes »Everybody's Got a Cousin in Miami.«

Schön, vielleicht hatte Conklin in Jacksonville jemanden besucht, vielleicht hatte er Urlaub gemacht oder sich verirrt. Oder er hatte dort oben ein Ding gedreht. Für denselben Auftraggeber, für den er Steve von der Brücke befördert und Victoria bedroht hatte. Steve fragte nach der Adresse auf der Verwarnung. Rask nannte einen bestimmten Abschnitt des St. Johns Riverway Drives. Dann erzählte Steve dem Sheriff von Fowles' Geständnis auf der Magnettafel, die jetzt auf dem Meeresgrund lag.

»Augenblick mal, Steve. Was denn für ein Geständnis? Hast du nicht eben gesagt, der Speer hätte sich bei dem Handgemenge aus Versehen gelöst?«

»Stimmt. Aber Fowles übernahm die moralische Verantwortung.«

Rask zupfte an seinem Ohrläppchen. »Das macht die Sache nicht gerade einfacher.«

»So ist das oft mit der Wahrheit.«

»Hat Fowles dir verraten, für wen er gearbeitet hat?«

Steve schüttelte den Kopf und bereute diese Bewegung sofort. »Nur dass Conklin auf derselben Gehaltsliste stand. Sie sollten dafür sorgen, dass Stubbs die Million von ihrem Boss annahm, und ihn im Zweifelsfall über Bord werfen.«

Rask senkte die Stimme. »Dass es ein Geständnis gibt, freut mich für euren Mandanten. Jetzt muss ich nur noch rausfinden, wer Fowles' Hintermann ist. Der Jury kannst du allerdings nicht erzählen, dass der Schuss ein Unfall war.«

»Wieso denn nicht?«

»Weil ich dann denjenigen, der dahintersteckt, nicht wegen Anstiftung zu einer Straftat drankriegen kann.«

»Heißt das, ich soll eine eidliche Falschaussage machen?«

»Nein. Wir überarbeiten nur das Kleingedruckte ein bisschen. Du sagst, Fowles hätte zugegeben, Stubbs im Auftrag eines anderen umgebracht zu haben. Und ich sehe zu, dass ich diesen anderen kriege.«

»Mann, Willis. Ich halte mich vielleicht nicht immer an die Regeln, aber was du da von mir verlangst, ist ein Meineid!«

»Manchmal dient es der Gerechtigkeit, wenn man gegen ein Gesetz verstößt. Hat dir das noch niemand erklärt?«

Doch, dachte Steve. Mein Vater.

Er ließ sich wieder in die Kissen sinken.

Zehn Minuten nachdem sich Rask verabschiedet hatte, teilte eine Krankenschwester Steve mit, er könne gehen. »Aber schauen Sie bald mal wieder bei uns rein.«

Einen Augenblick später öffnete sich der Vorhang erneut einen Spalt, und Junior Griffin steckte den Kopf hindurch. Er trug abgeschnittene Jeans und ein Catcher-Shirt. Selbst durch die Vorhänge spürte Steve, dass sämtliche Schwestern Junior angafften.

»Steve! Ich habe gehört, was passiert ist, und bin gleich hergekommen.«

»Danke, Junior. Kommen Sie rein, sonst sabbern die Schwestern noch in ihre Bettpfannen.«

Junior setzte sich auf Steves Bettkante. »Ich habe eben mit Tori gesprochen. Sie macht sich große Sorgen. Sie sollen sie gleich anrufen.«

Die erste gute Nachricht des Tages.

»Ich hab Ihnen was zum Anziehen mitgebracht.« Junior gab Steve ein Paar ausgebleichte Jeans und ein Poloshirt. »Wenn ich irgendetwas für Sie tun kann ...«

»Mein Wagen steht noch auf Paradise Key«, sagte Steve.

Junior bot an, ihn hinzufahren und ihm sein Handy zu leihen, damit er Victoria, seinen Vater und Bobby anrufen konnte. Und war es nicht furchtbar, was mit dem armen Fowles geschehen war?

»Ich muss mich bei Ihnen entschuldigen, Junior.«

»Wofür denn?«

»Ich habe Ihnen den Mord an Stubbs vorgeworfen.«

»Schon gut. Halb so schlimm.«

»Normalerweise kann ich mich auf mein Gefühl verlassen, aber in Ihrem Fall ...«

»Die Sache ist einfach zu persönlich. Ich weiß.«

»Jedenfalls, es tut mir leid.«

»Wie ich schon sagte: kein Problem.« Junior lächelte wie ein Zahnpastamodel. »Ich bin Ihnen bei Tori in die Quere gekommen.« Er zuckte die Achseln. Dabei fiel ihm eine blonde Haarsträhne in die Augen. »Das mit uns wäre sowieso nichts geworden.«

Was ist denn jetzt los? Wirft er etwa das Handtuch?

»Ich brauche eine Frau, die mit mir reist. Der Sonne hinterher. Im Sommer zu den Tauchspots und im Winter auf die Skipisten. Aber Tori gefällt ihre Arbeit. Sie will Miamis beste Anwältin werden. Für mich schwer zu verstehen. Aber wenn es sie glücklich macht – cool. Wir werden immer Freunde sein, aber wir sind zu verschieden. Bei Ihnen beiden ist das anders ...«

Steve lachte. »Ja. Wir sind wie Stahl und Stein.«

»Ist doch gut, wenn die Funken fliegen. Tori liebt Sie wirklich.«

Junior sagte das so beiläufig, als könne jeder Idiot es sehen.

»Hat sie es Ihnen gesagt …«

»Nichts für ungut, Steve. Aber mit Frauen kenne ich mich ein bisschen besser aus als Sie. Und ich weiß, dass Tori Sie liebt.«

Okay. Die zweite gute Nachricht des Tages.

Steves Kopfschmerzen schienen sich in Nichts aufzulösen, während er Juniors Poloshirt überzog. Dass es ihm mindestens eine Nummer zu groß war, fand er nicht weiter schlimm.

Solomons Gesetze

§ 12 Wenn ein Mann und eine Frau völlig miteinander im Einklang sind – dieselben Gedanken haben, einander zum Lachen bringen und einander glücklich machen –, dann haben sie den G-Punkt ihrer Beziehung gefunden, und einfach nur zusammen zu sein … ist fast so gut wie Sex.

Fünfzig

Mordgrund

»Tut es weh?«

»Nur wenn ich mir die Krankenhausrechnung anschaue.«

Sie waren in Victorias Hotelsuite. Steve saß in ihrem Bett. Bobby hing am Arbeitstisch über seinem Laptop. Draußen war es dunkel, und die Jimmy-Buffet-Cover-Band spielte unten am Pool die alten Songs.

Victoria legte Steve einen frischen Eisbeutel in den Nacken und überprüfte ganz unnötig auch noch seine Temperatur. Obwohl er nur knapp mit dem Leben davongekommen war, schien er völlig im Reinen mit sich und der Welt.

Wenn er ständig Codein und Demerol nehmen würde, kämen wir viel besser miteinander aus.

»Du kannst heute Nacht hier bleiben«, sagte Victoria.

»Hier?« Steve klopfte auf die Decke des Doppelbetts.

»Im Zimmer nebenan. Die Queen ist wieder in Miami.«

Bobby lachte, ohne von den Tasten aufzublicken. »Ich wusste, dass du heute keinen Stich machst, Onkel Steve.«

»Konzentrier dich auf deine Arbeit, Kiddo«, sagte Steve. »Sonst zeige ich dich an – wegen gewohnheitsmäßigen Schulschwänzens.«

»Aber in den Knast würdest du dafür gehen«, gab Bobby zurück. »Wie nennt man das noch mal, Victoria?«

»Förderung gesetzwidrigen Verhaltens von Minderjährigen«, sagte sie.

»Dieses Kind war schon kriminell, als es bei mir einzog«, verteidigte sich Steve.

»Ich hab Hunger«, sagte Bobby. »Wann essen wir?«

»Sobald wir den Mordfall gelöst haben.« Steve hatte ihnen von der Fahrt auf der *Fowles' Folly* und ihrem Ausgang erzählt. Nur die Details von Fowles' Geständnis hatte er für sich behalten. Er wusste noch nicht, ob er so dreist lügen sollte, wie Willis Rask es von ihm erwartete, wollte sich aber alle Möglichkeiten offen halten.

Inzwischen lud Bobby Satellitenbilder von Jacksonville aus dem Netz herunter, und Victoria informierte Steve über den aktuellen Stand bei dem Prozess. Die Beweisführung der Staatsanwaltschaft war abgeschlossen. Am nächsten Morgen würde Victoria ihren ersten Zeugen aufrufen. »Wir sind die Leute, vor denen uns unsere Eltern immer gewarnt haben«, sang die Band unten am Pool.

Steve hatte offenbar zugehört. »Was ist jetzt eigentlich mit dir und deiner Mutter?«

»Wir kommen jetzt viel besser miteinander zurecht. Ich kannte ja gar nicht die vollständige Geschichte. Mittlerweile glaube ich, dass mein Urteil über sie viel zu hart war. Und wie steht es mit dir und deinem Vater?«

»Ich kannte auch nicht die vollständige Geschichte und mittlerweile glaube ich, dass mein Urteil über ihn gar nicht hart genug ausfallen kann. Willst du mir erzählen, was passiert ist?«

»Später. Nach dem Prozess. Und du?«

»Später.«

Beide schwiegen für einen Augenblick. Dann sagte Steve: »Irgendwie liebe ich Dad natürlich trotzdem.«

»Verstehe.«

»Jemanden zu lieben heißt doch auch, ihn mit all seinen Schwächen so zu akzeptieren, wie er ist.«

»Und selbst so akzeptiert zu werden.«

Bobby kicherte schon wieder. »Junge, stellt ihr euch vielleicht an! Warum sagt ihr nicht einfach, dass ihr Lust auf eine kleine Nummer habt?«

»Ich warne dich, Kiddo«, knurrte Steve. »Ich kann dich auch auf eine Militärschule schicken.«

»Sicher doch. Aber wenn du sehen willst, wo dieser Volltrottel Conklin seine Verwarnung gekriegt hat, musst du hier rüberkommen.«

Victoria beugte sich bereits über den Monitor. Steve stemmte sich vom Bett hoch und ging schwerfällig zum Arbeitstisch. Gemeinsam betrachteten sie das Satellitenbild.

»Der St. Johns River in Jacksonville«, sagte Bobby. Er zeigte auf den Bildschirm. »Und das ist der St. Johns Riverway Drive am Commodore Point. Hier haben die Cops Conklin angehalten.«

»So viele Boote«, sagte Steve. »Sieht aus wie ein Hafen.«

Bobby vergrößerte das Bild per Mausklick. Eines der Gebäude am Fluss trug einen Schriftzug. *Southern Shipworks.* Victoria las ihn laut vor und wiederholte ihn noch einmal. »Southern Shipworks.«

»Was ist damit?«, fragte Steve.

»Der Name kommt mir bekannt vor. Lass mich nachdenken.«

»Macht kurz ohne mich weiter.« Steve ging zur Minibar. »Gibt es hier auch Jack Daniel's?«

»Robinson!«, sagte Victoria. »Leicester Robinson. Er wollte bei *Southern Shipworks* die Frachtkähne für Oceania bauen lassen.«

Steve fuhr herum. Der Jack Daniel's konnte warten. »Könnte Conklin für Robinson gearbeitet haben?«

»In Jacksonville? Vor zehn Tagen? Ich weiß nicht. Robinson sagte, er hätte die Aufträge an die Werft gleich nach Stubbs' Tod zurückgezogen.«

Dann geschah es. Zwei Läufer in perfekter Harmonie, Seite an Seite, Schritt für Schritt.

Er sagte: »Vielleicht hat Robinson auch gelogen ...«

Sie sagte: »Weil er die Kähne gar nicht für Oceania brauchte ...«

Er sagte: »Sondern für etwas, womit er nur Geld verdienen kann, wenn Oceania nicht gebaut wird ...«

Sie sagte: »Also hat Robinson Conklin und Fowles angeheuert ...«

Gemeinsam sprachen sie zu Ende: »Um Oceania zu verhindern.«

Totale Synergie, dachte Victoria.

Der G-Punkt unserer Beziehung.

So drückte Steve es gern aus. Sie fanden ihn nicht jeden Tag, aber wenn es ihnen gelang, war es besser als alles andere. Ihre Gedanken ergänzten einander perfekt, jeder beendete die Sätze des anderen, sie verschmolzen zu einer Einheit.

»Was hat Robinson eigentlich vor?«, fragte Victoria.

»Wir haben einen losen Faden. Also ...«

»Ziehen wir daran und schauen nach, wohin er führt«, fuhr Victoria fort. »Fowles sagte zu Griffin, er solle das Hotel und das Casino vergessen und stattdessen lieber auf Glasbodenschiffen und Katamaranen Leute zum Riff hinausbringen.«

»Griffin sagte, Fowles rede von einem Ruderboot, während er die Queen Mary bauen wollte«, steuerte Steve bei.

»Und Robinson sagte, Griffin wollte zu große Brötchen backen und Fowles zu kleine. Das könnte bedeuten, Robinson ...«

»... plante irgendetwas dazwischen.«

»Du weißt, was es ist, nicht wahr, Steve?«

»Nach Stubbs' Tod brauchte Robinson keine Frachter mehr für Oceania. Aber wenn er die Konstruktionspläne ein bisschen ändern ließ ...« Steve schob einen Finger unter seine

Nackenstütze und bewegte das Kinn hin und her. »Bobby, zoom uns alle Schiffe her, die in der Werft gerade gebaut werden.«

»Mach ich, wenn ihr mir was zu essen bestellt. Ein Clubsandwich. Extra Mayo.«

»Später. Erst wird gezaubert.«

Unten schmetterte die Band »Apocalypso«.

»Vic, wir haben keine Zeit, an Unterlagen von der Werft zu kommen«, sagte Steve. »Aber wenn ich Recht habe, lässt sich Robinson dort ein ganz spezielles Schiff bauen. Morgen musst du bluffen und so tun, als hättest du die Pläne dafür gesehen.«

»Robinson ist nicht mein erster Zeuge.«

»Jetzt schon.«

Victoria wollte eigentlich etwas über die geplante Reihenfolge ihrer Beweisführung sagen, verzichtete dann aber darauf. Sie musste flexibel sein. Steve sagte das andauernd. »Nun gut, wir rufen Robinson in den Zeugenstand und …?«

»Ich muss erst die Bilder sehen. Bobby, was ist denn?«

»Augenblick, okay?«

Victoria sagte: »Vielleicht solltest *du* Robinson befragen, Steve. Du kommst mit Leuten wie ihm besser zurecht.«

Steve legte den Kopf so schief, wie es sein steifer Nacken erlaubte. »Ich höre wohl nicht richtig, Vic. Du wolltest doch unbedingt einen Soloflug. Ich glaube, es fielen Worte wie ›Freiraum‹, ›Selbstständigkeit‹ und ›Handlungsspielraum.‹«

Einen Augenblick lang fragte sich Victoria, ob Steves sarkastische Ader schon wieder durchschlug. Aber sein Lächeln war zärtlich, seine Stimme weich.

Diese Schmerzmittel sind wirklich ein Segen.

»Stimmt. Aber Robinson ist ein ziemlich dicker Fisch«, sagte sie.

»Ich hab Hunger«, jammerte Bobby.

Steve lächelte Victoria an. »Du wirst großartig sein. Das weiß ich.«

»Ich wünschte wirklich, du würdest dir Robinson vorknöpfen«, beharrte sie. »Im Kreuzverhör bist du besser als jeder andere, den ich kenne.«

»Du hast dir nur noch nie selbst zugehört.«

Victoria stöhnte.

»Im Ernst, Vic. Du bist ein Naturtalent. Robinson wird die Kinnlade runterfallen. Außerdem bin ich aus dem Fall raus. Schon vergessen? Ich wurde als Griffins Verteidiger offiziell gestrichen.«

»Dann lassen wir dich morgen früh eben wieder einsetzen.«

»Verteidiger können nicht gleichzeitig Zeugen sein.«

»Wer ist denn hier Zeuge?«

»Wenn du mit Robinson fertig bist, rufst du mich in den Zeugenstand.«

»Wie bitte?«

»Hier ist euer Kutter.« Bobby zeigte auf den Monitor.

Victoria beugte sich über seine Schulter. Auf dem Deck eines ziemlich langen, flachen Schiffs waren rechteckige Gehäuse gestapelt, die aussahen wie gigantische Bauklötze. »Was ist das?«, fragte Victoria.

»Ein Mordgrund.« Steve schlang die Arme um Bobby. »Höchste Zeit für ein Clubsandwich. Mit extra Mayo.«

Einundfünfzig

Sohn eines Seemannssohns

Sie war ganz allein.

Natürlich, der Saal war gut gefüllt. In der ersten Reihe drängten sich die Reporter, daneben stand der einzige zugelassene Fotograf. Auch das Stammpublikum hatte sich eingefunden: Rentner, die auf der Suche nach kostenlosem Entertainment fast täglich im Gerichtsgebäude einfielen. In den hinteren Reihen hockten ein paar Anwälte aus der Gegend. Sie warteten darauf, dass ihre Fälle aufgerufen wurden, und bemitleideten sich, weil sie keinen spektakulären Mordfall an Land gezogen hatten, sondern sich mit Banalitäten wie Alkohol am Steuer und Erregung öffentlichen Ärgernisses herumschlagen mussten. Ein paar ziemlich verwegen aussehende Originale mit Eidechsenhaut, die von der Sonne gegerbt war, drückten sich vor allem deshalb im Saal herum, weil sie in den Genuss einer Klimaanlage kommen wollten. Die Geschworenen klemmten auf ihren Bänken wie Eier in einem Karton, ihre Mienen gelangweilt, verwirrt oder herausfordernd: *»Zeigen Sie uns Ihre Beweise, Lady. Und unterhalten Sie uns gefälligst.«*

Hal Griffin saß neben Victoria am Tisch. Mit dem gebräunten Naturburschen aus den Anfangstagen des Prozesses hatte er nur noch wenig gemein. Richter Feathers drehte seinen Sessel hin und her. Unter ihm beugte sich die Verwaltungsbeamtin tief über ihren Schreibtisch. An der Tür stand ein korpulenter, schläfriger Gerichtsdiener – ein übergewichtiger Hadeswächter mit Anspruch auf staatliche Gesundheitsfürsorge. Sheriff Rask saß gelassen wie immer direkt hinter dem Tisch der Staatsanwaltschaft im Zuschauerraum.

Nur ich bin ganz allein.

Eine Gladiatorin. Hundert Löwen.

Dass auch Steve dieses Gefühl kannte, war tröstlich. Diese betörende Mischung aus Versagensangst und Hochgefühl – das Lebenselixier eines Strafverteidigers.

»Zeig nie, dass du Angst hast.«

Einer seiner ersten Lehrsätze. Dicht gefolgt von: *»Tu so, als gehöre der Saal dir ganz allein.«*

Und schließlich: *»Die Geschworenen müssen sich wohlfühlen, der Gegner muss sich winden.«*

Ich werde tun, was ich kann, dachte Victoria. Mit Steve an ihrer Seite wäre ihr das leichter gefallen. Aber er spazierte draußen auf dem Gang herum. Weil er Zeuge war, durfte er nicht im Saal sein, während ein anderer Zeuge seine Aussage machte. Und im Augenblick war Leicester Robinson auf dem Weg in den Zeugenstand. Er trug eine schwarze Bundfaltenhose, dazu ein korallenrotes Seidenhemd ohne Krawatte. Sein Schnauzbart war sauber gestutzt, die gezwirbelten Dreadlocks kurz und ordentlich. Die Brille mit dem Drahtgestell verlieh ihm einen intellektuellen Touch. Dabei passten die breiten Schultern und seine mächtigen schwieligen Pranken nicht recht zum Image des Geschichtsdozenten, der er fast einmal geworden wäre. Er war ein Mann, der zupacken konnte. Einerseits gebildet und belesen, andererseits erfahren im Umgang mit schwerem Gerät und ohne Angst vor Schmutz und harter körperlicher Arbeit.

Beim Frühstück hatte Griffin ungläubig reagiert, als Victoria ihm von Fowles und Robinson erzählte.

»Clive hätte mich nie hintergangen«, sagte Griffin kopfschüttelnd. »Und Robinson? Der hat nicht die *cajones* dafür.«

Victoria bezweifelte, dass es dem Nachfahren ganzer Generationen von Piraten und Wrack-Bergern daran mangelte. Genauso wenig wie an Hirn oder an der »Dualität von Gut und Böse«. Er selbst hatte diese dem Kapitän aus Conrads *Der geheime Teilhaber* attestiert.

Als Robinson vor dem Schreibtisch der Verwaltungsbeamten stehen blieb, sagte Richter Feathers: »Nehmen Sie einfach im Zeugenstand Platz, Sir. Und denken Sie daran, Sie stehen unter Eid.«

Victoria erhob sich und strich den Rock ihres Philippe-Adec-Kostüms glatt. »Anthrazit«, hatte die Verkäuferin die dunkle Farbe genannt, die gut zu den gewichtigen Vorgängen am heutigen Tag passte. Und auch zu der schwierigen Aufgabe, Kohle in Diamanten zu verwandeln.

Sie ließ den Blick durch den Saal schweifen. Junior saß nicht an seinem üblichen Platz hinter dem Tisch der Verteidigung. Sheriff Rask zwinkerte ihr zu. Schon zum zweiten Mal an diesem Morgen. Vorher, als sie eine Tasse Kaffee aus dem Automaten in der Lobby in sich hineingeschüttet hatte, war er zu ihr herübergeschlendert und hatte sie begrüßt.

»Viel Glück mit Robinson.« Er zwinkerte ihr zu und pfiff im Weggehen: »Son of a Son of a Sailor.«

Victoria stellte sich ganz ans Ende der Sitzreihen der Geschworenen. Sie sollten freie Sicht auf Robinson haben, der sie abwartend anstarrte.

Mit einem Zeugen, der für die Anklage ausgesagt hatte, fing man am besten vorsichtig und zurückhaltend an. Bloß keine Drohgebärden. Ein neutraler Ton, ein verbindlicher Umgang, ein sonniger, mit Rosenblättern bestreuter Pfad, an dessen Ende sich eine Grube mit angespitzten Bambuspfählen verbarg. Steve verglich die Taktik mit einem Baseballspiel, bei dem die gegnerische Mannschaft erst eingelullt und dann im letzten Augenblick durch ein unerwartetes Manöver um den sicher geglaubten Sieg gebracht wurde. Am Morgen hatte er allerdings gemutmaßt, Robinson ahne wahrscheinlich, was sie vorhätten.

»Er weiß nur nicht genau, wie viel wir wissen. Gib dich selbstsicher. Schlepp demonstrativ einen dicken Ordner mit dir herum, als hätten wir sämtliche Pläne für sein Schiff. Stell kurze Fragen und lass ihm keine Zeit nachzudenken.«

»Besitzen Sie eine Cigarette Top Gun 38, Mr Robinson?«

»Nicht persönlich«, antwortete er.

»Aber als Haupteigner einer Firma? Gehört Ihrem Unternehmen auf den Bahamas ein solches Boot?«

»Ja.«

»Und warum verschleiern Sie dann, dass Sie ein Schnellboot besitzen?«

»Einspruch. Das ist eine Unterstellung.« Waddle konnte nicht ahnen, wohin Victorias Fragen führen würden, aber er war entschlossen, ihr den Weg zu verstellen.

»Abgelehnt«, sagte der Richter.

»Ich habe nichts zu verbergen, Ms Lord. Meine Anwälte empfahlen mir, das Boot auf die Firma zuzulassen. Aus Steuergründen.«

»Wo befindet sich Ihr Boot im Augenblick?«

»Das Boot wurde gestern aus dem Jachthafen gestohlen. Die Küstenwache sagt, es war draußen auf dem Golf in einen Unfall verwickelt.«

Ein Unfall. Das klang besser als: *»Der Killer, den ich angeheuert habe, wurde darin in die Luft gesprengt.«*

»Haben Sie den Diebstahl gemeldet?«

»Ehrlich gesagt, Ms Lord ...«

Wenn ein Zeuge einen Satz so beginnt, endet er meist mit einer Lüge.

»... wusste ich gar nicht, dass das Boot weg war, bis die Küstenwache mir mitteilte, es sei gesunken.«

»Kennen Sie einen Mann namens Chester Lee Conklin, auch Conchy Conklin genannt?«

»Offenbar war er derjenige, der das Boot gestohlen hat.«

»Und er ist Ihnen völlig fremd?«

»Das habe ich nicht gesagt, Ma'am. Er ist Schweißer, hat früher mal für mich gearbeitet.«

»Früher?«

»Conklin war unzuverlässig. Ich habe ihn vor ein paar Wochen rausgeworfen.«

»Was wollte er dann vor nicht ganz vierzehn Tagen in Jacksonville?«

Die Frage schien Robinson zu überraschen. Von der schriftlichen Verwarnung, die bewies, dass sich Conklin in der Nähe der Werft in Jacksonville aufgehalten hatte, wusste er offenbar nichts.

»Haben Sie die Frage verstanden, Sir?«, fragte der Richter.

»Was er in Jacksonville wollte, müssen Sie Mr Conklin schon selbst fragen«, antwortete der Zeuge.

»Ich bitte sie, Mr Robinson«, sagte Victoria. »Sicher hat Ihnen die Küstenwache auch gesagt, dass zwischen den Wrackteilen Ihres Bootes Conklins Leiche gefunden wurde.«

Die Geschworenen schienen aufzuhorchen. Keiner döste mehr oder starrte auf die Uhr.

»Tut mir leid. Ich habe mich ein bisschen unglücklich ausgedrückt. Ich weiß nicht, weshalb er dort war.«

»Sollte er überprüfen, wie die *Southern Shipworks*-Werft mit Ihrem Auftrag vorankommt?«

Robinson blinzelte. Er krümmte sich zwar nicht zusammen wie nach einem Schlag in die Weichteile, aber seine Augen zuckten zweimal.

Bis hierher hatte Steve also Recht gehabt. Er hatte die Satellitenbilder studiert, sämtliche Informationen, die sie von

Griffin und Fowles erhalten hatten, kombiniert und Victoria damit ein wunderbares neues Werkzeug in die Hand gelegt. Sie musste es jetzt nur noch klug benutzen.

»Wie ich Ihnen in meinem Büro bereits sagte, Ms Lord: Nachdem gegen Mr Griffin Mordanklage erhoben wurde, hatte ich keine andere Wahl, als meine Bestellung zu stornieren.«

»Ich frage mich, ob ›stornieren‹ das richtige Wort dafür ist. Könnte es sein, dass Sie den Auftrag einfach abgeändert haben?«

Robinson musterte sie, als wolle er fragen: *»Wie viel wissen Sie eigentlich tatsächlich?«* Victoria schlug einen Ordner auf und hielt ihn so, dass Robinson den zehn Zentimeter hohen Schriftzug »SOUTHERN SHIPWORKS« sehen konnte. Dahinter hatte sie den neuen Sak's Strandmodekatalog abgeheftet. Neckholderkleider waren offenbar wieder angesagt.

»Ich habe gewisse Änderungen angewiesen, das stimmt«, sagte Robinson bedächtig.

Victoria nahm ein Plakat zur Hand, das sie erst morgens um acht auf Karton gezogen hatte. Diese Vergrößerung eines Satellitenbildes zeigte ein imposantes, im Bau befindliches Schiff. Auf dem flachen Stahldeck waren gigantische Bauklötze gestapelt. Zumindest war das der Anblick vom Satelliten aus. »Ist dies das Schiff, das Sie in Auftrag gegeben haben?«

Wieder eine Pause. An Robinsons Gesicht konnte Victoria ablesen, dass er verzweifelt nach sicherem Fahrwasser suchte. Nach einer Möglichkeit, nicht zwischen einem Meineid und der Beteiligung an einem Mord auf Grund zu laufen.

»Schwer zu sagen. Aber ja, das könnte mein Frachter sein.«

Victoria spazierte an den Geschworenen vorbei und hielt dabei das Poster in die Höhe. »Was ist denn auf dem Deck gestapelt, Mr Robinson? Wie Arbeitsgeräte oder Baumaschinen sieht es nicht unbedingt aus.«

»Das sind vorgefertigte Stahlgehäuse.«

»Hunderte, nicht wahr?«

»Fünfhundertfünfzig, Ma'am.«

»Wenn du einen Zeugen in die Enge getrieben hast, stellst du nur noch einfache Fragen. Fragen, die man mit ›Ja‹ oder ›Nein‹ beantworten kann. Und drück aufs Tempo.«

Danke, Steve.

»Jedes mit etwa hundertzwanzig Quadratmetern Grundfläche?«

»Ja, Ma'am.«

»Mit Vorrichtungen für Rohrleitungen, Strom und Belüftung?«

»Ja, Ma'am.«

»Aber keine Kräne und keine Bagger. Keine Greifer und kein schweres Bohrgerät.«

»Das ist richtig, Ma'am.«

»Weil der Frachter kein Arbeitsschiff werden soll.«

»Richtig.«

»Als was würden Sie ihn dann bezeichnen?«

»Eigentlich als Multifunktionsschiff.«

Auf Robinsons Stirn schimmerte ein Schweißfilm. Victoria hatte schon öfter Zeugen zum Schwitzen gebracht. Es war jedes Mal aufs Neue ein prickelndes Gefühl. Steve prahlte gern, er habe einmal einen Zeugen so in die Zange genommen, dass dieser Herzrhythmusstörungen bekam, und er habe ihn selbst auf der Liege der Sanitäter noch mit Fragen bombardiert.

»Ein Multifunktionsschiff?« Die gehobene Augenbraue, der sarkastische Unterton – kleine Kniffe, die sie von Steve übernommen hatte. »Gehört zu den Funktionen auch Spielen und Urlaub machen?«

»Könnte man sagen, ja.«

Victoria hob die Stimme. »Ich möchte, dass *Sie* es uns selbst sagen, Mr Robinson. Bei den Stahlkästen handelt es sich um Wohnkabinen. Sie bauen ein schwimmendes Hotel mit einem Casino, nicht wahr?«

»Und wenn schon?«, gab Robinson zurück. »Ich bin Geschäftsmann. Ich tue schließlich nichts Illegales.«

»Und wenn er frech wird, tritt ihm in die Eier.«

»Nichts Illegales«, wiederholte Victoria. »Es sei denn, sie haben Hal Griffin einen Mord angehängt und seine Idee gestohlen. Die wollen sie nun zu einem Bruchteil der ursprünglichen Kosten umsetzen.«

Waddle sprang auf. »Einspruch! Die Verteidigung macht eine Aussage.« Wie alle Staatsanwälte hasste er Überraschungen, und im Augenblick fühlte er sich, als wäre er gegen eine Glastür gelaufen.

»Stattgegeben«, sagte der Richter. »Ms Lord, würden Sie Ihre Anschuldigungen bitte als Fragen formulieren?«

Victoria trat näher an den Zeugen heran. »Wenn mein Mandant Oceania über dem Riff gebaut hätte, hätte Ihr Hotelkahn nach den Sicherheitsbestimmungen des Seefahrtsgesetzes die Gegend weiträumig umfahren müssen. Korrekt, Mr Robinson?«

»Die direkte Umgebung schon, ja.«

»Aber Sie brauchten Zugang zum Riff. Wenn Oceania Ihnen den Weg blockiert hätte, wäre Ihr Urlaubsdampfer ein toter Fisch gewesen, richtig?«

»Natürlich hätte das meinen geschäftlichen Erfolg ein wenig beeinträchtigt, aber in welchem Ausmaß, lässt sich schwer abschätzen.«

»Ein Luxushotel und -casino wie Oceania würde Ihren schwimmenden Wal-Mart ein bisschen glanzlos wirken lassen, oder?«

»Geschmacksache.«

»Vielleicht. Jedenfalls beschlossen Sie, Griffins Bauvorhaben zu vereiteln.«

»Nein.« Robinson starrte Victoria an. »Unsere Projekte waren grundverschieden.«

»Nur damit die Jury uns richtig versteht«, fuhr Victoria fort. »Hal Griffin hatte den Auftrag für den Materialtransport während der Bauzeit von Oceania an Sie vergeben. Und Sie begannen umgehend damit, ohne sein Wissen ein Konkurrenzprojekt zu planen?«

»Wie ich schon sagte, ich bin Geschäftsmann, Ms Lord.«

Victoria atmete tief durch.

»Noch weitere Fragen?«, sagte der Richter.

Eigentlich hatte Victoria erreicht, was sie wollte. Sie hatte Robinson ein Tatmotiv nachgewiesen. Jetzt würde Steve ihn mit dem Harpunenschuss auf Stubbs in Verbindung bringen müssen. Genau genommen konnte sie sich setzen, aber damit hätte sie gegen eine von Steves wichtigsten Regeln verstoßen:

»Achte immer auf einen starken Abgang.«

»Ich komme gleich zum Schluss, Euer Ehren.« Victoria wandte sich noch einmal an den Zeugen. »Mr Robinson, Ihr Schnellboot ... wie hieß das eigentlich?«

Sie hoffte, dass der Zeitungsfotograf den Finger am Auslöser hatte. Robinsons Gesicht brannte vor angestauter Wut.

»Es hieß *Satisfaction*«, sagte er.

»Sie sind Rolling-Stones-Fan?«

Wieder dieser Sarkasmus. Ich hasse es, wenn Steve diesen Ton anschlägt. Aber manchmal kann ich selbst nicht anders.

»So hieß eines von Henry Morgans Schiffen«, zischte Robinson zähneknirschend.

»Wir sprechen von Morgan dem Schrecklichen?« Gespieltes Erstaunen.

»Manche Leute nannten ihn so.«

»Hat er nicht reihenweise Schiffe versenkt und Dörfer niedergebrannt? Geplündert, gebrandschatzt und vergewaltigt?«

»Sie müssen Geschichte immer im Kontext betrachten, Ms Lord. Damals ...«

»Geschichte hin oder her: War Morgan der Schreckliche nicht ein Pirat?«

»Er besaß eine Lizenz der Krone und hätte sich selbst als Privatier bezeichnet.«

»Tatsächlich.« Victoria lächelte nett. »Und Sie bezeichnen sich als Geschäftsmann.«

Einundfünfzig

Die reine Wahrheit

Der Korridor, der zum Gerichtssaal im dritten Stock führte, war ein offener Balkon an der Außenseite des Gebäudes. Dort wartete Steve mit der Anzugjacke über dem Arm darauf, dass er für seine Aussage hereingerufen wurde. Der Schweiß rann ihm in Bächen in den Hemdkragen. Die tropische Hitze jagte ihm Schmerzwellen durch den Schädel.

Plötzlich flog die Tür des Gerichtssaals auf. Leicester Robinson stürzte fluchend heraus. Mit gesenktem Kopf, sein Gesicht eine wütende Grimasse, hastete er zum Aufzug und stieß dabei beinahe mit Steve zusammen.

Das sieht gut aus. Sehr gut sogar.

Steve war zufrieden. Victoria hatte Robinson offenbar das Fell abgezogen und es zum Trocknen aufgehängt. Sie beherrschte ihr Metier längst besser als er damals in ihrem Alter. Einen Teil ihres Erfolges verdankte sie paradoxerweise der Tatsache, dass sie nicht wusste, wie gut sie war. Die Unsicherheit, die sie oft quälte, sorgte dafür, dass ihr Ego nicht außer Kontrolle geriet. Außerdem wollte sie von anderen gemocht werden – ein Leiden, das Steve völlig fremd war. Sie gab sich Mühe, und tatsächlich: Die Menschen mochten sie.

Es gibt noch weitere Unterschiede zwischen uns, dachte Steve. Ich bin gerissen, sie ist intelligent. Ich kämpfe mit dem Schwert, sie mit dem Degen.

Vielleicht sind wir deshalb ein so gutes Team. Vielleicht werden wir, wenn das alles hier vorbei ist, wieder eines sein. Im Gerichtssaal – und im Bett.

Während Steve noch in seine Betrachtungen versunken war,

steckte der Gerichtsdiener den Kopf aus der Tür und stellte sich in Positur wie ein Stadtschreier. »Mr So-lo-mon! Stephen So-lo-mon!«

»Das bin ich«, sagte Steve.

Steve schwor, die Wahrheit zu sagen, die reine Wahrheit und nichts als die Wahrheit.

Den Eid hatte er schon tausend Mal gehört, aber ihn selbst abzulegen, war etwas anderes.

Auch als Anwalt durfte man nicht dreist drauflos lügen. Aber man konnte sich behutsam durch die Zone zwischen Licht und Schatten tasten, eine Show abziehen, die Geschworenen unterhalten und beeindrucken. Man konnte mit der unterschwelligen Bedeutung von Worten spielen und der Wahrheit unterschiedliche Nuancen verleihen.

Aber als Zeuge war man gebunden ...

Die reine Wahrheit.

An sich schon die Bestätigung, dass es mehrere Arten von Wahrheit gab. Mehrere Ebenen.

Nichts als die Wahrheit.

Das hieß wohl, dass man im Großen und Ganzen bei den Fakten bleiben musste, in gewissen Randbereichen jedoch etwas toleranter sein konnte. Als Steve sich setzte, war er sich immer noch nicht schlüssig, auf welcher Wahrheitsebene er seine Aussage machen sollte.

Mit geröteten Wangen ging Victoria auf den Zeugenstand zu. »Bitte nennen Sie für das Protokoll Ihren Namen und Ihren Beruf.«

»Steve Solomon. Strafverteidiger.«

»Anwalt« klang immer so hochtrabend.

»Welche Beziehung haben Sie zu dem Angeklagten Harold Griffin?«

»Ich habe ihn vertreten, bis er mich gefeuert hat. Vielleicht hast das allerdings auch du erledigt. Eindeutig geklärt ist das nicht.«

Und wir waren dabei nackt. Aber mit dieser Information wollen wir die Geschworenen nicht belasten.

»Weshalb verzichtete Mr Griffin auf Ihre Unterstützung?«

»Weil ich seinem Sohn Junior einen Mord vorwarf. Das hat Mr Griffin nicht gefallen. Dir übrigens auch nicht. Und abgesehen davon habe ich mich getäuscht.«

»Wie kamen Sie zu dieser Anschuldigung?«

»Müssen wir das wirklich hier erörtern?«, stöhnte Steve. »Die Sache ist ein bisschen peinlich.«

»Ich bitte darum.«

»Es hatte etwas mit dir zu tun. Ich war eifersüchtig auf Junior Griffin.«

Waddle meldete sich zu Wort: »Euer Ehren, ist das ein Mordprozess oder eine Paartherapie?«

»Sie werden gleich sehen, worauf ich hinauswill«, sagte Victoria.

»Hoffentlich«, sagte Richter Feathers.

»Mr Solomon, gab es einen Zeitpunkt, an dem Sie nach einem Angriff durch einen Motorradfahrer mit Ihrem Wagen von einer Brücke stürzten?«

»Gab es einen Zeitpunkt ...« Eine der vielen Anwaltsphrasen wie aus dem Lehrbuch. Genau wie: »Entspricht es den Tatsachen, dass ...«, »Gehe ich Recht in der Annahme ...«, »Was soll das heißen, meine Rechnung ist zu hoch?«

»Ja«, sagte Steve. »Mein altes Cabrio ist abgesoffen.«

»Konnte die Polizei feststellen, wer der Motorradfahrer war, der Sie angegriffen hat?«

»Ein Kerl namens Chester Lee Conklin, auch Conchy genannt.«

»Haben Sie Mr Conklin zu irgendeinem Zeitpunkt wiedergesehen?«

»Ja. Gestern. Er hat mit einem Gewehr auf mich geschossen. Auf mich und Clive Fowles.«

Einige Geschworene rutschten auf die Vorderkante ihrer Sitze. Bei Aussagen über Schießereien kam das gelegentlich vor.

»Warum sollte Chester Conklin die Absicht gehabt haben, Sie zu töten?«

»Einspruch! Aufforderung zur Spekulation.« Waddle konnte den Dingen nicht einfach ihren Lauf lassen. »Außerdem ist Mr Conklins Verhalten für den vorliegenden Fall nicht relevant.«

»Es ist durchaus relevant«, sagte Victoria. »Leicester Robinson hat zugegeben, dass Conklin bei ihm gearbeitet hat und dass er den Angeklagten, Harold Griffin, als Konkurrenten für sein Geschäft betrachtete.«

»Abgelehnt. Vorläufig«, sagte der Richter.

»Mr Conklin wollte nicht, dass Clive Fowles mir anvertraut, wer Ben Stubbs auf dem Gewissen hat«, sagte Steve.

»Einspruch und Antrag auf Streichung aus dem Protokoll!«, blaffte Waddle. »Das ist keine Zeugenaussage, das ist ein Ratespiel. Euer Ehren, ich bin mit den Gepflogenheiten in Miami nicht vertraut, aber mir ist noch nie ein Fall untergekommen, in dem der Anwalt des Angeklagten als Zeuge auftritt und ...«

»Ex-Anwalt«, sagte Victoria.

»Wie auch immer. In dem ein Anwalt als Zeuge auftritt und Vermutungen anstellt, wer den Getöteten ermordet haben könnte.«

»Die Bedenken der Staatsanwaltschaft sind nicht ganz unbegründet.« Richter Feathers wandte sich an den Gerichtsdiener. »Führen Sie die Geschworenen bitte für einen Augenblick hinaus. Wir werden die Sache besprechen, ohne das Protokoll zu vermurksen.«

Nachdem die Geschworenen in einem kleinen angrenzenden Raum verschwunden waren, fragte der Richter Victoria: »Was versuchen Sie eigentlich, aus Ihrem Partner herauszulocken?«

»Expartner«, korrigierte Victoria. »Euer Ehren, darf ich Mr Solomon in Abwesenheit der Jury weiter befragen?«

»Tun Sie, was Sie nicht lassen können.«

»Mr Solomon, hat Clive Fowles Ihnen gesagt, wer Ben Stubbs getötet hat?«

»Hat er.«

»Ich wusste es«, sagte Waddle. »Alles Hörensagen.«

»Machen Sie sich nicht ins Hemd, Dick«, sagte der Richter. »Nur weil ich mir die Geschichte anhöre, muss die Jury sie nicht auch gleich erfahren. Weiter, Ms Lord.«

»Was hat Clive Fowles Ihnen gesagt?«

»Er hatte einen Auftraggeber, jemanden, dessen Namen er nicht nennen wollte. Dieser Hintermann hatte ein negatives Umweltgutachten von Stubbs verlangt. Oceania sollte sinken. Fowles sollte Stubbs an diese Abmachung erinnern, und ihn, falls er sich querstellte, umbringen.«

Bislang nicht gelogen.

»Und wie erledigte Mr Fowles diesen Auftrag?«

»Er schlich sich auf die *Force Majeure*, und als sich Stubbs weigerte, zu tun, was Fowles' Hintermann verlangte, handelte Fowles seinen Anweisungen entsprechend.«

Die Wahrheit. Gewissermaßen.

»Könnten Sie das etwas näher ausführen, Mr Solomon?«

Steve atmete tief durch. Er saß in der Klemme. Wenn er sich streng an die Fakten hielt – dass die Harpune bei einem Handgemenge unabsichtlich losgegangen war –, war Griffin entlastet. Vorausgesetzt, die Geschworenen erfuhren davon. Aber mit der Wahrheit war auch Robinson aus dem Schneider.

»Fowles sagte, er hätte Stubbs mit der Harpune erschossen. Er hat den Mann auftragsgemäß getötet.«

Na also. Hat doch gar nicht wehgetan. Stimmt nicht. Hat es doch.

»Hat Mr Fowles lediglich behauptet, Mr Stubbs getötet zu haben?«, fragte Victoria. »Oder hat er sonst noch etwas getan?«

»Er schrieb ein Geständnis nieder und unterzeichnete es.«

»Wo und wann ist das geschehen?«

»Gestern. Auf Fowles' Chariot aus dem Zweiten Weltkrieg.«

»Auf seinem *was*?«, fragte der Richter.

»Das ist ein Unterwasserfahrzeug für zwei Mann. Sieht aus wie ein Torpedo mit Sitzen. Man fährt es in Tauchausrüstung. Wir befanden uns gerade auf dem Meeresgrund.«

»Auf dem Meeresgrund?« Waddle lachte. »Klingt, als hätte der Zeuge ein bisschen zu viel Stickstoff abbekommen.«

»Und wie hat Fowles unter Wasser ein Geständnis aufgeschrieben?« Die Neugier des Richters war geweckt.

»Er benutzte eine magnetische Tafel. Wie viele Taucher, wenn sie etwas mitteilen wollen.«

Waddle räusperte sich. »Wenn es ein Beweisstück gibt, muss es vorgelegt werden, Richter. Wo ist dieses angebliche schriftliche Geständnis?«

»Auf See verschollen«, sagte Steve. »Ich habe die Tafel fallen lassen, als Fowles Conklins Boot rammte und beide ums Leben kamen.«

»Grundgütiger.« Richter Feathers stieß einen leisen Pfiff aus.

»Euer Ehren, ich beantrage, Mr Solomons Aussage nicht zuzulassen«, drängte Waddle. »Das angebliche Geständnis ist ein hundertprozentiger Fall von Hörensagen. Schlicht und ergreifend.«

»Der Staatsanwalt hat Recht«, sagte der Richter. »Ms Lord,

wenn Sie die Tafel hätten, wäre ich gewogen, sie durch Mr Solomon identifizieren zu lassen und als Beweisstück zu akzeptieren. Aber ohne die Tafel …«

»Danke.« Waddle grinste. »Können wir nun die Jury wieder reinholen und die Verhandlung nach den geltenden Regeln fortsetzen?«

In diesem Augenblick öffnete sich die Tür des Saales. Ein hochgewachsener, braungebrannter Mann eilte herein. Junior Griffin trug Chinos, Flip-Flops und ein Catcher-Shirt. Sein langes blondes Haar hatte er nach hinten geworfen. Es war feucht. Steve fand, er sah aus wie ein Model aus einer Herrenparfümwerbung.

Aber was hielt er in der Hand?

»Ich hoffe, ich komme nicht zu spät.« Junior hielt eine Netztasche in die Höhe. Darin steckte eine magnetische Tafel.

Steve wollte seinen Augen nicht trauen.

Ich bin hier der Held. Nicht Junior Langschwanz Griffin!

»Die Tafel lag in nur fünfundzwanzig Metern Tiefe«, erklärte Junior auf dem Weg zum Richtertisch. »Aber die Koordinaten, die die Küstenwache mir gegeben hatte, stimmten nicht ganz. Ich brauchte fünf Tauchgänge. Natürlich ohne Druckluft.«

Die Gerichtsschreiberin, eine junge Frau in Riemchensandalen und Minirock, starrte Griffin an, als wäre er ein Karamelleisbecher. »Könnte ich bitte fürs Protokoll Ihren Namen erfahren?«, fragte sie.

»Harold Griffin, Jr.«

»Und Ihre Telefonnummer?«, fuhr sie fort.

»Zeigen Sie uns mal, was Sie da haben, junger Mann«, sagte Richter Feathers.

Junior öffnete die Tasche und reichte dem Richter die Tafel. Die Schrift war immer noch gut lesbar: *Ich habe Stubbs getötet. Gezeichnet Clive A. Fowles.*

»Mr Solomon, ist dies das schriftliche Geständnis, von dem Sie eben gesprochen haben?«, fragte der Richter.

»Ja.«

»Und Sie haben gesehen, wie Mr Fowles es eigenhändig unterschrieb?«

»Habe ich.«

»Schön. Holen wir die Jury wieder rein. Ich glaube, Ms Lord möchte uns ein Beweisstück vorlegen.«

Dreiundfünfzig

Vergeben – nicht vergessen

Zwei Tage später döste Steve, von Tylenol mit Codein angenehm benebelt, selig in einer Hängematte zwischen zwei Sabal-Palmen in einer Bucht von Sugarloaf Key. Er wäre eingeschlafen, aber sein Vater kroch übers Dach des Hausbootes, kämpfte mit der Satellitenschüssel und fluchte dabei wie ein Leichtmatrose.

»Verdammte Scheißschüssel!« Herbert schlug mit dem Schraubenzieher auf die Stellschrauben ein.

Wie allen Solomons fehlte auch ihm das Gen für handwerkliche Begabung.

»Ich sehe bloß Schnee!«, rief Bobby aus der Kabine.

»Hey, du Faulpelz!«, schimpfte Herbert in Richtung Steve. »Du könntest uns ruhig ein bisschen helfen!«

Steve schaukelte sanft hin und her. »Wenn du das Leck endlich dichtmachen würdest, hätte das Boot keine Schlagseite und du müsstest nicht dauernd an der Schüssel rumschrauben.«

»Als ob du dich mit so was auskennst.«

»Warum bittest du mich dann um Hilfe?«

Herbert trug nur farbverschmierte Shorts. Der Schweiß lief ihm in Strömen über die nackte Brust. Grunzend versuchte er, die Schüssel ein paar Millimeter zu bewegen.

»Komm runter, sonst kriegst du noch einen Herzanfall, Dad.«

»Stürz dich für die Beerdigung bloß nicht in Unkosten«, gab Herbert zurück. »Oder hattest du das gar nicht vor?«

»Jetzt ist es ein Schneesturm«, verkündete Bobby von drinnen.

»Ach, scheiß drauf.« Herbert kletterte eine Leiter zum hinteren Deck hinunter.

Bobby steckte den Kopf aus dem Fenster. »Onkel Steve, kannst du nicht den Fernseher reparieren?«

»Mach deine Hausaufgaben. Fernsehen ist sowieso schädlich. Vor allem Fox News.«

Ein paar Minuten später hörte Steve das unverkennbare Klirren von Eiswürfeln in einem Glas. Er öffnete die Augen und sah seinen Vater mit zwei großen Drinks auf die Hängematte zukommen.

Steve betrachtete die goldene Flüssigkeit. »Ich gehe mal davon aus, dass das kein Ginger Ale ist.«

»Und auch kein Alligatorenschweiß.« Herbert setzte sich in einen Plastikstuhl neben der Hängematte. »Scotch mit einem Schuss Soda.«

»Ich hoffe, es ist mehr als ein Schuss. Die Gläser sind randvoll.«

»Damit ich nicht so schnell Nachschub holen muss. Das Zeug hilft gegen alles.«

»Macht Bobby seine Hausaufgaben?«

»Falls er dazu eine Website mit Spycam im Umkleideraum einer Cheerleadertruppe braucht – ja.«

»Na prima.« Steve setzte sich auf und schwang die Füße über den Rand der Hängematte. »Oooh.«

»Alles klar, Sohn?«

»Als ich im Gericht unter Adrenalin stand, ging es mir ganz gut. Aber jetzt bin ich ein bisschen groggy.«

Herbert reichte ihm einen Drink. »*L'chaim.*«

Steve hob das Glas in Richtung seines Vaters. »Prostata.«

Die Männer tranken, und Herbert sagte: »Was hört man denn so von Victoria?«

»Die Jury bespricht sich seit heute Morgen um elf.«

»Du müsstest eigentlich dort sein.«

Steve schüttelte den Kopf und hatte prompt das Gefühl, zwischen seinen Ohren schlügen Billardkugeln aneinander. »Es ist ihr Fall, nicht meiner.«

»Na und?«

»Sie soll ihren Erfolg allein auskosten. Sie braucht ihren Freiraum und hat ihn auch verdient.«

»Freiraum? Was ist denn das wieder für ein Wort?«

»Stammt von Victoria.«

»Dachte ich mir fast.« Der alte Mann nahm einen Schluck von seinem Scotch. »Also, reden wir jetzt oder lassen wir's bleiben?«

»Ich habe den Antrag für deine Wiederzulassung zurückgezogen.«

»Weiß ich schon.«

»Woher?«

»Von Pinky Luber.«

»Du sprichst noch mit ihm?«

»Ob ich noch mit ihm spreche? Verdammt, ich nehme ihn nächste Woche mit zum Angeln raus!«

»Ich verstehe dich nicht, Dad. Man könnte glauben, du hättest vergessen, was er dir angetan hat.«

»Vergessen nicht. Aber vergeben.«

»Ist das eine Art Zen, Dad? Wie erreicht man diesen Zustand, in dem man einfach loslassen kann?«

»Die Gelassenheit kommt mit zunehmendem Alter und zunehmender Erfahrung von selbst. Und mit der Einsicht, dass wir alle unsere Fehler haben.«

Steve lächelte. Genau das hatte er zu Victoria gesagt. *»Wir alle haben unsere Fehler.«* Durfte er an seinen Vater einen höheren Maßstab anlegen als an sich selbst? »Ich hätte nicht in deinem Leben herumstochern sollen, Dad. Dazu hatte ich kein Recht.«

»Wie gesagt, die Wahrheit kann sehr schmerzhaft sein. Bist

du wegen dem, was ich damals als Richter getan habe, noch sauer auf mich?«

»Nein. Ich glaube, nicht mehr.«

Herbert hob das Glas. »Du bist ein guter Junge. Das sollte ich dir hin und wieder sagen.«

Steve ließ das Gehörte einen Augenblick lang auf sich wirken und nippte dann noch einmal an seinem Drink. Dann platzte er heraus: »Ich habe vor Gericht gelogen, Dad.«

Er kam sich vor wie ein Zehnjähriger. *»Ich* hab die Scheibe kaputtgeworfen, nicht Janice.«

»Wie bitte?«

»Bei Griffins Prozess. Ich habe unter Eid gelogen.«

»Fuck.«

»Willis Rask meinte, wenn ich die Wahrheit sage, würde Griffin zwar freigesprochen, aber die Staatsanwaltschaft hätte gegen Robinson nichts in der Hand.«

»Dann hat Fowles Stubbs also gar nicht erschossen?«

»Fowles sollte Stubbs in Robinsons Auftrag töten. Aber er hat es nicht getan. Der Schuss löste sich aus Versehen, als die beiden Männer um die Harpune kämpften.«

»Flitzkacke.«

»Unglaublich, oder? Junior Griffin hatte von Anfang an Recht. Stubbs hat sich mehr oder weniger selbst angeschossen, und Griffin fiel von der Leiter, als er zur Brücke hochsteigen und Hilfe anfordern wollte.«

»Was ist mit der Tauchertafel? Hast du das Geständnis etwa selbst geschrieben?«

»Nein. Es ist echt. Fowles meinte, er trüge die moralische Verantwortung für Stubbs' Tod. Ich denke, damit gab Fowles mir die Erlaubnis zu sagen, er hätte auf Stubbs geschossen.«

»Das hast du dir schön zurechtgelegt. Willkommen im Club, Sohn.«

»Im Club der Lügner.«

»Im Der-Zweck-rechtfertigt-die-Mittel-Club.«

»Zusammen mit dir und Pinky?«

»Und mit vielen anderen Leuten, Sohn. Es gibt nicht nur Schwarz und Weiß. Es gibt dazwischen unzählige Grautöne.«

»Jetzt muss ich mich wohl bei dir entschuldigen.«

»Wofür? Dass du vor Gericht gelogen hast? Oder dass du gesagt hast, ich hätte so viel Dreck am Stecken wie Pinky?«

»Für beides.«

»Vergiss es. Die Sache ist erledigt.«

»Du lässt mich so einfach davonkommen? Fällt dir nicht wenigstens ein sarkastischer Spruch für mich ein?«

»Nein, verdammt. Und jetzt trink endlich dein Glas leer und kümmere dich um die verfluchte Satellitenschüssel.«

Vierundfünfzig

Frei zu gehen

Victorias Herz klopfte im Staccato. Sie spürte, wie ihr Gesicht heiß wurde. Hal Griffin drückte ihre Hand so fest, dass die Knochen knackten.

Als die Verwaltungsbeamte zur Verlesung des Schuldspruchs ansetzte, fürchtete Victoria, wegen des Trommelwirbels in ihrer Brust kein Wort verstehen zu können.

»Wir, die Geschworenen, befinden den des vorsätzlichen Mordes angeklagten Harold Griffin für nicht schuldig.«

Ja! Ich hab's geschafft! Okay, Steve hat mir geholfen. Aber ich hab's trotzdem geschafft. Mein erster eigener Mordprozess.

Griffin stieß pfeifend die Luft aus.

Waddle beantragte die Einzelbefragung der Jury. Der Schuldspruch wurde bestätigt. Richter Feathers dankte den Geschworenen für ihren Einsatz und sagte Griffin, er sei »frei zu gehen«.

»Glückwunsch«, murmelte Waddle fast unhörbar in Victorias Richtung und kündigte eine Mordanklage gegen Leicester Robinson an.

Sheriff Rask zwinkerte Victoria zu und hob beide Daumen.

Minuten später war sie auf dem Rasen vor dem Gericht von Reportern, vom Stammpublikum und sogar von einigen neugierigen Touristen umringt. Sie beantwortete Fragen und posierte für Fotos. Ein übergewichtiger bärtiger Mann in geblümten Shorts hielt ihr ein Mikro unter die Nase. Billy Wahoo, Radiomoderator. Er behauptete, er habe von Anfang an gesagt, Griffin sei unschuldig und Victoria würde es beweisen.

Irgendwann ließ Victoria die Reporter stehen. Griffin umarmte sie ein, zwei, drei Mal. Dann hastete er davon. Die Queen wartete auf dem Flugplatz, die Motoren der Gulfstream liefen bereits warm. Sie planten eine kleine private Feier. Nur sie beide in Griffins Villa in Costa Rica.

Junior riss Victoria in seine Arme und wirbelte sie herum. Ein Ferragamo-Pump flog von ihrem Fuß. Junior zog ihn unter dem Kapokbaum hervor, dann kniete er vor ihr nieder. Der Prinz und sein Aschenbrödel. Victoria stützte sich an Juniors Schulter ab und schlüpfte wieder in ihren Schuh.

Du bist so süß, Junior, du Prachtstück von einem Kerl. Aber du bist nicht mein Prinz.

Da entdeckte sie Steve auf der anderen Straßenseite. Mit einem Bier in der Hand stand er in Nylonsportshorts und T-Shirt vor der Tür des Green Parrot. Damit verstieß er gegen das Verbot des Alkoholkonsums auf öffentlichen Straßen und Plätzen – eine Ordnungswidrigkeit. Victoria winkte. Sie wollte, dass er zu ihr herüberkam, aber er schüttelte den Kopf. Einen Augenblick später machte sie sich auf den Weg zu ihm.

Sie gingen die Duval Street entlang. Victoria tanzte beschwingt übers Pflaster und schwenkte dabei ihre Handtasche.

Steve kannte das Gefühl. Es war weniger die Freude als vielmehr die urplötzliche Leichtigkeit des Seins. Nach einem gewonnenen Mordprozess fiel die erdrückende Last der Verantwortung von den Schultern des Anwalts. Und dann die persönliche Genugtuung: Der Staat mit all seinem Geld und all seinen Bediensteten hatte den Mandanten angeklagt, ihn zum Mörder gestempelt. Aber der Anwalt, der harte Hund, der einsame Reiter, hatte sich wie Django mit verschränkten Armen in die dunkle Gasse gestellt und gesagt: *»Dann müsst ihr es erst mit mir aufnehmen.«*

Nach einem gewonnenen Prozess trommelte man sich nicht auf die Brust, schrie seinen Triumph nicht hinaus. Man empfand nur unbändige Freude für den lebenden, atmenden Menschen, der von einem abhängig gewesen war wie ein schwerkranker Patient von seinem Arzt.

»Ich wünschte, du hättest mein Schlussplädoyer gehört.« Victorias Wangen waren von der Aufregung noch immer gerötet.

»Willis sagte, du wärest fantastisch gewesen. Und atemberaubend.«

»Ich hatte ein Motto, und das hämmerte ich den Geschworenen immer wieder ein. Genau so, wie du es mir beigebracht hast.«

»›Einen Schritt weiter‹, Willis hat es mir erzählt.«

Victoria sprach mit ihrer sonoren Anwaltsstimme: »In den meisten Fällen reicht es der Verteidigung aufzuzeigen, dass an der Schuld des Angeklagten berechtigte Zweifel bestehen. Aber wir gingen noch einen Schritt weiter. Wir bewiesen nicht nur Harold Griffins Unschuld, wir fanden den Schuldigen. Clive Fowles hat Ben Stubbs ermordet.«

Steve wollte nicht widersprechen. Schließlich stammte diese Version der Geschichte von ihm.

»Ich sagte es den Geschworenen immer wieder«, fuhr Victoria fort. »Wir gingen hier noch einen Schritt weiter. Und da. Und dort. Dann fragte ich die Jury: ›Und was tat die Staatsanwaltschaft? Im Gegensatz zur Verteidigung machte sie es sich leicht und beschuldigte den zweiten Mann an Bord. Die Staatsanwaltschaft unternahm keinerlei Schritte, suchte nicht nach dem tatsächlichen Mörder, sondern zerrte den falschen Mann – einen Unschuldigen – vor Gericht.‹«

»Toll formuliert. Sehr eingängig. Was hast du über Robinson gesagt?«

»›Leicester Robinson ist ein sehr intelligenter Mann mit vielen Fähigkeiten. Doch er ist zutiefst unmoralisch und korrupt. Wie eine verrottende Makrele im Mondlicht strahlt und stinkt er zugleich.‹«

»Hübsch. Aber habe ich so was nicht auch schon mal gesagt?«

»Zweimal. Nur bei dir war es ein Zackenbarsch. Ich finde die Makrele besser. Wegen der Alliteration.«

»Perfekt. Prima Arbeit.«

Victoria strahlte Steve an und hüpfte ein paar Meter weit. Wenn ihre Laune noch ein bisschen beschwingter wird, dachte Steve, fängt sie an zu schweben. Aus einer Eisdiele drang der Duft frischer Waffeltüten. Steve wusste aus Erfahrung, dass Victorias Heißhungerattacke nun nicht lange auf sich warten lassen würde.

»Ich bin kurz vor dem Verhungern«, verkündete sie prompt. »Wie wär's mit Lunch?«

Aha. Wie aufs Stichwort.

»Ich habe immer Appetit, Vic. Das weißt du doch.«

In den Cafés drängten sich die Kreuzfahrtpassagiere, die für ein paar Stunden Freigang in der Stadt hatten, bevor die Schiffshörner wieder zum Aufbruch bliesen.

»Sollen wir hier essen, Steve? Das Restaurant gehört deinem Kumpel. Sicher gibt es hier gegrillten Tunfisch. Den magst du doch so gern.«

Sie standen vor dem Margaritaville Café, einem von Jimmy Buffets Lokalen. Es war brechend voll, und vor der Tür wartete eine ganze Schlange hungriger Gäste. Die meisten sahen aus wie typische Touristen aus dem Mittleren Westen – korpulent, hellhäutig, jovial – und trugen nagelneue Tropenhemden. Steve und Victoria stellten sich ans Ende der Warteschlange.

»Was hältst du von Shrimps in Andouille-Sauce?« fragte sie.

»Klingt gut.«

»Als Vorspeise Fischeintopf mit frittiertem Muschelfleisch.«

»Alles, was du willst. Ich lade dich ein.«

»In dem Fall genehmigen wir uns gleich noch ein paar Rum Runners als Aperitif. Und Key Lime Pie zum Dessert.«

So viel aß sie sonst in einer Woche.

Eigentlich hatte Steve mindestens bis zum zweiten Rum Runner warten wollen. Aber schon nach zwei Minuten Schlangestehen platzte er heraus: »Sollen wir reden, Vic? Über die Zukunft?«

»Ja. Das hatte ich sowieso vor.«

»Du hast dir mit diesem Fall einen Namen gemacht. Wenn du also öfter mal solo arbeiten willst, verstehe ich das. Trotzdem glaube ich, wir sollten die Firma nicht auflösen.«

»Ja, das finde ich auch.«

»Wirklich?«

War es tatsächlich so einfach?

»Onkel Grifs Fall allein zu bearbeiten, war gut für mich«, sagte Victoria. »Wirklich gut. Aber gemeinsam sind wir besser.«

»Ich bin ganz deiner Meinung.«

»Du musst mir nur ausreichend Raum lassen, damit ich wachsen kann.«

»So viel du willst. Wachs einfach drauflos.«

Die Warteschlange bewegte sich um ein paar Zentimeter nach vorn, doch bis zur Eingangstür war es noch weit. »Und es muss einige Veränderungen geben«, sagte Victoria.

»Veränderungen sind gut.«

»Die Werbung hinten auf den Metrobussen. Unsere Gesichter, direkt über den Auspuffrohren ... Das lassen wir ab jetzt.«

»Aber das ist gut fürs Geschäft«, protestierte Steve.

»Es ist peinlich.«

»Okay. Weg mit unseren Gesichtern. Sonst noch was?«

»Ich möchte, dass du in Zukunft nicht mehr für Hot Pussys arbeitest.«

»Weshalb denn? Du weißt doch, dass ich nicht mit den Mädels rummache.«

»Es ist unschicklich.«

»Meine Güte, Vic! Du hörst dich langsam an wie deine Mutter.«

Der Blick, den sie ihm zuwarf, ließ ihn kapitulieren. »Okay, okay. Ich verzichte auf Hot Pussys.«

Eine Frau mittleren Alters, eine Touristin mit Brille und falscher Perlenkette, drehte sich zu ihnen um. Ihr Gatte trug zu einem langärmeligen weißen Hemd Bermudashorts.

»Vielleicht ist dein Kumpel heute hier.« Victoria stellte sich auf die Zehenspitzen und spähte in das Restaurant. Die Schlange bewegte sich kaum noch vorwärts. »Sicher kriegen wir dann VIP-Service.«

»Ich kann mir nicht vorstellen, dass Jimmy Buffet selbst kellnert, Vic.« Verführerische Essensdüfte hüllten sie ein. Doch an Steve nagte etwas, was mit Hunger wenig zu tun hatte. »Bisher haben wir nur über Solomon und Lord gesprochen. Aber was ist mit ...«

»Steve und Victoria?«

»Ja. Sind wir nicht auch privat zusammen besser?«

»Schon möglich.« Victoria gab ihm einen Kuss. »Aber ich brauche ein bisschen Zeit, okay?«

»Ich habe über alles nachgedacht, was seit dem Crash der *Force Majeure* passiert ist.«

»Ich auch. Seitdem du Sex im Meer wolltest.«

Die Frau vor ihnen drehte sich noch einmal um und musterte sie über den Rand ihrer Brille hinweg.

»Ich will ein besserer Mensch werden«, sagte Steve. »Ein besserer Vater für Bobby. Für Herb ein besserer Sohn und ein besserer Partner für dich.«

»Übertreib's nicht, Steve. Irgendwie mag ich dich so, wie du bist.«

»Wirklich? Du willst gar nicht, dass ich mich ändere?«

»Nur in einer Sache. Von jetzt an: absolute Ehrlichkeit. Echte Aufrichtigkeit. Auch keine Notlügen mehr.«

»*No problema*. Übrigens, wusstest du, dass ich Mitglied bei Phi Beta Kappa war?«

»Ich meine es ernst, Steve. Die Wahrheit. Die reine Wahrheit und nichts als die Wahrheit.«

Nicht unbedingt das, was er hören wollte. »Die schönsten Worte, die die englische Sprache je hervorgebracht hat«, sagte er.

Vor ihnen kam Bewegung in die Menge. Erst ein aufgeregtes Raunen, dann applaudierte jemand. Ein braungebrannter Mann mittleren Alters – mit beginnender Glatze, in Shorts, Sandalen und einem geblümten Hemd – kam aus dem Restaurant. Viele Leute in der Warteschlange hielten ihn an. Sie schüttelten ihm die Hand. Einige zückten Stadtpläne und Stifte und baten ihn um ein Autogramm.

»Schau mal, Steve! Jimmy Buffet!«

Steve reckte den schmerzenden Hals, um besser sehen zu können. »Bist du sicher? Für mich sieht er eher wie ein Imitator aus. Vielleicht gibt es in jedem seiner Restaurants einen.«

»Nein, er ist es wirklich! Los, Steve, begrüß ihn doch!«

»Warum bist du denn so aufgeregt? Du bist doch kein Fan.«

»Aber du bist einer seiner glühendsten Verehrer. Und du bist sein Kumpel. Vielleicht könnt ihr ja gleich euren Angelausflug besprechen.«

Einen Augenblick später hatte sich Buffet bis zu ihrem Platz in der Schlange vorgearbeitet.

»Jimmy!« Victoria ergriff enthusiastisch seine Hände. »Ich bin Victoria Lord und hier ist dein alter Kumpel Steve.« Sie sah sich um. »Steve?«

Steve versuchte gerade, sich zwischen zwei Touristen durchzudrängen. Doch Victoria packte ihn am Ellbogen und zog ihn zu sich herüber. »Vielleicht könnt ihr ja bald mal wieder einen Gelbbauchschnapper an Bord hieven. Oder wie diese Viecher heißen.«

Etwas verwirrt streckte der Mann Steve die Hand hin. »Hi. Ich bin Jimmy Buffet. Willkommen in Margaritaville.«

»Steve Solomon.« Sie schüttelten einander die Hände.

»Augenblick mal«, sagte Victoria. »Fahrt ihr beide nicht regelmäßig mit Sheriff Rask zum Angeln raus und zieht danach durch die Bars?«

»Sie kennen Willis?«, fragte Jimmy. »Genialer Typ. Nun – war schön, Sie kennen zu lernen, Steve.« Buffet ging weiter und schüttelte die Hände der nächsten Wartenden.

Victoria musterte Steve mit schief gelegtem Kopf. Steve schien sich im Augenblick vor allem für die Schnürsenkel seiner Reeboks zu interessieren.

»Du kannst dich gar nicht ändern. Oder, Steve?«

»Wir sind, wer wir sind.«

»Du hast Recht.« Die Schlange bewegte sich ein paar Schritte nach vorn. Das Aroma von frisch gebackenem Brot wurde stärker. »Meine Mutter. Dein Vater. Du. Ich.«

»Was willst du damit sagen, Vic?«

»Du hast mir mehr beigebracht, als ein Kreuzverhör zu führen. Weißt du noch, was du über deinen Vater gesagt hast? ›Jemanden lieben, heißt doch auch, ihn mit all seinen Schwächen so zu akzeptieren, wie er ist.‹«

»Und?«

Victoria schob sich an Steve heran und schmiegte den

Kopf an seine Schulter. »Wie ist denn heute die Wassertemperatur?«

»Warm. Achtundzwanzig Grad, vielleicht sogar ein bisschen mehr.«

»Klingt wunderbar. Ich kenne da einen lauschigen kleinen Strand.«

»Und?«

»Hast du deine Badehose im Wagen?«

Steve schüttelte den Kopf.

»Kein Problem, Steve.« Victoria legte die Arme um ihn und zog ihn an sich. »Wir werden sie nicht brauchen.«

Solomons Gesetze

§ 1 Wenn die Fakten nicht zum Gesetz passen … dann ändere sie.

§ 2 Geh immer davon aus, dass dein Mandant schuldig ist. Schon aus Zeitgründen.

§ 3 Nimm dich in Acht vor einem Sheriff, der vergisst, seine Pistole zu laden, aber den Text von »Margaritaville« auswendig kann.

§ 4 *Einen* seltsamen Zufall kannst du den Geschworenen verkaufen. Den zweiten nehmen sie dir nicht mehr ab, der dritte bringt deinen Mandanten direkt in den Knast.

§ 5: »Lieben« bedeutet, im Ernstfall sein Leben für die geliebte Person zu opfern. Alles andere fällt unter »mögen«.

§ 6 Ein Mandant, der seinen Anwalt belügt, ist wie ein Ehepartner, der fremdgeht. Meist bleibt es nicht bei einem Mal.

§ 7 Wenn du eine Ex triffst, die du abserviert hast, geh davon aus, dass sie bewaffnet ist.

§ 8 Wenn ein schlauer, gutaussehender, reicher Typ dich und deine Freundin in einen Nudistenclub einlädt … hat er höchstwahrscheinlich einen gigantischen *Schmeckel.*

§ 9 Die Menschen, die man am längsten kennt, kennt man oft am schlechtesten.

§ 10 Such einen Geschworenen nach denselben Kriterien aus wie eine/n Geliebte/n: Sie/Er darf keine Perfektion erwarten und muss auch mal verzeihen können.

§ 11 Wer kein Risiko eingeht, kann nicht scheitern ... aber er wird auch nie den entscheidenden Punkt machen.

§ 12 Wenn ein Mann und eine Frau völlig miteinander im Einklang sind – dieselben Gedanken haben, einander zum Lachen bringen und einander glücklich machen –, dann haben sie den G-Punkt ihrer Beziehung gefunden, und einfach nur zusammen zu sein ... ist fast so gut wie Sex.